聊斋学研究初集

李桂奎
樊庆彦
主编

齊魯書社

编者按语

《聊斋志异》是中国古代文言小说的扛鼎之作，其成就完全可以与“明代四大奇书”中的任何一种，以及《儒林外史》《红楼梦》相媲美。但与以上明清小说名著之研究相比，“聊斋学”研究显然较为薄弱。

山东大学是蒲松龄家乡的综合性大学，促进“聊斋学”研究责无旁贷。20世纪80年代，山东大学就设有蒲松龄研究室，先后编辑出版了《蒲松龄研究集刊》四辑，并涌现出许多“聊斋学”研究专家。为了更好地总结并推进“聊斋学”研究，开拓《聊斋志异》研究的新局面，我们于2018年11月2—4日举办了“‘聊斋学’高层论坛暨‘中国聊斋学会’筹备会议”，本书就是在会议所发表论文的基础上编辑而成的。

目 录

聊斋创作学研究

聊斋文本细读

聊斋叙事及跨界研究

聊斋接受传播研究

聊斋诗词曲赋及其他相关研究

“‘聊斋学’高层论坛暨‘中国聊斋学会’筹备会议”嘉宾致辞

山东大学袁世硕先生致辞

今天,高朋满座,蓬荜生辉。我们举办这次研讨会,最主要的目的是想筹备、建立“中国聊斋学会”。这件事情本来应该很早就去做的,但是一直没做。现在能够付诸行动,我非常高兴。

《聊斋志异》是进入世界文学之林的文学名著,它的影响和名声,不下于中国明清之际的另几部长篇小说,这是一个有目共睹的事实。别的古典小说名著都有学会,虽然有的学会一时兴盛之后就销声匿迹,有的也仅仅是名存实亡,但毕竟是有一定声势的。而我们的《聊斋》研究,不是没有成就而是缺乏声势,在学术上也过于冷清,没有引起人的注意。

《红楼梦》之所以这么热,一方面是因为《红楼梦》是一部好小说,另一方面也与《红楼梦》研究里经常产生一些轰动效应有关,这就使得《红楼梦》的影响和名声很大。

对“聊斋学”来说,组织一个学会,对于《聊斋志异》研究、蒲松龄研究,经常加强学术交流,非常必要。但要注意学风正。这其中可以有争论,但不应流于相互攻击。争论也可能是好事,但不必制造奇说怪论,不必制造“我发现了蒲松龄是位女性”这种怪论。组织一个“聊斋学会”,给《聊斋》研究造出一个大的声势,把《聊斋》研究推向一个新的历史阶段。这是现实的要求,也是历史的要求。

由于蒲松龄的著作和影响,《聊斋志异》的文本、流传,及其他所有文献,都有不可置疑的规定性,因此后来的人无论出于怎样的情感动机,都不会对蒲松龄的存在,对《聊斋志异》的成就、影响产生疑问甚至否定的倾向。再加上我们的研究者的研究学风是正的,是在学术平台上进行的,因此没有产生像别的学会、别的研究领域那样各种乱象层出的局面,甚至是对不同的观点采取毁灭性的否定态度。没有人否定《聊斋志异》和蒲松龄,由此省掉了很多麻烦。

从此次会议提交的六十余篇论文来看,现在的研究已经呈现出开拓、创新、深化的趋向,"聊斋学"研究在以后一定会出现更多更好的论著,一定会达到一个新的水平。从这次提交的论文大体可以看出,我们已经从对个体的研究、评点转到了各种不同的研究方向的综合,综合和个体研究的结合会使我们对蒲松龄的创作有一个更新的认识。我们对蒲松龄事迹生平的一些研究发掘,也已经摆脱了就事论事的模式,这样的研究就从表层走向深化了,因此,我们以后的研究很可能出现很多"小题大做"的文章。所谓"小题大做",就是说我们研究的题目是具体的,但是我们的工作不止于解决这个问题。

这次的论文"把一篇小文章,做出大文章"的这种趋向是明显的,我们将来会由小问题、具体问题做出大文章来。不管是"聊斋学"研究还是其他学术研究,都会日趋前进,一定会走向一个更高的阶段!

复旦大学黄霖先生致辞

很高兴受邀参加本次“聊斋学”高层论坛，我谨代表中国明代文学学会（筹）、中国《金瓶梅》研究会（筹）对中国聊斋学会（筹）在山东大学的筹备成立表示最诚挚、最热烈的祝贺！

从20世纪80年代开始，在改革开放的春风的吹拂下，一时千树万树梨花开，各个学科纷纷成立学会。对于中国古代小说研究领域来说，《三国演义》《水浒传》《西游记》《红楼梦》《金瓶梅》等长篇白话小说名著都先后成立了专门的学会，召开了研讨会。这些学会的成立和研讨会的召开对于我们培养人才、促进相关小说学术研究的繁荣起到了积极的激励和促进作用。以其中最受关注的《金瓶梅》学会来说，其成立以后先后举办了14次国际学术讨论会和7次国内学术讨论会，会上发表了数百篇学术论文，编辑出版了13部学术研讨会论文集。这在《金瓶梅》走向经典化的道路上起到了十分重要的作用。一部经过长期论述的《金瓶梅》，终于能够重新回归到“四大奇书”的行列，经典的研究也成为新时期学术开放、学术自由、学术繁荣极具代表意义的历史见证。因此，对于古代文学研究性学会的筹建，应该用一种积极的阳光的开放的心态来看待，应该相信我们的学者能坚持正确的方向，相信学会的建设能促进社会主义学术文化的繁荣。

《聊斋志异》是中国古代文言小说的巅峰之作，应该加强研究。山东大学从来都是研究《聊斋》的重镇，以袁世硕先生、马瑞芳先生为中心的《聊斋》研究，已经开拓性地建立起了“聊斋学”研究的高地，竖起了两面大旗。在他们的周围，也团结了一批有实力的学者，建立了一支有较高层次的“聊斋学”研究队伍，与有关学者有着广泛的交流和合作。再加上淄博就是蒲松龄的家乡，近水楼台，更便于深入广泛地开展研究。所以，由山东大学文学院和蒲松龄纪念馆等发起筹建“中国聊斋学会”是最为适宜的。

学会建立以后，在会长和各位成员的精诚团结、共同努力下，“聊斋学”研究一定会更上一个新的台阶，我们期待着“聊斋学”研究万紫千红新局面的到来。

山东大学马瑞芳先生致辞

几天之前，有“红学界压舱石”之称、山东大学客座教授、著名学者李希凡先生飘然仙逝。而他在 1980 年在淄博举行的第一届蒲松龄学术讨论会上，给蒲松龄故居的十六个字的题词“聊斋红楼，一短一长，千古流传，万世流芳”，非常准确地定位了《聊斋志异》在中国古代文学当中的地位。

虽然《聊斋志异》在这几年的研究当中不是那么热闹了，但是《聊斋志异》作为中华传统文化的一部不朽巨著，它始终站在中国文化的第一线、第一流，这是毫无疑问的。

21 世纪，从 2011 年开始，中宣部出巨资抓了两项重大的国家文化工程，都和《聊斋》、蒲松龄有关。一部是 2011 年中宣部出资并指导，委托中国作家协会组织一百多位当代作家撰写一百多位中国古代作家的传记。我的《幻由人生——蒲松龄传》是 2014 年出版的，里面集中了诸多《聊斋》研究专家这么多年对聊斋先生生平的考证。另一项重大工程，是 2016 年由中宣部出资、中宣部指导、文化部委托国家图书馆组织编纂的《中华传统文化百部经典》，它的指导委员会里面有许多著名人物，比如说饶宗颐先生，冯其庸先生，叶嘉莹先生，等等。这个《百部经典》的编委会主任是袁行霈先生，而且袁行霈先生亲自撰写对陶渊明诗的解读，编委会交给我的《聊斋志异》也已经接近完成了。这说明《聊斋志异》虽然在社会上不像《红楼梦》那样热，但是它始终是最重要的文化经典，它是我们中国古代文化的宝贵财富。2018 年还有国家的一个重要决定，是教育部门做出的,《聊斋志异》要作为九年级必读的课外书,所谓课桌书。这就说明,《聊斋志异》不仅是我们研究者重视的,也是亿万民众,特别是青少年,都要学习和研究的,这是国家的态度。

2012 年中国第一次获得诺贝尔文学奖,诺贝尔文学奖获得者莫言是山东人,他在斯德哥尔摩致辞的时候,说"我的故乡曾出了一个讲故事的伟大天才——蒲松龄,我们村里的许多人包括我都是他的传人"。甚至直接把《孙必振》改了,作为他的致辞的结语。当然对于莫言的成就,当代的学者可以有很多很多不同的看法。但是莫言之所以能够获奖,是因为他是聊斋的传人,他是中国传统文化推向世界的一个当代媒介,他的作品比如说《生死疲劳》《檀香刑》明显地受到了《聊斋志异》的影响。莫言在获得诺贝尔奖之后,还多次在电子邮件中讨论《聊斋志异》中的人物,谈对女性的看法,而且谈及《聊斋志异》中的女性直接影响到他的作品当中的女性。所以《聊斋志异》不是一本闲书,不是一般的小说,它是中华文化的经典,它是值得我们世世代代认真地研究、认真地推广、认真地让其走向大众、走向世界的。

蒲松龄是 17 世纪的小说家,而世界上最有名的三大小说家:法国的莫泊桑、俄国的契诃夫、美国的欧亨利,他们都是非常著名的、非常有影响力的,但是他们所描写的内容,他们所利用的手法,早在 200 年前,我们的蒲松龄都利用过了。所以"魔幻大师"马尔克斯以及另一位"魔幻大师"博尔赫斯,他们都是蒲松龄的忠实粉丝,博尔赫斯是给《聊斋志异》阿根廷版写了序的。就是现在社会上最热门的《妖猫传》的作者——日本人梦枕貘,他也是蒲松龄的铁杆粉丝,几年前他出版的《阴阳师》,在日本卖了四百万册,他的广告词就叫作"梦枕貘的《阴阳师》是日本《聊斋》",而《聊斋志异》早在江户时代就进入了日本,所以《聊斋志异》不仅是中华文化的宝库,也是世界文化的瑰宝。

我们现在能够成立一个“聊斋学会”，使得更多的人关心《聊斋》、研究《聊斋》，特别是中青年学者对《聊斋志异》进一步做深入的研究，我认为是一件非常好的事情。我预祝“聊斋学会”筹办成功，预祝我们的“聊斋学”研究更上一层楼！

中国社科院张国星先生致辞

《聊斋志异》的研究经过一百多年的努力,所取得的成就是不菲的。在基础研究方面,在艺术审美研究方面,我们都有很突出的积累,都有很突出的成就。在这个时候,我们成立了一个“聊斋学会”,又正好是在从十八大到十九大这样一个历史转折的节点上,学会的成立因而就具有了承前启后的作用:承前是老一辈或者说以前的学者们给我们大量的学术积累以及良好的学风,启后是学会成立后可能在将来责任更加重大。

十八大、十九大以来,习近平总书记和中央反复地强调中华文化、中华文明、中华美学,实际上这个就是中央对于我们今后的文化发展战略的基本定调。我们以前的《聊斋志异》的基础研究和深入研究,基本上是按照理论的模型来说,基本上不是我们中国的。进入新时代以来,我们新的学会的第一大重任,就是要以中华文化的大视野,把《聊斋志异》的研究真正带回中国,带回中国的历史深处,带回历史深处的这一个特殊的语境当中。我们要以中华文明的大天地,包括我们中华语言研究的集中成果,贡献给新的学术要求。我们要以中华美学的大目标,把我们对《聊斋志异》过去的审美、对审美的阐释,变成我们对《聊斋志异》的审美艺术的美学理论的归纳和总结,纳入中华美学建构的大体系当中。我们这一代学者要为我们的《聊斋志异》研究塑造新的时代品格。

中华文明、中华文艺大体系的建构,有望于我们新的一些学会,和我们老少几代学者的共同努力、共同发展。

我希望我们未来有良好的积累,优良的纯正的学风,把我们的《聊斋志异》研究推向一个新的高度。

原淄博市文化广电新闻出版局周茂松先生致辞

首先，我对"'聊斋学'高层论坛暨'中国聊斋学会'筹备会议"顺利举办表示热烈祝贺！

三百多年来，蒲松龄及其著述广泛传播，《聊斋志异》成为中国文言短篇小说的集大成者，成书及刊刻，后代文人题跋、作序、评注，各种钞本、刻本、合集本，改编戏剧更是层出不穷，不仅在国内家喻户晓，在海外也久负盛名，形成了独具魅力的聊斋文化。20 世纪八九十年代，聊斋学研究在国内掀起热潮，涌现出一大批研究先驱及论文专著，聊斋学研究正蓬勃发展，研究成果蔚为大观。

一个时期以来，淄博市在市委市政府的正确领导下，深入学习贯彻党的十九大精神和习近平总书记视察山东的重要讲话精神，不断强化大格局、贡献度、内涵建设、融合发展的文化工作理念，真正落实"一个目标定位、四个着力建设、十个率先突破"的总体工作思路和工作布局。以文化建设为总抓手，坚持高质量发展，强化机遇，锐力改革，全市文化发展质量和效益都有了新的提高，齐鲁文化传承创新示范区建设取得了新的进展。各区县的文化中心、基层综合性文化攻坚建设也全部推进，艺术创作生产有了长远发展，完成了大型原创现实题材和新编历史剧编排并成功首演。文化产业持续提升，文物保护意识持续增强，对外文化也有了较大发展。2018 年海峡两岸齐鲁文化节于 9 月 7 日到 13 日成功举办，同时举办了众多文化活动，使淄博市齐国故都、聊斋故里、桃李名城的文化名牌更加亮丽。

淄博市坐拥蒲松龄纪念馆和《蒲松龄研究》两大聊斋文化重要资源，在加强文物保护、致力于文化发展的同时，进一步加大了聊斋文化的专题收集、资料收集等工作力度，例如《蒲松龄研究》对聊斋俚曲、非遗、考古的搜集与整理。突出抓好以学术期刊为龙头的聊斋学研究工作，并取得了较好的效果。我市为提升刊物质量，积极争取财政支持，解决了长期困扰刊物发展的经费难题。同时与山东大学文学院协作办刊，成立了学术顾问委员会，增设了《聊斋志异与当代文学》等栏目，增加了容量，提升了质量，使《蒲松龄研究》以崭新的形式亮相，在各方面都有提升。为纪念《蒲松龄研究》创刊三十周年，我市召开了《蒲松龄研究》学术顾问委员会扩大会议，从蒲松龄研究的发展历程、期刊的学术内容、期刊的当今影响及今后的发展等几个方面，对蒲松龄研究做了全面的梳理和总结。实施“聊斋文化出版工程”，先后编纂出版了《蒲松龄诗词论集》和《聊斋俚曲集》。蒲松龄纪念馆与齐鲁书社达成长期合作意向，并被授予“中华优秀传统文化出版基地”。这些工作的开展标志着蒲松龄研究进入了一个全新的发展阶段。三十年来，《蒲松龄研究》崇尚学术创新、激扬文字，先后发表了许多有价值的文章，出版了一系列学术专稿，由此形成了自己的学术、业界口碑和良好社会评价，据中国知网最新权威统计，《蒲松龄研究》的机构用户遍及世界，共计 3395 个，是国内外专家、学者、各大院校、科研机构“聊斋学”研究的重要阵地。

“聊斋学”高层论坛和“中国聊斋学会”的筹办是聊斋文化研究中的一大重要环节，有助于不断推动“聊斋学”研究。希望专家、学者们充分发挥聪明才智，撰写更多更好的文章，在此诚邀各位专家、学者为学术顾问，提升《蒲松龄研究》的学术地位和办刊水平，为今后的“聊斋学”研究确立明确的发展方向，形成新的研究思路。

（注：以上致辞均据录音整理）

“聊斋学”名家访谈与学理探讨

马振方教授采访稿

马振方　覃女穆

一

采访人(覃女穆):马老师,您今天特意过来参加“中国聊斋学会”筹备会议,您能说说您对“聊斋学会”未来的期待吗?

马振方老师:本来到这个年龄,都八十几岁了,不想参加任何会,但是我接到山东大学的邀请函以后,立刻觉得应该来参加这个会。就是来祝贺,祝贺“聊斋学会”筹备成立。致力于“聊斋学”研究的人,早就应该想到要成立这个学会,不是个人的组织,它是由《聊斋志异》、蒲松龄的地位和影响决定的。就像袁先生说的,《聊斋》的研究要进入一个新的阶段,有没有这么一个组织,还是不一样的,对于培养人才、吸引青年研究者,对于更广阔的研究还是很有意义的。如果没来参加,会是个缺憾。我现在身体还可以,所以一定得来参加,来祝贺山东大学发起这个“聊斋学会”。只有山东大学才有这个力量,山东大学以袁先生为首,多年来就走在前面,有研究室,有研究员,一代又一代,现在袁先生的学生已经到了第四代,学生多。山东大学不只是有背景优势,研究也一直走在前面。这次发起成立“聊斋学会”,我觉得是一件盛事,对我们专门从事“聊斋学”研究的人是这样的。

二

采访人:老师您从前在一篇文章中谈到了《聊斋志异》的精

华和糟粕的问题,还建议年龄较小的孩子不应该过多接触《聊斋》,那我们在《聊斋》传播的过程中应该怎样克服它的消极面?

马振方老师:我觉得你这个问题提得很好。《聊斋》确实存在精华和糟粕的问题,虽然糟粕只在里面占小部分,但是对小孩子来说,他们的理解能力、接受能力毕竟只是在初级阶段。《聊斋》里面的花妖狐媚那些东西,小孩子是很难理解的,小的时候理解错了,对作品产生误读,长大了可能就很难把这个想法给改过来。而且《聊斋》的东西比较深,小孩子只能看到最外面的鬼魅故事,反而对他们的成长不利,就像前些年的电影《画皮》,好多小孩就接受不了。所以说,《聊斋》可以不必让那么小的小孩去读,对于稍大一点的小孩,老师和家长一定要做好引导性阅读,把其中的东西明明白白给他们讲清楚,这才比较有利于《聊斋》在青少年中的传播。

三

采访人:老师您看我们当今的古代文学研究陈陈相因,缺少活力,学界也有大量重复性的研究,古代文学似乎陷入了困境,那么您认为《聊斋志异》,或者说古代文学研究的未来应该落脚在哪里?

马振方老师:其实说到底这是一个创新性问题,就是咱古代文学应该怎么创新。我觉得一是要多读书,书读得多了,你看一眼,就能发现书和书之间的联系,这些联系,就是论题点,读书是底子。再一个我认为是文本细读,读得细了,你就能从字里行间发现别人发现不了的东西。就像今天上午一位教授(韩田鹿)对《土偶》做的论述,就是文本细读。《土偶》很简单,就百十字,他就从几个角度进行分析性研究,分析《土偶》的意义、《土偶》的创造性。读古代文学的时候你要自己能找出几个角度去做文章，去发现一些新的东西，这大概就是古代文学里的一个重点。你完全重复别人的东西，没有什么创新性、独立性。所以第一就是要读得多，第二是要读得细。读得多才能互相有个比较，对他的总体创作才有个了解，分析的方面才会多；读得细，人家看一眼扫过去好像没东西的地方，你能从里面读出新的东西来，我们北大原来的那个吴组缃先生，他读东西就非常细，他读的《红楼梦》的细节好多别人都想不到，都忽略过去了，而他就能读出好多东西来。后来我们有一个周先生，带了好多博士生和硕士生，他也是读东西读得细，这方面我就不行。马瑞芳先生读东西也特别细，她一篇文章就能读出好多东西来。所以这两个方面真的挺重要，从文本本身的角度就能对别人有所突破。再一个就是你文学史的面掌握得要广，这样你就能有更多互相的比较，不光是《聊斋》读得细了，读得多了，你还要对别人相关的题材读得多。读得多，就不会老受原来那些分析的影响、限制。这些方面既是我的经验，也算是我的教训。当然，读得细也是因为文学底子厚，特别是对整个文学史的了解。

不过，我不是搞古代文学的，我是教文艺理论的。但我开了两门关于《聊斋》的课，即便在没有“聊斋学会”的情况下，我也特别喜欢《聊斋》。吴组缃先生给我们讲古代文学，讲《聊斋》的时候，我就把《聊斋》一篇一篇地读，读完了我就特别喜欢它的小说艺术。大学的时候就去听一些分析小说的课，吴先生给我们分析小说的时候，下课了我就整天待在北大图书馆里看《聊斋》。那个时候小巾箱本的《聊斋》普通大学生还可以去读，现在不行了，研究生才可以。那些打着红戳的、有朱批的，我当时都能看到，读那些可以说是喜欢书的人的一种享受，所以是吴先生培养了我对《聊斋》的兴趣。后来我虽然没有被分到古代文学专业，但我还是教《聊斋》的课。我讲了两门《聊斋》的课，一门是给作家班,从创作的角度去讲,所以近几十年来《聊斋》的研究我就一直没放下。但是对我们这种来说,古代文学的面不够广,容易受到限制。当然文艺理论也对研究有好处,有理论这方面的基础,古今中外的,特别是外国的好多作品你先研究过,有自己的看法,也能和古代文学产生联系。除了古典跟古典的联系以外,古典还跟别的方面有联系。总的来说,我的研究还是受限制,这方面反正还是要自己努力,自己缺哪方面就补哪方面。

四

采访人:老师您能谈谈您对当今古代文学研究硬套西方理论的看法吗?

马振方老师:这方面确实有毛病,我看过一些这样的情况,包括套理论。这方面需要自己的独立见解,也需要对中国的古典理论有一定基础,对外国新的理论也应该有自己新的看法,不是外国的东西就都适合中国。我最忌讳的就是生搬硬套,生搬硬套外国理论常常弄得四不像。

五

采访人:老师,那由此我想到刚刚在会议上有老师讲到想要建立一套中国自己的聊斋研究体系,那您觉得从现在来讲可操作性强吗?

马振方老师:这个可操作性我还没有细致研究过,这几年我主要在整理自己的一些东西。我出版的第一本书就是《聊斋艺术论》,完全是从创作的角度来看《聊斋》,所以跟别人重合不多。当时我和周先生,他是研究古代小说的,他讲《聊斋》,我也讲《聊斋》。我就去听周先生的课,去看看是不是重复了,听了他的几节课,觉得不会重复,因为我是从艺术创作的角度出发的。我以前写小说,写了十几篇小说,对小说理论有一些心得,后来上海文艺出版社就出版了。出版了之后我又去给作家班讲，不讲我原来那些东西，而是去讲《聊斋志异》的主要题材内容。过了二十年，我才回头整理这些，准备弄一本书，北京出版社已经接受出版了。这些小说大概十来万字。回头总结的时候，这些小说又需要重新弄，包括一些理论。理论是变化的，毛泽东时期苏联的理论虽然接受得比较多，但很多东西还是变了。回头再看这些东西，又是一个提高的过程，现在是网络时代，可以从网上查阅相关信息。

我还是比较相信中国的东西，对一些硬套外国理论的东西老是觉得难以接受。但是新的东西进来以后，咱们慢慢看它会怎样，如果有人会接受，或者说会逐步地改造，我觉得也还可以。《聊斋》走出去，不能总是原来那一套，走出去和现在时兴的东西怎样碰撞，看看能不能建立起一套新理论。

但我又觉得全新的理论不能是《聊斋》理论，包括中国的古典文论，他们都很难和外国的理论套在一起。就像中国的诗，就算是现代新诗也很难跟外国相近，古诗就跟外国的诗差得更远了。你让我写几句古诗，我还能凑合写给你，写出平仄。要写外国的诗，我就觉得比较难弄。各国和各地方的文化你很难将它们改造成完全相通的，我觉得民族的东西你可以发展，但很难用一个新的东西代替。外国的小说理论我也接触了一些，它创造了一种结构，我可以把它读懂、读通，但是在应用的时候总感觉有弱点。上一句他在说的时候，说的这儿的事，是张三说的，下一句是别的人在别的场合说的这句话，把它们连接在一起，叫结构联通法。你得去想这个联通表达的是另一种意思，那时候写了好多著作，都是这样的。慢慢地，你也能想通，形成习惯，但是中国的叙述文就差别很大。它也是一种创造，一种西方没有的创造。各个民族有它的特色，西方有西方的模式，小说一开头就是对话，我们古代的小说，也包括现代的，这样开头的很少，这就是民族的特点，我们老百姓很难接受这种没头没脑的东西。因为我接受的中国传统的东西比较多，所以外国的虽然读得不少，但是不太容易接受。五四时期包括五四之后的小说，他们接受得比较多、比较快。

【受访人单位：北京大学中文系；采访人单位：山东大学文学院】

首届蒲松龄学术讨论会琐忆

林　骅

首届蒲松龄学术讨论会于1980年9月16日至20日在山东淄博召开。这次会议是在十年动乱结束不久,改革开放刚刚启幕,文学艺术的春天已经来临的大背景下召开的。是继《红楼梦》之后(红学会于1980年7月21日召开)新时期最早召开的又一次中国古代小说大型学术会议,开风气之先。也是蒲松龄及《聊斋志异》研究史上的首次大型学术研讨会,具有里程碑意义。

会议得到山东省和淄博市领导的热情关怀与大力支持,由山东大学、山东省文化局、山东省出版总社、山东省文联、山东省社会科学研究所和淄博市政府联合举办。大地回春,东风骀荡,人们的学术热情空前高涨,专家学者们从四面八方纷至沓来。北京的李希凡、蓝翎、聂石樵、劳洪、赵伯陶、孙一珍,天津的李厚基、宁宗一,东北的汪玢玲、朱眉叔、高明阁、田泽长,西北的赵俪生、张崇琛、王枝忠,上海的何满子,南京的李灵年、王利兴,武汉的唐富龄、李悔吾,广州的刘烈茂,杭州的平慧善,徐州的郑云波,四川的曹其伟,新疆的郝浚及山东的袁世硕、关德栋、马瑞芳、严薇青、鲁童、任笃行、朱其铠、张稔穰、李茂肃、李伯齐等,"蒲学"研究领域的专家学者云集,"明星大腕"几乎悉数到会,正式代表近百人,人才济济,群贤毕至,阵容庞大,盛况空前。列席会议的还有几位"文革"后入学在读的研究生,除了我们天津师大的三人,还有北师大的于天池、辽宁大学的董文成和武汉师院(湖北大学的前身)的盛瑞裕,山东的盛伟当时还在一所铁路中学任教,邹宗良则更属小字辈。年轻人虽不多,却令人瞩目。

导师李厚基先生让我提前到会,协助山大做些会务工作。会前三天我就赶到山东大学,先到研究室拜见了久仰的袁世硕先生。先生谦谦儒雅、和蔼可亲的仪表风范给我留下了深刻的印象。13日清晨,袁先生带着正在访学的郝浚和我,还有一位办公室的杨老师,一行四人乘火车前往淄博张店,下车后即有面包车来接。当时的张店虽为市政府所在地,市容市貌堪称整洁却略显冷清,车沿着一条笔直的林荫大道直达开会地点淄博国际旅行社。在当地负责会务的同志的陪同下,我们查看了会场、饭厅、住房和内外环境后,就开始夜以继日地落实会议各项相关事宜。代表们的住宿安排很费斟酌。由于房间的档次有别,安排哪些人住"上房",要反复掂量;一律两人一室,谁跟谁搭配更为妥当,要仔细权衡,经几次三番设计才大致摆平。准备会议文件时,袁先生撰写"开幕词",要在文学家蒲松龄前面加个定语,就能不能用"伟大"这样的词来形容,征求大家意见。有人说,如果说蒲松龄是"伟大"的文学家,那么曹雪芹又该如何形容呢?慎重起见,最后似乎还是定格为"优秀的文学家"。郝浚先生主要负责用打字机打字,我的任务是帮助整理分发资料。与会者几乎都有论文,加上一本山大蒲松龄研究室编辑的《蒲松龄研究集刊》(第一辑),每个纸袋都装得满满的。我有幸与袁先生同住一室,忙碌之余,也有机会谈及一些工作生活琐事。开会的前一天,帮他抄写大会"开幕词"至午夜一点。

第二天的开幕式由袁先生主持。在他致开幕词后,先由到会的省领导讲话,而后厚基先生代表与会专家学者发言。袁先生向省领导引荐时,特别说明:"李厚基先生近年写了许多聊斋研究的文章。"是的。早在"文革"前,厚基先生就把科研重心由《红楼梦》转向《聊斋》。“文革”中他继续潜心耕耘自己的科研园地。以后,陆续发表了《聊斋志异》研究的系列论文,以轻盈的笔触撩开了这部古艳奇书的神秘面纱,从艺术美学的高度揭示它的真善美,1982 年将文章结集为学术专著《人鬼狐妖的艺术世界》出版。其后,又为河北人民出版社主编了一套《白话聊斋》。他在这次《聊斋》盛会开幕式上的发言,得到了与会代表的一致好评。

会议以大会发言为主,内容涵盖范围相对广泛:时代背景、作家生平、版本梳理、内容分析、艺术鉴赏、俚曲研究……,几乎涉及与作家作品相关的方方面面。首次大会没设重点议题,大家自由选题,各抒己见,彼此碰撞交锋的情况也不多。不过,有两个议题引起了大家的兴趣:一是蒲松龄的民族思想问题;一是蒲松龄的婚姻问题。

第一个问题牵涉到蒲松龄的民族归属。蒲松龄自己在《族谱序》中申明为“般阳土著”,蒲氏后裔也一直认为自属汉族。但这个问题一直存在争议,有回族、女真族、蒙古族等不同意见,就连国家民委都认为蒲松龄应为少数民族。民族归属问题在这次会上并没有展开讨论,对于他的民族思想的估价倒是谈得比较多。本来这也是一个争论已久的问题,存在着“无有说”、“比重说”和“主导说”三种意见。晋驼提交的《〈聊斋志异〉的民族思想》一文,力主“主导说”,甚至认为《聊斋》中的“狐”就是在影射“胡”。赵俪生的《读〈聊斋志异〉札记》、李灵年的《浅谈〈聊斋〉的时代气息》等文章,也都谈到了这个问题,但大抵倾向于“比重说”,这也代表了多数人的看法。不同意见的共同点是大家都能把蒲松龄的民族思想提到阶级的高度加以分析,充分肯定它的进步意义和作用。

第二个问题是由田泽长先生引起的。他在《蒲松龄研究集刊》(第一辑)上发表了《蒲松龄和陈淑卿》一文,认为蒲松龄在与原配夫人刘氏的婚姻关系之外,还纳了一个妾陈淑卿,田文还给蒲松龄撰写的《陈淑卿小像题辞》做了详尽的校注,在大会发言时又做了进一

者,我十分感谢山东的省市领导和学者专家,十分感谢付出辛勤劳动的编辑部的学者同仁,也坚信这个刊物会越办越好。

记得在首届蒲学会召开之际,蒲松龄及《聊斋》的研究专著,只有杨仁恺、何满子、杨柳等人撰著的寥寥几部,且影响不大。但此后的几十年,在山东学者的凝聚推动和全国广大研究者的共同努力下,"蒲学"研究已是专著罗列,论文成林,取得了突破性进展,成绩有目共睹。然而,博大精深的"蒲学"是说不尽的。如何在现有基础上开辟新的格局,是摆在广大研究者面前的重大课题。这次高层论坛的适时召开,筹备中的"中国聊斋学会"的成立,必将推动"蒲学"研究百尺竿头,更进一步。我期待着。

(注:本文据当年的日记加回忆草就,如有错讹,敬请师友们补正。)

【作者单位:天津师范大学文学院】

“聊斋学”夜话

邹宗良

“蒲学”与“聊斋学”(代序)

笔者曾在《蒲松龄研究》2012 年第 1 期上读到一则消息,蒲松龄研究会 2011 年度的理事会,曾经“围绕‘蒲学’与‘聊斋学’的界定展开热烈讨论”①。讨论的结果笔者不得而知,后来也未见相关的观点表述,但我觉得,“蒲学”和“聊斋学”的关系问题确实是一个很重要的问题,我们对此应有一个明确的认识。

2016 年夏,在淄博市图书馆举办的省图“大众讲坛”和淄博“文化名城讲坛”讲《聊斋志异》时,我曾就这一问题和蒲松龄研究会的朋友们进行过交流。现在把交流的有关内容写出来,作为这组《聊斋学夜话》丛札的代序。

广义的“蒲学”和“聊斋学”,在笔者看来是一个一而二、二而一的问题。换句话说,这是一个称名不同、其实为一的问题。不管叫“蒲学”还是叫“聊斋学”,它的内容、性质都是相同的,都是就蒲松龄和《聊斋志异》的整体研究而言的。

对于蒲松龄和《聊斋志异》的研究而言,叫它“蒲学”还是叫“聊

---

① 王清平:《蒲松龄研究会 2011 年度理事会在淄博召开》,载《蒲松龄研究》2012 年第 1 期。

斋学",其实都是可以找出相关依据的。比如,对于庄子其人和《庄子》这部书的研究,研究者称为"庄学";对于墨子其人和《墨子》这部书的研究,人们称为"墨学"。这样的称名、叫法,都是以人为主、旁及其书的一种称名或者叫法。从这样的立场、观点出发,把对蒲松龄和《聊斋志异》的研究称为"蒲学"也未尝不可。但如果我们换一个角度来看,把蒲松龄和《聊斋志异》研究称为"聊斋学",这同样是有先例的,这个先例就是"红学"的研究。

我们知道,20 世纪的中国出现了三大显学,所谓显学,也就是为世界所瞩目的学问。这三大显学,分别是甲骨学、敦煌学和红学。

红学研究包括哪些内容呢?冯其庸先生和李希凡先生主编的《红楼梦大辞典》,给"红学"下了这样一个定义:

> 红学,是指研究《红楼梦》的学问,它包括研究《红楼梦》的思想意义、艺术价值、创作经验,作者曹雪芹的生平、家世,《红楼梦》的版本、探佚、脂评,等等。①

也就是说,红学的内容,既包括对《红楼梦》文本的全面研究,也包括与它的作者曹雪芹相关的各种研究。

值得注意的是,关于红学研究包括哪些内容,同样是一个引起过争议的问题。这个争议,来源于周汝昌先生写的一篇文章,题目就叫《什么是红学》②。这篇文章所强调的,是红学的特殊性问题。周汝昌认为,红学研究之所以鼎鼎大名,是因为红学有它的独特性;世界上之所以有那么多的人关注红学,研究红学,是因为《红楼梦》

---

① 冯其庸、李希凡:《红楼梦大辞典》,文化艺术出版社 1990 年版,第 1070 页。

② 周汝昌:《什么是红学》,载《河北师范大学学报》(哲学社会科学版)1982 年第 3 期。

研究的某些内容引起了人们特别的关注。这些独特的内容是什么呢？周汝昌认为包括四个方面：(一)曹学。曹学包括哪些内容？包括曹雪芹的族属(是哪个民族的人，汉族还是满族)、祖籍(他的先辈，他的父亲、祖父，籍贯是哪里，也就是说曹家是什么地方的人)、家世(曹雪芹先辈的情况)、生平(就是曹雪芹本人的生平)、交游(曹雪芹和他的朋友交往的情况)、其他著作(比如前些年对《废艺斋集稿》是不是曹雪芹的著作的讨论)等的研究；(二)版本学，也就是关于《红楼梦》的版本系统和某一个具体版本的研究；(三)探佚学，关于《红楼梦》成书的有关情况和原作后三十回内容的研究。所谓后三十回，是研究者认为曹雪芹的原稿不是一百二十回，而是一百一十回；现在我们看到的只有前八十回，亡佚的原稿应该是后三十回；(四)脂学，也就是关于最早的评点者脂砚斋等人的身份、他们和作者的关系，以及对脂评本身的研究。

周汝昌认为，只有这四个方面的研究，才有资格称为红学，其他的研究，比如对《红楼梦》的思想、艺术、人物的研究等，都不能算是红学研究的内容。

周汝昌的看法，在整个红学界引起了一片反对的声音，极少有人赞同他的观点。所以，普遍的看法认为，红学研究的内容，包括《红楼梦》研究的各个方面，当然也包括周汝昌所说的曹学、版本学、探佚学和脂学的内容。

通过对这样一些相关的研究内容和称名问题的回顾，可以看得出来，把对蒲松龄和《聊斋志异》的研究称为“蒲学”，或者称为“聊斋学”，其实都是可以的，称名虽然不同，但研究的内容其实是一致的。

但是我觉得，《聊斋志异》和《红楼梦》都是小说，它们的关系从性质上说毕竟更近一些。之所以称和《红楼梦》有关的各种研究为“红学”，是因为《红楼梦》这部书首先出了大名，是文学瑰宝、世界名著，人们因为有《红楼梦》这部书而关注它、研究它，所以才形成了

“红学”,成就了“红学”。《聊斋志异》的情况同样如此,首先是因为《聊斋志异》是文学瑰宝、世界名著,引起了世界的关注,所以人们关注《聊斋志异》,然后才有了对《聊斋志异》文本以及对它的作者蒲松龄的各个方面的研究,有了对蒲松龄的其他著作的研究。换句话说,对蒲松龄本人的研究,对他的各种著作的研究,都是在研究《聊斋志异》的前提之下才兴盛起来的,如果没有《聊斋志异》,狭义的“蒲学”研究(包括对蒲松龄的远祖、族属、家世、生平、交游、思想和其他著作的研究)肯定不会有今天这样的闹热与红火。

所以,我觉得,既然“红学”这样一面旗帜、一个标尺就竖立在我们的前面,就蒲松龄与《聊斋志异》的研究而言,我们也不妨把整体的研究称为“聊斋学”,把狭义的蒲学研究称为“蒲学”,置于“聊斋学”的框架之下。也就是说,“聊斋学”是总其全部之名也,它包括蒲松龄与《聊斋志异》研究的全部内容,而“蒲学”是“聊斋学”的一个部分、一个分支,它指的是狭义的“蒲学”研究,即对蒲松龄的远祖、族属、家世、生平、交游、思想和其他著作的研究。

如果我们这样来界定“蒲学”和“聊斋学”的关系的话,整个“聊斋学”的研究应该包括哪些具体内容呢?我觉得,“聊斋学”研究至少应该包括十九个大项。把“聊斋学”作为一个整体来看待,然后加以细分,它的十九个大项应该包括这样一些内容:

(一)关于蒲松龄的远祖、族属问题的研究;

(二)关于蒲松龄的家世、生平、交游、思想的研究;

(三)关于蒲松龄的诗集、词集、文集、俚曲、杂著等其他著作的研究;

(四)关于《聊斋志异》创作问题的研究;

(五)关于《聊斋志异》版本问题的研究;

(六)《聊斋志异》的思想阐释;

(七)《聊斋志异》的艺术研究;

(八)《聊斋志异》的人物研究;

(九)《聊斋志异》的史料价值研究,包括本事研究;

(十)《聊斋志异》的文化研究;

(十一)《聊斋志异》的语言研究;

(十二)《聊斋志异》的接受和传播的研究;

(十三)《聊斋志异》的中外比较研究;

(十四)《聊斋志异》的校勘、注释和翻译的研究;

(十五)聊斋学史的研究;

(十六)聊斋学人物的研究;

(十七)《聊斋志异》仿作的研究;

(十八)《聊斋志异》的改编和相关创作的研究;

(十九)聊斋学文献研究。

以上是笔者对“蒲学”与“聊斋学”的关系、称名诸问题的认识和看法,权以此作为《聊斋学夜话》丛札的“代序”。由于这些丛札都写于“子夜荧荧,灯昏欲蕊”之时,故以“夜话”称之。闲话少叙,下面抛砖引玉,展开对“聊斋学”现存的一些问题的讨论。

一、蒲松龄远祖何时定居淄川尚无定论

清康熙年间,淄川蒲氏族中原有族谱,然而“旧谱不修数十年矣,残阙失次,几不可以复考”①。蒲松龄的族侄蒲珂、蒲振趾因此而有重修之举。蒲珂“搜故抄而询黄发”,做了大量的文献搜集和调查询问的工作;蒲振趾则“助以笔札”,及时对调查结果做了文字记录。他们“校窜年余,略能成册”,为淄川蒲氏族谱的成书做出了贡献。

---

① 〔清〕蒲松龄:《族谱引》,见[日]藤田祐贤、八木章好解说《蒲松龄手钞蒲氏族谱·聊斋草》,汲古书院 1991 年版,第 11 页。本段文字中的引文皆出自蒲松龄《族谱引》,不再出注。藤田祐贤、八木章好教授所定名的《蒲松龄手钞蒲氏族谱》影印本,封面有蒲松龄定名的“般阳土著”四字,笔者据以称“《般阳土著》”。

康熙二十七年(1688),蒲松龄在蒲珂、蒲振趾所成初稿的基础上"考核传志之",修成存传于后世的第一部淄川蒲氏族谱,取名曰《般阳土著》,并作《族谱引》以志其事。

般阳是淄川的古称,以其城修筑于般河之阳而得名。"土著"一词,义为"世代居住本地的人"。笔者以为,蒲松龄以"般阳土著"命名他亲手修订的淄川蒲氏族谱,其中即寓有蒲氏一族世代居住淄川一地的含义。

长期以来,研究者坚持的是蒲氏一族于元代定居淄川之说。2003年出版的《蒲松龄志》以淄川《蒲氏族谱》的几篇序言为据,认为"蒲氏'自元代受秩'始迁淄川,其后遂土著焉"①。杨海儒先生也在《蒲松龄的先祖墓葬与其民族属说》一文中列专节探讨了"蒲氏先祖并非'般阳土著'"的问题。他以淄川《蒲氏族谱》中的序言为据,认为"蒲氏一族来淄时间可上溯至元代,盖因其先祖受秩般阳而始迁,其后遂为土著焉"②。

然而笔者以为,蒲氏一族何时定居淄川,至今仍然是一个存在歧说而没有最后解决的问题。淄川蒲氏"'自元代受秩'始迁淄川,其后遂土著焉"的说法,目前尚不能成为定论。

蒲松龄手稿《般阳土著·族谱引》称:

> 按明季移民之说,不载于史,而乡中则迁自枣、蓟者,盖十室而八九焉。独吾族为般阳土著,祖墓在邑西招村之北,内有谕葬二:一讳鲁浑,一讳居仁,并为元总管。盖元代受秩,不引桑梓嫌也。③

---

① 袁世硕:《蒲松龄志》,山东人民出版社2003年版,第12页。

② 杨海儒:《蒲松龄生平著述考辨》,中国书籍出版社1994年版,第133页。

③ [日]藤田祐贤、八木章好:《蒲松龄手钞蒲氏族谱·聊斋草》,汲古书院1991年版,第9页。

“桑梓”一词，语出《诗·小雅·小弁》：“维桑与梓，必恭敬止。”朱熹集传曰：“桑梓，二木。古者五亩之宅，树之墙下，以遗子孙给蚕食、具器用者也……桑梓父母所植。”说桑梓这两种树常见于住宅的墙边，是父母为“遗子孙”而种植的。至东汉张衡作《南都赋》，其中已有“永世克孝，怀桑梓焉；真人南巡，睹旧里焉”数语。张衡将“桑梓”与“旧里”对称，已经明确地以“桑梓”代指故乡、家乡了。

在蒲松龄生活的时代，做地方官的人要避开自己家乡的省份，做学官的要避开自己家乡的县份，以免对亲朋故旧偏心照拂而有失公正、公允之道。蒲松龄说“独吾族为般阳土著”，并未明言其远祖自何朝何代居于淄川；但从他“盖元代受秩，不引桑梓嫌也”的语意可知，他认为自己的远祖蒲鲁浑、蒲居仁能在淄川做般阳路总管，是因为元代没有不能在家乡做地方官的限制和规定。换句话说，在蒲松龄看来，自己这个家族在蒲鲁浑、蒲居仁受秩任般阳路总管之前，就已经是定居淄川的般阳土著了。

杨海儒先生对“盖元代受秩，不引桑梓嫌也”一语的理解与笔者不同。他说：

> 其“盖元代受秩，不引桑梓嫌也”极有可能是相对于蒲鲁浑与蒲居仁的“并为元总管”而言，因为有元一代任官不采取回避政策，此处“桑梓嫌”或许是泛指同乡、亲属等之嫌。即使仅指故乡嫌，能说明蒲鲁浑与蒲居仁确为“当地人”，而因受秩始迁淄川的当为他们的上辈，亦非般阳土著耳。①

---

① 杨海儒：《蒲松龄生平著述考辨》，中国书籍出版社 1994 年版，第 133 页。

如果我们设身处地地考虑这一问题,"上辈"才来到淄川落户,那么儿子在此地做了官是不能称作"桑梓嫌"的。因为不管他们从何地而来,原迁之地这个"桑梓"的印象,都会十分清晰地刻印在他们几代人的头脑之中。更为重要的是,说蒲鲁浑、蒲居仁的"上辈"始迁淄川并没有文献依据,找遍现存的相关文献都无如此记载。

笔者以为,蒲松龄"不引桑梓嫌"的语意是十分明确的,就是可以在自己的家乡做地方官。蒲松龄很明显是把元代的淄川称为"桑梓"的,因为在他看来,在蒲鲁浑、蒲居仁"受秩"任般阳路总管之前,蒲氏一族已经是久居此地了。

对此事的认知与蒲松龄不同的是蒲氏族中的几位后人,首先是蒲松龄的长孙蒲立德。淄川《蒲氏世谱》卷首载有蒲立德撰写的《重修族谱序》,其中有云:

> 我蒲氏之世居淄土,自元始也。历明迄今四百余年,传之一十七世……雍正十一年岁次癸丑,十三世孙立德沐手谨志。①

蒲立德认为,蒲氏一族居住于淄川是从元代开始的,他还为自己的家族定居淄川划出了一个大致的时间段,即"历明迄今四百余年"。由蒲立德为淄川《蒲氏族谱》撰序的清雍正十一年(1733)上推"四百余年",时间为元代后期,即元顺帝元统元年(1333)之前。

蒲氏族人中,不仅蒲立德一人认为自己的家族自元代始居淄,后来的蒲尚荣、蒲国贤也持同样的看法。淄川《蒲氏世谱》卷首蒲尚荣《重修族谱序》云:

---

① 〔清〕蒲立德:《重修族谱序》,见〔清〕蒲松龄等纂修《蒲氏世谱》第1册,北京市大兴县古籍印刷装订厂1993年影印本,第5~6页。

> 蒲氏之居淄土也，自元代受秩，其后遂土著焉……道光二十七年岁次丁未，十六世孙尚荣沐手谨识。①

蒲尚荣认为，蒲氏一族在淄川定居，是从其远祖蒲鲁浑、蒲居仁在元代受秩任般阳路总管开始的。他的说法把蒲立德“自元始也”的说法进一步具体化，把蒲氏家族定居淄川的时间限定在了蒲鲁浑、蒲居仁在淄川任职之后。

再看淄川《蒲氏世谱》卷首蒲国贤撰写的《重修族谱序》：

> 稽吾族由元代世居般阳，而家谱之修，自柳泉公始……道光二十七年岁次丁未，十七世孙国贤沐手谨识。②

看来，蒲氏一族是先居住淄川，然后蒲鲁浑、蒲居仁出任般阳路总管，还是因为蒲鲁浑、蒲居仁就任般阳路总管而落籍淄川，这是蒲松龄和包括松龄长孙蒲立德在内的蒲氏后人产生分歧的焦点之所在。

其实，仔细考察蒲松龄与族中后人相关记载的歧异我们不难发现，分歧的原因全都出在于文献无征这一件事上。也就是说，不仅蒲松龄本人在撰写《般阳土著 · 族谱引》的时候，难以寻绎出相关证据以证实自己的远祖在担任般阳路总管之前已经是般阳土著，就是蒲立德等蒲氏后人，同样也拿不出史料依据证实自己的家族落籍淄川在蒲鲁浑、蒲居仁任般阳路总管之后。

由于于文献无征，无论是蒲松龄本人的认识，还是蒲立德等蒲

---

① 〔清〕蒲尚荣：《重修族谱序》，见〔清〕蒲松龄等纂修《蒲氏世谱》第1册，北京市大兴县古籍印刷装订厂1993年影印本，第9～10页。

② 〔清〕蒲国贤：《重修族谱序》，见〔清〕蒲松龄等纂修《蒲氏世谱》第1册，北京市大兴县古籍印刷装订厂1993年影印本，第12～13页。

氏后人的看法,我们只能将其视为两种不同的说法,却不能以其中任何一种说法为定论。

笔者认为,就蒲氏远祖何时定居淄川一事而言,做出定论、揭开谜底的办法还是有的,那就是由淄博市的文物部门探测勘定并科学发掘蒲鲁浑和蒲居仁二人的墓葬,以墓葬中出土的文物史料为据进行具体考察,以求得出一个符合历史事实的结论。

乾隆《淄川县志》卷四《官师志》曾明载蒲鲁浑、蒲居仁“墓在昭村”,上引蒲松龄的《般阳土著·族谱引》也说,“祖墓在邑西招村之北,内有谕葬二:一讳鲁浑,一讳居仁,并为元总管”。杨海儒先生在《蒲松龄的先祖墓葬与其民族属说》文中还曾言及他一九九三年所见蒲鲁浑、蒲居仁墓的景况:

> 最近,笔者曾与店子村负责人王润运先生等同车前往“石人坡”旧址考察过。据知情人李永祥称,六十年代初,墓地未平前,见有六座墓葬居北,有石人、石马等分列两旁,依次往南排列。后封土被平,但墓葬并未挖掘(南面亦有墓葬,已挖,墓室皆石砌)。现附近小路边还有一石刻露于地表,其余均毁。苗圃办公室、宿舍等房屋所用基石、过门石,多系拆用墓园内的石牌坊,实属可惜。①

在同一篇论文里,杨先生还引了当时纂修的《淄川区志》中关于蒲鲁浑墓的记载:

> 蒲鲁浑墓:蒲鲁浑曾任元代般阳路总管,《县志》《山东通

---

① 杨海儒:《蒲松龄生平著述考辨》,中国书籍出版社 1994 年版,第 132 页。

志》载其墓在招村，即今黄家铺乡店子村西，苗圃办公室以西（略偏南）60米处的苗圃地中。现封土已被推平，碑刻已毁，墓尚未挖掘。①

既然蒲鲁浑与蒲居仁两位蒲氏远祖墓址明确，其地上遗存物清晰可辨，如果由淄博市的文物部门组织一次科学发掘，是极有可能发现并出土二人墓中埋藏的墓志铭等相关文物史料的。如果蒲鲁浑、蒲居仁二人的墓志铭能如所期盼的那样顺利出土，则不仅淄川蒲氏何时定居淄川一事能够得其究竟，纷争多年而迄无结论的蒲氏远祖族属问题也有望因此而大白于天下。

笔者期望蒲鲁浑、蒲居仁的墓志铭出土，从而使得相关学术争议得以解决的那一天尽快到来。

二、蒲氏阖族迁居满井庄约在元末明初

据传淄川蒲氏原本居住邑西北五里的蒲家庄（后此村改称店子上、店子）。后来蒲氏将此庄赠予由河南归德府考城县迁来的高氏一族，阖族上下遂迁居淄川城东七里的满井庄。

战化军《蒲松龄远祖庄园蒲家庄小考》②一文，曾引淄川区黄家铺乡店子村（今淄川区钟楼街道办事处店子社区）高懿善一九五一年作《续修高氏族谱序》云：

吾高氏者，考自老谱，始祖讳祐之。原籍河南省归德府考城县。元顺帝间，以军厅篮仕济南。未几而元废矣，始祖遂占

---

① 杨海儒：《蒲松龄生平著述考辨》，中国书籍出版社1994年版，第131页。

② 战化军：《蒲松龄远祖庄园蒲家庄小考》，载《烟台师范学院学报》（哲学社会科学版）1993年第3期。

> 籍于淄之城乡蒲家庄居焉,即今之店子庄也。相传其时与蒲姓契结同心,订金兰之好,彼遂以庄赠焉。此我高氏所由来也。

高懿善《续修高氏族谱序》记述自己家族的始祖、原籍与占籍淄川的居所、时间诸事可谓详尽,且称自己的说法"考自老谱",看来淄川蒲氏原居于邑西北五里的蒲家庄之说不仅仅是一种传说,在历史上还曾有过诸如《高氏族谱》"老谱"之类的相关文献记载。

同样的传说,也曾出现在淄川蒲氏家族内部。杨海儒《蒲松龄的先祖墓葬与其民族属说》文记载了蒲氏家族中的这个传说:

> 关于赠庄亦即高氏与蒲氏"契结同心,订金兰之好"一事,在蒲氏家族中亦有传说。传云当时蒲姓有功于元朝,多任职者,号称"蒲半朝",因皇帝梦见金銮殿上长满了蒲草,认为蒲家想夺权,即下令剿灭之。幸亏高家及早透信,才使蒲璋匿于外祖杨家,留下了蒲根。①

原蒲家庄后世易名为店子上,今名店子,即今淄博市淄川区钟楼街道办事处店子社区。店子社区在旧淄川县衙西北五里许,孝妇河以西,旧张(店)博(山)公路西侧。淄川蒲氏远祖蒲鲁浑、蒲居仁之墓即在原店子村西北,相邻的招村东北。战化军《蒲松龄远祖庄园蒲家庄小考》云:"据《高氏支谱》的记载,当时的蒲氏庄园在现今的店子村,那么,其墓在招村之北,不过是邻近而葬,这正符合北方的一般习俗……现今店子村为元代之蒲家庄,这正与蒲氏祖墓的地理位置相符。"蒲氏远祖蒲鲁浑、蒲居仁卒后邻店子庄而葬,似亦可

① 杨海儒:《蒲松龄生平著述考辨》,中国书籍出版社 1994 年版,第 131 页。

证淄川蒲氏原居于此的传说不虚。

那么,蒲氏阖族由原蒲家庄(店子)迁居满井庄在何朝何代?

上引高懿善撰《续修高氏族谱序》,明确记载蒲氏阖族迁出原蒲家庄(店子)的时间在元明易代之后,所谓"未几而元废矣,始祖遂占籍于淄之城乡蒲家庄居焉,即今之店子庄也。相传其时与蒲姓契结同心,订金兰之好,彼遂以庄赠焉"。这个发生于蒲氏、高氏两个家族之间的赠庄之举,应该在蒲氏一族已经迁居满井庄,阖族上下得到妥善安置之后。

然而,检蒲松龄手稿《般阳土著》,其中蒲璋小传则有如下记载:

> 始祖璋,配杨氏。生五子:子忠、子敬、子隆、子宣、子荣。相传蒲姓为元世勋。宁顺间有夷族之祸,刑戮之余,止遗藐孤。时方六七岁,匿外祖家。外祖姓杨氏,居村北之杨家庄,遂从母姓为杨。元鼎既革,始复旧姓。厥讳璋,即今始祖也。此亦传疑之说,无所考信矣。

今淄川蒲家庄北偏西里许,有村曰杨家庄(今称北杨家庄),传即六七岁的"藐孤"蒲璋在遭遇夷族之祸时所藏匿的外祖家所居的村庄。所谓"宁顺间",所指为元代最后两个皇帝元宁宗(1332)与元顺帝(1333—1368)在位期间。

上引《般阳土著》蒲璋小传的说法缺少文献证据,按蒲松龄的说法也只是"相传","此亦传疑之说,无所考信矣"。但如果蒲松龄记载的传言确有其事,那么我们需要关注一下今蒲家庄与蒲璋外祖家所居的杨家庄的地理位置。蒲松龄记载说,在元代宁顺间发生夷族之祸时,蒲璋是藏匿在他的外祖家的,而外祖杨氏则"居村北之杨家庄"。

蒲松龄既然在记载蒲氏一族遭遇夷族之祸的语境中说"外祖姓

杨氏,居村北之杨家庄,遂从母姓为杨",那么这个蒲氏家族所居住的"村",地理位置应在杨家庄之南,而不是在淄川城的西北方向。也就是说,按《般阳土著》蒲璋小传的记载,这场夷族之祸发生的地点不是昔日的蒲家庄(店子),而是蒲氏阖族迁居之后的住处,即地处杨家庄南偏东方向,与杨家庄相距里许的满井庄。

这样,我们由蒲松龄《般阳土著》蒲璋小传的记载所推知的结果是,在元代的"宁顺间"发生夷族之祸,六七岁的蒲璋藏匿于"村北之杨家庄"的外祖家时,淄川蒲氏已经由城西北的原蒲家庄(店子)迁居昔日之满井庄,即今日之蒲家庄了。

同样十分明显的是,蒲松龄《般阳土著》蒲璋小传关于蒲氏家族遭夷族之祸,蒲璋藏匿于杨家庄的记载,与战化军文所引高懿善的《续修高氏族谱序》的说法存在着时间先后的矛盾。高懿善的《续修高氏族谱序》既称其家族获赠村庄的时间在"元废"之后,具体时间应在元明易代之后的明洪武初年。高懿善的记载与《般阳土著》蒲璋小传所说的元代"宁顺间"蒲氏一族已迁居满井庄之事,就时序而言存在数十年之差。

因为店子庄高氏一族的"老谱"今未得睹见,而《般阳土著》蒲璋小传的记载也只是"传疑之说,无所考信",故高懿善所言"未几而元废矣,始祖遂占籍于淄之城乡蒲家庄居焉"之时间与《般阳土著》蒲璋小传存在的牴牾之处,现在只能存疑待考。

因文献阙如,蒲氏一族迁居满井庄的具体时间今不可考得。但将高懿善《续修高氏族谱序》与《般阳土著》之蒲璋小传的相关记载合而观之,可知在今所知见的文献范围之内,上限在元宁宗(1332)与元顺帝(1333—1368)时,下限在明洪武初年,此元末明初四十余年的时间,当即蒲氏阖族由原蒲家庄(店子)迁居满井庄的时间断限。

也就是说,依据现有文献记载,可以把蒲氏阖族迁居满井庄的时间大致定于元末明初的四十余年之间。

三、满井庄易名蒲家庄在明万历三十一年(1603)之前

蒲松龄手稿《般阳土著·族谱引》,曾言及蒲氏一族所居的满井庄改称蒲家庄一事,其文云:

吾族之兴也,自洪武始也。洪武四年,按户出军,关椀垛籍,或两户、三四户,其情关切,有同宗之义焉,如吾姓之于刘、郭是已。迄今郭姓寥寥数十人,刘更凌替,其不绝者,仅如线耳。而吾族子姓日繁,所居满井庄,由此而易其名。万历间,阖邑诸生食饩者八人,族中得六焉。嗣后科甲相继。①

《般阳土著·族谱引》只是说因“吾族子姓日繁”,而同村居住的刘、郭二姓人口繁衍不多,故蒲氏一族与刘、郭二姓共同居处的满井庄后来易名为蒲家庄,未明言村庄易名的确切年代。然考察《族谱引》的叙事次序,蒲松龄先说的是明洪武年间蒲氏族中按户出军之事,后来又说到明万历年间族中人入庠序成廪生的状况,而满井庄易名为蒲家庄一事则被置于二者之间。由《族谱引》的叙事可知,满井庄改易其名的时间应在明代且不会晚于万历年间。

后来路大荒先生撰作《蒲松龄年谱》,明确提出了满井庄易名蒲家庄事在“明末”一说。路大荒《蒲松龄年谱》云:

蒲氏之兴,自洪武始也。降至明末,子姓日繁,所居满井庄,由此而易其名为蒲家庄。②

---

① [日]藤田祐贤、八木章好:《蒲松龄手钞蒲氏族谱·聊斋草》,汲古书院 1991 年版,第 9 ~ 10 页。

② 路大荒:《蒲松龄年谱》,齐鲁书社 1980 年版,第 1 页。

路先生首倡的满井庄易名蒲家庄在明末之说,其实并无相关的文献依据,只是他所做的一种推论而已。然而此后,蒲氏所居村庄易名在明末的说法遂为研究者所沿袭。如刘阶平《蒲留仙松龄先生年谱》谱前之《家世》云:

降及明末,子姓日繁,所居满井庄由此而易其名为蒲家庄。①

盛伟《蒲松龄年谱》亦有如下记载:

淄川蒲氏之兴,当自明洪武间;时至明末,子姓日繁,所居满井庄,易名蒲家庄。②

笔者在翻检万历《淄川县志》时发现,其卷九标目为“村落”,下列其时淄川县所属之店、村、坞、庄、集、市诸村庄名甚为全备。“庄”名之下,总共列出了公孙庄等庄名凡94个(包括钟阳、池子头、河洛湾、万年沟、杨家寨、樊家窝、崔家道口7个无“庄”之名的村庄),其中“蒲家庄”赫然在列,却不见“满井庄”之庄名。③

明万历年间的蒲家庄,应该不是元末明初的那个蒲家庄,即后来的店子。乾隆《淄川县志》正北乡有“店子上”村名,杨海儒《蒲松龄的先祖墓葬与其民族属说》引淄川区地名办公室撰《店子志》

---

① 刘阶平:《蒲留仙松龄先生年谱》,台湾中华书局股份有限公司1985年版,第23~24页。

② 盛伟:《蒲松龄年谱》,见盛伟编《蒲松龄全集》附录,学林出版社1998年版,第3355页。

③ 〔明〕朱万春修,王教纂:《[万历]淄川县志》,陈涟远、白相房主编《淄川县志汇编》,淄博市新闻出版局2010年版,第142~143页。

亦云：

店子位于淄城西北一点五公里，张店至博山公路右侧。村约建于宋代，初以姓氏称蒲家庄，后改称高家店子……清代各版《淄川县志》皆载称"店子上"。建国前更称店子。①

检万历《淄川县志》，有"小店"村名而无"店子上"，可知"店子上"一名同样较为晚近，大约是入清之后改的。虽然此时的原蒲家庄还没有被称为"店子上"或"店子"、"高家店子"，但由元末明初蒲氏一族迁离此庄已历二百余年一事观之，久已没有蒲姓居住的这个村庄不再被人称作"蒲家庄"，应该是一件很自然的事。而万历《淄川县志》卷九所载的庄名中没有"满井庄"，同样可以证实万历年间的蒲家庄就是昔日的满井庄。

万历《淄川县志》有蒲家庄而无满井庄的记载可以说明，在万历《淄川县志》修纂之时，满井庄易名为蒲家庄已经成为事实。

万历《淄川县志》由万历二十九年（1601）至三十一年（1603）在任的淄川知县朱万春修，邑人王教纂，卷首有王教于万历三十一年撰写的序。由万历《淄川县志》卷九《村落》所列的庄名，可知至迟至明万历三十一年，满井庄易名蒲家庄之事已经发生。

退一步说，即便此事就发生于万历三十一年，其时距明代灭亡还有四十余年的时间，也只能称作"晚明"，而不能称为"明末"。路大荒《蒲松龄年谱》云满井庄易名蒲家庄之事发生在"明末"，其推论有误，应予辨正。刘阶平《蒲留仙松龄先生年谱》、盛伟《蒲松龄年谱》对此事的记载，则因为沿袭路大荒《蒲松龄年谱》而误。

---

① 杨海儒：《蒲松龄生平著述考辨》，中国书籍出版社 1994 年版，第 131 页。

四、蒲璋易名杨元鼎之说为文献误读所致

日本东京大学前野直彬教授所著《蒲松龄传》,是现代学人撰写的第一部蒲松龄的长篇传记。前野直彬的大著先是于1958至1959年间刊载于日文杂志《汉文教室》第36至43期上,至1976年10月由东京秋山书店出版发行。前野直彬教授撰写的《蒲松龄传》全书共十八节,第一节为《淄川蒲氏》,其中有一段文字,今据日文转译中文如下:

> 元明易代之际,"恢复汉族统治"大概是一个响亮的口号。民族主义情绪蔓延全国。在淄川一地,般阳路总管的后代自然成为绝好的攻击目标而受到攻击和掠夺。结果,阖族上下只剩下一个六七岁的男孩,在他的外祖父杨氏的庇护下,藏身于蒲家庄以北的杨家庄,改名为杨元鼎。①

笔者翻检蒲松龄手稿《般阳土著》与淄川《蒲氏世谱》,均未见到其中有淄川蒲氏始祖蒲璋易名为杨元鼎的相关记载,因而对前野直彬的这一说法有所怀疑。而据前野直彬后来撰写的《〈聊斋志异〉研究在日本》②一文,可以知道他在撰写《蒲松龄传》的过程中,参考了日人平井雅尾在蒲松龄的家乡淄川一带搜集后携往日本的相关史料,其中最为重要的就是前野直彬在论文中提及,后来由藤田祐贤、八木章好解说,东京汲古书院影印出版的蒲松龄的手稿《般阳土著》。细读《般阳土著》中的蒲璋小传,笔者发现,前野直彬提出的蒲璋易名杨元鼎之说是存在问题的,其问题就出在对这篇小传相关文

---

① [日]前野直彬:《蒲松龄传》,秋山书店1976年版,第13页。

② [日]前野直彬:《〈聊斋志异〉研究在日本》,见山东大学蒲松龄研究室编《蒲松龄研究集刊》(第一辑),齐鲁书社1980年版,第290~302页。

字的识读上。下面是蒲璋小传的原文：

> 始祖璋，配杨氏。生五子：子忠、子敬、子隆、子宣、子荣。相传蒲姓为元世勋。宁顺间有夷族之祸，刑戮之余，止遗藐孤。时方六七岁，匿外祖家。外祖姓杨氏，居村北之杨家庄，遂从母姓为杨。元鼎既革，始复旧姓。厥讳璋，即今始祖也。此亦传疑之说，无所考信矣。①

将《般阳土著》蒲璋小传与前引前野直彬《蒲松龄传》首节《淄川蒲氏》中蒲璋曾改名为杨元鼎的那段文字详加对照，可知《蒲松龄传》中蒲璋“藏身于蒲家庄以北的杨家庄，改名为杨元鼎”云云，乃是前野直彬将《般阳土著》蒲璋小传中“外祖姓杨氏，居村北之杨家庄，遂从母姓为杨。元鼎既革，始复旧姓”之“元鼎”二字属上连读而致。鼎是国家重器，政权的象征，“元鼎”一词，很明显指的是元朝政权、元代社稷。将《般阳土著》蒲璋小传中的“元鼎”二字属上连读，其上的“遂从母姓为杨元鼎”与其下的“既革，始复旧姓”两句话都无法读通，其属上连读而产生的错误是至为明显的。由于在文句的标点、识读上出现了问题，前野直彬遂将蒲璋“遂从母姓为杨”认作他曾易名为杨元鼎。很显然，这是一种由于对文献的误读而出现的错误，应予纠正。

沿袭了前野直彬教授这一识读之误的有台湾罗敬之先生撰写的《蒲松龄年谱》。罗先生在《蒲松龄年谱》的《谱前》部分写道：

> 朱明既建……淄川蒲氏第一世祖蒲璋，易姓之际，名曰“杨

---

① ［日］藤田祐贤、八木章好：《蒲松龄手钞蒲氏族谱·聊斋草》，汲古书院1991年版，第13页。

元鼎"。(前野直彬《蒲松龄传·淄川蒲氏》)[①]

首先需要订正的是,淄川蒲氏始祖蒲璋在遭遇夷族之祸时虽然曾"从母姓为杨",但并无"改名为杨元鼎"之事,罗敬之先生引用前野直彬教授《蒲松龄传》时不审,故有此沿袭之误;其次,这段话中的"易姓之际"应是"易代之际"的笔误,因为罗先生相关记载的前提是"朱明既建",即明朝建立之后。

五、蒲璋不是蒲本初

蒲松龄远祖族属的诸种说法中有回族一说,肇其始者为香港大学教授罗香林先生。

1959 年 12 月,罗香林撰写的《蒲寿庚研究》一书由香港中国学社出版,该书于《导论》之后分为十节,其第十节为《〈聊斋志异〉作者蒲松龄之家世》。罗香林推测蒲松龄远祖蒲鲁浑、蒲居仁与泉州回族人蒲寿庚一族有关,并进一步认为"蒲松龄之先世,殆与蒲寿庚兄弟之家族变迁,不无瓜葛,而其族姓又原信回教,则谓其上世为出自阿剌伯系统,似可能证实也","要之,蒲松龄之先世为回教信徒,则似已无可疑也"[②]。

蒲寿庚是南宋至元代初年的名人,但《宋史》与《元史》均未为他立传,仅在《宋史》卷四十七、卷四百五十一,《元史》卷九、卷十、卷十一、卷十三、卷一百二十九、卷一百五十六等处记载中涉及此人。1915 年至 1918 年,日人桑原骘藏博士所著《蒲寿庚之事迹》分期刊发于日本《史学杂志》,后于 1935 年由东京岩波书店出版。1929 年,国人陈裕菁据《史学杂志》本翻译并增补校订的《蒲寿庚之事迹》,以《蒲寿庚考》之名由中华书局出版。至此,蒲寿庚其人其事渐为现代

① 罗敬之:《蒲松龄年谱》,台北编译馆 2000 年版,第 4 页。
② 罗香林:《蒲寿庚研究》,香港中国学社 1959 年版,第 231、232 页。

人所知。后来，罗香林通过其身为回教信徒的学生访得《蒲寿庚家谱》《德化蒲氏新谱》《三亚港通村蒲氏简谱》《甘蔗蒲氏家谱》等一批蒲氏家族的谱牒史料，因撰《蒲寿庚研究》书成，后人对蒲寿庚及其家族的了解与认识因之更为详赡。

综而言之，蒲寿庚家族为自国外来华的外国人，其是否为阿拉伯人，今尚不能定论。蒲寿庚的先人久居占城（今越南），后来移居广州，其父辈又自广州移居福建泉州。南宋末年，蒲寿庚曾任泉州市舶司提举，垄断了泉州一带的海外香料贸易，一举成为当地著名富豪。又因平海寇有功，加授福建安抚沿海都制置使、福建东建招抚使。不久元军大举南侵，南宋都城临安陷落，小皇帝恭帝赵㬎被俘；宋室孤臣携度宗另两个儿子赵昰、赵昺出奔八闽，七岁的赵昰于战乱中即位于福州，是为宋端宗。端宗君臣一行曾赴泉州，希望能得到蒲寿庚的襄助东山再起，但因见寿庚阴有异志，于无奈之中掠其舟并没其资，乘船渡海而去。蒲寿庚因此而怨恨南宋君臣，又见南宋政权兵寡主幼，大势已去，于是大肆屠杀滞留于泉州一带的南宋宗室，献泉州城以降元人，并派出舟师助元军灭宋。降元之后，蒲寿庚曾出任元朝闽广大都督兵马招讨使，行江西省参知政事、中书左丞等职。

降至蒲寿庚的曾孙一辈，遂有蒲本初其人。蒲本初于明代初年在世，曾在明洪武八年（1375）其家族遭遇夷族之祸时改从母姓为杨，从而保全性命。成人之后，蒲本初以“杨本初”之名应明代科举而登进士第，选为翰林院庶吉士，散馆授翰林院编修，后复其本姓。罗香林认为，“今蒲松龄之先世，已溯至元末，且明谓与蒲居仁有关，元亡复曾冒姓杨氏，则与寿庚兄弟子孙在泉州之曾冒姓复姓者，殆为同一事由”[①]。后来罗香林先生的高足罗敬之撰作《蒲松龄年谱》，

---

① 罗香林：《蒲寿庚研究》，香港中国学社 1959 年版，第 231 页。

在罗香林推论的基础上向前跨越一步，以为淄川蒲氏始祖蒲璋当即蒲寿庚曾孙蒲本初其人。

罗敬之先生撰《蒲松龄年谱》，《谱前》部分有云：

> 朱明既建，泉州蒲族严遭压抑。“洪武八年（一三七五），因帝怒云：‘蒲前朝必霸乱于泉’，随尽杀于蒲，命俱不留。幸王姓友人，安平人也，以数月婴儿抱逃，直诣杨姓母家东石也。抚养长成，肄业诗书。出仕，官拜翰林院庶吉士，随换姓名，厥姓曰蒲，名本初公。”（《蒲寿庚研究》四《蒲寿庚之子孙移居各地》引《德化蒲氏新谱》）蒲本初，传即淄川蒲氏第一世祖蒲璋。[1]

罗敬之先生云“蒲本初，传即淄川蒲氏第一世祖蒲璋”，但将蒲本初与蒲璋画上等号的传闻之言在别人的著述中并未曾见，提出这一看法的实为罗敬之先生本人。罗敬之先生著有《蒲松龄及其聊斋志异》一书，第一章《蒲松龄的家世及其家园》中曾这样言及其事：

> 蒲本初为寿庚曾孙，其事迹竟与蒲公所谓“倾覆之余，止遗藐孤”一事尽同……观此南（泉州）北（淄川）两地蒲族，其“藐孤”事迹尽同；倘此“藐孤”非为蒲本初一人，则本初固为寿庚的馀祸所及，而淄川“藐孤”则又何以发生？因此乙堂先生（按，罗香林先生号乙堂）曰：“蒲松龄之家世（按，家世为先世之误），已溯至元末，且明谓与蒲居仁有关，元亡复曾冒姓杨氏，且（按，且为则之误）与寿庚兄弟子孙在泉州之曾冒姓复姓者，殆为同一事由。”因推两地藐孤实即蒲本初一人。[2]

---

① 罗敬之：《蒲松龄年谱》，台北编译馆2000年版，第4页。
② 罗敬之：《蒲松龄及其聊斋志异》，台北编译馆1986年版，第9页。

此后,罗敬之先生在其另一部著作《聊斋诗词集说》第一节《蒲松龄生平述略》中又有如下论述:

蒲氏自撰《淄川族谱序》曰:"吾族为般阳(淄川古名)土著,祖墓在邑西招(昭)村之北,内有谕葬二:一讳鲁浑,一讳居仁,并为元总管……相传倾覆之余,止遗藐孤;故吾族之兴,自洪武始也。"此所谓"藐孤",事与蒲居仁曾孙蒲本初同。①

对于《聊斋诗词集说》中的这段话,有两处需做订正:其一是罗敬之先生引述的蒲松龄的文字,或应出自蒲松龄手稿《般阳土著》之《族谱引》,或出自《聊斋文集》之《族谱序》,蒲松龄著述中本无《淄川族谱序》的篇名;其二是《蒲寿庚家谱》中并无蒲居仁其人其名,笔者判断,罗先生云蒲璋"事与蒲居仁曾孙蒲本初同"一语存在明显的笔误,他这句话的原意,实为"事与蒲寿庚曾孙蒲本初同"。

在修正了笔误、恢复其原意之后,知罗先生本意是说"此所谓'藐孤',事与蒲寿庚曾孙蒲本初同";这里的"藐孤",所指为淄川蒲氏始祖蒲璋其人。由上引《蒲松龄及其聊斋志异》中的"因推两地藐孤实即蒲本初一人"及《聊斋诗词集说》中的这段话可知,认定蒲璋与蒲寿庚曾孙蒲本初为同一人的不是别人,正是罗敬之先生自己。

罗香林《蒲寿庚研究》一书,第四节为《蒲寿庚之子孙及其移居各地》。在这一节中,罗香林据其所见的《蒲寿庚家谱》,较为详细地介绍了蒲寿庚曾孙蒲本初的事迹:

寿庚次曾孙蒲本初,曾改姓杨氏,洪武三十年(西元一三九

① 罗敬之:《聊斋诗词集说》,台北编译馆 1998 年版,第 2 页。

七年)授翰林院庶吉士,旋授编修。隐居自乐,人称诚斋先生。《蒲寿庚家谱》第十世云:"本初公号诚斋,东石开基公、一世祖……告老致仕,移居晋江十都腾图二甲和里古榕乡,以就埭田。携仆王福等,深耕自得。世之人称之曰诚斋先生。葬在本处后湖西沟。永诀诫子:此地海滨之所,后必有寇。惟作土地,以□世吾墓可也。妣丁氏,生子长曰潜龙,次曰承龙,三曰飞龙。"①

淄川蒲氏始祖蒲璋与寿庚曾孙蒲本初,事迹皆可考得。就两人的生平出处而论,此二人一在山东淄川,一居福建晋江;一为处士,一举明洪武间进士,选翰林院庶吉士,散馆后授翰林院编修;一生五子,曰子忠、子敬、子隆、子宣、子荣,一有三子,为潜龙、承龙、飞龙。蒲璋与蒲本初二人,居地有南北之分,履历有官民之异,且各有子嗣入载《般阳土著》、淄川《蒲氏世谱》与《蒲寿庚家谱》。其非为一人,可谓泾渭分明,实难混同。罗敬之先生《蒲松龄及其聊斋志异》第一章云"因推两地藐孤实即蒲本初一人";其《聊斋诗词集说》第一节云蒲璋"事与蒲居仁(按,蒲居仁为蒲寿庚之误)曾孙蒲本初同";他的《蒲松龄年谱》云"蒲本初,传即淄川蒲氏第一世祖蒲璋",其说实难成立。

六、元代蒙古族人也可以担任路总管一职

1943年,由美国国会图书馆发起,美国著名东方学家A. W. 恒慕义主编的《清代名人传略》第一卷由华盛顿美国政府印刷所出版印行。该书收录了美籍中国学者房兆楹执笔撰写的《蒲松龄》一文,文中有云:"他的祖先蒲鲁浑和蒲居仁于元朝(一二七九至一三六八)末季二三十年间曾任般阳路(今山东中部)总管,其衙署即在淄

① 罗香林:《蒲寿庚研究》,香港中国学社1959年版,第75页。

川，该处彼等之墓葬依然可辨。蒲鲁浑一名恐非汉人姓名，他或许是蒙古人，也可能是在元朝服官的突厥族类。”[①]这可以说是蒲松龄远祖为蒙古人一说最早的文字记载。

同一年，王冰洋在《胜利杂志》新一号发表了《〈聊斋志异〉作者蒲松龄评传》一文。他在这篇蒲松龄的略传中写道：“淄川蒲家庄蒲家，据说是元朝般阳路总管蒲鲁浑、蒲居仁的后代。在元亡明兴时期，他们曾改姓杨避难，到洪武年间才复姓蒲。而这位蒲鲁浑据说是蒙古人武官，那么蒲松龄先生的祖先就是归化汉族的蒙古人了。”[②]这是迄今所见大陆的研究者首次撰文提及蒲松龄的远祖是蒙古人的说法。

蒲松龄的远祖是不是蒙古族人至今尚无定论，肯定与否定二说长期并存。持否定说者所举出的最为关键的一条证据，见于《元史》卷六《世祖三》，其文曰：

> （至元）二年……二月……甲子，以蒙古人充各路达鲁花赤，汉人充总管，回回人充同知，永为定制。[③]

达鲁花赤为蒙古语 daruqai 之音译，意思是镇压者。元代的地方行政机构为行中书省，简称行省，山东由于地理位置重要，在较长的时间里不设行中书省，由中书省直接统辖。至于下面的行政区划，则分为济南、东平、东昌、益都、般阳、济宁六路，路设达鲁花赤、总管各一人负责处理政务，而其中达鲁花赤的位置在总管之上，实际上

① ［美］恒慕义主编，中国人民大学清史研究所《清代名人传略》翻译组译：《清代名人传略》（上册），青海人民出版社 1990 年版，第 594 页。

② 王冰洋：《〈聊斋志异〉作者蒲松龄评传》，载《胜利杂志》新一号，1943 年。

③ 〔明〕宋濂：《元史》，中华书局 1976 年版，第 106 页。

是路一级行政机构的最高长官。

有研究者认为,既然《元史》卷六《世祖三》明确记载,元代各路的达鲁花赤统一由蒙古人担任,总管则由汉人担任,那么担任过般阳路总管的蒲氏远祖蒲鲁浑、蒲居仁的族属应该不是蒙古族人,而是汉族人。如蒲泽先生《从两条史料看蒲松龄的民族属性》一文,在引述《元史》卷六《世祖三》的上述史料之后说:

> 上述这段史料告诉我们一个事实,元世祖忽必烈在他即位第二年的春天,就明确规定,路的达鲁花赤由蒙古人担任,总管由汉人担任,同知由回回人担任,并强调"永为定制"。这一年是公元1261年。当然,在这一制度出台之初,或许由于用人的连续性等原因,执行得可能不够严格。但在这一规定做出之后,过了七十九年蒲居仁才当上般阳路总管,蒲鲁浑当总管更比蒲居仁晚了六年,应该是在规定做出八十五年之后,相信不会不严格。既然如此,按元朝的规定,路的总管只能由汉人出任。那么,在这一规定的有效期内,当总管的就只能是汉人而绝不可能是蒙古族人。按照这一推断,蒲居仁和蒲鲁浑就只能是汉人而绝不可能是蒙古族或其他民族人。由此得出结论:起码自元朝以来,淄川蒲氏就是汉族人。①

对于蒲泽先生的这一段话,有几个问题须加以讨论。

一是元世祖至元二年不是忽必烈即位的第二年。忽必烈于1260年即蒙古大汗之位,建元中统,四年之后改元至元。至元二年是他即位的第六年,即公元1265年。

---

① 蒲泽:《从两条史料看蒲松龄的民族属性》,载《蒲松龄研究》2007年第2期。

二是蒲泽先生在论文中说:“查旧《淄川县志·秩官志》,蒲居仁是在元顺帝至元六年(1340)任淄川路总管,时任达鲁花赤的是蒙古人印罕;蒲鲁浑任淄川路总管更晚一些,是在元顺帝至正六年(1346),时任达鲁花赤的是蒙古人完不花。”他因此认为,“在这一规定做出之后,过了七十九年蒲居仁才当上般阳路总管,蒲鲁浑当总管更比蒲居仁晚了六年,应该是在规定做出八十五年之后”。笔者认为这一说法值得商榷。

检嘉靖《淄川县志》卷五《秩官表·自汉至元秩官表》、万历《淄川县志》卷二十六《秩官》,俱无蒲鲁浑、蒲居仁任职的记载。蒲泽先生所说的“旧《淄川县志·秩官志》”,实为乾隆《淄川县志》卷四《官师志》。且看这一卷中与蒲鲁浑、蒲居仁排列在一起的部分元代秩官的前后次序:

> 完不花,般阳路总管府达鲁花赤,至正六年(1346)任。
>
> 蒲鲁浑,般阳路总管,墓在昭村。
>
> 脱脱,后至元五年(1339)任。
>
> 忽台,至正六年(1346)任。
>
> 阿老瓦丁,至元二十九年(1292)任同知般阳路总管府事。
>
> 印罕,至元六年(1269)任。
>
> 蒲居仁,般阳路总管,墓在昭村。①

引文中的公元纪年为笔者所加,目的是进一步考察、明确这些元代职官的任职年代。蒲泽先生正是按照这些官员任职的排列次序确定蒲鲁浑、蒲居仁二人的任职时间的。众所周知,元代有两个

---

① 〔明〕王琮、〔清〕张鸣铎、王敬铸等编修:《淄川县志》,广陵书社2009年版,第8册,第8页。

至元年号,其一是元世祖忽必烈至元元年至至元三十一年(1264—1294);其二是元顺帝至元元年至至元六年(1335—1340)。为了区别前后两个“至元”,乾隆《淄川县志》卷四《官师志》于脱脱其人,明言为“后至元五年任”,即元顺帝至元五年(1339)在般阳路任职;而于阿老瓦丁,云“至元二十九年任同知般阳路总管府事”,印罕,云“至元六年任”,所指的都是前至元即元世祖至元年间的事,即1292年和1269年。由这些官员的任职时间可以看出,乾隆《淄川县志》卷四《官师志》关于完不花、脱脱、忽台、阿老瓦丁、印罕等人的记载,并不是按照他们在般阳路任职的年代次序排列的,至于排列在完不花之后的蒲鲁浑、印罕之后的蒲居仁,同样不能以前一人的任职时间为据来认定他们出任般阳路总管的具体时间。以蒲泽先生所举的印罕为例,他于元世祖至元六年(1269)而不是后至元六年(1340)在淄川做官,出任何职尚无明确记载,更谈不上蒲居仁与其同时出任般阳路总管一事,因为据《元史》卷五十八《地理一·般阳府路》、清叶圭绶《续山东考古录》卷二《济南府中·淄川县》、乾隆《淄川县志》卷一《舆地志·沿革》诸史料记载,般阳路之名出现于元世祖至元二十四年(1287),之前的称呼分别是淄州路、淄莱路。在元世祖至元六年(1269)的时候,淄川是淄莱路总管府的治所,当时般阳路之名尚未出现,蒲居仁自然也不会在此时出任并不存在的“般阳路总管”一职。

三是《元史》卷六《世祖三》所说的“汉人”,所指并不完全是今天所说的汉族人。清代史学家钱大昕《廿二史考异》卷九十九《元史十四》,于《程钜夫传》“又命为御史中丞。台臣言:钜夫南人,且年少”之下考云:“按:元时有汉人、南人之别。汉人谓中原之人,向属金者；南人谓江、淮以南，向属宋者。”[①]也就是说，生活在原金人统治之下的中原地区的人，被元统治者称为汉人；生活在原南宋统治之下的江淮以南的人，则被称为南人。汉人并不仅指中原地区的汉族人，如苏兴先生在《蒲松龄的远祖约是女真族补证》一文中所说：“元统治者将人分为四等，第三等的‘汉人’，包括原属金统治下的汉族和女真、契丹、渤海等民族以及南宋灭亡前归附的云南、四川的汉族人。”[②]因此，说由于有元世祖至元二年“汉人充总管……永为定制”的规定，“蒲居仁和蒲鲁浑就只能是汉人而绝不可能是蒙古族或其他民族人。由此得出结论：起码自元朝以来，淄川蒲氏就是汉族人”的说法是值得商榷的。

不仅如此，因为元世祖至元二年有“汉人充总管……永为定制”的规定，而认定“在这一规定的有效期内，当总管的就只能是汉人而绝不可能是蒙古族人”，这样的说法同样是值得商榷的。

南开大学李治安教授著有《元代政治制度研究》，该书第二章第三节为《元代路总管府研究》，此节之下列有《元代路总管任用情况简表》[③]，分别列出了其通过检索得到的元代各路任总管者的姓名、族属、任职时间、具体职务、原任职务、根脚（即官员的背景出身，为元代官员升迁的重要参考项）等项内容。统计结果表明，李治安《元代路总管任用情况简表》所列的 61 名路总管中，汉人（包括汉族人、渤海人、女真人、契丹）共 49 人，约占 80%；其他任职者的族属则为蒙古人、畏兀儿、唐兀人、高昌人等，约占 20%。在其他族属的任职

---

① 〔清〕钱大昕著，方诗铭、周殿杰校点：《廿二史考异》，上海古籍出版社 2004 年版，第 1347 页。

② 苏兴：《蒲松龄的远祖约是女真族补证》，载《蒲松龄研究》1991 年第 2 期。

③ 李治安：《元代政治制度研究》，人民出版社 2003 年版，第 148 ~ 152 页。

者中,蒙古人千奴、泰不华、月鲁帖木儿、赵世延、谙都剌、野峻台、卜里牙秃思等,都曾担任过路总管这一职务。前面说过,《元史》卷六《世祖三》所称的至元二年,为公元1265年。而考李治安《元代路总管任用情况简表》所列诸蒙古族路总管之任职时间,千奴于元成宗大德二年(1298)任建康路总管,泰不华于元惠宗(顺帝)至正元年(1341)任绍兴路总管;月鲁帖木儿于泰定帝泰定初年(1324年左右)任汴梁路总管;赵世延于成宗大德十年(1306)任安西路总管;谙都剌于惠宗元统二年(1334)任益都路总管;野峻台为赵世延之子,于元顺帝朝(1333—1368)任黄州路总管,卜里牙秃思于惠宗至正元年(1341)任靖州路总管。以上诸蒙古人担任路总管的时间皆在元世祖至元二年(1265)之后,这一历史事实可以说明,《元史》卷六《世祖三》所记载的自元世祖至元二年“以蒙古人充各路达鲁花赤,汉人充总管,回回人充同知,永为定制”的制度,在元代并没有得到全面贯彻执行。

还可以为李治安的《元代路总管任用情况简表》补充一名蒙古人任路总管的相关史料,即乾隆《淄川县志》、道光《济南府志》所记载的蒙古人移剌帖木儿在淄川一地任般阳路总管的情况。

乾隆《淄川县志》卷四《官师志·历代秩官·元》记载:

> 移剌帖木儿(按:《淄川县志汇编》本作“移剌剌帖木儿”,衍一剌字),至元二十九年为般阳路总管,修先圣庙。①

同书卷七《艺文志》,收录了元人赵孟頫于元世祖至元三十年(1293)撰写的《重修先圣庙记》,其中写道:

---

① 〔明〕王琮、〔清〕张鸣铎、王敬铸等编修:《淄川县志》第8册,广陵书社2009年版,第7页。

> 般阳为路，古淄州也，去京师千余里，而学校庳陋之甚。至元二十九年，廉佥事赵公璧分治此府……乃与郡侯宣差阿覩赤、总管移剌公等洎教授范履道谋，辍官吏之俸以给工材之费，自九月至于二月而告成。①

赵孟頫所记载的重修先圣庙一事，与移剌帖木儿任总管的时间相合，职位相同，且同一事前后记载互见，《重修先圣庙记》所说的“总管移剌公”，无疑就是时任般阳路总管的移剌帖木儿其人。

道光《济南府志》卷二十四《秩官二·元·般阳路总管府》同样记载：

> 移剌帖木儿，至元二十九年般阳路总管。②

“移剌帖木儿”亦为蒙古族人名。《元史》卷一百一《兵四·鹰房捕猎》下载：“御位下打捕鹰房官……一所，管理鹰房打捕人匠等户达鲁花赤移剌帖木儿，世袭祖父职，元额一百五十七户。”③移剌帖木儿曾任管理鹰房打捕人匠的达鲁花赤一职，可知其族属为蒙古人。移剌帖木儿出任般阳路总管的时间为元世祖至元二十九年（1292），同样是在元世祖至元二年之后。

以上所举的相关事实说明，在元世祖至元二年之后，路总管一职并非只有汉人（包括汉族人、渤海人、女真人、契丹）可以充任，其

---

① 〔明〕王琮、〔清〕张鸣铎、王敬铸等编修：《淄川县志》第13册，广陵书社2009年版，第2页。

② 〔清〕王赠芳、王镇修，成瓘、冷烜纂：《［道光］济南府志》，《中国地方志集成·山东府县志辑》第2册，凤凰出版社2004年版，第473页。

③ 〔明〕宋濂：《元史》，中华书局1976年版，第2599～2600页。

他族属的人甚至蒙古族人亦多有担任者。由于元世祖至元二年(1265)以后蒙古族人同样可以担任路总管的史料的发现,以前的研究者以上引《元史》卷六《世祖三》的记载为据,说蒲鲁浑、蒲居仁曾任般阳路总管,所以他们不是蒙古族人,这样的论证是不成立的。也就是说,如果想否认蒲松龄的远祖蒲鲁浑、蒲居仁为蒙古族人的说法,还需要寻找其他的证据来加以证明。

七、有关淄川蒲氏始祖碑的辨正

淄川蒲氏自始祖蒲璋以下,其坟茔之前原无志墓碑石。至明嘉靖年间,始有蒲氏族人为其始祖蒲璋等立碑于蒲家庄西门外南偏之老茔墓前。清康熙五十四年(1715),蒲氏阖族再为其始祖蒲璋立碑。

盛伟先生所撰《蒲松龄年谱》中为蒲氏始祖立碑的记载如下:

> 据康熙五十四年(1715)蒲氏阖族所立“蒲姓始祖之墓”碑(该碑原在蒲氏外祖杨庄之西南,现已移蒲氏墓园)载:“始祖讳璋,原配杨氏,初无碑,自八世祖讳继芳始。”蒲氏曾祖继芳,邑庠生。①

盛伟先生对康熙五十四年所立“蒲姓始祖之墓”碑文的过录是否准确无误?在淄川蒲氏家族中,首为其始祖蒲璋立碑者是蒲松龄的曾祖蒲继芳,还是另有其人?笔者以为,这是两个应予以考订辨析的问题。

先说第一个问题。笔者发现,康熙五十四年蒲氏阖族公立的蒲璋“蒲姓始祖之墓”碑文,除盛伟先生《蒲松龄年谱》曾过录,在《淄博

① 盛伟:《蒲松龄年谱》,见盛伟编《蒲松龄全集》附录,学林出版社 1998 年版,第 3355 ~ 3356 页。

市文物志》的《名人遗迹·蒲松龄故居》部分同样有载,其文曰:

> 蒲氏始祖碑原立于淄川区洪山镇蒲家庄西门外,蒲氏老茔内,蒲氏始祖蒲璋墓前。1980年,移存蒲松龄墓园。碑高185厘米,宽76厘米,厚28厘米。上有瓦楞状碑帽,下配碑座。碑青石阴刻,楷书。清康熙五十四年十月蒲姓合族公立。因风雨剥蚀,人为破坏,碑文已模糊不清,有十四字不可辨认……附碑文:
>
> 始祖讳璋原配杨氏初无碑记自□□祖讳□□始□□记姓名今世之年湮渐就澌成□□坟□□没榛弃乃同祖□力共制□石□使百代□昌犹共知水源木本之义云尔
>
> 蒲氏始祖之墓
>
> 大清康熙五十四年十月一日阖族公立[①]

由蒲松龄初始纂修,1993年蒲氏家族重修的淄川《蒲氏世谱》,卷一后附已故蒲先明先生撰《再考始祖碑移址情况》,同样过录了康熙五十四年蒲氏阖族公立的蒲璋"蒲姓始祖之墓"碑文。今移录于下:

> 始祖讳璋原配杨氏初无碑记自八世祖讳续芳始以碑石记姓名今世远年湮渐就澌灭窃恐坟垄并没榛莽乃同谋协力共制此石庶使百代繁昌犹共知水源木本之义云尔
>
> 蒲氏始祖之墓
>
> 大清康熙五十四年十月一日阖族公立[②]

---

① 《淄博市文物志》编纂组:《淄博市文物志(初稿)》,1984年,第114页。1985年,此印刷品由淄博市文化局赠发出席全国第二次蒲松龄学术讨论会的会议代表。

② 〔清〕蒲松龄等纂修:(淄川)《蒲氏世谱》,北京市大兴县古籍印刷装订厂1993年影印本。

蒲先明先生过录的碑文，较《淄博市文物志》本多出一字，校改三字，并将《淄博市文物志》本认为不可辨识的十四字全部补齐。细绎其文，笔者以为有些文字校改得确有道理，如校改"世之年湮"为"世远年湮"，"渐就澌成"为"渐就澌灭（按，灭繁体作滅）"，"□没榛弃"为"并没榛莽"。当然，把他人认为"不可辨认"的十四字全部补出，辨识揣摩中或有以意拟之的成分。

将"蒲姓始祖之墓"碑文的三种过录本对校，并参考相关资料，可以订正以下异文：

一是盛伟《蒲松龄年谱》本作"蒲姓始祖之墓"，《淄博市文物志》本、蒲先明过录本作"蒲氏始祖之墓"的异文，据蒲松龄纪念馆陈列的"蒲姓始祖之墓"碑石照片，可以确认盛本作"蒲姓始祖"是，其他二本作"蒲氏始祖"误。

二是"蒲姓始祖之墓"六字之前的一段碑文，盛本所引中断未完。将三本对校并加标点，这段文字大致如下：

> 始祖讳璋，原配杨氏。初无碑记，自□□[八世]祖讳续芳始□□[以碑石]记姓名。今世远年湮，渐就澌灭，□□[窃恐]坟□[垄]□[并]没榛莽，乃同祖[谋][协]力，共制□[此]石，□[庶]使百代□[繁]昌，犹共知水源木本之义云尔。

其中空围"□"与方括号"[ ]"中的文字，为因世远年湮，今人辨识存在歧说者，今并录于此，以为存照。

以上这一段碑文，引出了我们要讨论的第二个问题：这位最初为始祖蒲璋立碑的人，盛伟《蒲松龄年谱》识读为"继芳"，即蒲松龄的曾祖；而《淄博市文物志》本与蒲先明过录本则俱识读为"续芳"，即蒲松龄的伯曾祖。此人究竟是蒲继芳还是蒲续芳？

蒲松龄的高祖名世广，配王氏，生四子，曰续芳、继芳、绍芳、联芳。淄川《蒲氏世谱》之蒲续芳小传载：

> 续芳，配姜氏，子三。邑庠生。以子生池贵（任无极知县），膺封文林郎。姜母封孺人。又能自始祖下七世冢前各立卧碑，俾后人知祖墓所在，皆我公之力也。震谨识。①

而在蒲松龄的曾祖蒲继芳名下，淄川《蒲氏世谱》中并无为始祖等立碑的记载，其文曰：

> 继芳，配赵氏，子五。邑庠生。②

1993 年蒲氏家族重修的淄川《蒲氏世谱》，卷一后附已故蒲先明先生撰《再考始祖碑移址情况》一文，于蒲续芳所立始祖蒲璋卧碑有如下记载：

> 始祖讳璋祖之碑，系八世祖讳续芳祖在嘉靖年间始立卧碑，于康熙年间合族又重立立碑，均在庄西门外西南方向二百米处，即老（营）[茔]内。一九八〇年，老（营）[茔]全部整改方田，由曾祖英绪、祖文梓、族叔章奉等族人，将两碑并石鼓一樽，一并移于庄东南松龄祖墓园南侧，均为妥善保管……
>
> 一、卧碑碑文及碑型
>
> 一、碑文：

---

① 〔清〕蒲松龄等纂修：（淄川）《蒲氏世谱》第 1 册，北京市大兴县古籍印刷装订厂 1993 年影印本，第 45 ~ 46 页。

② 〔清〕蒲松龄等纂修：（淄川）《蒲氏世谱》第 1 册，北京市大兴县古籍印刷装订厂 1993 年影印本，第 46 页。

子荣
子宣
男五人　子隆
子敬
子忠

高祖公蒲讳璋祖母杨氏　之墓

嘉靖二十□年春二月十五日八世孙蒲续芳重立①

据蒲松龄手稿《般阳土著》和淄川《蒲氏世谱》,蒲璋所生五个儿子的长幼次序为子忠、子敬、子隆、子宣、子荣;蒲先明钞录的墓碑,次序或有颠倒。又蒲续芳所立的卧碑既然是“始立”,碑文中却出现“重立”字样,亦不可解。两处疑问,今存疑待考。

关于移置于蒲松龄墓园之后的蒲续芳为其始祖蒲璋所立卧碑,杨海儒在《蒲松龄的先祖墓葬与其民族属说》一文中介绍说:

> 最近在蒲松龄墓园内发现了一方卧碑,系蒲族八世传人蒲续芳(蒲松龄之伯曾祖)于明嘉靖二十□(此字迹已难辨认)年为其始祖蒲璋所立,上刻蒲璋的五个儿子蒲子忠、子敬、子隆、子宣、子荣之名。这是所见蒲氏始祖最早的墓碑。②

据以上考察,盛伟《蒲松龄年谱》将康熙五十四年蒲氏阖族公立的蒲璋“蒲姓始祖之墓”碑文“祖讳□□”识读为“祖讳继芳”,以松龄曾祖蒲继芳为明嘉靖间为始祖立碑者,盖识读并失检之误。淄川

① 〔清〕蒲松龄等纂修:(淄川)《蒲氏世谱》第1册,北京市大兴县古籍印刷装订厂1993年影印本,第98页。

② 杨海儒:《蒲松龄生平著述考辨》,中国书籍出版社1994年版,第134页。

《蒲氏世谱》与现存的原碑碑文皆可以证实,明嘉靖年间为始祖蒲璋立卧碑者非蒲继芳,乃继芳胞兄蒲续芳是也。

八、蒲松龄的排行有两说

淄川蒲氏族人累代相传,习称蒲松龄为“三老祖”。言下之意,蒲松龄在其兄弟中排行第三。

蒲松龄排行第三的说法,最早见于其长子蒲箬撰写的《清故显考岁进士、候选儒学训导柳泉公行述》:

> 先父讳松龄……先祖处士公第三子也。处士公字敏吾,少艰于嗣,四十余苦无子……后累举四男:嫡祖妣董出者三,庶祖妣李出者一。先父为嫡出之次,而于行则为三。[①]

路大荒先生撰写的《蒲松龄年谱》,于蒲松龄的排行有不同的说法。路先生写道:

> 柳泉先生为嫡母董氏所出之次,而于行则为四,兄三人,弟一人,俱见世系。[②]

不仅路大荒先生一人如此,蒲松龄行四的说法在前人的传论中也可谓多见。如王冰洋在《〈聊斋志异〉作者蒲松龄评传》中写道:

> 松龄先生的父亲槃,生了他弟兄五个,他是老四,二哥三哥

① 盛伟:《蒲松龄全集》附录,学林出版社 1998 年版,第 3438 页。
② 路大荒:《蒲松龄年谱》,齐鲁书社 1980 年版,第 2 页。

都有功名,他自己是个贡生。①

日人前野直彬教授所撰《蒲松龄传》,于第一节《淄川蒲氏》也说:

在满族入关追剿李自成、建立清王朝君临天下这一社会巨变之前四年,明崇祯十三年(一六四〇),山东省济南迤东二百公里的淄川县郊外,一个叫蒲家庄的村子里住着的名叫蒲槃的人家,他的第四个儿子出生了。②

前野直彬言济南至淄川“二百公里”,其说有误。杨海儒《〈蒲松龄传〉中值得商榷的地方》曾予正误:“《传》称‘山东省济南东方二百公里淄川县郊外,叫做蒲家庄的小村……’之句,误将省城济南与淄川县的距离扩大了一倍。”③

与蒲箬所说的蒲松龄排行第三不同,路大荒、王冰洋、前野直彬都说蒲松龄行四。笔者以为,两种说法各有道理。

据淄川《蒲氏世谱》,松龄之父蒲槃生五子,曰兆箕、兆专、柏龄、松龄、鹤龄,其配氏、子嗣与生平如下:

兆箕。

兆专,字人枢。邑庠生。配韩氏,子二。

柏龄,字辛甫。邑庠生。配黄氏,子三。

---

① 王冰洋:《〈聊斋志异〉作者蒲松龄评传》,载《胜利杂志》新一号,1943年。

② [日]前野直彬:《蒲松龄传》,秋山书店1976年版,第11页。

③ 杨海儒:《蒲松龄生平著述考辨》,中国书籍出版社1994年版,第66页。

松龄，配刘氏，子四。公字留仙，号柳泉，辛卯岁贡，以文章风节著一时（以下略）。

鹤龄，配张氏。①

杨海儒先生《〈蒲松龄年谱〉中应澄清的问题》，曾对路大荒《蒲松龄年谱》对蒲松龄兄弟排行的表述发表过自己的看法："《蒲氏世谱》中，蒲槃名下确有儿辈五人，其排列顺序为：兆箕、兆专、柏龄、松龄、鹤龄。以此，好像《年谱》之说有理。然而细加分析，问题就出来了。兆专至鹤龄四人名下皆有配氏、子嗣、科举情况记载，惟兆箕名下无有。实际上这位兆箕早丧，只是有个名而已……蒲松龄为其堂兄兆兴（蒲槃弟柷之次子）所作小传称：'公初为三伯嗣，后伯父生专，乃归……'说明蒲槃因四十余无子而过继弟柷之次子兆兴为嗣，直到兆专出生，兆兴才回归自己家中。足证兆箕虽名列兆专之前，然终未被列入'四男'之内，兆专实乃'四男'之长，松龄则行三无疑也。"②

笔者以为，虽然蒲箬撰《清故显考岁进士、候选儒学训导柳泉公行述》有"先父讳松龄……先祖处士公第三子也"的说法，却不能以此为据否认《般阳土著》和淄川《蒲氏世谱》记载的蒲槃生五子、松龄排行为四的历史事实。

其实就蒲松龄的排行这件事而论，与宋代文学家苏轼存在许多相似之处。苏轼常被后人称为"大苏""苏长公"，这几种称呼都具有在兄弟中排行第一的意思；但据相关史料，苏轼还有一个早夭的哥哥苏景先，年长苏轼约三四岁，在苏轼三岁的时候少年夭亡。欧阳

---

① 〔清〕蒲松龄等纂修：（淄川）《蒲氏世谱》，北京市大兴县古籍印刷装订厂1993年影印本，第72～73页。

② 杨海儒：《蒲松龄生平著述考辨》，中国书籍出版社1994年版，第99页。

修在为苏洵撰作的《故霸州文安县主簿苏君墓志铭并序》中写道："生三子：曰景先，早卒；轼，今为殿中丞，直史馆；辙，权大名府推官。"①按照惯例，欧阳修的《故霸州文安县主簿苏君墓志铭并序》，正是依据苏轼提供的乃父苏洵的行状而写的。苏轼字子瞻为人所熟知，其实他另有一字曰和仲。这个"和仲"的字，就是按照伯、仲、叔、季的次序而起的，意在表明自己还曾有过一位早逝的兄长。

笔者以为，蒲松龄行三与行四两种排行，其实是可以并存的。说蒲松龄排行第三，按的是长大成人的四个兄弟兆专、柏龄、松龄、鹤龄出生早晚的次序；说蒲松龄排行第四，则是按照其父蒲槃共生五子，蒲松龄排在第四位的事实，这样的排行所表示的，是对早逝的长兄兆箕以示尊重的意义。因此，蒲松龄的排行问题可做如下表述：松龄为蒲槃继室董氏所出之次子，于行为四；因其长兄兆箕少年夭亡，又叙次为三。

盛伟先生所撰《蒲松龄年谱》，于蒲松龄排行一事有如下表述：

> 父槃，字敏吾……子五。柳泉先生为董氏所出之次，而排行则为三，兄二人。②

笔者以为，这样的表述是存在问题的。既然称蒲槃"子五"，说明盛先生在论及蒲松龄排行的时候，是把早夭的松龄长兄兆箕计算在内的，在这样的前提之下计数蒲松龄的排行，应该说他排行第四，兄三人；而如果像蒲箬那样不将兆箕计数在内，仅计后出的"四男"，那么同样不应该说蒲槃"子五"，而松龄在五人中"排行则为三，兄二

① 〔宋〕苏洵著，曾枣庄、金成礼笺注：《嘉祐集笺注》附录，上海古籍出版社 1993 年版，第 521 页。

② 盛伟：《蒲松龄年谱》，见盛伟编《蒲松龄全集》附录，学林出版社 1998 年版，第 3356 页。

人”。也就是说，盛先生在论及蒲松龄排行的时候，把有关其排行的两种说法混二为一，忽视了是否应该把早夭的兆箕计数在内这一前提，于是在表述上出现了错误。

九、乡前辈唐梦赉的生年

路大荒先生撰写的《蒲松龄年谱》，于蒲松龄出生的明崇祯十三年庚辰（一六四〇）下记载：

> 是年同邑友人……唐梦赉（豹岩）已十三岁。①

此后相继出版的张景樵撰《清蒲松龄先生留仙年谱》②、刘阶平撰《蒲留仙松龄先生年谱》③、盛伟撰《蒲松龄年谱》、罗敬之撰《蒲松龄年谱》，记载与路《谱》相同，都称唐梦赉这一年已经“十三岁”。

唐梦赉是蒲松龄的乡前辈，他究竟出生于哪一年，有存世的《墓志铭》可按。王士禛所撰《蚕尾续文》卷十三，收录了其《敕授征仕郎、内翰林秘书院检讨豹岩唐公墓志铭》，其中写道：

> 按状先生讳梦赉，字济武，别字豹岩……生明天启丁卯十二月八日，卒康熙三十七年戊寅六月十六日。④

在王士禛撰写的《墓志铭》之外，还有一篇相关文献涉及唐梦赉

---

① 路大荒：《蒲松龄年谱》，齐鲁书社 1980 年版，第 3 页。

② 张景樵：《清蒲松龄先生留仙年谱》，台湾商务印书馆股份有限公司 1980 年版。

③ 刘阶平：《蒲留仙松龄先生年谱》，台湾中华书局股份有限公司 1985 年版。

④ 〔清〕王士禛：《带经堂集》，《清代诗文集汇编》第 134 册，上海古籍出版社 2010 年版，第 832 ~ 834 页。

的生年问题，即蒲松龄所撰《唐太史豹岩先生命作生志》，见于盛伟编《蒲松龄全集》本《聊斋文集》卷七。其文云：

> 唐太史公字济武，别号豹岩……顺治五年举于乡，六年成进士。时年公二十有三。[①]

清顺治六年为公元1649年。由此年往前逆推，其所记载的年龄与《敕授征仕郎、内翰林秘书院检讨豹岩唐公墓志铭》所言正合。

明天启丁卯为明天启七年，公元1627年。计之，唐梦赉至蒲松龄出生的明崇祯十三年(1640)为十四岁，而非十三岁。

路大荒《蒲松龄年谱》记为“唐梦赉(豹岩)已十三岁”，乃路先生计数唐梦赉的年龄时出现误差所致。张、刘、盛、罗四种《蒲松龄年谱》俱后出，但因为没有复按相关的原始文献，均沿袭路《谱》之说而误。对于以上五种《蒲松龄年谱》中出现的这一不审之误，应依据王士禛《敕授征仕郎、内翰林秘书院检讨豹岩唐公墓志铭》和蒲松龄《唐太史豹岩先生命作生志》的记载予以订正。

【作者单位：山东大学文学院】

---

① 盛伟：《蒲松龄全集》，学林出版社1998年版，第1303页。

关于“聊斋学”构建的几点思考

李 奎

纵观《聊斋志异》的研究历史，“聊斋学”大致兴起于20世纪80年代，是专门研究《聊斋志异》、蒲松龄以及相关文献的学科。20世纪80年代，山东淄博先后举办了十多次蒲松龄研讨会及《聊斋志异》、聊斋俚曲研讨会。到了1991年10月，山东大学、山东省文化厅和淄博市人民政府联合举办了首届国际聊斋学讨论会。又过了十年，2001年4月在山东召开了第二届国际聊斋学讨论会。此次召开“聊斋学”高层论坛，对于“聊斋学”在21世纪的深入研究和学科的建立有着极大的促进作用。

笔者不揣鄙陋，对当前的“聊斋学”研究及现状做了简单的回顾，在此基础上对“聊斋学”的构建做了一些思考，不当之处还请批评指正。

一、“聊斋学”相关文献资料整理

《聊斋志异》的整理本影响最大的有中华书局、上海古籍出版社、人民文学出版社的版本，分别是中华书局《全本全注全译聊斋志异》《传世经典文白对照聊斋志异》，上海古籍出版社张友鹤的《聊斋志异会校会注会评本》，人民文学出版社朱其铠的《全本新注聊斋志异》、任笃行的《全校会注集评聊斋志异》、赵伯陶的《聊斋志异详注新评》。上述几部整理本最具代表性，可以说为《聊斋志异》的文学研究提供了扎实有效的资料。

与当下为“显学”的“红学”相较,《聊斋》也有不足,影印本出版较为滞后,而《红楼梦》影印本有多个出版社出版,如人民文学出版社、上海古籍出版社、中国书店、沈阳出版社。这些影印本为学界对《红楼梦》进行深入研究奠定了扎实的基础。

《聊斋志异》有手稿本,现残存八册,有影印本①。抄本,计有六种:康熙年间抄本、铸雪斋抄本、乾隆年间抄本(二十四卷)、雍正年间抄本(《异史》抄本)、黄炎熙抄本、山东博物馆藏残抄本。铸雪斋抄本1974年由上海人民出版社影印,乾隆年间抄本1980、1981年由齐鲁书社影印,雍正年间抄本1989年由中国书店影印,其余均不见影印本。刊本多,重要者有:青柯亭本、王金范刊本、李时宪刊本、小芝山樵刊本、步云阁刊本、敬业堂刊本。青柯亭本台湾艺文印书馆、大陆均影印过,其余影印本则不见。辑佚本,存四种:段璪辑本、荣誉辑本、刘滋桂辑本、《聊斋志异遗稿》抄本,均未见影印本。批评本,存三种:何守奇评本、但明伦评本、四家合评本,均未见影印本。注释本,存两种:吕湛恩注本、何垠注本,均未见影印本。评注本,存三种:维经堂刊本、咸丰十一年刊本、咸丰年间刊本,咸丰十一年刊本后由台湾商务印书馆排印出版。图咏本,存两种:同文书局石印本、扫叶山房石印本,同文书局石印本1981年由中国书店影印。② 根据上面所述,我们可以知道,就数量而言,《聊斋志异》的版本数量并不比《红楼梦》少,但其影印本数量却少了很多,且多是20世纪出版的。影印本数量偏少,《聊斋志异》研究也就缺少了基本文献基础,这会非常影响《聊斋志异》的研究。对于青年学者而言,由于种种原因,难以看到《聊斋志异》的原始文献,只有少数在业内成名的学者才有机会亲览,影印本无疑是个非常好的资源库。

---

① 1955年文学古籍刊行社影印,1995年中华全国公共图书馆文献缩微复制中心影印。

② 石昌渝:《中国古代小说总目·文言卷》,山西教育出版社2004年版,第245~246页。

在互联网上还有专门的《红楼梦》版本数位资源库，也给研究者提供了福祉；然而《聊斋志异》目前还没有一个专门的网站，搭建数位资源库为研究者服务。

除了专门的版本，另有与小说相关的文献急需整理和完善，《聊斋志异》仅有朱一玄先生整理的《聊斋志异资料汇编》，而反观《红楼梦》，先后有一粟、朱一玄、吕启祥等诸位先生参与。而吕先生所编《红楼梦研究稀见资料汇编》主要以报刊所载文献为基础，挑选部分价值重大的资料编入，为学术界提供了非常多的新资料。据笔者检索近代报刊数据库，《聊斋志异》报载资源亦很驳杂，亟待整理和进行必要的学术研究。

最近几年的学术研究不断深入，比如周恬羽、周生杰《〈家言随记〉所见蒲松龄及〈聊斋志异〉史料考》[①]、毛伟《新发现蒲松龄著〈七言杂字〉考述》[②]、孙启新《蒲松龄与王观正交游订补——兼与袁世硕先生商榷》[③]、张兵、郑炜华《山东历城朱氏与〈聊斋志异〉》[④]、元伟《〈聊斋志异〉本事考补四则》[⑤]、邹宗良《蒲松龄年谱汇考》[⑥]，笔者还从新加坡、马来西亚的汉文报刊中辑录出《聊斋志异》的相关文献资料[⑦]。这些新发现的文献为《聊斋志异资料汇编》的进一步完善做好

---

① 周恬羽、周生杰：《〈家言随记〉所见蒲松龄及〈聊斋志异〉史料考》，载《历史文献研究》2017 年第 2 期。

② 毛伟：《新发现蒲松龄著〈七言杂字〉考述》，载《蒲松龄研究》2018 年第 1 期。

③ 孙启新：《蒲松龄与王观正交游订补——兼与袁世硕先生商榷》，载《蒲松龄研究》2015 年第 3 期。

④ 张兵、郑炜华：《山东历城朱氏与〈聊斋志异〉》，载《甘肃社会科学》2017 年第 1 期。

⑤ 元伟：《〈聊斋志异〉本事考补四则》，载《内江师范学院学报》2016 年第 11 期。

⑥ 邹宗良：《蒲松龄年谱汇考》，山东大学 2015 年博士学位论文。

⑦ 李奎：《新加坡〈振南日报〉载〈聊斋志异〉相关资料述评》，载《蒲松龄研究》2012 年第 3 期；《新马汉文报刊所载〈聊斋志异〉相关资料辑补》，载《蒲松龄研究》2013 年第 3 期。

了准备工作。

路大荒先生于1936年和1962年两次整理与辑录《聊斋俚曲集》，收俚曲13种，实际有14种。前辈学者为资料所限，而后辈学者对其多有订正，比如蒲先和《蒲邹本〈蒲松龄集·聊斋俚曲〉注释辨误》[①]、雷汉卿《〈聊斋俚曲〉方言词零札》[②]、《对〈聊斋俚曲集〉整理校注的补充和考证》[③]。最近齐鲁书社又新出《聊斋俚曲集》，不仅吸收了已有研究成果，而且增加了研究者辑录整理的曲谱和非遗传承人演唱的经典曲段。

二、《聊斋志异》的学术研究

关于《聊斋志异》的研究，笔者统计出版的专著，发现数量偏少，最近的专著是赵伯陶先生的《〈聊斋志异〉新证》[④]、汪玢玲《蒲松龄与〈聊斋志异〉研究》[⑤]、李桂奎、冀运鲁《聊斋志异鉴赏辞典》[⑥]、余宗其《法说〈聊斋志异〉》[⑦]、霍英《霍夫曼艺术童话与蒲松龄〈聊斋志异〉比较研究》[⑧]、李海军《从跨文化操纵到文化和合——〈聊斋志异〉英译研究》[⑨]、刘绍信《〈聊斋志异〉叙事研究》[⑩]、蒋玉斌《〈聊斋

---

① 蒲先和:《蒲邹本〈蒲松龄集·聊斋俚曲〉注释辨误》，载《蒲松龄研究》2011年第1期。

② 雷汉卿:《〈聊斋俚曲〉方言词零札》，载《蒲松龄研究》2005年第1期。

③ 李登桥:《对〈聊斋俚曲集〉整理校注的补充和考证》，载《宜宾学院学报》2010年第10期。

④ 赵伯陶:《〈聊斋志异〉新证》，文化艺术出版社2017年版。

⑤ 汪玢玲:《蒲松龄与〈聊斋志异〉研究》，中华书局2015年版。

⑥ 李桂奎、冀运鲁:《聊斋志异鉴赏辞典》，上海辞书出版社2015年版。

⑦ 余宗其:《法说〈聊斋志异〉》，中国财富出版社2014年版。

⑧ 霍英:《霍夫曼艺术童话与蒲松龄〈聊斋志异〉比较研究》，西安交通大学出版社2016年版。

⑨ 李海军:《从跨文化操纵到文化和合——〈聊斋志异〉英译研究》，上海交通大学出版社2014年版。

⑩ 刘绍信:《〈聊斋志异〉叙事研究》，中国社会科学出版社2012年版。

志异〉的清代衍生作品研究》[①]、孙雪瑛《聊斋志译——诠释学视阈下的〈聊斋志异〉翻译研究》[②]、王立、刘卫英《〈聊斋志异〉中印文学溯源研究》[③]等。

这些研究成果可以作为《聊斋志异》学术研究的代表,从中也可以发现一些问题,这是将来的学术研究需要考虑的。比如关于《聊斋俚曲》的研究,最近几年仅见刘秀荣、刘婷婷的《聊斋俚曲论纲》[④];关于它的语言学研究成果出现了几部,视角新颖,比如《〈金瓶梅词话〉〈醒世姻缘传〉〈聊斋俚曲集〉语言词典》[⑤]、《〈聊斋俚曲〉语法研究》[⑥]。

其实"聊斋学"研究还有很大的空间,《聊斋志异》的文本本身就有很大的学术空间和增长点,这在一些博硕士论文中就有体现。根据对"中国知网"的检索,近五年以《聊斋》研究为名的博硕士论文,共计有110篇,关注面较广,关注了《聊斋志异》的比较研究、版本研究、语言学研究、图像学研究、文化学研究、改编研究、外文译本研究。他们应该是"聊斋学"研究的新生力量。

三、《聊斋志异》的海外传播

20世纪以前,《聊斋志异》在海外的传播主要是进行翻译和介绍,学术方面的研究较少。《聊斋志异》的海外翻译,包括德文、法

---

① 蒋玉斌:《〈聊斋志异〉的清代衍生作品研究》,中国社会科学出版社2012年版。

② 孙雪瑛:《聊斋志译——诠释学视阈下的〈聊斋志异〉翻译研究》,上海三联书店2016年版。

③ 王立、刘卫英:《〈聊斋志异〉中印文学溯源研究》,昆仑出版社2011年版。

④ 刘秀荣、刘婷婷:《聊斋俚曲论纲》,齐鲁书社2016年版。

⑤ 徐复岭、王永超:《〈金瓶梅词话〉〈醒世姻缘传〉〈聊斋俚曲集〉语言词典》,上海辞书出版社2018年版。

⑥ 冯春田:《〈聊斋俚曲〉语法研究》,河南大学出版社2003年版。

文、日文、英文、越南文、俄文、意大利文、捷克文、匈牙利文、波兰文、朝鲜文、罗马尼亚文、保加利亚文、西班牙文、荷兰文、挪威文、瑞典文等，其中德文译本数量最多，达十种；法文、日文译本各六种；英文译本四种；越南文译本三种。[①]

然而纵观最近几年的外文译本研究，主要集中于俄文译本、日文译本、英文译本研究；对于其他译本的研究没有跟上，滞后许多。对于外文译本的文本研究、比较研究、文化研究也比较滞后，这些都是极大的研究空间。

对于《聊斋志异》的海外资料收集工作有待进一步加强，笔者承担国家社科基金项目时，曾经收集过一部分新加坡、马来西亚汉文报刊上的《聊斋》资料，撰写了两篇论文，公布了部分资料。这主要是关注《聊斋》在海外华人群体间的传播。笔者通过研究新、马汉文报刊中的《聊斋》资料，认为新、马华人群体对于中国古代小说非常喜欢，长篇小说以《红楼梦》为最，短篇小说以《聊斋志异》为首，两部小说成为华人心目中的最爱。除了新、马，在泰国、越南、澳大利亚、美国、加拿大等地，也有着数量极为庞大的华人群体，更是有诸多汉文报刊，这些都是值得研究和调查的资源宝库。

对于海外的《聊斋志异》研究者，我们也极为陌生。他们的论著、观点，老一辈学者可能比较清楚；对于年轻一代学人而言，所了解的海外《聊斋》研究的信息就寥寥无几了。例如日本学者庆应义塾大学八木章好教授，是日本学界研究《聊斋志异》的知名学者，曾公布庆应义塾大学藏的《聊斋志异》抄本残卷资料，并做了有见识的研究，依据笔者调查，日本还有多位学者对《聊斋志异》有过研究；新加坡学者辜美高副教授，曾研究过《聊斋志异》，早在 1992 年就编撰

---

① 详见石昌渝主编《中国古代小说总目 · 文言卷》，山西教育出版社 2004 年版，第 246 ~ 247 页。

了《国际聊斋论文集》，汇集了中、美、法、日、新加坡等国学者的20余篇论文，并撰写了专著《〈聊斋志异〉与蒲松龄》。海外诸多学者对《聊斋志异》已经做了许多有益的探索，因为时间久了，以及地域问题，所以青年学人对其不甚了解。

四、《聊斋志异》的当代意义

《聊斋志异》的研究，还需要注意学术研究与大众传播的结合，以前有电影、电视剧的介入，为《聊斋志异》在民间的传播打好了基础。文学的民间传播是学术研究的基础，是促进学术研究的有力保障。现在《红楼梦》的研究非常热闹，有许多非小说研究出身的爱好者成为专业研究者：比如周文业先生，周先生本为一工程师，后介入中国古代小说数字化研究，做出了非常多的贡献；顾斌，非古代小说专业出身，后成为《红楼梦》研究年轻人中的佼佼者；淮北师范大学孟宝跃教授，本专业为书法，最早并未涉猎《红楼梦》，后来研究《红楼梦》与书法，撰写了相关专著和论文。《聊斋志异》如能像《红楼梦》那样普及，吸引更多的人加入进来，对于“聊斋学”而言，将会是巨大的帮助。

《红楼梦》的影视改编，到现在一直没有中断过：2010年版的《红楼梦》电视剧，2017年“小戏骨”版的《红楼梦》，2017年河南开封拍摄少儿版《红楼梦》，2018年胡玫再次拍摄《红楼梦》……这些现象不能从纯粹的学术研究视角去看待，不论拍摄质量高低，毫无疑问的是会引起许多人关注，而这恰恰是《红楼梦》进行深入的学术研究的社会基础。反观《聊斋志异》的影视作品，造成的社会影响力难以与《红楼梦》相比拟，这是社会传播不足的表现。社会传播的不足，造成关注者偏少。许多省市都成立了红楼梦学会，热闹非凡，但反观《聊斋》，成立的学会数量极少。

五、“聊斋学”构建的建议

构建“聊斋学”，笔者不揣鄙陋，认真思考了一下，应该有以下几方面工作可以进行：

第一，编撰《聊斋志异大辞典》。《红楼梦》已经有很多辞典面世，进行了多次修订，而《聊斋志异》相关工具书数量明显偏少。在成立“中国聊斋学会”的基础上，由德高望重的前辈学者挂帅，组织中青年学者积极参与，编撰一部在学术史意义上价值重大的工具书。

第二，进行《聊斋志异资料汇编》修订工作，增加中国近现代报刊中的稀见资料，扩充海外汉文报刊中的相关资料，这些基础工作对于《聊斋志异》的深度研究有帮助。

第三，考虑稀见版本的影印出版。放眼小说名著，都有海内外稀见版本的影印本出版，比如北京大学潘建国教授负责的《海外所藏〈西游记〉珍稀版本丛刊》，陈翔华先生负责的《三国志演义古版丛刊》，人民文学出版社的“红楼梦古抄本丛刊”，等等。这些都是值得借鉴的方面。继续调查海外各大图书馆乃至华人，看是否还有新的《聊斋》版本存世。

第四，组织召开高水平的学术会议，设置高质量的学术论文奖，组织相关学者进行“聊斋学”的普及工作。组织“聊斋俚曲”推广活动、“聊斋戏曲”展演活动。积极与海外华人社团联系，筹划海外“聊斋文化”展览活动。

第五，加强对海外研究者学术成果的翻译整理。翻阅国内的博硕士论文时，发现他们往往对海外研究者的成果略而不提，根本原因是对其不了解。这种现象对于学术研究的深入推进是很大的阻碍，《聊斋志异》亦不例外，上文提到的八木先生就是例子。

第六，编撰研究书系，做到有系统有计划地研究，特别是针对海外外文译本的研究，有分量的代表性成果非常少。注重培养中青年学者，形成一个老、中、青三代结合的，有代表性研究成果的研究团队。

第七,创办数位化资源库。将《聊斋》相关资源整合,全部数位化处理,构建一个能够供专家学者乃至爱好者使用,内中包括版本、影视、论文、相关文物等,可以检索的多功能资源库。十余年来,周文业先生的四大名著版本数位库就是很好的例证,但内容仅限于版本,《聊斋》数据库应该扩大内容收集范围,这对“聊斋学”构建作用巨大。

第八,鼓励“聊斋学会”的理事等有志者在高校成立《聊斋》读书会,为“聊斋学”的可持续研究培育新生力量和后备军,争取组织一个从专业研究者到高校学生再到民间爱好者的阅读群体。

如果把小说看作一种文化媒介的话,那么它的传播要考虑跨文化、跨地域的差异性。文学的跨文化传播极为复杂,这是古代文学研究者需要注意的地方。

【作者单位:山西师范大学文学院】

聊斋文献学研究

再谈蒲松龄晚年出贡的待遇波折

杨海儒

清康熙五十年辛卯,年逾古稀的蒲松龄补廪已二十七年,按例应考岁贡。是年冬十月,他曾一仆一骑,沿途吟咏,奔赴青州道中,经案临青州贡院视学的山东学政黄叔琳考核出贡。然而考贡旋归半年后,却未见县令来按国典常规旧例为其悬挂贡旗、匾额,并支发贡银。不得已,他数投呈文催促之。《聊斋文集》卷六《文告·呈文》中有多篇作品涉及此事。翌年,县令虽为其挂了旗、匾,但应发贡银仍迟迟未能兑现。无奈之下,他又辗转烦请身为贵官的良友出面关照,写信让淄川县令尽快按成规照章办理。聊斋诗《求邑令支发贡金》即为此事而作。尽管诗中也有"春风过马耳,岁月忽已遒"句,可谓一波三折,不过从迹象上看,想必最终还是得到了应有的结果。

对于蒲松龄晚年出贡的待遇波折问题,拙文《蒲松龄与杨万春(松年)——聊斋诗〈求邑令支发贡金〉中的"良友贵官"析》即已涉及[①],不过只是为考证聊斋诗中的"良友贵官"应为"杨万春"而写,对其出贡待遇一事未做深入探讨。考虑到出贡待遇事关蒲松龄生平研究,尤其是晚年出贡待遇波折对他的影响,有必要以专题形式

---

① 杨海儒、杨晓林:《蒲松龄与杨万春(松年)——聊斋诗〈求邑令支发贡金〉中的"良友贵官"析》,载《蒲松龄研究》2014 年第 4 期。

全面分析事件的起因经过，在任县令的态度作为，以及他本人的愤懑情绪与不懈的抗争。为此，笔者愿以“再谈”为题，进一步论述之。

一、蒲松龄与知县吴堂的纠葛及其考贡事

《聊斋文集》中的《请讨贡银呈》云：

> 为仰祈曲遵国典，以推宏恩事：窃照生自去年十月蒙助资斧，考贡旋归，遂即薄备一芹，竭诚叩谢。奈因腰橐空虚，遂为阍人所阻，如帝天之难见，致葵藿之徒倾。自念终老一经，无足齿数。若旗匾旧例，原不敢望贤令尹之奇荣；而锡余成规，亦不可辜圣天子之实惠。况今钱粮挂欠，因之冀望良赊。恳祈老恩师破格垂青，将两年所应发，尽数支给，则受浩荡之恩波，还应投柜；而感出纳之慷慨，不异解囊。上呈。[①]

该呈文在路大荒编《聊斋文集·呈文》中排在《讨出贡旗匾呈》以后，中间隔了另外三篇呈文。而从内容看，其叙述了“去年十月”考贡前得县令“助资斧”，“考贡旋归”即备礼叩谢，但“因腰橐空虚”竟“为阍人所阻”，难以面见的过程。“若旗匾旧例，原不敢望贤令尹之奇荣；而锡余成规，亦不可辜圣天子之实惠”句，显然表明该篇应排在最先。文中所述“况今钱粮挂欠，因之冀望良赊。恳祈老恩师破格垂青，将两年所应发，尽数支给”，则道出了呈文的目的要求。当然写作时间已在其出贡的后一年，即“辛卯”年之后的“壬辰”年。

蒲松龄认为该呈文的理由很充分，要求并不格外。去冬“考贡旋归”，就曾薄备一芹，拟面谢邑令“蒙助资斧”之厚意，只是“为阍人所阻”未能面见，而“致葵藿之徒倾”。至于“若旗匾旧例，原不敢望

---

① 〔清〕蒲松龄著，路大荒整理：《蒲松龄集》，上海古籍出版社 1986 年版，第 206 页。

贤令尹之奇荣”的意思，自己不是不向往，可能办起来有难度，不如先打个招呼提个醒，早晚总会有的。比较而言，还是“贡银”更实惠，能解燃眉之急的“钱粮挂欠”，应该先讨要。只要“老恩师破格垂青”，便会“将两年所应发，尽数支给”的。然而这只是他的一厢情愿。其实，当他这篇呈文送达县衙时，阅读者并非“去年十月”在任的令尹，而是今年已接任的新邑侯。对此，蒲松龄不会不了解，因其居地离县城仅数里之遥，这样的大事肯定会知情的。

据清乾隆四十一年《淄川县志・续秩官》载，自康熙四十五年至五十一年，七年间换了三任知县，另外有一位县志未载而临时“摄篆”三月的利津知县，其后还有一位暂掌“署印”的“济军厅高老爷”，加起来共计五人。以下按顺序排列：

韩遇春，清水人，庚辰科进士。康熙四十五年任，四十八年卒于官。（其后有两位署印者，一为“利津知县俞”，即俞文翰，一为“济军厅高老爷”。详见后论。）

吴堂，华容人，庚辰科进士。康熙四十九年任，五十年丁忧去。

谭襄，高要人，癸酉科举人。康熙五十一年任，五十九年致仕。性朴直，秉公守正，非义之利一介不取，吏胥无得上下其手。尝有猾役催科至一诸生家，自毁裂其衣以诬生。侯闻大怒，立笞役二十。谓役曰：“汝求索不得，乃敢造次以行诬揑耶！”役始悚然。其精明如此。故终侯之任，役无敢以需索扰及闾阎者。

《淄川县志》未载的利津知县名俞文翰，《利津县志》有载。《聊斋文集》中《请表彰贤迹呈》云：“为表彰贤迹，以存公道，而防冒结事……利津知县俞，署淄三月，比粮派米，昼夜劬劳，并未暇有一丝遗爱，留在民间……”《又投俞县公呈》云：“为清厘漕弊，以苏民困，以留遗爱事……恳祈老父师出盖世之聪明，造福于淄，无以摄篆之民视为膜外……”[①]都成为俞氏署淄的证据。

实际上俞氏署淄仅有三月便离去。其身后还有一位暂掌“署印”者，即聊斋呈文《求革蠹漕康利贞，呈投吴县公》提到的“任内革除”康利贞的“济军厅高老爷”。他们两人在淄川摄篆的时间当在康熙四十八年至四十九年之前，即知县韩遇春卒于官后至吴堂接任前的时间段。

这期间正是蒲松龄与中饱私囊的漕粮经承康利贞为漕粮杂费问题斗争最激烈的时候，他不但与康当面对质，还上呈邑侯及省布政司官员，揭露康蠹，并上书曾两任外省知县的淄川进士谭无竞与罢官居家的刑部尚书王士禛，不要成为康的靠山，更不要力荐康复入公门。且另有多篇呈文也涉及此事。因此可知蒲松龄关心时局和民生，对于以上几位知县的任职情况必然会了解的。至康熙四十九年吴堂接任知县后，蒲松龄遂即写呈文《求革蠹漕康利贞，呈投吴县公》。其文曰：

为恳遵宪典，永革蠹役事：窃照漕粮经承康利贞，乃淄之积蠹也。四十八年充应漕粮房，妄派杂费银两，米价增至二两一钱有零，本朝七十余年所未有。正费之外，尽饱溪壑，拨官害民，莫此为甚。本年蒙藩司侯大老爷访知蠹状，行文到县，于署印济军厅高老爷任内革除，并追吏单在案。今又钻营，复任漕粮经承，合县震惊，如闻虎至。蒙老父母神明烛奸，知其争利营谋，非奉公守法之人，革去经承，为淄除害，生不胜欣幸。但恐利贞占衙门为窟穴，以嚼民为生涯，巧计钻营，再求复用。重役犯科，载在律典；宪票革除，案卷可据。呈祈老父母剪恶除根，

① 〔清〕蒲松龄：《蒲文拾遗》（一），见山东大学蒲松龄研究室编《蒲松龄研究集刊》（第三辑），齐鲁书社 1982 年版，第 321 ~ 322 页。

永行褫革。庶淄民之膏血免归蠹役之囊橐，万姓欢呼，感戴宏慈矣。①

从文中内容看出，蒲松龄与康熙四十八年充任漕粮经承的康利贞的斗争已取得了胜利。当年藩司侯大老爷访知蠹状，行文到县，于署印济军厅高老爷任内革除了康利贞的职务，“并追吏单在案”（这位暂时“署印”的“济军厅高老爷”，即接替俞文翰署淄者）。但康利贞“今又钻营，复任漕粮经承”，“合县震惊”，引发民怨。所幸县令吴堂能“神明烛奸，知其争利营谋，非奉公守法之人，革去经承，为淄除害”。此后蒲松龄唯恐康利贞仍会“占衙门为窟穴，以嚼民为生涯，巧计钻营，再求复用”，便以“重役犯科，载在律典；宪票革除，案卷可据”为由，呈祈吴县令“剪恶除根，永行褫革”，将康利贞逐出衙门之外。

细加分析，从呈题《求革蠹漕康利贞，呈投吴县公》看，目的明确，旨在“求革”康蠹。之所以点明“呈投吴县公”，一是其新莅淄邑，须知实情；二是其刚上任即让被革职的康利贞“复任漕粮经承”，负有不可推卸的责任；三是永革康蠹须县令吴堂履职办理。呈文缘起“为恳遵宪典，永革蠹役事”，表明非为私利，而为“恳遵宪典”。以下历述蠹漕康利贞中饱私囊，“拨官害民”之劣行，被“藩司侯”大人查实并“行文到县”，由暂署淄川印篆的“济军厅高”大人“任内革除，并追吏单在案”之事实。而康蠹乘邑侯易人之机，“今又钻营，复任漕粮经承”，引发“合县震惊”。点明吴令用人失察，竟使年前“宪票革除，案卷可据”的蠹吏，“复任”原职，难脱干系。尽管其后知康蠹“争利营谋，非奉公守法之

① 〔清〕蒲松龄：《蒲文拾遗》（一），见山东大学蒲松龄研究室编《蒲松龄研究集刊》（第三辑），齐鲁书社 1982 年版，第 324 页。

人，革去经承，为淄除害”，且文中誉令“神明烛奸”，然总不放心，唯“恐利贞占衙门为窟穴，以嚼民为生涯，巧计钻营，再求复用”，进一步阐明了对县令只顾私利，不关心民瘼，无原则用人的不信任态度。文末强调“重役犯科，载在律典；宪票革除，案卷可据”，并以此要求吴令“剪恶除根，永行褫革”，将康利贞逐出县衙，不使复入，以达呈文“为恳遵宪典，永革蠹役事”之目的。

该呈文是淄邑合县民众的呼声，是为维护百姓的切身利益，反对县令任用蠹漕的抗议檄文。凸显了蒲松龄不为一私之利，坚决与蠹吏抗争的勇气，为追求公平正义，敢于为民众代言的精神。县令吴堂上任伊始，抵不住金钱贿赂与头面人物的关情托说，无视“宪票革除，案卷可据”，而让蠹吏康利贞“复任漕粮经承”，引发信任危机，是其始料未及的。犀利的呈文正点中了要害，让他无言以对。无论其内心或恨或怕，为了挽回政声，他只得忍气吞声，顺水推舟，按呈文要求，革逐康利贞以息事宁人。由此他也领教了蒲松龄的厉害。

康熙五十年，蒲松龄例考岁贡。县令吴堂肯定会做顺水人情很痛快地按规定支其部分银两，以“助资斧”。而当蒲松龄“考贡旋归”，备礼面谢时，却“为阍人所阻”，或许也是吴令有意安排的。因为他不愿收其薄礼而因小失大，留下话柄。也有可能是蒲松龄未以金钱感动阍人，而遭其阻隔的。无论何种原因，都让他失去了面谢的机会。但这并非是导致其出贡待遇出现波折的原因。蒲松龄考贡，时在冬十月，归来已至月底，其诗《二十七日旋里，至夜大雪》云：

行旅休装日，马蹄带晓晖。
途遥苦倦惫，雪甚幸旋归。
炉火帏房暖，儿孙笑语围。

始知在家乐，禽犬俱忘机。[1]

其后又有《早雪，与儿孙酱酒瀹腐》一题二首云：

大雪纷纷落，掩帘四壁寒。
出门深没履，入舍急弹冠。
人稠炉益暖，饮剧酒忘酸。
喜得家人聚，人生此乐难。

早起雪飞扬，拥衾懒下床。
呼儿自酾酒，瀹腐佐传觞。
榻上三行尽，阶前半尺强。
须知名教乐，不必在膏粱。[2]

首题中“雪甚幸旋归”，次题中“大雪纷纷落”“出门深没履”“早起雪飞扬”“阶前半尺强”，都可见下雪量之大。从时间上看，其十月二十七日自青州归来，“至夜大雪”，翌日又“早雪”，且越下越大。积雪厚了难以马上融化，几天后便进入十一月份。大概蒲松龄面谢邑侯的时间不在旋归当日，因古稀老人骑驴奔波，旅途劳顿，需要休息几天，且又遇大雪。尽管《请讨贡银呈》称“自去年十月蒙助资斧，考贡旋归，遂即薄备一芹，竭诚叩谢”，估计时间已到十一月上旬或再晚些时候。县令吴堂本年遇家中老人去世，例应丁忧守制，但不知其是何日离任的。若时间也在此前后，就不是他愿不愿见蒲松龄的

① 〔清〕蒲松龄著，路大荒整理：《蒲松龄集》，上海古籍出版社 1986 年版，第 636 页。

② 〔清〕蒲松龄著，路大荒整理：《蒲松龄集》，上海古籍出版社 1986 年版，第 636～637 页。

问题了。但有一点已经明确,即使是他先支付部分贡银资助蒲松龄考贡的,然而翌年的聊斋呈文他可能已无缘再读了。即使读了,而出贡旗匾与贡金也非其可以办理了。设若他未遇丁忧,或许蒲松龄的岁贡待遇就不会出现波折了。当然,这只是假想而已。世间有很多事都难以预料。

二、蒲松龄与新令尹谭襄及其出贡待遇波折

康熙五十一年,谭襄来任淄川知县,读到了本应是前任吴堂读的那篇聊斋呈文《请讨贡银呈》。由于初来乍到,需要处理的问题肯定很多,需要时日,且此呈又牵涉到前任,短期内不可能解决。而蒲松龄见上呈无动静,便又写了《讨出贡旗匾呈》送呈县衙。其呈云:

> 为略施口惠,以存国典事:窃照贡士旗匾,原有定例。虽则一经终老,固为名士之羞;而有大典加荣,乃属朝廷之厚。淄邑旧例,约有三等:上之良吏解囊,次之领银坐价;下之票催约地以及应官匠役。历任之常规不同,要无有寝而不行者。生出贡半年有余,未蒙奖藉。切思恩即速推,亦非损史云之清俸;惠乃久靳,遂疑为阳王之善忘。虽历代之俗规,亦不妨从此消灭;但盛世之恩典,似不应自我弁髦。恳祈老父母劳心旁注,青眼微开,俯赐华衮之褒,少留甘棠之爱。著之为令,势不革而不行;犹之与人,何不使感而知惠?此乃公典,非望私恩。①

呈题明确:“讨出贡旗匾”。其缘由开门见山,是“为略施口惠,以存国典事”。开篇即称:“贡士旗匾”是“原有定例”,并非随意讨要者。“虽则一经终老,固为名士之羞;而有大典加荣,乃属朝廷之

① 〔清〕蒲松龄著,路大荒整理:《蒲松龄集》,上海古籍出版社 1986 年版,第 204 页。

厚”,是进一步申辩虽以贡生终老,诚“为名士”蒙羞,然“而有大典加荣,乃属朝廷之厚”待。以下向新任县令介绍“淄邑”办理出贡旗匾之“旧例”,大“约有三等”:“上”等由“良吏解囊”,“次”等是“领银坐价”,“下”等是“票催约地以及应官匠役”。“历任”知县采用的“常规不同”,重要的是从未有停止而不办者。然后再谈自己的情况:“出贡半年有余,未蒙奖藉”,而“切思恩即速推,亦非损史云之清俸;惠乃久靳,遂疑为阳王之善忘”。其意思不过是希望早点办理,并非一定要“损”令尹“之清俸”;而久拖不办,“遂疑为”邑侯“之善忘”。再者,“虽历代之俗规,亦不妨从此”消亡,“但盛世之恩典,似不应自我”废弃。因而“恳祈老父母”能“劳心旁注,青眼微开,俯赐华衮之褒,少留甘棠之爱”,以显惠政及仁慈。文末催促道:“著之为令”的定例并未改变而不执行,犹如推恩“与人”之事,“何不使”其“感而知惠”呢?最后强调:“此乃公典,非望私恩”,是为呼应呈题“讨出贡旗匾”而言。要求县令做的就是“略施口惠,以存国典”而已。

谭襄读此呈文,并不陌生。因其前可能已读过《请讨贡银呈》,内中已提及“若旗匾旧例,原不敢望贤令尹之奇荣;而锡余成规,亦不可辜圣天子之实惠”。知道是在向他打招呼,让他提前做准备罢了。因为《请讨贡银呈》写的是去年十月吴堂任上助其资斧考贡。考贡旋归要面谢的应是吴堂。呈文写于今年,时间当在《讨出贡旗匾呈》前。此时前任吴堂已于去年丁忧离任,蒲松龄应是知道的。他之所以如此写,也是有其难言之隐的。毕竟考贡是发生在吴堂任上,出贡待遇应由他来办理,然而其突遇丁忧离任,便将包袱甩给了后任。作为接任者的谭襄对此态度若不积极,当事者蒲松龄就难以启齿讨要。在此情势下,蒲松龄只得用明知实情而佯作不知的办法写出了《请讨贡银呈》以试水。其心里明白,贡银定例应由县衙支付,而出贡旗匾就有些麻烦,因为淄邑旧例有三等,上等由“良吏解囊”,那就要损其“清俸”了。只要谭襄想当“良吏”,就得替前任自掏腰包,心中未必情愿。所以《讨出贡旗匾呈》中就事先为其找好了要下的台阶:“切思恩即速推,亦非损史云之清俸”,是说可以选择另两种办法来处理。可能是谭襄认为这话有人情味,抑或其认可呈文说得有道理,再或是其了解了蒲松龄的文学水平与社会影响,无论哪种因素起了主导作用,都促使谭襄接受了呈文的要求,为其制作了出贡旗匾,并亲自送到蒲家庄悬挂于蒲松龄家门前。因此事关系朝廷定例,是不管谁在任,都得遵照执行的问题。这从《聊斋诗集》卷五壬辰年最后一首七言绝句《十一月二十七日,大令赠匾》中找到了印证。其诗云:

白首穷经志愿乖,惭烦大令为悬牌。
老翁若复能昌后,应被儿孙易作柴。①

按理说,新任县令能亲临蒲家赠送出贡旗匾,是一件轰动全县且非常荣耀的事,蒲松龄应感到骄傲和高兴。而他内心却百感交集,认为自己一生拼战闱场,未能中举,仅以岁贡告终,难达青云之志,很不是滋味。只能将希望寄托于后辈,企盼儿孙科举成功,改换门庭。

聊斋诗集中同年还有一首七言绝句《蒙朋赐贺》诗,排在《大令赠匾》之前,之间相隔另外五题七首诗。其诗云:

落拓名场五十秋,不成一事雪盈头。

---

① 〔清〕蒲松龄著,路大荒整理:《蒲松龄集》,上海古籍出版社 1986 年版,第 642 页。

腐儒也得宾朋贺，归对妻孥梦亦羞。[①]

从诗作内容看，充满了科场失意、未达己志的愧疚与无奈。而“腐儒也得宾朋贺”句与诗题“蒙朋赐贺”都点明了是宾朋向其致贺之事，为何而贺呢？看来还是与其出贡和大令赠送旗匾有关。只是诗序排列前后未紧接，难以认定两诗作于同一天罢了。其诗中语意除了“大令赠匾”与“蒙朋赐贺”主旨有别外，其余通篇表达的失意与愧疚心态如出一辙。而“赠匾”与“赐贺”的对象，都是指“白首穷经志愿乖”亦即“落拓名场五十秋，不成一事雪盈头”的“腐儒”蒲松龄自己。说明两诗都与其出贡获赠旗匾事有关。

壬辰年聊斋诗《十一月二十七日，大令赠匾》证实谭襄办理此事临近腊月，已是蒲松龄辛卯年出贡之后的次年岁末，而按例“将两年所应发，尽数支给”的贡银却仍未到手，让本想领到贡银即可完纳课税“挂欠钱粮”的蒲松龄心急火燎。无奈之下，他想到了本邑进士、时任吏部官员的良友杨万春，便转烦其写信给淄川县令，催办此事。然而直到年底，也未能解决。《聊斋诗集》卷五癸巳年初有《求邑令支发贡金》五古一首。其诗云：

七月逢旱虐，粟豆皆无秋。
数斗暂入瓮，旋尽为诛求。
国恩有常例，推待贡士优。
妇子苦难食，投词哀君侯。
君侯惜筋力，一钱如拔抽。
良友为贵官，转烦尺书修。

---

① 〔清〕蒲松龄著，路大荒整理：《蒲松龄集》，上海古籍出版社 1986 年版，第 641 页。

春风过马耳，岁月忽已遒。[①]

诗中所言“七月逢旱虐”，当指上年壬辰秋旱，粮食欠收，不足纳税，妇子难食。因而投呈哀求邑令，按国例支发贡金，而其却“惜筋力，一钱如拔抽”。虽转烦贵官良友修书催办，而其置若罔闻，竟当耳旁风，以至于“将两年所应发”的贡金，逾期拖到第三年。

也可能有人会问，既然县令谭襄能替前任为蒲松龄悬挂出贡旗匾，为什么不一并为其支发贡金，反而逾期拖延呢？出贡贡银数额多少？蒲松龄为何如此看重并多次催讨呢？笔者曾带着诸多疑问翻检文献史料，最后还是在《聊斋文集·呈文》中找到了线索。《呈文》中有一篇从题目看似与此无关的作品《为排邪言呈》[②]，其中就有答案。

《为排邪言呈》云：

为请排邪言，以苏儒困事：窃照国典出贡银二十九两，例应赴考发给一半，以助资斧，次年全给。生自去年十月赴试，止领银十两，其余未蒙开恩。生石田遭旱，并无秋成。从来钱粮，无至冬不完纳者；今欠银四两，现蒙追呼，专待领银完纳。又蒙照银七钱三发小钱四千零。切思此例，原康熙初年，官以此收粮，故亦按此支发。四十年来，并钱流水而无之，如有以钱投柜者，不惟官怒收，役亦笑之矣。况且行此例时，必挑拣制钱而后收之，岂有以杂钱投柜之理？老师忠厚慈祥，荣润无疆，岂屑与贫儒较此锱铢？不过因生贫不能嘱托，故堂下小人，强牵古例，以

① 〔清〕蒲松龄著，路大荒整理：《蒲松龄集》，上海古籍出版社 1986 年版，第 643 页。

② 即《文献》1980 年第 3 期所载孙均野藏本《聊斋呈稿》九篇中之末篇，题为《无题》者。

蒙蔽之耳。旧年韩父母曾依此例支发廪粮,诸生噪辨,始为改正。恳祈老师破格垂青,按数支给,国课得完,妻子知恩。上呈。①

该文呈题明确:“为排邪言呈”。其缘由为“为请排邪言,以苏儒困事”。开篇所称“窃照国典出贡银二十九两,例应赴考发给一半,以助资斧,次年全给”,便点出了“出贡银”额为“二十九两”,并按“例应”分两次支付,即“赴考发给一半,以助资斧”,俟出贡后“次年全给”。呈文以下谈自己的遭遇:“自去年十月赴试,止领银十两”,并不足全额之“一半”,而“其余未蒙开”支。今年因“石田遭旱,并无秋成”,以往课税“钱粮,无至冬不完纳者;今欠银四两,现蒙追”讨,“专待领银完纳”。而又“蒙照银七钱三发小钱四千零”的旧例方式支付。切思“此例”是“原康熙初年,官以此收粮,故亦按此支发”的老套路,至今“四十年来”,这种“并钱流水”的旧例早已废止不用,假如再“有以钱投柜者,不惟官怒收,役亦笑之矣”。况且当年“行此例时,必挑拣制钱而后收之”,哪有如今“以杂钱投柜之理”? 再以下文恭维令尹:“老师忠厚慈祥,荣润无疆,岂屑与贫儒较此锱铢?”究其原委,只“不过因生贫不能嘱托,故堂下小人,强牵古例,以蒙蔽之耳”。进而向新令尹介绍有关史实:“旧年韩父母曾依此例支发廪粮,诸生噪辨,始为改正”。是指康熙四十八年卒于任所的本邑知县韩遇春,亦“曾依此例支发廪”生的补助“钱粮”,引发“诸生噪辨,始为改正”。文中再次“恳祈老师”能“破格垂青,按数支给”应发的贡银,以使“国课”完纳,家人“知恩”。

以上可以看出,蒲松龄之所以如此看重出贡贡金,是因其数额

① 〔清〕蒲松龄著,路大荒整理:《蒲松龄集》,上海古籍出版社 1986 年版,第 200～201 页。

较大。据县志记载,清初至雍正二年实行养廉银之前,知县年俸仅“四十五两”。而这“二十九两”的贡金,事关蒲松龄家庭几年的生活开销之用,故值得讨要。县令之所以拖延支付贡金,也是事出有因。其一,蒲松龄的“辛卯”岁贡,出于前任知县吴堂任上,是由其先行支付贡银中的“十两”,以助蒲松龄“赴试”的。按理出贡后的旗匾与贡银待遇,也应由其办理,但因吴令突遇丁忧离任,而成为遗留问题。其二,翌年谭襄来接任知县,就收到了聊斋呈文《请讨贡银呈》与《讨出贡旗匾呈》以及后来的《为排邪言呈》。本也应该例行公事,可能也是为自己的政声,他首先替前任吴堂处理了蒲松龄的“出贡旗匾”问题,继而便着手安排支发其“贡银”问题。但因以“银七钱三发小钱四千零”的旧例方式支付,双方未达成共识而受阻。其三,谭令赠送出贡旗匾已时近腊月,年关将至,其初任淄邑,事务之繁忙,可想而知。而蒲松龄又拒绝以旧例方式领取贡银,形成僵局。虽其转烦吏部官员杨万春信函催办,终因时光飞逝,还是造成了贡银支发的逾期。

三、蒲松龄对“银七钱三”旧例复行的抵制

以上可知,造成蒲松龄出贡贡银支付逾期的根本原因在于“银七钱三发小钱四千零”的旧例。而这一支付方式是康熙初年实行,之后即废止,且四十余年来未再用过的旧例。蒲松龄深知其害,所以当县令谭襄要依旧例支发其贡银时,他坚决拒绝。以至于转托吏部官员杨万春从中帮助,这不仅是借重吏部官员的权力,更因其乃淄川进士,也了解旧例废止的问题,目的是让他以亲身经历替自己说话以抵制旧例复行。蒲松龄抵制“银七钱三”旧例复行,不仅是为避免自己的贡银缩水,更担心的是旧例复行会贻害无穷。早在康熙四十八年邑令韩遇春卒于任后,由利津知县俞文翰来摄淄篆期间,县衙管钱的户房就妄造此例,以蒙蔽之。为防贻害,蒲松龄曾有呈文《辨银七钱三呈乞孔老师》,其文云:

为恳祈转呈,以除蒙蔽,以正旧规事:窃照银七钱三之例,当其行时,官以此征粮,即以此支使。迨后,银益贵,官恶其害己,遂废而不行。至今四十余年,官不复收,因亦不复发,纵间有发时,或发制钱,或照市价,亦未有以小钱一百仅值银四分有零,而抵银一钱者。俞老父师乍履淄境,习俗未谙,该房妄造往例。诸生中四十以下者,并不知银七钱三是何典故,因而骇疑,犹之今日设有执钱投柜者,则官吏之叱骂所不免矣。无论巍然人上者,增此数金,不益富;即贫如生等,损此数星,亦不益贫,宁屑较算锱铢,自丧品节?但该房之蒙蔽,不可不明。恳乞老师,据呈转牒,代为剖析。以召杜之清苦,远摄淄篆,即每人各损些须,以助行李,实惬本怀。但求后此给发,不必听该房妄造之名目,俾成定例,永坏旧规也。①

呈题《辨银七钱三呈乞孔老师》中的"孔老师",指的是时任淄邑儒学教谕的孔衍弼。其缘由是为请孔教谕"转呈"此文,"以除蒙蔽,以正旧规事"。以下解释"银七钱三"之例,当年实行时,是官府"以此征粮",亦"即以此支使"的。到后来,"银益贵,官恶其害己,遂废而不行"。四十余年间,官府不再以此法收粮,亦不再以此支发。即使偶有支发时,"或发制钱,或照市价,亦未有以小钱一百仅值银四分有零,而抵银一钱者"。说到此法复现的原因,是由于来摄淄篆的"俞老父师乍履淄境,习俗未谙",管钱粮的户房"妄造往例"。生员中"四十以下者,并不知银七钱三是何典故,因而骇疑",犹如"今日设有执钱投柜者,则官吏之叱骂所不免矣"。以下申辩,"无论巍然

① 〔清〕蒲松龄:《蒲文拾遗》(一),见山东大学蒲松龄研究室编《蒲松龄研究集刊》(第三辑),齐鲁书社 1982 年版,第 324~325 页。

人上者，增此数金，不益富；即贫如生等，损此数星，亦不益贫，宁屑较算锱铢，自丧品节？但该房之蒙蔽，不可不明”。为此，恳求孔衍弼“老师据呈转牒，代为剖析”，并以两汉南阳太守召信臣和杜诗两位循吏之典，表示理解“远摄淄篆”的俞知县之“清苦”，“即每人各损些须，以助行李，实惬本怀”，但前提是“但求后此给发，不必听该房妄造之名目，俾成定例，永坏旧规也”。

该呈文写于康熙四十八年，即利津知县俞文翰来摄淄篆期间。管钱粮的户房妄造“银七钱三”之往例，蒙蔽民众，以从中渔利。蒲松龄深知其害，恳祈孔教谕向邑令转呈其呈文“以除蒙蔽，以正旧规”。文中点出了“银七钱三”“往例”的实质，即“以小钱一百仅值银四分有零，而抵银一钱者”。其危害是致使银两缩水。该房乘县令易人之机，妄造往例以蒙蔽之。呈文为民众代言，自愿“每人各损些须，以助”县令之行囊，但要求其“不必听该房妄造之名目，俾成定例，永坏旧规”。

事实上，蒲松龄的担心，不无道理，仅隔两年，知县谭襄上任，便又出现“银七钱三”的旧例复行。为此，他便写了《为排邪言呈》以抵制。对比两篇呈文内容，同言“银七钱三”旧例的危害。前呈中所言“窃照银七钱三之例，当其行时，官以此征粮，即以此支使。迨后，银益贵，官恶其害己，遂废而不行。至今四十余年，官不复收，因亦不复发，纵间有发时，或发制钱，或照市价，亦未有以小钱一百仅值银四分有零，而抵银一钱者”，与后呈中所称“又蒙照银七钱三发小钱四千零，切思此例原康熙初年，官以此收粮，故亦按此支发。四十年来，并钱流水而无之，如有以钱投柜者，不惟官怒收，役亦笑之矣。况且行此例时，必挑拣制钱而后收之，岂有以杂钱投柜之理?”都说明了“银七钱三”之旧例在四十年前实行与后来废止的原因及过程。其中提及的“制钱”与“杂钱”，前者是指属于政府正规铸币厂出的，称“制钱”，而民间私铸者则称“杂钱”或“小钱”。两者之间的价值有差距，并不等同。而“或照市价”，是指市场流行的较公平的折算方法。谈到旧例复行的原因，前呈称“俞老父师乍履淄境，习俗未谙，该房妄造往例”。后呈称“不过因生贫不能嘱托，故堂下小人，强牵古例，以蒙蔽之耳”。都说明是“该房妄造往例”，亦即“堂下小人，强牵古例”的结果。且他们都是乘新县令上任之机操纵推行的。对此，蒲松龄深恶痛绝，坚决抵制，前后写此两呈，要求县令制止、改正，以求公平正义。《辨银七钱三呈乞孔老师》，是纯为公众代言的。《为排邪言呈》中虽有讨要贡银的私愿，而更多的是出于为公众利益，排除邪言，抵制旧例复行的目的。从结果上分析，两呈文在抵制“银七钱三”复行，以免“俾成定例，永坏旧规”方面起到了应有的积极作用，阻止了此例的实行，保护了民众的利益。与此前反对蠹漕康利贞的斗争，同样具有非常重要的现实意义，都体现了蒲松龄关心民瘼，为民众争取公平正义的高尚思想品质。

综上所述，本文从以上三个方面，论述了蒲松龄与原任县令吴堂的纠葛及其对蒲松龄考贡的支持；新任令尹谭襄对其出贡待遇的态度以及拖延支发贡金的原因；分析其抵制“银七钱三”旧例复行的意义等情，探讨澄清了蒲松龄晚年出贡待遇波折的来龙去脉，以及整个事件对蒲松龄本人产生的影响。对于丰富蒲松龄晚年经历的史料研究，或许有点参考价值。此即笔者之初衷，敬祈方家教正。

另外，笔者从乾隆《淄川县志》卷三《赋役志·续田赋·县学》中查到相关资料如下：

> 文庙香烛银壹两贰钱伍分。乡饮银伍两壹钱玖分叁厘壹毫玖丝壹忽捌微。廪生廪粮壹百柒拾叁两陆钱壹毫。岁贡生袍帽伞盖银壹拾两叁钱捌分陆厘叁毫捌丝叁忽陆微壹纤。岁贡生正副盘费银壹两柒钱叁分壹厘陆丝叁忽玖微叁纤。岁贡

生迎贺旗匾等项银贰两壹钱陆分叁厘捌毫贰丝玖忽玖微贰纤。

从中可见例定的岁贡生待遇各项所需银两数额，以及银两价值计算层级进位的关系及名称等，对于了解蒲松龄的贡生待遇以及清初钱粮知识或许有益，故一并转录于此，以供参考。

最后需要提及的是，山东大学文学院邹宗良教授，曾不吝赐教并提供资料，在此谨致谢忱。

【作者单位：蒲松龄纪念馆】

蒲松龄游鹤山考

盛 伟

我虽然也从高珩所写《游崂山》诗三首其二中发现了他游鹤山记载的线索，但要专题研究高珩、蒲松龄“八友”游鹤山，仅凭两句诗，是说明不了问题的。要解决这个问题，必须亲自到鹤山去调查研究、考证一番，方才有发言权。但要进鹤山，谈何容易。鹤山是崂山北部的一条支脉，它偏离游崂山的主线，距崂山王哥庄修真庵二十里，距即墨县城四十里，没有车辆通行，要去必须是专程。我幸得崂山民营企业家辛兆才先生的帮助，于 2015 年 4 月 18 日乘他的专车进鹤山考察。辛兆才先生是一位聊斋文化的爱好者，他在崂山创办了我国独一无二的“耐冬园”，以《聊斋》故事香玉、绛雪为中心主题，对外宣传并接待八方来客。中央电视台科教频道《探索・发现》栏目拍摄《崂山传奇》专题片时，栏目导演王佐先生专程邀我们二位协拍，该片播出后影响很大。

我在鹤山参观考察了多处景观，了解了鹤山在宗教文化上的历史地位，其博大精深的宗教文化内涵，是别处所不能替代的。在鹤山我拍了二十多张历史遗迹的照片，并与鹤山罗道长合影留念。

一

据周宗颐编《太清宫志》载：“鹤山遇真庵，系本宫下院，在劳山东北部，距本宫六十里，系元代至正元年辛巳，邱祖门人所修。山有八景曰：仙鹤洞、金蟾洞、滚龙洞、仙人路、摸钱涧、洗脸盆、舍身台、聚仙门是也。修真者,先后有张宁神、铁脊梁、冯志清、杨弘道、李灵仙、徐复阳、陈玉真等,曾于此处修成道果。徐复阳真人遗留法派曰鹤山派。”[①]周至元编著《崂山志》载:“游崂者诚不可不一至也。山上名胜,好事者品为八景,曰:聚仙门、老君炉、自然泉、梧桐金井、舍身台、仙鹤洞、摸钱涧、望仙台。以望仙台为最奇。”[②](按:鹤山八景,诸家所记参差不齐,互有出入,亦有同景异名者。)

鹤山的优美景观与历史遗迹,历来令游山者为之倾倒。明万历间周如砥撰《重修鹤山遇真庵碑记》:“(鹤山)东跨大海,万里波涛,海天一色,直与扶桑相接。日升,海转波心,蜃楼海市,天下奇观殆无逾此者。”又说:“泰山虽言高,不如东海崂。崂山最秀奇者,尤首推鹤山焉。”[③]古人云:“游崂山不游鹤山乃为憾。”历代文人赞美鹤山者多多。近人周至元诗曰:“鹤山涌海畔,晴日自云烟。望去疑无路,登临别有天。峰头悬古洞,松梢挂流泉。羡然修真子,逍遥真是仙。”[④]以上是我从鹤山的自然景观与文化遗迹探讨蒲氏“八友”游鹤山的必然性。

下边,我想从鹤山的宗教化角度探讨蒲氏“八友”游鹤山的起因。

徐复阳,为崂山道教“鹤山派”(亦称“劳山派”)的创始人,宗道教之内功派,师从李灵仙。黄宗昌《崂山志》载:

> 徐复阳,号太和子,尝师李灵仙,得秘传。元元统间,隐居鹤山,锻炼功成,阳神静出。顺帝召见,赐锦襕之衣。所著有

---

① 李伟刚、郭清礼:《民国周宗颐〈劳山太清宫志〉校注》,宗教文化出版社 2017 年版,第 90 ~ 91 页。

② 周至元:《崂山志》,齐鲁书社 1993 年版,第 21 页。

③ 周至元:《崂山志》,齐鲁书社 1993 年版,第 223 页。

④ 周至元:《崂山志》,齐鲁书社 1993 年版,第 21 页。

《近仙客词》,遂仙去。①

周宗颐《太清宫志》卷一《徐真人传》载:

徐祖讳复阳,字光明,号太和子,又号通灵,莱州府掖县人,明成化十二年丙申二月十四日诞生。幼年失目,精巫卜,游食各方。至即墨县,遇李真人,讳来先,字灵仙,号凝真子,昌邑县人,系邱祖门下,早成道果。遂引徐公至鹤山遇真庵,苦行工作数年,后求道于李真人,蒙授秘诀。一念纯真,行持多年,一日闲步至山岭,足践池内,试之为清泉,掬而饮之,籍尽面垢,忽觉二目内照,大悦。回白李真人,真人曰:“道成目自了,汝功行未满,故尚尔。洞内有遗钱十二枚,汝试摸之,得钱足数,功满行成矣。”乃日往摸,经三年得钱十一枚,所缺一钱,久不可得。一日于寻摸之际,闻人呼,随音觅去,得一池。掬水洗面,双目顿明,见一钱置于池边,因名其池曰“洗脸明目盆”,洞曰“摸钱洞”。遂住本山仙鹤洞,面壁九载。后遇张三丰师,得其真传,而道行益进。继则潜修明霞洞及本宫,后仍归鹤山仙鹤洞。道成遗留法派曰“鹤山派”,亦曰“劳山派”。明嘉靖三十五年五月二十日飞升,世寿七十九岁,敕封“中元永寿太和真君”。②

又据孙克诚《黄宗昌〈崂山志〉注释》中说:“传言徐复阳又跟张三丰学道习武,在鹤山仙鹤洞面壁九年而道成,创全真道教鹤山派。

---

① 黄宗昌:《崂山志》,文海出版社 1970 年版,第 51 页。

② 李伟刚、郭清礼:《民国周宗颐〈劳山太清宫志〉校注》,宗教文化出版社 2017 年版,第 20 ~ 21 页。

仙鹤洞旁有舍身台、炼魔石、摸钱涧，都与徐复阳居此修炼有关。"①

二

再谈蒲氏"八友"群体的情况。

蒲松龄"八友"游崂山，有一种特殊情况：高珩于康熙十年(1671)升刑部右侍郎，康熙十一年(1672)正月，以迁葬归里。蒲松龄于康熙十年(1671)七八月间辞聘归里，以准备参加康熙十一年(1672)山东乡试。由此契机，二人才能在故乡淄川会面。

关于蒲松龄与高珩的关系。

蒲松龄有位叔伯姐嫁给月庄高家第十代的高珣，高珣是刑部右侍郎高珩的从兄弟。高珣有两个儿子，次子高之泽，字梓岩，号槐安客，有文才，长于诗，有《梓岩遗诗》存世，康熙四十一年(1702)去世。所以高珩称蒲松龄为亲家。蒲松龄去西铺毕家设馆也是由高珩推荐。他们二人的关系甚为密切。我认为此次游鹤山，此二人是关键人物。

高珩(1612—1697)，字葱佩，号念东，一号紫霞居士，晚号紫霞道人。其一生的为人与志趣，王渔洋在《念东高公神道碑铭》中说得比较恳切："谓公为慧业文人，而遗其糟粕。谓公为经济名臣，而志存丘壑。谓公为道学真儒，而不名濂洛。谓公为人天导师，而已解禅缚。世出世间，天游寥廓。八十六年，不愧不怍。众香国中，游戏去来。空山无人，水流花开。"②又说高珩"学仙学佛数十年"③。

高珩为人比较旷达，一生沉湎于对儒、佛、道三教的追求与研习。到晚年，他深究佛理。但早年他崇尚道教长寿、成仙的"内修"

---

① 孙克诚：《黄宗昌〈崂山志〉注释》，中国海洋大学出版社 2010 年版，第 138 页。

② 王士禛：《王渔洋全集》(三)，齐鲁书社 2007 年版，第 2150 页。

③ 王渔洋：《居易录》卷二十九，见〔清〕王士禛著《王渔洋全集》(六)，齐鲁书社 2007 年版，第 4280 页。

功,反对其"外修"炼丹服食的愚蠢做法。鹤山徐复阳所创建的全真教"鹤山派"宗"内修"功法,以静心、养性、长寿、成仙为宗旨。这正是高珩长期追求的"内修"的根。其诗中所说"惆怅鹤山高士去"就是传说中徐复阳修道正果后,成仙飞升的事。现徐复阳成仙飞升的"升仙台"犹存。

关于蒲松龄游鹤山的时间。

蒲松龄游鹤山的时间,是指游鹤山是在他们游崂山东南部诸景点之前,还是在游崂山东南诸景点之后。孙克诚先生在其《蒲松龄游崂行迹考述》[①]一文中曾提出这个问题,但亦无定论,其意待考。我认为在还没有发现确切的实证材料之前,一切研究都是根据旁证资料的探索。不过问题总是需要解决的,只是个时间问题。现在我想根据游崂"八友"的行程与高珩所写《游崂山》诗三首中涉及鹤山的内容谈一下我的看法。也故称之为抛砖引玉吧。"八友"游崂的整个行程可分两段来说。首先,我们发现他们由淄川出发到崂山北大门之王哥庄的行程都没有文字记载,只是在行经诸诚时,参观超然台,蒲松龄有诗《超然台》。根据这一点我们可以推断他们走的是老路官道。明、清时,由胶东三府青州府、莱州府、登州府来往济南府皆走这条路。这就说明他们由淄川出发路经青州、高密、胶州到即墨城。当时,鹤山隶属即墨县,在即墨县的东南部偏东,距即墨城四十里,距即墨县的王哥庄二十里。这段路程唐、张二位也没有文字记载。在这里我有个疑问,在路经诸诚时,据蒲诗记载有"贤邑宰"即诸城县令接待了他们,时到即墨县,其县令周斯盛能否出面接待?若能出面,崂山隶属本县,而高珩时又是清廷大员刑部右侍郎,时年已59岁,周县令能否将其送至隶属本县的王哥庄?我想这个问

---

① 孙克诚:《蒲松龄游崂行迹考述》,载《青岛科技大学学报》(社会科学版)2013年第2期。

题难不倒周县令。而就其行程而言,鹤山的位置离开了游崂的主线,它偏东,与崂山相距四十里,这可能是高珩诸友所不取的一条路线。由此推之,蒲松龄游鹤山,只能是在游崂山东南部诸景点的返程途中,这是比较合理的。

二则,我们再看高珩所写《游崂山》诗三首之游鹤山的诗:“风吹雨过淡晴晖,荦确漫漫石径微。山路渐高人藉杖,海风忽到客添衣。通潮溪水来无爽,守洞山云静不飞。惆怅鹤山高士去,万松影里闭岩扉。”(在这里稍加说明:惆怅:因失意而伤感。如若高珩不在鹤山现场,这当是一句无用的空话,他伤感的是高士已去,不在了。高士:即传说中“鹤山派”创始人徐复阳,道修成正果,飞仙而去。)

再则,我们从气候、天气的角度探索一下。

高珩在诗中说“风吹雨过淡晴晖”,是说雨过天气渐显晴朗,这与昨天诸友游程中及假宿修真庵时的天气,前因后果是相承的。我们再回顾张绂对昨天行程中天气的记载:“向者壬子初夏,偕同人游崂山,遇雨,假宿青石涧。凌晨晴霁,过翻袁岭。”自然过翻袁岭之后,他们是北上行至王哥庄,假宿修真庵。第二天早晨出游鹤山。王哥庄至鹤山二十里,最多两小时可到,这与高珩诗之“风吹雨过淡晴晖”相吻合。

所以我认为,蒲松龄游鹤山,当在他们诸友游崂山东南诸景点返程途中。

【作者单位:蒲松龄纪念馆】

《聊斋志异》高珩序发微

——兼与欧阳健相关论述商榷

詹　丹

在蒲松龄《聊斋志异》的流传过程中，除了作者的自志，出自作者亲友、作品刻印人、选编以及评点者等的不少序跋，也是理解《聊斋志异》作品、社会背景以及古代小说理论的重要依据，这其中，作者所敬仰的也是其淄川同乡高珩撰写的一篇长序，有着特别重要的地位。此前，虽然有学者对该小说的序跋理论有过讨论，特别是欧阳健的《〈聊斋志异〉序跋涉及的小说理论》[①]一文（以下省称欧文），对清代流传至今的《聊斋志异》的相关序跋所蕴含的小说理论做了最为全面的梳理，并提出了一些结论性意见，并不时被他人所引用。从整体看，虽然其对各序跋流变的梳理线索较为清晰，但对高珩序的分析，显得既笼统又不够准确（整篇文章结论部分下的判断也比较随意），故本文在结合《聊斋志异》作品来分析高珩序言的结构思路的同时，也把欧阳健的相关论述一并纳入讨论范围。

一、从“同而异”到“异而同”

欧阳氏的论述，对《聊斋志异》各种版本的序跋从两个角度进行

① 欧阳健：《〈聊斋志异〉序跋涉及的小说理论》，载《蒲松龄研究·纪念专号》2000 年第 Z1 期。

了分类:第一是以时间发展为线索的,即把所有的序跋分为“康熙间的序跋”“雍正、乾隆间的序跋”“嘉庆、道光间的序跋”三个时期;第二是从所有的序跋中概括出三个理论话题,即“辩异”“寄托”“作文”。而高珩的序言,是作为“辩异”的议题被归到“康熙间的序跋”中首先得到详细讨论的。

在他看来,高珩的序言是针对当时社会“不语怪力乱神”的氛围,从儒家经典入手,为“异”定了位、正了名,这样说,自然没有问题。因为高珩的序言开宗明义,提出了“异”的关键问题,并引用旧题孔子撰写的《易传》加以阐发,原文大略谓:

> 志而曰异,明其不同于常也。然而圣人曰:“君子以同而异。”何耶? 其义广矣、大矣。夫圣人之言,虽多主于人事,而吾谓三才之理,六经之文,诸圣之义,可一以贯之。则谓异之为义,即易之冒道,无不可也。①

而欧文据此加以阐释,所提出的主要看法是:

> 高珩指出,中国传统哲学虽多主于人事,但更强调的是“三才”的辩证统一。中国传统文化的要义之一,就是对天人关系的关注和重视;文学除了反映人与人之间的关系之外,还应该反映人与“天”即自然之间的关系。

他进而引《易・系辞上》和高亨注来说明“冒道”:

---

① 张友鹤:《聊斋志异会校会注会评本》,上海古籍出版社1986年版,第1页。

> 子曰:“夫《易》何为者也?夫《易》,开物成务,冒天下之道,如斯而已者也。是故圣人以通天下之志,以定天下之业,以断天下之疑。”高亨注:“冒,犹包也。”高珩就这样借引申发挥圣人的“冒道”即包容万物的思想,为“异”争得了生存的一席之地。

笼统地说,高珩是借儒家经典来给《聊斋志异》中“异”的存在争取合法权,但如果说高珩引用“三才”论是为了强调文学除了反映人和人的关系,还应该反映人和自然的关系,则既不符合《易传》的原义,也曲解了高珩的话,更与《聊斋志异》作品实际相背离。因为对所谓人与人、人与自然关系的解析,完全是站在现代人立场上的一种理解,这是工业社会导致人与自然关系断裂以后才有的一种分析观念。而就古代中国来说,天人合一的观念深入人心,也不会将人与人的关系和人与自然的关系割裂开来。所以,就高珩来说,他不是要把“人事”与“三才”对立起来,而是要把“圣人之言”的“多主于人事”与后面的“三才之理、六经之文、诸圣之义”对照起来,或者说,他是侧重于“事”与“理、文、义”的对照,而不是人与天的对照。能够从“事”深入到理、文和义,就能够达到“同而异”的境界,而达到这种境界,就能够容纳差异,把天下一切的一切都包容进来。这也就是《易传》所以用“天下”而不是“天”来概括“冒道”的道理。所以,由“冒道”或者说“异”来概括“人事”,主要指超越眼前的、现实的、习惯了的事,能够把未知、未闻、奇异的事也容纳进来,而不是指既要考虑人与人的关系,也要接受人与自然的关系,因为不论人与人的关系还是人与自然的关系,其实都属于人事范畴。

不过,当高珩提出“同而异”的观点时,并没有对其做简单化处理。他以一种辩证的眼光,经过一番曲折展开的论述,在论述的结尾部分,又提出了“异而同”的立场。所谓:

> 吾愿读书之士，揽此奇文，须深慧业，眼光如电，墙壁皆通，能知作者之意，并能知圣人或雅言、或罕言、或不语之故，则六经之义，三才之统，诸圣之衡，一一贯之。异而同者，忘其异焉可矣。

这种由“同而异”向“异而同”的转换，究竟意味着什么呢？

原来在高珩看来，“同而异”，并且以“异”来一以贯之，固然可以从局部的、眼前的视野扩大到整体的、开阔的方面，但也容易流于表面，甚至执着于表面的异相不能自拔，所以就需要有一个由博返约的“异而同”，能够达到融会贯通的境界。一旦到达这样的境界，就可以如得意忘言般把“异”忘记了。如果说，“同而异”是从局部发展到整体，从片面发展到整体，追求的是广度，那么“异而同”则是强调从表面到本质，追求的是一种深度。此时所提的“异而同”，近似于佛家所说的“色而空”，或者“用而寂”，即“异”是“色”，是“异”，“同”是“空”，是“寂”。或者也如理学家所谓的“事异理同”。[①] 但由于欧阳健仅仅是从人与自然的关系来理解异的，并且认为这种“异”才是高珩序言所肯定的小说价值所在，这样，他就有意无意地回避了高珩序言结尾部分的“忘其异焉可矣”一句，没有注意辨析高珩序言在处理“同”“异”关系时，所具有的一种动态的辩证态度，干脆把“异而同者，忘其异焉可矣”这一句有意无意地略过了，显示出在梳理相关文献时一种片面的、机械的做法。

当然，欧文的论述不是没有注意到高珩具有的一种全面、灵活的意识，但当其在自己的论述中提出这一看法时，却是建立在误解

---

① 翟奎凤、田泽人：《理同事异、和而不流——睽卦〈大象〉辞“君子以同而异”诠释》，载《周易研究》2015 年第 6 期。

原文的基础上的，这样，他所谓的全面和灵活，不过是无关对象的空洞的教条，这一问题我们后文会继续讨论。

二、“解人”、“据墟之士”和“痴人”

当高珩借助引用儒家经典的文意来为《聊斋志异》之“异”正名时，他的辩证意识还表现在，他认为著述的合法地位的获得，不仅仅在于著述本身，也在于对待著述的接受态度和接受者的能力修养。由此他提出了理想读者，即“解人”与“非其人”，即“拘墟之士”的对立。

在他看来，虽然通过对“同而异”的理解，可以为“怪力乱神”的记述内容找到合理、合法的依据，但这仅仅是问题的一个方面。对于读者来说，成为一个解人，能够以正确的态度接受这些作品，也是相当重要的。做不到这一点，沦落为“拘墟之士”的话，那么不仅“怪力乱神”的作品他们接受不了，即使让他们接受愿意接受的那些正统的六经，也会把书读偏读歪，好端端的六经只会起助长他们恶劣行径的作用，这恐怕也是那些著述的圣人所无法预料的。所谓：

> 苟非其人，则虽日述孔子之所常言，而皆足以佐慝。如读南子之见，则以为淫辟皆可周旋；泥佛肸之往，则以为叛逆不妨共事；不止《诗》《书》发冢，《周官》资篡已也。

这样，与其斤斤计较著述本身的正统还是非正统，还不如注意读者自身的修养问题。在这里，他提出了与解人相对的“拘墟之士”，其所谓的“拘墟”，正是着眼于见闻的局限性而言的。而不是如欧阳健那样，把“拘墟之士”理解为只是懂得注意人与人的关系，而“解人”除此之外，还能理解人与自然的关系。明白了这里的关键不是在说人与人还是人与自然的关系，我们就能恍然大悟，高珩恰恰是借助于引用有关人事的描写来讽刺处于乡野自然中的人因见闻局限而无法理解，所谓“引而伸之，即‘阊阖九天，衣冠万国’之句，深山穷谷中人，亦以为欺我无疑也”。因为其引用的诗句，出自王维的《和贾至舍人早朝大明宫之作》，描写的基本对象就是人与人的关系，并不聚焦于欧阳健所谓的人与自然的关系，原诗是：

> 绛帻鸡人抱晓筹，尚衣方进翠云裘。
> 九天阊阖开宫殿，万国衣冠拜冕旒。
> 日色才临仙掌动，香烟欲傍衮龙浮。
> 朝罢须裁五色诏，佩声归到凤池头。①

其中，“九天阊阖”指的是皇宫重重的宫殿之门，而“万国衣冠”则是指前来拜谒的各国使节。其场面的隆重盛大，显然是待在深山野外的人无法明白也是无法想象的，所以就有可能怀疑这一描写的真实性了，要把人间这样的正与常，理解为怪和异了。所以，超越“拘墟之士”的局限而成为“解人”，关键不是超越人与人的关系而把人与自然的关系一并来考虑，而是能打破见闻和理解的局限，并且以开放的心态接受不论是来自自然还是社会的怪异之相，从而达成一种见怪不怪的境界。

不过，在高珩的序言中，与解人相对照的，不仅仅是“拘墟之士”，还有所谓“痴人”：

> 异而同者，忘其异焉可矣。不然，痴人每苦情深，入耳便多濡首。一字魂飞，心月之精灵冉冉；三生梦渺，牡丹之亭下依依。檀板动而忽来，桃茢遣而不去，君将为魍魉曹丘生，仆何辞

① 〔唐〕王维撰，〔清〕赵殿成笺注：《王右丞集笺注》，上海古籍出版社 1961 年版，第 177 页。

齐谐鲁仲连乎?

如果说,"拘墟之士"是对怪异持一种排斥的态度,那么,"痴人"则恰恰相反,是完全沉迷于这种怪异中,如同中魔一样不能自拔。这里就涉及前文所论的,那种见"异"而不见"同"的,不能见到事之异中含有理之同的本质。也是因为有这样的人存在,才需要在提出"同而异"之后,再提出"异而同"的观点。不过,因为作者的基本立场是反驳"拘墟之士"的固执之见,所以对"痴人"的态度用寥寥数语加以调侃,又以回到其基本立场为总结,即"君将为魑魅曹丘生,仆何辞齐谐鲁仲连乎?"就是说,既然蒲松龄当了魑魅的推广者,他就愿意做这一推广激烈的辩护者。这样,通过一种修辞关系,高珩巧妙地把自己置于一个是"解人"又高于"解人"的位置。因为即便"解人"确实是高珩所认同的,但毕竟是一类人,要成为特殊的一个,形成与蒲松龄对等的特殊位置,就需要提出一个特定的人以便让他自居,鲁仲连就是属于"解人"又高于"解人"的一个角色,也是高珩颇为自许的一个角色。

也正是在为蒲松龄辩护而激烈反驳"拘墟之士"的曲折过程中,高珩的一些基本意见得以进一步深化,从而使自己能逐渐超越机械的儒家正统立场。下面我们结合具体作品,来谈论其深化过程。

三、"因果渺茫"的核心意义

高珩在序言中,假设了"拘墟之士"的三次疑虑,随后一一加以反驳,其写法,犹如传统的答客难。通过这种发难及反驳,把他的主张具体而又深入地展开,使得读者在这种展开中,不但能领悟关于志怪或者说志异小说的理论特色,而且也有助于理解《聊斋志异》的创作观念以及蒲松龄构思作品的一些创作特色和形象特征。

这其中,因果报应的内容首先受到假设中的"拘墟之士"的质疑,而给出的回答,则相对来说最为具体。其内容是:

> 彼拘墟之士多疑者，其言则未尝不近于正也。一则疑曰：政教自堪治世，因果无乃渺茫乎？曰：是也。然而阴骘上帝，幽有鬼神，亦圣人之言否乎？彼彭生豕见面，申生语巫，武曌宫中，田蚡枕畔，九幽斧钺，严于王章多矣。而世人往往多疑者，以报应之或爽，诚有可疑。即如圣门之士，贤隽无多，德行四人，二者夭亡；一厄继母，几乎同于伯奇。天道愦愦，一至此乎！是非远洞三世，不足消释群憾。释迦马麦，袁盎人疮，亦安能知之？故非天道愦愦，人自愦愦故也。

我们清楚，因果报应观念与古代小说有过深刻的互动性影响，多年前笔者就曾撰文做过初步的讨论[①]，而刘勇强的《论古代小说因果报应观念的艺术化过程与形态》一文则对这方面问题做了更深入的思考，并把因果报应影响古代小说概括为三个层面，即作为一种宗教观念的影响、作为一种思维方式的影响、作为与宗教观念和思维方式相关系的形象构成的影响[②]。其讨论的深入和细致，使其成为当今学术界谈论古代小说与因果观念关系绕不开的一篇论文。而他谈及的这几个方面，在高珩的序言中都约略有所涉及，尽管高珩的序言只是短短的一段话，其深度和广度远不能和刘勇强的论文相比。但有意思的是，高珩的序言是以假设中的"拘墟之士"质疑以及自己回答这样的方式展开的，这种答客难式的对话，在行文表述上多了点刘勇强论文里没有的复杂性，而恰恰是这种复杂性，甚至是理解上的一个陷阱，让欧文的解读产生了错误。

---

① 《中国古代小说的果报观念及其发展》，见孙逊著《中国古代小说与宗教》，复旦大学出版社2000年版，第238~252页。

② 刘勇强：《论古代小说因果报应观念的艺术化过程与形态》，载《文学遗产》2007年第1期。

欧文在刚涉及这一问题时，似乎是从辩证的立场加以论述的，他说：

> 高珩在提倡人人来做“解人”的同时，又不曾将“拘墟之士”的意见一笔抹倒，反映出一种宽容和公正的心态。他承认，他们有些怀疑“未尝不近于正也”。“如政教自堪治世，因果无乃渺茫”，即不应当用因果报应之说来“治世”，应该说是有一定道理的；但另一方面，“阴骘上帝，幽有鬼神”的话，圣人也曾说过，从社会效果讲，“九幽斧钺，严于王章多矣”，确实也是事实。

因为看到高珩有“是也”的回答，就以为是在部分承认“拘墟之士”的责难，也觉得不应当用因果报应来治世了。或者说，这是在承认责难方有道理的前提下，同时提出了另一方面的理由，像欧文分析时提出的诸如此类的骑墙式的两面肯定，其实并不是高珩回答的本意。也就是说，高珩说的“是也”，只具有一般的客套的意义（后面的几处“是也”都可做这样的理解），并不能理解为是在接受责难方的观点。此外，在这一特定的语境中，还有其特殊意味。也就是说，它也只对“拘墟之士”有关“因果渺茫”这一现象描述做了肯定，但并不因为肯定了“渺茫”这种现象存在，就意味着必然要否认其有治世的功效。其实，在高珩看来，正是因为“拘墟之士”认为的“因果渺茫”在现实社会中无可避免，才需要引入志异小说对于世事人生的更长时段的三生三世的书写，或者深入现实生活无法深入的他人的内心世界，这样就有可能把局限于外在表象的、局限于人的一生一世而不能发现报应的前因后果，充分揭示出来，以便传递给世人。所以，在这里，世人无法理解的渺茫，恰恰是需要志异小说来表现因果报应的前提所在。如果把高珩自己的举例以及《聊斋志异》的相关作品结合起来看，其道理就更为清晰。

比如，他说，孔子的学生贤明的并不算多，属于德行高尚的主要是四人，即颜渊、闵子骞、冉伯牛、仲弓，可惜其中两人早早夭折，一人几乎被继母害死，遭受了和伯奇相同的磨难。从俗世的眼光来看，肯定会让人感觉天道昏暗、不明事理。但细究起来，这是因为我们所处的人生实在太短暂，所以无法透彻了解三世因缘，自然也就无法消除心中集聚的疑惑。只有借助高人点破，我们才能知道，像释迦牟尼曾在饥饿中不得不连吃三个月的马草、袁盎转世的肉身生了恶疮，类似的遭罪，都有前世孽缘。所以，说到底不是天道昏聩而是人自己糊涂。高珩举出的这些例子，当然都是世人耳熟能详的，而《聊斋志异》的作品，其中构拟的一些故事，就是在力图突破人生一世的局限，借助于叙说三生因缘故事，来获得“政教”的实际效果。这里且举《三生》一篇最为典型的例子。故事叙述一个姓刘的孝廉，能够清楚地记得前身之事。当他为缙绅时，德行颇有污点，62 岁去世，阎王起初不知底细，还款待他喝茶，因为他觉得这是迷魂汤，所以趁阎王不注意，把茶水泼了。后来，阎王查到他生前的作孽记录，勃然大怒，就罚他转世为马，结果被人骑得两肋疼痛难忍，绝食而死。只是因为受罚的期限未满，又被小鬼押去转世为狗。看到粪便，知道肮脏，但闻去确有香味，只是克制自己不去舔食。因为无法忍受做狗的日子，故意咬伤主人，又被主人暴打至死。阎王怒其凶横，又罚他转世为蛇，做了蛇，他发誓不再残害生命，只是吞食果实为生，因为没有生趣，最后在大车路过时，突然从草丛中出来横在路中，被车轮碾成两段而死。阎王因其不是由于自己作恶而被杀，所以让他转世为人，这就是刘孝廉了。

在许多志怪小说中，都有关于前世因缘的故事书写，不过这种书写，与现实生活中的人的真切感觉似乎并不能协调起来，处在现世的人，既无法回忆自己的前世，也难以预知自己的后世。尽管人们会把梦境视为另一世的人生,或者起码是一种暗示,如蒲松龄在《聊斋自志》中,就怀疑父亲梦见的僧人就是他的前世,但这毕竟带有很大的猜测成分。所以,在《三生》这篇小说中,一个细节就变得至关重要,就是在阴间的刘孝廉偷偷把迷魂汤给泼了。这样使得他转世为马、为犬、为蛇时,始终还保持人的清醒意识。作者这样写,当然是出于宣扬因果报应的需要,让人的灵魂和意识寄居于动物体内时,能够把身为动物遭受的痛苦,一并集聚起来,并使得转世为动物,成为人的一种真切的惩罚体验。有学者据此还比较了这篇与《促织》的描写,认为当《促织》写到成名的儿子灵魂出窍寄居于促织体内时,就缺少一种体验式的描写①。也许在《促织》中,这是出于小说悬念设计的需要。而就《三生》来说,这一泼洒迷魂汤的设计,既是内在于小说情节的需要,因为恰恰是刘孝廉这种耍弄小聪明的方式,使得他转世为动物时,有了因保持人的清醒意识才有的难堪的痛苦,这一意识中的痛苦,未尝不可以理解为也是一种因果报应。但同时,这一设计也是相对于读者而言的。它似乎在告诉读者,恰恰是因为现实中的人在转世时被灌了迷魂汤,所以我们在转世时无法得知自己的前世后世,因果报应问题,也就变得“渺茫”了,于是,这样的设计就弥合了小说与现实的断裂,是符合民间有关迷魂汤传说的理解的。

四、“妖邪”、“异事”与“幻迹人区”

按照惯例,《三生》的故事结尾,也有作者的一段议论“异史氏曰”,而其开头一句特别耐人寻味:

毛角之俦,乃有王公大人在其中;所以然者,王公大人之

---

① 杨义:《中国古典小说史论》,中国社会科学出版社 1995 年版,第 398 页。

内,原未必无毛角者在其中也。[1]

这段议论,也可以说部分回答了高珩序言中提到的"拘墟之士"的质疑,同时为下文的高珩应答埋下了伏笔。因为设想中"拘墟之士"的"因果渺茫"说被高珩说服了,"拘墟之士"紧接着又提出了新的质疑,所谓"报应示戒可矣,妖邪不宜黜乎?"还对小说"驰想天外,幻迹人区"的构思,予以规劝,希望能予以回避。而高珩的回答,可说与蒲松龄在《三生》结尾的议论如出一辙:"人世不皆君子,阴曹反皆正人乎?岂夏姬谢世,便侪共姜;荣公撤瑟,可参孤竹乎?——有以知其必不然矣。且江河日下,人鬼颇同,不则幽冥之中,反是圣贤道场,日日唐虞三代,有是理乎?"这种人鬼同处乃至合一的议论,其实具有很强烈的道德乃至更广泛的文化隐喻性。类似的故事,在《聊斋志异》中比比皆是。比如《聂小倩》中的女鬼形象,最初追随宁生到其家时,被宁生之母嫌弃,而小倩为了让宁母忘掉她鬼的身份,为了争取到做人、也就是做宁生妻子的权利,她"朝旦朝母,捧匜沃盥,下堂操作,无不曲承母志"。尽了一个女子所能尽的最大努力,终于得到宁母的承认,与宁生喜结良缘。这样一种从鬼到人的转变,不是传统社会出嫁女子具有的普遍性经历吗?而既然类似的形象具有广泛的寓言性,所以像"拘墟之士"进一步质疑《聊斋志异》在思维方式以及形象构拟上的"驰想天外,幻迹人区",更是毫无道理了。

仍以聂小倩为例,小说写由鬼向人的转变,对形象的构拟,特别有意味。作者一方面赋予一个娇丽女子所应有的种种现实特性,另方面也注意展示她作为一个鬼的幻想特性。将现实与幻想奇妙地

---

① 张友鹤:《聊斋志异会校会注会评本》,上海古籍出版社 1986 年版,第 74 页。

糅合起来，不断开拓读者的欣赏视野，恰恰显示了“幻迹人区”组合而成的合理性。写小倩离开宁生家，“从容出门”，是普通人的举止，“涉阶而没”则是鬼的神异性了。“女初来未尝食饮，半年渐啜稀饱”，这是鬼的特性与普通人性的自然衔接，而“女已翩然入，拜伏地下”——人乎？鬼乎？说这是描写人之体态轻盈自然不错，说是暗示鬼之飘忽也未尝不可。[1]

其实，不论“妖邪”“异事”，还是“幻迹人区”，都为因果报应观念所制约和驱使，并在《聊斋志异》中，把这种观念驱使下的思维方式带入非常幽深的境界。应该说，高珩的序言，展开论述“异”的具体合理性，抓住“因果渺茫”这一关键问题入手讨论，是很有道理的。而“拘墟之士”所谓的“幻迹人区”，意在强调一种非现实性，这种非现实性是借助心灵世界的构拟，所谓“驰想天外”，才获得了合理性存在，这里，我们再以《促织》为例，进一步说明[2]。

《促织》虽然经常被人提及，但人们较多关注其对底层社会民不聊生状况的抗议。而其由因果报应发展而来的构思上的深入，把一种外在的报应转变为一种心理上的内驱力而落实到人间世界，一种“幻迹人区”，却鲜有人提及。

从小说的整体设计看，以主人公成名之子的自杀行为给家庭带来绝望情绪，可以把小说分成前后两部分，而在这两部分中，都各有一处情节的高潮。其一是青麻头死于成名之子的手掌中，其二是不起眼的促织落在雄鸡的大爪下。正是这后一处的情节设计，让读者想到了生活中的相似镜头第二次出现。同类事件构成的一种意象或者说“事象”，让成名重新遭遇了过去，让他大惊失色，读者也遭遇

---

① 张友鹤：《聊斋志异会校会注会评本》，上海古籍出版社 1986 年版，第 160～168 页。

② 张友鹤：《聊斋志异会校会注会评本》，上海古籍出版社 1986 年版，第 484～490 页。

了意象的叠加，对促织来说，人的手和鸡的爪，都足以致命，特别是这种叠加都属于情节的高潮部分，其意义更不容小觑。

正是有意设计了相似的情节高潮，才凸显了截然不同的结果。

瘦小的促织最终不但能从鸡爪中解脱，甚至让雄鸡大受挫折，这样的离奇性当然是构成情节跌宕起伏的重要因素，并以其不可思议充分吸引了读者的注意力，但只有当读者明白了促织乃是成名之子的灵魂所化，其“驰想天外”的逻辑力量才能够从神秘的面纱中挣脱出来，并提供了复杂的阐释暗示。

受传统宗教思想浸染的人，会隐约看到一报还一报的因果关系，促织再小毕竟是一条生命，更何况这条生命是在上天的提示下获得的，所以成名之子拍死他后因恐惧而自杀，可说是一命抵一命，多少也是上天公道的体现。但以前讨论得比较多的，是人受困于促织的种种无奈，是借助于促织对玩弄人于股掌间的非人社会的揭示。这当然是显而易见的内容。但从人物自身的内驱力看，成名之子的自杀，似乎是对自己莽撞拍死青麻头行为的一种救赎。成名之子不但要以自己化作促织来拯救家庭，同时，也要重新给自己一次机会，让促织能够从一只有力的手掌中逃脱出来。这样，曾经好奇的他以手掌与青麻头的相碰，在新的场景里，就展开为有力的鸡爪与促织的相遇。在促织逃脱鸡爪的一瞬间，当初死于成名之子掌中的青麻头，似乎也逃逸了。不妨说，成名之子在离奇的传奇世界中通过变成他物而完成的奇功，在现实世界里，常常是借助于儿童幻觉中的自居心理来获得的。当儿童借幻觉自居于促织时，促织的脆弱、不堪一击，显然被超越。这是人对促织的拯救，也是对自己的心理拯救。用现代心理学解释，拍死青麻头的手掌成了成名之子的心理阴影时，摆脱这种阴影就成了人物以后行为的原动力，让这只手掌在后续的情节中呈现出种种变相，让促织从中逃逸，让这片阴影彻底散去，这是连接貌似断裂情节的“驰想天外”的内在逻辑，也是

“天意”之所在,具有不以人意为转移的规律性。而这隐含逻辑、这“天意”、这规律性的存在,显示了作者对人物心理世界的深刻认识,这种深刻认识,既直接表现在对主人公成名的心理活动描写中,也体现在对成名之子隐含心理的暗示中。这样的心理暗示,正是对高珩所谓的“幻迹人区”的形象展示。

五、余论

聂绀弩在许多年前,曾撰有《漫谈〈聊斋志异〉的艺术性》一文,其中有一节,就是对《聊斋志异》中“因果渺茫”现象、“妖邪”等鬼狐形象以及“驰想天外幻迹人区”的构思予以分析,并把这些概括为作者的“奇想”。它认为,《聊斋志异》有些作品,写的是谁也没有经历过的生活,“但一写进作品里去,读者并不感觉它不是日常生活里所有的而不能接受,刚刚相反,而是认为是一种新奇的生活,虽然在现实生活难以碰到或根本不可能有,但那种意境,却是生活中所应该有的。这就在无形中提高或丰富了人们的精神生活”。他又认为,作家的创作是有自身的自由度的,特别是在写到鬼神时,不能以人事规律律之,否则就不是在写鬼神妖异了。类似的认识,给人以很大启发。①

然而奇怪的是,恰恰在欧文中,当他以高珩的序言作为论述的起点,认为序跋体现出的“辩异”、“寄托”和“作文”的三大要义,在后世的发展中,演易为对“辩异”的舍弃和否定,也引了聂绀弩《〈聊斋志异〉关于妇女的解放思想及其矛盾》一文中的话:“这书是有许多鬼神或草木鸟兽虫鱼的精灵,但这些只是形式,是现象。它的内容、实质,却都是人,是人的生活,是把草木鸟兽虫鱼之类变成人,写它们的人的生活,而不是相反,使人变成草木鸟兽虫鱼之类而写它

---

① 聂绀弩:《中国古典小说论集》,复旦大学出版社 2005 年版,第 226 ~ 229 页。

们的生活。”然后加以总结说，这种见解“充分反映出实用主义的经世思潮的强化，和对人与自然关系关怀的淡化与忘却。这种见解乍看起来似乎是非常‘唯物主义’和‘现实主义’的，但恰恰是所谓反‘迷信’和反‘宿命’的口号，使《聊斋志异》的研究陷入片面性，在一定程度上甚至可以说是历史的倒退”。这样的断语，不但说明欧文未能理解聂甘弩这段话的意思，而且拿这样的结论，与聂绀弩有关《聊斋志异》的全面论述结合起来看，可以加深我们对欧文“片面性”的真正理解，这种片面性，与他有关高珩序言阐释的片面是一以贯之的。

【作者单位：上海师范大学中文系】

《聊斋志异》异名、异称的嬗递及其意义

李小龙

《聊斋志异》是由蒲松龄独立创作的文言小说集，相对于《三国演义》《水浒传》《西游记》等公认的世代累积型作品，它理应没有后者那种多重社会话语的投射以及主要作者、次要作者不同意图的叠加，然而，当我们试图将蒲松龄的作品视为一个整体来研究时，仍会感到困难重重，因为它其实有着纷繁复杂的另一面。

对研究者来说，要想从整体上把握《聊斋志异》，其实需要面对以下三个难点：一是作品的创作时间相当漫长，我们很难确定甚至很难想象，在这么长的创作历程中，作者自始至终都能坚持最初的创作姿态不变；二是我们要考虑的不仅仅是创作持续的时间——有不少章回小说的创作也贯穿了作者的一生，但那些作品毕竟有一组相对稳定的人物形象与故事架构在支撑或者说制约作者意图的表达，这种整体性制约当然不允许作品随着作者情感状态的改变而随时改弦更张，《聊斋志异》却并非如此，它包含了近五百篇作品，这些作品长短不一，主题各异，每篇作品都是一个独立的艺术世界，并不对其他篇目负责，也就是说，从某种意义而言，它们本来就没有整体性；三是，这近五百篇作品之间的差异甚大，有相当一部分是道听途说或者从其他文献中沿袭而来，作者甚至没有对其做更充分的再创作，而研究者也很难做出清楚的界定以便将其剥离出来。在这三个难点的制约下，

我们对于《聊斋志异》的很多整体性研究都会有过度诠释或削足适履的危险。

然而,若完全把《聊斋志异》当作一个拼凑起来的小说集,只对其中的单篇进行探讨而避开整体观照,或许又遗漏了这部作品集所能展现给我们的更重要的信息,即作者创作的心理动因及历来读者对它的接受状态。

或许,我们可以暂时悬置起传统的研究路径,从作者的自述以及作品中推论、抽象其创作心态,从后世评论此书的各个维度综合、提炼读者的接受,试着把研究层面简化,从某个特定角度去探究这些重要的信息,反而可以看清脂肪堆积时无法辨认的经络。基于这一思考,本文便试图从这部小说集的命名来考察上述命题。

与中国人的姓、名、字、号相类,中国古代小说也有着非常复杂的异名和异称:我们把作者拟定的不同书名称为"异名",从中可以看出作者对作品命名的举棋不定,并能进一步感受到作者在创作原则上的游移;把读者习惯使用的不同书名叫作"异称",这属于后世流传过程中的因革附益,审视这些异称,也可以窥见作品在接受之维的境遇。就《聊斋志异》而言,其异名与异称虽不多,却可从中窥见作者创作态度的转移与读者接受的错位。

一、从高珩序的异文论"异史"或为作者原拟之名

《聊斋志异》最有名的异名是《异史》,这部抄本是二十世纪六十年代发现的,由于特殊的原因①,直到二十余年后才影印出版。对于这个异名,学界的认识相差甚大。吴晓铃先生认为"《异史》是《聊斋志异》的最初命名",并提及高珩序中"史而曰异"的异文与作品中

---

① 相关情况请参见郑宝瑞等编著《古旧书发行基础知识》,中国书店2000年版,第58页。

“异史氏曰”的照应[①]，但并未深入论述；而最早对《异史》进行研究的袁世硕先生却倾向于否定，认为这是“被其抄主擅自更换了书名”，此后他又指出，“异史本、铸本、二十四卷本同出自某一现已不存的更早的抄本”[②]。也就是说，承认此本在版本意义上能体现作者的早期思考，又否认这一判断在异名问题上的有效性。这也许是值得商榷的。

1. 高珩序文首句原文是“志而曰异”还是“史而曰异”

在对这个命名的探讨中，高珩序首句“史而曰异”四字成了关键证据。袁世硕先生自己也认可，文献资料均未见这一别名还只“是从质疑的角度来说的，尚不足以证实题名‘异史’绝非蒲松龄所为”，但他指出，两篇序文中的异文是“此抄本中露出的破绽”，“显示出了抄主的作伪行为”，并进而否定高珩序首句“史而曰异”四字对于此抄本书名的支持。他举出的问题有二：一是高凤翰跋文《异史》本作“余读《异史》终”，而铸雪斋抄本则作“余读《聊斋志异》竟”，参高氏诗集，有《题蒲柳泉先生〈聊斋志异〉》之诗，“可见他读到的是《聊斋志异》，并非题名‘异史’的抄本”；另外即唐氏序中“今再得其一卷”一句，此抄本却成了“今再得其全集”，而这两个字并非事实，可知此为抄主擅自改动[③]。不过，要用这两点证成高珩序“史而曰异”句之伪，却还有几个问题要考虑。

一、高凤翰跋文的称法与诗集中题诗的称法有没有原即不同的可能性，尤其在蒲松龄对其书命名有过游移且高氏跋文并未收于高

① 吴晓铃：《年关犹费买书钱》，见《吴晓铃集》（第四卷），河北教育出版社 2006 年版，第 140 页。

② 分别参见袁世硕《〈异史〉：〈聊斋志异〉的易名抄本》，载《山东大学学报》（哲学社会科学版）1991 年第 3 期；《谈〈聊斋志异〉黄炎熙抄本》，载《福州大学学报》（哲学社会科学版）2002 年第 3 期。

③ 袁世硕：《〈异史〉：〈聊斋志异〉的易名抄本》，载《山东大学学报》（哲学社会科学版）1991 年第 3 期。

氏文集的情况下①。

二、唐梦赉序被收入唐氏文集之中，比勘后发现唐氏原文确实是“一卷”而非“全集”②，但这是否就能证明是抄录者擅改而不是蒲松龄改动的——之所以这样说，是因为唐氏原文说“凡为余所习知者，十之三四”，而康熙抄本却作“十之二三”，对于这个康熙抄本，学界认为是最接近手稿本的抄本③，那么这处异文的存在也表明，唐氏别集所录序文文字与《聊斋志异》抄本之不同，并不能简单判断是后者擅自改易的。

事实上，以上两个问题都与一个总体认识有关，即作者蒲松龄在定稿的不同阶段对相关材料有进行改动的可能性。更何况，即便以上两个问题都能确定，仍然只是考辨清楚了高凤翰跋语及唐梦赉序的文字，只能暗示高珩序也有可能被改动，但并不能直接断其为伪。所以，我们还要回到高珩序上来。

非常遗憾的是，高珩《栖云阁文集》并没有收录他为《聊斋志异》所作的序文，没有收录的原因也值得一提。据陆燿于乾隆四十一年(1776)为其集所作的序云：“或以公文涉及二氏，喜阐宗风，即齐谐、夷坚、传奇、乐府，亦复津津齿颊，疑止以跌宕文史自奇，而不知其意念所存，有如此也。”又说“公之文，未尝自定篇第，阅者易以文词之工而掩其蕴含之大。今略为差次，凡得如干篇，订为正集，其出入二氏与夫散碎零杂，近于小说者，则归诸别集，庶几树艾攸分，淄渑各

① 前引高氏之诗收于其《南阜山人诗集类稿》，《清代诗文集汇编》第253册，上海古籍出版社2010年版，第61页。笔者翻检了其所附《南阜山人敩文存稿》，并未发现《聊斋志异》的跋文。

② 〔清〕唐梦赉：《志壑堂文后集》，《四库全书存目丛书》集部第217册，齐鲁书社1997年版，第643页。

③ 任笃行：《一函不同寻常的〈聊斋志异〉旧抄》，见山东大学蒲松龄研究室编《蒲松龄研究集刊》(第一辑)，齐鲁书社1980年版，第174～182页。袁世硕：《蒲松龄事迹著述新考》，齐鲁书社1988年版，第353～374页。

别。而公之真面目为不泯矣。贻荣兄弟如力不足以全梓,先出其正集以传世可乎"。可以知道陆氏对高珩文集中涉及"齐谐、夷坚"的部分是不以为然的,所以他将高珩没有整理过的文集"略为差次"时,把"近于小说者"放到了别集,并以为这样便可以"树艾攸分,淄渑各别",还建议高氏后人可以"先出其正集以传世"。再据高珩五世孙高贻荣、高贻乐识语"恭依明教,先以正集付梓"也可以知道,他们确实按照陆氏之意刊行了正集,别集则散佚无存①,其为《聊斋志异》所作之序自然在"齐谐、夷坚"之列,也便随别集之散佚而失传了。

所以,我们仍只能用《聊斋志异》各本之比勘来探讨高序。高、唐二人之序,在《聊斋志异》的传播史上起到了重要的作用,但一直以来,读者并未认真对待它们,只是将其当作《聊斋志异》的附件,从迄今为止的注本均未注此二序即可知。尽管高序的首句"志而曰异"我们已经很熟悉,却并未认真去思考,其实此序开端四字便有问题。

我们知道,《聊斋志异》"志异"二字中,志即"识(誌)",《国语·鲁语下》:"仲尼闻之曰:'弟子志之,季氏之妇不淫矣。'"韦昭注云"志,识也"②,即记录;"异"则代表奇异之事,"志异"即"记录异事"的意思。在"聊斋志异"书名的语境下,"志而曰异"四字是不通的:一者,说"志而曰异"显然是把"异"字放在"志"前做"志"的修饰语,这与此书命名的原序"志异"不合;更重要的是,"异"在原书名中为名词,无法修饰作为动词的"志",因为这就等于在说"用'异事'来形容'记录'"。相反,"史而曰异"四字既合于"异史"的词序,同时"异"为形容词,以之修饰名词"史"字,即"用'奇异'来形容'史'",

---

① 〔清〕高珩:《栖云阁文集》,《四库全书存目丛书》集部第202册,齐鲁书社1997年版,第137~138、1页。按:感谢李精一女史代为查阅国图所藏《栖云阁文》的清抄本。

② 徐元诰撰,王树民、沈长云点校:《国语集解》(修订本),中华书局2006年版,第198页。

文通意顺，全无扞格。也就是说，就此而论，高珩序的原文可能就是“史而曰异”，序成之后，蒲松龄对书名又有新的想法，但已不可能请高珩重为制序，便将序文中涉及旧名的痕迹改去，高序有关者实仅开篇四字，于是即将“史”改为“志”，以就其新名。当然，我们也注意到高珩致蒲松龄的信中有“《志异》四册”之语，但此信之作，据袁世硕先生考证，当在康熙三十年(1691)左右，此时距前序之作已去十数载，作者早已更为今名了。

2.《聊斋自志》或为配合“志异”之名而改

就“异史”之名及“史而曰异”之语而言，与《异史》抄本同为一个体系的二十四卷抄本及铸雪斋抄本(通过版本研究，笔者将版本特征相似度非常高的这三个版本归为同一个“《异史》系抄本”，当然，此三本之间亦有微异，而《异史》本可能保存了更原初的面貌)都不能给《异史》本以支援，但并不意味着这两个抄本不能提供旁证，这个旁证就是蒲松龄的自序。这篇序文在《聊斋志异》的版本中有两个名字，一是手稿本、康熙抄本以及青柯亭本的《聊斋自志》，而另一个名字即《异史》系抄本的《自序》。一般来说，我们会忽略这两个名字之间的差别，觉得不过是笔下之偶误或并不严谨的妄改而已，但其实可能没有那么简单。

首先，这两个题法绝非妄改或笔误，因为两个版本系统泾渭分明，所以一定来自其版本的分化，而这些版本的分化事实上正是蒲松龄在某些具体表达上游移不定的遗痕。

其次，一般来说，古人为自己的著述写序，用“自序”或“自叙”都可以，加上自己的号也符合惯例，但几乎没有用“自志”的。笔者以钱仲联先生主编《历代别集序跋综录》为样本，其书收有自序类序跋147篇，其中仅6篇题为“自叙”，3篇“自记”，“自题”“自识”各一篇,余均为“自序”,并无“自志”[①]。事实上,如果我们从更大范围里搜集以“自志”为名的文章的话,就会发现,此类命名在古代均指“自为墓志铭”这种特殊文体。比如在“中国基本古籍库”篇目中出现“自志”二字者,除去“自志局辞归”几例将“自”和“志”分开的篇目之外,只有零星几例属于元人方回《桐江续集》卷二十一“老而健贫而诗自志其喜八首”这样的例子,此外都是“自为墓志铭”的意思,如周必大《文忠集》卷十六有《跋朱新仲自志墓》一文云:“唐杜牧之以词章名,仕至中书舍人,尝典数郡。将终,自志其墓。近世桐乡朱公一与之同,但寿过牧之耳。异哉!淳熙己未二月六日,舟过豫章,公之子辅出示此轴,敬题其后。”[②]其他如宋赵鼎《忠正德文集》卷十有《自志笔录》、元刘埙《水云村稿》有《自志》、吴澄《吴文正集》卷五十七有《题先月老人自志碑阴》、虞集《道园遗稿》卷三有《题静寿道人自志后》、明高攀龙《高子遗书》卷十二有《书成佑台先生自志后》、罗钦顺《困知记·续补》有《罗整庵自志》、钱穀编《吴都文粹续集》卷四十一有《藻庵居士自志铭》、邵经邦《弘艺录》卷三十二有《弘斋先生自志铭》、王行《半轩集》卷二有《沈学庵自志铭并序》、杨士奇《东里续集》卷三十九有《东里老人自志》、清沈嘉客《西溪先生文集》卷八有《西溪生自志》、万寿祺《隰西草堂诗文集》文集卷三有《自志》等,均用此义。即此可知,《聊斋志异》的序用“自志”二字是非常不妥当的——中山大学所藏《聊斋文集》抄本第二十八题即此文,题为《〈聊斋志异〉序》[③],而非“自志”,亦可相证。

然而,《聊斋自志》的篇名不仅存于康熙抄本及青柯亭本中,也同样存于手稿本中,则其确为蒲松龄所题无疑。如何解决这个标题

---

① 钱仲联:《历代别集序跋综录》,江苏教育出版社2005年版。

② 〔宋〕周必大:《文忠集》,《景印文渊阁四库全书》第1147册,台湾商务印书馆1986年版,第159页。

③ 盛伟:《蒲松龄全集》,学林出版社1998年版,第1035页。

的矛盾呢？综上数端即可以推测，此序命名的改变，或与作品命名由原拟之《异史》改为《聊斋志异》有关——命名改变后，高珩序中的“史而曰异”便不妥当，作者将其改为“志而曰异”，以便呼应新名；同时，为了使对高序的改动不那么明显，作者同时把自己的自序也改为“聊斋自志”，从而增强对新名的支持。

或许会有人指出，蒲松龄在给自己的文集所写的序末也曾署为“柳泉氏自志”，但这是文末之署名，这里“自志”即自题、自记之意，与前所引方回诗题中之用法相同，若用于文章篇名便有了新的含义。事实上，就是《聊斋志异》的这篇序言之末，虽然不同版本题署有差异，但或为“柳泉自题”，或为“聊斋自叙”，或用“柳泉居士题”“柳泉氏题”①，却没有用“自志”二字的。

当然，前所论此二序在手稿本中并无涂改之迹，但这并不难解释，因为完全可以用抽换的方式来解决这一问题。

二、“异史氏曰”及“鬼狐史”的两处援证

1.“异史氏曰”的援证

以上还只是从序文的内证来论述，其实，在《聊斋志异》文本中，也有对此名的呼应。那就是很多学者都提及过的“异史氏曰”。

《聊斋志异》有一个非常有趣的体制特征，即在不少篇目之末都会有一段作者的评论，这段评论按一般逻辑应当是“聊斋先生曰”或“柳泉居士曰”之类，但正如我们看到的，这里竟然是“异史氏曰”。对于这种评论体制，学界也都承认当来自史官文化中史臣评论的传统，尤其是《史记》篇末的“太史公曰”②。我们暂且放下此“异史氏

① 〔清〕蒲松龄著，任笃行辑校：《全校会注集评聊斋志异》（修订本），人民文学出版社2016年版，第12页。

② 参看王秀亮《异史氏与太史公》，载《蒲松龄研究》2007年第1期。

曰”的思想倾向与故事的对位关系以及表达的叙事策略等问题①，只考虑一个简单的问题，这里为什么会是“异史氏曰”呢？从蒲松龄所仿效的《史记》来看，其篇末为“太史公曰”，而《史记》原名便叫《太史公书》，那么，相对来说，《聊斋志异》的原名也当作《异史氏书》或者简化为《异史》。

这一推理若单独提出，或许会有武断之嫌，但考虑到《聊斋志异》的版本中，确实存在一种以“异史”为名的抄本，就不可遽断为臆测。

2.《鬼狐史》的援证

其实，对于“异史”这个拟名，我们还可以找到新的援证。

在青柯亭本前，主持刊刻的赵起杲有《刻〈聊斋志异〉例言》，中云：“是编初稿名《鬼狐传》。后先生入棘闱，狐鬼群集，挥之不去。以意揣之，盖耻禹鼎之曲传，惧轩辕之毕照也。归乃增益他条，名之曰《志异》。有名《聊斋杂志》者，乃张此亭臆改，且多删汰，非原书矣。兹刻一仍其旧。”②据此，似乎在《聊斋志异》以抄本流传的阶段，便有过几种异名。其中《聊斋杂志》一名，赵起杲已指出其为张此亭（即张自坤）“臆改”，知与蒲松龄或无关系。但对另外一个异名《鬼狐传》，赵文却并未言其来由，据赵起杲《聊斋志异弁言》可以知道，他于“丙寅冬”即乾隆十一年（1746）得其友周季和“手录淄川蒲留仙先生《聊斋志异》二册相贻”，丁丑春（1757）被王闰轩“攫去”，后在福建得郑荔芗藏本录副，然后将其本与王闰轩攫去之本及吴颖思藏钞本校对勘定，再到癸未（1763）受鲍廷博（1728—1814）怂恿而谋诸刊行，至丙戌（1766）刻成。其间便提及大量抄本，这些抄本用赵氏

① 可参看李小龙《趋实与向虚——〈劳山道士〉与〈魔术〉比较研究》，载《云南大学学报》2015年第6期。

② 〔清〕蒲松龄著，任笃行辑校：《全校会注集评聊斋志异》（修订本），人民文学出版社2016年版，第2353页。

之语来说就是“诸家传抄，各有点窜”，“传抄既屡，别风淮雨，触处都有”，但他确定地说“是编初稿名《鬼狐传》”，并未像下文指《聊斋杂志》为臆造那样来分辨，当有所因。

这一推测似乎还可从蒲松龄的作品中得到证实。袁世硕先生曾云“有人依据他在康熙十年(1671)写的《感愤》诗中有‘新闻总入狐鬼史’一句，推测《聊斋志异》初名‘狐鬼史’”[①]，当然，袁先生并不同意这一看法。此诗在路大荒先生所辑《蒲松龄集》中为：“漫向风尘试壮游，天涯浪迹一孤舟。新闻总入《夷坚志》，斗酒难消磊块愁。尚有孙阳怜瘦骨，欲从元石葬荒丘。北邙芳草年年绿，碧血青磷恨不休。”[②]而盛伟先生所辑《聊斋诗集》则作“狐鬼史”。盛氏在《编订后记》中说：“该诗集，是依据路编《聊斋诗集》为底本，经校勘，有的诗篇直接采用路本，有的则另录他本。这些情况，在每首诗的校勘记，皆有说明。”然此诗在盛本中未注明“另录他本”，却与路本有较大不同，且正文用“狐鬼史”，校勘中仅云“路编《聊斋诗集》作《夷坚志》”[③]，亦未说明所据何本，校勘处理比较凌乱。不过综合推测，可知此诗底本当为《聊斋偶存草》，其为康熙间抄本，据袁世硕先生研究有坚实证据证明其书“确系照蒲氏原稿过录”[④]。然而，我颇疑盛校有误，因若为“新闻总入狐鬼史”，则第六字当平而仄，赵蔚芝先生在笺注蒲氏诗歌时说，他的“近体诗的数量接近全部诗作的四分之三。除了五言绝句格律不甚严格外，其余的格律都很严格”，并称“他特别擅长七律和七绝，尤其是七律，超过了全部诗歌的三分之

① 袁世硕：《〈异史〉：〈聊斋志异〉的易名抄本》，载《山东大学学报》(哲学社会科学版)1991年第3期。

② 〔清〕蒲松龄著，路大荒整理：《蒲松龄集》，上海古籍出版社1986年版，第476页。

③ 盛伟：《蒲松龄全集》，学林出版社1998年版，第1605页。

④ 袁世硕：《蒲松龄事迹著述新考》，齐鲁书社1988年版，第312～331页。

一”，可知此处有误，而赵蔚芝《聊斋诗集笺注》则校云“《聊斋偶存草》作‘鬼狐史’”①，格律上便没有问题了。当然，若吹毛求疵的话，此处仍有可议。即就全诗而言，格律确极精严，全诗第六句之“欲”“元”（即“玄”）与第七句之“北”“芳”二组均用拗救（其实一般来说，这两处均可不救），其余每字之平仄均甚严格。此句若用“新闻总入鬼狐史”，第五字仍“拗”，依此诗第六、七句之例则需救，或将本句的“总”字换为平声，或将下句相同位置上的“磊”换为平声，但这两处均未“救”。而“夷坚志”三字则完全没有问题。那么，很可能此三字是作者最后的定稿。这个定稿不只是在完善格律，当然也不只是依例以典故代称，很可能是作者原本命名意图有变化，此处便以“夷坚志”三字为典故而虚化命名之意了②。

这样一来，此之“鬼狐史”与前之“鬼狐传”相似度很高，似不能说赵起杲无中生有。事实上，若把“鬼狐史”当作《聊斋志异》的书名是非常恰切的。其书所录均为鬼狐之事，孙宝瑄《忘山庐日记》光绪二十七年（1901）十一月十三日条曾评价几部小说名著云：“《石头记》，儿女史也；《水浒》，英雄史也；《西游记》，妖怪史也；《聊斋》，狐鬼史也：四史皆于小说中各开一境界。”③其以“狐鬼史”称《聊斋》，实可代表后世对此书的总体接受。

当然，更重要的是，此名之末的文体标识用字（笔者将其称为“体字”）用“史”字，从文化传统来看，颇合刘惔评干宝“卿可谓鬼之

---

① 〔清〕蒲松龄著，赵蔚芝笺注：《聊斋诗集笺注》，山东大学出版社1996年版，第3、59页。

② 按：当然，此处用《夷坚志》并不仅在于用典，据蔡斌、王光福《〈考城隍〉考释——兼谈〈聊斋志异〉之创作始期》（《蒲松龄研究》2015年第2期）可知，蒲著首篇有明显模仿洪著首篇之迹。

③ 〔清〕孙宝瑄：《忘山庐日记》，《续修四库全书》第580册，上海古籍出版社2002年版，第225页。

董狐"之义①;而从蒲松龄的个人设计来看,又与篇末的"异史氏曰"相互呼应——这样一来,此名便又与《异史》之名潜脉相通了。《异史》本高序说"史而曰异,明其不同于常也",以"不同于常"释"异",显然来自《释名》"异者,异于常也"②。那么,这个"不同于常"的"异"是什么呢?细阅高序即可知,其所谓"异",实即高序中所云之"佳狐佳鬼"——则《异史》亦即《鬼狐史》也。

三、从"异史"到"志异"——从孤愤之"史"到录异之"志"

总括上文的论述,就是既要承认"聊斋志异"是作者最终的定名,这毫无疑问;但也要理解"异史"之名应非"妄题书名",它在蒲松龄的创作历程中亦可找到解释与依据。当然,我们虽然用了很大篇幅来讨论"异史"之名或为蒲氏早期所拟之名,但我们的目的并非要以此为"异史"正名,我们更需要思考与追问的是,为什么在蒲氏原作中可以找到解释与依据的书名并未成为最后的定名,并对此二名进行比较,以便探寻蒲松龄命名背后的考量。

从前文的探讨可以推测,蒲松龄最初或许有以"鬼狐史"为名的考虑——这种考虑未必有一种形式上的肯定来宣示,因为在没有定名前,众人的指称有可能是多样化的,甚至更有可能是简易化、通俗化的;其实,即使是在定名后,私下称呼时也未必全以定名为准,这也是事理之常。然无论如何,作者最后还是完全屏蔽了这个"谐于里耳"的称呼,将"鬼狐"这样具体的指称用一个抽象的代称来替换,就是"异"字,从而形成了"异史"之名。自古以来,"史传"并称,其为鬼狐作"史",即为鬼狐作"传",因此才有蒲氏诗"新闻总入鬼狐

① 〔南朝宋〕刘义庆著,余嘉锡笺疏:《世说新语笺疏》,中华书局2010年版,第937页。

② 任继昉:《释名汇校》,齐鲁书社2006年版,第38页。

史”之句及赵起杲“初稿名《鬼狐传》”的记载。

当然,这个“鬼狐史”更可能就是“异史”这一最初拟名的通俗化称呼,总之,其最初的拟名是以“史”为体字的。古代文言小说集以“史”为体字者并不多,据袁行霈、侯忠义《中国文言小说书目》统计,将“史”与“史补”全部加起来也不过总数的百分之一,实在微不足道。如《太真全史》《孔氏野史》《笑史》《麈史》之类,以“史”为名者其实大多所叙并不真实,之所以名为“史”,或许恰是以此来征信于人。这一思维其实恰恰符合了那些想要以小说来补史之阙从而有所寄托的作者,比如与蒲松龄同时的钮琇,其小说集名为《觚剩》,虽无“史”字,但“觚”字即指史籍,且云“倘附他年野史,亦云稗以备官”[①],亦可知其旨意所在。

《异史》之名,用高珩序的理解,即“史而曰异,明其不同于常也”,实际上可以理解为“另一种历史”,作者再以拟“太史公曰”的“异史氏曰”来表出自己在作品中隐藏的见解,是想把自己的孤愤寄托于“史”的写作——这其实在《聊斋志异》尚未完稿时所写《自序》中表达得很清楚,“浮白载笔,仅成孤愤之书”就直接点出“孤愤”二字。从整篇文章来看,可知这两字绝非随意用典,而是真实心声,所以结尾才会说“寄托如此,亦足悲矣!嗟乎!惊霜寒雀,抱树无温;吊月秋虫,偎栏自热。知我者,其在青林黑塞间乎”。而且,检视有“异史氏曰”的篇章内容,再与“异氏史曰”对读,也可以看出这些作品及作者的议论大多都与其《自序》所定位的“孤愤之书”相应。

然而,我们再细察《聊斋志异》全书,也当承认,虽然《聊斋自志》中贯穿着作者的孤愤郁勃之情,个别作品也迸发出面向黑暗、面向

---

① 〔清〕钮琇撰,南炳文、傅贵久点校:《觚剩》,上海古籍出版社1986年版,第2页。

不可知命运的锋芒；但并非所有作品都是这样，应该说，搜奇话异、记录笑柄甚至堕入恶趣的作品数量也不少，这其实已经改变了全书的面貌，也消解了《自序》中峻切的声音。

这种转变是如何发生的？现有文献无法清楚地描述。但我们却似乎可以合理地推测：其间可能有作者对世俗的妥协，也不排除个人审美情趣的作用；另外，在作者的创作过程中，创作本身也舒缓了他的愤懑之情，于是，在寄意于花妖狐魅的写作中，孤愤之寄托让位给了游戏性的好奇。

现在，我们再来返观前引赵起杲的话会颇受启发，或许，“先生入棘闱，狐鬼群集，挥之不去”只是蒲松龄在现实中遇到阻力的“聊斋”式表达，事实却很可能是被蒲氏以孤愤之情所描摹的人与事都“耻禹鼎之曲传，惧轩辕之毕照”，从而给蒲松龄造成诸多不利——《清稗类钞》便说“《聊斋志异》之不为《四库全书》说部所收者，盖以《罗刹海市》一则，含有讥讽满人、非刺时政之意。如云女子效男儿装，乃言旗俗”①。此记载是否真实暂且不谈，但可从中看到蒲氏此书在当时的境遇。所以，作者才“归乃增益他条”，以稀释原本抒写孤愤的冲击力度；并再改名“曰《志异》”，以改变原名给知其书者的固有印象，且回避对作品中“异史氏曰”的议论及其故事的强调。

事实上，作者的创作意图与作品的客观效果之间经常有作者所无法预设甚或不能接受的距离，对于未进入精英文化阶层的作者来说，更是如此。我们通过蒲松龄与王士禛的交往就可以知道。康熙二十六年（1687），王士禛因故至淄川毕家，与时在毕家坐馆的蒲松龄相识，得阅其书，并有《戏题蒲生〈聊斋志异〉卷后》一诗，诗云：“姑

① 徐珂：《清稗类钞》，中华书局2010年版，第3763页。

妄言之妄听之，豆棚瓜架雨如丝。料应厌作人间语，爱听秋坟鬼唱时。”[①]王氏此时当已读过蒲松龄写于康熙十八年(1679)春的《自序》，其首句用苏轼典，末句用李贺典，亦是对蒲松龄《自序》中云“情类黄州，喜人谈鬼”与“长爪郎吟而成癖”的呼应，但是，蒲氏用此二典，看似要说“自鸣天籁，不择好音”，实际上却更着意于“有由然矣”，进而便自承“狂固难辞”“痴且不讳”，甚至有“仅成孤愤之书”的表达；王氏复用此二典，却有意将蒲氏“有由然矣”之后的重点过滤，仅止于“自鸣天籁”的渲染。这种过滤自然有王士禛官高位显的社会身份与以神韵为宗的诗学追求的潜台词，但对蒲松龄来说，毕竟是一种误读，相信得此题诗的蒲松龄当既喜又憾，所以，他的次韵诗说：“《志异》书成共笑之，布袍萧索鬓如丝。十年颇得黄州意，冷雨寒灯夜话时。”与王诗并不在一个“声部”中，蒲氏似乎在用隐微的方式强调被王忽略的寄托。然而，这种强调并不能改变阅读者的接受，此后王士禛寄回蒲氏原稿，并附上三十余则评语，蒲松龄虽然恭恭敬敬地将这些评语抄录在他的手稿本上，但这只是一个身居显位者对此书的宣扬，并不代表这些评语的理解会比题诗更深刻，冯镇峦就批其“评语亦只循常，未甚搔着痛痒处”[②]。

所以，在作者自己创作心态逐渐舒缓的状态下，同时也在周边接受环境的影响下，作者最后放弃了“异史”而选择了“志异”，或许有以下几个原因：

---

① 此诗在《聊斋志异》各本中颇有异文，研究者引用时亦复参差，此据王士禛《带经堂集·蚕尾集》，《续修四库全书》第1414册，上海古籍出版社2002年版，第457页。按：《蚕尾集》刊于康熙三十五年(1696)，距其题诗甚近，文字更可靠。另，《聊斋志异》各本除铸雪斋本外均将末字误为“诗”，其实，此句当从李贺“秋来鬼唱鲍家诗”化出，则用“诗”更当，然王士禛于格律诗用韵中，非常注意韵脚阴平与阳平的间错，此诗末字再用“诗”则三韵脚均阴平，故改用“时”字。

② 〔清〕蒲松龄著，任笃行辑校：《全校会注集评聊斋志异》(修订本)，人民文学出版社2016年版，第2383页。

一、如前所论，“史”字在古代小说中用于书名之例甚少，明末还专门用于艳情小说之名（笔者另文详论）。所以用此字颇显生僻，而且由于“史”字专用于史部，虽然小说一体颇有源于史传者，但以《史记》诸体之纪、传、书、志、录等为名均可，而直以“史”为名则颇有名实不符之感。尤其是“史”字毕竟有前后接续不断之意在，以“史”为章回小说之名尚可，文言小说集中各小说间并无联系，以其为名，确感枘凿。

二、此书之改名“聊斋志异”，重点在“志异”二字，因为“聊斋”只是斋号，用“聊斋异史”也是可以的。而“志异”与“异史”最大的区别有二：一是以“志”换“史”，二是调换了词序。“志”字也是古代文言小说集命名常用的体字，其从正史诸体来，就来源而言，与“史”字实相仿佛，然新名中“志”字却并不在体字的位置上，传统书名最后一字往往是标定其书体例或编述方式之字，蒲氏的新名在这个位置上放了一个“异”字——而且，此字其实就是《异史》一名中原本即有的字，可见作者对此字的重视。

不过，名为“志异”，“志”字从文体标识虚化为简单表示记录之意，实际上作者却仍以此字为其作品的文体标识。他在给王士禛的信中说：“前拙志蒙点志其目，未遑缮写。”[①]知其以“志”简称其书，也就是说，“志”成为此书最核心的要素。

由上所论可以知道，《异史》到《志异》，就是从孤愤之“史”滑向了录异之“志”——仅就这两个字来说，即可看出其中重要的差别：“史”字在中国传统文化中有着特殊的意义，既表明了对历史发展的描述，更显示出描述者的别择与判断，这种双向互动加深了此字所蕴含的社会与个人的深刻关系，所以，此字的使用便使作品带有强烈的个人主观色彩，而且这种色彩是面向社会历史的；“志”字则不

---

① 盛伟：《蒲松龄全集》，学林出版社1998年版，第1134页。

同，在中国的纪传体正史的体制中，“志”的主要职能是记录典章制度，因此，并不需要记录者有强烈的主观情感与判断，更倾向于超然的、旁观的状态。

四、从“志异”到“聊斋”——《聊斋志异》异称的经典化

尽管上文探讨了“狐鬼史”“异史”“志异”的异名，但实际上最为世人所熟知的还是“聊斋志异”中的“聊斋”二字。此二字从最初的文人别号，变成了一部文言小说集名字的一部分，慢慢又进一步成为这部作品集的异称，最后经典化为鬼狐故事的共名。

如上所述，“聊斋志异”是作者手定之名。这个名字在历来的载录中已可看到一个趋势，即其简称逐渐从“志异”变成了“聊斋”，检视一下《聊斋志异资料汇编》所录便可看出这一变化过程。

高珩序因前有辨析，暂不论，橡村居士《题辞》（丙戌，1706）云“不见先生《志异》书”，殿春亭主人跋（雍正癸卯，1723）云“余家旧有蒲聊斋先生《志异》抄本”，蒲立德跋（乾隆五年，1740）云“《志异》十六卷”，余集（1738—1823）题辞（丙戌，1766）云“丙戌之冬，《志异》刻成”，赵起杲例言（1766）云“名之曰《志异》”，又云“济南朱氏家藏《志异》数十卷”，鲍廷博《纪事》（1766）云“《志异》之刻”，冯喜赓题辞云“《志异》付梓时，去公将百年”①……可以看出，乾隆以前，此书简称均为《志异》。

到了嘉庆、道光年间便有所变化，冯镇峦（1760—1830）嘉庆二十三年（1818）《读聊斋杂说》先云：“柳泉《志异》一书，风行天下”，后却反复用“《聊斋》”；段雪亭道光四年（1824）序云“留仙《志异》一书，脍炙人口久矣”，但《例言》却又说“所见《聊斋》刊本不一”；陈廷

① 分别参见朱一玄编《聊斋志异资料汇编》，南开大学出版社 2012 年版，第 475、312、476、491、313、314、315、493～494 页。

机道光四年序云“《志异》独无”，又云“非敢几《聊斋》万一”①。这算是一个过渡期，两种简称均有使用，甚至在同一文章中亦二名并举，可见此书简称此时尚未定型。

然至光绪以后，基本未见以“志异”代替的说法了，如《聊斋志异资料汇编》中所选刘瀛珍、何镛、广百宋斋、喻焜、谢鸿申、张新之、方玉润、潘德舆、采蘅子、刘玉书、俞樾等，一直到评论篇结束，均以“聊斋”二字为简称②。这一习惯性的简称直到现在依然如此。

而且，这一规律颇少例外，也就是说，在道光以后，基本没有再以“志异”相称者；道光以前，也很少以“聊斋”相称者。就《聊斋志异资料汇编》所录来看，道光以前，仅有一处例外，即高凤翰雍正元年（1723）所作《聊斋志异题辞》，其诗云“《聊斋》一卷破岑寂”，但这与此诗的格律有关，此句为“仄脚”，“仄脚”最常用的句式是“平平仄仄仄平仄”③，此句完全合律，所以这里只能使用“聊斋”两个平声而最好不用“志异”两个仄声。

这种影响还波及《聊斋志异》的仿作。如清宋永岳撰于嘉庆十六年（1811）之小说集《亦复如是》，前有序云“其大致仿《广记》《志异》诸书体”④，此后坊间便有以《志异续编》之名刊行者，然道光十

---

① 分别参见朱一玄编《聊斋志异资料汇编》第479～486、317～318、320页。按：据此书引陈廷机序署为“阏逢阏滩”，当为“阏逢涒滩”（即甲申）之误，参《全校会注集评聊斋志异》（修订本），人民文学出版社2016年版，第2363页。

② 分别参见朱一玄编《聊斋志异资料汇编》第322、323、324、498～500、501、502、503、504、505页。按：嘉庆以后，《聊斋文集》及《诗集》的序跋中提及《聊斋志异》时仍以“志异”称之（如孙乃瑶跋、孙济奎跋、耿士伟跋、皞皞子跋、张鹏展序、鉴堂氏跋，参朱编第294～299页），以与诗文集之名有所区别。

③ 参见王力著《汉语诗律学》，中华书局2015年版，第431页。

④ 〔清〕青城子著，于志斌标点：《亦复如是》，重庆出版社1999年版，第4页。

年(1830)钱塘洪氏秋声馆刻本又改名《聊斋续编》了①。由于“聊斋”一名的经典化,“志异”一名颇显陌生。民国所编《笔记小说大观》也收录此书,其前小序中说:“书又颜曰‘续编’,其初编安在,莫能考也。”②直到《中国古代小说总目·文言卷》,此词条撰者仍云:“书名续编,未详所续‘初编’为何,或即蒲松龄《聊斋志异》,亦未可知。”③此后各种《聊斋志异》的仿作,凡在书名上表现承袭之迹者,或用四字全名,若要简称,便只用“聊斋”二字了,如《聊斋补遗》《聊斋志奇初编》《新聊斋》《女聊斋》之类皆是。

这一现象恰恰从命名的角度标出《聊斋志异》一书的经典化之迹。

“志”为文言小说集命名的体字之一,“异”则为文言小说命名的常用字之一,二者的组合,其实仍然是文言小说集命名中的通用部分,以此二字的简称作为原名的代称,表明对其接受或者定位仍在文言小说的藩篱之中。但在嘉、道以后,《聊斋志异》风传士林,很快成为脍炙人口的经典作品,其名称已不需要“志”“异”这样的共名为之接引,于是也不再以之自限,反而要用影响更大、辨识度更高的个性化名称,于是,其后直至现在,人们都改以“聊斋”简称原书,这等于用蒲松龄的斋号来笼括作品中花妖狐魅的艺术世界;同时,也表明作品为原本没有怪异内涵的“聊斋”二字注入了与小说内容相适

① 《中国古籍总目·子部》,上海古籍出版社2010年版,第2129、2216页。

② 《笔记小说大观》第27册,江苏广陵古籍刻印社1984年版,第346页。

③ 石昌渝:《中国小说总目·文言卷》,山西教育出版社2004年版,第674页。按:前引于志斌点校本前言据《笔记小说大观》所收之四卷为原本之二、四、六、八卷,故云:“由此推断,一、三、五、七卷也曾被书商以《志异初编》刊印,但已失传。”实误,丁立中《八千卷楼书目》已著录有《志异续编》之八卷刊本,参〔清〕丁丙等著,曹海花点校《善本书室藏书志(外一种)》,浙江古籍出版社2016年版,第2509页。

应的意蕴——也就是说,“聊斋”一词被附加原本没有的含义,标志着《聊斋志异》一书经典化的完成。

当然,这一历程尚不止于此,因为它不但要挣脱原有神怪故事“异”的共名,更重要的是,它还要建立新的传统,所以,“聊斋”二字不仅用来指代《聊斋志异》一书,甚至更进一步地成为谈鬼说狐故事的新共名,后世读者提及“聊斋”,或者不会想到这是一个斋号,甚至还来不及想到《聊斋志异》之书,首先进入意念的,很可能是笼统的鬼神故事。由此可知,这一经典化历程并未在《聊斋志异》冲出同时代其他类似作品的森林、成为那个时代的经典与坐标后停步;它的艺术能量推动着它继续前进,从而冲出几乎所有时代类似作品的世界,成为古代所有类似题材故事的共名。

五、“聊”字阐释与接受的错位

既然“聊斋”一词已经成为对《聊斋志异》一书最为公认的简称,我们就还需要对此名进行更深入的探讨。

蒲松龄之孙蒲立德在雍正九年(1731)所写《呈览撰著恳恩护惜呈》中云“自号‘聊斋’,厥名《志异》”,或许还不能清楚地判定此“自号”是蒲松龄自号还是他自为其书命名之义。但乾隆五年(1740)又写跋云:“《志异》十六卷,先大父柳泉先生著也。先大父讳松龄,字留仙,别号柳泉。聊斋,其斋名也。”①说得很清楚,即此“聊斋”二字为蒲松龄书斋之名,这也是此后的共识。

不过,近来也有一些反对意见,如有学者指出:“其实,蒲松龄一生兴过几次土木,每次都给新房子取有名字,如‘绿屏斋’‘面壁居’等,却始终没有‘聊斋’之名。‘聊斋’应该在他和张笃庆、李希梅等结为‘郢中社’时的常聚之地淄川东郊李希梅的家中。”②此文以文献

---

① 朱一玄:《聊斋志异资料汇编》,南开大学出版社2012年版,第476页。
② 王光福《“聊斋”名实说》,载《蒲松龄研究》2014年第1期。

考查为基础，自有道理，却或失之于泥。古人之别号及斋号颇多随意，并非一定在正式的客观场所挂上匾额才可。从这个意义上说，蒲松龄究竟有没有“聊斋”的斋号，后人已经无从究诘，我们只能相信蒲松龄“似有慧根吾所欢”（蒲松龄《子笏》诗之句）的孙子蒲立德的说法，如果没有更强有力的反证，他的证词不可轻易否定。

相对于蒲氏究竟有没有此斋而言，更重要的是讨论“聊斋”此名的意义。

有资料曾认为，“‘聊斋’意为谈天说地的闲聊之斋。聊斋既是蒲松龄邀人聊天，谈仙说鬼之地，也是他挑灯命笔，整理成书之所”①。前举王光福先生《“聊斋”名实说》一文指出“‘聊’是‘姑且’的意思，上文我们明白‘聊斋且莫竞谈空’的‘聊’是‘闲聊’的意思。结合二者的整体意义，‘聊斋’就是‘姑且闲聊’的意思”。则其文亦同意将“聊”释为“闲聊”之义。此种释义或许与《聊斋志异》多讲民间故事有关，此颇类街谈巷语，加之有传说云蒲松龄摆茶摊强人讲狐鬼故事之事，故以说故事为闲聊之资。但事实上，以“聊”字为“闲聊”恐怕并不合于此字历来的训释，据《汉语大词典》所载此字释义，第四项即“闲谈”之义，但语例却来自老舍（1899—1966）及秦牧（1919—1992）②；而《故训汇纂》中干脆没有这个义项③。

仔细考察蒲松龄的创作，即以《聊斋志异》而言，除“聊城”之外，用“聊”字共46次，其中用“姑且、勉强”之义者32次，如《王六郎》篇云“聊酬夙好”、《桓侯》篇云“聊设薄酌”；用“凭借，依靠”之义者14

① 杜产明、朱亚夫：《中华名人书斋大观》，汉语大词典出版社1997年版，第110～111页。

② 罗竹风：《汉语大词典》第8册，汉语大词典出版社1991年版，第660页。

③ 宗福邦、陈世铙、萧海波：《故训汇纂》，商务印书馆2003年版，第1834～1835页。

次,如《长清僧》中说“我郁无聊赖”、《大男》篇云“恒不聊生”等,全无以“聊”为“闲聊”之义的用法。因此“聊斋”之“聊”断非闲聊之义,或将此字释为“无聊”之“聊”更为近真,刘洪强先生即以此义释“聊斋”①,并以明人李日华“无不足之谓聊也”来解释。清人丁葆和(1832—1899)曾“自称无聊居士”,其著述亦名为《无聊斋稿》,可知其或曾以“无聊斋”为斋号,以之与蒲氏相较,更可反证蒲松龄之“聊”亦当从此取义。

蒲松龄一生淹蹇,如高凤翰所云“聊斋少负艳才,牢落名场无所遇……向使聊斋早脱韛去,奋笔石渠、天禄间,为一代史局大作手,岂暇作此郁郁语”②,相对于“奋笔石渠、天禄间”的自我期待,这种终老塾师的生活自然十分“无聊”,然其郁勃不平之气却不肯就此平歇,故偏要“作此郁郁语”,其以“聊”名斋,正取对抗“无聊”之义。所以,《聊斋志异》的写作从某种程度上成了他的精神寄托,即其将全部情感倾注于此书之中,以此书之创作,对抗命运的不公与他人的轻视,以此书来为自己的才能与价值寻一寄托。也就是说,虽然命运坎壈不得志,颇无聊赖,但有此一书,亦可“有聊”,这其实是蒲松龄机智的自嘲,更是他平衡自己倾侧的生命状态的策略。也正因如此,蒲松龄“聊斋”之号在其记述中并未得见,家中亦无此斋,以致引后世学者之疑,但其传世之作却以此为名,诗文集也当因此得名。

不过,随着“聊斋”之名愈行愈广,它逐渐取代“志异”成为此书通行的简称,甚至成了鬼狐故事的共名。在此历程中,“聊”字在接受者那里的意义或许也发生着某些微妙的变化——其实,这种变化与前述“异史”到“志异”的变化理路相同,那就是慢慢消解了“聊”

---

① 刘洪强:《“聊斋”名义考》,载《蒲松龄研究》2008 年第 4 期。

② 〔清〕蒲松龄著,任笃行辑校:《全校会注集评聊斋志异》(修订本),人民文学出版社 2016 年版,第 2358 ~ 2359 页。

字中体现出的作者的“孤愤”以及隐含于其中的反讽，重建起消费性的“闲聊”之阐释，将寄托满腔悲愤、满肚皮不合时宜的鬼狐故事（巧合的是，铸雪斋抄本蒲氏《自序》之末有一方阳文印章，印文正是“满肚皮不合时宜”七字①），因此字阐释的潜移从而默化为酒足饭饱后“闲聊”之谈资。邹弢（1850—1931）《三借庐笔谈》载云：“相传先生居乡里……作此书时，每临晨，携一大磁罂，中贮苦茗，具淡巴菰一包，置行人大道旁，下陈芦衬，坐于上，烟茗置身畔。见行道者过，必强执与语，搜奇说异，随人所知，渴则饮以茗，或奉以烟，必令畅谈乃已。”②这种一望即知其伪的载录竟然流传甚广，亦可从另一侧面佐证前所云之变化，即作者或如赵起杲《例言》中所云“其义则窃取《春秋》微显志晦之旨，笔削予夺之权”，但接受者却更倾向于相信作者闲来无事，以茶、烟令行人向其“闲聊”奇异之事，这自然是接受者对蒲松龄创作心态的想象与重构，但之所以有这种接受心态，自然也是《聊斋志异》艺术面貌的映射。

或许，《聊斋志异》一书的不胫而走，广受欢迎，可能并不在于其对社会的批判如何深广，对制度的指责如何激愤，个人的遭遇如何痛楚，而在于鲁迅先生所谓“花妖狐魅，多具人情，和易可亲，忘为异类，而又偶见鹘突，知复非人”的欣赏愉悦。所以，把“聊”释为“闲谈”看上去仅仅是一个字的训释，其实也折射出《聊斋志异》创作与接受之维意味深长的错位。

总而言之，蒲松龄在创作之初，对其作品就有不同的拟名，虽然其创作并不完全是孤愤之情的表达，但这是创作早期的主流，因此，他很可能更倾向于“异史”这样更能表达其主观情绪的命名。而随

① 《聊斋志异》（铸雪斋抄本），《古本小说集成》，上海古籍出版社 1994 年版，第 25 页。

② 朱一玄：《聊斋志异资料汇编》，南开大学出版社 2012 年版，第 301 页。

着创作对其孤愤心情的宣泄以及周围人对其作品初步接受的态势，他放弃了这样的命名，改以更温和也更少主观情绪表达的“聊斋志异”为名。这一更名所表现出的在接受上的趋势并未随此名的确立而停止，反而由尚存作者寄托的简称“志异”进一步转变为“聊斋”，这就完全掩盖了原作中“异”的色彩，使其命名成为一个中性的符号，这一符号又由于其并无确指，所以更方便地乘着作品艺术魅力的东风，成为花妖狐魅故事的共名，甚至这一历程还有意“曲解”了作者斋号的命意。

以上所述为《聊斋志异》的接受历程，更进一步来看，其实也隐喻了文学作品接受的普遍规律，即作者对于所处社会的激烈情绪在依附作品流传时，正如一支射向未来的火箭，时过境迁后，火焰总会熄灭，只有饱满的人物形象和展示此种形象的情节才会不朽。在当代读者的眼中，《聊斋志异》之所以是中国古代小说中的伟大经典，甚至像《席方平》或《促织》之所以是永不褪色的名篇，或许并不在于其揭露了那个时代的黑暗，而在于生气贯注的形象与翻新出奇的情节，也就是说，我们对《聊斋志异》的接受，主要并不在于对蒲松龄生活时代的认识论意义，而在于超越时空的文学性感发！

【作者单位：北京师范大学文学院】

《聊斋志异》中有关闻香教的三篇小说

万晴川

闻香教由王森于万历年间创立,曾负责调查闻香教的永平兵备道岳和声在《餐微子集》卷四中记述甚详:

> 石自然,改名王森,存日皮匠生理,移在永平府滦州石佛口。生在官长男王好礼,次男王好义,三男王好贤三人。王森于先年间曾路遇妖狐,被鹰搏击,口作人言求救。王森收抱回家,遂断尾相谢,传下异香妖术,后称为闻香教主。①

闻香教立大小传头会首名色,此牵彼引,云合响应,蔓延遍于河北、河南、山东、山陕、四川六省,法门弟子不下二百万。万历二十三年(1595),王森被人告发,下狱论死,后用贿得释。王森出狱后,入京师投永年伯为族,又结阉宦王德祥,改名王道森。万历四十二年(1614),王森弟子李国用将王森出卖给官府,又因是年冀东大旱,王森弟子高应臣等乘机制造舆论,于清凉山起事,王森再次被捕,五年后瘐死狱中。

王森死后,教权由其三子王好贤继承。天启二年(1622)五月初

① 〔明〕岳和声:《餐微子集》,台北伟文图书出版社有限公司1977年版,第648~649页。

三日,王森大弟子徐鸿儒在巨野徐家庄发动起义,自立为"中兴福烈帝",建元"大乘兴胜"。河北传头于弘志、四川传头洪聚等纷纷响应,旋被镇压,王好贤逃往扬州,被当局逮捕处死,闻香教受到沉重打击。但不久复振,王氏家族继续行教,约从清朝初年起,为躲避官府查禁,先后改名为清茶门教、大成教、自阳会等名目。嘉庆二十年(1815),直隶总督那成奉命查办清茶门教,滦州石佛口与卢龙安家楼王氏阖族被当局收审,被处死或充军。至此,历经二百余年的王氏传教世家方土崩瓦解①。

闻香教起义致使"南北梗塞,远迩震动,诚百六十年未有之大变也"②,加速了明王朝的灭亡,揭开了明末农民大起义的序幕。这起重大的历史事件,引起了当时及后世许多政治家、史学家、文学家的广泛关注,对文学创作也产生了很大的影响,如长篇白话小说《七曜平妖全传》(天启四年)、《樵史演义》(顺治间)、《梼杌闲评》(康、雍间)、《七剑十三侠》(晚清),文言小说《聊斋志异》中的"小二""白莲教""邢子仪"等,都或多或少涉及这一题材。在这些小说中,闻香教或称"白莲教"或"无为教",有的人名做了改动,如徐鸿儒在《梼杌闲评》中作"刘鸿儒",在《七曜平妖全传》中作"徐洪儒"等。这些小说的创作宗旨和叙事角度虽不尽相同,但都在不同程度上揭示了闻香教起义的深层原因,披露了闻香教一些鲜为人知的宗教特点,具有重要的文学、历史和宗教研究价值。

因为事关生死存亡,秘密社会组织都非常重视保密工作,他们

① 参见〔明〕岳和声撰《餐微子集》,台北伟文图书出版社有限公司1977年版,第615~720页;〔明〕黄尊素:《说略》,《余姚黄忠端公集六卷附集五种》,沈乃文主编《明别集丛刊》第5辑第41册,黄山书社2015年版,第548页;那彦成:《那文毅公奏议》卷四十二,美国哈佛大学汉和图书馆藏清道光十四年(1834)刊本,第1~54页。

② 赵彦:《恭报荡平完局疏》,见沈国元《两朝从信录》卷十六,《四库禁毁书丛刊》史部第30册,北京出版社1997年版,第352~353页。

"消息最灵，护身最密"①，即便父母兄弟也不允许泄露，行动上昼伏夜出，多使用隐语联络和交流。闻香教同样建立了完善的情报机构，教主王森"居滦州石佛庄，徒党输金钱称朝贡，飞竹筹报机事，一日数百里"②。"置竹签飞筹，印烙三王字号，凡有风信，顷刻可传千里。"③所以，主流社会对其知之甚少，因而传言愈多，以讹传讹，愈传愈神。蒲松龄生于崇祯十三年(1640)，离闻香教起事时间不久，他无疑自小就听过不少有关闻香教的传闻，后来在收集民间故事的过程中，更有所耳闻，他根据自己所掌握的材料，撰写了《小二》《白莲教》《邢子仪》三篇小说。这三篇小说虽称是白莲教，但《小二》中明确写小二拜徐鸿儒为师，《白莲教》说白莲教某"大约徐鸿儒之徒"，《邢子仪》中杨某从白莲教党，在徐鸿儒伏诛后幸逃脱。可见写的是闻香教。

一、三篇小说中的闻香教信息

在这三篇小说中，都或多或少反映了一些闻香教的信息。如《小二》和《邢子仪》中的白莲教徒赵旺和杨某都是山东滕县人，《白莲教》中的"白莲教某"是山西人。山西闻香教徒是积极响应徐鸿儒起义的重要支派之一，而在起义过程中，滕县是闻香教最后固守的一个据点，徐鸿儒于滕县被俘。清康熙《郯城县志》记载："天启二年，白莲教妖贼煽乱，失陷邹、滕、峄、郓诸县，百姓惑之，多携持妇子牵牛驾车裹粮橐饭争趋卦之，竞以为上西天云。"④可见滕县、邹县等地参加教军的百姓很多，《七曜平妖全传》的作者认为民众纷纷冒死从教，是因为闻香教"邪术惑人"，或服用了他们炼制的一种药水，服

---

① 《军录》，光绪二十九年十月十四日御史杨乃征奏折。

② 〔清〕张廷玉：《明史》，中华书局 1974 年版，第 6621 ~ 6622 页。

③ 〔明〕黄尊素：《说略》，见谢国桢编《明代农民起义史料选编》，福建人民出版社 1981 年版，第 149 页。

④ ［康熙］《郯城县志》卷九《灾祥》。

后"便就杀了他爹娘,也不怨恨"。蒲松龄对白莲教徒也是区别对待的,杨某乃怙恶不悛之徒,而赵旺夫妻奉佛,不茹荤血,乡中有"善人"之目,他们是"惑于白莲教",值得同情。

《小二》中又写道徐鸿儒有六个年轻女性教徒陪侍,且委以重任。《七曜平妖全传》中也写道教军中有不少女性教徒,且法术高超,如裴月英、周如玉等。《樵史演义》中写道闻香教徒丁寡妇组织妇女去泰山进香,发展会众。这些描写,都反映出民间教门与主流社会不完全相同的妇女观。民间教门男女关系较为平等,他们积极发展女性加入,很多教门中都有女性头领,甚至是女性创立的,有的甚至是清一色的女性,如东大乘教。这成为官府及正统人士攻击他们的把柄,认为民间教门男女混杂,私生活淫乱。如《邢子仪》中杨某是个好色之徒,见某绅家女儿长得漂亮,就设计摄取之。《梼杌闲评》中刘鸿儒利用做会之机,奸宿周氏母女。《樵史演义》中写徐鸿儒每到一地,都要与女教徒奸宿。丁寡妇介绍白莲教道:"凡入了这教,再不分你我了,东西大家吃,衣服大家穿,银钱大家用。就是汉子、老婆,也大家可以轮流换转,不像常人这样认真。故此叫作白莲教,又叫无碍教。"《梼杌闲评》中还说教军"无妻室者,强娶民间妇女,凡美貌者,不论贵贱,有夫无夫,一概掳抢"。他们指责民间教门的做会活动是败坏道德的淫乱行为,岳和声《餐微子集》卷四写闻香教做会时,"妇女在在左袒而前引之暗室,任其淫污"[①]。清代黄育楩在其《破邪详辩》中,屡屡提及"邪教"做会的情况,在他看来,做会的目的"均为财色"[②]。这其中不乏事实,但也有夸大之词。《邢子仪》中又说白莲教党杨某"家中田园楼阁,颇称富有",这又暗指民间教

---

① 岳和声:《餐微子集》,台北伟文图书出版社有限公司 1977 年版,第 684 页。

② 黄育楩:《又续破邪详辩》卷一,见《清史资料》(第三辑),中华书局 1982 年版,第 120 ~ 122 页。

门借传教敛财的行为。闻香教的经济来源主要靠信徒的捐献和缴纳会费，各会的会首、传头每年四季敛钱，交于总会首、总掌教处，然后再向上递送。《餐微子集》卷四记："太师周印传徒分为五会，会各数千人，每四季敛钱解赴周印处，转解滦州石佛口，称弥勒佛王好贤，听其支用。"[①]经多方盘剥，王森很快便由一个贫苦皮匠变成富埒公卿的暴发户，府第"周围墙垣用石垒砌，屹然如城"，家里奴仆如云，还豢养了一批打手。据李济贤统计，王森、王好贤父子仅在广平府永年县、真定府饶阳县就有房产十一处、田产九处，这还只是其家业的一部分[②]。教职越大，油水也就越多，而所俸银两越多，教职就升迁越快。分布在各地的教职人员，不仅负责催收银钱或谷类等实物地租和房租，还要代王森放高利贷。既做中保，又要按期收取本息，为教主保管储粮和粜卖。因此，各教门领袖凭着他们在教中的权势，大量聚敛钱财，少则几年，多则十几年，便成为富甲一方的大户。

二、关于三篇小说中的法术描写

三篇小说最重要的共同特点是都描写了白莲教徒精通法术。小二跟随徐鸿儒学会了"纸兵豆马之术"，能剪纸鸢飞行，又运用法术盗走绿林大盗的金银，用定身法禁住强盗，禹步求雨。山西白莲教某，善用模拟巫术，在海中航行、黑暗中行走，又把门人变成猪，后来被官军抓获，又施展法术逃走。而白莲教杨某也能以木鸟飞行。民间秘密教徒擅长"邪术"，这是主流社会的共同看法。《七曜平妖全传》是闻香教起义失败后二年出品的，却被写成了神魔小说，小说

---

① 〔明〕岳和声：《餐微子集》，台北伟文图书出版社有限公司 1977 年版，第 617～618 页。

② 马西沙、韩秉方：《中国民间宗教史》，中国社会科学出版社 2004 年版，第 566 页。

中正反两派人物多拥有神奇的法术，如洪流的追魂摄魄之法、周如玉的定身法，裴月娥能拷鬼搜神，胡鹤龄天文五行无所不通，徐洪儒包围峄县时，他借周围百里水退兵。而且都善能变化，裴月娥曾先后化为骊山老母、铁面天神等。作法时皆是披发仗剑、口中念念有词的套路；常使用牲畜之血并秽溺等物破妖法。这些叙事手法的形成，都是出于主流社会的这一观念，所以，凡是以民间教门为题材的小说都是神魔小说，如以宋代王则弥勒教起义为原型创作的《三遂平妖传》，根据明初唐赛儿白莲教起义故事而改编的《女仙外史》，讲述白莲教起义故事的《归莲岸》，描写万历年间林兆恩三一教的《三教归正开迷演义》，等等。所有以闻香教为题材的小说也无不如是，《樵史演义》中闻香教女首领丁寡妇能剪纸为人。《梼杌闲评》中的刘鸿儒因有“妖道”元元子和真真子的帮助，一路势如破竹。后来官军请来法术更高的空空儿助阵，才“破法除妖”。《七剑十三侠》写徐洪儒会“移山倒海，撒豆成兵”，还有宝贝“温风扇”，只要将那扇子一摇，敌阵上千军万马登时浑身发软，困倦起来。闻香教还崇拜宝镜，常以镜和水照人，现出人之三生。如《七曜平妖全传》中闻香教头目沈晦“有宝盆一面，能照出前生后世，沈晦取法水一盆，令洪儒照面，照见头顶平定冠，身穿赭黄袍，腰系碧玉带，王者之相。乜巢儿照见金冠凤袍玉带霞帔，娘娘之相。其他人则是国公文武之相”。《梼杌闲评》中的闻香教首玉支和尚有一宝镜，“能照人三世”。这些描写皆有史可据，非胡编乱造。岳和声《餐微子集》卷四记闻香教主王森等“驾言阴符鬼术，驱电霆于掌上”①。徐从治《平妖纪事》记徐鸿儒“祖瓜刀悬镜之术，以水贮盆，令男妇持斋，授以俚偈，熟诵往照，观

---

① 岳和声：《餐微子集》，台北伟文图书出版社有限公司1977年版，第683页。

出前后幻身，狰民眼热心稠，奉为瞿昙，罗拜而愿为之死”[①]。谷应泰《明史纪事本末》记擒获曹州闻香教头目张世佩时，“其身旁匿纸人数千”[②]。总之，历史上几乎所有的民间教门的教义、信仰、仪式和活动，都存在着大量的巫术内容，既是教门暴动的催化剂，也是官府称他们为“邪教”或“左道”的原因。许多民间教门的头领都是巫师，如元末弥勒教领袖韩山童出生于巫师世家，收圆教主方荣升声称是其师金棕弥勒佛转世，清水教中的范伟自称会“过阴”，福建老官斋教严氏是个女巫，天理教主林清称自己是金星下凡，收元教头目王三槐和冷添禄，一个是巫师，一个曾以占卜算命为生，等等，不胜枚举。恩格斯曾说，在中世纪，“任何社会运动和政治运动都不得不采取神学的形式；对于完全由宗教培育起来的群众感情说来，要掀起巨大的风暴，就必须让群众的切身利益披上宗教的外衣出现”[③]。佛洛伊德进一步指出：“魔法具有多重的用途——它必须使自然现象服从人的意志，它必须保护人们免于受敌人的攻击和遭受危害，同时，它又必须给予人们力量来伤害他的敌人。”[④]民间教门之所以普遍崇拜巫术，是因为教首们一般出身低微，缺乏一呼百应的号召力，也没有发动起义的财力和人力，但他们对人情冷暖有着较常人更为深刻的体验，懂得如何按照民众的期待与需要来塑造自己，深知多数信徒之所以入教，并不是被教义所吸引，而是因为对“术”的兴趣和对教主的狂热崇拜，所以只有通过神化自己，宣称自己是神的转世或附体，编造自己非凡的经历，表现自己神奇的能力，才能使徒众产生教

---

① 徐从治：《平妖纪事》，清抄本。

② 〔清〕谷应泰：《明史纪事本末》卷七十，《历代纪事本末》，中华书局1997年版，第2417页。

③ ［德］恩格斯：《路德维希·费尔巴哈和德国古典哲学的终结》，人民出版社2014年版，第52页。

④ ［奥］佛洛伊德著，杨庸一译：《图腾与禁忌》，中国民间文艺出版社1986年版，第101页。

首就是“神”的幻觉，引起他们的认同、信任、追随、膜拜，最终形成一个信仰共同体。所以《小二》中小二劝父母离开徐鸿儒时，赵旺始终不悟，曰：“我师神人，岂有舛错?”以秘密教门为题材的神魔小说，就大致形成了固定的叙事模式，一般都是写教门领袖因掌握了“妖术”，遂萌发了称孤道寡的野心，便以“妖术”聚众反叛。主要情节一般围绕教军和官军斗法展开，但官军代表正义的一方，得到法术更高超的法师支持，最终取得胜利。葛兆光先生在分析道教时指出：道的妖邪之别，在于“那学了与民间却除妖害的，便是正法，若是去为非作歹的，便是妖术”。他进一步说：“这里区分正道、妖道的标准是价值判断，并不是法术有妖邪，而是用的‘道’有正邪，这是小说中的看法。……由此我们可以发现，在对道教的批判中，其实常常不是出自教义和教理的批判，而往往是以社会秩序为基础的道德和伦理的批判以及政治的批判。”①实际上，古代小说作者早就发表过类似的看法，如凌蒙初在《初刻拍案惊奇》卷十七中说：“那学了与民间祛妖除害的，便是正法；若是去为非作歹的，只叫得妖术。”《三教开迷归正演义》也借道士灵明之口说：“依小道看来，幻诈之术也出神化，只是正则为仙，邪则为怪。”所以，古人认为，“法术”本身无正邪之分，而在于其使用的对象。在古代小说中，“妖道”的共同特征是或反抗天庭和朝廷，或运用欺骗性的法术敛财骗色。蒲松龄的看法与之相同，如小二运用法术偷走不义之财、为民求雨、周济贫者、出粟赡饥等行为，就是值得称道的“正法”。而山西白莲教某运用法术把人变成猪并杀死发卖，杨某则利用法术劫色，这就是“邪术”。

三、三篇小说的艺术手法

三篇小说的内容，《白莲教》完全是表现白莲教徒的幻术，《小

---

① 鲍涛：《妖道与妖术——清华大学葛兆光教授谈小说、历史与现实中的道教批判》，载《中国国情国力》1999 年第 12 期。

二》《邢子仪》两篇皆有正副主题，副主题以徐鸿儒闻香教起义为背景，表现作者警告妄思大宝的劝惩思想，正主题则是描写男女爱情故事，而徐鸿儒闻香教事件是促成青年男女终成眷属的媒介。《小二》开头写赵旺夫妻奉佛行善，已暗示赵家不至于族灭的结局。赵旺爱女小二与丁生同窗，两人私相倾爱，但赵氏夫妻“期以女字大家，故弗许”。后来从贼，小二受到徐鸿儒重用，“主军务”，正得意之时，丁生潜投徐鸿儒麾下，劝小二说：“左道无济，止取灭亡。卿慧人，不念此乎？能从我亡，则寸心诚不负矣。”小二如梦初醒，与丁生一起潜逃，终于免了斧钺之灾，而且后来在徐鸿儒失败、赵家族灭时，又设法抢救出赵旺的幼孙，使赵家不致绝后。所以作者在最后评论道：“二所为，殆天授，非人力也。然非一言之悟，骈死已久。由是观之，世抱非常之才，而误入匪僻以死者，当亦不少。”《邢子仪》中秀才邢子仪“家赤贫而性方鲠”，曾有邻妇夜奔，拒不纳。妇衔愤，诬告他引诱她，其夫晨夕登门挑衅，邢因此变卖家产，迁居别村。他生活贫困，按道理不易成家，但他性格耿直，不近女色，作者开头以“善决人福寿”的相者之言，预言他必得好报。白莲教杨某，在徐鸿儒灭后，幸得漏网，但他不思悔改，见到某绅之女后，欲以术摄之，结果陪了夫人和性命。而便宜了邢子仪，他不但得到双美，而且暴富。作者在结尾感慨道：“白莲歼灭而杨独不死，又附益之，几疑恢恢者疏而且漏矣。孰知天留之，盖为邢也。……不爱一色，而天报之以两。呜呼！造物无言，而意可知矣。”

总之，这三篇小说，不但蕴含着一些明末徐鸿儒闻香教起义的信息，而且体现了作者构思爱情小说的艺术匠心，不千篇一律，而出人意料之外。

【作者单位：扬州大学文学院】

新马汉文报刊所载《聊斋志异》相关资料辑补续

李　奎　吴美玲

笔者近年着力于新加坡、马来西亚汉文报刊文学研究，在研究过程中，陆续有研究成果发表，并且成功申报了一些科研项目。目下研究主要关注其中的小说及其相关资料，对《红楼梦》和《聊斋志异》在新马的传播用功颇多。

《聊斋志异》相关资料散见于新马汉文报刊中，笔者在《蒲松龄研究》上已发表两篇文章①，第一篇文章述评《振南日报》中的《聊斋》资料，第二篇文章是整理公布部分《聊斋》资料。关于《聊斋》资料的分布情况上篇论文已有涉及，此不赘述。

此次公布的资料也是朱一玄先生《聊斋志异资料汇编》②所没有收录的。笔者在前期研究的基础上，把其余相关《聊斋》资料整理校对，加以汇录，公布给学界同修。笔者查检各种目录，发现目前学界尚无人研究《聊斋志异》在新马华人群体间的传播。本文为学界研究提供第一手新资料，以期推动《聊斋志异》在海外华人社群中的传播研究。

新马汉文报刊载《聊斋》资料如下：

---

① 李奎：《新加坡〈振南日报〉载〈聊斋志异〉相关资料述评》，载《蒲松龄研究》2012 年第 3 期；李奎：《新马汉文报刊所载〈聊斋志异〉相关资料辑补》，载《蒲松龄研究》2013 年第 3 期。

② 朱一玄：《聊斋志异资料汇编》，中州古籍出版社 1985 年版。

一、《振南日报》载《聊斋志异》资料

林四娘(事见聊斋)(评林栏)①

林四娘者,前明分藩山东亲王之宫嫔也。清初人著作,记其事迹,语多隐约,均托之幽途。但就《聊斋》原记,及所附记者,已有三则之异同,然皆与吾乡陈观察宝钥有连。虽是鬼趣,亦算艳遇。夫鬼安能现形与生人周旋,且历叙旧因,亲书韵语,尤属咄咄怪事,想亦是陈氏之诡词,以自申其冥想,而诸君好事乐其怪诞,遂互相传述,以假为真,不啻目击耳。《红楼梦》咏古题目,亦有林四娘,小序履历,与《聊斋》同。惟言其生时好武,遇敌捐躯,与《聊斋》异,且亦无死后显形,惊世骇闻之事,因其好武,故宫□美号,又称林为危画(二字女旁)将军。

贾宝玉生平之诗,每甜熟无奇,独咏此题。殊见精彩,故阅《红楼梦》者恒乐传诵之,足以表章林四娘矣。余观其诗尚有别种寓意,以非此评范围,今不赘谈。

蒲留仙与秦留仙(评林栏)②

淄川蒲松龄留仙,自著有《聊斋》之文,九身之后二百余年,流遍禹域,通商以还,外国且有译本,今海内外之人,虽未识其文,亦耳其名,儿童走卒,皆知君实。贤王单于亦闻李揆,以一小说家而可比前哲。若是其盛乎?余按清初有江苏无锡人,秦姓,亦命松龄,亦号留仙,曾中康熙鸿词科,官至谕德。乾隆时有秦瀛,字小岘,能为桐城古文派,著《小岘山人集》,声称藉甚,即秦松龄之玄孙也。康熙词科,设于三藩平定之后,秦松龄既为词科榜内出身,则其生世恰与蒲

① 无方:《林四娘》,《振南日报》1915 年 12 月 10 日。

② 无方:《蒲留仙与秦留仙》,《振南日报》1915 年 12 月 16 日。

松龄同时。蒲秦二公,是有意相慕,故取名表德,均乐同乎?抑无心而暗合乎?不巧在同名,乃巧在同名而又兼同字也。要之,均从留侯赤松之典,取义无疑。秦松龄固能文,亦喜纪轶事,《虞初新志》曾选载之,惟不如蒲松龄之专以是鸣著称《聊斋》一部之富耳,故秦名万不及蒲名之遍颂。除词章家间或涉及之,余各社会,则罕有董理之者,余又考李元度先生事略,文苑类中,蒲秦两家皆无传。秦诗文均未大过乎人!无绝诣可称,无传宜也。蒲独何以无传哉?在李氏之意,依然拘于旧眼光,以为《聊斋》仅属小说之技,虽佳不称大雅。荐绅先生难言之,故无传也。不知小说亦正有别,刘向陶潜段成式柳宗元杨慎诸大文豪,何尝不以小说兼行!岂惟雅已,且大雅已,《聊斋》正属其伦。李元度自如刘郎无胆,不敢题糕字耳。纪晓岚多见古书,尤工小说,每尝赞叹《聊斋》为才子之文,得其真矣!

聊斋文笔之平议(评林栏)[①]

纪晓岚评蒲留仙所著《聊斋志异》,谓可称为才子之文。独惜其于著书体例,诸多未究□以今观之,不诚然哉!除纪氏所纠弹外,愚复□之摘出一二则如作:"即如称关羽为寿亭侯,书中吕坚,寿字上乃截去一汉字,明是读破句,以留仙之博洽,谓其未读过正史《三国志》,夫谁之信?苟尝度过,又不应有此错误。坐以读破句之罪,不可辞也。公孙夏文后论句,称关羽为夫子,已是夸诞,坠入俗派。于去恶文后论句,竟连张飞亦称夫子来,此老之头脑,冬烘可想,只是贮满演义传奇,安有余地再容纳正史乎?《胭脂判》一首,虽极脍炙人口,然是施愚山之笔墨,并非留仙所自作,留仙最喜卖弄四六,马介甫后附惧内文,黄九郎后附龙阳文,当是他得意文字,不外纤巧刻薄而已。然此称曰题目本亵也。试看他别篇关涉醉酒戒独之骈文,

① 无方:《聊斋文笔之平议》,《振南日报》1915年12月28日。

依然作不出气体高华之篇什。唐初四子，且攀不到，遑问汉魏，又其诗词亦然。随园尝谓蒲松龄诗，纯是小家数，如其志异之文，终带纤佻之习，岂苛论哉？其诗词中，犹极醉心于缠足。当时风尚贤者不免，此节可原其情。不必追讼，以非留仙一人之过耳。”

无方先生评聊斋文，除已刊报之外，尚有草稿四五万字，一时不能尽刊，拟别印为小书，另作单行本去也。

黄龙府谐释（事出聊斋）（评林栏）①

黄龙府，乃大金国之祖家，宋岳飞对其部下云：“会须乘胜直抵黄龙府，与诸君痛饮耳。”此言盖指踏平金京，尽逐完颜氏之贵族也。当时岳飞兵力尽供自固吾圉而已，若欲踏平金京，其时尚早，即无秦桧十二金牌之招，纵岳飞之所如，亦断做不到尽逐完颜氏之地位。然虽无此事，亦既有此言，载在古籍，传诸后世，俾后人之想象，韪嘉其志，所谓过屠门而大嚼，虽不得肉，聊足快意者，此之伦欤。独是黄龙府三字，向来皆作地理上名词解。因他的是一个实实在在之金源种族建都发祥之地名，即前朝大清满洲，本是金国派下种人，顺治皇帝谥称太宗文皇帝者，其即位初年，统率满洲骑士，偕联头像之汉人，孔耿尚三王部下，征讨朝鲜，而许之和。当时和约中，朝鲜称太宗为大金王子，太宗自号己国亦曰金国，此为显政矣。有一乾隆皇帝上谕，亦明承满洲旧本金楞之民人。观此更信而有征。余平日尝与客纵谈，涉及此条典证。客因更端诘虽曰：“顾何以著《聊斋志异》之蒲留仙，为康熙朝之子衿，竟敢借黄龙府三字，为男嬖之秽词用乎？岂不惧文字狱，及剖棺劈板之刑焉。抑自据愤闷，有所不恤耶！”余谓后说颇近，盖《聊斋》之狐字，本意即胡字之代词。全书多谈胡事，出以语言，尚有显指民族主义之稿文，用意太露，初刻时即

① 无方：《黄龙府谐释》，《振南日报》1915年12月30日。

被其子孙删去。冀在保全先人之书，今略可考见者，只百分中指一二，犹匣剑帷灯，东鳞西爪已耳。试思黄龙府三字，向来无作秽词用者，单独留仙《聊斋》创始，既亵金邦之尊严，亦在文字为虐谑也。从前注家，笺释至此，均不置一词。最晚文登人吕湛恩之注，为最详，有一字一句之微，而注至数百言者。一至黄龙府之下，亦不敢言其所以，殆亦心喻其旨，未便明言，乃托为大方家不谈秽亵之语，消释此案乎？但氏明伦，旁批谈文字之妙，总批论意理之原，颇亦费功，而于此黄龙府一典之用法，甚若无睹而越过他题也者，亦□之吕氏之意云尔。客闻至此，咋舌久之，乃仰天嘘气而言曰："向仅以留仙为鬼怪之董狐，而不知《聊斋》实铁函之《心史》也。"今书传世，已历二百余年，虽外洋歌美，亦有西文翻译之本。东瀛琉球并有汉字翻版之书，舟车所至，咸出中国势力圈外。前清政府，向既无法禁绝《红楼梦》之说满洲妇，后更何术尽毁蒲留仙之谈黄龙府乎？然留仙之头颈，亦幸而免耳。试思当年有人摭拾此事，据以入奏，岂徒蒲之贡生要革，腰领不保，连淄川县正堂、淄川学官并应受鉴查不周的约束不到之处分也。语至是，宾主皆寂然，少顷，客再言曰："兹且无论古事，而谈今事，今华政府，不尝采取立宪之形式，以新刑律昭示其民人哉！立宪国政府，无能任意罪责其民人者，有事拘控，须准被告申诉，及由状师辩护，倘供词证佐，足以自圆其说。当即省释宁家，蒲留仙用黄龙府一典，盖涉及戏侮清皇室祖家之嫌疑。料彼自供，亦有可以中护着乎？"余曰："抑或有之矣。"客复前请吾毕其说。余曰："六朝之时北齐，高姓为皇帝，其皇后胡氏极轶荡飞扬，喜玩武器，皇帝欲娱其意，屡召外廷佞人和十开人入宫，与后弄槊为乐，后因与之私通，和骤躐极品。权侔人主，趋势者奔走其门，左右给侍，均无耻之朝士也。和偶病大热病，诸药罔效，太医官言须饮黄龙汤，乃可退热，黄龙汤非别，实粪汁也。和有难色，时有一士自告奋勇，先尝试之，以安和意。此条秽典，并非小说无稽，明明载于御批通鉴,史家原文,不由后人附会,况又经清朝高宗纯皇帝圣鉴御批悬将国门,不易一字者耶。粪汁可名黄龙汤,援此例证,下粪之门,定可名黄龙府。蒲留仙今日尚生,必之如此供法无疑,状师即可解为既非诋谑,已见无罪之据。且据御批,益凛先训之恭。”客不待词毕,遽辗然曰:“先生此言,诚可谓诙谐矣。”余感其语,遂录为谐释。

编者自跋云:《聊斋》余评尚□,既欲别刊为单行本矣,似应无容赘录。惟右文是谐谈性质,异时单行本所不收,故特置此,以补白云。

二、《总汇新报》中载《聊斋志异》相关资料

聊斋志异(笔记栏)[1]

蒲氏松龄《聊斋志异》,流播海内,几于家有其书,相传渔洋山人爱重此书,欲以五百金购之,不能得。此说不足信。蒲氏书固雅令,然其描绘鬼狐,多属寓言,荒幻浮华,奚裨后学,视渔洋所著《香祖笔记》《居易录》等书,足以扶翼风雅,增益见闻者,体裁迥殊。而谓渔洋乃欲假以传佛。

三、《槟城新报》中载《聊斋志异》相关资料

论《聊斋志异》[2]

衡阳曾井(田旁)楼□《聊斋》一书,效左氏则左氏,效檀弓则檀弓,效史汉则史汉,出语必古,命字必新。《叶生》一则,中有尺牍云:仆东归有日,所以迟迟者,待足下耳,足下朝至则仆夕发矣。语简意明,效魏晋亦似魏晋也。又云:《聊斋》论断,即后汉论断。《杨忠愍》一则论云:先生生为河岳,死为日星,世多以遇仙为先生惜。然鄙意

① 《聊斋志异》,《南洋总汇新报》1915 年 10 月 7 日。
② 《论〈聊斋志异〉》,《槟城新报》1915 年 2 月 2 日。

谓天上多一神仙，不若世上多一圣贤。此等议论，前人未道，有功于儒不小。又云："《聊斋》善于用典，真如盐着水中也。"读其《四六》，可以见其无一字无来历。又云：人知之丧汝德，人不知亦促汝寿。是绝好语。愚谓德字不如名字。又云：轻薄之态，施之君子则丧德，施之小人则招祸。此言可以为佩。

以上是新马汉文报刊中的资料整理。根据最近几年的研究，笔者认为在众多的中国小说中，新马华人最喜欢《红楼梦》和《聊斋志异》。因为两部小说在新马汉文报刊中出现的次数最多，这也就证明了两部小说在小说史上的地位。

在海外，中国古代小说成为华人的精神寄托，这种跨文化传播值得学界注意。海外数量众多的汉文报刊为中国古代小说的海外传播提供了很好的平台，其中保存了为数不少的珍稀文学史料，它们将为古代小说研究开拓新的天地，《聊斋志异》的研究也不例外。

【作者单位：山西师范大学文学院】

聊斋创作学研究

《聊斋志异》借鉴《世说新语》四题

赵伯陶

蒲松龄《聊斋志异》的创作并非一蹴而就，而是有一个从容不迫、不断充实修订的时间历程，这为其小说多方取资、精益求精创造了条件。前些年，笔者在为人民文学出版社做《聊斋志异详注新评》的过程中，曾陆续写了一组《聊斋志异》与重要文献典籍的关联的论文，分别发表于诸多学术刊物，探讨了这部文言小说集与《尚书》《周易》《仪礼》《周礼》《礼记》《诗经》《左传》《论语》《孟子》《大学》《中庸》乃至《史记》《汉书》《后汉书》《三国志》《太平广记》等典籍、史书或相关总集的关系问题。2017 年底，文化艺术出版社出版拙著《〈聊斋志异〉新证》，即包括了上述七篇论文。由于时间匆促，尚有《聊斋志异》与《世说新语》《晋书》《隋书》以及两《唐书》的关系问题无暇顾及，留下些许遗憾。本文即先就《聊斋志异》与《世说新语》的关系问题略做梳理，分为四个方面，以求正于方家。

一、略貌取神

魏晋风流或称魏晋风度，能够成为后世读书人的理想国，与南朝宋刘义庆所撰《世说新语》（包括南朝梁刘孝标为之所作注）在赵宋及其以后时代的广泛传播分不开。《世说新语》三卷凡列“德行”“言语”“任诞”等三十六门，生动记述了魏晋时代士人的方方面面，其中有些行径真能令后人瞠目结舌。政治生态的险恶与社会风气的相对开放反而造就了魏晋士人挥洒艺术人生的氛围,率性任情与张扬个性遂成为那一时代的士人风尚,魏晋风流几乎成为后世诗意栖居具有楷模形态的样板。

言约旨远,个性解放,读书人能够突破两汉以来的礼法束缚,完全是魏晋时期特定的时代因素酝酿而成的,时移事迁,魏晋风流的风光难再,后世人再想亦步亦趋,已然失去了历史的依托,只能于我心有戚戚焉,精神向往而已。所谓"越名教而任自然"[①]"情之所钟,正在我辈"[②],无论对于人生失意的代偿,还是对于政治黑暗的反拨,所谓"魏晋风流"无非是苦闷人生的一种外在表现,多属于病态社会中士人的应激反应,而道家玄学思想的弥漫,更令纵情享乐与放浪形骸之外仿佛有了理论的支撑。《广陵散》的绝响,华亭鹤唳的追忆,无不记述着那一时代的荒诞。后人读《世说新语》却往往忽略了其间人命危浅的残酷的社会生态环境,仅仅热衷于对个中士人飘逸潇洒一面的钦羡,王羲之"矫若惊龙"的风神,嵇康"玉山将崩"的醉态,皆成为后世人津津乐道与虽不能至而心向往之的对象。

蒲松龄身处明清易代之后,专制统治的日益加强与文字狱阴影的逐渐扩大,令那一时代的读书人更愿意在想象而非实践中完成对魏晋风流的追怀与艳羡。古代文人创作小说,往往具有强烈的自娱倾向,属于聚焦于精神层面的产物,《聊斋志异》中的一些篇章深受《世说新语》的影响不言而喻。近些年来,有关两者的关系问题已逐渐引起学者的瞩目,如署名"子衿"的《〈聊斋

---

① 〔唐〕房玄龄等撰:《晋书》卷四九《嵇康传》,中华书局 1974 年版,第 1369 页。

② 余嘉锡:《世说新语笺疏》,中华书局 1983 年版,第 638 页。以下引用《世说新语》本文或刘孝标注,皆以此本为据,不再出注。

志异〉与〈世说新语〉》[①]、齐慧源《论〈聊斋志异〉对〈世说新语〉的继承》[②];又如李剑锋《蒲松龄与魏晋风流》[③]、郑子运《从"深情"说看〈聊斋志异〉》[④],言及魏晋风流也都涉及《聊斋》与《世说》两者的关系问题。

《聊斋志异》本是作者书写孤愤之作,正是现实中的困顿令这位内心世界异常丰富的读书人不得不到虚幻世界去寻觅理想的净土。承载魏晋风流的志人小说《世说新语》中的人物风范受到蒲松龄的青睐实在是顺理成章的事,魏晋风流与现实的隔膜适以造成小说作者瑰丽想象的无限空间!以文化品格而论,《聊斋志异》具有士林文化辅以乡村文化的双重文化品格,而以前者最为凸显,因而儒家思想植根深厚。耐得住常年苜蓿生涯者往往属于性格内向的人,蒲松龄无疑具有这样的性格特征,他常用儒家理念约束自己的实际人生,却又不妨在精神畅想中完成在虚幻世界中的自我重构,魏晋风流的多彩多姿恰可以满足或激发他这方面的创作构思。仅从《聊斋志异》与诸多古人文献典籍的关系而论,据不完全统计,蒲松龄对于《世说新语》的借鉴频次当居于首位。在历代史书中,《晋书》中有关魏晋风流的生动书写也引人瞩目,可补《世说新语》之阙,笔者将另文探讨。

卷八《苗生》一篇主旨似非专意刻画苗生性格,而在于对文人酸腐乃至无行的鞭挞,并带有一定的自我解嘲意味。但小说所展示的

---

① 子衿:《〈聊斋志异〉与〈世说新语〉》,载《蒲松龄研究》1996 年第 3 期。

② 齐慧源:《论〈聊斋志异〉对〈世说新语〉的继承》,载《淮阴师范学院学报》(哲学社会科学版)2000 年第 6 期。内容文字与上一篇略同,似是一人笔墨。

③ 李剑锋:《蒲松龄与魏晋风流》,载《文史哲》2003 年第 5 期。

④ 郑子运:《从"深情"说看〈聊斋志异〉》,载《蒲松龄研究》2016 年第 3 期。

苗生人虎合一的形象，豪爽朴野中竟然也带有几分魏晋风流："苗不可复忍，遽效作龙吟，山谷响应；又起，俯仰为狮子舞。"①所谓"龙吟"，当指魏晋人所喜之"啸"，类似于今天用手指协助口腔吹出起伏响亮的口哨。《世说新语·栖逸》："阮步兵啸，闻数百步。"正是这一因素构成苗生与诸多书生华山宴饮联句的基础："首座靳生曰：'绝巘凭临眼界空。'苗信口而续之曰：'唾壶击缺剑光红。'下座沉吟既久，苗遂引壶自倾。"苗生所续句，浮现出心情愤懑又不乏慷慨激昂之态，语出《世说新语·豪爽》："王处仲（王敦）每酒后辄咏'老骥伏枥，志在千里。烈士暮年，壮心不已'。以如意打唾壶，壶口尽缺。"作者将魏晋风流的这一外在表现赋予苗生，是有意拉近苗生与众书生之间距离的细节构思，不可或缺，绝非等闲之笔。

卷七《黄英》中的菊精陶三郎嗜酒如命，小说描写曾生与三郎两位"相得恨晚"的酒友"各尽百壶"后皆大醉："陶起归寝，出门践菊畦，玉山倾倒，委衣于侧，即地化为菊。"这一段传神描写，显然有意借鉴《世说新语》形容嵇康的文字："嵇叔夜之为人也，岩岩若孤松之独立；其醉也，傀俄若玉山之将崩。"以"玉山倾"形容酣醉之态，卷一《陆判》也有运用："朱因竟日饮，遂不觉玉山倾颓。"性喜豪饮在蒲松龄笔下常成为人物性格豪爽的标志。卷五《八大王》也以嗜酒如命之鳖妖为主人公，其狂而不失酒德的形象更带有魏晋风流的痕迹，"异史氏曰"所附《酒人赋》用典取材于《晋书》或《世说新语》者，竟达十例之多。"酣眠乎美人之侧也，或察其无心"两句，语出《世说新语·任诞》："阮公（籍）邻家妇有美色，当垆酤酒。阮与王安丰常从妇饮酒，阮醉，便眠其妇侧。夫始殊疑之，伺察，终无他意。""甚至效

① 〔清〕蒲松龄著，任笃行辑校：《全校会注集评聊斋志异》，齐鲁书社2000年版，第2307页。以下引用《聊斋志异》本文或清人旧评，皆以此本为据，不再出注。

鳖囚而玩世,亦犹非害物而不仁”两句,后句所谓“害物而不仁”,意谓祸国殃民,无仁厚之德。语出《世说新语·政事》:“殷仲堪当之荆州,王东亭问曰:‘德以居全为称,仁以不害物为名。方今宰牧华夏,处杀戮之职,与本操将不乖乎?’殷答曰:‘皋陶造刑辟之制,不为不贤;孔丘居司寇之任,未为不仁。’”上举各例,蒲松龄或径从《世说》取事,或转从《世说》取义,借鉴前人典籍自有运用之妙、存乎一心的游刃有余。

酒在魏晋风流中占有举足轻重的地位,酒作为一种刺激性的饮料,饮酒在客观上可以起到麻痹神经的作用;就主观而言,饮酒又未尝不是特意寻求物我两忘的一个过程。《世说新语·任诞》:“王光禄云:‘酒,正使人人自远。’”光禄大夫王蕴认为饮酒可以达到“忘我”(自远)的境界。《聊斋》卷二《酒友》中的车生以酒为媒介结识狐友,甚至忘为异类,并引为知己,其豁达豪放的性格,所渲染的正是一种忘我的人生境界。《世说新语·任诞》:“刘公荣与人饮酒,杂秽非类。人或讥之。答曰:‘胜公荣者,不可不与饮;不如公荣者,亦不可不与饮;是公荣辈者,又不可不与饮。’故终日共饮而醉。”《酒友》的创作明显受到《世说》所记刘昶(字公容)“与人饮酒,杂秽非类”事的启发。

古代专制社会,大家庭中的叔嫂关系是一个颇难处理的问题。《礼记·曲礼上》:“男女不杂坐,不同椸枷,不同巾栉。不亲授。嫂叔不通问。”[①]《孟子·离娄上》:“曰:‘嫂溺,则援之以手乎?’曰:‘嫂溺不援,是豺狼也。男女授受不亲,礼也。嫂溺,援之以手者,权也。’”[②]《聊斋志异》中有多篇小说涉及叔嫂关系问题,卷四《阎王》:“小郎若个好男儿,又房中娘子贤似孟姑姑,任

---

① 〔清〕阮元:《十三经注疏》,中华书局1980年版,第1240页。
② 杨伯峻:《孟子译注》,中华书局1960年版,第177页。

郎君东家眠,西家宿,不敢一作声。自当是小郎大好乾纲,到不得代哥子降伏老媪。”这一段夹杂民间俗语的话语,泼辣尖刻,淋漓尽致地刻画出主人公李久常之嫂悍妒骄横的性格。嫂当面称叔为小郎,是晋人以来的家庭称谓,未必能沿袭至清初的山东一带,蒲松龄这一段绘声绘色的描写当借鉴了《世说》的相关文字。《世说新语·规箴》:“王平子年十四五,见王夷甫妻郭氏贪欲,令婢路上儋粪。平子谏之,并言不可。郭大怒,谓平子曰:‘昔夫人临终,以小郎嘱新妇,不以新妇嘱小郎!’急捉衣裾,将与杖。平子饶力,争得脱,逾窗而走。”李家嫂氏伶牙俐齿、针锋相对的自我表白,脱胎于《世说》中王衍(字夷甫)妻郭氏的声口,虽非依样葫芦,却得其神似,色厉内荏如出一辙!

卷四《马介甫》也是蒲松龄书写悍妇的著名篇章,篇后“异史氏曰”开首即云:“惧内,天下之通病也。然不意天壤之间,乃有杨郎!”这段议论完全脱化于《世说新语·贤媛》:“王凝之谢夫人既往王氏,大薄凝之。既还谢家,意大不说。太傅慰释之曰:‘王郎,逸少之子,人材亦不恶,汝何以恨乃尔?’答曰:‘一门叔父,则有阿大、中郎。群从兄弟,则有封、胡、遏、末。不意天壤之中,乃有王郎!’”有“咏絮”美誉的才女谢道韫嫁与王羲之的次子王凝之为妻,自悲遇人不淑,回娘家诉苦,尽管有叔父谢安劝慰,仍难释怀,于是发出“不意天壤之中,乃有王郎”的人生感慨。蒲松龄略加变化,用于调侃猥琐男子“惧内”的书写中,意味深长。至于“异史氏曰”以下使事用典,用骈语续写《妙音经》诉说怨偶之情,虽属游戏笔墨,却也洞见症结,不乏精警内涵,其中自然少不了对《世说》的借鉴。如“俯首贴耳,而受无妄之刑,李阳亦谓不可”三句,意谓男子对妻子百依百顺却无故横遭虐待,则世人皆以为不可。李阳,字景祖,晋武帝时任幽州刺史,性格侠义。《世说新语·规箴》:“王夷甫妇,郭泰宁女,才拙而性刚,聚敛无厌,干豫人事。夷甫患之而不能禁。时其乡人幽州刺史李阳,京都大侠,犹汉之楼护,郭氏惮之。夷甫骤谏之,乃曰:‘非但我言卿不可,李阳亦谓卿不可。’郭氏小为之损。”王衍之妻郭氏与晋惠帝皇后贾氏为表姐妹,未免依仗娘家势力欺负丈夫,王衍抬出当时有社会威望的官员李阳吓阻郭氏,无奈中亦不乏闺中谑趣。蒲松龄信手拈来用于小说创作,可见他对《世说》的熟稔。

《世说新语·贤媛》:“许允妇是阮卫尉女,德如妹,奇丑。交礼竟,允无复入理,家人深以为忧。会允有客至,妇令婢视之,还答曰:‘是桓郎。’桓郎者,桓范也。妇云:‘无忧,桓必劝入。’桓果语许云:‘阮家既嫁丑女与卿,故当有意,卿宜察之。’许便回入内。既见妇,即欲出。妇料其此出,无复入理,便捉裾停之。许因谓曰:‘妇有四德,卿有其几?’妇曰:‘新妇所乏唯容尔。然士有百行,君有几?’许云:‘皆备。’妇曰:‘夫百行以德为首。君好色不好德,何谓皆备?’允有惭色,遂相敬重。”尽管“贤贤易色”[①]一类的儒家说教千百年前即牢固地植根于读书人心中,而“娶妻以德不以色”一类的俗语也在社会上下颇有市场,然而女方“颜值”高低在古今婚姻中绝非微不足道的小事一桩。

《聊斋志异》卷七有《乔女》一篇,似乎就是有意对《世说》阮家女遭际再加正面的推衍:“平原乔生有女黑丑,壑一鼻,跛一足;年二十五六,无问名者。”乔女黑丑且有两项生理缺陷,又有嫁人后守寡的遭际,人生悲惨已极。在信息相对封闭的古代社会,新丧偶的孟生不可能对这位乔女有道德层面上的任何了解,只是“忽见”之后而“大悦之”,显然属于性取向上的某种歧变心态,即对丑陋残疾的异性有一种特殊的偏嗜,这在性心理学上可称之为变态反应。然而出身于读书人家庭的乔女在不清楚孟生这种择偶心理的条件下,反而认为他有“娶妻以德不以貌”的胸怀,因而在感动之余也增强了其道

① 杨伯峻:《论语译注》,中华书局1980年版,第5页。

德的自我认定。乔女对于自己容貌完全失去自信是与生俱来的,孟生的心仪则令其产生“知己”遐想的同时,又重新确立了她道德高岸的自信,并具有对自己其貌不扬的强烈代偿作用。乔女从拒绝再婚到“心许”孟生,正是其企盼道德自我更加完善的体现;乔女为已故孟生的遗孤伸张正义到抚孤成立,在这一较为漫长的过程中,当时社会对乔女行为的认同与赞许也无疑有令其“义举”日臻完善的催化作用,并最终使之功德圆满,皆大欢喜。小说作者从“知己”的角度阐释乔女难能可贵的行为,则又与自己大半生蹭蹬科场、潦倒不遇并亟须“知己”光顾的心态暗合,平居企盼获得知己的青睐,无疑也有代偿自己科场失意的作用。这篇小说写作或许有一定的生活依据,但对作者有意从人情事理上借鉴《世说》相关内容也不能忽视。

蒲松龄借鉴《世说》最为传神者,当属卷五《颠道人》篇后“异史氏曰”中所附作者家乡生员殷文屏矫情抗俗的奇事,讽喻意味堪称浓墨重彩:

> 予乡殷生文屏,毕司农之妹夫也,为人玩世不恭。章丘有周生者,以寒贱起家,出必驾肩而行。亦与司农有瓜葛之旧。值太夫人寿,殷料其必来,先候于道,着猪皮靴,公服,持手本;俟周舆至,鞠躬道左,唱曰:“淄川生员,接章丘生员!”周惭,下舆,略致数语而别。少间,同聚于司农之堂,冠裳满座,视其服色,无不窃笑。殷傲睨自若。既而筵终出门,各命舆马。殷亦大声呼:“殷老爷独龙车何在?”有二健仆,横扁杖于前,腾身跨之。致声拜谢,飞驰而去。

殷生玩世不恭中具有强烈的反抗社会黑暗的内容。清但明伦评章丘周生有云:“偏是寒贱起家者,多妄自尊大,殆恐人轻之也,不知适以此致人之侮。”其实这位清代人只看到了问题的一个方面。

孟森《心史丛刊》三集有《跋〈聊斋志异·颠道人〉》一文,文章首先揭示出殷生怪异装束的符号意义,功不可没:"殷生着猪皮靴,骑扁杖,少时读之,但觉其奇,不辨是何舆服。后始知明代功令,教坊妓者之夫所服所乘,定制如此。《聊斋》去明未远,当时言此,必人人知为妓夫仪式,故绝不复加诠释。"孟文又引述明刘辰之《国初事迹》云:"太祖立富乐院于乾道桥,男子令戴绿巾,腰系红搭膊,足穿带毛猪皮靴,不容街中走,止于道旁左右行。或令作匠穿甲,妓妇戴皂冠,身穿皂褙子,出入不许穿华丽衣服,专令礼房王迪管令。此人熟知音律,能作乐府,禁文武官及舍人不许入院,止容商贾出入。"[①]这一段引文恰可与明沈德符《万历野获编》卷十四《教坊官》的内容相对照:"按祖制,乐工俱戴青卍字巾,系红绿搭膊,常服则绿头巾,以别于士庶,此《会典》所载也。又有穿带毛猪皮靴之制。"[②]可见所谓"猪皮靴"必须带毛,或许类似于今天的翻毛皮鞋,否则外人何以分辨之?

"独龙车"何谓?清倪鸿《桐阴清话》卷七《秦淮旧院教坊规条碑拓本》云:"秦淮旧院教坊规条碑,余尝见其拓本。略云:'入教坊者,准为官妓,另报丁口赋税。凡报明脱籍过三代者,准其捐考。官妓之夫,绿巾绿带,着猪皮靴,出行路侧,至路心被挞勿论。老病不准乘舆马,跨一木,令二人肩之。'"[③]殷生穿带毛猪皮靴与乘"独龙车",竟然自居于明代社会最低贱者乐户或妓女之夫(乌龟)的地位,属于故意的反传统行为,带有嵇康、阮籍一流人物的性格特征,这也是对魏晋风流的一种仿效。鲁迅曾论及嵇康、阮籍的反礼教言行说:"魏晋时代,崇奉礼教的看来似乎很不错,而实在是毁坏礼教,不

① 孟森:《心史丛刊》,中华书局2006年版,第196页。
② 〔明〕沈德符:《万历野获编》,中华书局1959年版,第367页。
③ 〔清〕倪鸿:《桐阴清话》卷七《秦淮旧院教坊规条碑拓本》,民国十三年(1924)扫叶山房石印本。

信礼教的。表面上毁坏礼教者，实则倒是承认礼教，太相信礼教。”① 明末是江河日下、天崩地解的时代，一切皆已陷入混乱不堪的状态，殷生叹息礼崩乐坏，看不惯社会的虚假浮躁，又不必担心学校革除其生员资格，这是导致其行为怪异的基础。殷生以佯狂戏弄周生的初衷，也许不仅是针对周生个人的极端行为，在某种意义上说，他或许还是等级社会的忠诚卫道者。蒲松龄于魏晋风流心有灵犀，因而听说殷生怪诞事迹，略加修饰夸张，记入《聊斋》，实在也有从文字的神似角度借鉴《世说新语》的用心。

二、借意相发

《聊斋》借鉴《世说》又有借意相发的妙趣，若寻其踪迹，溯流而上，对于我们破解蒲松龄的创作构思过程大有裨益。卷一《三生》谓刘举人能记其前身数世，曾一世为马，“甚畏挞楚，见鞭则惧而逸。主人骑，必覆障泥，缓辔徐徐，犹不甚苦；惟奴仆圉人，不加鞯装以行，两踝夹击，痛彻心腑”。以后转世为人，考中举人，“每劝人乘马必厚其障泥，股夹之刑，胜于鞭楚也”。所谓“障泥”，即垂于马腹两侧，用来遮挡泥水的织物。《世说新语·术解》：“王武子善解马性。尝乘一马，箸连钱障泥，前有水，终日不肯渡。王云：‘此必是惜障泥。’使人解去，便径渡。”马与障泥这一微妙的关联，被蒲松龄敏锐地捕捉到，写入小说，对于串联刘举人的“转世”书写有颊上三毫之妙。

卷二《巧娘》：“听松声谡谡，宵虫哀奏，中心忐忑，悔至如烧。”所谓“松声”，即松涛声。“谡谡”，形容强劲的风声，晋陆机《感时赋》：“寒冽冽而寖兴，风谡谡而屡作。”②然而将谡谡风声与松相联系，则

---

① 鲁迅：《魏晋风度及文章与药及酒之关系》，《而已集》，人民文学出版社 1973 年版，第 93 ~ 94 页。

② 〔清〕严可均：《全上古三代秦汉三国六朝文》，中华书局 1958 年版，第 2008 页。

始于《世说新语·赏誉》:“世目李元礼:‘谡谡如劲松下风。’”这里的“谡谡”已经转化为形容人物风貌的赞语,蒲松龄再加转化,又回归至对南方夜晚旷野萧森景象的渲染,显然得益于对《世说》用语的联想,再借意相发。从中可见蒲松龄小说创作的认真细腻,一句乃至一词都斟酌取舍,煞费苦心,绝非苟作。

类似的巧托情境,借意相发,又见于卷二《黄九郎》。这篇小说描写何子萧与黄九郎两人同性相恋的执着情感,这与古代社会文人士大夫盛行一时的蓄优狎伶的风气相关,反映了当时病态社会的部分现实,因而尚具有一定的认识价值。小说后附骈文《笑判》本属作者炫才之作,不免旁征博引,思绪万千,如其中有句云:“分明王家朱李,索钻报于来生。”这两句巧用晋朝王戎生性吝啬的故事,以谐谑之语调侃同性相恋必然丧失孕育后代的可能性。所谓“王家朱李”,语本《世说新语·俭啬》:“王戎有好李,卖之,恐人得其种,恒钻其核。”朱李,谓红色李子;钻报,暗示李子被钻核以后的绝种后果。读者若不明这一借鉴关系,其文字诙谐挖苦的意向就被完全湮没了。

卷四《绛妃》的故事性并不强,也当属于作者借用骈文以炫才的力作。古代骈文之作,三国时陈琳、唐人陆贽、骆宾王的相关作品,或檄文,或奏疏,具有一定的实用性;北朝庾信的《哀江南赋》、唐朝王勃的《滕王阁序》,以文学性强,千百年来脍炙人口。古人一般的骈文之作则往往形式大于内容,即以诸多典故为资粮,巧办佳肴,串联古人的有关情事传达出自己内心之所思所想。作者融通古今、借鉴化用的巧思固不可或缺,如何纵横捭阖、花样翻新也是必不可少的功课。《绛妃》中讨伐风神的檄文,也是蒲松龄的一篇骈文力作,收录于其文集,即《为花神讨封夷檄》一文,与《绛妃》所录者小有异同。作者苦心孤诣、精心结撰,的确非一蹴而就之笔。如其中有“莫言蒲柳无能,但须藩篱有志”两句,意谓不要认为花木体质衰弱无能为力,只需立志,编为篱笆也能抵抗风的肆虐。语本《世说新语·言语》:“顾悦与简文同年,而发早白。简文曰:‘卿何以先白?’对曰:‘蒲柳之姿,望秋而落;松柏之质,经霜弥茂。’”所谓“蒲柳”,即“水杨”,一种入秋就凋零的树木。后因以比喻人未老先衰或体质衰弱。藩篱,即用竹木编成的篱笆或栅栏,这里是保卫自家疆界的意思。上引《为花神讨封夷檄》两句,蒲松龄并非纯粹地使事用典,而是化用《世说》中的文字,借意相发,另造情境,因而兴味无穷。

卷六《陆押官》一篇中有仙凡两界兰花进行“比拼”的情节,若对照《世说新语·汰侈》,其借鉴痕迹宛然:“石崇与王恺争豪,并穷绮丽,以饰舆服。武帝,恺之甥也,每助恺。尝以一珊瑚树高二尺许赐恺。枝柯扶疏,世罕其比。恺以示崇。崇视讫,以铁如意击之,应手而碎。恺既惋惜,又以为疾己之宝,声色甚厉。崇曰:‘不足恨,今还卿。’乃命左右悉取珊瑚树,有三尺、四尺,条干绝世,光彩溢目者六七枚,如恺许比甚众。恺惘然自失。”毋庸讳言,蒲松龄撰写此篇,其构思或有疏漏。陆押官其家“舍宇华耀,迥异人间,随处皆设花石,精盆佳卉,流光散馥;即兰花一种,约有数十余盆,无不茂美”。如此华美之家宅,则非神仙洞府难以办到。陆押官即有此家境,又何必为仆为役跟随已然致仕的赵宫詹十余年不离不弃?难道有夙世因缘求报于今生?或许蒲松龄读《世说》有感于石、王二人争豪的故事,借事相发中忘记了小说的逻辑自洽。任何优秀的文学家也难保证其作品篇篇优秀,中外古今,概莫能外。

在人物对话中,《聊斋》借鉴《世说》,拐弯抹角,借意相发,有时也不乏令人解颐之趣。卷四《颜氏》虚构“顺天某生”屡试不售,妻子伪为丈夫之弟参加科举考试,竟然一路顺风考中进士,官至监察御史方辞职退休。蒲松龄将故事背景置于天崩地解的明清易代之际,至少在一定程度上避免了真相大白后的无限尴尬;至于为顺天某生设计出流落他乡再回归故里应试的情节,为颜氏设计出不能生育的人生缺陷,也都是为小说“圆谎”而设计,绝非等闲之笔。全篇故事紧凑而滴水不漏，极见巧思。妻子女扮男装前曾与丈夫斗口，争论科举中式的难易问题，丈夫针对妻子轻视自己之语反唇相讥：“闺中人身不到场屋，便以功名富贵，似汝在厨下汲水炊白粥；若冠加于顶，恐亦犹人耳。”何谓“炊白粥”？即形容世间极易做到的事情。语出《世说新语·汰侈》：“石崇为客作豆粥，咄嗟便办……（王恺）乃密货崇帐下都督及御车人，问所以。都督曰：‘豆至难煮，唯豫作熟末，客至，作白粥以投之。’”读者若不明“炊白粥”的出典，也不难理解整段话的意思，而一旦通晓作者有意借用石崇待客化难为易的小伎俩，用以渲染丈夫对妻子漠然轻视的态度，则其间无限情韵跃然纸上且耐人寻味。

类似上述精雕细琢并且耐人寻味的措词用语，在《聊斋志异》中俯拾皆是，其中借鉴《世说》故事者并不罕见。如卷三《寒月芙蕖》：“是日，客饮而甘之，固索倾酿，公坚以既尽为辞。”所谓“倾酿”，意谓将其家酿美酒悉数供客。又如卷七《湘裙》：“入而谋酒，则家酿已竭。”无论“倾酿”还是“家酿”，皆语出《世说新语·赏誉》：“刘尹云：‘见何次道饮酒，使人欲倾家酿。’”其字面义并不难理解，然而若不明作者巧借《世说》掌故以增加小说内在情韵的用心，就会丧失一部分小说阅读的趣味，特别是前者“倾酿”两字，有一定内蕴，草草读过，未免辜负作者的良苦用心。至于后者，作者手稿本文字固如以上所揭者，铸雪斋钞本则作“入谋酒，又告竭”。两相比较，铸本文字则味同嚼蜡了，远不如手稿本文字灵动有韵致。

《聊斋》借鉴《世说》有时用旁敲侧击之法，读者若明其间借意相发的关联，也自有兴味无穷之趣味。卷五《巩仙》中明藩鲁王曾戏问巩道人：“闻仙人亦不能忘情，果否？”巩道人从容作答：“或仙人然耳；臣非仙人，故心如枯木矣。”所谓“忘情”，意谓无喜怒哀乐之情，语出《世说新语·伤逝》：“圣人忘情，最下不及情；情之所钟，正在我辈。”仙人属神话传说中长生不老并有种种神通的人，为道家的追求目标；圣人多指品德最高尚且智慧最高超的人，为儒家的理想中人。蒲松龄有意插入这一段有趣的对话，灵活套用《世说》掌故，变换称谓，借意相发，增加了小说情趣。卷五《沂水秀才》中将"秀才装名士"作为社会中诸多"不可耐事"的一种加以讽刺。所谓"名士"，一般多指以诗文等著称的知名读书人。《世说新语·任诞》："王孝伯言：'名士不必须奇才。但使常得无事，痛饮酒，熟读《离骚》，便可称名士。'"王孝伯即王恭，是一位不学无术却又附庸风雅的人。显然，《沂水秀才》中的所谓"名士"，并非褒义词，只有依托《世说》掌故加以诠释，方能凸显蒲松龄讽刺锋芒的尖锐。

《聊斋》用语依托《世说》，有时通过"借意"而作为隐藏自家尴尬身份的含蓄之语，用来搪塞敷衍对方的问话，同时还可以令小说语言增加典雅之趣。卷七《天宫》讲述权贵家女眷为解决性饥渴而引诱"仪容修美"的郭生在黑暗中幽会的故事，郭生心生疑虑，女子则以模棱语为答："为尔俗中人，多言喜泄，故不欲以形色相见。且暗中摸索，妍媸亦当有别，何必灯烛！"所谓"俗中人"，即有别于方外人或出家人的世俗中人，小说中女子答言显然有以方外仙人自居的含义，却又不明说。蒲松龄特意用"俗中人"，而不用"俗人"称谓，语出《世说新语·任诞》："阮步兵丧母，裴令公往吊之。阮方醉，散发坐床，箕踞不哭。裴至，下席于地，哭吊唁毕，便去。或问裴：'凡吊，主人哭，客乃为礼。阮既不哭，君何为哭？'裴曰：'阮方外之人，故不崇礼制；我辈俗中人，故以仪轨自居。'时人叹为两得其中。"所谓"方外人"与"俗中人"是作为对语出现的，有明于此，《天宫》中权贵家女眷自喻"方外人"以掩形迹的用心昭然，"俗中人"三字正可收言简意赅之效。

《聊斋》借鉴《世说》，也时而顾及南朝梁刘孝标的注文。卷五《甄后》为蒲松龄受唐裴铏《传奇》中"太和处士萧旷"故事影响而撰写，不过其中又受到宋代以后愈演愈烈的贬曹风潮的影响，这一点与小说《三国演义》的思想倾向同一。曹阿瞒转世为黄犬的情节以及“异史氏曰”的评论,将本来属于描写男女情爱的笔墨嫁接融会到维护封建正统与女子从一而终的守旧观念中,不免令这篇小说的意旨复杂化了。小说中的甄后以美女的形象穿越历史长河,并与刘桢的转世后身再圆昔日“目成”之好,其根源于甄氏的“不贞”,而正是这种“不贞”才导致了旧时文人企盼分羹一杯的“精神染指”。小说中魏文帝曹丕的甄皇后化为美女穿越历史与建安七子之一刘桢的转世后身刘仲堪重续旧情,美女对茫然无识的后者有如下反诘:“相别几何,遂尔懜懜。危坐磨砖者,非子也耶?”所谓“危坐磨砖”,即再现东汉末刘桢曾因失敬于甄氏而被曹操惩罚事。《世说新语·言语》“刘公幹以失敬罹罪”下刘孝标注引《典略》曰:“刘桢,字公幹,东平宁阳人。建安十六年,世子为五官中郎将,妙选文学,使桢随侍太子。酒酣坐欢,乃使夫人甄氏出拜,坐上客多伏,而桢独平视。他日公闻,乃收桢,减死输作部。”又引《文士传》曰:“桢性辩捷,所问应声而答。坐平视甄夫人,配输作部,使磨石。武帝至尚方观作者,见桢匡坐正色磨石。武帝问曰:‘石何如?’桢因得喻己自理,跪而对曰:‘石出荆山悬岩之巅,外有五色之章,内含卞氏之珍。磨之不加莹,雕之不增文,禀气坚贞,受之自然。顾其理枉屈纡绕而不得申。’帝顾左右大笑,即日赦之。”危坐,古人以两膝着地,耸起上身为“危坐”,即表示严肃恭敬的正身而跪。后泛指正身而坐。磨砖,即“磨石”,谓研磨石头,或为磬,或为建材。小说《甄后》正是通过《世说》借《典略》与《文士传》所言者踵事增华,与其说是借历史因缘以圆昔日刘桢之梦,毋宁说是作者借古人之穿越完成自家旖旎的情感神游。

卷五《柳生》在人世婚姻的命定论中巧妙融会人谋于其中,前呼后应,是蒲松龄的构思巧妙之处。作者于其后“异史氏曰”则笔锋一转,将“英雄不问出身”以及“王侯将相宁有种乎”的见识暗中融入:

“乃盗也而有是女耶？培塿无松柏，此鄙人之论耳。”所谓“培塿无松柏”，意谓小土丘长不出松柏，最早见于《左传·襄公二十四年》：“部娄无松柏。”杨伯峻注：“部娄，《说文》引作‘附娄’，云‘小土山也’。《文选·魏都赋》李善注又引作培塿。小土山不生大树仍言小国不可与大国平行。”[①]《世说新语·方正》引用《左传》典来比喻门第不相称的婚姻：“王丞相初在江左，欲结援吴人，请婚陆太尉。对曰：‘培塿无松柏，薰莸不同器。玩虽不才，义不为乱伦之始。”《春秋左传》为“五经”之一，蒲松龄对之熟悉自不必言[②]，然而其“鄙人之论”当径用《世说》而非《左传》，这从小说讲述非门当户对的婚姻故事可知，甚至《柳生》的构思就是受《世说》这一故事的影响，从而借事生发也未可知。

卷五《小翠》是《聊斋志异》中优秀的篇目之一，狐仙小翠为报答王元丰之父（王太常）无意中救护母亲的恩德，以身相酬其痴子外，还要未卜先知，防患于未然，巧设机关，于游戏三昧中解脱王家于水火，并令元丰脱胎换骨，由痴变慧，最终又逐渐变丑自家形貌，以便为人作嫁。小说中官场生态环境的险恶与王太常因小事而忘恩负义，无不凸显作者对于世道人心的悲观心态，诚如篇后“异史氏曰”所论：“而身受再造之福者，顾失声于破甑，何其鄙哉！”所谓“失声于破甑”，意谓王太常只看重财物而不顾情分。失声，谓不自主地发出声音，这里形容王太常的顾惜与吝啬之情；破甑，比喻不值一顾的事物。语出《后汉书·郭太传》：“孟敏字叔达，巨鹿杨氏人也。客居太原，荷甑堕地，不顾而去。林宗见而问其意。对曰：‘甑以破矣，视之

---

①　杨伯峻：《春秋左传注》，中华书局1981年版，第1091～1092页。

②　参见拙著《〈聊斋志异〉新证》第三编《〈聊斋志异〉与重要典籍关系新证·〈聊斋志异〉与〈左传〉》，文化艺术出版社2017年版，第254～271页。

何益？’”[1]然而“失声于破甑”亦当径用《世说新语·黜免》而借意相发：“邓竟陵免官后赴山陵，过见大司马桓公。公问之曰：‘卿何以更瘦？’邓曰：‘有愧于叔达，不能不恨于破甑！’”“失声”与“恨”，两字用来异曲同工。

三、使事用典

《聊斋志异》擅长使事用典，因而文字典雅清新，一向受到论者的称誉，其中从《世说新语》中取资者占有相当比重，可见蒲松龄对这部志人小说的喜爱。作为一种修辞手段，“使事用典”与上述“借事相发”的概念有相互重合的地方，介入程度或有深浅之别，一间而已，笔者分别考论，意在使论文眉目更为清晰。

卷一《叶生》抒发作者对科举取士不公平的愤懑，其篇后“异史氏曰”有云：“叹面目之酸涩，来鬼物之揶揄。”卷六《王子安》也是对科举不公的“夫子自道”式的心理演绎：“昔人为鬼揶揄，吾今为狐奚落矣。”揶揄，谓嘲笑、戏弄。所谓“来鬼物之揶揄”或“鬼揶揄”，意谓难以进入仕途，因而被鬼嘲笑。事本《世说新语·任诞》“襄阳罗友有大韵，少时多谓之痴”一段，刘孝标注引《晋阳秋》，罗友为桓温幕僚，不得志。桓温一次设宴送人为郡长官，罗友故意迟到，桓温问故，罗友回答：“民性饮道嗜味，昨奉教旨，乃是首旦出门，于中路逢一鬼，大见揶揄，云：‘我只见汝送人作郡，何以不见人送汝作郡？’民始怖终惭，回还以解，不觉成淹缓之罪。”

卷二《莲香》：“袅娜如此，妾见犹怜，何况男子！”卷二《巧娘》：“此即吾家小主妇耶？我见犹怜，何怪公子魂思而梦绕之。”所谓“妾见犹怜”或“我见犹怜”，皆用侧写法形容女子极其美丽温柔。事本《世说新语·贤媛》“桓宣武平蜀，以李势妹为妾”，刘孝标注引南朝

① 〔南朝宋〕范晔：《后汉书》卷六八《郭太传》，中华书局 1965 年版，第 2229 页。

宋虞通之《妒记》:“温平蜀,以李势女为妾,郡主凶妒,不即知之。后知,乃拔刃往李所,因欲斫之。见李在窗梳头,姿貌端丽,徐徐结发,敛手向主,神色闲正,辞甚凄惋。主于是掷刀前抱之曰:‘阿子,我见汝亦怜,何况老奴。’遂善之。”

卷二《鲁公女》中男主人公张于旦祭祝已故鲁公女之词:“睹卿半面,长系梦魂,不图玉人,奄然物化。今近在咫尺,而邈若河山,恨如何也!”所谓“玉人”,古人常指容貌美丽的女子,语出《世说新语·容止》:“裴令公有俊容仪,脱冠冕,粗服乱头皆好,时人以为‘玉人’。见者曰:‘见裴叔则如玉山上行,光映照人。’”此外《晋书·卫玠传》:“玠字叔宝。年五岁,风神秀异……总角乘羊车入市,见者皆以为玉人,观之者倾都。”①所谓“今近在咫尺,而邈若河山”,意谓生与死之间遥远得如隔山河。邈,遥远,这里并非指男女两者空间距离大,而是对人天永隔的浩叹。语出《世说新语·伤逝》:“自嵇生夭、阮公亡以来,便为时所羁绁,今日视此虽近,邈若山河。”小说中的几句祝词竟然两用《世说》中文字,可见作者对刘义庆文学才能的心仪。

卷二《庚娘》是一篇讲述奇女子复仇的故事,其篇后“异史氏曰”有评:“谁谓女子遂不可比踪彦云也!”所谓“比踪彦云”,意谓女子也可与英杰之士相提并论。语出《世说新语·贤媛》:“王公渊娶诸葛诞女。入室,言语始交,王谓妇曰:‘新妇神色卑下,殊不似公休。’妇曰:‘大丈夫不能仿佛彦云,而令妇人比踪英杰!’”按新妇之父诸葛诞,字公休,三国魏司空,曾养死士数千,甚得人心,后因造反被杀。《三国志》卷二八有传。王公渊之父王凌,字彦云,三国魏太尉,因反抗司马懿专权,为司马氏所逼,饮药自杀死。《三国志》卷二八有传。新婚夫妇各以对方英名卓著的父亲为楷模要求对方能绍其家声,或

---

① 〔唐〕房玄龄等撰:《晋书》卷三六《卫玠传》,中华书局1974年版,第1067页。

为闺中戏语，蒲松龄用为典故，凸显了庚娘巾帼英雄的气概。

卷二《胡氏》："在门墙之幼子，年十五矣，愿得坦腹床下。不知有相若者否？"卷六《陈锡九》篇后"异史氏曰"有云："某贵官，吾东床也。"所谓"坦腹"或"东床"，为"当女婿"或"女婿"之代称，皆用晋代王羲之东床坦腹的故事，语出《世说新语·雅量》："郗太傅在京口，遣门生与王丞相书，求女婿。丞相语郗信：'君往东厢，任意选之。'门生归，白郗曰：'王家诸郎，亦皆可嘉，闻来觅婿，咸自矜持。唯有一郎，在床上坦腹卧，如不闻。'郗公云：'正此好！'访之，乃是逸少(王羲之)，因嫁女与焉。"与上举"比踪彦云"例相较，这一典故更为古人诗文中所常用。

卷三《辛十四娘》中冯生对辛叟有言曰："窃不自揣，愿以镜台自献。"所谓"镜台自献"，意谓为自己做媒求婚。镜台，即上面装有镜子的梳妆台。两句语出《世说新语·假谲》："温公丧妇，从姑刘氏，家值乱离散，唯有一女，甚有姿慧，姑以属公觅婚。公密有自婚意，答云：'佳婿难得，但如峤比云何？'姑云：'丧败之余，乞粗存活，便足慰吾余年，何敢希汝比？'却后少日，公报姑云：'已觅得婚处，门地粗可，婿身名宦，尽不减峤。'因下玉镜台一枚。姑大喜。既婚，交礼，女以手披纱扇，抚掌大笑曰：'我固疑是老奴，果如所卜！'"这一典故虽不常用，但并不生僻。

卷四《绛妃》："寻帷下榻，反同入幕之宾；排闼登堂，竟作翻书之客。"所谓"入幕之宾"，即能参与机密的幕僚，这里形容狂风毫无拘束地擅自闯入主人的内室。语出《世说新语·雅量》："桓宣武与郗超议芟夷朝臣，条牒既定，其夜同宿。明晨起，呼谢安、王坦之入，掷疏示之。郗犹在帐内，谢都无言，王直掷还，云：'多！'宣武取笔欲除，郗不觉窃从帐中与宣武言。谢含笑曰：'郗生可谓入幕宾也。'"此事又见《晋书·郗超传》，但远不如《世说》的记述生动。"入幕"两字看似平易，实则双关，蒲松龄径用为典，增添了行文的妙趣。

卷五《八大王》:“山公之倒其接䍦,彭泽之漉以葛巾。”前句所谓“倒其接䍦”,用晋人山简事以凸显仕宦者饮酒后的旷达。山公,即山简(253—312),字季伦,晋河内怀县(今河南武陟西南)人,以征南将军镇守襄阳,好酒,喜游山水。《世说新语·任诞》:“山季伦为荆州,时出酣畅。人为之歌曰:‘山公时一醉,径造高阳池。日莫倒载归,茗艼无所知。复能乘骏马,倒箸白接篱。举手问葛彊,何如并州儿?’高阳池在襄阳。彊是其爱将,并州人也。”《晋书·山简传》亦载此事,文字小有出入。白接篱,或作“白接䍦”,当时谓以白鹭羽为饰的帽子。

卷六《吕无病》叙述山中女子吕无病向洛阳孙公子自荐之语:“慕公子世家名士,愿为康成文婢。”所谓“康成文婢”,即郑玄家婢,古人常谓知书的婢仆。康成,东汉郑玄字。事见《世说新语·文学》:“郑玄家奴婢皆读书。尝使一婢,不称旨,将挞之。方自陈说,玄怒,使人曳箸泥中。须臾,复有一婢来,问曰:‘胡为乎泥中?’答曰:‘薄言往愬,逢彼之怒。’”按“胡为乎泥中”,语本《诗·邶风·式微》:“微君之躬,胡为乎泥中。”①“薄言往愬,逢彼之怒”,语本《诗·邶风·柏舟》:“亦有兄弟,不可以据。薄言往愬,逢彼之怒。”②汉代经学家郑玄家的两位婢女日常对话全用《诗经》中成句,且切合当时情境,可见风雅。小说中吕无病以“康成文婢”自喻,仅用四字即显示了这位其貌不扬的女子谈吐风雅的聪慧,蒲松龄在人物对话中使事用典的巧妙可见一斑。

卷六《凤仙》:“但南阳三葛,君得其龙,区区者又何足道!”所谓“南阳三葛,君得其龙”,意谓皮氏八仙、水仙、凤仙三姊妹中,刘赤水娶了最美丽的凤仙。南阳三葛,即三国时南阳诸葛瑾、诸葛亮、诸葛

---

① 〔宋〕朱熹:《诗集传》,上海古籍出版社1980年版,第22页。
② 〔宋〕朱熹:《诗集传》,上海古籍出版社1980年版,第15页。

诞兄弟三人,皆有名于时。事见《世说新语·品藻》:“诸葛瑾弟亮及从弟诞,并有盛名,各在一国。于时以为‘蜀得其龙,吴得其虎,魏得其狗’。诞在魏与夏侯玄齐名;瑾在吴,吴朝服其弘量。”至于诸葛亮,属于古今妇孺皆知的三国著名人物,小说从侧面渲染凤仙之美并为三姊妹之冠,正可收事半功倍之效。

卷六《折狱》篇后“异史氏曰”有云:“方宰淄时,松裁弱冠,过蒙器许,而驽钝不才,竟以不舞之鹤为羊公辱。”后一句意谓自己无能,未能科举得意,致使曾经称赏自己的前县令费祎祉名声受损。这番自我调侃,体现了作者怀才不遇的无奈。所谓“不舞之鹤”云云,事见《世说新语·排调》:“刘遵祖少为殷中军所知,称之于庾公。庾公甚忻然,便取为佐。既见,坐之独榻上与语。刘尔日殊不称,庾小失望,遂名之为‘羊公鹤’。昔羊叔子有鹤善舞,尝向客称之。客试使驱来,氃氋而不肯舞。故称比之。”蒲松龄用此故事为自己场屋不得志解嘲,文字灵动又不失身份。

卷六《杨大洪》篇后“异史氏曰”云:“公生为河岳,没为日星,何必长生乃为不死哉!或以未能免俗,不作天仙,因而为公悼惜;余谓天上多一仙人,不如世上多一圣贤,解者必不议予说之傎也。”所谓“未能免俗”,意谓未能免于俗例或常情,这里专指小说中有关明代杨涟乡试得中之前汲汲于功名的描写。《世说新语·任诞》:“阮仲容、步兵居道南,诸阮居道北;北阮皆富,南阮贫。七月七日,北阮盛晒衣,皆纱罗锦绮。仲容以竿挂大布犊鼻裈于中庭。人或怪之,答曰:‘未能免俗,聊复尔耳!’”蒲松龄反用这一典故,愈加凸显人物性情之真,表彰了杨涟为人臣的一腔忠义之情。

卷七《胭脂》中的判词有云:“求浆值酒,妄思偷韩掾之香。”意谓毛大本欲挑逗王氏,却因之进一步萌生骗奸胭脂的妄想。所谓“求浆值酒”,即“乞浆得酒”,比喻所得超过愿望,语出唐刘知几《史通·书志》,这里不做辨析。所谓“偷韩掾之香”,意谓冒充他人以求私通于女。事见《世说新语·惑溺》:“韩寿美姿容,贾充辟以为掾。充每聚会,贾女于青琐中看,见寿,说之。恒怀存想,发于吟咏。后婢往寿家,具述如此,并言女光丽。寿闻之心动,遂请婢潜修音问。及期往宿。寿跷捷绝人,逾墙而入,家中莫知。自是充觉女盛自拂拭,说畅有异于常。后会诸吏,闻寿有奇香之气,是外国所贡,一箸人,则历月不歇。充计武帝唯赐己及陈骞,余家无此香,疑寿与女通,而垣墙重密,门阁急峻,何由得尔?乃托言有盗,令人修墙。使反曰:‘其余无异,唯东北角如有人迹,而墙高,非人所逾。’充乃取女左右婢考问,即以状对。充秘之,以女妻寿。”古代官场判词多用骈文书写,讲究用典,作者在此反用韩寿偷香的故事,有调侃意味,读来令人捧腹。

卷七《青蛙神》:“薛昆生,吾婿也,何得近禁脔!”所谓“禁脔”,比喻珍美的、独自占有而不容别人分享、染指的东西,常用以称帝王女婿。语出《世说新语·排调》:“孝武属王珣求女婿,曰:‘王敦、桓温,磊砢之流,既不可复得,且小如意,亦好豫人家事,酷非所须。正如真长、子敬比,最佳。’珣举谢混。后袁山松欲拟谢婚,王曰:‘卿莫近禁脔。”余嘉锡笺疏引李详云:“详案:《晋书·谢安传》附谢混载此语云:‘元帝始镇建业,公私窘罄,每得一豚,以为珍膳。项上一脔尤美,辄以荐帝。群下未尝敢食,于时呼为禁脔。故珣因以为戏。’”“禁脔”两字出自小说中妄自尊大的蛙神之口,极为传神。

卷八《李象先》篇后“异史氏曰”有云:“象先学问渊博,海岱之清士。”海岱,古人称今山东省渤海至泰山之间的地带。所谓“海岱之清士”,即山东青州一带的高洁之士。《世说新语·赏誉》:“庾公为护军,属桓廷尉觅一佳吏,乃经年。桓后遇见徐宁而知之,遂致于庾公曰:‘人所应有,其不必有;人所应无,已不必无。真海岱清士。’”李焕章(1614—1692?),字象先,幼颖悟,博极群书。明诸生,入清,不应科举,是明末清初一位具有遗民心态的读书人。蒲松龄用典,以“海岱之清士”比喻李焕章，堪称选择有方，恰如其分。

四、炼字取词

《聊斋》借鉴《世说》，使事用典必须依托相关故事方能完成对小说文本的解读；炼字取词则主要表现于蒲松龄在小说修辞技巧上所下的功夫，而修辞是以追求小说文字的清新灵动为目的的。

卷一《偷桃》描写作剧艺人假意劝导其子援绳登天偷桃，有“父又强呜拍之”的描写。所谓“呜拍”，即形容哄劝小儿的声音与动作。呜，口中发声以抚慰孩子。卷二《口技》：“呜之不睡，定要从娘子来。”所谓“呜之”，即口中发声以抚慰孩子，或谓亲吻孩子。上举两例皆语出《世说新语·惑溺》：“乳母抱儿在中庭，儿见（贾）充喜踊，充就乳母手中呜之。”余嘉锡笺疏附周祖谟曰：“‘呜之’者，亲之也。”“呜拍”或“呜之”并非蒲松龄所独创，仅是取资《世说》而已，信手拈来居然也妙趣横生。

卷一《画皮》：“我固怜之，鬼子乃敢尔。”卷三《捉鬼射狐》：“公起，叱曰：‘何物鬼魅敢尔！’裸裼下榻，欲就捉之。”卷四《小谢》：“生骤起，叱曰：‘鬼物敢尔！’二女骇奔而散。”无论“鬼子乃敢尔”“鬼魅敢尔”，还是“鬼物敢尔”，皆为带有威胁性的反诘之语，意谓哪个鬼东西敢如此欺负或作弄人。语出《世说新语·方正》：“士衡（陆机）正色曰：‘我父祖名播海内，宁有不知？鬼子敢尔！’”蒲松龄对《世说》的这一反诘句式情有独钟，因而屡次借鉴于小说人物对话中，用来增加文字的情感色彩。所谓“鬼子”，属詈词，犹言鬼东西，是六朝人表示憎恶的口语，蒲松龄将这一口语单独借鉴于小说，也有画龙点睛的妙趣。如卷三《赌符》篇后“异史氏曰”有云：“左觑人而右顾己，望穿鬼子之睛。”对农村赌徒以“鬼子”相称，憎恶之情溢于言表。《聊斋》中称“鬼子”，有时还意在双关，如卷七《席方平》：“鬼子胡为者！我性耐刀锯，不耐挞楚。”既点明地狱鬼卒的身份，又属人间詈语，愤激之情灼然可见。此外“何物”，即问语“什么”或“哪一个”，也属六朝人常用语。《世说新语·雅量》："潮水至，沈令起彷徨，问：'牛屋下是何物？'""何物"二字，《聊斋》也常用在人物对话中，如卷二《汪士秀》："何物生人，败我清兴！"

与上述"何物"性质近似的"可儿"一词，蒲松龄也屡次用于小说中。如卷二《巧娘》："惜可儿此处阙然。"卷五《沂水秀才》："狐子可儿，雅态可想。"卷八《嘉平公子》篇后"异史氏曰"有云："温姬可儿！翩翩公子，何乃苛其中之所有哉！"所谓"可儿"，即对可爱的人的昵称，晋人语与"可人"相通。语出《世说新语·赏誉》："桓温行经王敦墓边过，望之云：'可儿！可儿！'"

卷二《白于玉》："冷如鬼手馨，强来捉人臂。"所谓"冷如鬼手馨"，意谓手凉似鬼，硬来抓人胳膊。这也是六朝人常用语，《世说新语·忿狷》："王司州（王胡之）尝乘雪往王螭（王恬）许。司州言气少有牾逆于螭，便作色不夷。司州觉恶，便舆床就之，持其臂曰：'汝讵复足与老兄计？'螭拨其手曰：'冷如鬼手馨，强来捉人臂！'"馨，语助词，犹今"般""样"。"鬼手馨"作为六朝人语，蒲松龄特意用于小说人物对话中，以求生动的效果。

《世说》中一些较为独特的用语，常成为蒲松龄有意效法的对象。如卷三《翩翩》："花城既去，惧贻诮责，女卒晤对如平时。"卷七《阿纤》："父兄辄相诮责，不得已，以重金买妾，然思阿纤不衰。"所谓"诮责"，即责备的意思。《世说新语·轻诋》"王丞相轻蔡公"一则，刘孝标注引南朝宋虞通之《妒记》："时有妍妙，皆加诮责。"再如卷三《田七郎》："一李应，最拗拙，每因细事与公子裂眼争，武恒怒之。"所谓"裂眼争"，谓极其愤怒状态下的相争；裂眼，犹裂眦，谓因发怒而眼睛睁得极大，眼眶似要裂开，形容极其愤怒的神态。语出《世说新语·品藻》："王右军问许玄度：'卿自言何如安石？'许未答，王因曰：'安石故相为雄，阿万当裂眼争邪？'"又如卷五《邵女》："但女奉侍谨，无可蹈瑕，或薄施呵谴，女惟顺受。"卷七《云萝公主》："后成进士,夫人犹呵谴之。"所谓"呵谴",即斥责之意,语出《世说新语·尤悔》:"小人引船,或迟或速……撞人触岸。公初不呵谴。人谓公常无嗔喜。"诸如此类的修辞手法,以下再列举数例,以明《世说新语》在蒲松龄小说创作中炼字取词的作用不可小觑。

卷四《狐梦》:"毕为人坦直,胸无宿物,微泄之。"所谓"胸无宿物",比喻人性格坦直,无城府。宿物,存留之物。语出《世说新语·赏誉》:"谢仁祖云:'庾赤玉胸中无宿物。'"

卷四《跳神》:"室中诸女子,凛然愕顾曰……"所谓"凛然",表示敬重或惊恐的神态。语出《世说新语·轻诋》:"济先略无子侄之敬,既闻其言,不觉凛然,心形俱肃。"

卷五《八大王》篇后"异史氏曰"有云:"甚有狂药下,客气粗;努石棱,磔鬐须。"所谓"努石棱",形容醉酒者怒目瞪眼。石棱,石头的棱角,这里比喻眼眶。语出《世说新语·容止》:"刘尹道桓公:鬓如反猬皮,眉如紫石棱,自是孙仲谋、司马宣王一流人。"

卷五《宦娘》:"君之业,妾思过半矣,但未尽其神理。请为妾再鼓之。"所谓"神理",即精神理致。《世说新语·言语》"晋武帝每饷山涛",刘孝标注引《谢车骑家传》:"(谢)玄字幼度,镇西奕第三子也,神理明俊,善微言。"

卷五《钟生》:"则母病绵惙,下丹药,渐就痊可。"所谓"绵惙",即病情沉重,气息仅存。语出《世说新语·德行》:"刘尹在郡,临终绵惙,闻阁下祠神鼓舞,正色曰:'莫得淫祀!'"

卷六《崔猛》:"妻惊挽之。绝裾而去,自首于庭。"卷七《申氏》:"绝裾而去。"所谓"绝裾",言断去衣襟,表示去意坚决。裾,衣服的前后襟。亦泛指衣服的前后部分。语出《世说新语·尤悔》:"温公初受刘司空使劝进,母崔氏固驻之,峤绝裾而去。"

卷六《丐仙》:"居人恐其死,日一饴之。"所谓"饴",同"饲",即拿食物给人吃。语出《世说新语·德行》:"郗公值永嘉丧乱,在乡里甚穷馁，乡人以公名德，传共饴之。”

卷六《丐仙》：“见有高门，口圆如井，入则光明似昼，阶路皆苍石砌成，滑洁无纤翳。”所谓“纤翳”，即微小的障蔽，这里指尘土。语出《世说新语·言语》：“司马太傅斋中夜坐，于时天月明净，都无纤翳。”

卷六《爱奴》：“未几，设筵，备极丰美；而行酒下食，皆以婢媪。”所谓“行酒”，即依次斟酒；所谓“下食”，即准备食物。语出《世说新语·德行》：“陈太丘诣荀朗陵……既至，荀使叔慈应门，慈明行酒，余六龙下食。”

卷六《绩女》：“使作丈夫，当为情死。”所谓“情死”，即伤心而死。这里谓因情爱而死。语出《世说新语·任诞》：“王长史登茅山，大恸哭曰：‘琅邪王伯舆，终当为情死。’”

卷八《寄生》：“积数日，鸡骨支床，较前尤甚。”所谓“鸡骨支床”，比喻身体瘦弱。语出《世说新语·德行》：“王戎、和峤同时遭大丧，俱以孝称。王鸡骨支床，和哭泣备礼。”

《聊斋》借鉴《世说》语词，其来源或有更早的出处，而《世说》仅起到“摆渡”的作用。如卷三《毛狐》篇后“异史氏曰”有云：“信因果者，必不以我言为河汉也。”所谓“河汉”，即银河，常用来比喻言论迂阔荒诞、不切实际。语出《庄子·逍遥游》：“肩问于连叔曰：‘吾闻言于接舆，大而无当，往而不返，吾惊怖其言，犹河汉而无极也。’”唐成玄英疏：“犹如上天河汉，迢递清高，寻其源流，略无穷极也。”[①]意谓不相信或忽视（某人的话）。又《世说新语·言语》：“谢公云：‘贤圣去人，其间亦迩。’子侄未之许。公叹曰：‘若郗超闻此语，必不至河汉。’”蒲松龄熟悉《庄子》，曾有《庄列选略》之作，然而《毛狐》的“河汉”取义，当径取自《世说》无疑。

---

① 〔清〕郭庆藩：《庄子集释》，中华书局1961年版，第26～27页。

《聊斋》中虚构人物的取名，甚至也得到《世说》的启发。如卷三《狐谐》："龙王下诏求直谏，鳖也'得言'，龟也'得言'。"所谓"得言"，即获得讲话的机会；"孙得言"则是小说的虚构人名。语本《世说新语·方正》"文帝兄弟每造其门"，刘孝标注引《楚国先贤传》："魏武弱冠，屡造其门，值宾客猥积，不能得言。"这里以"得言"谐音孙名，笑骂其为"鳖"与"龟"，以见狐女之诙谐幽默。

《聊斋》中的名物或也与《世说》有关联。如卷七《仇大娘》："禄解复衣，分数金，嘱令归。"所谓"复衣"，即有衣里，内可装入棉絮的衣服。《世说新语·夙惠》："晋孝武年十二，时冬天，昼日不箸复衣，但箸单练衫五六重，夜则累茵褥。"

《聊斋》中某些动词的使用有意模仿六朝人，也可以在《世说》等文献中找到例证。卷四《小谢》："山荆陋劣，何足以方君妹？"所谓"方"，即对比的意思。《世说新语·企羡》："王右军得人以《兰亭集序》方《金谷诗序》，又以己敌石崇，甚有欣色。"又《晋书·王湛传》："时人谓湛上方山涛不足，下比魏舒有余。"①卷五《细柳》："一日，请诸母，将从诸贾入洛"，"福立刻而发，比入洛，则弟被逮已三日矣"。所谓"入洛"，小说中前后凡两见，不用"至洛"或"之洛"，原因即在于"入洛"并不成词的特殊情韵义。《世说新语·言语》："嵇中散既被诛，向子期举郡计入洛。"《世说新语·品藻》："刘令言始入洛，见诸名士而叹曰……"《世说新语·任诞》："贺司空入洛赴命，为太孙舍人。经吴阊门，在船中弹琴。张季鹰本不相识，先在金阊亭，闻弦甚清，下船就贺，因共语，便大相知说。问贺：'卿欲何之？'贺曰：'入洛赴命，正尔进路。'张曰：'吾亦有事北京，因路寄载。'便与贺同发。初不告家，家追问，乃知。"《世说新语·简傲》："陆士衡初入洛，咨张

---

① 〔唐〕房玄龄等撰：《晋书》卷七五《王湛传》，中华书局 1974 年版，第 1960 页。

公所宜诣。”《世说新语·轻诋》：“桓公入洛，过淮、泗，践北境。”《世说新语·汰侈》：“极晚发，争入洛城。”在《世说》中，“入洛”两字凡七见。此外，“入洛”一词在《文选》乃至《全唐诗》中屡见，并与西晋文学家陆机、陆云兄弟发生关联，《晋书·张载传》后“史臣曰”有云：“洎乎二陆入洛，三张减价。考核遗文，非徒语也。”[①]从上述可知，蒲松龄对小说语言的加意锤炼，堪称细致入微，这正是《聊斋志异》在文言小说中戛戛独造的重要因素之一。

《世说新语》中的一些语词，在后世流传中或保持原貌，或稍有变异，已然成为常用语，甚而至现代不废。如“君家尊”、“杖头钱”、“高自标持”、“青盼”（或“青睐”）、“手谈”、“阿堵物”、“自惭形秽”、“管中窥豹，时见一斑”、“捉刀”、“卿卿”等，也时时见于《聊斋志异》中，不胜枚举，本文因篇幅所限，恕不赘言。

总之，《聊斋志异》的创作借鉴《世说新语》所在多有，这是一个值得今天的小说研究者瞩目并进一步深入探讨的问题。

【作者单位：中国艺术研究院】

---

① 〔唐〕房玄龄等撰：《晋书》卷五十五《张载传》，中华书局1974年版，第1525页。

蒲松龄的心态与《聊斋志异》创作中的情感

王 平

一

聊斋先生胸次之中，有一个细腻而丰富的情感世界，捕捉体验着人类的复杂情感，包括那些只可意会不可言传的神秘而圣洁的情感。婚姻爱情之外的男女爱慕之心或许可以划属此类。用聊斋先生的话说，这是一种异性的腻友，“观其容可以忘饥，听其声可以解颐。得此良友，时一谈宴，则‘色授魂与’，尤胜于‘颠倒衣裳’矣”[①]。作者在此并非空发议论，而是有着切身的经历和体验。31岁的蒲松龄应同邑友人孙蕙之请，前往江南宝应县做幕僚。第一次远离家乡亲人，难免产生寂寞苦闷之情。这时，他结识了孙蕙之妾顾青霞。从聊斋先生的诗作中不难看出，他们之间萌发了情感的共鸣。聊斋先生曾多次描写过这种内心感受：“曼声发娇吟，入耳沁心脾。如披三月柳，斗酒听黄鹂。”[②]满心喜悦地赞美顾青霞的娇柔妩媚。他还情不自禁地将顾青霞视为知己：“旗亭画壁较低昂，雅什犹沾粉黛

---

① 《聊斋志异·娇娜》“异史氏曰”。本文所引《聊斋志异》原文，及前人评点，皆依据张友鹤辑校《聊斋志异会校会注会评本》，上海古籍出版社1978年版。以下所引只注篇目。

② 《聊斋诗集·听青霞吟诗》。本文所引蒲松龄诗词，皆依据路大荒整理《蒲松龄集》，上海古籍出版社1986年版。以下所引只注篇目。

香。宁料千秋有知己，爱歌树色隐昭阳。”[①]他特意为顾青霞选了绝句百首，高兴地送给青霞阅读：“莺吭呦出真双绝，喜付可儿吟与听。”[②]这种纯真的友情一直保持到晚年，当顾青霞辞世时，他表现了自己的伤悼之情：“吟音仿佛耳中存，无复笙歌望墓门。燕子楼中遗剩粉，牡丹亭下吊香魂。”[③]

这种真实而深沉的情感在当时的社会条件下难以直接抒写，于是，聊斋先生借谈鬼说狐，在《娇娜》篇中，将上述情感倾注于狐女娇娜和孔生雪笠两位人物身上，痛快淋漓地表达了自己的情感。在孔生身上，显然有作者的影子。孔生于落拓异乡之时，结识皇甫公子一家，相处甚欢。孔生患病，胸间肿起如桃，从而引出了能治此病的娇娜。只见她“年约十三四，娇波流慧，细柳生姿。生望见颜色，频呻顿忘，精神为之一爽”。娇娜落落大方，就榻诊视，以刀割掉腐肉，又口吐红丸按于肉上，旋转三周，生沉痼若失。孔生此时的感受是：“把握之间，觉芳气胜兰”，“贪近娇姿，不唯不觉其苦，且恐速竣割事，偎傍不久”。很明显，孔生对娇娜产生了爱情。但是作者偏偏不要这种爱情发展，却让孔生与松娘结为夫妻。数年之后，孔生与娇娜重逢。此时娇娜已嫁，却深情脉脉地问孔生：“姊夫贵矣。创口已合，未忘痛耶?”个中滋味，颇耐咀嚼。是希望孔生不要忘记自己，还是留恋往事的一种怅惘之感？寥寥数语，却包含着不尽的情意。这种情意甚至可以达到舍生忘死的境地。孔生“见一鬼物，利喙长爪，自穴攫一人出”，他只是一瞥之间，便“念似娇娜”。于是，“急跃离地，以剑击之”，救下了娇娜，自己却被崩雷击毙。娇娜醒后，见孔生已死，大哭曰：“孔郎为我而死，我何生矣!”为救活孔生，她“以舌度

① 《聊斋诗集・又长句》。
② 《聊斋诗集・为青霞选唐诗绝句百首》。
③ 《聊斋诗集・伤顾青霞》。

红丸入，又接吻而呵之”，终于使孔生复苏。这种纯真的情感只有借狐鬼故事才能表现得如此自然热烈。反过来，虽然它是虚幻的故事，其情感却又是那样美好纯洁，使每一个人都感受到心灵的颤动。作者最后说：“余于孔生，不羡其得艳妻，而羡其得腻友也。”道出了自己创作此篇的情感根源。

聊斋先生弱冠应童子试，连获县、府、道三个第一，这与学使施愚山的赏识奖掖不无关系。初战告捷的蒲松龄对未来充满了信心。然而遗憾的是，他在以后数十年的应试中，竟然屡战屡败。这就更激起了他对恩师施愚山的感激思念之情，从而促使他创作了《叶生》这篇感人至深的作品。前人早就发现了叶生这一人物形象与蒲松龄的密切关系，如冯镇峦说：“余谓此篇即聊斋自作小传，故言之痛心。”的确只有亲身体验过这种情感的人，才能刻画出叶生这样一位人物形象。作者借叶生死不瞑目，虽为鬼魂依然恋慕恩人，终于奋迹云霄等奇异情节，抒发了自己的真情实感。

如果说《叶生》篇多少流露出了作者某些慷慨意气的话，那么在《司文郎》《于去恶》等作品中便表现了作者对考官的满腔怨恨。《司文郎》中的王平子在游魂宋生的帮助下，文思大进，然而竟下第；那位为文不佳的余杭生却领乡荐。王平子仍不甘心，敦习益苦，再次应考，又以犯规被黜。以致宋生大哭不止，认为这是命运的安排，劝王平子“积善勿懈”，洁身力行。显然，此中寓有作者自我慰解之情。《于去恶》中的鬼魂于去恶参加冥试，自以为场中无两矣，谁知竟然落第。幸而张桓侯巡视阴曹，重新审阅，才使于去恶中第。于去恶对陶圣俞道：“君命淹蹇，生非其时。此科之分十之一；后科桓侯临世，公道初彰，十之三；三科始可望也。”陶圣俞闻言欲中止，于又曰：“不然，此皆天数，即明知不可，而注定之艰苦，亦要历尽耳。”一方面不满于试官的昏庸，一方面还对科举恋恋不舍，这正是作者当时的心迹。无论游魂宋生，还是鬼魂于去恶，都成为作者表达自己对科举的复杂情感的人物形象。

随着岁月的流逝,蒲松龄开始对自己孜孜以求的目标发生动摇了。在许多诗词中,他表示了对科举和人生的重新认识及估价。康熙乙亥年,56岁的聊斋先生在《示儿》诗中写道:“豆蔓松篱处士家,缥囊缃帙旧生涯。渐添白雪狂怀减,每遇新寒老态加。肥地无多犹种黍,荒庭虽隘亦栽花。读书元不求温饱,但使能文便可嘉。”与青壮年时相比,他对科举功名的态度发生了显著的变化。当康熙十一年蒲松龄乡试再次败北时,他的情绪是那样消沉:“三载行藏真落水,十年义气已阑珊。不堪蟋蟀愁中听,但把茱萸醉后看”,“途穷只觉风波险,亲老唯忧富贵迟”①。再过几年之后,他更为超脱旷达了:“穷途返后名心死,但求一身佳耳。”②他这种超脱,是穷途而返的悔悟,是碰壁之后的心灰意冷。这种复杂情感借《贾奉雉》中的主人公表露了出来。贾奉雉在科举仕途上经历了“少年气盛”、屡试不售、“以烂调幸获”、幡然醒悟、重理旧业、充军辽阳、终入仙境几个阶段。经过数次反复,他最终对人生的理解是:“十余年富贵,曾不如一梦之久。今始知荣华之场,皆地狱境界,悔比刘晨、阮肇,多造一重孽案耳。”科举仕进就是为了富贵荣华;对富贵荣华产生了怀疑,对科举的态度自然也就发生了动摇。蒲松龄穷其一生并未经历过荣华之场,但他通过笔下的人物,已经预先警觉到了荣华如梦。这也可以说是人物之情对作者情感的一种补充吧!

二

清代文人纪昀对《聊斋志异》曾有过这样的批评:“燕昵之词,媟狎之态,细微曲折,摹绘如生。使出自言,似无此理;使出作者代言,

---

① 《聊斋诗集·寄孙树百》。

② 《聊斋词集·[齐天乐]》。

则何从而闻见之？又所未解也。”[①]纪昀也曾创作过志怪小说，但他却不懂表现人物情感的艺术规律。至于他对《聊斋志异》人物情感的真实生动表示赞叹，倒是颇为中肯。由于聊斋先生对现实生活有着细心深刻的观察、感受和体验，所以他笔下的人物形象的情感才“细微曲折，摹绘如生”；同时，又由于他给这些人物以神奇的身份，所以这种情感又不同凡俗，清新俊逸，别有风韵。

《晚霞》讲述了一个生动感人的爱情故事。它之所以生动感人，是因为男女主人公阿端和晚霞敢于冲破龙宫的严峻法规，争取到了幸福的爱情。作者构思这一爱情发生在龙宫，自有其深刻用意。龙宫之中，男女不得接近互诉心曲，他们只好以目传情：“端于众中遥注晚霞，晚霞亦遥注之”，“法严不敢乱部，相视神驰而已”。有情人是任何力量也阻拦不住的，仅仅四目相视，便表达了不尽的情思，这不正是封建社会中青年男女的共同心曲吗？阿端与晚霞是不甘心将爱情永远深埋于内心的，他们大胆谨慎地将珊瑚钗作为定情的信物。一系列的动作，微妙地表现了这对青年男女相互爱慕之情。两人不曾互通一语，却如此和谐默契：一疾出部前，一缓滞在后；一故遗珊瑚钗，一急纳袖中。然而，现实环境却是冷酷无情的，两人既不得相见，双双“凝思成疾，眠餐顿废”。幸而一童子相助，两人才如愿以偿，“日一会于莲亩”。就在这情好难舍之时，晚霞又被留在吴江王宫中教舞，“数月更无音耗”。阿端自然痛苦万分，怅惘若失，忽然传来晚霞投江的消息。阿端“大骇，涕下不能自止。因毁冠裂服，藏金珠而出，意欲相从俱死”。但是，求死不得。偶然之间，重返人世，与晚霞及母亲相见，“斯时两人喜胜于悲；而媪则悲疑惊喜，万状俱作矣”。阿端与晚霞的经历，实际上是封建社会中许多青年男女的

① 转引自〔清〕盛时彦《姑妄听之·跋》，见朱一玄编《明清小说资料选编》，齐鲁书社1990年版，第1235页。

共同遭遇。因而,他们所表现出来的这种情感也就真实可信。聊斋先生在充分观察体验的基础上,才创作出了这样两位人物形象。

少女的内心是一个纯洁微妙而又复杂的世界,聊斋先生最善于表现这个世界。他笔下的少女形象,情感细腻丰富,既是现实中广大少女的写照,又带有作者所期待的理想人格特征。《青凤》中狐女青凤便是如此。当狂生耿去病初见青凤便注目凝视时,青凤“觉之,辄俯其首”,画出了少女面对青年男子时的羞涩。耿生更加放肆,“隐蹑莲钩”,青凤“急敛足,亦无愠怒”。“急敛足”,表现了少女的自尊和庄重;“无愠怒”,表现了少女的柔顺和多情。青凤之叔不同意青凤与耿生往来,闭之于楼内。为向耿生传递消息,青凤自楼后发扃,“辟之砰然”;但是当耿生闻声而至时,她又“骇而却退,遽阖双扉”。其中的微妙复杂,一言难尽。青凤终于吐露了心迹:“惓惓深情,妾岂不知,但叔闺训严,不敢奉命。”并非自己无情,而是受到了外部的阻挠。因此希望耿生能给自己勇气和力量,冲破严厉闺训的障碍。然而,这种心思又不能直接说出,希冀对方主动表白。如果耿生知难而退,则自己也就不抱奢想;如果耿生勇于进取,则自己也可不负所望。多么聪明的女郎!多么微妙的情感!

耿生就像所有性急的青年一样,急于求得爱情。青凤则是一位家教谨严的闺秀,既向往纯真热烈的爱,又怀着种种疑虑和不安。正当两人持论之时,其叔忽然闯入。青凤虽并未做出过分之事,却“羞惧无以自容,俯首倚床,拈带不语”。这正是一位初恋少女的真实情感。其叔认为青凤有辱门户,百般责骂,“呵诟万端”。青凤只是“嘤嘤啜泣”,无限委屈尽在饮泣之中。像她这样失去双亲、寄养于叔父家的少女只能等待命运的安排。这一天终于来到了,由于一次偶然的灾祸,她却获得了自由和幸福。她确认耿生是一位可以信赖的情人,便毫不迟疑地剖白了自己的心曲:“此天数也,不因颠覆,何得相从?然幸矣,婢子必以妾为已死,可与君坚永约耳。”尽管如此，她仍保持了少女的隐秘和自爱：不说自己早已有心，而归之于天数和命运，天真可爱而又微带一点矜持和狡黠。

作者并未就此止笔，他要进一步展示青凤情感的另一面。青凤叔父全家遭难，其子孝儿求救于耿生。耿生没有立即答应，将此事告知青凤。青凤"失色曰：'果救之否？'"当耿生回答还是要尽力相救时，"女乃喜曰：'妾少孤，依叔成立。昔虽获罪，乃家范应尔。'"一惊一喜，她的情感微妙而又真实。耿生继而恨恨地说道："卿果死，定不相援。"青凤不加反驳，只是"笑曰：'忍哉！'"这真是传神妙笔，将青凤当时的幸福、宽慰之情恰当准确地表现了出来。但明伦也极力称许："忍哉二字恨词也，而以笑出之，则感其如是，而又幸其不如是也。其词若有憾焉，其实乃深喜之。"若憾而实喜，这正是少女内心妙不可言的情感世界。

不难看出，聊斋先生对晚霞、阿端、青凤等人物有着由衷的喜爱。但是，他的这种喜爱之情并没有丝毫生硬牵强之处；而是完完全全遵循人物情感发展变化的脉络，让人物自己充分表露所应具有的喜怒哀乐。作者的情感已经不着痕迹地融化于其中了。

三

《聊斋志异》在表现人物情感时还有另外一种情况，即作者为了满足自己的情感需求，运用夸张变形的表现手法，使人物的情感呈现出扭曲变态，于不自然中求得自然，借以打动人心，警惊世人，同时，自己的喜怒哀乐也得到了宣泄，几篇写悍妇的作品便是如此。蒲松龄曾有这样的结论："惧内，天下之通病也"[①]，"每见天下贤妇十之一，悍妇十之九……"[②]在他看来，悍妇成了社会上存在的普遍现象。他曾因其老友王鹿瞻不能禁怒狮之吼，而直言斥责为"千人之

① 《聊斋志异·马介甫》。
② 《聊斋志异·江城》。

所共指”。为了表露自己对悍妇的厌恶憎恨，他笔下的几位悍妇都达到了登峰造极、不可思议的地步。

《马介甫》中的悍妇尹氏“奇悍”，她不仅虐待丈夫，而且虐待公公及小叔，并旁及丈夫的友人。狐仙马介甫用幻术恐吓她，她稍有收敛；但没过几天又旧态复作，变本加厉。几次惩治，终归无效。家中遭难后，她必要改嫁，于是嫁给一位屠户。开始她还“狂悖犹昔”。然而这位屠户可不是原来的丈夫，他“以屠刀孔其股，穿以毛绠，悬梁上，荷肉竟出”。只此一法便制服了这位悍妇。在杨万石这一人物身上，作者也表现了嘲笑、挖苦、愤恨的情感，杨万石在悍妇面前的情感心态也带有明显的变异夸张。朋友来访，悍妇不备酒菜，“万石频起催呼，额颊间热汗蒸腾”。悍妇让杨万石穿上女子衣服，以示污辱，马介甫为其解脱，“万石耸身定息，如恐脱落；马强脱之。而坐立不宁，犹惧以私脱加罪”。马介甫用术惩治尹氏后，“万石思媚妇意，微露其假”，使悍妇窥得真情，勃然大骂。“万石惧，长跽床下”。妇人要用刀画万石心头，“万石大惧而奔”。马介甫让万石喝下“丈夫再造散”，“万石觉忿气填胸，如烈焰中烧，刻不容忍”，又是叫喊，又是殴打，甚至用刀割尹氏股上的肉。然而，药力一过，“嗒焉若丧”。尹氏不过顺从一月，万石已经黔驴技穷，依然故我了。“由此乡人皆不齿万石。学使案临，以劣行黜名。”最令人不可思议的是，当尹氏改嫁屠户，屠夫死后，杨万石还想将尹氏重新接回，未达目的又“时就尹废寺中”。无怪但明伦说他“无耻”“非人”。作者憎恶惧内之尤的杨万石甚于悍妇尹氏，杨某的丑劣情感心态，作者毫不顾惜地刻画净尽。虽使人们对杨某的所作所为有些迷惑不解，但作者已经达到了表现自己情感的目的。

作者完全是从情感体验这一角度来观察描写悍妇及惧内这一社会现象的，因此不可能准确无误地揭示出这一现象的社会思想根源。但是强烈的情感态度又迫使他要找到救治悍妇的有效方法，于是他就只好到善恶有报、因果轮回的宿命论中去寻求答案了。《江城》中的悍妇江城之所以毫无人性地虐待自己的丈夫高蕃，是因为高蕃与她前世有仇，故今世来作恶报。只有虔心于佛教，才能解此厄难。由于一位老僧的法术，江城终于痛改前非。作者希望世人都能普修善业，则贤妇就不至于仅有十之一、悍妇则有十之九了。应当说这种情感要求是他创作《江城》一篇的主要原因。

聊斋先生深受儒家理道思想的浸淫，有时便把带有伦理化的情感强加于人物形象之上，造成了人物情感前后抵牾、自相矛盾、违情悖理的现象，这在描写子女对父母的情感时最为严重。《孝子》写周顺亭事母至孝，当母亲“股生巨疽，痛不可忍”时，他竟然“以利刃割胁肉”，“烹肉持膏，敷母患处，痛截然顿止”。作者也知此事不足取，因为伤生即为不孝。用不孝的方法来表现孝心，岂不自相矛盾吗？但作者又认为这种孝行应予表彰：“有斯人而知孝子之真，犹在天壤。司风教者，重务良多，无暇彰表，则阐幽明微，赖兹刍荛。”子女孝敬父母是一种正常的情感，但是把这种情感无限夸大，则走向了它的反面，染上了某种病态的色彩。人们不仅不为之所动，反而会产生一种逆反心理、憎鄙心理。由于作者带着一种敬畏心理描写子女对父母的感情，所以很难感动人心。即使如《席方平》《商三官》等名作，我们受感动的也只是那种抗暴精神，至于男女主人公对父母的情感则令人感到淡漠隔膜了。

更能引起人们深思的是那些表现兄弟之情的作品。应当说，聊斋先生是善于表现这一情感的，《斫蟒》《张诚》《向杲》《湘裙》等篇虽也采用了某些传奇手法，但基本上是自然可信的，能够引起人们的情感共鸣。然而，《曾友于》篇却出现了另外一种情况。该篇头绪纷杂，篇幅较长，情节也非常具体细致，但总令人感到有虚假悖情之嫌。曾友于是作者竭力赞美的孝悌典范，在这一人物身上，作者倾注了自己的深情厚爱。曾友于是怎样维护兄弟之情的呢？作品中的有关情节甚多,我们随手拈出几例。曾翁共有七子,嫡配生子成,母子为强寇掳去。继室生三子分别名孝、忠、信,妾生三子分别名悌、仁、义。曾悌字友于,排行第三。曾孝认为悌等为庶出,常常傲不为礼。仁、义二人非常气愤,和友于商量对策,友于则“百词宽譬,不从所谋”。曾孝因无故殴打他人,被官府囚系,曾友于前往说情,后又多次利用自己的名望为孝等人解脱罪责。友于的亲生母亲去世,孝等人拒不服丧。曾孝的妻子去世,友于却劝胞弟奔丧。仁、义不去,友于乃自往,临哭尽哀。仁、义二人为报复曾孝,故意鼓吹奏乐。孝怒,纠集诸弟要去殴打仁、义二人。曾友于此时不但不劝阻,反而“操杖先从”。曾义正要越墙而逃,被友于“自后击仆之。孝等拳杖交加,殴不止”。“友于横身障阻之”,并说:“责之者,以其无礼也,然罪固不至死。我不怙弟恶,亦不助兄暴。如怒不解,身代之。”曾孝果然反过来杖挞友于,“忠、信亦相助殴兄,声震里党,群集劝解,乃散去”。至此,友于还要扶杖到曾孝处请罪。表面看来,曾友于的情感够感人的了,但实际上他的情感是虚伪而不近情理的。官府都认为曾孝等不为庶母行服应该惩治,而友于却为孝等哀求寝息。是真正孝呢,还是为了“悌”而牺牲“孝”?当其操杖先从殴打仁、义二人时,原则性极强;为何曾孝等一再无理取闹,而他却能一忍再忍,以至于曾孝等的恶行肆无忌惮,逐步升级?这是助兄为恶,还是兄爱弟敬?这样的情感与其说是兄弟之情,毋宁说是伦理等级观念的图解。显然,这是聊斋先生将某种抽象的理念,或者说自己所向往的理想人格,生硬地附着于人物形象之上,因而造成了人物情感的理念化倾向。

以上的分析或许说明了这样一个道理,作者的主观情感对作品中人物形象的情感有着某种规定与制约作用。只有当作者遵循文学创作的规律,符合人物自身情感的发展逻辑时,才能刻画出感动人心的人物形象来。

四

在文学创作的整个过程中，作家始终是满怀情感的，所谓“登山则情满于山，观海则情溢于海”，讲的就是这种情景。但是，作家还必须考虑到作品的艺术吸引力和欣赏者的情感承受力，绝不可将自己的情感一泻无余地倾注给读者，也不可杂乱无章地展示给读者。作家必须按照情感自身发展变化的固有程序，用理性的态度调节情感的流向和渠道。这样才能在欣赏者心中激起一道道情感波澜，引导欣赏者的情感向预定的目标奔流而去。《聊斋志异》在这方面也颇具特色。

聊斋先生用理性调节情感的方式之一是渐放渐收，有如长绳系石，渐入水中，或上或下，激起层层涟漪，而总有作者持绳操纵。叙友情、讲报恩的作品多采取这种方式。《西湖主》中，陈生由于一念之仁救活了一只猪婆龙，后来得到猪婆龙的报答。故事本来极为简单，作者却极尽夭矫变化之能事。陈生在洞庭湖中遇大风覆舟，漂泊至一小岛上，正遇西湖公主出猎至此。陈生仓皇躲避，偏又误入公主宅中，拾到一条红巾后，偶然兴发，题诗其上。这些看来都在情理之中，而实际上已暗伏危机，恰如箭在弦上，一触即发。待到侍女训斥，持巾而去，陈生“心悸肌栗，恨无翅翎，唯延颈俟死”，人们才认识到了事情的严重性，不禁为陈生捏一把冷汗。侍女忽报喜信，陈生的命运似乎有了转机。冯镇峦于此处评道：“一起一落，如蝴蝶穿花、蜻蜓点水，妙甚。”但明伦评道：“极险峻处，忽作平静地步。妙在仍从险峻处望有平静处，不肯便说走到平静处也。”不是大起大落，而是让揪紧的心慢慢得以松弛，恰如空中悬石慢慢落地，支撑调节的自然是作者的理智。侍女第三次出现，以酒食饷生，偏又不即告吉凶。生“徊徨终夜，危不自安”。侍女第四次出现，又道“公主不言杀，亦不言放”。侍女第五次“坌息急奔而入，曰：‘殆矣！多言者洩其事于王妃；妃展巾抵地，大骂狂伧，祸不远矣！’”陈生大惊，面如灰士,其实是虚惊一场。一婢似与陈生相识,急告王妃;王妃忽请陈郎。原来这位王妃就是陈生当年所救的那只猪婆龙。但明伦如实地描述了阅读后的心理感受和情感变化:“水尽山穷,忽开生面,令人心胆稍放,耳目一新。回首过来,犹觉目为之眩,胆为之摇,心为之战。惊定而喜曰:奇境也!”创作构思之始,结局虽已在作者胸中,但作者能收心敛气,曲折委婉,总不肯一语道破,惟妙惟肖地揣摩体味了当时的情景,又用理性给以巧妙的安排,使情感富有节奏和韵律。

《花姑子》的主旨也是报恩,但在情感处理上又另有特点。《西湖主》巧在受恩者不知恩主,引起读者的猜测;《花姑子》则是受恩者一开始即知恩主,由此引起情感的变化。安幼舆深夜迷窜山谷之中,遇一老叟,不待安开口,此叟“先诘谁何”。因为他早知安为其恩人,在此等候多时了。叟带安回家,一妪出问:“郎子来耶?”也早有思想准备。老叟口口声声称安为恩主,出妻见女,异常友好。人们的心情始终是轻松欢快的。此时忽然插入安幼舆与花姑子的爱情波折,老叟不同意此段姻缘,致使安落入蛇精之手,险些丧命。老叟在危难之际不惜损害道行救活了恩主,终于完成了报恩之志,安幼舆至此才明白这位老叟原来是他五年前买放的一只猎獐。以含蓄的方法造成悬念,调动读者的情感,作者的理性思维发挥了重要作用。

聊斋先生用理性调节情感的方式之二是大起大落,有如一块巨石突落水中,掀起无数波涛,一波未平,一波又起。有时甚至是冲天巨浪,渐复平静又起轩然大波。善恶相搏,复仇惩恶的作品多有此种特点。《侠女》《商三官》《向杲》《席方平》等都属复仇篇,作者在情感处理上的总特点是善于蓄势,但具体方法又有所不同。《侠女》先用极大篇幅写侠女之柔肠,同时处处显示她的怪僻,“艳如桃李,而冷如霜雪”,在人们心中造成了“奇人”的惊异情感。顾生周恤,她受而不谢，只是帮顾母料理家务，“出入堂中，操作如妇”，顾母患病，她“就榻省视，为之洗创敷药，日三四作”。然而又举止生硬，似无情者。她欣然与顾生交欢后，不是像一般情人那样要海誓山盟，永不分离，而是告诫顾生：“事可一而不可再！”顾生再来，女冷语冰人，“厉色不顾而去”。她多次闪烁其词，暗示顾生母子：“人各有心，不可以告人”，“区区隐衷，不敢掬示老母”。疑团越积越多，越多越繁，似无法理清。一夜，女忽然出现，遂将前因后果一一挑明，所有疑团一起解开。侠女举止如冷剑霜刀，激起人们的钦佩欣慕之情。作者不急于交代其血海深仇，唯有侠女心中豁朗，伺机而动，巧于谋利，报恩复仇，一举成功。这就使人们的情感经历了一个多变的过程，先怪后惊，惊后反觉不怪，反觉可喜可敬。

《商三官》《向杲》《席方平》等篇与《侠女》不同，作者先将冤仇经过叙述明白，使人们意识到将有一场复仇的搏斗，心情紧张，迫不及待地希望看到结果。《商三官》于此稍做停顿，三官力主葬父，夜遁不知所往，几乎半年，杳不可寻。人们的心情稍趋平静。作者另写豪家宴会，优人弟子李玉忽于夜间杀死势豪又自刭，有如晴天霹雳，令人猛吃一惊。移尸时发现李玉为女子，人们或已猜到其中消息。商家辨认，果如其然。此与《侠女》不同，省略了商三官巧于谋划的具体过程，使人们的情绪受到了更大的震动。《向杲》则径直写复仇经过， 次次未能成功，以此积蓄人们心中的愤懑不平之情。待到向杲化虎啮仇，虽事出荒诞，却实令人快慰。《席方平》也直写复仇经过，比《向杲》更进一步的是，席方平不仅未能成功，反遭无数磨折。人们的愤恨郁闷之情更加不可遏制，仅向富室羊某一人复仇已不能平息心中怒火。因此，当二郎神将冥王、城隍、郡司、隶役、羊某一一判罪时，人们才稍感惬意。《侠女》积蓄的是惊异之情，《向杲》《席方平》积蓄的是愤懑之情，《商三官》积蓄的是急不可待之情。厚积而薄发，造成了惊喜交集、悲欢相替的情感流动。作者用理性调节情感，或箭在弦上，引而不发；或渐引弓满，猛力射击，情感的压抑或释放，恰到好处。

《红玉》《庚娘》《促织》《张鸿渐》《石清虚》等篇集中表现主人公与恶势力及恶命运的搏斗，在情绪、情感上的总特点是有起有落，悲喜相替，使人忽而涕泗交流，忽而大喜过望，忽而咬牙切齿，忽而拍手称快。《红玉》先写冯相如与红玉一见钟情，令人释怀。偏偏冯翁出面阻挠，迫使一对情人含泪而别，使人甚觉遗憾。红玉临别荐举卫氏相替，又差慰人意。不料平地生波，邑绅宋某强将卫氏夺去，冯翁被殴致死，相如受伤，人们不禁义愤填膺。相如告官，官宰受贿枉法，卫氏不屈身死，更使人们恨恨难平，这是情感的一次大压抑。虬髯丈夫代相如除掉仇敌，人们略感快意；谁知邑令贪赃而不辨黑白，竟然以相如为杀人犯，相如锒铛入狱。幸而伟丈夫再次相助，以短刀威吓邑令，相如方得出狱。相如此时的心情，作者描摹得极为细腻逼真："念大仇已报，则辗然喜；思惨酷之祸，几于灭门，则泪潸潸堕；及思半生贫彻骨，宗支不续，则于无人处，大哭失声，不复能自禁。"这不仅是相如一人的感受，亦是所有读者的感受。但明伦评道："从生心中写出三层，使读者咸赏其情致之缠绵，用笔之周匝，几忘其为承接过渡之笔。"这儿不像《西湖主》《花姑子》那样，存在着什么误会或侥幸；这里全是生命攸关、生死不测的大危难，给人们情感造成的是大悲痛与大欢喜。最后，当红玉忽然携幼子出现在相如面前时，才使这种情感渐趋平静。但无论如何，冯家平白无故遭此不幸，实属世道不公，故全篇悲哀之意多于愉悦之情。

《庚娘》篇先悲后喜，一个好端端的家庭，顷刻之间，遭人暗算，毁于一旦，使人悲痛欲绝。幸而庚娘智勇双全，临危不乱，杀死仇人，自刎身死。至此悲剧已成定局，似不会再有转机。不料绝处逢生，使人们的情感又由悲入喜。金生得救，继而一溺妇也得救，自言金生其夫。人们不禁感到茫然，金生因先落水，信以为真。待女至，乃歹徒王十八之妇。此一顿既在情理之中,又出人意料之外。两人结为夫妇,是转悲为喜的第一步。后于江中忽见庚娘,有如天外飞来。《聊斋志异》善写鬼事,人们或以为此必为庚娘魂灵无疑。待庚娘追叙前事,才令人不觉粲然一笑,此为转悲为喜的第二步。恶人被诛,夫妻团圆,悲与喜平分秋色。

《促织》以成名之子化为蟋蟀为转折,因祸得福,破涕为笑,喜悦又压倒了悲哀。作者为调动人们的情感变化,细细揣摩了人物心理,利用成名捕捉蟋蟀时的具体情景,实现自己的目的。成名“于蒿莱中,侧听徐行,似寻针芥;而心目耳力俱穷,绝无踪响。冥搜未已,一癞头蟆猝然跃去。成益愕,急逐趁之。蟆入草间。蹑迹披求,见有虫伏棘根;遽扑之,入石穴中。掭以尖草,不出;以筒水灌之,始出”。作者似乎曾亲历此景,娓娓道来,使人们的心情随其笔端而松紧缓急。成名费尽心力捉到一只蟋蟀,“举家庆贺。虽连城拱璧不啻也”。读者正为成名感到高兴,不料其子误将蟋蟀扑死。这一惊非同小可:“儿惧,啼告母。母闻之,面色灰死。”大骂幼子,儿涕而出。成名闻信,“如被冰雪。怒索儿”。全家人为一只蟋蟀而惊恐万状。没有前面的大喜,就衬不出此时的大悲。父母视子应何等珍贵,现竟为一只蟋蟀而“大骂”“怒索”,此情怎能不令人伤心!蟋蟀的价值压倒了亲生骨肉的价值,残酷的现实扭曲了人们的心理和情感。幼儿投井,是这种情感的极点,也是由悲至喜的转折点。成名先是“化怒为悲,抢呼欲绝”,继之觉儿一息尚存,心稍宽慰。又捉一梅花翅蟋蟀,体小而善斗,献于官宰皇帝,反以此得福。幼子精神复原,全家皆大欢喜。随着情节的进展,人们忽而喜悦,忽而惊怪,忽而悲泣,忽而轻松,一张一弛,起伏不定。《石清虚》同样也造成了情感的大起大落,全篇围绕那块奇石的经历,被抢、被偷、被盗、被售,而卒归于邢,邢对石的痴情牵动着读者的情感。

当然,聊斋先生用理性调节情感的方式并非仅有上述两种。仅以此为例说明聊斋先生在表现情感时,其理性发挥了多么重要的作用。可以这样说,上述作品若无作者理性的调控,绝对不会像现在这样感人肺腑,催人泪下。

【作者单位:山东大学文学院】

《聊斋志异》文本"脱化"创意探论

李桂奎

"意义"是"文本"的生命，历代文学大师们总是善于通过"脱化"前人文本而形成新的文本创意。"脱化"一语，出自徐增《而庵诗话》，原为"作诗之道"，后也称"脱换"，实为"脱胎换骨""点化""夺胎换骨"等术语的缩略。关于其要领，易闻晓先生曾指出："脱化之为法，乃在祖、作之同异，与夫翻新之变化，且以语工字简为尊尚，而视融化无迹为极至也。"[①]由"祖述"与"创作"组合的"脱化"之法将前人文本融入现文本，不仅被广泛运用于诗文创作，也被广泛地运用于小说戏曲创作。在《聊斋志异》文本创意中，蒲松龄善于融会百家，自铸伟辞。对此，近年人们从"借鉴""继承"等视角展开过各种各样的探索。其中，赵伯陶先生在重新校注《聊斋志异》时，深入发掘了这部小说与以往文献典籍之间的许多借鉴性关联，推出了《〈聊斋志异〉用语的"借鉴"研究》《〈聊斋志异〉与重要典籍关系新证》等系列研究成果，从"典故使用""意境借鉴""词语借鉴"以及"整句话的挪用借鉴"等文本关联视角，对《聊斋志异》借鉴、化用《尚书》、《周易》、"三礼"、《诗经》、《左传》、"四书"、"前四史"、《太平广记》等典籍的问题进行过较为全面而系统的研究。[②] 基于此，我们拟运

---

① 易闻晓：《论脱化》，载《长江大学学报》（社会科学版）2004 年第 2 期。

② 赵伯陶：《〈聊斋志异〉新证》，文化艺术出版社 2017 年版，第 161 ~ 175、205 ~ 316 页。

用本土的“脱化”观念，并借鉴可与此对接的西方“互文性”理论，对这部小说经典的文本创意展开多维度探论。

一、正反其意与化庄为谐

关于如何“脱化”前人文本，古人曾有不同的看法。唐代韩愈《答刘正夫书》在谈到古文写作的师法问题时说：“师其意不师其辞。”[①]提倡效法前人的文意，不模仿他的文辞。宋代杨万里《诚斋诗话》在讲到诗歌写作问题时说：“诗家用古人语，而不用其意，最为妙法。”[②]这两种观点看似抵牾，而实际上都是在探讨如何从前人文本“脱化”的问题，只因谈话要领与语境不同，侧重点便不同。文学创作用语言文辞表达，但又不单是语言学问题，学习前人创意是必然的。“意”与“辞”兼顾，对他们的说法的理解不能绝对化。大致说，师法前人有“直用其意”“反用其意”两种。而无论“正用其意”还是“反用其意”，皆为了形成新的创意。

《聊斋志异》对前人文本“正用其意”的情况屡见不鲜。如《丐仙》一开始那段文字写高玉成将卧病的乞丐陈九带回家中耳房，帮他疗疮，供给他蔬菜食物。而这位陈九却似乎不识好歹、得寸进尺地再三主动索要东西，先是索要汤饼，没多久又乞求酒肉，惹得仆人不高兴，而高玉成不仅听之任之，而且惩罚了从中作梗的仆人。原来，这位陈九是仙人，他不仅邀请高玉成进入仙境享乐了一回，而且未卜先知地让他躲过了一场生死劫。由这种养人自救的故事，我们不难联想到《战国策》所记载的那段“冯谖客孟尝君”。孟尝君满足了冯谖弹着铗而再三提出的“过分”要求，终于得到这位高人的感恩图报。蒲松龄正

---

① 〔唐〕韩愈著，屈守元等主编：《韩愈全集校注》，四川大学出版社 1996 年版，第 2050 页。

② 〔宋〕杨万里：《诚斋诗话》，丁福保辑《历代诗话续编》，中华书局 1983 年版，第 141 页。

用其意的写作由此可见一斑。再如，《王桂庵》中有一段景物描写也算是正向取用前人的例子：“一家柴扉南向，门内疏竹为篱，意是亭园。径入之，有夜合一株，红丝满树。隐念：诗中‘门前一树马缨花’，此其是矣。过数武，苇笆光洁。又入之，见北舍三楹，双扉阖焉。南有小舍，红蕉蔽窗。”柴扉竹篱构建的亭园，红蕉绿树掩映的房屋，本身颇具诗情画意，再加“门前一树马缨花”诗句点缀，关涉到元代张雨所写的《湖州竹枝词》：“黄土筑墙茅盖屋，门前一树紫荆花。”或虞集的《水仙神》诗：“黄土筑墙茅盖屋，门前一树马缨花。”

小说之美，重在谐趣。对此，蒲松龄颇能通晓三昧，他善于凭借古人言辞，制造“谐趣”创意。具体就《聊斋志异》文本的“脱化”效果而言，除了对前人文本的正面、正向袭用，还借助“望文生义”的文字游戏，创造“化庄为谐”及反用其意以制造“反讽”等审美效果。蒲松龄很善于借助文字游戏制造谐趣，其“脱化”笔法中有一招，消解词语或语句的比喻象征意，而直接运用语言的字面意思，以“化庄为谐”。如《董生》一篇写董生酒后夜归，入室后发现自己的衾被中躺着一个姝丽女子，接下去写出了一番很有意思的对话：“女笑曰：‘何所见而畏我？’董曰：‘我不畏首而畏尾。’”这里的“畏首而畏尾”一句系由《左传・文公十七年》所载“畏首畏尾，身其余几”一句脱化而来。原意是前也怕，后也怕，瞻前顾后，举棋不定。这里取其字面意思，增强了人物语言的幽默感和趣味性。再如，《凤仙》写刘赤水被人请去喝酒，待酒过数巡，他忽然想起来家里忘了熄灭蜡烛，急忙到家后却发现一个年轻人正拥抱着一个漂亮女性睡在自己床上。刘赤水判断是狐狸作祟，并不害怕，径直闯进来大喝道：“卧榻岂容鼾睡！”两个人见主人回来，赶紧抱着衣服、赤裸着身体溜走了。这里所写“卧榻岂容鼾睡”显然脱化自赵匡胤对李煜派来求和的使者徐铉所讲的那句话：“卧榻之侧，岂容他人鼾睡！”这句话见于宋李焘著《续资治通鉴长编・太祖开宝八年》，也见于《类说》卷五三引宋杨亿

《谈苑》。后世常用来比喻自己的势力范围或利益不容别人侵占。这篇小说写刘赤水见别人占了自己的床榻,便直接运用本义,应景地脱口而出。随后,该小说写凤仙因喝醉酒被她姐姐送给刘赤水时那一场亲热:"刘狎抱之。女嫌肤冰,微笑曰:'今夕何夕,见此凉人。'刘曰:'子兮子兮,如此凉人何!'遂相欢爱。"《诗经·唐风·绸缪》有言:"今夕何夕,见此良人?子兮子兮,如此良人何?"这里通过谐音,将"喜之甚而自庆之词"的诗意反转为一场调笑。《彭海秋》叙述书生彭好古一见仙家彭海秋即颇为投缘,大喜而言曰:"是我宗人。今夕何夕,遘此嘉客。"又将古老的《诗经》写男女幽欢的文字活用到两个投缘的男人身上,并赋予佛家"苦海无边,回头是岸"的寓意。另外,作者有时还活学活用,信手拈来一些诗句创造小说谐趣。如《仙人岛》写王勉趁妻子芳云赴邻女之约的机会,与侍女明珰幽会偷情,但不料"当晚,觉小腹微痛;痛已,而前阴尽缩……数日不瘳",王勉哀求医治之方,芳云"乃探衣而咒曰:'黄鸟黄鸟,无止于楚。'王不觉大笑,笑已而瘳"。此处芳云之语乃拼接戏拟了《诗经》中《秦风·黄鸟》和《小雅·黄鸟》的诗句,拿王勉的生殖器开涮,通过逗他笑而治好了他的怪病。

从某种意义上说,蒲松龄这番"化庄为谐"的看家本领,即现代文论所谓的"戏拟",善于通过文字游戏,把一场枯燥的说教变成一场生动的叙事。其代表作自然是大家熟知的《书痴》。这篇小说由宋真宗赵恒那首《劝学诗》生发而来,所谓"千钟粟""黄金屋""颜如玉"云云,玩的无非是画饼充饥的把戏,蒲松龄将这种科举时代的原动力翻转为一篇富有喜剧甚至是闹剧色彩的小说。小说中的书痴郎玉柱正是用"痴人"解读法,从字面意义上理解这首帝王教诲天下读书人的庄语,将科举年代用以励志进取的训词演绎为活生生的事实,其文本创意即变得机杼别出。当然,《聊斋志异》的"脱化"笔致也有由谐谑而成反讽者。如《青娥》带着赞美的笔调写霍生因对青娥一见钟情而实施“穿窬”或“穿墉”，借助道士的小镵穿越几道房间而来到意中人身边，似乎与《论语》《孟子》等儒家经典批判的偷鸡戏狗行为也构成反讽。《孟子·滕文公下》曰：“丈夫生而愿为之有室，女子生而愿为之有家。父母之心，人皆有之。不待父母之命、媒妁之言，钻穴隙相窥，逾墙相从，则父母国人皆贱之。”明代李贽《焚书·又与焦弱侯》：“名为山人而心同商贾，口谈道德而志在穿窬。”这种庄重严肃的话语被蒲松龄脱化为一个狂热追求爱情的情节。一个词语或典故本来已经被固化为象征或比喻了的，而一旦被蒲松龄拿来用其字面意思，反倒令人忍俊不禁。

由“谐谑”而“反讽”，再到“反弹琵琶”或“反模仿”，蒲松龄对文本“脱化”技巧的使用已达到炉火纯青的地步。所谓“反弹琵琶”，也可以说成是一种意义反向的“脱化”，这种对语言的“反用其意”的笔势别具风味。如，学人们曾根据《夏雪》中的“以妻而得此称（‘太太’）者，惟淫史中有林、乔耳，他未之见也”那句话，认定蒲松龄曾经接触过《金瓶梅》这部艳情小说，并将其定性为“淫史”。[①] 按理说，博取百家的蒲松龄肯定受到过这部小说影响，虽然也能找到一些蛛丝马迹，但为数不多。[②] 原来，情调雅致的《聊斋志异》对情调低俗的《金瓶梅》在“脱化”过程中多采取“反其意而用之”的策略，将“淫史”翻转成“情史”。如《金瓶梅》第三回“西门庆调戏潘金莲”一段

---

① 常金莲：《世情与狐鬼——从〈金瓶梅〉到〈聊斋志异〉》，载《蒲松龄研究》2002 年第 4 期。

② 如《金瓶梅》第八回“盼情郎佳人占鬼卦　烧夫灵和尚听淫声”写道：西门庆新娶了孟玉楼之后，便把潘金莲冷落在一边；潘氏久候西门庆不至，乃“用纤手向脚上脱下两只红绣鞋儿来，试打一个相思卦”。蒲松龄《聊斋志异》中的《凤阳士人》叙一丽人曾为凤阳士人“度一曲”，歌曰：“黄昏卸得残妆罢，窗外西风冷透纱。听蕉声，一阵一阵细雨下，何处与人闲磕牙？望穿秋水，不见还家，潸潸泪似麻。又是想他，又是恨他，手拿着红绣鞋儿占鬼卦。”《聊斋会校会注会评本》有吕湛恩注曰：“《春闺秘戏》：夫外出，以所着履卜之，仰则归，俯则否，名占鬼卦。”

五次写潘金莲“低头”，传神地传达了其淫情浪态。蒲松龄多处借用了这一妙笔，只是翻转成文言，叫“俯首”。《婴宁》写道：“方伫听间，一女郎由东而西，执杏花一朵，俯首自簪。”这种诗情画意之美类似于现代诗人徐志摩所谓的“最是那一低头的温柔，像一朵水莲花不胜凉风的娇羞”。《聊斋志异》写“笑”，使用频率较高的文本，除了“嫣然一笑”，还有“俯首微笑”。《连琐》写道：“女俯首笑曰：‘狂生太罗唣矣！’”《小翠》写道：“夫人往责女，女俯首微笑。”《粉蝶》写道：“阳心动，微挑之；婢俯首含笑。”尽管古代诗词多写过女性“低头”之类的娇羞动作，但笔者还是觉得“俯首微笑”云云应该直接“脱化”自《金瓶梅》写潘金莲初会西门庆的经典神态。只是这些“俯首微笑”传达的是充满韵味的女性娇态，而不再是《金瓶梅》中潘金莲等人物“低头微笑”的浪态。《狐梦》写三娘偷偷地以二娘的一只鞋子变成的小莲杯代替了合子，毕生“持杯向口立尽。把之腻软；审之，非杯，乃罗袜一钩，衬饰工绝。二娘夺骂曰：‘猾婢！何时盗人履子去，怪道足冷冰也！’遂起，入室易舄”。以绣鞋做酒杯的怪癖见于《金瓶梅》。另外，从《金瓶梅》反向“脱化”而来的故事还有，《青凤》写耿去病追求青凤，曾有一个小动作：“生隐蹑莲钩，女急敛足，亦无愠怒。”耿去病暗暗地在桌下戏弄青凤姑娘的小脚。这个小动作颇似《金瓶梅》第四回所写的西门庆戏潘金莲：“蹲下身去，且不拾箸，便去他绣花鞋头上只一捏。那妇人笑将起来。”当然，这个调戏动作描写也见于《水浒传》：“西门庆且不拾箸，便去那妇人绣花鞋儿上捏一把。那妇人便笑将起来。”无论从何处“脱化”而来，《聊斋志异》已将调情对象从淫妇翻转为淑女，结果是青凤没有像潘金莲那样半推半就，而是退缩、收敛。西门庆这个小动作还被“脱化”到《翩翩》中。该小说写落魄书生罗子浮因好色染病，得到仙女翩翩救治。但好色恶习不改，一旦遇到“绰有余妍”的花城娘子，便“心好之，剥果误落案下，俯假拾果，阴捻翘凤”。当然，面对异性带有性暗示的骚扰，花城娘子“他顾而笑”的回应同样不再是潘金莲式的淫荡，而是智慧地嘲弄。另外，《荷花三娘子》这篇小说所写狐狸精的“春风一度，即别东西”中的“春风一度”可能脱化自王实甫《四丞相高会丽春堂》第三折，比喻领略一番美妙的生活情趣。也可能从《金瓶梅》词话本脱化而来，《金瓶梅》词话本三次借用了《西厢记》中的这个词语，分别见于第十二回、第四十三回、第八十六回，用以指西门亲嫖妓、陈经济与潘金莲乱伦等男女合欢，俗烂不堪。三者之间存在的关联大致是，《金瓶梅》定是由《西厢记》之雅而俗，而《聊斋志异》要么是沿袭《西厢记》之雅，要么就是对《金瓶梅》反其道而行之，反其意而用之，由俗而雅，并赋予其新意。

二、“一化多”与“多化一”

在文学创作中，“一”与“多”的问题值得特别关注。钱锺书《管锥编》曾从刘熙载《艺概·文概》所谓的“一在其中，用夫不一”等言论概括出“一则杂而不乱，杂则一而能多”“一贯寓于万殊”“多多而益一”等几个方面，关注到“一”与“多”的现象。[①] 前几年，王立《近半世纪〈聊斋志异〉的渊源研究及其意义》则从《聊斋志异》故事文本的“源”与“流”着眼，对其关于“一对多”与“多对一”等一脉相承的文本渊源问题及其研究状况进行过梳理。[②] 从这一视角看，《聊斋志异》的文本“脱化”笔路至少有二：“一化多”，即一种前文本“脱化”出多种小说文本；“多化一”，即多种前文本被“脱化”为一种现文本。通过这两种灵活多变的“脱化”笔路，蒲松龄使其《聊斋志异》得以后来者居上，并推衍出许多独到的叙述模式。

在《聊斋志异》的创作中，由某一前人文句或文段脱化出多

---

① 钱锺书：《管锥编》第一册，中华书局1979年版，第52页。

② 王立：《近半世纪〈聊斋志异〉的渊源研究及其意义》，载《东南学术》2007年第5期。

种文本的情况不少。如,《连城》《阿宝》《宦娘》等许多宣扬“痴情至上”之作均系由晚明宣扬“情至”观念的《牡丹亭》一剧脱化而来。王士禛评《连城》曰:“雅是情种,不意《牡丹亭》后,复有此人。”已点出了该小说文本与《牡丹亭》戏剧文本的“脱化”关系。冯镇峦则评曰:“《牡丹亭》丽娘复生,柳生未死也,此固胜之。”①蒲松龄留有对《牡丹亭》的脱化之迹,但又有所改造,有所超越。《阿宝》叙写孙子楚招魂回家醒来,能清楚说出阿宝室内香奁家具的颜色、名字,此消息一传出,“女闻之,益骇,阴感其情之深”。对这段文本,冯镇峦评曰:“此与杜丽娘之于柳梦梅,一女悦男,一男悦女,皆以梦感,俱千古一对情痴。”②《宦娘》叙述女鬼跟人间书生相恋而不能结合,只好相约来世,显然也是聊斋先生“牡丹亭下吊香魂”刻骨铭心的继续。再看,《晚霞》叙述了男主人公阿端和女主人公晚霞经历了由生而死、又由死而生的艰难历程,这种起死回生的文本架构也几乎与《牡丹亭》一致。还有,《白秋练》写白秋练同慕蟾宫的爱情关系,始终以诗来串合。诗不仅可以传情,沟通两颗相爱之心,而且可以治病,以至于能使所爱的人死而复生。其文本结构也大致同于《牡丹亭》。另外,《林四娘》所写林四娘生时坚贞,守节而死,死后失节,既应了“为鬼不贞”那句古语,又与《牡丹亭》所表达的“鬼可虚情,人须实礼”是相通的。一部《牡丹亭》即脱化出《聊斋志异》如此众多的新小说文本,且各有新意,足见蒲松龄对这部戏曲名著的钟爱与倾情。

再如,《聊斋志异》长于写美女,多次化用战国楚国宋玉《登徒子

---

① 张友鹤:《聊斋志异会校会注会评本》,上海古籍出版社 1962 年版,第 367 页。

② 张友鹤:《聊斋志异会校会注会评本》,上海古籍出版社 1962 年版,第 235 页。

好色赋》写东邻女所用的"嫣然一笑"一语。如《小翠》写小翠"嫣然展笑,真仙品也";《胡四姐》写胡四姐"嫣然含笑,媚丽欲绝";《花姑子》写花姑子"嫣然含笑,殊不羞涩";《白秋练》写白秋练"病态含娇,秋波自流。略致讯诘,嫣然微笑";《侠女》写侠女"忽回首,嫣然而笑"。而《连城》更是淋漓尽致地叙述了乔生为连城"秋波转顾,启齿嫣然"的情景。在此,乔生表示甘愿为连城之"嫣然一笑"牺牲生命;而连城在被逼嫁给盐商的途中,果真对乔生"秋波转顾,启齿嫣然",后来两人共赴黄泉,演绎出一场可歌可泣的生死之恋。尤其是《婴宁》一篇也赋予女主角婴宁这样的情貌:"善笑,禁之亦不可止。然笑处嫣然,狂而不损其媚,人皆乐之。"如此看来,"嫣然一笑"这一妙语深得蒲松龄乐用,以至成为其"一化多"之文本创意的典范。同时,为了从侧面凸显某一女性之美,蒲松龄还不时地遣用虞通之《妒记》所谓的"我见犹怜"等文句,也属于"一化多"的创意模式。如《莲香》写狐女莲香赞美女鬼李氏说:"袅娜如此,妾见犹怜,何况男子。"《巧娘》是从他人口里如此写巧娘之美:"此即吾家小主妇耶?我见犹怜,何怪公子魂思而梦绕之。"无论"妾见犹怜",还是"我见犹怜",意思都是在夸说女子极其美丽温柔,即使同性别的女子哪怕妒忌的竞争对手也生出喜爱之心。[①] 当然,文本"脱化"未必直接拿来,也可变通,如《聂小倩》写老媪夸小倩:"小娘子端好是画中人,遮莫老身是男子,也被摄魂去。"这是活学活用的"脱化"。

在《聊斋志异》中,有的文本是由许多前人文本"脱化"而来的。如《阿宝》叙述穷书生孙子楚与富商家小姐阿宝二人经过几番追逐,终于抹平了门第悬殊,而喜结连理。文中有这样一番交代:"生痴于书,不知理家人生业。女善居积,亦不以他事累生,居三年家益富。"中间插入阿宝母亲的几句话:"此子才名亦不恶,但有相如之贫。择

---

① 赵伯陶:《〈聊斋志异〉新证》,文化艺术出版社 2017 年版,第 172 页。

数年得婿若此，恐将为显者笑。”说孙子楚贫如司马相如，找了这样的人做女婿，恐怕被达官贵人耻笑。再后面，作者似乎余意未尽地进行了画蛇添足：过了三年，子楚患消渴疾而死。阿宝哭得死去活来，连眼睛都看不见东西，不吃不喝，绝食三天，只求一死相随。这一切终于感动了阎王，阎王就让子楚复生。子楚活过来后，不久高中了进士，夫妻受到皇帝封赏。细辨此文本可知，它由多种前文本脱化而来。从故事情节看，它源自《史记·司马相如列传》以及《西京杂记》等书所记载的司马相如与卓文君的故事：都叙写穷书生与富商女儿恋爱，均遭到家长反对，女主人公冲破门第束缚，并善于经营；竟然连最后写男性染上消渴疾，也与当年司马相如所患症候一样。从小说叙事的传奇性看，《阿宝》以“离魂”为叙述主体，显然蹈袭了唐人陈玄祐小说《离魂记》以及元人郑光祖杂剧《倩女离魂》，只是离魂主角的性别由女的变成了男的，可谓推陈出新。再由《葛巾》这篇小说写牡丹花妖葛巾自称“妾不过离魂之倩女，偶为情动耳”来看，蒲松龄对“离魂”故事是念念不忘的。另外，《阿宝》还借鉴了前人之“爱美惊艳”的叙述经验：写清明时节，阿宝出来踏春游赏，许多爱美悦色的年轻人闻风而动，“众情颠倒，品头题足，纷纷若狂”。这几句叙述，既“脱化”自《世说新语·容止》所叙众女性因爱美而“看杀卫玠”的故事，又带有《西厢记》第一折所叙众人因一睹莺莺而“惊艳”一节的影子。再看，小说写到别人都以一种猎艳般的态度品头论足时，孙子楚则“独默然”，灵魂出窍依附阿宝衿带间，这里关于孙生心醉神迷的一笔则来自陶潜《闲情赋》“愿在裳而为带，束窈窕之纤身”“愿在昼而为影，常依形而西东”云云。从“化鸟”的传说来看，它既带有《古诗为焦仲卿妻作》《韩凭夫妇》以及《娇红记》等前文本的印记，又直接受到白居易《长恨歌》“在天愿作比翼鸟，在地愿为连理枝”的影响。从张扬“痴情”的角度讲，它又与《牡丹亭》渲染“至情”密切贯通。就拿这一篇作个案，我们便可感受到《聊斋志异》“多化一”文本聚合之一斑。

元人王构《修辞鉴衡》卷一转引《诗宪》有云：“夺胎者，因人之意，触类而长之。”[①]道出了诗歌创作脱胎换骨的笔路。蒲松龄在《聊斋志异》的创作中，也善于“因人之意”，“触类旁通”地由一种前文本化育出多种现文本，或由多种前文本脱化为一种现文本，比比皆是，从而形成“一化多”“多化一”两种最为基本的文本“脱化”笔路。

三、“显”“隐”互化而翻意

经过灵活多变的“脱化”实践，蒲松龄推出了许多富有创意的新文本。因为文本“脱化”主要是关于前后文本的关联问题，所以在探讨《聊斋志异》文本“脱化”问题时，既要结合传统固有的用典、化用、祖述、模拟、冲犯以及移花接木、点铁成金、夺胎换骨等本土化的类别观念加以阐释，又要借鉴西方学者所阐发的“互文性”理论加以分析。法国学者热奈特在《热奈特论文集·隐迹稿本》中曾将“一文本在另一文本中出现”的“互文性”模式概括为传统的“引语”实践、秘而不宣的借鉴、以寓意的形式潜藏于另一文本三种[②]。另一法国学人萨莫瓦约在《互文性研究》一书中也说：“引用、暗示、抄袭、参考都是把一段已有的文字放入当前的文本中。”[③]在“互文性”诸方法中，“引用”最为常见。它大致又可分为将前人文本直接或稍加变通而引入现文本的“明引”和将前人文本融化进现文本中的“暗引”等。明引与暗引所对应的文本笔意是有迹可循的显性“脱化”与不露痕迹的隐性“脱化”，以及介于显隐之间的“脱化”等。这些在《聊斋志

---

① 郭绍虞：《宋诗话辑佚》下册，中华书局 1980 年版，第 534 页。

② ［法］热拉尔·热奈特著，史忠义译：《热奈特论文集·隐迹稿本（节译）》，百花文艺出版社 2001 年版，第 68～69 页。

③ ［法］蒂费纳·萨莫瓦约著，邵炜译：《互文性研究》，天津人民出版社 2003 年版，第 36 页。

异》的文本中都有着不同程度的存在。

在《聊斋志异》的文本天地里，明引自然是显在的。显在的“脱化”目标容易被锁定，但也需要特别注意，有的放矢。如《娇娜》叙述娇娜治好孔生之病，却使得孔生终日废卷痴坐，不能忘情于娇娜。皇甫公子看破孔生的心思，说要为他觅一佳偶，而孔生面壁吟曰：“曾经沧海难为水，除却巫山不是云。”此孔生所吟之诗句乃唐人元稹《离思五首》其四前两句，旨在用以传达人物挚爱的至高无上。再如，《连琐》最后写女鬼连琐从九泉之下生还为人，回想做鬼的那番经历，不禁感慨万端，每谓杨曰：“二十余年如一梦耳！”这句感慨直接来源于宋代陈与义的《临江仙》词。还有，《莲香》写面对女鬼李氏化身燕儿复活，桑生笑曰：“此‘似曾相识燕归来’也。”此系“明引”晏殊《蝶恋花》词句，一语双关，既述人物所历事实，又含有人生沧桑感，还饱含久别重逢的喜悦，真是意味深长。

蒲松龄不仅善于借助前人诗意生发小说故事，而且还善于运用前人诗句将小说的故事碎片连缀起来。如《白秋练》写男女相悦，缠绵悱恻，由诗歌连缀而成。白秋练因慕蟾宫“执卷哦诗，音节铿锵”而属意于他；后因其患相思病，便借助元稹《莺莺传》中的莺莺之“为郎憔悴却羞郎”道出其中苦衷。当慕蟾宫为之吟王建《宫词》“罗衫叶叶绣重重”一诗后，白秋练的相思病便霍然而愈。在二者柔情缱绻之际，慕翁将至，白秋练以诗歌占卜吉凶，得李益《江南曲》诗：“嫁得瞿塘贾，朝朝误妾期。早知潮有信，嫁与弄潮儿。”顿感好事不谐，哀怨袭上心头。果然，慕蟾宫被其父慕翁带归，因与秋练音信间阻而病。慕翁不得不带蟾宫至楚，再次会面白秋练。这时，白秋练为其吟《代春怨》“杨柳千条尽向西”之诗，曼声度《采莲子》“菡萏香连十顷陂”之句，慕蟾宫的相思病也霍然而愈。二人虽然得成良缘，但由于白秋练为湖中白骥化身，每食必餐少许湖水。可慕翁南游数月不归，湖水告罄，秋练再度患病，临死叮嘱慕蟾宫待其死后不要急于安葬，而是每天于卯、午、酉三个时辰为其吟咏杜甫《梦李白》诗，便可死而不朽。等到慕翁携湖水而至，抱其体入水浸之便可复活。后来果然如此。这篇小说写男女恋情，百转千回，全凭着吟诵哀怨的唐人之诗缀接起来。以诗示爱，以诗治病，以诗占卜吉凶，以诗维持生命，通过多处“明引”唐人之诗将小说谱成一曲充满诗意的恋歌。其独特的创意在于，白秋练和慕蟾宫的吟诗相识、因诗相知，以吟诗而疗病，咏诗占卜，和最终的以吟咏诗歌而维持生命。这段文字是借前人诗以述己之怀，不仅起到了示爱作用，更用以表达白秋练和慕蟾宫间生死之恋的沟通。

另外，《莲香》写李氏“已死春蚕，遗丝未尽”，自是化用了李商隐《无题》中“春蚕到死丝方尽，蜡炬成灰泪始干”二句的诗意。《侠女》之“妾身未分明”、《长清僧》之“粉白黛绿者”、《马介甫》之“久觉黔驴无技”分别直接引用杜甫《新婚别》、韩愈《送李愿归盘谷序》、柳宗元《黔之驴》。“明引”即使是显在的，也必须有足够的知识面和鉴别力才可以洞察。根据赵伯陶先生缜密考察，《胡四姐》写胡四姐与尚生之欢爱所用的“引臂替枕”一词乃出自唐蒋防《霍小玉传》：“生闻之，不胜感叹，乃引臂替枕。”《翩翩》写翩翩之美所用的“绰有余妍”一词则源于唐蒋防《霍小玉传》之“态有余妍”。[①] 这些自唐传奇等小说搬弄或化用来的词语，若不细加考察分辨，也很容易被忽略。

相对于“明引”多从文本人物口中发出而言，“暗引”多被作者熔化而浇铸到叙事行文中，介于显性与隐性之间。尽管所形成的文本有所变通，但还是有迹可循，因而也属于显性的文本“脱化”。如《连琐》在叙述连琐与杨生两位主角叙话时，用了如下几句描述当时的情景：“与谈诗文，慧黠可爱，剪烛西窗，如得良友。”这几句将夫妻在西窗下共剪灯芯的生活趣事引进连琐与杨生颇似恋人的交往之中，

① 赵伯陶：《〈聊斋志异〉新证》，文化艺术出版社 2017 年版，第 304 页。

显然暗引自李商隐《夜雨寄北》:“何当共剪西窗烛,却话巴山夜雨时。”只是却话巴山夜雨的画面,改动成“与谈诗文”的情景。《娇娜》的“异史氏曰”有两句:“观其容,可以疗饥。”本自《隋遗录上》(又名《大业拾遗记》,旧题唐颜师古著,一般认为是后人伪托)所载,炀帝在船上观赏时偶遇美女吴绛仙,当即纳为嫔妃,曾对身边大臣夸说:“古人言秀色若可餐,如绛仙,真可疗饥矣!”经过作者如此灵活多变的“引用”,《聊斋志异》的语言显得颇为雅致。

当然,所谓“明引”“暗引”,也是相对而言的。如《叶生》叙述叶生科第失意、半生沦落的遭遇,多处化用前人成语、成句:写他本是“文章词赋,冠绝当时”的天才,无奈“时数限人,文章憎命”,系化用杜甫《天末怀李白》中的“文章憎命达,魑魅喜人过”二句;写他屡试不第,最后竟抑郁而死,并发出感慨:“半生沦落,非战之罪也。”则打通了“文战”与“武战”的修辞关枢,化用了《史记·项羽本纪》所写项羽兵败垓下那句浩然长叹:“然今卒困于此,此天之亡我,非战之罪也。”还有,“且士得一人知己可无憾”一语,根据赵伯陶先生考实,则本自《三国志》卷五十七《虞翻传》裴松之注引《虞翻别传》中的几句话:“生无可与语,死以青蝇为吊客,使天下一人知己者,足以不恨。”①这些从前人慨叹人生失意“脱化”而来的语句有效地渲染了叶生科场失意之悲戚。

有的《聊斋志异》文本“脱化”属于老树新花,枯木逢春,较为幽隐。元韦居安《梅磵诗话》卷上有言:“夺胎换骨之法,诗家有之,须善融化,则不见蹈袭之迹。”②这种追求幽隐的文本“脱化”诗法,被蒲松龄活用过来。其“脱化”痕迹虽不易察觉,但一旦发掘出来,就会

① 赵伯陶:《〈聊斋志异〉新证》,文化艺术出版社2017年版,第292页。

② 〔元〕韦居安:《梅磵诗话》,丁福保辑《历代诗话续编》,中华书局2006年版,第544页。

给人豁然开朗之感。如《莲香》写十四年后，门外有老妪卖女。燕儿想起莲香临终时的话，叫老妪将女儿带进来看看。这女孩子姓韦，仪容态度果然和死去的莲香一模一样。这段叙事实际上“脱化”自李复言《续玄怪录》中的《定婚店》这篇小说，该小说写韦固年少时为打破婚姻宿命，令仆人杀了那个月下老人算定的配偶，一个卖菜的婆子之女。以后年复一年，韦固的婚姻一直悬而未决。十四年后，韦固在相州娶了刺史王泰的干女儿，不想正是当年他派人刺杀的女孩。原来，当时她未被刺死。这篇小说写莲香死而复生的时间周期正巧是十四年，主人公也是“韦”姓，只是将男子的“韦”姓加在了女子身上而已，显然系由《定婚店》“脱化”而来。再如《翩翩》写罗子浮的遇仙结局和其他遇仙故事一样，后“生思翩翩，偕儿往探之，则黄叶满径，洞口路迷，零涕而返。”对此，蒲松龄也有自知之明：“睹其况，真刘、阮返棹时矣。”认为是和南朝宋刘义庆《幽明录》中记载的刘晨、阮肇天台山遇仙情况一般无二的，二者之间存在“脱化”关联。

值得注意的是，蒲松龄在援引前人诗文成句或暗引前人文意的时候，无论显、隐，均没有泥前人之迹，而是多由文本人物“脱口而出”，或穿插于见景生情中，或借以感叹人生经历，达到行文的有机化合，有效地服务于叙事写人。

四、“繁”“简”互化而出奇

《聊斋志异》的文本“脱化”，旨在“以故为新”。有的由言简意赅到铺张扬厉，此乃化简为繁式；有的由浓墨重彩到轻描淡写，属于由繁到简式。

化用前人诗意是蒲松龄创作的拿手好戏，尤其是由一二句诗生发出一个娓娓动听的故事，就属于精巧的“化简为繁”脱化。如《宦娘》文本创意于《诗经·关雎》“琴瑟友之”诗韵，以琴、词为媒介来演绎宦娘、温如春、良工之间缠绵悱恻的爱情、友情。对此，清代冯镇峦评道：“通篇以琴作草蛇灰线之法。”但明伦评道：“以琴起，以琴结,脉络贯通,始终一线。"[①]可以说,《宦娘》包含的主要是《关雎》"琴瑟友之"诗韵,当然也有《史记·司马相如列传》所载司马相如"琴挑"文君、《西厢记》"崔莺莺夜听琴"等前人创作的印记。再如,《婴宁》篇中写王子服上元日乘兴独游,初遇婴宁后怏怏还归,神魂丧失。悬想不已,于是再度访之。故事一开始展现的王子服与拈花少女婴宁那场际遇,有唐孟棨(今人考证以作"孟启"为宜)《本事诗》所载《崔护》所记崔护巧遇桃花女的影子,男子见了如花佳人产生绵绵情思。王子服坐卧徘徊的辗转相思颇有苏轼《蝶恋花》"多情却被无情恼"的感觉。南山寻访所写王子服在门外听见婴宁嬉笑之声颇带有苏轼《蝶恋花》所写"墙外行人,墙里佳人笑"的味道。再说,写初见婴宁几句:"有女郎携婢,拈梅花一枝,容华绝代,笑容可掬……遗花地上,笑语自去。"颇类似于《西厢记·惊艳》写莺莺携带婢女红娘"临去秋波那一转"。同时,"化简为繁"还突出表现在那些"点铁成金"性质的文本中。如蒲松龄常常将短小精悍的志怪小说拓展为妙趣横生的具有传奇小说味道的作品。《种梨》"脱化"自《搜神记》之《徐光》,只是将"种瓜"翻转成"种梨",补添了人物对话等生动细节;《阿绣》似乎借鉴了六朝志怪小说《卖胡粉女》的故事框架,皆由魏晋六朝小说之"粗陈梗概",推衍为"聊斋体"的文情并茂。对这种笔法,当年有些人并不认可。如袁枚《子不语·序》云:"《聊斋志异》殊佳,惜太敷衍。"[②]对《聊斋》叙述委曲的创意笔法并不买账。纪晓岚更是颇有微词,认为小说写作只要直述见闻,信而有征,粗陈梗概即可,不应"随意装点",更不应将男女情事写得"细微曲

---

① 张友鹤:《聊斋志异会校会注会评本》,上海古籍出版社 1962 年版,第 986、990 页。

② 〔清〕袁枚著,周本淳标校:《小仓山房诗文集》,上海古籍出版社 1988 年版,第 1767 页。

折,摹绘如生”。① 尽管非议不少,但《聊斋志异》却偏偏凭着工笔细描而赢得了读者。

“由繁到简”文本脱化模式的例子也不少。有的是对前人词句的缩略,如《红玉》一开始那段文字即“脱化”自宋玉《登徒子好色赋》。其中,“视之,美”由“增之一分则太长,减之一分则太短,着粉则太白,施朱则太赤。眉如翠羽,肌如白雪,腰如束素,齿如含贝”几句脱化而来;“近之,微笑”脱化自“嫣然一笑,惑阳城,迷下蔡”三句。再如,《瞳人语》叙述男主角方栋好色情态,用了这样几句话:“目炫神夺,瞻恋弗舍,或先或后,从驰数里。”活画出方栋步行跟随女子的狂热,或先或后,角度变换很迅速。由此,我们不难联想到唐代沈既济的传奇小说《任氏传》开头的几句话:“见之,惊悦,策其驴,忽先之,忽后之,将挑而未敢。”写郑生见到一个白衣女子而对其追求挑逗的情景。又如,《巧娘》所写“传简递信”文本也带有《柳毅传》所写柳毅传书的影子。

当然,戏曲语言相对通俗,口语性强,要化作《聊斋志异》精致的文言,也自然要采取化繁为简的策略。如《西厢记》第一本从张生眼中写崔莺莺正面:“尽人调戏,亸着香肩,只将花笑拈。”蒲松龄将女子“拈花微笑”这种经典叙述化用到《婴宁》所叙述的婴宁形象上。《凤仙》“影里情郎,画中爱宠”是从《西厢记》“他做了个影儿里的情郎,我做了个画儿里的爱宠”一句紧缩而来。

同样,缘自白话小说的“脱化”之作,也往往采取化繁就简的模式。冯镇峦曾指出,《聊斋志异》中有不少作品是从前人戏曲小说“脱化”而来的。如他说《庚娘》“此篇与《芙蓉屏》传奇相似,然无此

① 〔清〕纪昀:《阅微草堂笔记》,上海古籍出版社 1980 年版,第 472 页。

奇特”[①],指出其与《剪灯余话》中的《芙蓉屏记》在“奇”的方面有过之而无不及。再如,由《粉蝶》所叙阳生出海遭遇飓风,漂到一个无名小岛所见到的“松竹掩霭”“蓓蕾满树”之境和所听见的远处“琴声”,以及小说那“山重水复疑无路,柳暗花明又一村”的整体构思,冯氏联想到《三国演义》所叙刘备荆州脱难、檀溪跃马、逃到司马徽之水镜庄那一段文字,评道:“从飓风大作,天地震炫后,忽闻琴声,直觉心清神爽,别是一番世界。小说《三国演义》叙先主马跳檀溪后,入水镜庄闻司马德操琴声,同是一样景色。”[②]仔细回味,二者的确颇相仿佛。

明代谢榛《四溟诗话》卷三讲:“凡袭古人句,不能翻意新奇,造语简妙,乃有愧古人矣。”[③]诗人如此,小说家亦然。在《聊斋志异》的创作中,蒲松龄既长于化繁就简地“借鸡生蛋”,又善于化简为繁地“借树开花”“借题发挥”,其灵活自如的“脱化”笔法也突出表现为通过繁简翻转而达到“翻意出奇”的效果。

五、多读古书方知《聊斋》之妙

蒲松龄是一位饱学之士,他曾在《哭毕刺史》一诗中说:“物必求工真似癖,书如欲买不论金”,“量可消除天下事,志将读尽世间书”。(《聊斋诗集》卷三)这话虽是悼念其亡友毕刺史的,但也不妨视为他的夫子自道。他在《书痴》这篇小说中写郎玉柱,“昼夜研读,无问寒暑”,或许就是他当年热衷读书情景的活写真。虽没能做到躬行天下,踏遍河山,却能够读书万卷,博闻强记,这是蒲松龄创作《聊斋志

---

① 张友鹤:《聊斋志异会校会注会评本》,上海古籍出版社 1962 年版,第 383 页。

② 张友鹤:《聊斋志异会校会注会评本》,上海古籍出版社 1962 年版,第 1676 页。

③ 〔明〕谢榛:《四溟诗话》,见朱其铠等校点《谢榛全集》,齐鲁书社 2000 年版,第 752 页。

异》的资本。这种资本让他能够左右逢源，得心应手地“脱化”前人文本。《聊斋志异》系由难以胜数的前文本“脱化”而来的，要领悟其生花妙笔，必须先大量阅读前人著述。评点家冯镇峦《读聊斋杂说》曰：“读古书不多，不知《聊斋》之妙。”①指出只有博览古书，方能感知《聊斋志异》文本之妙。反过来讲就是，欲知《聊斋志异》之妙，且需多读古人之书。清代舒其锳《聊斋志异跋》曰：“或又问于余曰：曹雪芹《红楼梦》，此南方人一大手笔，不可与《聊斋》并传？余应之曰：《红楼梦》不过刻画骄奢淫逸，虽无穷生新，然多用北方俗语，非能如《聊斋》之引用经史子集，字字有来历也。”②说《聊斋志异》对经、史、子、集的引用无所不包，无一字无来处，显然言过其实。但蒲松龄的确善于从前人那里脱化。那么，他到底“脱化”过哪些前人文本？他本人在相关著述中透露过一些信息，《聊斋志异》的评点者和校注者们也提供了不少信息。

蒲松龄在《聊斋自志》以及《聊斋志异》文本中透露，他苦心经营的《聊斋志异》这部小说不仅化入了科举应试必备的“四书”“五经”以及各种时兴八股文，而且化入了《庄子》《列子》《史记》《李太白集》等“子”“史”“集”方面的典籍，还化入了干宝《搜神记》、张华《博物志》以及《金瓶梅》等诸多“旁学杂书”。从不露痕迹、非常得体的小说文本，我们分明感受到他的“点铁成金”“夺胎换骨”手段是非常娴熟而高明的。

《聊斋志异》成书后，投身其评点的冯镇峦经过仔细发掘，指出了这部小说赖以“脱化”的诸多文本线索。他不仅在《读聊斋杂说》中从不同角度指出《聊斋志异》与《左传》《国语》《史记》《汉书》以及

① 张友鹤：《聊斋志异会校会注会评本》，上海古籍出版社1962年版，第15页。

② 丁锡根：《中国历代小说序跋集》，人民文学出版社1996年版，第144页。

《水经注》等前人典籍之关联，而且在《聊斋志异》评点中指出其所运用的《礼记·檀弓》《论语》等儒家经典中的句法。如关于与《史记》的关联，他指出《娇娜》所叙述的孔生从“雷霆之劫”中救下娇娜那场惊险，以及《禽侠》所叙述的大鸟与蛇搏斗的场面，均具有《史记》叙述“荆轲刺秦王一段笔力”“如太史公叙荆卿刺秦一段文字”；他也感受到阅读《胡四娘》所叙述的胡四娘在老公考中功名后所受的礼遇“无何，翩然竟来”那几句，“如读《史记》苏季子还乡一段文字，然尚未如此描画尽致”；另外，他还指出《宫梦弼》所叙述的柳芳华的儿子柳和知恩图报的美德与《史记·淮阴侯列传》所叙韩信报恩之事是相关联的：“英雄第一开心事，撒手千金报德时，如王孙之于漂母矣。”等等。①

除了冯镇峦，其他相关评论家也对《聊斋志异》吸取前文本的情形提供过诸多信息。如清何彤文《注聊斋志异序》云：“《聊斋》胎息《史》《汉》，浸淫晋魏六朝，下及唐宋，无不熏其香而摘其艳。”所谓“胎息”“熏香摘其艳”“字字有来历”云云，讲的都是《聊斋志异》的文本“脱化”问题，并指出了《聊斋志异》“脱化”前人文本的情况。

当然，尽管前人已经下了很大功夫，但相对于《聊斋志异》这部经典小说难以估量的“脱化”创意而言，也许才仅仅道出其万一。近人蒋瑞藻《花朝生笔记》说：“余尝与家兄傲公，论《聊斋》记事，多有所本，不过藻饰之，点缀之，使人猝难识耳。”②即使兄弟一起对蒲松龄爬罗剔抉、旁搜远绍、转益多师的“脱化”创意情况展开摸排辨识，但还是一时间难以对那些被“藻饰”“点缀”的文本抄底。因此，为了更好地领会小说的文本创意妙趣，我们尚需从不同维度进行发掘、

① 张友鹤：《聊斋志异会校会注会评本》，上海古籍出版社 1962 年版，第 64、1061、964、392 页。

② 朱一玄：《明清小说资料选编》，南开大学出版社 2012 年版，第 1048 页。

解读。

概而言之,《聊斋志异》之文本“脱化”花样繁多,路数不一,全面显示出蒲松龄将传统诗学“融化”前人成品而“不见蹈袭之迹”、长于“翻意新奇”等创作传统发扬光大于小说创意的能力和水平。其后,这部小说凭着“脱化”创意而成经典,并成为其他小说赖以“脱化”的母本。如清邱炜萲《菽园赘谈·续小说闲评》评《夜谈随录》说:“其笔意纯从《聊斋志异》脱化而出。”[①]只是其化出功力已无法与蒲松龄相比肩。

【作者单位:山东大学文学院】

---

① 朱一玄:《聊斋志异资料汇编》,中州古籍出版社1985年版,第650页。

邮传借鉴写聊斋

——试论蒲松龄“纵横”取材的二度创作

石　麟　　许　琦

《聊斋志异》近五百篇作品,五百多个故事,并非全都是蒲松龄“原创”的。其故事来源至少包括四个方面:亲历见闻,向壁虚构,邮筒相寄,借鉴前人。前两类是所谓“原创”,但作品较少;后两类严格而言应该是“二度创作”,但作品较多。而所谓“邮传”者,横向取材也;“借鉴”者,纵向取材也。本文主要讨论的就是《聊斋志异》中这种“纵横”取材的“二度创作”问题。

一

相对于其他小说名著作者而言,蒲松龄的生平状况明晰而又简单。他是山东淄川县人,19 岁即以县、府、道三试第一补博士弟子员,43 岁补廪膳生,72 岁补岁贡生。其间,31 岁时曾随同乡孙蕙在宝应县帮办文牍,次年即辞幕归家,从此在家乡附近缙绅人家坐馆授徒,达 40 年之久。

除了那一年的江苏宝应之行外,蒲松龄的足迹没有离开齐鲁大地。如此一来,一个有趣的现象就凸显出来:他的《聊斋志异》难道仅仅写家乡(最多涉及宝应一带)的故事吗?但翻开《聊斋》一看,至少有五分之二的作品写的不是家乡或宝应一带的故事,举例如下:

《瞳人语》:“长安士方栋。”

《画壁》:“江西孟龙潭,与朱孝廉客都中。”

《真定女》:“真定界,有孤女。”

《叶生》:“淮阳叶生者,失其名字。”

《新郎》:“江南梅孝廉耦长。”

《青凤》:“太原耿氏,故大家,第宅弘阔。”

《画皮》:“太原王生,早行。”

《贾儿》:“楚某翁,贾于外。”

《陆判》:“陵阳朱尔旦,字小明。”

《聂小倩》:“宁采臣,浙人。”

《张老相公》:“张老相公,晋人。”

《水莽草》:“水莽,毒草也。……误食之,立死,即为水莽鬼。……以故楚中桃花江一带,此鬼尤多云。”

《造畜》:“扬州旅店中,有一人牵驴五头。”

《凤阳士人》:“凤阳一士人,负笈远游。”

《珠儿》:“常州民李化,富有田产。”

《猪婆龙》:“猪婆龙,产于西江。”

《某公》:“陕右某公,辛丑进士。”

《侠女》:“顾生,金陵人。”

《阿宝》:“粤西孙子楚,名士也。”

《张诚》:“张常客豫,遂家焉。”

《汾州狐》:“汾州判朱公者,居廨多狐。”

《巧娘》:“广东有缙绅傅氏,年六十余。”

《吴令》:“吴令某公,忘其姓字。”

《红玉》:“广平冯翁有一子,字相如。”

《江中》:“王圣俞南游,泊舟江心。”

《胡氏》:“直隶有巨家,欲延师。”

《苏仙》:“高公明图知郴州时,有民女苏氏,浣衣于河。”

《黄九郎》:“何师参,字子萧,斋于苕溪之东,门临旷野。”

《夜叉国》:“交州徐姓,泛海为贾。”

《老饕》:“邢德,泽州人,绿林之杰也。”

《汪士秀》:“汪士秀,庐州人。……汪以故诣湖南,夜泊洞庭。”

《庚娘》:“金大用,中州旧家子也。……金携家南窜,途遇少年。”

《宫梦弼》:“柳芳华,保定人。”

《李司鉴》:“李司鉴,永年举人也。”

《五羖大夫》:“河津畅体元,字汝玉。”

《翩翩》:“罗子浮,邠人。”

《黑兽》:“某公在沈阳,宴集山颠。”

《余德》:“武昌尹图南,有别第,尝为一秀才税居。”

《青梅》:“白下程生,性磊落,不为畛畦。”

《罗刹海市》:“从人浮海,为飓风引去,数昼夜,至一都会。”

《田七郎》:“武承休,辽阳人。”

《保住》:“吴藩未叛时,尝谕将士……”

《促织》:“有华阴令欲媚上官。”

《库官》:“邹平张华东公,奉旨祭南岳。道出江淮间,将宿驿亭。”

《酆都御史》:“酆都县外有洞,深不可测,相传阎罗天子署。”

《续黄粱》:“福建曾孝廉,高捷南宫时,与二三新贵,遨游郊郭。”

《龙取水》:“徐东痴南游,泊舟江岸。”

《小猎犬》:“山右卫中堂为诸生时,厌冗扰,徙斋僧院。”

《棋鬼》:“扬州督同将军梁公,解组乡居。”

《辛十四娘》:“广平冯生,正德间人。”

《白莲教》:“白莲教某者,山西人,忘其姓名。”

《蛙曲》:“王子巽言:‘在都时,曾见一人作剧于市。’”

《鼠戏》:“又言:‘一人在长安市上卖鼠戏。’”

《酒狂》:“缪永定,江西拔贡生,素酗于酒。”

《赵城虎》:“赵城妪,年七十余,止一子。”

《章阿端》:“卫辉戚生,少年蕴藉,有气敢任。”

《花姑子》:“安幼舆,陕之拔贡生。”

《西湖主》:“陈生弼教,字明允,燕人也。……泊舟洞庭。”

《长治女子》:“陈欢乐,潞之长治人。”

《义犬》:“潞安某甲,父陷狱将死。”

《鄱阳神》:“翟湛持,司理饶州,道经鄱阳湖。”

《黎氏》:“龙门谢中条者,佻达无行。”

《荷花三娘子》:“湖州宗湘若,士人也。”

《窦氏》:“南三复,晋阳世家也。”

《梁彦》:“徐州梁彦,患鼽嚏,久而不已。”

《马介甫》:“杨万石,大名诸生也。”

《厍将军》:“厍大有,字君实,汉中洋县人。”

《河间生》:“河间某生,场中积麦穰如丘。”

《大力将军》:“查伊璜,浙人。”

《颜氏》:“顺天某生,家贫,值岁饥,从父之洛。”

《小谢》:“渭南姜部郎第,多鬼魅,常惑人。”

《吴门画工》:“吴门画工某,忘其名。”

《细侯》:“昌化满生,设帐于余杭。”

《美人首》:“诸商寓居京舍。”

《雷公》:“亳州民王从简,其母坐室中。”

《菱角》:“胡大成,楚人。其母素奉佛。”

《考弊司》:“闻人生,河南人。抱病经日。”

《向杲》:“向杲字初旦,太原人。”

《聂政》:“怀庆潞王,有昏德。”

《冷生》:“平城冷生,少最钝。”

《江城》:“临江高蕃,少慧,仪容秀美。”

《八大王》:“临洮冯生,盖贵介裔而陵夷矣。”

《邵女》:“柴廷宾,太平人。妻金氏,不育,又奇妒。”

《梅女》:“封云亭,太行人。偶至郡,昼卧寓屋。”

《郭秀才》:“东粤士人郭某,暮自友人归,入山迷路。”

《阿英》:“甘玉,字璧人,庐陵人。”

《橘树》:“陕西刘公,为兴化令。”

《牛成章》:“牛成章,江西之布商也。”

《青娥》:“霍桓,字匡九,晋人也。”

《金姑夫》:“会稽有梅姑祠。”

《梓潼令》:“常进士大忠,太原人。候选在都。”

《胡四娘》:“程孝思,剑南人。”

《柳生》:“周生,顺天宦裔也。”

《甄后》:“洛城刘仲堪,少钝而淫于典籍。”

《宦娘》:“温如春,秦之世家也。……客晋。”

《阿绣》:“海州刘子固,十五岁时,至盖省其舅。”

《小翠》:“王太常,越人。……以县令入为侍御。”

《商妇》:“天津商人某,将贾远方。”

《阎罗宴》:“静海邵生,家贫。”

《役鬼》:“山西杨医,善针灸之术。”

《细柳》:“细柳娘,中都之士人女也。”

《男生子》:“福建总兵杨辅,有娈童,腹震动。”

《黄将军》:“黄靖南得功微时,与二孝廉赴都。”

《梦狼》:“白翁,直隶人。长子甲,筮仕南服。”

《夜明》:“有贾客泛于南海。”

《夏雪》:“丁亥年七月初六日,苏州大雪。”

《化男》:“苏州木渎镇有民女夜坐庭中。”

《禽侠》:“天津某寺,鹳鸟巢于鸱尾。”

《鸿》:“天津弋人得一鸿。”

《象》:“粤中有猎兽者,挟矢如山。”

《周克昌》:“淮上贡士周天仪,年五旬,止一子,名克昌。”

《嫦娥》:“太原宗子美,从父游学,流寓广陵。”

《褚生》:“顺天陈孝廉,十六七岁时,尝从塾师读于僧寺。”

《霍女》:“朱大兴,彰德人。家富有而吝啬已甚。”

《司文郎》:“平阳王平子,赴试北闱,赁居报国寺。”

《丑狐》:“穆生,长沙人。家清贫,冬无絮衣。”

《吕无病》:“洛阳孙公子,名麒,娶蒋太守女,甚相得。”

《钱卜巫》:“夏商,河间人。其父东陵,豪富侈汰。”

《姚安》:“姚安,临洮人,美丰标。”

《崔猛》:“崔猛,字勿猛,建昌世家子。”

《鹿衔草》:“关外山中多鹿。”

《小棺》:“天津有舟人某。”

《陆押官》:“赵公,湖广武陵人。”

《陈锡九》:“陈锡九,邳人。”

《于去恶》:“北平陶圣俞,名下士。”

《凤仙》:“刘赤水,平乐人,少颖秀。”

《佟客》:“董生,徐州人。”

《爱奴》:“河间徐生,设教于恩。”

《孙必振》:“孙必振渡江,值大风雷。”

《元宝》:“广东临江山崖巉岩,常有元宝嵌石上。”

《研石》:“王仲超言:‘洞庭君山间有石洞,高可容舟。’”

《武夷》:“武夷山有削壁千仞。”

《大鼠》:“万历间,宫中有鼠,大与猫等。”

《张不量》："贾人某，至直隶界，忽大雨雹，伏禾中。"

《岳神》："扬州提同知，夜梦岳神召之。"

《小梅》："蒙阴王慕贞，世家子也。偶游江浙，见媪哭于途。"

《绩女》："绍兴有寡媪夜绩。"

《红毛毡》："红毛国，旧许与中国相贸易。"

《张鸿渐》："张鸿渐，永平人。"

《金陵乙》："金陵卖酒人某乙。"

《杨大洪》："大洪杨先生涟，微时为楚名儒。"

《沅俗》："李季霖摄篆沅江。"

《云萝公主》："安大业，卢龙人。"

《鸟语》："中州境有道士，募食乡村。"

《天宫》："郭生，京都人。"

《刘夫人》："廉生者，彰德人。"

《真生》："长安士人贾子龙，偶过邻巷。"

《神女》："米生者，闽人，传者忘其名字、郡邑。"

《湘裙》："晏仲，陕西延安人。"

《三生》："湖南某，能记前生三世。"

《席方平》："席方平，东安人。"

《素秋》："俞慎，字谨庵，顺天旧家子。赴试入都。"

《贾奉雉》："贾奉雉，平凉人。"

《瑞云》："瑞云，杭之名妓。"

《仇大娘》："仇仲，晋人，忘其郡邑。"

《曹操冢》："许城外有河水汹涌。"

《龙飞相公》："安庆戴生，少薄行，无检幅。"

《珊瑚》："安生大成，重庆人。"

《五通》："南有五通，犹北之有狐也。"

《申氏》："泾河之侧，有士人子申氏者。"

《恒娘》:“洪大业,都中人。”

《黄英》:“马子才,顺天人。”

《书痴》:“彭城郎玉柱。”

《青蛙神》:“江汉之间,俗事蛙神最虔。”

《晚霞》:“五月五日,吴越间有斗龙舟之戏。”

《白秋练》:“直隶有慕生……从父至楚。”

《王者》:“湖南巡抚某公,遣州佐押解饷六十万赴京。”

《衢州三怪》:“张握仲从戎衢州。”

《大蝎》:“明彭将军宏,征寇入蜀。”

《陈云栖》:“真毓生,楚夷陵人。”

《织成》:“洞庭湖中,往往有水神借舟。”

《竹青》:“鱼客,湖南人,忘其郡邑。”

《段氏》:“段瑞环,大名富翁也。”

《狐女》:“伊衮,九江人。”

《男妾》:“一官绅在扬州买妾。”

《汪可受》:“湖广黄梅县汪可受,能记三生。”

《牛犊》:“楚中一农人赴市归,暂休于途。”

《乐仲》:“乐仲,西安人。”

《三仙》:“一士人赴试金陵,经宿迁。”

《大男》:“奚成列,成都士人也。”

《外国人》:“己巳秋,岭南从外洋飘一巨艘来。”

《韦公子》:“韦公子,咸阳世家。”

《石清虚》:“邢云飞,顺天人。”

《曾友于》:“曾翁,昆阳故家也。”

《嘉平公子》:“嘉平某公子,风仪秀美。”

《二班》:“殷元礼,云南人,善针灸之术。”

《苗生》:“龚生,岷州人,赴试西安。”

《毛大福》:“太行毛大福,疡医也。”

《田子成》:“江宁田子成,过洞庭,舟覆而没。”

《王桂庵》:“王樨,字桂庵,大名世家子。适南游,泊舟江岸。”

《寄生》:“寄生字王孙……父桂庵有妹二娘。”

《土化兔》:“靖逆侯张勇镇兰州时。”

《姬生》:“南阳鄂氏,患狐。”

《公孙夏》:“保定有国学生某。”

《桓侯》:“荆州彭好士,友家饮归。”

《粉蝶》:“阳曰旦,琼州士人也。”

《太原狱》:“太原有民家,姑妇皆寡。”

《浙东生》:“浙东生房某,客于陕。”

上述这些故事的素材从哪里来?其实,蒲松龄在《聊斋自志》中早已交代清楚:“才非干宝,雅爱搜神;情类黄州,喜人谈鬼。闻则命笔,遂以成编。久之,四方同人,又以邮筒相寄,因而物以好聚,所积益夥。”[①]笔者重新阅读了上面所引的近两百篇作品,有的简短,有的曼长,有的粗略,有的细腻。但无论如何,应该都是横向取材于“邮筒相寄”的结果。其中,那些简短粗略的篇什,可视为蒲松龄照单收录,谈不上创作;而那些曼长细腻者,则应该是蒲翁的二度创作。

二

除了利用同人“邮筒相寄”的素材或半成品进行二度创作外,蒲松龄还有一个“套路”,那就是纵向取材——借鉴前人作品来写《聊斋》,从魏晋南北朝到明代的志怪、传奇、杂记、杂传都有。有时甚至综合数篇前人作品而进行集腋成裘、推陈出新的二度创作。举例如下:

---

① 张友鹤:《聊斋志异会校会注会评本》,上海古籍出版社1978年版,第1~2页。

《考城隍》——明·瞿祐《修文舍人传》、明·李昌祺《泰山御史传》。

《瞳人语》——明·沈德符《万历野获编·奇疾》。

《画壁》——唐·戴孚《广异记·朱敖》、唐·李玫《纂异记·刘景复》。

《宅妖》——晋·干宝《搜神记·鼠妇》、唐·戴孚《广异记·毕航》。

《偷桃》——唐·皇甫氏《原化记·嘉兴绳技》。

《种梨》——晋·干宝《搜神记·徐光》。

《劳山道士》——晋葛洪《神仙传·栾巴》、唐·张读《宣室志·王先生》、唐·李隐《潇湘录·襄阳老叟》、五代·杜光庭《神仙感遇传·王子芝》、明·冯梦龙《古今谭概·纸月取月留月》。

《长清僧》——唐·张鷟《朝野佥载》片段。

《蛇人》——唐·戴孚《广异记·担生》。

《犬奸》——唐·李隐《潇湘录·杜休己》。

《狐嫁女》——唐·李复言《续玄怪录·张庾》。

《妖术》——明·周玄玮《泾林续记》片段。

《狐入瓶》——晋·干宝《搜神记·韩友皮囊收狐》、明·周玄玮《泾林续记》片段。

《叶生》——唐·陈玄祐《离魂记》。

《青凤》——唐·薛渔思《河东记·申屠澄》、唐·李隐《潇湘录·焦封》、皇甫枚《三水小牍·游氏子》。

《画皮》——南朝宋·刘敬叔《异苑》片段、唐·薛用弱《集异记·崔韬》、唐·陈劭《通幽记·李咸》、唐·张读《宣室志·江南吴生》、明·冯梦龙《古今谭概·鬼张》。

《龁石》——晋·葛洪《神仙传·焦先》。

《庙鬼》——晋·鱼豢《三国典略·崔子武》、明·李昌祺《剪灯余话·江庙泥神记》、明·陆粲《说听》片段。

《陆判》——南朝宋·刘义庆《幽明录·贾弼之》、唐·薛用弱《集异记·卫庭训》、唐·皇甫氏《原化记·刘氏子妻》。

《聂小倩》——唐·陈翰《异闻集·独孤穆》。

《造畜》——唐·薛渔思《河东记·板桥三娘子》。

《凤阳士人》——唐·白行简《三梦记》、唐·李玫《纂异记·张生》、唐·薛渔思《河东记·独孤遐叔》。

《侠女》——唐·李肇《国史补》片段、唐·崔蠡《义激》、唐·皇甫氏《原化记·崔慎思》、唐·薛用弱《集异记·贾人妻》、宋·佚名《文叔遇侠》。

《莲香》——唐·包谞《会昌解颐录·刘立》。

《阿宝》——唐·牛峤《灵怪录·郑生》。

《九山王》——唐·皇甫枚《三水小牍·侯元》、明·祝允明《野记》片段。

《蛰龙》——明·冯梦龙《古今谈概》片段。

《苏仙》——晋·葛洪《洞神传·苏仙公》、唐·李隐《大唐奇事记·冉遂》。

《连琐》——唐·释道世《徐玄方女》。

《夜叉国》——宋·洪迈《夷坚志甲志·岛上妇人》《夷坚志补·猩猩八郎》。

《老饕》——明·宋懋澄《九籥别集·刘东山》。

《小二》——唐·张读《宣室志·俞叟》。

《宫梦弼》——明·周玄玮《泾林续记》片段。

《鸲鹆》——南朝宋·刘义庆《幽明录·晋司空》。

《翩翩》——晋·干宝《搜神记·刘晨阮肇》。

《黑兽》——明·佚名《云间杂志》片段。

《保住》——唐·康骈《剧谈录·田膨郎》。

《促织》——明·吕毖《明朝小史·骏马易虫》、明·沈德符《万历野获编·斗物》。

《妾击贼》——五代·王仁裕《玉堂闲话·王宰》。

《姊妹易嫁》——宋·钱易《南部新书》片段。

《续黄粱》——南朝宋·刘义庆《幽明录·杨林》、唐·沈既济《枕中记》、唐·陈翰《异闻集·樱桃青衣》、宋·洪迈《容斋四笔·西极化人》。

《小猎犬》——宋·洪迈《夷坚志支丁·盛八总干》《夷坚志支癸·光州兵马虫》。

《双灯》——宋·陈元靓《岁时广记·引蕙亩拾英集》、明·徐应秋《玉芝堂谈荟·御沟红叶》、明·瞿祐《剪灯新话·牡丹灯记》。

《赵城虎》——元·佚名《夷坚续志补遗·执符追虎》、明·冯梦龙《古今谈概·杖虎》。

《蛙曲》——元·陶宗仪《南村辍耕录·禽戏》。

《酒狂》——宋·洪迈《夷坚志丁志·酒虫》、宋·范正敏《遁斋闲览·嗜酒》。

《西湖主》——唐·李朝威《柳毅传》、唐·裴铏《传奇·张无颇》。

《狮子》——元·陶宗仪《南村辍耕录·帝廷神兽》。

《莲花公主》——唐·李公佐《南柯太守传》。

《黎氏》——唐·戴孚《广异记·冀州刺史子》。

《彭海秋》——唐·张读《宣室志·杨居士》。

《窦氏》——宋·王明清《投辖录·玉条脱》。

《蕙芳》——晋·干宝《搜神记·弦超》、晋·陶潜《搜神后记·白水素女》、唐·皇甫氏《原化记·吴堪》。

《大人》——宋·洪迈《夷坚志乙志·长人国》、宋·邵伯温《邵氏闻见录》片段。

《向杲》——唐·李复言《续玄怪录·张逢》、唐·皇甫氏《原化记·南阳士人》。

《江城》——明·谢肇淛《五杂组》片段。

《八大王》——唐·薛渔思《河东记·韦丹》。

《郭秀才》——唐·张读《宣室志·梁璟》。

《阿英》——唐·牛僧孺《玄怪录·柳归舜》。

《胡四娘》——唐·苏鹗《杜阳杂编·芸辉堂》、明·周容《鹅笼夫人传》。

《柳生》——唐·李复言《续玄怪录·定婚店》。

《阿绣》——南朝宋·刘义庆《幽明录·卖胡粉女子》、明·冯梦龙《情史类略·扇肆女》。

《小翠》——宋·洪迈《夷坚志补·崇仁吴四娘》。

《禽侠》——宋·洪迈《夷坚志甲志·义鹘》。

《象》——唐·戴孚《广异记·安南猎者》、唐·牛肃《纪闻·淮南猎者》。

《鹿衔草》——南朝宋·王延秀《感应经·蛇衔草》、唐·段成式《酉阳杂俎·草篇》。

《天宫》——唐·段成式《酉阳杂俎·张和》、宋·王明清《投辖录·章丞相》。

《席方平》——唐·戴孚《广异记·崔敏殻》。

《贾奉雉》——晋·葛洪《神仙传·吕文敬》、唐·皇甫氏《原化记·采药民》、唐·薛用弱《集异记·李清》。

《胭脂》——五代·王仁裕《玉堂闲话·刘崇龟》、明·陈洪谟《治世余闻录》片段、明·祝允明《野记》片段、明·冯梦龙《情史类略·张荩》、明·黄瑜《双槐岁钞·陈御史断狱》。

《曹操冢》——元·陶宗仪《南村辍耕录·疑冢》。

《五通》——宋·洪迈《夷坚志支癸·独脚五通》

《王者》——明·陈玄暐《泾林续记》片段。

《织成》——唐·李朝威《柳毅》。

《杜小雷》——元·佚名《夷坚续志前集·事姑不孝》。

《人妖》——明·谢肇淛《五杂组》片段。

关于这方面的情形，蒲氏《聊斋自志》也有交代："集腋为裘，妄续幽冥之录；浮白载笔，仅成孤愤之书：寄托如此，亦足悲矣！"①

三

以上两组材料充分说明，《聊斋志异》中一半以上的作品属于这种"纵横"取材的二度创作。问题在于，二度创作与原创有什么区别？《聊斋志异》中的二度创作体现了什么样的艺术规律和经验？况且，具体到每一篇作品，其二度创作方面的经验和教训自有其独特性。如此复杂的问题，一篇短短的论文肯定承担不起，恐怕得一组系列文章才能比较充分地论证之。这里，仅以作品数篇为例，做一初步探索。

我们先看明显的题材转移的例子。《瞳人语》一篇写长安方栋喜欢窥视美女，结果受到惩罚，被丫鬟撒了一脸沙土，回家后患上怪病：

> 睛上生小翳，经宿益剧，泪簌簌不得止；翳渐大，数日厚如钱；右睛起旋螺。百药无效。懊闷欲绝，颇思自忏悔。……忽闻左目中小语如蝇，曰："黑漆似，叵耐杀人！"右目中应云："可同小遨游，出此闷气。"渐觉两鼻中，蠕蠕作痒，似有物出，离孔而去。久之乃返，复自鼻入眶中。……见有小人自生鼻内出，大不及豆，营营然竟出门去。渐远，遂迷所在。俄，连臂归，飞

① 张友鹤：《聊斋志异会校会注会评本》，上海古籍出版社1978年版，第3页。

上面,如蜂蚁之投穴者。如此二三日。又闻左言曰:“隧道迂,还往甚非所便,不如自启门。”右应云:“我壁子厚,大不易。”左曰:“我试辟,得与而俱。”遂觉左眶内隐似抓裂。有顷,开视,豁见几物。喜告妻。妻审之,则脂膜破小窍,黑睛荧荧,才如劈椒。越一宿,幛尽消。细视,竟重瞳也,但右目旋螺如故。乃知两瞳人合居一眶矣。①

此则本事,专家们认为来自《万历野获编·奇疾》,然该篇叙事颇为简洁:

以余亲所闻见,则有如穆吏部深者,山东济南人,壬辰进士,罢官里居,忽患异疾,耳中时闻车马之声,则疾大作。一日闻耳内议曰:“今日且遨游郊坰。”即有装驮驴马鳞次而出,其恙顿除。至晚复闻游者回镳尽返耳中,则所苦如故。吏部公屡治不痊,一日忽洗然若失。又苏州吴江县沈参戎名璨者行三……署中有树大庇数亩,掩映不见天日,沈憎之,欲伐去。其下力谏,谓此木且千年,有神司之,除翦必及祸。沈怒不听,乍施斧,共见巨蟒长数丈,蜿蜒入其鼻中,因发狂颠倒,不能理事。②

后一则故事中的沈某人,虽然在貌似关公的天神的庇护下解除了病痛,但已经被折磨得几乎倾家荡产了。

对于这个故事的情节转移,聂石樵先生在《〈聊斋志异〉本事旁

① 张友鹤:《聊斋志异会校会注会评本》,上海古籍出版社1978年版,第11~12页。

② 〔明〕沈德符著,黎欣点校:《万历野获编》,文化艺术出版社1998年版,第782页。

证》一文中曾做过评说："《野获编》所记，只取其病之奇。蒲松龄则改耳疾、鼻疾为眼疾，并推演其情节，作为对轻薄儿的惩罚。"[①]聂先生说了两点，一是故事的具体情节转移，"改耳疾、鼻疾为眼疾"。这一点至为表面化，无须多言。二是"作为对轻薄儿的惩罚"，这一点来自蒲松龄在《瞳人语》后面的异史氏曰："乡有士人，偕二友于途，遥见少妇控驴出其前。戏而吟曰：'有美人兮！'顾二友曰：'驱之！'相与笑骋。俄追及，乃其子妇。心赧气丧，默不复语。友伪为不知也者，评骘殊亵。士人忸怩，吃吃而言曰：'此长男妇也。'各隐笑而罢。轻薄者往往自侮，良可笑也。至于眯目失明，又鬼神之惨报矣。"[②]

然而，聂先生尚有一点忽视了：故事发生地的转移。《万历野获编》中的两则故事，发生地一为济南，一为苏州，在《聊斋志异》中却被改为长安。尤其值得玩味的是蒲松龄就生活在济南附近的淄川，那他为什么要将济南发生的故事"扣"到长安人头上呢？最合理的解释是，这个"瞳人语"的故事很有可能就是长安那边的同人"邮筒相寄"的。因此，《瞳人语》是"借鉴前人"和"邮筒相寄"的"纵横"两者相结合的"二度创作"，只不过是创作层次较"浅"的题材转移而已。

诸如此类的浅层次的或"纵"或"横"或"纵横交错"的二度创作，在《聊斋志异》中还有不少，如《真定女》《张老相公》《猪婆龙》《某公》《汾州狐》《吴令》《江中》《李司鉴》《五羖大夫》《库官》《龙取水》《鼠戏》《义犬》《鄱阳神》《梁彦》《库将军》《河间生》《美人首》《雷公》《冷生》《橘树》《金姑夫》《梓潼令》《商妇》《阎罗宴》《役鬼》

---

① 山东大学蒲松龄研究室：《蒲松龄研究集刊》（第一辑），齐鲁书社 1980 年版，第 304 页。

② 张友鹤：《聊斋志异会校会注会评本》，上海古籍出版社 1978 年版，第 12 页。

《男生子》《黄将军》《夜明》《夏雪》《化男》《鸿》《小棺》《孙必振》《元宝》《研石》《武夷》《大鼠》《张不量》《岳神》《红毛毡》《沅俗》《衢州三怪》《大蝎》《男妾》《牛犊》《外国人》《土化兔》《宅妖》《犬奸》《狐入瓶》《龁石》《庙鬼》《蛰龙》《酒虫》《狮子》《禽侠》《杜小雷》《造畜》《蛙曲》《象》《鹿衔草》《曹操冢》等均可为例。

四

如果《聊斋志异》的"二度创作"尽是这种层次较浅的"题材转移"篇章,那么,"聊斋"将不成其为"聊斋","蒲翁"也将不成其为"蒲翁"。在这部号称"短篇小说之王"的传奇志怪集中,还有大量创作力度较大的名篇佳作。

且以《画皮》为例,该篇故事的源头不止一个,如刘敬叔《异苑》:

> 晋太元末,徐桓以太元中出门,仿佛见一女子,因言曲相调,便要桓入草中。桓悦其色,乃随去,女子忽然变成虎,负桓着背上,径向深山。其家左右寻觅,惟见虎迹,旬日,虎送桓下著门外。①

写虎化女子而迷人的故事,但"虎"并没有"画皮"情节。故事提供的元素主要是"调情遇险",这在《画皮》中发展为"太原王生,早行,遇一女郎,抱襆独奔,甚艰于步。急走趁之,乃二八姝丽。心相爱乐。问:'何夙夜踽踽独行?'女曰:'行道之人,不能解愁忧,何劳相问。'生曰:'卿何愁忧?或可效力,不辞也。'"②书生见女子便居

---

① 〔南朝宋〕刘敬叔:《异苑》,《景印文渊阁四库全书》第1042册,台湾商务印书馆1986年版,第507~508页。

② 张友鹤:《聊斋志异会校会注会评本》,上海古籍出版社1978年版,第119页。

心不良地主动搭讪,并“乐于助人”,其结果极有可能是一场灾难。如果从艺术描写的角度看,《聊斋》比《异苑》细腻得多。《异苑》中“言曲相调”四字,只能算“叙述”而谈不上“描写”。而《聊斋》中的那段对话却是非常符合王生和“美女”当时所处的环境和所具有的心态的,并且很有描写的层次感。

同题材故事中,“虎”与“皮”相关联见于薛用弱《集异记·崔韬》篇,但这里写的仍然是“虎”而不是“鬼”:

> 崔韬,蒲州人也……至二更,展衾方欲就寝,忽见馆门有一大足如兽。俄然其门豁开,见一虎自门而入。韬惊走,于暗处潜伏视之,见兽于中庭,脱去兽皮,见一女子,奇丽严饰,升厅而上,乃就韬衾。出问之曰:“何故宿余衾而寝?韬适见汝为兽入来,何也?”女子起谓韬曰:“愿君子无所怪。妾父兄以畋猎为事,家贫,欲求良匹,无从自达,乃夜潜将虎皮为衣。知君子宿于是馆,故欲托身,以备洒扫。前后宾旅,皆自怖而殒。妾今夜幸逢达人,愿察斯志。”韬曰:“诚如此意,愿奉欢好。”……后韬明经擢第,任宣城。……妻乃下阶,将兽皮衣着之,才毕,乃化为虎,跳踯啸吼,奋而上厅,食子及韬而去。①

《画皮》中,与《崔韬》篇对应的描写是:“见一狞鬼,面翠色,齿巉巉如锯。铺人皮于榻上,执彩笔而绘之;已而掷笔,举皮,如振衣状,披于身,遂化为女子。”②两相比较,除了“虎”与“鬼”的变化而外,还有两点区别。一是“虎女”“鬼女”均有“着皮如穿衣”的情节,但是

---

① 李格非、吴志达:《唐五代传奇集》,中州古籍出版社1997年版,第505~506页。

② 张友鹤:《聊斋志异会校会注会评本》,上海古籍出版社1978年版,第120页。

“鬼女”更多“画皮”的举动，且“连动式”着皮如穿衣，更为生动。二是女子撒谎的水平不一样，“虎女”的谎言明显荒唐不经，而“鬼女”伪装“去妇”更合情理。在那样的时代，贫女奉父兄之命客栈自荐，并且披着虎皮考验男人是否“旷达”，简直是天方夜谭。而《画皮》中美女自谓：“父母贪赂，鬻妾朱门。嫡妒甚，朝詈而夕楚辱之，所弗堪也，将远遁耳。”谎言编得合情合理，因为嫡妻妒忌美妾，在当时富贵人家就是一种常态。《水浒传》中金翠莲即如此：“此间有个财主，叫做镇关西郑大官人，因见奴家，便使强媒硬保，要奴作妾。谁想写了三千贯文书，虚钱实契，要了奴家身体。未及三个月，他家大娘子好生利害，将奴赶打出来，不容完聚。”（第三回）[①]《金瓶梅》中潘金莲亦乃如此：“张大户每要收他，只碍主家婆利害，不得到手。一日，主家婆邻家赴席，不在。大户暗把金莲唤至房中，遂收用了。……主家婆颇知其事，与大户嚷骂了数日，将金莲百般苦打。大户知道不容，却赌气倒赔了房奁，要寻嫁得一个相应的人家。”（第一回）[②]

这个故事系列中由“虎”而“鬼”的变化最早在唐人传奇中留下标本：

> 太原王容与姨弟赵郡李咸，居相卫间。永泰中，有故之荆襄。……三更后……忽见厨屏间有一妇人窥觇，去而复还者再三。须臾出半身，绿裙红衫，素颜夺目。时又窃见李生起坐，招手以挑之。王生谓李昔日有契，又必谓妇人是驿吏之妻，王生乃佯寐以窥其变。俄而李子起就妇人，相执于屏间，语切切然。……既入食顷，王生自度曰：“我往袭之，必同私狎。”乃持

① 〔明〕施耐庵、罗贯中：《水浒传》，人民文学出版社1975年版，第44页。

② 王汝梅、李昭恂、于凤树：《张竹坡批评第一奇书金瓶梅》，齐鲁书社1987年版，第32～33页。

所卧枕往,潜欲惊之。比至入帘,正见李生卧于床,而妇人以披帛绞李之颈,咯咯然垂死。妇人白面,长三尺余,不见面目,下按悉力以勒之。王生仓卒惊叫,因以枕投之,不中,妇人遂走。王生乘势奔逐,直入西北隅厨屋中。据床坐,头及屋梁,久之方灭。童隶闻呼声悉起,见李生毙,七窍流血,犹心稍煖耳。方为招魂将养,及明而苏。(《通幽录》)①

非常巧的是,这篇作品的主人公之一"太原王生"恰与《画皮》的开头吻合,只不过此"王生"乃"旁观者",遭遇女鬼的是其表弟"李生"而已。蒲松龄移"李"作"王",但还是留下了"太原"的痕迹。另一种可能性是,这故事原本就是"太原"的"同人"邮筒相寄的,纵横取材在这里又一次叠加。

在唐人传奇的另一个版本中,让书生遭殃的不是女鬼,而是夜叉,并且由艳遇变成纳妾。这就与《画皮》中的"生代携襆物,导与同归"②更为接近了。

有吴生者,江南人。尝游会稽,娶一刘氏女为妾。……其后忽旷烈自恃不可禁,往往有逆意者,即发怒。殴其婢仆,或啮其肌血且甚,而怒不可解。……有县吏,以一鹿献,吴生命致于庭。已而吴生始言将远适,既出门,即匿身潜伺之。见刘氏散发袒肱,目眦尽裂,状貌顿异,立庭中,左手执鹿,右手拔其髀而食之。吴生大惧,仆地不能起。久之,乃召吏卒十数辈,持兵仗而入。刘氏见吴生来,尽去襦袖,挺然立庭,乃一夜叉耳。目若

① 〔宋〕李昉等编:《太平广记》,中华书局 1961 年版,第 2677 ~ 2678 页。
② 张友鹤:《聊斋志异会校会注会评本》,上海古籍出版社 1978 年版,第 119 页。

电光,齿如戟刃,筋骨盘蹙,身尽青色,吏卒俱战栗不敢近。而夜叉四顾,若有所惧。仅食顷,忽东向而走,其势甚疾,竟不知所在。(《宣室志》)①

这里,人妖之间的夫妾关系,仍与蒲松龄笔下所写"使匿密室,过数日而人不知"有所区别,但已经有了"匿身潜伺"的曲折性。蒲翁为了增加故事的神秘性和恐怖性,在"藏娇"二字上狠下功夫。殊不知,这种求妾未得而藏美女的做法在明代文言小说《古今谭概》中也有描写。

弘治中,高邮张指挥无嗣,求妾未得。偶出湖上,见败船板载一女甚丽,波浮而来。问之,曰:"妾,某邑人。舟覆,一家皆没。妾赖板得存,幸救我。"张援得之,甚宠爱。逾年生子。女栉沐必掩户。一日婢从隙窥之,见女取头置膝上绾结,加簪珥,始加于颈。大惊,密以启张。张未信。他日张觇之,果然。知为妖,排户入斩之,乃一败船板耳。子已数岁,无他异,后袭职。至今称"鬼张指挥"云。②

这段故事,除妖魅的本来面目是船板这一点有些想入非非而外,更加重视"藏娇"的神秘性。虽没有明确是"外室",但显然有"外妾"的意味。到了《画皮》,蒲翁干脆就写成"偷偷包养"式了。

女顾室无人,问:"君何无家口?"答云:"斋耳。"女曰:"此所

---

① 〔宋〕李昉等编:《太平广记》,中华书局1961年版,第2818~2819页。
② 〔明〕冯梦龙:《古今谭概》,《续修四库全书·子部·杂史类》,上海古籍出版社2002年版,第577页。

良佳。如怜妾而活之,须秘密,勿泄。”生诺之。乃与寝合。使匿密室,过数日而人不知也。①

这种方式,古人叫“外室妇”,今天叫“包二奶”。《水浒传》中的金翠莲,后来到了代州雁门县,给赵员外做了“外宅”。她父亲说:“与老汉女儿做媒,结交此间一个大财主赵员外,养做外宅。”(第四回)②赵员外“包二奶”在当时已不足为奇,元代甚至有养外宅的和尚。朱德润《存复斋文集》卷十有《外宅妇》一诗,此篇又为顾嗣立《元诗选初集》卷四十六所录,略谓:

外宅妇,十人见者九人慕。绿鬓轻盈珠翠妆,金钏红裳肌体素。贫人偷眼不敢看,问是谁家好宅眷。聘来不识拜姑嫜,逐日绮筵歌宛转。人云本是小家儿,前年嫁作僧人妻。……小女嫁僧今两秋,金珠翠玉堆满头。又有肥膻充口腹,我家破屋改作楼。外宅妇,莫嗔妒,廉官儿女冬衣布。③

其实,养外室之风,自古有之,不过元明以降愈演愈烈,以至于通俗小说中反复描写而已。《水浒传》中,阎婆惜也是宋江的外室:“就在县西巷内,讨了一所楼房,置办些家火什物,安顿了阎婆惜娘儿两个在那里居住。”(第二十一回)④《西游记》中的牛魔王更过分,干脆有了外妾忘了本妻:“大力王乃罗刹女丈夫。他这向撇了罗刹,现在积雷山摩云洞。有个万岁狐王。那狐王死了,遗下一个女儿,

① 张友鹤:《聊斋志异会校会注会评本》,上海古籍出版社1978年版,第119页。

② 〔明〕施耐庵、罗贯中:《水浒传》,人民文学出版社1975年版,第51页。

③ 〔清〕顾嗣立:《元诗选初集》,中华书局1987年版,第1624页。

④ 〔明〕施耐庵、罗贯中:《水浒传》,人民文学出版社1975年版,第266页。

叫做玉面公主。那公主有百万家私,无人掌管;二年前,访着牛魔王神通广大,情愿倒陪家私,招赘为夫。那牛王弃了罗刹,久不回顾。”(第六十回)[①]

由上可见,蒲松龄在文言小说中描写妖精魔鬼披着“人”皮而欺骗男子的基础上,又从通俗小说中吸收了“嫡妻妒妾”和“包养外宅”两个世俗化的生活范型,使之渗入《画皮》之中,以增强这篇作品的真实性和可读性。然而,事情还没完。在情节进一步推移的过程中,蒲翁又将“木剑除妖”“葫芦收魔”“乞丐邋遢”“呕吐珍宝”四种范型从前人作品中信手拈来,让《画皮》的情节具有独特的刺激性和新颖的趣味性。

先看“木剑除妖”范型,佛教经典记载:“湖南祇林和尚,每叱文殊、普贤皆为精魅。手持木剑,自谓降魔。”(《五灯会元》卷四)[②]类似的描写在通俗小说中也屡屡出现,聊举一例:“云中子笑曰:‘千年老狐,岂足当吾宝剑! 只此足矣。’童儿取松枝与云中子,削成木剑。”(《封神演义》第五回)[③]《画皮》在此基础上,叙写更为精彩:

> 道士曰:“即是物矣。”遂与俱往。仗木剑,立庭心,呼曰:“孽魅! 偿我拂子来!”妪在室,惶遽无色,出门欲遁。道士逐击之。妪仆,人皮划然而脱;化为厉鬼,卧嗥如猪。道士以木剑枭其首;身变作浓烟,匝地作堆。道士出一葫芦,拔其塞,置烟中,飗飗然如口吸气,瞬息烟尽。道士塞口入囊。[④]

---

① 〔明〕吴承恩:《西游记》,人民文学出版社1955年版,第766页。

② 〔宋〕释普济:《五灯会元》,《景印文渊阁四库全书》第1053册,台湾商务印书馆1986年版,第162页。

③ 〔明〕许仲琳:《封神演义》,齐鲁书社1980年版,第40页。

④ 张友鹤:《聊斋志异会校会注会评本》,上海古籍出版社1978年版,第121~122页。

这段描写的后半段，已由“木剑除妖”转入“葫芦收魔”范型了。这方面，蒲松龄也有所借鉴。这种将妖魅装入容器的故事最早出现在《搜神记》中：

> 韩友字景先，庐江舒人也。善占卜，亦行京房厌胜之术。刘世则女病魅积年，巫为攻祷，伐空冢故城间，得狸鼍数十，病犹不差。友筮之，命作布囊，俟女发时，张囊著窗牖间。友闭户作气，若有所驱。须臾间，见囊大胀，如吹，因决败之。女仍大发。友乃更作皮囊二枚，沓张之，施张如前，囊复胀满。因急缚囊口，悬著树，二十许日，渐消。开视，有二斤狐毛。女病遂差。（卷三）①

蒲松龄在《聊斋志异·狐入瓶》中也有类似描写：“万村石氏之妇，祟于狐，患之，而不能遣。扉后有瓶，每闻妇翁来，狐辄遁匿其中。妇窥之熟，暗计而不言。一日，窜入。妇急以絮塞其口；置釜中，燂汤而沸之。瓶热。狐呼曰：‘热甚！勿恶作剧。’妇不语。号益急，久之无声。拔塞而验之，毛一堆，血数点而已。”②更妙的是，“葫芦收魔”范型也可从通俗小说中找到来源，如《西游记》：

> 行者笑道：“你且收起，轮到老孙该叫你哩。”急纵筋斗，跳起去，将葫芦底儿朝天，口儿朝地，照定妖魔，叫声“银角大王”。那怪不敢闭口，只得应了一声，倏的装在里面，被行者贴上“太上老君急急如律令奉敕”的帖子。（第三十五回）③

---

① 〔晋〕干宝：《搜神记》，中华书局1980年版，第40页。

② 张友鹤：《聊斋志异会校会注会评本》，上海古籍出版社1978年版，第75页。

③ 〔明〕吴承恩：《西游记》，人民文学出版社1955年版，第446～447页。

至于“乞丐邋遢”范型,《聊斋志异》之前的文言小说和通俗小说中并有描写,均可视为蒲松龄借鉴之渊薮。先看宋人志怪小说:

> 王様者,邵武人。赴调京师,过天津桥,遇丐者为人殴击甚苦。王问之,曰:“负钱五百,久不偿我。”王恻然,为以囊中钱代偿而去。他日,复至桥上,丐者探怀取一饼饷之,王恶其衣服垢腻,鼻涕垂颐,谢不取。……既得官南还,行汴堤上,大风雨作,跬步不可前。望道间小旗亭,亟下车少驻。主人出迎,审其貌,则向丐者也。相见良悦,酌杯酒以进。王念曩日秽污,终不肯饮。……乃包果实数种为赠。……启视之,桃、李、石榴,皆黄金也。(《夷坚甲志》卷十八“天津丐者”)①

这位乞丐,毫无疑问是神仙,故意变化得如此邋遢来考验凡人。通俗小说中也有这类人物,如八仙中的韩湘子:“戴一顶烂唐巾,左偏右折;穿一领破布袄,千补百衲。前栓羊皮后挂毡片,东漏脊梁西见胯骨。腰系一条朽烂草绳,又断又接;脚踏一双多耳麻鞋,少帮没底。面似鸡皮,眼如胶蔼。鼻涕郎当,馋唾喷出。”(《韩湘子全传》第九回)②

《画皮》中对乞者的描写虽然简洁生动,但可以清楚地看到是从上面那些资料中蜕变而来的:“见乞人颠歌道上,鼻涕三尺,秽不可近。”③更有趣的是,很多珍宝却都出自上面这些邋遢不堪的乞者手中乃至口中,这就形成了《画皮》中领受的最后一个范式:“呕吐珍

---

① 〔宋〕洪迈:《夷坚志》,中华书局 2006 年版,第 162 ~ 163 页。
② 〔明〕杨尔曾等撰:《八仙全传》,岳麓书社 1994 年版,第 824 页。
③ 张友鹤:《聊斋志异会校会注会评本》,上海古籍出版社 1978 年版,第 122 页。

宝”。有时候，这种“呕吐珍宝”是将唾沫和着他物搓成丸状给人治病，《西游记》有这种描写，文长不录，且看他书中一个短小的例证：

> 湘子便在自己腋胳肢底下擦出一堆黑泥垢，把些涕唾一和，搓成弹子大一丸，擎在掌中，叫道：“有缘的来吃我这丸仙药，我就度他成仙。”（《韩湘子全传》第二十四回）[①]

其实，还有更完整的“呕吐珍宝”范型，而且早在东晋时就出现了，葛洪《神仙传·樊夫人》写道：“樊夫人者，刘纲妻也。……纲唾盘中，即成鲤鱼；夫人唾盘中，成獭，食鱼。”[②]在此基础上更进一步的描写是，邋遢之人吐出污秽之物，让人吞食下去以达到“救命”的目的。宋代郭彖《睽车志》中就记载了一个不愿意吞食杨道士的污秽物而送命的“无缘者”故事：

> 杨视左右无人，曰：“吾饷使君一物。”即作呕哕之状，鼻涕涎沫交下，吐出一物，以掌承之，明彻如冰玉，命李吞之。李有难色，迟疑间，杨即复自吞之，跳入斋前池水中，大呼“杀人”数声。李命左右扶去，不数月而李卒。（卷四）[③]

这个故事如果反向读之，就是《画皮》所要达到的最后效果：“乞人咯痰唾盈把，举向陈吻曰：‘食之！’陈红涨于面，有难色；既思道士之嘱，遂强啖焉。觉入喉中，硬如团絮，格格而下，停结胸间。……

---

① 〔明〕杨尔曾等撰：《八仙全传》，岳麓书社 1994 年版，第 930 页。

② 邱鹤亭：《列仙传注译·神仙传注译》，中国社会科学出版社 2004 年版，第 209～210 页。

③ 〔宋〕郭彖：《睽车志》，《景印文渊阁四库全书》第 1047 册，台湾商务印书馆 1986 年版，第 252～253 页。

陈抱尸收肠，且理且哭。哭极声嘶，顿欲呕。觉鬲中结物，突奔而出，不及回首，已落腔中。惊而视之，乃人心也。……天明，竟活。”[①]那好色的太原王生，就这样在乞人将其“心”化为痰唾强迫其妻陈氏吞下以后又由这女人吐回登徒子的胸膈。呕吐的“心”，难道不是人世间最大的“珍宝”吗？

《画皮》一篇，至少是在上述这么多纵横交错的“邮传”“借鉴”之下得以完成的。《聊斋志异》中，像这样的例证总有几十处。但本文已经太长，要想更清晰地说明这一问题，只好有待来日了。

【作者单位：湖北师范大学文学院】

① 张友鹤：《聊斋志异会校会注会评本》，上海古籍出版社 1978 年版，第122～123 页。

史实与话语建构

——《聊斋志异》“花妖狐魅”的文化史研究

王 昕

《聊斋志异》塑造的女性形象多达两百余位，在这些人物当中，“花妖狐魅”一类的虚幻女性又占了很大一部分。从文化史的角度看，这类虚幻女性渊源久远。狐、鬼、妖魅的形象在万物有灵的民间信仰里，一向占据着重要地位，一直是小说戏曲、诗文笔记和人们谈资中的持续话题。这些形象已经逾出了纯文学的疆域而成为大众文化史的一部分，只有从文化史的角度，才能将这些虚幻女性身上的文化价值，看得更加清晰。

从文化史的角度进行人物研究之所以重要，是因为到目前为止，人们对《聊斋志异》人物形象的研究过分依赖政治话语或性别意识，难有建设性的阐释与理解。例如近几十年关于聊斋女性形象的评价就经过了一个180度的大转弯。在二十世纪九十年代以前，持肯定评价的“女权说”占主流，他们认为，聊斋女性以争取恋爱自由来反封建，反映了性别平等的要求。可以说，女权解放说对《聊斋志异》价值的肯定是以女性形象塑造为主要依据的。九十年代至今，部分学者认为聊斋女性形象是男权意识的产物，渗透着男权意识的酸腐和蛮横，与妇女解放毫不相干，等等。至今两派学者还在各持己论，自说自话。

两派看似相反，其价值判断的标准其实是一致的：都以性别意识这个模糊标准来判定小说的文学价值。研究范式的单一和贫乏带来了评价的畸重畸轻，难有说服力。笔者以为，研究聊斋女性形象，应该放在文化史的大框架之内，小说人物应是作者对各种文化因素的整合与再造，尤其“花妖狐魅”等虚幻形象更是多方互动的文化生成结果，单从作者内心的性别意识层面很难获得全面的阐释。

以文化的历史视角观之，清代社会的病态审美观对这些虚幻女性形貌的影响、底层社会存在的性越轨和文人借虚幻女性表达内心欲望的传统，是这类人物产生的具体语境。《聊斋志异》是一部志怪与传奇混合的小说，它的神怪故事与人物既是形式，也是内容，虚幻性是其魅力的来源之一。幻想的人物与怪诞的题材，丰富了小说的表现方式，使平凡狭窄的乡间世界变得丰富而幽邃，在令人着迷的形象之下，展现的是乡间的人情与风物。如果我们把蒲松龄从后人想象的神圣端严的姿态中解放出来，放回到他所处的粗粝而不乏风情的乡间社会，就不会只从文学渊源和个人力比多的角度来阐释这些散发着原始野性的女性人物。

笔者认为，《聊斋志异》以虚幻为手段来表现生活中多情放荡的女性，以虚幻性迎合病态的审美观，借这些幻想中的人物表达情思、揭示哲理。诸多的历史语境与合力铸成了这些花妖狐魅虚幻的身体和灵性。

一、由虚幻达成的病态美

虚幻的女性人物——“花妖狐魅”，是《聊斋志异》的代表性形象。以文学的趣味和眼光观之，《聊斋志异》的生命力不仅在于它对历史生存状态的现实主义反映，它的想象力与精神向度的追求才是越过岁月尘封传递出来的眩目光芒。以女性身份出现的“花妖狐魅”一直是这部小说集最让人惊奇、神往的部分。

按照福斯特《小说面面观》的观点，人物和非人物是小说中存在着的两种力量，人物的力量是重要的一方。《聊斋志异》特别注重神奇人物的力量，它往往以篇中的“怪异”者，也就是带有非现实色彩的人物为小说命名，如《陆判》《九山王》《长清僧》《庚娘》《连城》《鲁公女》等等，其中以女性形象命名的篇章较多且更为知名。这是由小说“传示奇异”的题材取向决定的。所以说，《聊斋志异》中的怪异、虚幻或者理想化的因素主要是由这些虚幻女性来体现。

我们暂且抛开性别意识，从创作方式与题材的虚幻性上重新审视一下《聊斋志异》中的女性形象。首先，《聊斋志异》叙事模式的一个突出特点是以男女遇合为框架来讲故事，它比唐传奇、宋元话本、明清小说的惯常手法走得更远。无论是表现历史（《公孙九娘》《林四娘》）、异域（《夜叉国》《罗刹海市》）、经济题材（《小二》《黄英》），还是民间故事（《绩女》《嫦娥》）、哲思幻设（《婴宁》）、世态炎凉（《青梅》《红玉》）等题材，《聊斋志异》往往以非现实性的女性人物承担主题与价值观的体现，或者提供奇幻的意绪和色彩。如果仅以性别意识论之，不免将其内涵和意蕴狭窄化了。其次，花妖狐魅等虚幻人物，可以追溯到高唐神女、洛神等寄托型人物。女性自荐枕席的热忱态度和不求回报的性爱模式，既是有着悠长历史的文学传统，又是乡间生活的变形表现。

关于聊斋女性的虚构内容，陈寅恪曾说：“清初淄川蒲留仙松龄《聊斋志异》所记诸狐女，大都妍质清言，风流放诞，盖留仙以齐鲁之文士，不满其社会环境之限制，遂发遐思，聊托灵怪以写其理想中之女性耳。”[①]此处的“狐女”可以视为“聊斋”虚幻女性的代称。陈寅恪先生认为，她们的虚幻性主要表现在与北方女性迥异的形貌精神方面。“妍质”“清言”“风流放诞”这些在北方农村看来很奢侈的女

---

① 陈寅恪：《柳如是别传》，生活·读书·新知三联书店2001年版，第75页。

性气质，是《聊斋志异》大量虚幻女性存在的动因。

一是关于女性的“妍质”。《聊斋志异》确实达到了其时病态审美的极致，集中体现了清代对女性特质的意识形态建构。缩减的身体、稚弱的年龄、如幻的姿容，这些美丽是模式化、标准化的，达到了夸张的程度。那些“娇波流慧，细柳生姿”“秀曼都雅，世罕其匹”[①]的人物并不符合北方女性的形貌特点，而是按照主流审美观念妆点、虚构出来的。明清仕女画有所谓“美人一根钉”的说法，集中表现了这种病态的审美理想——面貌秀美，细眉长目，神情幽怨，脖颈修长，双肩下溜，一副倚风娇无力的怠惰、羸弱模样，有淡逸的气韵而无生命灌注的质感。“盖既欲其似美人又欲其不类时世真美人，尤欲其不俗而不背于古法。”[②]所谓“时世真美人”，就是现实中的女性。她们有着各自的生存逻辑、满是欲望的肉身和难言高雅的个人气质，这类“真美人”还有真实肉身的体积感，难得长成“一根钉”式的病态身姿。因之，小说中女性的“妍质”，只能从虚幻的或未成年的女性身上找到依据。飘渺的鬼魂或者异类的精灵固然是民俗文化中现成的材料；蒲松龄接触过的江南雏妓可能也是她们的原型。

蒲松龄曾在宝应县令孙蕙府中做幕僚，结识了孙蕙的姬侍——江南歌妓出身的顾青霞。据袁世硕先生考证，蒲松龄对她颇有爱悦之情[③]，他在《西施三叠》中曾这样形容过顾青霞：“么凤初罗，那年翅粉未曾干。短发覆香肩，海棠睡起柳新眠。分明月窟雏妓，一朝活

---

① 本文所据版本为张友鹤辑校《聊斋志异会校会注会评本》，上海古籍出版社 1986 年版。

② 叶九如：《三希堂画宝・第四册・仕女翎毛花卉》，中国书店 1982 年版，第 1 页。

③ 袁世硕：《蒲松龄与孙蕙》，见《蒲松龄事迹著述新考》，齐鲁书社 1988 年版，第 50～74 页。

谪在人间！细臂半握，小腰盈把，影同燕子翩跹。”[①]这为我们观察《聊斋志异》中的女性提供了一条线索。在这首浓艳的词中，作者细细描摹了江南歌妓翩跹轻盈的身姿，渲染了她轻小、未曾发育完全的身体。这类以江南雏妓为模特的轻小、稚弱的女性美恰合了其时病态的审美文化。这位女性是蒲松龄所能接触到的理想女性的代表，自然成为其笔下美丽女性的摹本。蒲松龄对狐鬼女性的形貌塑造就是循着这类轻小、娇嫩，有着病态美的身体展开的。

1. 身体轻小。因为并非人类，狐鬼女性的身体特别轻小，如《鲁公女》中的鲁公女生前是一位爱好打猎的英武女子，身为鬼物之后，则身轻如婴儿，没什么重量，因足弱衣长，行动需书生“抱负以行”。鬼无重量之说，在《列异传》“宗定伯捉鬼”条中就有，这里更把那种如婴儿般的轻盈同女性魅力联系起来。不但是鬼物，《云萝公主》里的仙人云萝公主也是轻如抱婴，书生丈夫赞她“可作掌上舞”；狐女青凤可以由耿生“提抱以归”，红玉袅娜如随风欲飘去，那重量也与狐狸相当。蒲松龄好以幼弱细美之物化为女性，如《绿衣女》中的绿衣女身为绿蜂，“腰细殆不盈掬”，“声细如蝇，裁可辨认”。由此可见，身体轻小为“妍质”的第一要义。

2. 韶华不老。女性主人公的年轻貌美是爱情故事构成的首要因素，聊斋所写女性，大多为十五六岁左右的二八女郎，如伍秋月年十四五（《伍秋月》）、白秋练年十五六（《白秋练》）、莲花公主年十六七（《莲花公主》）。这些在今天看来还未成年的女性之所以成为主角，是由彼时早婚的习俗决定的。《钦定大清通礼》曰：“男年十六以上，女年十四以上，身及主昏者，无期以上服，皆可行。”[②]蒲松龄成婚

---

① 〔清〕蒲松龄著，路大荒整理：《蒲松龄集》，上海古籍出版社1986年版，第713页。

② 转引自郭松义著《伦理与生活——清代的婚姻关系》，商务印书馆2000年版，第180页。

时，夫人刘氏只有十五岁①。北方民间的实际婚龄有的还小于十四岁，处于明清间的周篔在《析津日记》中说："燕中妇女虽曰秾丽，大约调朱杀粉，涂饰为多。十三辄嫁，至三十而憔悴矣。此如蕣华易落，何如玉之有？至于青楼之伎，多着穷袴，其被服罗裳者亦鲜矣。"②鉴于现实中女性"蕣华易落"的残酷现实，虚幻女性的另一长处是能够常葆青春：狐女红玉"操作过农家妇，虽严冬自苦而手腻如脂。自言三十八岁，人视之，常若二十许人"；《乐仲》里的琼华是散花天女下界，"年近四旬，犹如二十许人"；《西湖主》中西湖主与陈生成婚多年，依然是二八姝丽；《白于玉》中服了仙丹的凡人女子也可以"年五十余，或见之，犹似二十许人"；《神女》中凡人丈夫年纪到了八十岁，"女貌犹如处子"。这该是多么令人向往啊！这些虚幻女性身上有浓厚的道家色彩，应该和《庄子·逍遥游》里藐姑射山上"肌肤若冰雪，绰约若处子"的神仙有一定的渊源，故《青娥》中青娥的儿子孟仙说"我父母皆仙人，何可以貌信其年岁乎？"

3. 病态的娇弱。女鬼伍秋月未及日而复生，骨软足弱，"十步之外，须人而行；不则随风摇曳，屡欲倾侧。见者以为身有此病，转更增媚"。云萝公主比"豌豆公主"还要娇贵，行动需人夹持，坐则以足踏婢女背，"四肢娇惰，足股屈伸，似无所着"，一件鲜衣在身，竟被视为"尘浊之物，几于压骨成劳！"这里习用了《洞冥记》对汉武帝宠姬的描写："帝所幸宫人，名丽娟，年十四，玉肤柔软，吹气胜兰。不欲衣缨拂之，恐体痕也。每歌，李延年和之，于芝生殿唱回风之曲，庭中花皆翻落。置丽娟于明离之帐，恐尘垢污其体也。帝常以衣带系丽娟之袂，闭之重幕之中，恐随风而去也。"冯镇峦评云萝公主是"作

① 〔清〕蒲松龄著，路大荒整理：《蒲松龄集》，上海古籍出版社1986年版，第250页。

② 〔清〕于敏中等编纂：《日下旧闻考》，《景印文渊阁四库全书》第499册，台湾商务印书馆1986年版，第270页。

态,显出公主身份”。

蒲松龄身边的农村女性,操作之勤苦往往过于男性,粗粝的生活使她们难有娇嫩的容貌和高雅的精神生活。她们沉默平庸、情感粗糙,如《萧七》中的农妇,丈夫与众狐女宴饮,她负责做饭,躲在窗外偷窥,然后抱怨客人把饭吃光了,而对丈夫的调情与出轨则毫无情感反应。这样蚩蠢的乡间妇人和那些妍质轻盈的文雅女性相差悬殊,实如阮籍所说,“出门望佳人,佳人岂在兹”,蒲松龄唯能于虚幻中求之。

二是“清言”。清言指高雅的言论,能发清言的女性,要有较高的文化修养。明清时代北方教育普遍落后,妇女能识字者很少且民风朴陋,农村女性更是不知修饰。明清人的笔记与小说也印证了北方“时无佳人”的情状。长白浩歌子的《萤窗异草》:“燕赵古称多佳人,以予所见,都城而外,其村居而野处者,苟非黄面瞿昙,即属黑头包老,鲜有一白皙可观者。抑且瘿痿拥项,何问蝤蛴,复履撑舟,可知莲瓣,盖亦风土淳朴之故也。”①据沈德符的《万历野获编》载,当时的北方女性缺乏文化教育,“能读书写字并谙晓算法者”寥寥,明代宫廷不得不取江南女子为女官,“不独取其美丽,亦以慧黠堪给事左右”②。撇开天然形貌这一点,北方的文化落后是“时无佳人”的主因。

蒲松龄的婚姻生活,从反面证实了“清言”女性在现实中的不可方思。蒲松龄与妻子刘氏共同扶持生活四五十年,却是标准的柴米夫妻,不曾流露出琴瑟和鸣的精神共振和愉悦。婚姻制度本是计较利害的制度,贫穷的现实中,婚姻更像是一个维持生存的共同体,双方互相扶助的义务远大于精神上的需求。蒲松龄为妻子写过《述刘

① 〔清〕长白浩歌子:《萤窗异草》,人民文学出版社1990年版,第134页。
② 〔明〕沈德符:《万历野获编》,中华书局1959年版,第805页。

氏行实》,文章是追忆妻子生前,主要写妻子食贫衣俭,努力持家,行文间并不见明清文人回忆妻子常见的伉俪清话的精神交流场景,文中还提到了妻子的“温谨”“朴讷寡言”“默若痴”,不及诸妯娌“慧黠”等。蒲松龄似乎是把这些作为妻子的美德来记录,但这类人物在《聊斋志异》中似乎塑造得并不成功,如胡四娘(《胡四娘》)、《姊妹易嫁》中的二女儿等,多是妻凭夫贵、人前显扬的故事而已,人物本身则平庸而缺乏趣味。现实中的好女人是极难描写的,身材、外貌、举止都没有多少发挥的余地,近乎无奇可传,又有诸多避讳和道德规训的限制,所以女性的虚幻身份成为某种修辞策略。

三是风流放诞。这个词可以属之名妓、狐鬼,却无法施之于良家女性和为社会伦理所包容的婚姻关系。则《聊斋志异》狐鬼的风流放诞,除了凭空想象之外,更多的可能就是在民间性越轨风气之上的叙事建构或变形表现。

总之,对当时社会的文化审美观、北方女性生存状况及体格特点有了些许同情的了解之后,我们就不难理解蒲松龄将美丽属之狐鬼与虚幻女性的必然性。化身女性的精灵大都是小而优美之物,狐鬼之外,大多都是花、鸟、鱼、虫一类细小之物。如菊花(《黄英》)、牡丹(《葛巾》《香玉》)、乌鸦(《竹青》)、鹦鹉(《阿英》)、扬子鳄(《西湖主》)、鳖(《八大王》)、白鳍豚(《白秋练》)、青蛙(《青蛙神》)、老鼠(《阿纤》)、香獐(《花姑子》)、蜂(《绿衣女》《莲花公主》)等。可以说,小说中女性虚幻的身体与实在的人物相比,能极大地满足明清社会主流的病态审美意识。除此而外,你能想象任何现实中的人体能达到这样的轻小与不老的美丽吗?虚幻使这种病态美学达到了它的极致。

二、虚幻达成的修辞策略

在中国古代小说的女性人物谱系中,狐鬼的虚幻身份为逾越道德规训的女子提供了庇护。如《倩女离魂》中的张倩女、《牡丹亭》中的杜丽娘，无论是魂离肉身，还是死为情鬼，她们还是普通的钟情女子，蒲松龄表现的却是多情多欲的越轨女性。在其虚幻身份的掩饰下，这些女性享有正统社会不敢谈论的大胆放纵的性自由。陈寅恪先生把它说成是属于江南名妓的“风流放诞”，故而有研究者认为，“奇幻女性与现实女性的特殊阶层——妓女，有着某些本质的相似，她们在存在的前提和身份地位上极其相似”①。然而细读文本，我们更多地感觉到，这些人物身上所散发出的原始朴野气息，与精明的商业化的青楼行径并不合调。那些与书生们相逢于路便结燕好的虚幻女性，像《荷花三娘子》中的狐女、霍女（《霍女》）、侠女（《侠女》）等，实际上是乡野性生活的写实与影射，显示了民间勃勃的野性和风流女子放荡任性的生命追求。

狐仙既是文学创作中的常见主题，也是延续千年的宗教现象，在民间受到普遍的信奉和祭祀。民间信仰的因素是我们解读聊斋虚幻女性的一个重要角度，这种信仰背后的权力运作与政治意义，尤其需要纳入文学研究者的视野。

“狐仙信仰庇护了游走在道德灰色地带的欲望追求，像是性交易，或是偷这家给那家。”在《聊斋志异》的狐精故事中，这些“道德灰色地带”，正是令文学创作获得自由发挥的夹缝。有研究者就注意到，狐精代表着边缘和底层人群：“狐精体现了从在家庭生活中的女儿与媳妇，到社会中大部分的妓女、戏子、灵媒、移民和亡命之徒的通俗观念。”②狐女多是生活在家庭圈之外，而以灵肉取悦于文人的妓女的化身。这是大多数文人笔下狐仙形象的本来面目。蒲松龄同样用狐仙的情色意蕴，将田畴草莽间的男女的性越轨，塑造成了

---

① 吴素萍：《〈聊斋志异〉中奇幻女性形象的文化心理浅析》，载《丽水师范专科学校学报》2003 年第 1 期。

② ［美］康笑菲著，姚政志译：《说狐》，浙江大学出版社 2011 年版，第 9 页。

神怪恍惚的故事。这些乡野间的性爱故事,只有在《诗经》和汉画像砖的时代,才有文艺上的歌咏与表现,自魏晋以来都是被官方文字所摒弃和忽略的。随着儒家道德观念对社会的全面控制,这类乡间的生活与人物已经没有资格进入被道德化了的文学表现领域。

蒲松龄以文学话语表现这些不合伦常规范的现实,打破了文学的道德禁忌。如果揭开那些在荒斋、田野里出没的狐鬼花妖的面纱,我们就会发现其本来面目不过是不合道德的"奔女"。如《金陵女子》中与"沂水居民赵某"道路相逢即随其归家的女子,后二年,出门径去,再见赵某时则不言不笑,若不相识,王士禛评曰"女子大突兀!",王金范则"以其迹近于狐,故以归之狐",因为狐鬼的身份而避免了女性规训的束缚,自由地呈现出人欲的本来面目,其实这正是朴野乡村女性的一种生命写照。

马尔库塞指出:"当马克思说人的解放时,实际上也就是指爱欲的解放。"[①]这种爱欲的解放在乡野民间是一直存在的,只是不被缙绅文人阶层直视与承认罢了。《诗经》时代有所谓桑间濮上之思,《鄘风·桑中》说:"云谁之思,美孟姜矣,期我乎桑中。"《汉书·地理志下》云:"卫地有桑间濮上之阻,男女亦亟聚会,声色生焉,故俗称郑、卫之音。"而男女聚会的真相,则刻画在东汉画像砖上。1977 年在四川新都发现的两幅画像砖上,就有三男一女在桑树下交欢的图景,它比诗歌更直接、更具象地传递出桑间濮上的朴野气息[②]。在《诗经》和画像砖之后,类似的表达几乎绝迹,并不是民间完全被上层的道德意识控制了,而是文人有意识地用道德训诫的框架改造、重述了类似故事。来自民间的宋元话本,像《闹樊楼多情周胜仙》

① [美]赫伯特·马尔库塞著,黄勇、薛民译:《爱欲与文明——对弗洛伊德思想的哲学探讨》,上海译文出版社 1987 年版,第 4 页。

② 冯修齐:《〈桑间野合〉画像砖考释》,载《四川文物》1995 年第 3 期。

《蒋淑真刎颈鸳鸯会》《金明池吴清逢爱爱》等,出现了一批“多情女儿”的形象,即所谓“春浓花艳佳人胆”中的佳人。这些出身市井的下层女性较少受到伦理观念的束缚。《金明池吴清逢爱爱》写一位“十五六岁花朵般多情女儿”卢爱爱,“见了三个子弟,一点春心动了,按捺不下”,竟至相思而死,死后紧紧追随少年吴清,又赠金丹成就其现实中的姻缘。故事结构同《聊斋志异》十分接近。但在大多数话本中,说书者的教化姿态往往带来情节的急转和迂腐的教训,如《蒋淑真刎颈鸳鸯会》中说书人秋山的一首《南乡子》:“举青锋过处丧多情,到今朝你心还未省! 送了他三条性命,果冤冤相报有神明。”“青锋过处丧多情”,用的是冷漠的道德训诫。话本小说把女性的“多情”视为祸患和教训,所以这类“多情女儿”的故事难得有轻松愉悦的情调与氛围。

在古人的实际生活中,婚外性的存在又是什么状况呢? 因为缺乏史书文献的记载,我们只能以清代留下的刑事卷宗为线索,窥察当时社会下层的性生活状况。依据研究者对清代诉讼的考察,清代民事案件可归为土地、债务、婚姻、继承四大类,其中婚姻类案件占总数的22‰,而婚姻类案件中通奸引起的纠纷,估计占到一半到三分之二,即22‰中的50‰~70‰。郭松义先生曾对中国第一历史档案馆所藏“婚姻奸情类”档案做过统计,乾隆年间,各省上报朝廷批决的婚姻类奸情类命案平均在800件左右,其中因奸情引发的约为250—530件,“通奸和奸杀案件的频发,也能看出在当时,男女私通属于社会上经常可见的、不可忽视的事实”①。男女非婚姻状态的性关系,本处于潜隐的、边缘的生活中,虽然民间说书人历来用“近奸近杀”的套话总结类似事件的教训,但此类隐秘事件上升为恶性刑

---

① 郭松义:《伦理与生活——清代的婚姻关系》,商务印书馆2000年版,第527页。

事案件的比例毕竟只占极少数,大量的婚外性关系还是以隐蔽暧昧的方式自然存在着。

对历史档案的研究,给今人理解古代社会的实际提供了线索。围绕着清代下层民间相对开放的两性关系,历史学家进行了进一步分析。王跃生就以清代刑科档案为资料,研究社会底层的婚姻状况,他认为,清代森严的伦理规范,对下层百姓的制约有限,并没有禁止婚外越轨行为。除了卖淫嫖娼之外,发生婚外性行为的女性一般以已婚者居多,出身以佣工者妻和自耕农妻比例最大。女性发生性越轨行为的主要原因是出于情感需求①。考虑到清代男女比例失调,贫困的下层男子无力娶妻的现实,婚外性行为的存在,应该是经常可见的。

对《聊斋志异》产生的时代与地域的日常生活的还原,为我们重新审视其中的花妖狐魅提供了帮助。一是民间存在的性饥渴和性放纵比我们想象得要普遍,这种氛围造就了某种文人与百姓间乐于挪借狐鬼身份,以隐喻实际生活中的越轨行为与心理的时代环境;二是狐鬼的非现实性,将民间开放的婚外性行为合理化了。研究者已经注意到,小说中那些狂热执着地爱上花妖狐媚的男子大都已婚,携家带口地谈情猎艳。这确实有些不合常理。有研究者说它是男权社会的产物,固然是正确的②。但如果我们把当时下层女性的情感生活考虑进去,而不是一味将女性作为受害者与猎物的话,这类非现实人物的出现其实是扩大了文学的表现力,把《诗经》时代直歌桑间濮上的自由自在的人欲,变形地表现出来。在蒲松龄的时代,萎靡拘束的旧文学是不允许写实性人物身上有那种自由舒展的

---

① 参见王跃生著《清代中期婚姻冲突透析》,社会科学文献出版社 2003 年版。

② 马瑞芳:《〈聊斋志异〉的男权话语和情爱乌托邦》,载《文史哲》2000 年第 4 期。

欲望与人性的。《聊斋志异》中那些多情女子是多么离经叛道啊。《阿霞》里的阿霞，自称是受了家人的虐待跑了出来。她在三个书生之间辗转取舍，先是跟陈生回家，后来又甩掉陈生跑到景生那里自托终身，景生被她迷得神魂颠倒，回家抛弃了发妻专等阿霞来嫁，阿霞却因为景生对发妻负心而别嫁郑生。她的理由很奇特："负夫人甚于负我！结发者如是，而况其他?"可见她对家庭地位不感兴趣。后来景生背着负心凉薄之名穷乏落魄，阿霞又要求后来的丈夫资助前男友，理由是"未适君时，曾避难其家，亦深得其豢养"，她还拿出私房钱助景生娶妻生子。

《霍女》中的朱大兴路遇美艳少妇霍女，强引之归家。这位霍女衣必锦绣，食必粱肉，居二年，朱家就因她败落，不能满足其衣食要求了，霍女马上转投更有钱的何家，以维持其奢侈的物质之欲。朱家、何家为她兴讼，霍女再次逃跑。这次跑到了穷书生那里，出乎意料的是她不但能安贫，还能够"躬操家苦"，劬劳过于黄生的前妻。在船上，她和黄生设计自卖自身，赚得千金。这个场景几乎就是《杜十娘怒沉百宝箱》的翻版，不同之处是霍女手段非凡，全身而回。对霍女来说，身体、贞操并不是她特别在意的东西。至于霍女为什么钟情于黄生，小说给出的原因是，黄生"蕴藉潇洒，工于内媚"，也就是说，这个霍女取舍男性的标准集中在财和色上，并非对穷书生有特别的偏爱。

花妖狐魅的非现实性，掩护了这些女性恣意追求个人欲望满足的放荡叛逆的本质。一些大胆、粗俗的性爱场景因为有了人物虚幻身份的掩饰，就可以直接地呈现在文字之中。如《荷花三娘子》中荷花三娘子与人在秋天茂密的禾稼地里野合，被宗湘若看到，"宗近身启衣，肤腻如脂，于是挼莎上下几遍。女笑曰：'腐秀才！要如何，便如何耳，狂探何为?'"《晚霞》里章阿端和晚霞在龙宫外的莲花池上，"以石压荷盖令侧"，匀铺莲瓣为床的"狎寝"场景……如果蒲松龄不给这些女子加上狐鬼的身份，这种乡野风光又当何以展现呢？《聊斋志异》中的其他狐鬼人物如小翠、嫦娥、云萝公主、萧七、阿英等女性都是用了“缘分已尽，宿命当分”这样的由头抛开家庭重获自由之身，现实中的女性却没有推卸婚姻义务的可能。

因之，《聊斋志异》中这些多情多欲的女子，不要说在话本小说的道德教化框架里安插不下，即使像《牡丹亭》中杜丽娘那样“慕色生情”，一往而深的钟情少女，也是无法与她们任意奔放的欲望相提并论的。蒲松龄也得承认，霍女“三易其主不为贞”，主流价值观必须否定和贬损这些不贞的女性，应该像话本作者那样，用“青锋过处丧多情”的后果给予严厉告诫。小说家的好奇本性是喜爱这样的多情妇人的（那些平凡刻板的女性是多么无趣啊），所以蒲松龄试图用人物的非现实身份和侠义精神来平衡道德和人性之间的鸿沟。阿霞最后化身而去，人“始知其非人也”；至于霍女，则由异史氏直接暗示“女其仙耶？”

在道义上，蒲松龄也赋予了她们优势与权威。阿霞去就分明，不忘旧情；霍女则“为吝者破其悭，为淫者速其荡，女非无心者也”，颇有女侠面目。但究其实，《聊斋志异》那些来去倏忽，与书生皆有一段短暂姻缘的非现实女性，在实质上，都有民间性越轨的女子放荡自由的影子。

三、虚幻女性的文化史意义

“花妖狐魅”由虚幻达成的美和由狐鬼形象达成的对多情女性的建构策略，是《聊斋志异》非现实人物的两个突出特点，其意义和作用在于使小说能够容纳更广泛的人类经验与主观色彩。

首先是小说表现人类经验领域的扩大。作为叙事文学，小说通过讲故事的方式把人生经验的本质和意义告诉读者，而生活与文学的表现里则有着诸多约定俗成的禁忌与难以表述的情形。其中的原因复杂多样，有伦理政治、意识形态的压制，也有来自文体传统的制约。在今天，我们之所以把明清小说，而非当时居于正统地位的诗文奉为文学的主脉，就在于小说能够不断扩展和深入地容纳、反映各个时代人类经验的本质与意义。明清诗文纵然是名家众多、作品浩如烟海，但其所能表现和提供的人生感受与经验，并无多少能够超出唐宋诗文之处。

从文化史的微观角度观察，可以让我们对《聊斋志异》中的“花妖狐魅”形象有更为深刻的了解。历史学家的研究表明，明清乡村底层的日常生活和思想观念——清代那些普通老百姓的日常婚姻生活和情感结构，是受儒家伦理拘束的作家难以描述和再现的。如郭松义先生在对清代403件男女私通案件的分析后认为，“传统社会所倡导的伦理观，以及由此产生的婚姻制度，对情和性多数是漠视的”，但民间社会通常会有调节与通融的手段，婚外性行为“是客观存在的，属于周围不断发生的社会现象”①。

在民间社会，这类天地间的自然之情早被里弄童孺喧于众口，并被文人称为“天地间自然之文”，这就是明人十分喜爱的民歌。在冯梦龙编选的《挂枝儿》《山歌》中，表现男女私情的内容甚多，颇可窥视当日男女交往之自由与热烈，并未被贞节观念所压制。这类写两性之情的“时尚小令”，“不问南北，不问男女，不问老幼良贱，人人习之，亦人人喜听之”②，很好地说明“人之喜怒哀乐嗜好情欲”是相通的，近于天性，袁宏道称之为“无闻无识真人”所作的“真声”③。但这种“真声”只能由“无闻无识”的下层人来抒发，文人来写这些男女就要有态度、有立场，要和儒家的伦理意识相一致，所以话本和世

① 郭松义：《伦理与生活——清代的婚姻关系》，商务印书馆2000年版，第565、567页。

② 〔明〕沈德符：《万历野获编》，中华书局1959年版，第647页。

③ 〔明〕袁宏道著，钱伯城笺校：《袁宏道集笺校》，上海古籍出版社1981年版，第188页。

情小说都有一个写淫妇的情节框架和评价套路，舍此之外，无以自处。

蒲松龄可以不持道德立场地表现女性的性越轨，并对她们的放诞不羁做出“侠义”或者“去就分明”的肯定性评价。这套价值观和评价体系是建立在人物的虚幻身份基础上的，离开了“花妖狐魅”的情景设定，红玉、侠女就是私奔的妇人，而霍女、荷花三娘子和李瓶儿、宋惠莲也并无二致。因而，《聊斋志异》的非现实女性人物相对于主流的伦理框架来说是打了个擦边球。借助虚幻性这种修辞手段，蒲松龄开出了一块伦理道德的化外飞地，把民间底层社会的生活与精神面貌反映了出来。

总之，只有尽可能地细致还原文化的综合语境，才能理解小说人物何以产生、何以如是，并做出更有建设性的阐释与判断。

【作者单位：中国人民大学文学院】

《聊斋志异》文本内互文研究初探

孙大海

一、"文本内互文"概念的提出

朱莉娅·克里斯蒂娃在1969年出版的《符号学》一书中首先提出了"互文性"这一术语。互文性指的是不同文本之间的关系,即某一文本通过记忆、重复、修正对其他文本产生的扩散性影响。后来,巴特、热奈特等文学理论家都提出了关于互文性的理论,或者对其进行了阐释。他们的观点虽存在不同程度的差异,但都认同文本之间的关联性。

中国古代小说的互文性研究,更多地注重不同文本之间的传承性,诸如本事、母题、源流、故事类型等方面的考察,都可以归为这一范畴。对《聊斋志异》这样一部有着近五百篇作品的小说集而言,考察文本的传承性是必要的,但《聊斋志异》本身的特点,又使其具备了从其他角度探讨互文性的可能。

《聊斋志异》作为一部小说集,可以视为一个整体文本。其间的不同篇目,则又形成一些相对独立的内部文本。这些内部文本固然可与整体文本之外的其他文本发生互文关联,但众多的内部文本之间也是可以存在互文性的,我们可以把这种互文现象称为"文本内互文"。考察《聊斋志异》的文本内互文现象,对于认识蒲松龄的艺术匠心、创作个性,乃至《聊斋志异》的体例特点,都具有一定价值。

二、《聊斋志异》文本内互文的表现形式

(1)直观表现

文本内互文最直观的表现是,同一作品集中,不同作品的题材内容或故事情节具有一定的相似性或关联性,且这种联系是作者能够意识到并点明的。此类现象在《聊斋志异》以前的文言小说集中,已较为普遍地存在,具有两个常见特征。

一是作者会在某文本中直接点明此事与本集其他文本有相关性。洪迈撰写《夷坚志》时,即常进行此类勾连。比如,丙集卷六《长人岛》篇末,洪迈记曰:"予《甲志》书昌国人及岛上妇人,《乙志》书长人国,皆此类也。"①这是很自觉地说明了丙集《长人岛》在情节类型上与甲集、乙集相关篇目的联系。

另一个特征是,某些作者会有意将相关性较强的作品集中在一起,甚至按主题结为一卷。这种编撰小说的方式也很可能是受到了《太平广记》等类书体例的影响。比如《狯园》即根据"仙幻""释异""影响""报缘"等十类内容,将全书分为十六卷,同卷之中还有不少同名的篇目,其中的互文性是十分明显的。

以上两点特征在《聊斋志异》中都有所体现,但又不十分典型,这与《聊斋志异》的创作特点和成书过程都有很大关系。

蒲松龄创作《聊斋志异》,并没有提前按内容做好卷次规划,而是根据遇到、想到的题材,随写随收。现在可见的半部清稿本,仅在首篇《考城隍》前,记明"一卷",此外再无分卷标记。各抄本的分卷亦不尽相同。从《聊斋志异》各版本的分卷来看,每卷内容皆较为驳杂,显非按同一主题结撰。

但蒲松龄仍会在局部范围内把相关的篇目记在一起:有的一题多则,如《龙》三则、《狼》三则;有的以"又"篇的形式出现,如

---

① 〔宋〕洪迈:《夷坚志》,中华书局2006年版,第416页。

《青蛙神》《五通》；有的以“附记”的形式出现，如《寄生》为《王桂庵》附记。

至于篇与篇之间的远程勾连，《聊斋志异》也没有《夷坚志》那样明确的语句。一方面，创作中的《聊斋志异》分卷还存在不确定性，后作勾连前作，似乎较难定位。另一方面，则与《聊斋志异》的文体性质有关。《夷坚志》的小说还带有笔记性质，以“记”为主，后作联系前作，正是记录、归纳、以备参考的表现。《聊斋志异》的各篇内容，则是相对独立、自足的较为成熟的小说作品，无须再添加笔记性质的信息。

当然，也不能否认《聊斋志异》中某些篇目确实包含前作信息，最典型的就是《狐梦》。小说写毕怡庵读过《青凤传》后，也心慕狐仙，后如愿得见。狐女托毕怡庵请蒲松龄作传，遂有《狐梦》篇。从文学性来看，这种将互文信息融于元小说情节的写法，显然比笔记性质的提示更加成熟。

此外，《聊斋志异》篇与篇的相关性，还可通过异文同名的情况体现出来。整部小说集中，名为“雹神”“三生”“阎罗”“白莲教”的作品各有两篇。这些同名作品题材、类型相近，但不同卷，很可能与蒲松龄收录同类故事存在时间跨度有关。

(2)隐性层面

《聊斋志异》中的文本内互文，更多情况下不具备直观的文本标记，而是在一种隐性的层面体现出来。这通常表现为不同篇目在情节类型、情节单元甚至情节元素中的相关性。

《聊斋志异》中有不少稳定的情节类型，其中一些很能反映蒲松龄在题材内容选择上的偏向性。比如，冥府延师型故事，在前代小说中只是零星出现，蒲松龄则在《爱奴》《元少先生》《刘夫人》等篇中大量表现此类内容，这与其馆师身份有很大关系。

在个别篇目中，情节类型的互文性还能揭示小说创作的历时过程。比如,《海大鱼》篇记清明节时,海中突现群山,此乃海中大鱼携家眷拜墓祭祖的场景。《于子游》篇先记鱼精于子游故事,后同样点明清明节大鱼上墓的风俗,于子游正是随鱼大王上墓者之一。在《聊斋志异》清稿本中,蒲松龄曾于《海大鱼》篇做删去标记,因其后作《于子游》已包含此篇内容,故相对简单的《海大鱼》篇便可舍去。今天的《聊斋志异》整理本为尽量保留作品原貌,仍同时收录《海大鱼》与《于子游》两篇。二者也在同一小说集中,呈现出独特的文本内互文面貌。

《聊斋志异》很多篇目在情节类型上具有较大差异,但局部的情节单元会存在互文性联系,这是文本内互文隐性层面的又一种表现形式。比如,《四十千》《柳氏子》皆为"儿子即讨债鬼"型故事,《珠儿》篇主题虽非此类,但也在局部范围融入了相关情节。该篇李化向詹氏子鬼魂询问亡子珠儿在冥间的情况,詹氏子道:"珠儿已转生矣。渠与阿翁无父子缘,不过金陵严子方,来讨百十千债负耳。"①另如,冥追冥判、冤魂求替、借尸还魂等常见的情节单元,也普遍渗透进《聊斋志异》的诸多篇目之中。

还有一类文本内互文现象,相对于单元化的情节关联又有所弱化,而仅停留在场景、细节甚至词语等情节元素上。这样的联系就更为隐性、微观了。比如,"流动的金钱"是一个十分奇异的场景,这在《聊斋志异》的《钱流》《雨钱》篇都有所表现;另如"纸马豆兵"的法术,也散见于《小二》《白莲教》《素秋》诸篇。

三、《聊斋志异》文本内互文研究的方法与个案

无论是直观的,还是隐性的,探讨《聊斋志异》的文本内互文现象,还需要明确两个基本的研究方法问题。

---

① 〔清〕蒲松龄著,任笃行辑校:《全校会注集评聊斋志异》(修订本),人民文学出版社 2016 年版,第 277 页。

第一，以开放的眼光来看，《聊斋志异》的文本内互文，是从属于外围更大的互文框架的。《聊斋志异》文本内部情节类型、单元、元素的互文，同样存在于《聊斋志异》与其他文本之间。比如，前文谈到的“儿子即讨债鬼”型故事，在《聊斋志异》以前的小说中已大量存在，他们在《聊斋志异》中的文本内互文，其实是更大互文文本范围内的一个缩影。认识到这一点，可以使文本内互文的讨论不至过于简单、狭隘。

第二，文本内互文现象的研究，不应停留在指出相似性或相关性上，还需要进一步分析互文文本的同与异，进而发掘作品的创作特点与规律。

比如，《聊斋志异》中的《黑兽》与《大人》两篇存在文本内互文现象。《黑兽》叙一虎得一鹿，不敢独食，藏之穴中，而欲邀一凶猛黑兽进食。有人发现虎藏鹿之处，将鹿盗走。后老虎引黑兽至，不见鹿，黑兽以为老虎诳骗，“以爪击虎额，虎立毙”①。《大人》篇记一群客人途中被巨人捉住囚禁，巨人同样不敢独食，而欲孝敬其上层头领。可当巨人把头领请来之时，被囚禁的客人已经逃走。头领以为巨人在欺骗自己，同样“以掌批其颊”②。

这样的情节虽然在《聊斋志异》中两次出现，但并非蒲松龄原创。明代的《云间杂志》，已经记载了类似的故事：

> 倭乱时，一公差差往广东调兵，路忽遇虎，负往一大树下，抓土覆之，径去。公差候其去远，急缘树杪避之。少顷，引一巨兽至，背阔方平，头似虎而巨，若以此人作供状，不料已去。兽

① 〔清〕蒲松龄著，任笃行辑校：《全校会注集评聊斋志异》（修订本），人民文学出版社 2016 年版，第 629 页。

② 〔清〕蒲松龄著，任笃行辑校：《全校会注集评聊斋志异》（修订本），人民文学出版社 2016 年版，第 1179 页。

遽怒，搏虎食之而去。[①]

比较而言，可以发现，《黑兽》篇更多地继承了虎与巨兽的元素，《大人》篇则保留了人（而非鹿）被异类捉住，并可能被吃掉的信息。《大人》篇后文又有几位客人逃走后的内容，比《黑兽》更加丰富，也可以看到蒲松龄同中求异的艺术匠心。

而《大人》后文这一部分，从互文性角度来看，仍有进一步讨论的空间。因为几个行人被巨人捉走后来逃脱的情节，与《夷坚志》《坚瓠集》等书中记载的海岛遇巨人型故事十分相似。但《夷坚志》《坚瓠集》都仅保留着此类故事相对简单的早期面貌。这类前文本中，行人逃走，巨人来追，然后行人断巨人指（或臂），巨人放弃，行人活命。《大人》篇在行人被巨人捉住，至逃跑以前的很多描写，都与前文本接近，而此后的内容，竟结合“巨人指”的细节进行了传奇化演绎。兹列举诸文本后半段内容比较：

《夷坚乙志》卷八“长人国”条：

长人入海追之，如履平地，水才及腹，遂至前执船。发劲弩射之，不退。或持斧斫其手，断三指，落船中，乃舍去。指粗如椽，徐兢明叔云尝见之。[②]

《夷坚丙志》卷六“长人岛”条：

诸人相续奔入船，趣解维。一人来追，跳入水，以手捉船。船上人尽力撑篙，不能去。急取搭钩钩止之，奋利斧断其一臂，

① 朱一玄：《聊斋志异资料汇编》，南开大学出版社2012年版，第108页。

② 〔宋〕洪迈：《夷坚志》，中华书局2006年版，第249～250页。

始得脱。臂长过五尺，舟中人浥之以盐，携归示人。高思道时居板桥，曾见之。①

《坚瓠余集》卷二“巨人半指”条：

石罅中人亦出，急还舟，而初遇巨人已追及。遽伸右手攀船，船上人出巨刀断其食指，负痛不前，因得扬帆而遁。仅一节之半，秤之得十八斤。②

《聊斋志异》之《大人》：

诸客始仓皇出。荒窜良久，遥见岭头有灯火，群趋之。至则一男子居石室中，客人环拜，兼告所苦。男子曳令坐，曰：“此物殊可恨，然我亦不能钳制。待舍妹归，可与谋也。”居无何，一女子荷两虎自外入，问客何得至，诸客叩伏而告以故。女子曰：“久知两个为孽，不图凶顽若此！当即除之。”于室中出铜锤，重三四百斤，出门遂逝。男子煮虎肉饷客，肉未熟，女子已返，曰：“彼见我，欲遁，追之数十里，断其一指而还。”因以指掷地，大于胫骨焉。众骇极，问其姓氏，即亦不言。少间肉熟，客创痛不食；女以药屑遍糁之，痛顿止。既明，女子送客至树下。行李俱在，各负装行十余里，经昨夜斗处，女子指示之，石洼中残血尚存盆许。出山，女子始别而返。③

① 〔宋〕洪迈：《夷坚志》，中华书局2006年版，第416页。

② 〔清〕褚人获辑撰，李梦生校点：《坚瓠集》，上海古籍出版社2012年版，第1285～1286页。

③ 〔清〕蒲松龄著，任笃行辑校：《全校会注集评聊斋志异》（修订本），人民文学出版社2016年版，第1179～1180页。

与前文本中行客断巨人指(臂)不同,《聊斋志异》竟虚构出一个侠女形象去断巨人指。而整个过程也写得有声有色:先是侠女未现身,由其兄衬出;继而侠女亮相,“荷两虎自外入”,气象不凡;接着侠女除巨人用暗写,“肉未熟,女子已返”,用关羽斩华雄“其酒尚温”笔法;最后,以“女子指示之,石洼中残血尚存盆许”的细节再回应一笔,留出揣味空间。原文本只是简单的笔记或志怪,而《大人》中侠女形象的加入,使小说顿然带上了浓郁的传奇色彩。这个侠女形象和后来《镜花缘》中的打虎女子骆红蕖已经十分接近了。

从上文分析可见,有关《聊斋志异》文本内互文的探讨,可以为考察《聊斋志异》的创作特点提供一个很好的切入角度。而在这个过程中,互文文本的比较,以及《聊斋志异》以外更多前文本的引入,都能使讨论更加全面、深入。

四、从《聊斋志异》的文本内互文看蒲松龄的创作特点

《聊斋志异》文本内互文研究的重要旨归,是提炼《聊斋志异》的艺术特质以及蒲松龄的创作个性。

其实,通过文本内互文的考察,我们很容易发现蒲松龄的一些表达习惯与审美倾向。比如,他写建筑很喜欢用“连亘”一词(见《青凤》《山市》《粉蝶》等篇),写人惶遽不安很喜欢用“恇儴”一词(见《聂小倩》《珠儿》《于去恶》等篇)。此类内容,不便赘述,本部分仅以《聊斋志异》女性描写的一些文本内互文现象为例进行说明。丰富的女性描写本是唐传奇的一个重要特征,《聊斋志异》则对此进行了更多的细化与突破,且带上了蒲松龄鲜明的个人特色。

女性的鞋袜服饰,以及体态特征,是《聊斋志异》中常见的文本内互文元素。这些互文元素有时呈现为一些相似的细节或场景。比如,写男女遇合故事,蒲松龄很注意借女子绣鞋濡湿营造绵绵情意。《绿衣女》中,绿衣女为于璟度曲陈情,有“不怨绣鞋湿,只恐郎无伴”句[1]。而到了《嘉平公子》中，温姬于风雨之夕拜访嘉平公子，蒲松龄便将这句曲词情节化了。

> 一夕，冒雨而来，入门，解去湿衣，罥诸椸上；已乃脱足上小靴，求公子代去泥涂。遂上床，以被自覆。公子视其靴，乃五文新锦，沾濡殆尽，惜之。女曰：“妾非敢以贱务相役，欲使公子知妾之痴于情也。”[2]

《辛十四娘》中，冯生初见辛十四娘便心生爱慕。其时，冯生眼中的辛十四娘，亦是“蹑露奔波，履袜沾濡”。可见，女子鞋袜沾濡是蒲松龄极为欣赏并乐于反复表现的一个细节。而这些互文文本有的以曲词传事，有的从情节摹出，有的是人物剪影，虽取意相同，却避免了简单的自我重复。

还有一些文本内互文元素是作为一种功能元素被蒲松龄反复运用的。比如罗袜这一道具，《织成》篇，柳生轻咬织成罗袜，是一种传情的方式；《公孙九娘》中，公孙九娘将罗袜赠予书生定情，而最终情灭，罗袜化灰，增添了无限怅惘；《狐梦》中的罗袜，则作为一种饮酒嘲戏的工具出现。再如“女鬼足弱”的体态特征，《伍秋月》篇写女鬼伍秋月复生后不久“骨软足弱”，是为刻画其独特气质：“十步之外，须人而行；不则随风摇曳，屡欲倾侧。见者以为身有此病，转更增媚。”[3]《鲁公女》篇，“女忧足弱，不能

---

① 〔清〕蒲松龄著，任笃行辑校：《全校会注集评聊斋志异》（修订本），人民文学出版社 2016 年版，第 967 页。

② 〔清〕蒲松龄著，任笃行辑校：《全校会注集评聊斋志异》（修订本），人民文学出版社 2016 年版，第 2191 页。

③ 〔清〕蒲松龄著，任笃行辑校：《全校会注集评聊斋志异》（修订本），人民文学出版社 2016 年版，第 956～957 页。

跋履。生请抱负以行，女笑从之”①，则为托出张于旦与鲁公女的脉脉情意；《章阿端》篇戚生鬼妻去请巫医，忧于路远足弱，请戚生焚刍马，“生从之。马方爇，即见女婢牵赤骝，授绥庭下，转瞬已杳”②，此处是借女鬼足弱展示了纸马于冥间成真的奇观细节。

《聊斋志异》女性描写中很多文本内互文元素都体现了蒲松龄的审美趣味。比如他对女性红妆十分青睐，其笔下的辛十四娘、小翠、绛雪等女性形象，即皆着红衣。更为重要的是，《聊斋志异》中女性“支颐”之态的描写，几乎成为一种蒲松龄式的风格现象。笔者调查发现，无论是《太平广记》《夷坚志》这样的文言小说渊薮，还是《金瓶梅》《红楼梦》《镜花缘》这类描写女性较多的白话小说代表作品，都没有出现用“支颐”描写女性情态的例子。“支颐”一词更多出现在诗歌之中，蒲松龄则将之引入小说，反复运用，并表现出各式各样的艺术效果。

比如，《上仙》写“妇立帘下，理发支颐与客语”③，是一种从容情态；《寄生》写“五可方病，靠枕支颐，婀娜之态，倾绝一世”④，是病中美人态；《恒娘》中的朱氏为吸引丈夫，通过“支颐”故作“惰态”⑤；《陈云栖》写陈云栖“以手支颐，但他顾”⑥，是含羞回避之态。《珠

---

① 〔清〕蒲松龄著，任笃行辑校：《全校会注集评聊斋志异》（修订本），人民文学出版社2016年版，第418页。

② 〔清〕蒲松龄著，任笃行辑校：《全校会注集评聊斋志异》（修订本），人民文学出版社2016年版，第902页。

③ 〔清〕蒲松龄著，任笃行辑校：《全校会注集评聊斋志异》（修订本），人民文学出版社2016年版，第986页。

④ 〔清〕蒲松龄著，任笃行辑校：《全校会注集评聊斋志异》（修订本），人民文学出版社2016年版，第2256页。

⑤ 〔清〕蒲松龄著，任笃行辑校：《全校会注集评聊斋志异》（修订本），人民文学出版社2016年版，第1981页。

⑥ 〔清〕蒲松龄著，任笃行辑校：《全校会注集评聊斋志异》（修订本），人民文学出版社2016年版，第2065页。

儿》与《粉蝶》中的支颐之态最为精彩:《珠儿》篇,女鬼惠儿生前“好以手支颐”,后来她的鬼魂附体邻女,与家人谈话后,便不自觉地用邻女的肢体做出了支颐“故态”①,这种细节是传神而动人的;《粉蝶》篇,仙婢粉蝶与阳生有情,后粉蝶转世为钱氏女荷生,与阳生成亲,但荷生已经失去前世记忆。阳生了解荷生的身份,常常对着她演奏与粉蝶有关的“天女谪降”琴曲,每当这个时候,荷生便“支颐凝想,若有所会”②。整个故事,也在荷生“支颐凝想”、似觉未觉的朦胧情境中结束了。这个结尾,充满画面感,又余味无穷。可以说,支颐之态,是《聊斋志异》女性描写的一个重要角度与创作特色,这种文本内互文元素的考察,也揭示了蒲松龄独特的审美趣味。

此外,需要说明的是,《聊斋志异》的文本内互文还涉及“异史氏曰”的体例特点。正如话本小说中,头回与正话存在互文性一样,“异史氏曰”作为一个相对独立的文体单元,除了评论之外,也会补录一些短小故事,与正文内容的思想旨趣或某些情节片段形成互文。在这些短小故事中,笑话占了很大比重,比如《桓侯》篇末,蒲松龄根据正文张飞力大、几欲使彭生折肱的细节,又转录了吴木欣提供的一个笑话:

> 吴木欣言:“有李生者,唇不掩其门齿,露于外者盈指。一日,于某所宴集,二客逊上下,其争甚苦。一力挽使前,一力却向后。力猛肘脱,李适立其后,肘过触喙,双齿并堕,血

---

① 〔清〕蒲松龄著,任笃行辑校:《全校会注集评聊斋志异》(修订本),人民文学出版社2016年版,第279页。

② 〔清〕蒲松龄著,任笃行辑校:《全校会注集评聊斋志异》(修订本),人民文学出版社2016年版,第2308页。

下如涌。众愕然,其争乃息。”此与桓侯之握臂折肱,同一笑也。[①]

吴木欣为蒲松龄好友,性喜谈谑,为蒲松龄提供过不少笑话素材,蒲松龄亦曾为其《戒谑论》题词。笑话互文文本的介入,使得《聊斋志异》正文与“异史氏曰”呈现出两种不同文体风格与艺术趣味,也为读者带来亦雅亦俗、亦庄亦谐的阅读体验。小说中的文末论赞形式在唐代已经存在,但文末论赞包含互文信息的特点,至《聊斋志异》才大量出现。这是《聊斋志异》对于文言小说体例的一个重要贡献。后来的《聊斋志异》仿作中,上述特点也被充分继承。比如《萤窗异草》的“外史氏曰”,即仿“异史氏曰”而来,外史氏评论中常常勾连前文本。初编卷二《温玉》篇,外史氏称“似聊斋《莲香传》”[②];二编卷三《艳梅》篇,外史氏引随园老人语,称当与“聊斋《细柳传》参看”[③]。此处,不仅论赞提供互文信息的体例特点被沿承下来,《聊斋志异》也作为一种前文本出现了。

最后需要补充的一点是,《聊斋志异》文本内互文的考察范围还可适度扩展到蒲松龄其他体裁的相关作品。比如,李桂奎先生即从诗稗互文的角度,深入探讨了聊斋诗词与小说文辞、叙事、抒情等层面的联系。[④] 而蒲松龄根据聊斋故事改编的聊斋俚曲或亦可适度纳入讨论范围。这种互文性考察,一方面能够观照蒲松龄拆分、重组

---

① 〔清〕蒲松龄著,任笃行辑校:《全校会注集评聊斋志异》(修订本),人民文学出版社 2016 年版,第 2302 页。

② 〔清〕长白浩歌子撰,冯裳、萧逸点校:《萤窗异草》,上海古籍出版社 1989 年版,第 72 页。

③ 〔清〕长白浩歌子撰,冯裳、萧逸点校:《萤窗异草》,上海古籍出版社 1989 年版,第 296 页。

④ 李桂奎:《诗稗互渗与〈聊斋志异〉意趣创造》,载《文学评论》2019 年第 3 期。

聊斋故事的策略。比如,俚曲《寒森曲》由《商三官》与《席方平》两篇小说合并而成,《张鸿渐》一篇小说则又被拆分成《富贵神仙》与《磨难曲》两部俚曲。另一方面,还可通过互文比较加深对《聊斋志异》原文本的理解。比如,俚曲《禳妒咒》开场便由一个丑角演说了世人怕老婆的种种原因,很能体现蒲松龄同时代人对这个问题的一般性看法。这对于从生活逻辑上理解《江城》篇高蕃对江城的怕,具有很大的参考意义。

【作者单位:北京大学中文系】

被规训的“孤愤”：蒲松龄《聊斋志异》新论

李军均　李静娜

一、问题的提出：“孤愤”与《聊斋志异》的评价

《聊斋志异》被誉为清代文言小说的代表作之一，学界对其的赞誉，大体表现在两方面。一方面是对《聊斋志异》文学艺术成就的肯定，认为这部文言小说集不仅塑造了鲜明的人物群像，也留下了脍炙人口的传奇故事。另一方面则是从思想层面对《聊斋志异》“孤愤”的高度赞扬。如评价《聊斋志异》的“孤愤”，学界有言：“他一方面对谈狐说鬼颇感兴趣，另一方面他又决非如山乡野老那样完全忘怀于异类，而是在纵谈鬼神之时抒发他对社会、人世的指斥、褒贬……如果否认了蒲松龄创作《聊斋志异》的‘孤愤’精神，将其等同于一般志怪志异之书，那就严重低估了《聊斋志异》的思想价值”[①]，“蒲松龄把孤愤精神引入小说的创作，不仅在文学上具有极大的创造性，使他的《聊斋志异》大放异彩，而且在政治上也具有相当的勇气，使他的文学同道们相顾失色”[②]，“在我国文言小说发展史上可以说是空前绝后的”[③]，“这部清初的短篇小说集堪称中国古代小说的

---

① 俞为民、伏涤修：《戏曲小说》，南京大学出版社 2013 年版，第 412 页。

② 于天池：《蒲松龄与〈聊斋志异〉》，北京师范大学出版社 1993 年版，第 140 页。

③ 齐裕焜：《中国古代小说演变史》，人民文学出版社 2015 年版，第 125 页。

高峰和典范"[1]。甚至有言"有人说《聊斋志异》一书,寓有排满之意,书中之'狐'系指'胡人',此说确否,虽未可知,然通观前后,似非绝无此意"[2]。

验诸清代文言小说的发展,《聊斋志异》在文学的艺术性和思想性方面确实有胜出同时代其他同类文言小说一筹之处。中国古代文言小说有两种传统,如俞樾即曾将《聊斋志异》置于这两种传统中进行评价:

> 纪文达公尝言《聊斋志异》一书,才子之笔,非著书者之笔也。先君子亦云,蒲留仙,才人也,其所藻缋,未脱唐宋人小说窠臼,若纪文达阅微草堂五种,专为劝惩起见,叙事简,说理透,不屑于描头画角,非留仙所及。余著《右台仙馆笔记》,以《阅微》为法,而不袭《聊斋》笔意,秉先君子之训也。然《聊斋》藻缋,不失为古艳,后之继《聊斋》而作者,则俗艳而已。甚或庸恶不堪入目,犹自诩为步武《聊斋》,何留仙之不幸也。[3]

俞樾的评价话语透露了两种小说传统,即重道崇实的史家小说传统和藻绘传奇的文家小说传统。从史家小说传统而言,《聊斋志异》的藻缋传奇叙事是被否定的;但俞樾也从唐宋以来形成的文家小说传统对《聊斋志异》的"藻缋"之"古艳"进行了肯定,并对后之仿《聊斋志异》的其他文言小说进行了否定。从此种意义而言,《聊斋志异》确实为清代文言小说的艺术高峰之一。

---

① [美]鲁晓鹏:《影像·文学·理论　重新审视中国现代性》,中国文联出版社2016年版,第237页。

② 钱玄同:《通信·陈独秀书》,《新青年》1917年第3卷第6号。

③ 〔清〕俞樾撰,徐明、文青校点:《春在堂随笔》,辽宁教育出版社2001年版,第108页。

从思想与文化史而言，蒲松龄在《聊斋志异》中所托寓的“孤愤”，是否具有一定的超越意义呢？在探求此一问题的答案时，首先要肯定蒲松龄在著述过程中托寓“孤愤”的观念自觉，其在《聊斋自志》有直白表明：“集腋为裘，妄续幽冥之录；浮白载笔，仅成孤愤之书：寄托如此，亦足悲矣！”①而沈起凤的《谐铎》、和邦额的《夜谭随录》、长白浩歌子的《萤窗异草》等仿拟《聊斋志异》之作，大都仅止于仿拟《聊斋志异》以文言谈狐说鬼的形式，而无《聊斋志异》含蕴的“孤愤”主体精神，是“谈虚无胜于言时事”（和邦额《夜谭随录》自序）②、“文史外无以自娱，乃广采游心骇耳之事，妄言妄听，记而存之，非有所惑也”（袁枚《子不语》序）③的休闲文学。在此种文言小说编撰文化语境中，蒲松龄在《聊斋志异》中自觉托寓“孤愤”的行为，其意义自然凸显，因而引发学界对蒲松龄《聊斋志异》中“孤愤”寓意的多重探索。基于此，笔者认为，对《聊斋志异》中“孤愤”寓意的探索及其是否具有超越意义这一问题，不仅应当予以理性的重视，也应将《聊斋志异》的“孤愤”置于文学心态史与政治文化史中予以重新考评。

二、蒲松龄的科场蹭蹬与“孤愤”的自性

探讨蒲松龄《聊斋志异》的“孤愤”心态及“孤愤”的文化史意义，应先探求蒲松龄“孤愤”寓意的实质所在。而要认识蒲松龄“孤愤”寓意的实质，则需知蒲松龄“孤愤”产生的原因。

一般认为，蒲松龄在《聊斋志异》中寄托“孤愤”，是因为他“平生

① 张友鹤：《聊斋志异会校会注会评本》，上海古籍出版社 1978 年版，第 3 页。

② 罗宝珩：《详注夜谭随录》，上海会文堂记书局 1931 年版，第 1 页。

③ 王英志：《袁枚全集新编》第十一册，浙江古籍出版社 2015 年版，第 1 页。

奇气,无所宣泄”[1],故“于制艺举业之暇,凡所见闻,辄为笔记”地创作了“大要多鬼狐怪异之事”的《聊斋志异》[2]。现代学术史一般认为《聊斋志异》写鬼狐怪异之事,是借异类而关注人间,将在现实中难以达到、实现的事在另一幻想世界中尽行变成了现实,因此,“蒲松龄写志怪小说,不是消闲遣闷,而是抒怀言志。蒲松龄以屈原式的忧国忧民之心,韩非子式‘孤愤’之志,继承李贺诗牛鬼蛇神想象和苏轼‘喜人谈鬼’爱好,继承前辈志怪作家干宝(《搜神记》作者)、刘义庆(《幽冥录》作者)志怪传统,以鬼狐史抒写垒块愁”[3]。如此而言,则蒲松龄在创作中将心中的抑郁、孤愤分配给笔下的人鬼狐妖,以求得心灵的愉悦和心理的平衡。处于困厄中的人的文学创作,多通过文学形象的塑造来获得心理补偿。但需要关注的是蒲松龄所需补偿的是何种心理。

蒲松龄的“平生奇气”,源自他的科场失意及由此所带来的生活困顿。如张元《柳泉蒲先生墓表》言:“其生平之侘傺失志,濩落郁塞,俯仰时事,悲愤感慨,又有以激发其志气,故其文章颖发苕竖,诡恢魁垒,用能绝去町畦,自成一家。而蕴结未尽,则又搜抉奇怪,著有《志异》一书。虽事涉荒幻,而断制谨严,要归于警发薄俗,而扶树道教,则犹是其所以为古文者而已,非漫作也。”[4]其子蒲箬《柳泉公行述》云:“自是我父灰心场屋,而甄匋一世之意,始托于著述焉。思所及,中人情之膏肓,笔所书,导物

① 张友鹤:《聊斋志异会校会注会评本》各本序跋题辞,上海古籍出版社1978年版,第6页。

② 张友鹤:《聊斋志异会校会注会评本》各本序跋题辞,上海古籍出版社1978年版,第4页。

③ 马瑞芳:《幻由人生——蒲松龄传》,作家出版社2014年版,第260页。

④ 〔清〕蒲松龄著,路大荒整理:《蒲松龄集》,上海古籍出版社1986年版,第1814页。

理之肯窾;至于蕴藉诙谐,一着纸而解人颐,犹其末也。"[①]两者皆指出蒲松龄著述《聊斋志异》的现实原因。又,《聊斋志异》中有近两百则承史家论赞而直抒胸臆的"异史氏曰",其中多有对身世之嗟叹与社会现象之剖判。两者结合,足可见《聊斋志异》确实托寓着蒲松龄的生命情怀与一定的社会思考。

明清两代实行八股取士的科举制度,这一制度是当时社会结构的中心,维系着儒家意识形态和价值体系的正统地位。[②] 被儒家价值观念所规训的明清两代读书人,也被此种制度所规训,因而读书人的人生之路基本模式化为两个阶段:准备科举的阶段和入仕做官的宦途阶段。蒲松龄的现实人生是模式化的第一个阶段,即一生都在准备科举。蒲松龄出身于书香门第,自幼从父读书,熟读经史,十九岁时县、府、道考试皆为第一,补博士弟子员。其时主考官施闰章,清初著名文学家,赞其应试文章,批之云"观书如月,运笔如风"[③]。张元《柳泉蒲先生墓表》形容蒲松龄此时之声誉为"文名籍籍诸生间"[④]。然此后七次应考举人却均名落孙山。又据蒲松龄《述刘氏行实》,在五十多岁时,蒲松龄的夫人刘氏曾劝之以言:"君勿须复尔! 倘命应通显,今已台阁矣。山林自有乐地,何必以肉鼓吹为快哉?"蒲松龄虽"善其言",但并未听从其夫人之劝。[⑤] 从蒲松龄的生平行实而言,其至老犹念念不忘举业,且终生困于场屋。如其六

---

① 〔清〕蒲松龄著,路大荒整理:《蒲松龄集》,上海古籍出版社 1986 年版,第 1818 页。

② [美]吉尔伯特·罗兹曼:《中国的现代化》,上海人民出版社 1989 年版,第 338~339 页。

③ 路大荒:《蒲松龄年谱》,齐鲁书社 1980 年版,第 105 页。

④ 〔清〕蒲松龄著,路大荒整理:《蒲松龄集》,上海古籍出版社 1986 年版,第 1814 页。

⑤ 〔清〕蒲松龄著,路大荒整理:《蒲松龄集》,上海古籍出版社 1986 年版,第 251 页。

十一岁时所作《自嘲》诗：“皤然六十一衰翁，飘骚鬓发如枯蓬。骥老伏枥壮心死，贴耳嗒丧拚终穷。余子纷纷向南宫，吾徒踧落仍阘茸。眼中驽才策不进，坟起五岳填满胸。……余息尚存眼底空，攘臂直欲追裴公。白头见猎犹心喜，起望长安笑向东。”[①]其中流露的是对科举仕进的孜孜以求。

由于屡试不售，蒲松龄在三十一、三十二岁时做过“无端而代人歌哭”的幕宾，其《戒应酬文》言幕宾生活之窘迫，云：“望前之五日，计需期已迫，不得已挑灯构之，思又不属。弯月已西，严寒侵烛，霜气入帏，瘦肌起粟，枵腹鸣饥。回顾酸影在墙，须吻张翕，耸肩缩项，如世钟馗。”[②]从三十二岁到七十岁，蒲松龄则在缙绅先生之家设帐教学。设帐教学亦是因困于场屋而赖以谋生的无奈之举，蒲松龄曾撰《学究自嘲》，其中有云：“暑往寒来冬复秋，悠悠白了少年头。半饥半饱清闲客，无锁无枷自在囚。课少东家嫌懒惰，工多子弟结冤仇。有时随我生平愿，早把五湖泛轻舟。”[③]此言可谓道尽蒲松龄设帐教学之辛酸。七十一岁时，蒲松龄援例成为贡生。七十四岁时，家人请江南画家朱湘鳞为他画像，所着服装就是贡生服。蒲松龄自题此像道：“为余肖此像，作世俗装实非本意，恐为百世后所怪笑也。”[④]但此种着装，实是蒲松龄以竞逐科名为人生目标，年逾古稀而补岁贡生，从而获得心理安慰的镜像显现。

蒲松龄的科场追求是屡战屡败，其一生是“一事无成身已老”

---

① 〔清〕蒲松龄著，路大荒整理：《蒲松龄集》，上海古籍出版社 1986 年版，第 572 页。

② 〔清〕蒲松龄著，路大荒整理：《蒲松龄集》，上海古籍出版社 1986 年版，第 300 页。

③ 〔清〕蒲松龄著，路大荒整理：《蒲松龄集》，上海古籍出版社 1986 年版，第 1748 页。

④ 〔清〕蒲松龄著，路大荒整理：《蒲松龄集》卷首“蒲松龄画像”，上海古籍出版社 1986 年版。

（七十二岁时作《除夕》）[①]。这使他愤慨伤痛，发出悲号：“天孙老矣，颠倒了天下几多杰士。蕊宫榜放，直教那抱玉卞和哭死！……每每顾影自悲，可怜肮脏骨销磨如此！……数卷残书，半窗寒烛，冷落荒斋里。”（《大江东去·寄王如水》）[②]但蒲松龄对于科场失败的认知，在其文学作品中有自我归因，共三个方面：“磊落嵚崎”的个性、考官的昏聩和宿业根浅而误今生。[③] 上述三方面中，个性与宿业都是蒲松龄的个体原因，姑且不论；至于考官昏聩所导致的公道不彰与怀才不遇，蒲松龄有一定的清醒认知，如其在与友人韩逢庥的信中说：“仕途黑暗，公道不彰，非袖金输璧，不能自达于圣明，真令人愤气填胸，欲望望然哭向南山而去！”（《与韩刺史樾依书，寄定州》）[④]但蒲松龄清楚有两次科场失意，并非考官昏聩的原因，而是他自己举业不精所致，即康熙二十六年（1687）应乡试因“越幅”被黜，康熙二十九年（1690）应乡试再次犯规被黜。蒲松龄分别作有《大圣乐》和《醉太平》词直接点明原因。从其经历可看出，蒲松龄的“平生奇气”，并没有超越时代的束缚，只是一般读书士子因为怀才不遇而激发的对社会的失望与愤慨之情绪。这种情绪与话语表达，可能触及了当时社会的时弊，如科考中的徇私舞弊。但这种情绪的生发是基于个体遭际的主观化产物，并不一定也不能代表社会群体的认知与心理，其话语表达也并非是基于理性的反思与批评，仅仅是一种

---

① 〔清〕蒲松龄著，路大荒整理：《蒲松龄集》，上海古籍出版社 1986 年版，第 638 页。

② 〔清〕蒲松龄著，路大荒整理：《蒲松龄集》，上海古籍出版社 1986 年版，第 712 ~ 713 页。

③ 尚继武：《蒲松龄词作中科场失意自我归因论析——从聊斋词看蒲松龄的自我意识（之一）》，见焦伟主编《蒲松龄诗词论集》，齐鲁书社 2017 年版，第 430 ~ 443 页。

④ 〔清〕蒲松龄著，路大荒整理：《蒲松龄集》，上海古籍出版社 1986 年版，第 134 页。

出于个体遭际而形成的对社会的“私我”关照。

这并非笔者故意贬低蒲松龄的思想境界，相反，有更多材料表明蒲松龄的“孤愤”是“私我”的“孤愤”。如蒲松龄六十三岁时参加山东乡试，科场失败回家后，作《寄紫庭》诗三首，云：

> 良禽高飞尽，吾鄙数何奇！莫下陵阳泪，三年黍一炊。
> 不恨前途远，止恨流光速。回想三年前，含涕犹在目。
> 三年复三年，所望尽虚悬。五夜闻鸡后，死灰复欲然。①

从中可以看出，于蒲松龄而言，此时屡战科场之心，并非是为了实现“致君尧舜上，再使风俗淳”（杜甫《奉赠韦左丞二十二韵》）类的雄才伟图，而是以科举作为毕生所致力的事业了。

也就是说，蒲松龄所重视的是中举这一结果，而非中举之后可以施展“治国平天下”的才能。场屋之屡战屡败，蒲松龄归因于个性磊落嵚崎和自己命运的“数奇”及科考过程中的营私舞弊，并未促使蒲松龄对社会现实和自我有更为清醒的认知，并未超越当时政治现实和伦理传统对个体的设置，并未从社会制度和自我超越的层面寻找症结和出路。这就是蒲松龄“平生奇气”和“孤愤”产生的根源。

三、被规训的蒲松龄及其“孤愤”心态的文化史重估

对蒲松龄在《聊斋志异》中所寄托之“平生奇气”的认识，前人评价甚高，如蒲松龄的孙子蒲立德在《东谷文集·书〈聊斋志异〉朱刻卷后》一文中，提及蒲松龄的知交朱缃对《聊斋》的评价：

---

① 〔清〕蒲松龄著，路大荒整理：《蒲松龄集》，上海古籍出版社1986年版，第579页。

> 公(蒲松龄)之名在当时,公之行著一世,公之文章播于士大夫之口,然生平意之所托,以俟百世之知焉者,尤在《志异》一书。夫“志”以“异”名,不知者谓是虞初、干宝之撰著也;否则黄州说鬼,拉杂而漫及之,以资谈噱而已;不然,则谓不平之鸣也;即知者,亦谓假神怪以示劝惩焉。皆非知书者。而橡村先生相赏之义则不然,谓夫屈平无所诉其忠,而托之《离骚》《天问》;蒙庄无所话其道,而托之《逍遥游》;史迁无所抒其愤,而托之《货殖》《游侠》;昌黎无所摅其隐,而托之《毛颖》《石鼎联句》。是其为文,皆涉于荒,怪僻而不典,或恢诡绝特而不经,甚切不免于流俗琐细,嘲笑姗侮,而非其正,而不知其所托者如是,而其所以托者,则固别有在也。[1]

朱缃把蒲松龄之“平生奇气”与屈原、庄子、司马迁和韩愈等而同之,无疑是有私心的。但朱缃的这一段评价,却是后世评价《聊斋志异》思想意义的源头所在,将之与蒲松龄自述的“孤愤”相结合,提出了《聊斋志异》的“孤愤说”。

屈原之《离骚》《天问》等作是“发愤以抒情”(《惜诵》)[2]的;司马迁的《史记》也是“意有所郁结,不得通其道”(《史记·太史公自序》)[3],“发愤之所为作”(《报任少卿书》)[4];唐代韩愈说过“和平之音淡薄,而愁思之声要妙;欢愉之词难工,而穷苦之言易

---

① 袁世硕:《蒲松龄与朱缃》,见山东大学蒲松龄研究室编《蒲松龄研究集刊》(第三辑),齐鲁书社 1982 年版,第 211 ~ 228 页。

② 〔宋〕洪兴祖撰,黄灵庚点校:《楚辞补注》,上海古籍出版社 2016 年版,第 181 页。

③ 〔汉〕司马迁撰,〔宋〕裴骃集解,〔唐〕司马贞索引,〔唐〕张守节正义:《史记》,中华书局 2013 年版,第 3978 页。

④ 〔汉〕班固撰,〔唐〕颜师古注:《汉书》,中华书局 1962 年版,第 2735 页。

好”（《荆潭唱和诗序》）[①]；宋代欧阳修也明确提出了“穷者而后工”（《梅圣俞诗集序》）[②]的理念。但这些表面上看来都是“愤于中而形于外”（《淮南子·齐俗训》）[③]的文学创作活动，有其本质的区别。中国古代读书人的价值追求，在唐宋之际有一个明显的转型；唐宋之前，读书人有“为帝王师”的精神气概与追求，唐宋以来，虽然不乏以“社会的良心”为己任的读书人，但人格精神已经矮化，帝师精神基本丧失，更毋论有现实的追求。因此，唐宋以来，即便是范仲淹“先天下之忧而忧，后天下之乐而乐”的处世之人生态度，也是依附于君权的个体情怀，如范仲淹还有与前所引之言相应的“居庙堂之高，则忧其民；处江湖之远，则忧其君”的人生追求。尤其是到了清朝，统治者用高压的手段驯服了国民与读书人，按照自己的模式塑造了民族的性格，国民与读书人的道德观念和行为完全由朝廷的意识形态所左右，几乎完全被朝廷控制与驯化。[④] 蒲松龄仅仅是被驯化的其中一员。

就小说创作而言，宋、元以来的小说创作日趋繁荣，一部分典范性的小说也被认为是发愤之作，如说《水浒传》的作者“虽生元日，实愤宋事”（李贽《忠义水浒传叙》）[⑤]，因此“发愤作书”“怨毒著书”

---

① 〔唐〕韩愈著，钱仲联、马茂元校点：《韩愈全集》，上海古籍出版社1997年版，第212～213页。

② 李逸安：《欧阳修全集》，中华书局2001年版，第612页。

③ 〔汉〕刘安著，陈广忠译注：《淮南子译注》，上海古籍出版社2017年版，第438～439页。

④ 张宏杰：《中国国民性演变历程》，湖南人民出版社2013年版，第7～8页。

⑤ 〔明〕施耐庵、罗贯中著，吴志达校注：《水浒全传》，岳麓书社2002年版，第1419页。

(金圣叹评)[①],说《金瓶梅》作者"乃一腔愤懑而作此书"(张竹坡评)[②],等等。或许正是缘于这一文学传统,蒲松龄明言他的《聊斋》是"孤愤之书",是"漫向风尘试壮游,天涯浪迹一孤舟。新闻总入《夷坚志》,斗酒难消磊块愁"(《感愤》)[③]的结果。《聊斋志异》中也确实有一部分作品具有一定的现实意义,这部分作品基本是针对科举的,是蒲松龄科举失意生活与心态的文学化表达。因此,《聊斋志异》所包含的现实意义,也仅仅是蒲松龄在被驯化的权力与文化语境中个人失意心灵意绪的折射。在这些作品中,蒲松龄一方面把讽刺矛头对准那些他认为昏庸腐朽、连文章好坏都不能辨别的考官,如《于去恶》通过三个读书人的不同遭遇,讽刺"得志诸公"都是不识真才的瞎子和伸手要钱的恶棍;另一方面则刻画了一群迫不及待追求功名而始终未能如愿的读书人形象,如《叶生》中的叶生"文章词赋,冠绝当时;而所遇不偶,困于名场",落榜后便"形销骨立,痴若木偶",一命呜呼,在死后还要求一试,及至衣锦还乡,不过是自己的阴魂,一见灵柩便"扑地而灭"。《素秋》中的俞恂九"目下十行,试作一艺,老宿不能及之","试期,送入场,邑、郡、道皆第一",闻乡试被黜,"恂九失色,酒盏倾堕,身仆案下。扶置榻上,病已困殆"。客观来说,这些作品确实在一定程度上具有对社会现实弊端的批判意义,它说明人才的被埋没和被摧残,在封建时代是一种不可忽视的社会现象。但是蒲松龄对科举考试弊害所做的揭露与谴责,仅仅局限于自身科举失意而产生的不公平和不合理方面,并未认识到制度本身

---

① 〔清〕金圣叹著,曹方人、周锡山标点:《金圣叹全集 · 贯华堂第五才子书水浒传》,江苏古籍出版社 1985 年版,第 137、283 页。

② 〔明〕兰陵笑笑生著,王汝梅等校点:《张竹坡批评金瓶梅》,齐鲁书社 1991 年版,第 113 页。

③ 〔清〕蒲松龄著,路大荒整理:《蒲松龄集》,上海古籍出版社 1986 年版,第 476 页。

的恶,因而在作品中就常常表现出对科举功名的无限向往,并极力赞赏它给那些幸运的士子带来的种种好处。如《王子安》篇末的“异史氏曰”写“秀才入闱”的“七似”,“形容尽致,先生皆阅历备尝之言”(但明伦评语)[①],此“七似”无疑是科举制度对人之异化的外在表现,但蒲松龄并未认识到这表象背后人被恶的制度驯化的实质,因而津津乐道之。从《聊斋志异》中诸多小说的结尾可看出,蒲松龄是主张通过科举考试取士的。但凡是蒲松龄设置为有好结果的人,基本是以在科举考试中取得成功为结局。如《封三娘》中的孟安仁抱得佳人且官至翰林,《聂小倩》中的宁采臣“为天人所钦瞩”,不仅自己榜上有名,其三子“皆仕进,有声”……此类故事也反映了蒲松龄是执着于科举考试的,所以他对科举的批判,也应该被认为是“私我”失意的折射,并不具有普遍意义。

综上可知,蒲松龄的“孤愤”,是他个体科举失意情绪的外泄,并没有达到如屈原、司马迁等人超越一己之私的“孤愤”精神境界。

四、“妾妇情结”:《聊斋志异》的书写心态

蒲松龄的“孤愤”之所以不能超越一己之私,是因为他有着典型的“妾妇情结”。“妾妇情结”也称为“妾妇心态”,其语源出《孟子·滕文公下》:

> 景春曰:“公孙衍、张仪,岂不诚大丈夫哉!一怒而诸侯惧,安居而天下熄。”孟子曰:“是焉得为大丈夫乎?子未学礼乎:丈夫之冠也,父命之。女子之嫁也,母命之,往送之门,戒之曰:‘往之女家,必敬必戒,无违夫子。’以顺为正者,妾妇之道也。居天下之广居,立天下之正位,行天下之大道。得志与民由之,

---

① 张友鹤:《聊斋志异会校会注会评本》各本序跋题辞,上海古籍出版社1978年版,第1239页。

不得志独行其道。富贵不能淫,贫贱不能移,威武不能屈。此之谓大丈夫。”①

儒家的孟子从夫妻伦理角度提出“以顺为正”的“妾妇之道”。诚然,我国古代读书人的政治理想是“家国同构”,家庭平衡的因素是夫妻,国家平衡的因素则是君臣,两种平衡相对应之后,国家的君臣关系也就相当于夫妻之间的关系,而维系夫妻之间平衡的伦理也就成为维系君臣之间平衡的伦理,于是孟子所强调的夫妻之间的“妾妇之道”也就自然而然地成为古代读书人的立身情结。如汉代儒家政治的代表人物董仲舒,即从天地阴阳的角度阐释了“妾妇之道”的内涵:“凡物必有合。……阴者阳之合,妻者夫之合,子者父之合,臣者君之合。物莫无合,而合各有阴阳。……君臣、父子、夫妇之义,皆取诸阴阳之道。君为阳,臣为阴;父为阳,子为阴;夫为阳,妻为阴。”君与臣、夫与妻皆为阳与阴的关系,而“阴道无所独行……阴兼功于阳”,故“臣妾受命于君,妻受命于夫”②。也就是说,君臣、父子、夫妻之间的关系都是阴阳关系,而阴是为阳服务的,须顺从于阳。《白虎通·三纲六纪》中又说:“君臣者,何谓也?君,群也,群下之所归心也。臣者,繵坚也,厉志自坚固也。……夫妇者,何谓也?夫者,扶也,以道扶接也。妇者,服也,以礼屈服也。”③董仲舒的夫妻、君臣关系论,结合孟子的“妾妇之道”说,内化为汉以来读书人的社会认知模式和个体心理定式,型构着读书人的人生精神价值和生

---

① 〔清〕焦循撰,沈文倬点校:《孟子正义》,中华书局1987年版,第415~419页。

② 〔清〕苏舆撰,钟哲点校:《春秋繁露义证》,中华书局2015年版,第342~343、406页。

③ 〔清〕陈立撰,吴则虞点校:《白虎通疏证》,中华书局1994年版,第376页。

命追求。绝大多数读书人，无论在朝还是在野，面对皇权，自觉不自觉都是以“妾妇”来定位自身，如“发愤著书”的司马迁也自称其“绝宾客之知，忘室家之业，日夜思竭其不肖之材力，务壹心营职，以求亲媚于主上”①。

纵览中国文学史，早期以妾妇自拟的典型大约是屈原。如《离骚》在引类譬喻时，以“灵修”类楚王，以“众女”类众臣，而屈原也将自己拟为楚王身边之一的“蛾眉”。东汉末期的文人诗代表作《古诗十九首》亦多为文人妾妇自拟的作品。即便是唐代大诗人李白，慷慨豪迈到自诩为帝王师，亦有《妾薄命》《长门怨》等诗作。张籍在《节妇吟》中更是直接把自己比作“妾”：“君知妾有夫，赠妾双明珠。……还君明珠双泪垂，恨不相逢未嫁时。”“诗庄词媚”，诗如此，词更是有过之而无不及，婉约词的“妾妇情结”毋庸讳言，甚至如苏轼、辛弃疾等人的豪放词中，亦不脱“妾妇”情结。至于小说，其中的妾妇情结早在魏晋南北朝时期就已出现，如刘义庆编撰的《世说新语》，主要记载当时文人士大夫的清言逸事，然其辑集门类中，有“德行第一，言语第二……容止第十四……术解第二十，巧艺第二十一”等三十六门。这一分类，与女性四德“妇德、妇言、妇容、妇功”是暗相吻合的。但需注意的是，屈原、司马迁、李白诸人皆能超越个体自身利益格局的局限，形成不被现实所羁束的道德理想与人生志趣，从而实现对妾妇情结的超越。如屈原的“路漫漫其修远兮，吾将上下而求索”、司马迁的“究天人之际，通古今之变，成一家之言”、李白的“安能摧眉折腰事权贵，使我不得开心颜”，如此等等，皆能超越个体利益与现实的规训，进而消解妾妇情结的负面效应。

明清时期，士人在诗词创作中以妾妇自拟是一种文学日常，在小说中也有丰富的体现。总体而言，明清小说中的妾妇自拟，缘于

---

① 〔汉〕班固撰，〔唐〕颜师古注：《汉书》，中华书局1962年版，第2729页。

在传统男权文化的解释与规定中，有以获得美好女性青睐来补偿作为男性价值存在的社会心理需求，尤其是女性的容颜与德性超出社会一般标准越高，男性所获得的心理满足就越高。明清小说中的读书人，处于困顿落魄、郁郁不得志之际，一般会获得美丽女性的青睐，从而在与女性的关系中得到自我价值失落之心理补偿。小说作者在小说中不易直接以妾妇自拟，但在才子佳人故事等题材的小说中，作者的这种心理仍然体现在人物塑形上，如男性人物描写的女性化，在爱情关系中女性对男性心理的补偿等。

这种情形在《聊斋志异》中表现得尤为明显，因此制约着蒲松龄"孤愤"只能是一种"私我"的情感诉求。这可以《聊斋志异》两种明显的"妾妇情结"表现来证明。一是蒲松龄对他所处社会制度的完全依赖，蒲松龄是被清朝政治伦理与道德价值观所规训的。如对科举的态度，蒲松龄并未否定制度本身，更多的是对自己怀才不遇、"数奇"的无奈及造成这种个人遭遇的某些社会现象的愤慨与哀叹，这在《叶生》《司文郎》《三生》《考弊司》《王子安》等篇中有淋漓尽致的体现。通过科举的途径，能达到"学而优则仕"；但科举失败，则仕进无望，也就不能获得封建君主的"恩宠"，不能为君王"治国平天下"，自己也就不能尽"妾妇之道"。如此，日常世俗生活的理想化或意图化，就取代社会的驯化成为可能。

在《聊斋志异》中，"艳遇型"故事则是"妾妇情结"的另一种表现。《聊斋志异》中的"艳遇型"遇合故事约占总量的四分之一，既有现实题材的人与人之间的情爱婚恋，如《连城》《侠女》《阿绣》《瑞云》等；也有非现实题材的人与花狐仙鬼的相知相悦，如《青凤》《婴宁》《娇娜》《小谢》《宦娘》《竹青》《香玉》等。尽管小说内容各异，但"艳遇型"遇合故事的男主角，几乎毫无例外是现实中的男人，且多为落拓困顿、潦倒科场的下层读书人。其"艳遇型"故事中的女性，一为现实中的女性，一为花妖狐魅变形而来，花妖狐魅的变形实际上也只是表层的伪装。《聊斋志异》"艳遇型"遇合故事非常强调知己之情,如《乔女》中的乔女与孟生、《瑞云》中的瑞云与贺生、《娇娜》里的孔生与娇娜等。对蒲松龄来说,被赏识的知己之情的心灵愉悦远远高于男女之性爱的生理满足。在作者的精心设计中,这些蹭蹬科场、自负才高而又不得志的失意文人,在他们本应驰骋风云的场屋中屡屡铩羽,可在情场上却能无往不利,尽享温柔乡的美丽,在红颜云绕、丽质投怀中将场屋的铩羽、生活的困顿等现实的人生不如意尽抛脑后,过上无忧无虑的神仙生活,通过红粉知己的柔情呵护,想象中的郎情妾意的投合,获得人生价值的确证。如陈寅恪在《柳如是别传》中曾以蒲松龄《聊斋志异》中花妖狐女之幻设与晚明才子佳人的现实往来做对比:

> 寅恪尝谓河东君及其同时名姝,多善吟咏,工书画,与吴越党社胜流交游,以男女之情兼师友之谊,记载流传,今古乐道。推原其故,虽由于诸人天资明慧,虚心向学所使然。但亦因其非闺房之闭处,无礼法之拘牵,遂得从容与一时名士往来,受其影响,有以致之也。清初淄川蒲留仙松龄聊斋志异所纪诸狐女,大都妍质清言,风流放诞,盖留仙以齐鲁之文士,不满其社会环境之限制,遂发遐思,聊托灵怪以写其理想中之女性耳。实则自明季吴越胜流观之,此辈狐女,乃真实之人,且为篱壁间物,不待寓意游戏之文,于梦寐中以求之也。[1]

陈寅恪的这一对比,解释了蒲松龄在《聊斋志异》中幻设美艳花妖狐女的心理补偿机制。蒲松龄对知己之情的迷恋、推崇,是他在

---

① 陈寅恪:《柳如是别传》,生活·读书·新知三联书店2001年版,第75页。

现实生活中屡经磨难、心灵屡遭创伤后而发出的焦渴呼唤，是对以自身为代表的普天下所有落拓文人自我价值的肯定。正因如此，呼唤知己理解、同情的焦渴之情，不时在其诗文中如火焰般迸发。这类“艳遇型”遇合故事的创构，“不过是蒲松龄所做的白日梦而已，以借此弥补现实的缺憾，使受挫的心理得以平衡”①。蒲松龄在所处的环境中欲望无法得到满足，便转向自己笔下的虚幻世界，一步步来满足自我的需求。按照马斯洛需求层次理论，蒲松龄从《聊斋志异》中的女性身上获得生理、安全、感情、尊重、自我实现的层层需求，以“白日梦”的形式来延续自我的欲望，希冀从女性身上获得肉体满足与精神慰藉的模式化女性体认心理。而这种女性体认一旦以“家国同构”的模式来考察时，显而易见的就是妾妇自拟了。不管是情爱，还是知己之情，这些赏识落魄文人的各式女子，在男性的内心隐秘深处，实际上充当了“君”“夫”的角色。“艳遇型”遇合故事中的男性通过获得女性的青睐，表面上实现了男性社会存在价值的确认，究其实则是他们的“妾妇”心理得到补偿，政治、仕途上的遗憾通过女性之悦己得到弥补。

《聊斋志异》中的这种妾妇自拟情结，乾隆年间宫去矜《后杂题聊斋志异三十首》中题《聂小倩》一诗能为我们揭示明白，诗云：“百岁相循似桔槔，才看梦觉又酕醄。马蹄金与佳人面，等是凡夫画地牢。”②宫去矜显然已经注意到蒲松龄这类作品中潜隐的欲望和心理，即对“书中自有黄金屋，书中自有颜如玉”的物质与女性享受的追逐，而这些本来就是古代读书士子被时代政治文化所设置的人生之路。此条道路能否走通，取决于是否能通过科举入仕和获得皇帝的赏识。故而，传统君臣伦理与现实的政治规训，进一定稳固了君

---

① 袁世硕：《稷下传习集》，复旦大学出版社 2016 年版，第 186 页。

② 〔清〕宫去矜：《守坡居士续集》卷一，乾隆四十一年(1776)刻本。

臣关系作为臣的“妾妇”伦理定位与价值观,拘囿着士人的主体精神与现实生活实践。如此,蒲松龄于《聊斋志异》中抒发的“孤愤”,毫无疑义是源于“妾妇情结”的,其局限性是客观存在的,其文化意义不能虚高。

综上可知,蒲松龄是一个被士人妾妇情结传统和科举制度所驯化的文人,其《聊斋志异》确实是古代文言小说的高峰之一,但其所托寓的蒲松龄之“孤愤”,仅仅是一个被驯化之人对困厄人生的自我慨叹,是蒲松龄“私我”情感的外在摅泄。虽然对现实社会的黑暗面有所触及,也在一定程度上与悲怨著书的传统相构合,但并不具有超越现实与清醒认知自我的意义,并不能与庄子、屈原、司马迁和韩愈等或超越现实或上下求索的悲怨著书相提并论。因此,在评价《聊斋志异》的“孤愤说”时,不能虚高其文化意义。如此重新审视《聊斋志异》的“孤愤”,不仅可能更贴近真实的蒲松龄,也有助于理解中国传统文人文学书写的心态。

【作者单位:华中科技大学人文学院】

论《聊斋志异》的开篇对传统的暗合和超越

杨林夕

《聊斋志异》堪称我国古代文言短篇小说的巅峰之作，对其的研究可谓汗牛充栋。但是，就《聊斋志异》的开篇而言，迄今未有人进行系统的分析、探讨。其实，开篇艺术的整理和挖掘，对于尺幅千里、惜字如金的《聊斋志异》来说，更显蒲松龄的匠心独运和苦心孤诣。

一、《聊斋志异》的开篇特点

刘勰《文心雕龙·章句》篇中说："启行之辞，逆萌中篇之意"[①]，意即文章的开端应该预先略微显露文章中心部分的意思，也就是文章开篇要对下文有预示或者导向作用。契诃夫说他写惯了只包括开头和结局的短小的小说，那么契诃夫的小说开头就是作品的半壁江山了[②]，可见开头对于短篇小说尤其重要。《聊斋志异》虽题材不一，篇幅不等，开篇却各擅胜场、特色鲜明。具体如次：

（一）《聊斋志异》多以介绍人物尤其是男性作为开篇

《聊斋》开篇可分为介绍人物、叙述故事、描写景物、发表议论

---

① 〔梁〕刘勰著，刘永济校释：《文心雕龙校释》，中华书局 1962 年版，第 661 页。

② 转引自雷群明著《聊斋艺术通论》，三联书店上海分店 1990 年版，282 页。

等。据统计,《聊斋》以介绍人物开篇的有251篇[①],以叙述故事开头的有直接叙述故事的直述式、说明故事出处的来源式和记叙梦境的记梦式、介绍风俗民情的风俗式四种共194篇,其中直述式161篇和来源式21篇也是以人物开篇的,如《王兰》“利津王兰暴病死。阎王覆勘,乃鬼卒之误勾也”、《画皮》“太原王生,早行,遇一女郎”在讲述故事时点明王兰和王生的籍贯;《贾儿》“楚某翁,贾于外。妇独居”一句话就介绍了男性的籍贯(楚地人)和职业(行商),这些本意不是以介绍人物而是以讲述故事开篇的,却也简单介绍了人物的某一特点或多方面的情况,来源式实际上可隶属直述式,将之独立开来是因其在作品中常以“某某言”“某某云”“某某说”的形式出现,与直陈故事有所区别,“某某言”之后就是直陈故事。综之,《聊斋》有433篇是以人物开端的。

不仅如此,《聊斋志异》的开篇人物且多为男性,据笔者统计,《聊斋志异》以介绍女性开头的仅11篇[②],而以男性开篇的总计有425篇[③]。

(二)《聊斋志异》开篇人物多是配角

其实上述男性开篇的多可改为女性,如《贾儿》,从题目和内容

① 以下引文多出于此,不再一一标明。也参考朱其铠主编的《全本新注聊斋志异》(人民文学出版社1989年版,494篇)和蓝翎前言、蒲松龄著《聊斋志异》(岳麓书社1989年版,490篇,《狼三则》和《乱离二则》都只算一篇,附录6篇)。

② 《细柳》《真定女》《农妇》《瑞云》《赵成虎》《产龙》《狐入瓶》《绩女》《封三娘》《口技》《化男》等。

③ 根据篇名和开篇人物的关系可分为三类:不以人物为篇名的150篇中以介绍人物开头的有116篇,其中以男性开端的有114篇,只有《口技》和《化男》是以女性为开篇人物;人物为篇名、篇名和开篇人物不一致的作品中198篇以介绍男性开头,即以女性姓名、称呼等命名,而以男性人物开头的有近两百篇;篇名与开篇人物一致的117篇中,只有《细柳》《真定女》《农妇》《瑞云》这4篇是以女性人物开头的,其余113篇的开端人物都是男性。因之总计425篇。

而言主要是讲贾儿灭除祟害母亲之狐的，商人子和商人妇才是主角，因此开头可以变为“楚妇，夫行贾，常独居……”，又如《乔女》开篇“平原乔生，有女黑丑……”，若改为“平原乔女，（长相）黑丑……”，对全篇毫无影响，作者却要用一个完全不出场的父亲开头。翻检《聊斋志异》，发现这种现象很普遍，即喜欢以配角和次要人物开篇。根据他们在文中出现次数的多寡和重要性，这些开篇人物可分为如下类型：

1. 功能性人物。一般出现一两次甚至再也不会出现，如《博兴女》开端“博兴民王某，有女及笄”，《蛇癖》“予乡王蒲令之仆吕奉宁，性嗜蛇”，《龁石》“新城王钦文太翁家，有圉人王姓”……博兴民、王蒲令和王钦文等在后文中都没再出现，他们的作用纯粹就是引出主角；《乔女》中的平原乔生、《苏仙》开篇的高知州等也都是功能性人物。

2. 过场人物。他们会在后文中再次出现，但多是一闪而过或者无关紧要，如《贾儿》中的楚客、《商三官》里的商父、《任秀》中的任父、《邵临淄》中的李生妻等；多是引出故事的，因此也可以称之为引渡人物。

3. 次要人物，在故事中再出现的次数较多且有一定的作用，但不是主要人物，如《凤阳士人》开头介绍的“凤阳一士人，负笈远游”，凤阳士人虽然是梦境中的人物之一，但主角是他的妻子，故事叙述的重点是妻子对他的思念以及妻子的梦境。《邵临淄》：“临淄某翁之女，太学李生妻也。未嫁时，有术士推其造，决其必受官刑。”在238 字的短文中翁婿两人在后文中各出场两次，尤其是对某翁的言行音容描写翔实，但从“异史氏曰”和题名可知主角是惩治悍妇的邵临淄。

有时候主角出场前，上述几类人物都会出现，如《仇大娘》中仇大娘的父亲、继母和两个兄弟都在仇大娘上场前出场，根据出场次数和重要性判断,仇父是过场人物,继母和兄弟是仅次于仇大娘的次要人物。

另外,我们还可以从《聊斋志异》开篇介绍的人物与篇名的关系证明聊斋多以配角开篇。

一般而言篇名人物多是主角,据统计,《聊斋志异》以人物为篇名的有三百多篇,而其中有两百多篇开头介绍的人物与篇名人物不一致,具体如下:

1. 篇名和开篇人物的性别差异

①以男主角命名,男配角引出男主角(甲男—乙男)

"以甲男(多为狐鬼仙妖)命名以乙男开头"的有 94 篇,如《王六郎》开头是许姓渔父,他饮酒则酹地祭溺死鬼,引出主角溺死鬼王六郎。

②以女主角命名,男主女配开篇(女—男、女—女)

"以女主人公命名,以介绍男主人公开头"的有 83 篇,如《青凤》《婴宁》《葛巾》等;"以甲女命名以乙女开头"(甲女—乙女)的有以范十一娘开头的《封三娘》和以"绍兴有寡媪"开端的《绩女》两篇,总共 85 篇。

2. 篇名和开篇人物是等级关系

①长辈—晚辈

"以子女命名以介绍父(母)开头"的有 15 篇,如《商三官》的父亲商士禹、《博兴女》的父亲博兴民、《周克昌》之父周天仪等,开篇人物与篇名人物的关系是父女(子);"以父祖命名以介绍儿孙开头",如《龙飞将军》以龙飞将军戴潜之孙戴生开头、《李八缸》的开篇人物李月生是李八缸之子。

②上级—下级:官—吏/民,主—仆,宾—主

《杨千总》开篇人物毕民部是杨千总的上级;《苏仙》"高公明图知郴州时,有民女苏氏……"题名苏仙是高知州的治下民女之子;

《焦螟》开头介绍董侍读家多狐，题名焦螟是董氏请来捉狐的道士；《陆押官》以宫詹赵公开篇，题名是仆人陆押官；宾主关系如《宫梦弼》以主人柳芳华开头，宫梦弼是其家宾客，《田七郎》开头的武承休喜交游，田七郎实际上是其所养士。这些篇名人物都是主人公，开篇人物则或是第二主角如《封三娘》的范十一娘，或是配角如许渔夫（《王六郎》）、寡媪（《绩女》）、武承休（《田七郎》），或是过场人物如商士禹（《商三官》）、赵公（《陆押官》）和毕民部（《杨千总》），而高知州可算是个功能性人物。

不以人物命名的也有很多是以配角开篇的，如《种梨》的卖梨人（主角是乞丐）、《犬奸》的"青州贾者"（主角是商妇）、《狐谐》的万福（主角是狐女）。

（三）《聊斋》开篇介绍的人物特征在后文多有照应

蒲松龄极其重视开篇。虽惜墨如金，但是《聊斋》对开篇人物的介绍和描述没有闲笔，从人物的外貌、个性到言行都在后文有呼应，或者影响其结构和叙事，或者关乎其主题、意蕴，或预示故事的发展……

1. 人物个性是故事发展的枢纽

《聊斋》常在开篇对人物做介绍，尤其突出其某方面的特征，将人物按"品藻"描写，通过对人物的性情和品格的展示，以合乎逻辑的笔墨，把故事环环相扣地展开，其中人物的个性基调是故事发展的枢纽，最典型的是《阿宝》。文章开头介绍孙子楚"性迂讷"，而"痴"是其鲜明个性，并用恰如其分的绰号固定下来，以两个细节加以说明。此性痴又不仅是情痴，所以才有他受人捉弄反而以偏题"抡魁"的情节；因孙子楚对阿宝孜孜不倦的追求，性痴变为情痴，孙子楚对阿宝，从派媒求婚，到断指、离魂、化鸟，其情由浅入深，其痴由表入里，构成小说的三个主要情节。其他如《聂小倩》以介绍男主人公宁采臣起笔："性慷爽，廉隅自重"，这一定调对整篇小说叙写宁采臣之所作所为具有宏观统筹的作用。宁采臣经受了聂小倩“财”“色”的双重考验,以“生平无二色”的自重赢得了女鬼的爱情,使聂小倩由恶到善,由惧怕到惭愧,最后由鬼到仙。《连城》的男主角乔生出场就带有为人“有肝胆”的个性定型:他照顾亡友顾生的妻儿,以文相知的县令卒于任,他破产扶柩往返千里。这两件证明他“有肝胆”的善事直接导致了后文乔生得顾生相助在阴世复活情节的发生,同时也寄寓了作者更深的用意:这与爱情似不相干的侠肝义胆,将始终伴随乔生的情爱之旅。其他如《细柳》开篇“柳少慧,解文字,喜读相人书”中“喜读相人书”与后面的故事如成婚晚、给儿子取名、提前准备棺材等都有直接的关系;《侠女》介绍顾生“博于材艺……为人书画”,所以就有狐狸变成的美少女以求画相接近;《仙人岛》开头介绍王勉“心气颇高,善诮骂,多所凌折”的个性基调,故事围绕他的得意忘形和随意诘责辱骂别人的恶习展开,先是道士告诉他的“轻薄孽”(恃才和好色)并试图帮他消除,无奈他自认才高难忘功名就从天宫跌落仙人岛,受到侍女“中湿”的挖苦、芳云绿云姐妹的嘲骂针砭和要他“藏拙”的忠告,其小有名气就得意忘形的个性就是小说机趣层出、妙趣横生、场面生动活泼、人物栩栩如生的暗道机关。

2. 人物外貌、语言关乎小说情节的意蕴和机趣

《聊斋》开头介绍人物时常有画龙点睛的外貌描写,人物外貌又常常关乎小说的深层意蕴。如马骥“美丰姿”,其外貌美就涉及媸妍颠倒的社会风气,他在以丑为美的罗刹国的遭遇直刺黑白颠倒的世风。《阿宝》写孙子楚“生有枝指”,看似闲笔、细笔,却大有深意。《庄子》“骈拇枝指,出乎性哉”,一般人借用此语取“多余”之意,蒲松龄却采“出乎性哉”即个性特异之意,“生有枝指”是对人物个性的隐含诠释,也是小说情节发展的重要伏笔。《狐梦》反复照应开篇说

毕怡庵肥重多髭的体貌特征①,增加故事幽默诙谐的喜剧特征,很符合《狐梦》这篇真幻虚实交错的"柯尔律治之花"类的作品。

《连琐》对"瘦怯凝寒,若不胜衣",宛然林黛玉"病西子"的连琐的描写,加之她与杨于畏对诗文的喜好为小说增添了几分雅意。小说着重突出了连琐身上不同凡响的文化艺术修养和娇羞可人的外貌气质,使得二人相识后,没有沉湎于容貌吸引的情色相悦,而是陶醉在共同营造的文化情韵之中,志趣相投,纯雅脱俗……由于对诗的共同爱好,加之连琐诗意柔弱的外貌气质,他们以隔墙联吟作为相识、相知、相爱的媒介,因诗传情,彼此相知。二人相互了解的过程,一直浸润在浓郁真淳、雅趣融融的文化氛围之中,使小说在整体上呈现出浓郁的诗意氛围。辛十四娘出场的外貌形态描写"容色娟好……蹑露奔波,履袜沾濡"可不正似《诗经·野有蔓草》中诗意的氛围和情境吗?

《聊斋》人物的语言还有预示作用,即冯镇峦评《聊斋》的"落墨甚远,刻题甚近"的"突阵法"。《邵临淄》中临淄某翁之女必受官刑、《陈云栖》中真毓生当娶女道士等预言自不用说,《聊斋》更有一种戏言叙事,如《莲香》中东邻生"独居不畏鬼狐耶"的戏语,果然引来了狐鬼莲香、李氏与桑生的情感纠葛;《阿宝》中孙子楚的求婚阿宝、断指和以偏题中试就缘于听信戏言;而《胭脂》《冤狱》等公案小说中也有戏言成案致冤。《胭脂》中王氏的两次戏言酿成命案;《冤狱》中朱生因戏言卷入一宗谋杀案差点送命;《霍生》中霍生开玩笑说朋友严生之妻与己通奸而致其自杀并向己妻复仇的惨案。戏言害人命而遭报复的故事旨在告诫人们开玩笑要谨慎。

---

① (女)笑曰:"肥郎痴重,使人不堪。"……二娘曰:"记儿时与妹相扑为戏,妹畏人数胁骨,遥呵手指,即笑不可耐。便怒我,谓我当嫁僬侥国小王子。我谓婢子他日嫁多髭郎,刺破小吻,今果然矣。"……二姊曰:"婢子许大,身如百钧重,我脆弱不堪。既欲见姊丈,姊丈故壮伟,肥膝耐坐。"

3. 人物的境况、籍贯也别有深意

《聊斋》的开篇句无剩字，可谓无一字无“来历”，不仅人物的个性特征、语言、动作，甚至人物的境况、籍贯都有照应和伏笔。

一人的境况描述是另一人出场的铺垫。《红玉》开篇介绍男主人公冯相如父子说他们两个都是穷秀才出身，日常生活难以维系，父子两人的妻子相继死了，一切家务活只好由两个男人来亲自操持。两个男人渴望有女人来慰藉和帮忙，理在其中。于是红玉出场了，他是为帮助冯相如来的。周先慎先生曾经指出：“作者以实映虚，寓无形于有形之中，匠心独运地营构了红玉两次出场的背景。”红玉是为一个家庭的变故和需要而设，她两度出场均处于冯相如人生的关键时刻，是顺应男性家庭的急需而来的。先是投冯相如色欲之好，后是在冯相如惨遭豪绅、官府的迫害，“悲伤想死”的时候，临危受命般地降临。小说中间一大段，虽然红玉隐去未现，但她的影像却无处、无时不在。小说题名《红玉》是因为她是当之无愧的主角，不仅掌控着冯相如的人生，也主导着情节的发生发展和故事的结局。《田七郎》开头介绍说大户武承休“喜交游”、养名士，然被告知“交游遍海内，皆滥交耳”的情况，这必然预示着最值得交往、能够在最困难的时候使他度过危机的田七郎的出场。《武孝廉》开头的艰危处境，也为狐妇的出场援救做了铺垫……

《聊斋》开端最常见的是点明人物籍贯的“某地某人”，这于个性和情节也有映照。大而言之，南北性情有粗豪文秀之别，同为情，北方多狂生，南人且痴情，地域差异不同。孙子楚是广西人，南方小生的痴情毕现，他为阿宝去枝指几死，沉绵不可复起，一片痴情化为刍灵鹦鹉，迂痴赤诚感动阿宝，“深情已篆中心”，不良之匹成为眷属；《公孙九娘》中山东莱阳生粗心没有标记坟址而有负归葬尸骨之托，得不到九娘的原谅，终成哀婉悲剧；《花姑子》中安幼舆为陕人，性情有陕地之人的挥霍好义，因为喜放生，五年前在华山买来放生的猎獐，正是花姑子的父亲，因而牵扯出与花姑子的一段情缘；《青凤》中正因太原耿去病的狂放宏阔才促使故事的发生。有的籍贯是在后文有照应，如《张诚》写张诚悬鹑百结地寻弟，结果同时找到了长兄，事出意外。但篇首早有伏笔："豫人张氏者，其先齐人……"《娇娜》中皇甫公子对孔生说"祖居陕"，后来孔生举进士"授延安司李"，得遇公子一家，方知三字是伏笔。

（四）姓氏名字决定命运，暗示情节发展和人物个性：人名叙事

在蒲松龄的艺术构思中，姓名为谋篇之一道，姓氏对情节的发展有着重要作用。

1. 决定人物命运和情节走向。如《乔女》之"乔"者高矣，"厥木惟乔"（《尚书·禹贡》）有高雅超脱之意："出自幽谷，迁于乔木"（《诗经·伐木》），乔女心气殊高，评论家们称之为"伟哉乔女""巾帼丈夫""侠烈心事如青天白日，侠烈志节如疾霆严霜"。异史氏曰："知己之感，许之以身，此烈男子之所为也。彼女子何知，而奇伟如是？若遇九方皋，直牡视之矣。"乔女因为感孟生拒绝漂亮的妹妹、而非自己这个丑陋的寡妇不娶的知己之恩，在孟生死后为其争讼保全田产，抚孤成人。"乔"又有矫情之意，乔女明明在精神上已经背叛了亡夫穆生，死后偏坚持同穆生合葬。故意只写其姓氏而不写其名，就是以其"乔女"之名暗示后面的情节走向。又如《田子成》开头说："江宁田子成，过洞庭，舟覆而没。子良耜，明季进士，时在抱中。"开篇对父子的名字进行介绍：耜，古代掘土用具也，果然发冢负父骨归葬；遗骨他乡者被儿子迁葬，名曰"子成"合卯合榫。《张鸿渐》之名出自《易·渐》："鸿渐于干。"渐，进也。"鸿渐"，意指鸿雁由水中进到岸上，喻仕途顺利，故张鸿渐金榜题名。《罗刹海市》中，马骥字龙媒，所以他后来入赘龙宫，鹏飞万里……

2. 预示情节。开篇人物的命名对以后的情节发展有预示作用。如《莲香》的开端介绍男主人公"桑生，名晓，字子明"，却是"伤之明"，即老是分不清狐鬼:误以为妓女是鬼,狐莲香是妓,鬼李氏是狐。然后写鬼狐相忌,狐治鬼,鬼避狐:狐女莲香欲治鬼李氏,而李氏鬼却先揭莲香狐之真相;鬼欲避狐,而狐莲香则戳李氏鬼之原形……故事就在桑子明的不明就里、如坠烟云中发展,最后狐鬼羞愧,双双脱胎换骨,重新做人,情节极尽变幻多姿之美。另如《向杲》:"向杲,字初旦,太原人。与庶兄晟,友于最敦。"杲者,光明也。杲杲为日出之貌,故壮士光明磊落地为兄报仇,变成猛虎,龁仇人头。

3. 暗示人物性格。《聊斋》开篇人物命名带有强烈的性格暗示和导向性。《张诚》男主角以"诚"为突出特点,千方百计保护同父异母的哥哥;《曾友于》以"友于"为字,名曰"悌",全副精力用在维护兄弟情谊上;细柳以腰嫖袅可爱得名,其夫戏曰:"细柳何细哉:眉细、腰细、凌波细,且喜心思更细。"高生之语从形体到内心对细柳之名加以诠释,但"细柳"的含义不限于此。她治家井井有条,对子女赏罚分明,训导前妻之子,甘冒恶名不避嫌。细柳是个贤妻良母,我们据此推断,留仙命名主要取意于《史记·绛侯周勃世家》:汉代周亚夫屯军细柳,军令严明,后人遂以"细柳营"或"细柳"称纪律严明之军。《崔猛》字"勿猛",人如其名,小说中的崔猛疾恶如仇,性如烈火。

《聊斋》重视人名叙事,上述三方面是相互起作用的,名字既暗含人物特性,也预示着情节的发展,如细柳之名,不仅暗示了她的形体外貌和杀伐决断、赏罚严明和善于治家的特点,也预示着她相人择婿、助夫名子、教子治家的情节走向。《崔猛》开篇人物"名、字"的介绍也为崔猛打抱不平、锄强扶弱的非凡表现奠定了基础……聊斋的人名即人生,人名即故事,人名与个性、命运、情节浑然天成。姓氏是人物性格之标识,情节是姓氏的衍化。

总之,《聊斋》开篇多以介绍人物尤其是男性为主;开篇人物往往多为配角或功能性人物;这些开篇的人物介绍在后文多有照应。

二、《聊斋志异》开篇与传统的暗合

《聊斋志异》别具特色的开头，应该是受文学传统的影响或者与之暗合的结果。《聊斋》受《诗经》起兴及其兴体思维的影响，可参看拙文《诗经的“兴”与话本入话的关系及其意义》①。《聊斋》开篇与神话传说、辞赋和戏曲等的开头也不谋而合，尤其深受“史说同质”小说观的影响。

（一）与神话传说尤其是始祖神话的暗合

《聊斋志异》介绍人物和来源式开头与史传文学有关，典型地说明了蒲松龄“小说是正史之余”的小说观念。而这种观念首先与神话传说的历史化有关。

中国古代神话在演进过程中，一部分被历史化了，变成了传说的历史载入文化典籍，沉淀于人民的记忆中。通过黄帝这条线索，将原来互不统属的神话故事串联成一体，成为一个体系，构建出以黄帝为中心的颛顼、帝喾、尧、舜、禹的上古五帝，以及后来如出一脉的夏、殷、周、秦的远祖帝系。这种寻根问祖就是历史化的表现之一。《聊斋》很多篇章的主角明明是儿女，却要在开篇写其父祖和籍贯，或者开头简笔点明事情的来龙去脉和人物关系再叙述主要的故事，庶几受到神话传说的影响，或说与之暗合。神话传说的历史化使我国的史官文化发达。历史化后的神话传说转化为古史材料，人们就“宁可信其有不可信其无”地将它接受下来，使之兼具小说意味和史料价值。

中国古代的神话小说被纳入史部的范畴，又存在着一种泛史学化的倾向。例如《隋书·经籍志》分经、史、子、集四部，其中《穆天子传》《西京杂记》《汉武故事》《搜神记》《幽明录》《山海经》等均被收

---

①　杨林夕：《从诗之“兴”到“思之兴”——〈诗经〉的兴与话本入话的关系及其意义》，载《广西社会科学》2011 年第 5 期。

入史部。这种泛史学化使古代小说转化为古史材料。古人将这种疑信参半的东西网罗起来，使“小说”具有很大的包容性。稗官野史在正史面前毕竟不入流，但它找到了一种生存空间：“为正史之余，可补正史之不足”，即与历史搭上关系方可生存。神话和历史于是互相转变：黄帝可能是神话人物，可能是部落首领被神话化了，神话有历史的影子，神话历史化变成了古史（有些历史来源于神话）。史与小说也是互相影响的：小说可补正史之余，正史材料不足时取之于小说杂传。蒲松龄不仅在创作《聊斋》时开头多取现实人物甚至师友亲朋的故事，努力以写史之笔写小说，如《狐梦》言“毕每读青凤传”，好友毕怡庵将《青凤》当作史传读，不仅信以为真且冀乎一遇，更有甚者，狐仙要毕怡庵委托蒲松龄作传；甚至视《聊斋》为现实，所以《绛妃》开头则为“癸亥岁，余馆于毕刺史公之绰然堂”梦见花神绛妃请他撰写讨封氏的檄文……这种真幻交织、惝恍迷离、虚实难辨和古代神话与历史的关系类似。

（二）与赋序“述客主以首引”的暗合

刘勰的《文心雕龙·诠赋》曰“述客主以首引，极声貌以穷文，斯盖别诗之原始，命赋之厥初也”[①]，指出了赋序“述客主以首引”的文体特征。汉以前的对话体散文与赋中，说话者与受话者多表现为师生、君臣，如《高唐赋》《神女赋》，很少直接表现为主客，只有荀赋中有虚化的君臣；而汉代对话体赋中的说话者与受话者多表现为虚化的主客，如《长杨赋》《天子游猎赋》等。《聊斋志异》开头一般介绍次要人物（或者相关事件），以次要人物引出主角，这与“述客主以首引”的手法不谋而合。

初步统计，《聊斋》中配角引出主角的可分为八类：“以男人类直

---

① 〔梁〕刘勰著，刘永济校释：《文心雕龙校释》，中华书局 1962 年版，第 142～143 页。

接引出男异类主角”的、“以男人类引出男异类配角再引出女主角”、“以父亲引出儿子”、“儿孙引出父祖”的、官/主引出民/仆型、以施恩人/赏识引出报恩人/被赏识者、“以男性引出女性主角”、“女性引出女性”等。除了最后一类是以“女性”为开篇人物引出主角，而且只有两篇即《封三娘》以范十一娘开头引出狐女封三娘，是第二女主角引出第一女主角，《绩女》以夜绩的寡媪引出仙女，是配角引出主角，其余九篇“女性引出女性”才是直接以女主角开篇。其他七类都是以男性为开篇人物亦即引渡人物。《聊斋》的开篇人物多为男性，而书中绝大多数的女性形象较之男性更加鲜活生动。以男性开篇的占主要部分，而大多数主角是女性。更多的让男主人公先出场，再由事件引出女主人公，并在不知不觉中开始刻画女主人公的形象。这在志怪小说史上是首创和独创。如《聂小倩》以聂小倩与宁采臣的爱情为中心线索，着力刻画聂小倩这个改恶从善的可爱的女鬼形象，开头却从宁采臣写起，由远而近地逐渐引出聂小倩，就像电影中的镜头一样，由远景、中景逐步推到近景，既为聂小倩的出场做了足够的铺垫，又对人物的性格、人物之间的关系以及后来的发展方向做了必要的说明，埋下了伏笔，但明伦称这种开头为“先断后叙法”。这与赋序虚设主客并以“客”引出“主”的开头暗合。

(三)与杂剧“引戏”、传奇“副末”的暗合

宋杂剧中的“引戏色”是一个一直没有明确的脚色，许多著作中提到过这个脚色，但是始终没有一个公认的说法。“引戏色”在早期是“引舞”“舞头”一类的脚色，在宋杂剧中成为一个专职的引杂剧的“引戏色”，后来发展成类似传奇中的“副末”脚色，最终成为戏曲中一个引出故事或推动情节发展的“功能性”角色。关于引戏的功能虽有争议，但是其引出故事或推动情节发展的作用却得到公认。后来发展了南戏的“副末开场”末的“始事”之“引”，变成最早出场、随后可以中止交由其他脚色演出，“引戏”之“引”则是进行性可持续的

表演形态。南戏中,因为引戏取代了末泥的开场始事,又在开场之后通过“冲场”交由生脚演出,也就自然可命名为“末”。

在近似于后来的生、旦、净、末、丑五杂剧色类中,最为人熟知的是“副净色发乔,副末色打诨”的表演,根据其“发乔”与“打诨”的特点与后世戏曲脚色的比较可以看出,能够和这一演出的方式类同的只有南戏传奇中的净丑打诨戏谑,由于南戏传奇中的末和副末都极少参与科诨式演出,就和杂剧色中的副末有了很大不同。李渔在《闲情偶寄》中认为传奇的表演中总由一个戏外之人“副末”来开场。南戏、传奇的“副末”在行使开场之职时并非角色,“副末”在完成开场的任务后,旋即可进入戏中,成为穿梭奔走于生、旦、净、丑之间的角色。“副末”开场一般是由“副末”与“后台子弟”问答,“副末”念诵一两段词,向观众介绍剧情、作者立意等。

《聊斋志异》开篇设置了很多次要人物、引渡人物,跟戏曲“引戏”和“副末”的功能惊人地暗合。《聊斋》开篇人物的作用就有这两种:一是只单纯地引出主角就不再出现,完全是引戏的功能性角色,如《宫梦弼》的柳芳华、《小二》的父母、《博兴女》的博兴民、《邵临淄》的某翁等;一是引出主角和故事后还有客串,即承担像杂剧的引戏、南戏的副末那样“做演出的辅助性工作、扮演次要人物”的职能。如《田子成》中的田子成、《任秀》中的任建之、《仇大娘》中的继母和弟弟福生等。田子成引出儿子,但是后来又以鬼魂出现,并且因为他一直影响儿子做官的心情以致推动寻找父骨等情节的发展;任建之也是引出儿子任秀后,以暗场的形式帮助儿子复仇。

(四)与“史传之余”小说观的暗合

蒲松龄深受“小说是正史之余”小说观的影响,具体表现如次:

1. 显示为人作传的意识。篇名为“传”,以《史记》和唐传奇为尤,《史记》以人物为纲,本纪、世家、列传大多在标题中就表明传主的姓名或身份,七十列传多以人物身份再冠以“列传”二字,如《田单列传》《汲郑列传》《游侠列传》《魏其武安侯列传》；唐传奇的《李娃传》《霍小玉传》《东城老父传》《无双传》[①]等，有明显的为人立传的意识（从序跋亦可证），故事真实与虚构并存。而《聊斋志异》基本上是人物传记，以人名命题的有三百多篇，只是去掉了“传”字而保留人名，实际也是个人传记。且开头与篇名结合，即使讲述故事型也多以介绍人物起始。表现了对“史传”“传奇”的继承。

2. 对“史家笔法”的“继承”。《聊斋》以史家的规范写作，精确交代时间地点，注意事件的首尾完整。

史传文学尤其《史记》开篇介绍人物姓氏、籍贯、职业等基本情况非常明显。《聊斋志异》在继承中又有创新发展，不对主人公的生平做纪年式叙述，而是选取人物的某一故事，交代清故事的起因、经过和结局，且情节完整。不仅凸显故事的曲折离奇、起伏跌宕，人物形象感人、性格突出，而且开篇增加可信性，主要通过或者介绍与下文有关的人物特点和轶事，如《阿宝》介绍孙子楚的“诚笃”“痴”，《连城》讲述乔生帮助朋友的故事；或者点明具体的时间地点，《地震》开篇“康熙七年六月十七日戌刻，地大震”，精确到时刻，庶几乎史；《上仙》“癸亥三月（1683），与高季文赴稷下，同居逆旅”，点明年月。《狐梦》篇首即凿凿有据地点明地点“余友毕怡庵……尝以故至叔刺史公之别业”，篇末又有确切的时间“康熙二十一年腊月十九日，毕子与余抵足绰然堂，细述其异”。据载，“刺史公”毕际有（字载积）曾请蒲松龄在家中坐馆，教他的八个孙子，这是确凿的事实。加之精确到具体某日的时间，因此使人相信在毕家的别墅真的发生过作者、毕怡庵和狐狸的故事。蒲松龄想让读者相信狐鬼的故事甚至整部《聊斋志异》的故事都是真实发生的。另外如直接引用邸抄《李

① 唐传奇另有《虬髯客传》《南柯太守传》《补江总白猿传》《柳毅传》《任氏传》《莺莺传》《飞烟传》，宋代有《乌衣传》《王魁传》《谭意哥传》等。

司鉴》开头“李司鉴,永年举人也。于康熙四年九月二十八日,打死其妻李氏……”精确到日,而且小说记叙他被审查、到戏台自割自刳及其被判死刑的结局,不到两百字的篇幅却首尾完整。至于那些长篇的爱情婚恋小说,如《王桂庵》《莲香》等,则不仅情节曲折,故事也更完整。

3. 通过声明材料来源和细节的真实等方式来证明故事的真实性,以取信于读者。这与史家“无征不信”的观念有关,在唐宋传奇、“三言”“二拍”和笔记小说中也很常见。《聊斋志异》喜欢在篇末注明谁说的谁见的,言之凿凿。如《五羖大夫》和《鸲鹆》篇末都题“毕载积先生志”或“毕载积先生记”,都按以实名(即毕际有),篇末注明题材来源。《聊斋》还喜欢用“实所亲见”,这当然是蒲松龄的夸饰之词,是受“小说是正史之余”的观念影响所致。《狐梦》说毕怡庵是毕际有的侄子,经查《淄川毕氏世谱》,根本没有一个号曰“怡庵”者,这些真真假假的人物、地点、时间往往就成了蒲松龄诱人深信的障眼法。但是大部分人相信“号”假而人物和事件是真的。据专家考证,《狐梦》中的毕怡庵,可能就是以毕际有的仲子毕盛钜为原型的①。这种“以实所亲见”来申明、强调所讲故事的真实性多在文末,开头也有。据统计,申明材料来源的来源式开头有21篇,篇首多点明主人公或者讲述者的身份是亲朋戚友,或者是亲友的亲历,如《考城隍》“予姊丈之祖,宋公讳焘”,《捉狐》“孙翁者,余姻家清服之伯父也”,《喷水》“莱阳宋玉叔先生为部曹时,所僦第甚荒落”;或者出自亲友的见闻,如《三生》开头记蒲松龄哥哥的好友刘孝廉“尝历历言之”,他们的见闻或者亲历不就是“实所亲见”甚至“实所亲历”吗?《苏仙》“高公明图知郴州时,有民女苏氏,浣衣于河”则表面上是交

---

① 章培恒:《〈聊斋志异〉写作年代考》,见山东大学蒲松龄研究室编《蒲松龄研究集刊》(第一辑),齐鲁书社1980年版,第183~197页。

代故事发生的时间，实则暗指下文是高公的闻见，这些可以算是暗隐的故事来源，而以现实人物开篇。

蒲松龄的"史说同质"的小说观念还表现在《聊斋志异》用细节的真实来取信于人。如人物出场时有具体姓名、籍贯等背景资料的介绍，蒲松龄把聊斋故事当作《史记》来写，煞有介事地强调果有其人，从而增添故事的真实性。鬼魅说不清其来历，于是蒲松龄就把人物介绍的重点放在凡人身上。所以标题为狐鬼仙妖的多，而开篇介绍却多是凡人。如《陆判》从题目来看就知道文章的中心人物是陆判，但蒲松龄避而不谈其来历，而是介绍与陆判交往的凡人朱尔旦，开篇就道出其家底，让人以假为真，为人物接下来的活动打下现实基础。另外，《聊斋志异》还运用了"假实证幻"的艺术手法，即借用某些似乎真实确凿的细节，证明虚幻的故事整体也是真实可信的。《白于玉》写吴青庵在梦中被仙人白于玉引至天上，与一仙女极尽欢爱，梦醒后"方将振衣，有物腻然坠褥间，视之，钏也"。何守奇评曰："否则梦不足凭。"吴青庵梦中的经历及仙女赠钏都是虚幻的，不能让人信以为真，而醒后见钏则使全部梦境具有了艺术真实感。

《聊斋志异》的很多故事有本事，相关的"本事考""人物原型考"的论文也有很多①。或者将现实人物穿插其中，这样可以使人有亲历感，增强可信度，《杨千总》开端写"毕民部公即家起备兵洮岷时""千总杨化麟"之事，"毕民部公"即馆东毕际有之父毕自严，目的也是证明所记事情真实可靠。另如《林四娘》开篇的陈公宝钥，冯评夹批"陈公字绿崖，康熙二年观察青州"；《诸城某甲》开头的学师孙

---

① 姜健：《"邵临淄"原型邵嗣尧考》，载《蒲松龄研究》2014 年第 2 期；俞阅：《〈聊斋志异〉中"张道一"人物原型再考》，载《文教资料》2015 年第 29 期；邹宗良：《蒲松龄与王甡交游补考》，见《蒲松龄研究丛稿》，山东大学出版社 2011 年版，第 114 ~ 128 页；等等。各种《聊斋志异》的注本中也有很多某人是某一人物原型的说明。

景夏,吕湛恩注是诸城举人;《库官》开端的"邹平张华东公,奉旨祭南岳",吕注"名延登。万历壬辰进士,官南京都察院右都御史,谥忠定"等,都是以现实人物开篇,另如《上仙》开头提到的高季文和念东先生,乾隆《淄川县志》卷五都有传。至于他常常提到的师友亲朋,更是为了向读者说明其故事确切可证的真实性。

三、《聊斋》开篇艺术对传统的超越

《聊斋》开篇虽然与传统文化艺术有着诸多暗合,但是更有意义的是继承中的超越。

(一)对"史传之余"小说观的超越

蒲松龄虽然深受"小说是正史之余"小说观的影响,但是不避虚构,丰富的想象以及对虚幻成分的运用是《聊斋志异》突出的特点。他一方面千方百计地证明故事不是虚构,也许只是小说文体卑下的焦虑中的"尊体"努力;另一方面却"有意为小说",虚构一个个曲折生动、形象鲜明的动人故事。则其作"狐鬼传"时,那些花妖狐魅及其与凡人的纠葛本身就是他荒宅寂寥的想象。《聊斋志异》是一部浪漫主义的作品。它的浪漫主义精神主要表现在对正面理想人物的塑造上,特别是由花妖狐魅变来的女性形象。但是,不仅这些来去自由、在婚恋中占据主动的女子和帮助书生的神女、侠女都很难在现实中找到,就是"大仇未报、寸心不死"的席方平、化虎的向杲、死后复生的乔生等也多出于虚构。所以他煞费苦心地由现实人物甚至师友亲朋这些次要人物开篇以让人信以为真,但是这些实有的开篇人物引出的主角却多是虚构的、非现实的人物(这种"明修栈道,暗度陈仓"的手法,完成其真实"信史"前提下的虚构,以使人在真实中忘记其虚构)。另外,《聊斋》的虚构还表现在对浪漫主义手法的运用上。《聊斋》善于运用梦境和上天入地、虚无变幻的大量虚构情节,冲破现实的束缚,表现自己的理想,解决现实中无法解决的矛盾。最后,《聊斋》故事大多也不是现实生活中实际发生的,而是向壁虚构的。总之《聊斋》写的大多是一些花妖狐魅的故事,充满奇思异想,表现了对“史说同质”小说观的超越。

1. 虚构的意识。史传重视写实的实录精神,《聊斋》却不避虚构。以虚构的故事如《促织》《向杲》《劳山道士》等来讽刺统治阶级的荒淫和人性的弱点,以狐鬼花妖自由来去,凡人化虎、复生等虚幻的情节来抨击社会、剖析人生。虚构在以前的小说中就存在,尤其是汉魏六朝的杂史杂传和志怪小说中。六朝志怪记叙大量狐鬼怪异故事,但其创作动机是“发明神道之不诬”且信以为真,所以其虚构是潜意识的;“有意为小说”的唐传奇完成了真正有意的虚构,《聊斋》将其发展到了极致,取其有意虚构幻设的手法,通过种种夸张、想象造意立奇,使情节故事奇峰叠起、变幻无穷。但是蒲松龄搜奇记异不是要读者欣赏传奇或者迷信鬼怪(他自己都不信鬼怪神道),而是要人领悟其中的意蕴。

2. 抒愤的目的。《聊斋》还通过有意虚构来反映现实,抒发孤愤之情。蒲松龄画实为虚、谈空说鬼以表达怀才不遇的困厄和怨愤,如《司文郎》《叶生》《三生》;对社会黑暗的抨击,如《席方平》《梦狼》《促织》;对美好婚恋的向往,如《婴宁》《阿宝》《香玉》《连城》;甚至对浇薄人情如《罗刹海市》、世态险恶如《念秧》等的揭露和《种梨》《画皮》等的警示。而其用情最深、感情最愤的是对科举制度弊端的揭露。《司文郎》《于去恶》骂考官有眼无珠、昏聩无能;《续黄粱》《王子安》愤考生之精神扭曲、神魂颠倒;《叶生》《三生》之痛落第者的刻骨之怨;《考弊司》《神女》《贾奉稚》抨击考场的黑暗、贿赂公行,考试荒唐,黜佳进庸;《胡四娘》《凤仙》《镜听》揭露科举使得民风败坏,世风凉薄……

史传主要记叙真实发生的事件和人物经历,《聊斋》以超越其小说观念的虚构和想象的方式,尽设幻语以反映现实抒发孤愤,并寄希望于青林黑塞之间的知己。

(二)对传统开篇艺术的推陈出新

《聊斋志异》以叙述故事和介绍人物为最多(分别是251篇和193篇),约占总书的十分之九,这主要是对史传文学和创世神话的继承发扬。其创新处在开头与篇名结合、"以女性命名介绍男性开头"的篇章中表现最为明显,两种方法都是灵活多样而非一成不变。

《聊斋志异》中开篇人物和主角不一致的有两百多篇,开篇人物多是配角和次要人物,主角多是被他们引出的,其中"以男主人公引出女主人公"和"以男人类引出男异类"的为最多(这两类多为爱情类和刺世类),表现了对汉赋"述客主以首引"继承中的超越。

1. 符号化人物与丰盈人物:符号与形象

汉赋是以主客对话引起全文,主客多为符号化、程式化的人物,目的是引出铺叙即正文,而《聊斋》的人物不论主次都是鲜明生动、血肉丰满,给人以真实感的人物形象。

2. 主要人物和次要人物:有无主次之分

辞赋"述客主以首引"中有一个被"屈"的,胜利的往往是"主人",主客必分主次,即必有一个过场人物,甚至不是次要人物。《聊斋志异》的主客与题名结合起来。有的有主次之分,如《黄英》中的马子才相对于主角黄英只能是第二主角,男女主角有细微的差别。引渡关系是父子的多有主次之分,如《曾友于》中的曾翁和儿子曾友于、《周克昌》中的父亲周天仪和儿子周克昌、《柳氏子》中的柳西川和儿子等,这些被父亲引出的儿子才是主角;有时几乎分不清主次,如《封三娘》中的封三娘和范十一娘两个少女没有主次之分,男女主人公也大多没有主次之分,如《庚娘》《阿宝》《葛巾》等的男女主角。硬要区分的话,一般以题名人物为主角,开头的人物做第二主角。《聊斋志异》开篇是一种出场艺术,一种"千呼万唤始出来"的延宕法。因此他的人物或者有主次之分，典型表现在“题名是人形男异类、开头是男人类”的近百篇、“女主角题名，男主、配角开头”的83篇和“以子命名以父开头”的15篇等三类作品中，而“以男(女)主人公命名，以女(男)主人公开头”和“以甲女命名乙女开头”的，是以塑造男女主人公(或者两个女性，如《封三娘》)为主，没有主次之分。这些作品通常只写一两个主要人物，先让哪个人物出场，是一个艺术构思的问题。蒲松龄发挥大师的智慧，让男主人公先出场，女主人公后出场，这种“好戏在后头”的方法能很好地抓住读者，层转层深，引人入胜。

3. 纯为主客和兼有人事

辞赋“述客主以首引”由客人引出主人，多是对话式，即借一人引另一人的滔滔宏论，主客都只是人物。《聊斋》除了次要角色引出主要人物，还有“人引事”或者“事引事”。有的在介绍人物的时候，讲述与人物个性相关的故事或者事情的背景，类似话本的头回，如《阿宝》中写孙子楚性痴的两个细节，《向杲》和《商三官》中叙述两人复仇故事起因的小故事，或者如《菱角》《庚娘》《张诚》等战乱、迁徙的背景介绍。有的通过对性格品行的简单介绍引出相关故事，如《林氏》开头介绍林氏的丈夫“济南戚安期，素佻达，喜狎妓。妻婉戒之，不听。妻林氏，美而贤”。丈夫的佻达和妻子的贤惠，决定了林氏为戚生置妾的故事。而且戚生的佻达贯穿始终，他表面上因妻子自杀守贞而收敛自己的放荡行为，实际上却将渔色行为纳入子嗣之中:“居数年，林不育”，奇迹般活过来的林氏不能生育，就让丈夫色眯眯地把便宜占尽又装痴装呆假装正人君子，也许他确实想改过吧，但是林氏的贤惠让他正好借坡下驴。这是因为蒲松龄在开篇介绍人物的时候“逆萌中篇之意”了，让人物的个性等决定后面的情节发展。

4. “建言”“首引”和预示照应

刘勰还指明了赋序的“建言”和“首引”作用:“序以建言，首引情本”[①],意思是开篇设置序言,用来说明作品的主要内容、意义。其后“论说”篇中又称:“序者次事,引者胤辞”[②],意思是“序”按一定次序来申述事物的内容,“引”是对正文的导引,是引言、导言。《聊斋》作为短篇小说的精品,开端就注意首引建言,可谓惜墨如金,每一字都不是闲笔,都有照应,看似平平常常的人物介绍,蒲松龄已在开章明义中埋藏了故事发展的引线和人物个性的基调,后文多处因此而生事,可谓前后相接,惨淡经营。《葛巾》开篇说“常大用,洛人,癖好牡丹”,下文即围绕“癖好牡丹”做文章;其他如《连城》开头对乔生帮助亡友顾生寡妻幼子的介绍和《狐梦》开头对毕怡庵貌丰肥和多髭的介绍等,后文都有呼应。可见作者落笔就把握住情节的发展和小说的主旨,格外关注情节的集中和连接,这种创造性的手法被评点家们称为“提笔”,即前文提供关键人物性格或主要情节线索的简短话语来开启、连接故事的叙事手法。这一点颇类似于《史记》中以人物小时候的故事来反映人物成人后的性格特征的手法,以小见大法或说前呼后应法,也是对赋序建言、首引的继承发展。

关于《聊斋》对唐传奇、话本、民间文学甚至传统思维的超越,前人的论述颇多[③],限于篇幅就不一一指出了。

---

① 〔梁〕刘勰著,刘永济校释:《文心雕龙校释》,中华书局 1962 年版,第 144 页。

② 〔梁〕刘勰著,刘永济校释:《文心雕龙校释》,中华书局 1962 年版,第 360 页。

③ 吴九成:《聊斋美学》第三章《〈聊斋〉审美创造中的艺术思维》第一节《中国传统的思维模式与蒲松龄思维的一般特征》,广东高等教育出版社 1998 年版,第 99 ~ 100 页;陈国学:《继承、变化、创新与超越:〈聊斋志异〉与唐传奇的比较》,载《蒲松龄研究》2008 年第 4 期;李军锋:《试论宋元话本小说对〈聊斋志异〉的影响》,载《西昌学院学报》(社会科学版)2010 年第 1 期;陈文新:《从宋元话本到〈聊斋志异〉——论讲唱文学对文言小说的渗透》,载《学术交流》2010 年第 7 期;吴波:《明清小说创作与接受研究》,湖南人民出版社 2006 年版,第 87 ~ 89 页。

《聊斋志异》的开篇称为“凤头”,是当之无愧的。《聊斋志异》的开头服务于人物塑造、情节设置、结构安排。作者继承和发展了神话传说、史传文学和唐宋传奇的写法,开篇多以简单介绍人物尤其是男性人物的姓名、身世、性格等起笔;多以配角引出主角,与《诗经》的兴和赋序、戏曲的引戏暗合;开篇人物与题名多不一致,尤其是多以女主角为题名、以男性开头和喜欢用次要人物引出主要人物等,更是蒲松龄对传统的继承和超越。因此,对《聊斋志异》开篇的研究关涉到古代的小说观念、结构模式甚至人物塑造,对研究原始思维、小说观念和对传统的继承与创新等都有一定的意义。

【作者单位:广东惠州学院文学与传媒学院】

聊斋文本细读

从儒学“好色论”说《娇娜》

杜贵晨

一、关于儒学“好色论”

我国古代的儒家不谈爱情,但谈“男女”,谈“好色”,尽管只是从男性立场上说的。这方面的言辞零星散见于以孔孟为代表的先秦诸儒的著作里,自身并不成系统,但综合分析概括起来,也可以称得上是一种理论,姑名之曰“好色论”。

儒家的“好色论”不是本文讨论的重点。但是,本文“首创”此一概念,以作为讨论的理论基础,这里还是需要先对这一理论的内容做一番梳理,就从儒的根本特点说起。

我们知道,儒学治世,治世的方法就是以其学说化成天下,即所谓教化。教化自然要抓住世人的根本。而儒家认为世人的根本在“性”即人性,所以教化要从人性的修养做起。这就是《礼记·中庸》所说:“天命之谓性,率性之谓道,修道之谓教。道也者,不可须臾离也,可离非道也。”

然而“天命”之“性”是什么?“孟子曰:‘口之于味也,目之于色也,耳之于声也,鼻之于臭也,四肢之于安佚也,性也。’”(《孟子·尽心下》)但最有名的是其引告子所说:“食、色,性也。”(《孟子·告子上》)同样意思的话还见于《礼记·礼运》:“饮食男女,人之大欲存焉。”

这就是说，在儒家看来，“色”即今天所说人的性欲，是人性一分为二中仅次于“食”的本性之一，当然是不可以抹杀的。所以《孟子》中又说：“好色，人之所欲。……知好色则慕少艾，有妻子则慕妻子。”(《孟子·万章上》)而且这并不一定妨碍人在德行方面的发展。《孟子·梁惠王下》：

王曰：“寡人有疾，寡人好色。”对曰：“昔者太王好色，爱厥妃。《诗》云：‘古公亶父，来朝走马，率西水浒，至于岐下，爰及姜女，聿来胥宇。’当是时也，内无怨女，外无旷夫。王如好色，与百姓同之，于王何有？”

又《礼记·祭义》：

文王之祭也，事死者如事生，思死者如不欲生，忌日必哀，称讳如见亲，祀之忠也。如见亲之所爱，如欲色然，其文王与？

这就是说，“好色”并不一定妨碍圣道。由此可见，后儒“存天理，祛人欲”，特别以“好色”为士行不端的表现，甚至以女色为“祸水”的偏见，并不合于以孔孟为代表的先秦儒家之道。

但是，以孔孟为代表的先秦儒家，虽然认可了“色”为人性中仅次于“食”的本质之一，却又认为除了如大舜、太王那样的圣人之外，对于一般人来说，“好色”既是修道之最大的妨碍，同时又是修道所可能比拟的最高境界。《论语·子罕》：

子曰：“吾未见好德如好色者也。”

又《论语·卫灵公》：

子曰:“已矣乎！吾未见好德如好色者也。”

虽然孔子两次所言意思并无不同,但一件事要说两次,可见其于此体会之深,所以后一次的意思虽然较前没有变化,但已经是感慨系之了。几乎同样的比较还见于《礼记·大学》:

所谓诚其意者,毋自欺也。如恶恶臭,如好好色,此之谓自谦。

孔子之所以感慨系之,是因为在他看来,一个人最好的是色而不是德,那是非常危险的。《论语·季氏》把“色”作为君子“三戒”之一:

孔子曰:“君子有三戒:少之时,血气未定,戒之在色;及其壮也,血气方刚,戒之在斗;及其老也,血气既衰,戒之在得。”

《荀子·君道》甚至引“语曰:‘好女之色,恶者之孽也。’”这句话可以说开了后世女人“祸水”论的先河。

所以,儒家一面从学说上提倡重德而轻色,如《论语·学而》:

子夏曰:“贤贤易色;事父母,能竭其力,事君,能致其身;与朋友交,言而有信。虽曰未学,吾必谓之学矣。”

又《礼记·中庸》:

去谗远色,贱货而贵德,所以劝贤也。

一面为了把“好色”限定在一定范围内，重设礼教之防，却又防不胜防。《礼记·坊记》：

> 子云：“寡妇之子，不有见焉，则弗友也，君子以辟远也。故朋友之交，主人不在，不有大故，则不入其门。以此坊民，民犹以色厚于德。”

《坊记》又载：

> 子云：“好德如好色。诸侯不下渔色。故君子远色以为民纪。故男女授受不亲。御妇人则进左手。姑姊妹女子，子已嫁而反，男子不与同席而坐。寡妇不夜哭。妇人疾，问之，不问其疾。以此坊民，民犹淫泆而乱于族。”

这些做法要达到的目标，应该就是《毛诗序》论诗所说“发乎情，止乎礼义”，具体说就是《史记·屈原列传》评《诗经·国风》所谓“好色而不淫”，即在不能不有的“好色”与“好德”之间走“中庸”之道，于名教中求一乐地。蒲松龄《聊斋志异·娇娜》就是演义以孔孟为代表的儒家这种“好色”观，某种意义上可以说对先秦儒家“好色论”做了形象的图解。

二、孔生与娇娜的“腻友”关系

《娇娜》写书生孔雪笠访友天台不遇，结识狐仙公子皇甫氏，先后得睹香奴、娇娜、松娘三仙女，并娶阿松为妻，而娇娜别嫁。松娘虽然貌美“与娇娜相伯仲也”，但娇娜曾使孔生一见钟情，并曾施神术救过孔生性命。所以，孔生真正的恋人是娇娜，却因为当时娇娜“年约十三四……齿太稚”，所以娶了娇娜姨姐 18 岁的松娘。而孔生对娇娜的恋爱，已是痴到“曾经沧海难为水，除却巫山不是云”的地步。所以，后来皇甫家有难，孔生舍身相救，为了娇娜几乎失去性命。但是，即使后来娇娜丧夫为寡，别园而居，日常“棋酒谈宴，若一家然”，但与《聊斋》多写一娶双美的模式相反，本篇写孔生终于未娶娇娜。

对于故事这样结局，篇末“异史氏曰：余于孔生，不羡其得艳妻，而羡其得腻友也。观其容可以忘饥，听其声可以解颐。得此良友，时一谈宴，则‘色授魂与’，尤胜于‘颠倒衣裳’矣”。可见本篇立意不在于写“艳妻”，而在于写“腻友”；不在于写性爱，而在于写无性之爱，即今所谓“红颜知己”，或“精神恋爱”。在蒲松龄看来，男女精神上的彼此相许，契合感通，远胜于肉体上的结合即“颠倒衣裳”。由此可见，单就这一篇而言，蒲松龄所张扬的可说是中国 17 世纪的“柏拉图式爱情”。

但与柏拉图为了回到“理念世界”而肯定唯精神的恋爱不同，《娇娜》中作者所赞赏的孔生以娇娜为“腻友”并非初衷，而是做不成夫妻的情况下不得已而如此，或者最后虽然能够纳娇娜为副室做夫妻，却又自我克制与娇娜保持并限定于这种“腻友”关系。

因此，《娇娜》写孔生与娇娜的关系不是纯粹想象中的精神交往，而是受各种外部条件规约下的现实行为，是在不止一种可能情况之下出于某种价值观念的个人选择，其中儒家的“好色论”起了关键作用。

三、孔生形象的意义

使我们一下就想到儒家“好色论”的是本篇主人公的姓氏族裔，为“孔生雪笠，圣裔也”。这是《聊斋志异》一书近 500 篇作品写及当不下两三千个人物中，除卷二《汤公》提及“孔圣”而并无描写之外，所写唯一姓孔的人物，又特别强调其为圣人之后，应非无意为之。

这是因为，封建时代孔姓作为圣人之家氏，有特别崇高的地位。除历史人物外，小说中的人物形象极少设为孔姓。有之，则往往为儒家思想观念的化身或传声筒。如乾隆中李绿园著《歧路灯》中的孔耘轩、孔慧娘父女，就是这类的典型。蒲松龄为山东人，终生业儒，无疑是尊孔的圣人之徒。他将本篇主人公命名为孔雪笠，又特别强调其为“圣裔也”，可知其写孔生的艳遇，不可能不是按照一位圣人之徒所应有的样子，也就是按照儒学“好色论”的要求来塑造孔生，使之成为名教中自有风流的典型。因而我们有理由把它与书中各种写男女之事的其他作品区别看待，而“大胆假设”其是一篇阐发圣道“好色论”的文章，进而从具体描写“小心求证”其是否果然如此。

首先，《娇娜》写孔生“为人蕴藉，工诗”，正如其名“雪笠”，所友皇甫公子“呈课业，类皆古文词，并无时艺。问之，笑云：‘仆不求进取也。’”也是一位淡泊名利之士。两人爱好文学的共同特点是他们随情节向“是真名士自风流”方向发展的基础。这一发展在孔生方面，是见美色而好之，由香奴而娇娜，急欲得妻的心情一步步紧迫，直到不得已与松娘成为夫妻；在皇甫公子方面则不仅善解孔生之意，而且慎重其事，积极物色，助之使成。这一过程所体现的，除二人的友谊之外，就是孔生对美色的倾慕和皇甫公子对孔生急欲得妻之同情的理解。这一理解的实质是对儒家“饮食男女，人之大欲存焉”与“知好色则慕少艾”说法的肯定。虽曰风流，实际却只是儒家“好色论”认识的基础，乃人性之常。

其次，《娇娜》写孔生虽然风流，但美色在前，绝无忘情之举；虽急欲得妻，却一定等待皇甫公子为之物色。不仅对所喜欢的香奴总不过“目注之”，而且自见娇娜之后，“悬想容辉，苦不自已。自是废卷痴坐，无复聊赖”，到了“曾经沧海难为水，除却巫山不是云”也就是非娇娜不娶的地步，但一经皇甫公子解说撮弄，马上舍娇娜而娶松娘。对此，读者不能不怀疑孔生对娇娜的感情与其择妻的愿望，何以唯皇甫公子是听？这里可能的解释：一是孔生对自己内心真正感情的压抑克制直至抹杀，二是他对封建婚姻礼教的恪守与顺从。

具体说就是孔生“好色”以至有非娇娜不娶之心,乃“发乎情”,而终于放弃另娶是“止乎礼”。这个礼就是《孟子·滕文公下》所说婚姻凭“父母之命,媒妁之言”。因为需要凭“媒妁之言”,所以虽然孔生急欲得妻,也已经有了心上人,却不能自己与她去决定这件事,而一定要求并等待皇甫公子出面为媒;因为需要遵“父母之命”,所以虽然孔生真正所爱的是娇娜,但既然娇娜的父兄都以为娇娜“齿太稚”而不宜,那么这就是娇娜的“父母之命”,娇娜不可违背,他也只好放弃自己的所爱,而娶了貌似娇娜的松娘为妻。虽然孔生娶松娘之后“甚惬心怀”,但读者无不清楚这仍然有违孔生的初衷。这不止在今人看来,乃人生大遗憾之事,清人何垠也说:“娇娜一席,却被松娘夺去。使孔生矢志如雷轰时,未必不有济也。”为之抱憾,设想也诚为有理。但如果是那样,孔生岂不成了《青凤》中的狂士耿生?虽如愿娶了娇娜为妻,却在人格上有违圣教,将不合为“圣裔”之孔生了。

这里的关键在于作者所预设的孔生“为人蕴藉”。蕴藉,何垠注引《前汉书·薛广德传》注云:“宽博有余也。又注:多所蓄积也。”在孔生被强调为“圣裔也”的前提下,其“为人蕴藉”,当是指其性情学问,尤其是儒学修养,“宽博有余”“多所蓄积”。从而在“娇娜一席”之事,虽有儒学所承认的“好色”乃人性之常,但关键时刻能够而且必须“克己复礼”,保持其“圣裔”的人格。因此,孔生能够割舍娇娜与不惧五雷轰顶,看似判若两人,其实同一为儒学“克己”功夫的体现。只不过前者为自我精神上舍己的“革命”,后者为自我身体上舍己的“革命”。正是这两方面的“革命”,体现了孔生的“为人蕴藉”,也就是其修养的“宽博有余”和“多所蓄积”,不愧为“圣裔”。

由上可知,蒲松龄《娇娜》一篇所写孔生,是一位“好色而不淫”的儒雅风流之士。因为其风流,所以一时把持不住,未能做到“非礼勿视”,蕞尔小过,能够得结娇娜为心上人,观娇娜为其说肿块之由“宜有是疾,心脉动矣”可知;因为其儒雅,所以终能够做到“非礼勿言,非礼勿动”,“克己复礼”,一切循礼而为,所以坐失良机,仅得艳妻,而与理想伴侣娇娜失之交臂。但也正是因为其风流儒雅,所以关键时能冒五雷轰顶之险,以性命酬报知己,表现出“士为知己者死”的大丈夫气概。虽因格于礼法而未得娶娇娜为妻,但其内心实已以娇娜之丈夫自任,而又远过于所谓“夫妻本是同林鸟,大限来时各自飞”的普通夫妻,而能以同生共死相许!

四、名教之中自有乐地

总之,《娇娜》不是寻常的爱情题材小说,更不仅是一般写友谊与“红颜知己”的故事。它的内涵正如孔生为人的“蕴藉”,但明伦评所谓“蕴藉人而得蕴藉之妻,蕴藉之友,与蕴藉之女友。实以蕴藉之笔,人蕴藉,语蕴藉,事蕴藉,文亦蕴藉”,玉成孔生是一位“好色而不淫”的君子榜样,风流儒雅名士的典型。

这一典型形象一定程度上体现了蒲松龄的人格理想。不仅从小说总反映作者心理的真实看,而且从本篇写孔生落拓无归,不得已做了皇甫公子的塾师,与作者为同一身份看,孔生这一人物形象可以被视为作者理想人格的体现。而篇末“异史氏曰:余于孔生,不羡其得艳妻”云云,则体现了蒲松龄对异性朋友即红颜知己的向往,也是老先生天性自然风流儒雅的真实流露,当时虽可以称“率性之谓道”,但恐为道学家所不喜,从而有进步性。即使今天航天探月的时代,能公开宣称羡慕有“红颜知己”的男士又能有多少!

然而,“异史氏曰:余于孔生,不羡其得艳妻,而羡其得腻友”即娇娜这位红颜知己云云,只是蒲松龄为要孔生做一个他所认为标准的“圣裔”人物而发,却有意无意地忽略了孔生内心的真实要求,那就是对娇娜的爱情。如果不然,他还可以并且应当提到孔生其实是违心地娶松娘仅得“艳妻”,而使娇娜徒为“腻友”不得“艳妻”之份,自己也因此不得“色授魂与”与“颠倒衣裳”即“灵”与“肉”合一之圆满的情爱。换言之,孔生的理想应是“艳妻”而兼“腻友”,却不幸实际主要是因为他“为人蕴藉”，受封建礼教毒害太深，致使“该出手时”，未“出手”，铸成两情终身可望而不可即之人生最大的遗憾！岂不可惜、可叹而又可怜？

蒲松龄在《娇娜》中对爱情的轻忽与漠视，暴露出他作为一位传统士人思想上“束身名教之内”的根本特征；而对孔生得“腻友”的叹羡，则体现出其虽“束身名教之内”，却“心有依违”，具某种企图有所突破的愿望与冲动。由此我们可以体会到历史上新思想、新观念的成长以至社会进步的艰难与希望。同时这种成长与进步又不应该以全盘否定过去的基础为代价，正如我们可以遗憾于孔生的以礼节情的小儒习气，却不能不赞赏他临难不惧为知己者死的大丈夫作风。

因此，《娇娜》虽为短篇，但小中可以见大。它一面生动地体现了儒家风流“好色不淫”的真实意义，其底线就是精神上不免出轨，但行动上必定守礼；一面客观上反映了中国历史发展到清初，个性解放思想在礼教重压下成长的艰难与曲折，于作者与其所写人物的浑然不觉之中，显示了这种艰难曲折的复杂与深刻性。本篇男主人公“孔生雪笠”这个名字，或从柳宗元《江雪》一首化出。《江雪》诗云：“千山鸟飞绝，万径人踪灭。孤舟蓑笠翁，独钓寒江雪。”从篇中所展现的作者对人物内心感受的麻木，深味其中几乎彻底的悲凉，不能不令先觉的读者有“独钓寒江雪”的感受。其在表面的欢笑中“蕴藉”的几乎无可觉察的痛苦与无奈，不正是人生往往而有之境遇的真实写照吗？

《世说新语·德行》载：“王平子、胡毋彦国诸人，皆以任放为达，或有裸体者。乐广笑曰：‘名教之中自有乐地，何为乃尔也！’”《娇娜》之旨，即乐广之意乎？

【作者单位：山东师范大学文学院】

道德·法律·神判·人心

——《土偶》的文化解读

韩田鹿

在《聊斋志异》中,《土偶》是一个似乎不那么引人关注的小故事。它讲的是山东沂水马某死去后,孀妻王氏离奇怀孕的故事。根据王氏自己的说法,其所以怀孕,是因为自己给丈夫所塑的土偶也就是泥像显灵,所以这孩子就是马某的。有人将王氏告到官府,县令先是根据"鬼子无影"的说法让王氏抱着孩子站在日光下,影子很淡,不能断定;而后又用"滴血认亲"的方式,将孩子的血滴入土偶,于是断定孩子就是马某土偶的。众人对县令的判断本来心存怀疑,后来孩子长大,越来越像马某,于是议论也就平息下来了。

故事很简短,只有区区四五百字,但简短不等于简单。从事情的发生,到案件的披露,以及官府的判定,这一故事所折射出的问题,其实涉及道德、法律、人心,以及中世纪很流行的神判法等。细读文本,会让我们对那个时代的社会有一个更为深入的了解与把握。

一

围绕着《土偶》的第一个问题是关于寡妇的守节与再嫁。

在作品中,王氏的守节其实是受到很大阻力的。王氏的父母都力劝女儿趁早改嫁,但王氏坚决不同意,父母的态度稍微强硬一些,王氏甚至要用一死来表白自己的心志。王氏的婆婆本身就是个寡妇,深知守节的不易,觉得儿媳青春年少就守寡实在可怜,也劝王氏改嫁,王氏也坚决不同意。婆婆最后说:“你有志气守节,这是好事,我作为婆婆,自然没有理由反对。但是,守节这条路,说起来容易,做起来实在太难。我这一生,见过许多例子,都是在开始的时候勉为其难地去守节,但后来受不了一个人的寂寞,结果弄出许多不清不白的事情。你现在青春年少,又没有孩子,现在改嫁,乃是人之常情,何必一定走守节这条路呢?”

婆婆的话,可以说是晓之以理、动之以情,但依然没有动摇王氏为丈夫守节的决心。她再次发誓:自从丈夫死后,她的一颗心,就已经追随丈夫而去。用孟郊的诗歌来表达,就是“波澜誓不起,妾心古井水”,既然是自己的选择,就一定会义无反顾地走下去。见王氏的态度如此坚决,两家的老人也就只好作罢,听任王氏守节了。

王氏守节的事情,就这样定了下来。而围绕着守节,当事几方的讨论,实际上涉及一个带有普遍性的社会问题:寡妇再嫁。通过刚才的讲述,我们已经知道了王氏父母、婆婆对王氏守节的态度:一致反对。这多少会让今天的我们感到有些奇怪。为什么?因为这和我们过去的印象反差太大了。在我们的印象中,传统中国似乎不应该是这个样子。历史课本告诉我们,古代的妇女生活在礼教的重重束缚之下,没有丝毫的自由,丈夫一死,女人就只能如一盏枯灯,夜夜在寂寞中苦等天明,否则就会遭到人们的唾骂。但实际情况却并非全然如此。在古代,由于儒家的倡导,“夫为妻纲”逐渐成为一种主流观念,而在丈夫死后为其守节,也逐渐成为一件值得尊敬的事情,但这只是一种倡导的方向,而并非对女性的强求。换言之,守节的寡妇是道德的榜样,但绝非人人必须如此的模板。实际上,即使是在我们看来应当为天下人表率的皇家,改嫁的事情也是所在多有,比如汉武帝的姐姐阳信公主在丈夫死后改嫁给骠骑大将军卫青，光武帝刘秀的姐姐湖阳公主在丈夫死后改嫁大臣宋弘，等等。皇家生计不成问题，到了中下阶层的普通妇女，还有一个靠谁吃饭的问题，改嫁也就成为一种更为普遍、也更为人们所理解的选择。

再就是尽管王氏的父母与婆婆都反对王氏守寡，但当王氏自己态度很坚定地要为丈夫守节时，谁也不敢强迫王氏改变主意，而只能对她的做法听之任之。这又是为什么呢？原来，在古代，尽管普遍认为寡妇再嫁是人之常情，但假如寡妇本人坚持守节，则法律一定会为其提供保护。《大清律》规定："其夫丧服满，妻妾果愿守志，而女之祖父母、父母及夫家之祖父母、父母强嫁之者，杖八十。期亲加一等，大功以下又加一等，妇人及娶者俱不坐。未成婚者，追归前夫之家，听从守志，追还财礼。已成婚者，给与完聚，财礼入官。"简单来说就是，寡妇守丧期满，无论身份是妻是妾，假如本人愿意为丈夫守节，而被父母、祖父母，或者丈夫的父母、祖父母强迫嫁人的话，逼迫者要被杖责八十。其他亲戚如果强迫，杖责九十以上。女子和娶女子为妻者免责。告官时尚未成亲的，追还财礼，女子归夫家守节；已经成婚的，尊重现实，但彩礼要罚没入官。正因为如此，尽管王氏的父母和婆婆都不愿意王氏守节，但谁也不敢违拗王氏的意志，强迫其嫁给别人。

在《土偶》中，我们看到了以"守节"为代表的主流道德价值在具体环境中的处境。政府的提倡是一回事，但其能否被很好地执行，还要看当事人、关系人的具体情况特别是经济状况。它让我们看到了远比教科书上更为生动而复杂的道德人心社会实景。

二

围绕着《土偶》的第二个问题是当事人、周围人的态度，以及官府的介入。

寡妇生了孩子，邻里邻居难免指指点点，王氏到处和人解释事情的原委，奈何说破了嘴皮，只是无人相信。麻烦还不仅如此。马某在世的时候,曾经得罪了当地的里正(所谓里正,是从春秋时期就开始设置的村一级的基层职务,一直沿用到建国之前,其职责范围包括调查户口、课置农桑、检查非法、催纳赋税等工作),如今里正觉得马家守寡的媳妇生出了孩子,正是自己报复的好机会,索性一纸讼状,将王氏告到了县令那里。

在今天看来,一个单身女人,不论其是未婚,还是已经离婚或死了丈夫,只要不违反计划生育的原则,生不生孩子完全是她个人的事情。但在古代,情况就不这样简单了。原因很简单,生孩子不是一个人的事,必然涉及男方,而中国古代的法律只允许女人和丈夫发生关系,和丈夫之外的任何男人发生关系,都要受到法律的严厉制裁。《大清律》“犯奸”门的第一条规定:“凡和奸杖八十,有夫者杖九十。”第四条则又做了如下补充:“其和奸、刁奸者,男女同罪。奸生男女责付奸夫收养,奸妇从夫嫁卖。”翻译成现代汉语就是:凡是通奸、诱奸的,没有丈夫的杖八十,有丈夫的杖九十。通奸双方的罪责相同。如果因此而生下了孩子,孩子交付给男方抚养。女方或嫁或卖,听凭丈夫处置。

里正正是以此为依据对王氏进行控告的。他的理由非常充分:王氏在守节期间怀孕生子,而丈夫马某早已死去,那么很显然,孩子的父亲另有其人。在里正看来,只要告到官府,则王氏“节妇”的画皮就一定会被戳破,而马某即使死去,这顶绿帽子也会结结实实地扣在他的头上。

里正将王氏告到了官府,县令也果然受理了这桩案件。面对讯问,王氏一口咬定孩子是自己和丈夫的鬼魂所生,绝对没有任何奸情。县令难以决断,于是把王氏的左邻右舍都拘到了县衙,对王氏的为人进行了一番调查。调查的结果是,所有的邻居都说从未发现王氏有什么不检点的行为。

一边是认定寡妇生子必有奸情的里正,一边是坚持说儿子是和丈夫鬼魂所生的王氏。县令最终的断案结果是,孩子确实是王氏与马某的土偶所生。具体断案的依据和其中折射出的问题我们留在下一节讲述,我们在这里要说的是,不管众人赞同也好,不赞同也好,县令的决断,是具有法律效力的,并且是终审判决,具有极大的权威性,所以从法律层面讲,土偶的案子已经终结了。

三

站在今天科学的角度来说,县令的断案当然存在许多疑云。

县令最初采用的依据是所谓"鬼子无影",就是说鬼的儿子有一个明显的特征,就是没有影子,于是命令衙役把王氏的儿子抱到日光下,看看有没有影子。结果是有,但是和其他人的影子不太一样,淡得就像一缕青烟。这给原、被告双方都留下了很大的解释空间:里正说有影子,当然就可以断定是此子乃王氏与奸夫所生;但王氏也可以说虽然孩子的父亲是鬼,但母亲是人,有影子也在意料之中,如今孩子的影子这么淡,本身就足以说明他有一半鬼的血统。

县令的第二招是"滴血认亲"。所谓"滴血认亲",就是依靠观察子女与父母的血液或骨殖是否相溶或渗透而判断是否存在亲子关系的一种方法。具体方法又有两种。第一种是"合血法",用来鉴定活人之间的亲子关系,方法是清水一碗,然后令二人刺破手指,将血滴入清水之中。如果二人之间存在亲子关系,则血液很快会融合在一起;如果不存在亲子关系,则两人的血液不能相融。第二种是"滴骨法",用来鉴定活人与死者之间的亲子关系,方法是取死者的骨殖,然后将生者的指头刺破,将血滴到死者的骨殖上。如果二人存在亲子关系,则血液会很快渗入死者的骨头之中;如果不存在亲子关系,则血液不能渗入。

按照常规,县令应该打开马某的棺材,取出马某的骨殖,然后将孩子的血滴到马某的骨殖上,以此断定二者是否存在血缘关系。但县令没有那么麻烦。他的做法是,刺破孩子的手指,然后将血液滴到马某的泥像之上,结果血液几乎立刻就渗透进了泥像之中。为了排除其他泥像的可能,县令还命人找来了其他几个泥像,也将孩子的血液滴到上面,结果孩子的血都不能渗入,一擦就擦掉了。根据这些情况,县令做出了他的判断:孩子必是王氏与马某所生。

站在今天科学的角度来说,县令的决断当然是荒唐的。

首先,女人要生孩子,一定是以现实的两性结合为基础的,这是众所周知的常识,不必赘述。所谓"鬼子",当然是无稽之谈。

其次,县令据以断案的依据"滴血认亲",是完全靠不住的。尽管滴血认亲被我国古代刑侦专家宋慈写入《洗冤录》,成为旧社会进行亲子鉴定的权威手段,但我们还是要不无遗憾地指出,合血法也好,滴骨法也好,都已被证明是一种完全无效的方法。骨骼无论保存在露天里,还是埋藏在泥土中,经过较长时间,一般情况下软组织都会经过腐败完全溶解消失,毛发、指(趾)甲脱落,最后仅剩下白骨化骨骼。白骨化了的骨骼,表层常腐蚀发酥,滴注任何人的血液都会浸入。而如果骨骼未干枯,结构完整、表面还存有软组织,滴注任何人的血液都不会发生浸入的现象。对于活体,如果将几个人的血液共同滴入清水中,则不久都会融合,不必尽系骨肉至亲。滴血认亲在今天看来已经足够落后,而县令由此而创造性地开发出的"滴像认亲"更是尽显荒谬。

再次,退一万步讲,就算我们姑且承认"滴血认亲"有道理,那么县令的做法也是不严密的。孩子的血能渗入马某的泥像而不能渗入别的泥像,只能说明马某的泥像表面比较特殊,吸水性较好而已。要想证明马某的泥像与孩子之间存在特殊的关系,至少还需要再找几个人,也将血滴到马某的泥像上,看马某的泥像对其他人的血液的渗入状况。如果其他人的血都不能渗入泥像,而只有孩子的血才能渗入,则才能证明孩子与土偶之间有着极其特殊的关联。

既然"鬼子无影""滴血认亲"等方法是根本靠不住的,那么,何以在过去的时代,这种种做法竟能够大行其道呢?当然首先要归结于科学的不够昌明。在科学不昌明的时代,鬼神就大行其道。中国的"鬼子无影""滴血认亲",从宽泛意义上说,都属于中世纪常用的"神判法"。所谓"神判法",就是将案件的决断交给鬼神上帝之类超自然的力量。它有时是以直接诉诸鬼神的形式出现的,比如我们经常看到的扶乩之类;有时表面看来是以某种技术的形式出现的,但背后的逻辑仍然是相信鬼神之实有,比如《土偶》中所说的"鬼子无影",以及"滴血认亲"。一把泥土,怎么会有什么神异之处,支持人们相信县令的判断结果的呢?其实还是认为马某地下有灵,相信所谓超自然的"父子天性"的存在。

在今天看来,"神判法"当然是荒唐的。但是,其在中世纪能够大行其道,是有其深刻的原因的。当时的技术手段有限,人力物力有限,是没有将所有疑案全部解决的可能的。但疑案悬而不决,不仅损害司法机关的权威,也会开启人们的侥幸之心。在这样一种情形下,神判法就是不得已情况下的最好解决方案。在科学尚未昌明,人们普遍相信鬼神实有的年代,它一方面对真实的罪犯有某种震慑作用,另一方面也具有很大的权威性。

四

比守节、神判法等更为复杂深刻的,其实还是《土偶》中所展示的世态人心。

作者对于里正的态度很有意思。从作品所透露出的信息来看,里正之所以指破王氏的"奸情",并非因为他有着崇高的道德感,以维护风化人心为己任,而是因为他与马家有仇。个人的仇隙而以维系道德人心为表现形式,里正把人心的阴暗一面充分暴露出来了。

王氏的婆婆对于儿媳的态度特别值得玩味。这绝对是一个深明大义的女人。从她一开始劝说王氏改嫁的那番话语来看,她其实对王氏的守节是缺乏信心的。但在王氏做出了丑事并怀孕生子之后,她的选择是站在王氏一方。一方面,这可能是出于人性的光明与温暖。如她所说,她也是一路守寡过来的,深知其中的艰难。另一方面,也可能出于权衡利害之后的选择。揭破王氏,她能得到的只有为儿子讨回的所谓“公道”,但她失去的,是马家的脸面、是儿媳的一生、是将来可以为自己尽孝的孙子。不管出于什么目的,王氏的婆婆这样做,都是以一害而获得百利的明智之举。

在县令身上,我们可以看到人性的智慧与温暖。从常情来看,县令应该并非因为愚蠢才做出这样的判断的。我这样说是有依据的——古代的县令基本上是读书人出身,至少要读到举人甚至是进士,才可能做到县令的位置,而按照社科院邸永君先生的考察,二十个秀才才能出一个举人,五六个举人才能出一个进士——这位从科场中百里挑一选出来的县令大人,假如不是凑巧是个除念书外一无所知的书呆子,则智商应该不低的。所以,我怀疑他之所以如此,很可能是出于更深刻的考虑:假如自己从日常情理判断,固然很容易断定孩子并非什么王氏和所谓马某的鬼魂所生,但如此一来,一个本来就不完整的家庭就会更加支离破碎,一个女人就会一生生活在别人的嘲笑中,一个本来可以正常成长的孩子就会变成一个弃儿。真相容易得出,但这份真相背后的沉重和惨痛,却实在让人承担不起。正因为如此,县令才宁愿背着糊涂的骂名做出了这个相当离谱的鉴定。在很多时候,法律与人情,礼教与生活之间,确实存在难以两全的情况,县令的这种做法,虽然从法律的角度来看难说严谨,但站在人性的立场上,我以为还是一片菩萨心肠,值得称赞。

从当事人王氏身上,我们看出了人心的复杂。说到过去女性的守节,我们经常说的一点就是所谓礼教对女性的压迫。但在《土偶》这篇小说中,王氏守节却完全出于自愿,而非别人的强迫——恰恰相反,清代的法律并不禁止寡妇再嫁,她的亲人也都劝她趁着年轻改嫁。也就是说,无论法律还是人情,都给王氏的选择留下了充分的选择余地。在这样的情况下,王氏就应当认真地考虑守节所可能带来的种种寂寞与苦楚,再做出自己的选择。与其在一开始没有充分考虑就贸然做决定,并最终因为熬不住守节的清苦而与人私通并最终生下了一个孩子,还不如当初就光明正大地改嫁。很多事情,与其勉强于初,还不如从实际出发,做出实事求是的选择。王氏当然是个聪明的女人,她以惊人的想象力编造了一个离奇的谎言,从而将丑事遮盖了过去。但这终究只是一种侥幸——她遇到了深明大义的婆婆,遇到了心地柔软、有心成全的县令;换一种环境,换另一些关系人,则这个谎言被揭穿才是大概率事件。这不仅是王氏的教训,对于今天的我们,也仍然是一个生动的案例。

【作者单位:河北大学文学院】

论《聊斋志异》历史叙事与战乱书写

——以《公孙九娘》为例

姜克滨

《聊斋志异》是一部杰出的文言短篇小说集，代表了清代文言小说的最高成就。从描写内容看，多写狐鬼精魅故事；从表现手法看，多用梦幻手法、虚幻之笔，为读者构筑了一个光怪陆离的幽冥世界。而作为“孤愤之书”，蒲松龄又在书中寄托了现实情怀，表层的内容是写鬼写妖，深层的话语则是对丑恶人性的鞭挞，对黑暗社会的批判。学界对蒲松龄的生平及其作品艺术性的探讨已经比较深入，相关的研究论文也很多，《聊斋志异》中的历史叙事却很少有人提及。蒲松龄经历明清鼎革，山东地区多次遭受战乱，一系列的历史事件在《聊斋志异》中有着或隐或明的描述。如《鬼隶》写“济南大劫”，《韩方》隐指清兵攻破济南，《张氏妇》写清兵南下，《鬼哭》写“谢迁之变”，《公孙九娘》写“于七之乱”等。蒲松龄以小说文体叙说当代历史，特别是清初的战乱，将时事写入小说，以小说纪史，表现出独特的历史叙事话语。蒲松龄如何将时事写入小说，又是如何展开历史叙事的？这是我们应当思考的一个问题。本文以《公孙九娘》为例，探讨一下《聊斋志异》中的历史叙事与战乱书写。

一

《公孙九娘》的故事情节并不复杂，写书生莱阳生为甥女主婚，夜入鬼村，遇见公孙九娘，一见钟情，两人成婚，终因人鬼路殊，两人分离。从情节来看，与六朝志怪小说中的“幽婚”故事并无二致。对《公孙九娘》篇的赏析与解读，许多学者有精辟深刻的分析，例如袁世硕先生的《续幽冥之录，诉弥天之冤——〈公孙九娘〉发微》认为“就这一点来讲（幽婚故事蕴含有褒贬、美刺之意），《公孙九娘》要算是意蕴最深的一篇”。同时他认为“《公孙九娘》借古老的幽婚故事，传达出死于于七一案的小民的弥天冤苦，要算最典型的也是最成功的‘幽冥之录’形态的‘孤愤之书’”[①]。袁先生对《公孙九娘》评价可谓甚高。《公孙九娘》意蕴很深，凄婉悲怆，有着浓烈的悲剧色彩。

《公孙九娘》是以于七之乱为历史背景的一篇时事小说，于七农民起义是山东胶东地区的一个重大事件。起义初起于顺治五年（1648），中间屡有反复，一直到康熙元年才被镇压下去，共进行了十四年，其中镇压最残酷的是顺治十八年。清代杨士骧修《山东通志》卷一百十七“兵防志第八”国朝兵事条载：“五年，栖霞民于七集亡命于锯齿山，肆行剽掠。……康熙元年春，七溃围窜走……余众悉降。”[②]于七农民起义持续时间长，涉及范围广，震动了整个山东半岛，成为清初山东的重要历史事件。清军大举围剿于七之时，蒲松龄21岁，当时已经考中秀才，对此事件是非常关注的。除了《公孙九娘》，《野狗》《秦桧》也提到了于七之乱，这足以证明蒲松龄对此事件是铭记于心的。

蒲松龄对于七之乱，首先是以客观真实的态度来描绘这一场历史事件，毫不隐晦。相较而言，在官方所修的正史中，于七之乱被轻描淡写，人民的反抗、连坐屠杀等被略去不表，历史的原貌被遮蔽。

---

① 袁世硕：《续幽冥之录，诉弥天之冤——〈公孙九娘〉发微》，载《蒲松龄研究》2005年第3期。

② 谢国桢：《清初农民起义资料辑录》，上海人民出版社1957年版，第114页。

清兵的疯狂屠杀，官方正史讳莫如深，从来不敢正面提及。《清史稿》中提及于七之乱的篇章如下：

> 《济席哈传》：济席哈，亦富察氏，满洲正黄旗人。……（顺治）十八年，授靖东将军，讨栖霞土寇于七。
>
> 《杨捷传》：杨捷，字元凯，义州人。……（顺治）十八年，命署庐凤提督，寻调山东。土寇于七窜入海，捷捕治其党五十余人，诛之。①

在《清史稿》中于七变成了土寇符号，仅仅是表彰大臣军功的点缀，而顺治年间的于七起义的情形与清廷屠杀的概况，都被无情地删掉了。

其次，蒲松龄对于底层百姓的同情，也奠定了《公孙九娘》篇的感情基调。起义斗争的惨烈，清兵屠杀的残酷，无辜人民的惨死，激发了作者的创作动机。蒲松龄在《野狗》篇中再次写于七之乱，写"群尸林立"的场景，反映出这次历史事件留在他心中的深深烙印。

《公孙九娘》对于七之乱的正面记载非常简要，小说一开始写了于七之乱被平定后，清朝统治者对无辜人民的屠杀：

> 于七一案，连坐被诛者，栖霞、莱阳两县最多。一日，俘数百人，尽戮于演武场中。碧血满地，白骨撑天。上官慈悲，捐给棺木，济城工肆，材木一空。②

---

① 〔清〕赵尔巽：《清史稿》，中华书局 1977 年版，第 9573 ~ 9574、9871 ~ 9872 页。

② 〔清〕蒲松龄著，朱其铠主编：《全本新注聊斋志异》，人民文学出版社 1989 年版，第 487 页。

蒲松龄的此段描述，并非夸饰之笔，反映了当时的历史原貌，堪称“实录”。谢国桢先生在辑录清初农民起义资料时，也将此段文字收入，作为反映于七之乱的历史材料来看待。民国时期所修的《莱阳县志》中对于七之乱有如下描述：

> 当大军之初至也，有谓莱阳同恶者众，欲悉诛之。赖知县邹知新力请于三大帅，保全甚多，然犹戮数百人。更索与七相交，凡通一刺者，皆下臬狱，亦数百家，三年始雪。今锯齿山前，有村曰“血灌亭”，省城南关有荒冢地曰“栖莱里”，杀戮之惨可知矣。①

从上面的记载来看，清初统治者不但对农民起义军进行了残酷镇压，而且以“连坐”等方式捕杀了成百上千的无辜百姓，暴行令人发指。

在于七之乱中，清军对平民百姓的屠杀，在多数历史典籍中语焉不详，清军屠杀的人数也无确切数字，但我们可以从方志的记载中搜寻蛛丝马迹，来尽量还原这一历史事件中清兵的暴行。在康熙年间所增修的《栖霞县志》中“丁徭”载：

> 丁徭原额一例人丁六千五百八十五丁，每丁征银六钱五分，共该征银四千二百八十两二钱五分，内除逃亡人丁五百六十丁。顺治十二年，增补人丁五百六十丁。康熙元年，为登属被贼残破等事一案蒙督抚两院题明奉旨除豁逃亡人丁三千四

① 朱一玄：《聊斋志异资料汇编》，南开大学出版社2012年版，第112页。

百五十九丁。[①]

顺治十二年栖霞人口为7145丁，于七之乱后，战争中死亡与逃亡的人数为3459丁，占到了当时栖霞人口总数的48%。栖霞几近一半的人口在于七之乱中或被杀，或惧受牵连而逃亡。而当时莱阳、威海等地，也饱受战乱之苦，被杀与逃亡的人数成百上千。于七之乱对当时的社会生产造成了巨大破坏，对当地百姓来说是一场血雨腥风的浩劫。

于七之乱后，清廷不仅大肆屠杀无辜百姓，而且广兴连坐，罗织罪名，制造冤案无数，使更多无辜百姓身陷囹圄。于七之乱，成为清朝统治者趁机镇压人民的借口，通过严刑酷法来消除人民的反抗意志。

(清康熙六年三月)庚午，刑部议覆，御史田六善疏言："近见奸民捏成莫大之词，逞其诈害之术，在南方者不曰通海，则曰逆书；在北方者不曰于七贼党，则曰逃人，谓非此则不足以上耸天听，下怖小民。"[②]

《山东通志》载：

郎永清，字定庵，奉天广宁人。荫生，初，任东昌道迁按察使。值于七变乱之后，逆案牵连至七百余起，殚心讯鞫，释豁者多。[③]

---

① 郑占春增修，牟国珑增纂：《[康熙]栖霞县志》卷三，清康熙四十六年(1707)刻本。

② 《清实录·圣祖仁皇帝实录》卷二一，中华书局1985年版，第301页。

③ 杨士骧等修，孙葆田等纂：《[宣统]山东通志》卷七十四，上海商务印书馆1934年版，第2400页。

于七之乱对胶州各县人民的影响是巨大的。无数人平静的生活被于七之乱打破,许多人无端被牵连被逮捕,其中包括很多书生、年轻女子和老人。而真正参与起义或者与起义军有牵连的,则大都已经逃亡到全国各地。清廷抓捕的对象从某种意义上来说,多数是替罪羊和牺牲品。莱阳诗人宋琬当时在浙江按察使任上,与于七素不相识,更无交往,却因他的族侄诬告其与于七通谋,就被立逮下狱。这可以看作是一个典型的例子,仕宦大家,尚且如此,平民百姓就不用说了。

于七之乱,实际上是清朝统治者发动的一场大屠杀,以"讨寇"为名对汉族人民的无情镇压,蒲松龄对这一重大历史事件的处理,不是仅仅以文字记录事件,更重要的是以才子之笔为含冤而死的无数百姓表达内心的呼声。《公孙九娘》篇的创作,蒲松龄不仅参照了当时的历史事件,而且也吸取了民间传闻与地方轶事,在写作原则上,以"实录"的史笔进行创作。而小说主要人物公孙九娘也可以在历史文献中找到原型,《栖霞县续志》卷七"烈女·孙氏"条载:

> 莱阳巨族女,幼字郭落。衣鼒,鼒故宦家子。于七之乱,缙绅遭诬者众,鼒举家被逮。独以身脱,匿孙所。谓其可以生己也。孙以女尚在室,衣氏祸且不测,谋将执而献之。氏潜以实告,助之资斧而逃之,遂自经也。鼒夜窜,梦氏指示前途,颈若垂组者,惊曰:"得无死而卫我乎。"事平访之,果然。感其义,立主于家,使子孙世奉之,登莱青道熊旌曰:义烈双完。①

① 〔清〕黄丽中修,于如川纂:《[光绪]栖霞县续志》卷七,《中国地方志集成·山东府县志辑》,凤凰出版社2004年版,第170页。

在这则记载中，衣鼐就是被牵连的巨族公子之一，他的幸存就是因为孙氏女的帮助，而整个故事已经颇具小说色彩。于七之乱后，人民幸免于难的事例有很多，有关的轶事传闻也成为《聊斋志异》小说的题材来源，《野狗》篇即是一例。《公孙九娘》的故事情节显然是在此方志记载的史实的基础上大加敷演，而整体的故事架构则融合了于七之乱引发的底层人民的种种不幸与苦难。

对于重大历史事件，蒲松龄以小说体裁将其艺术化地呈现出来，反映了他"秉笔直书"的史官意识与独特的历史叙事方式，以"幽婚"写"战乱"，将现实政治与文学虚构熔铸在一起，使《公孙九娘》这部小说意蕴深沉、风格悲凉。小说中的叙事一向被视作"稗官野史"，可信度不高。蒲松龄的《聊斋志异》与其他小说不同，作者在小说中深有寄托，在《聊斋自志》中说："集腋为裘，妄续幽冥之录；浮白载笔，仅成孤愤之书。"蒲松龄的孤愤，来源于他坎坷的人生经历、孤傲正直的人格和对当时黑暗社会的敏锐洞察。蒲松龄的这种"孤愤"融化于小说叙事中成为一种"史官"意识，站在人民的立场对贪婪暴虐的统治者与上层阶级进行鞭挞与讽刺。蒲松龄在《公孙九娘》篇以实录的笔法忠实记载了顺治年间于七之乱的历史事件，他所用的体裁是小说，小说叙事发挥了"实录"和"信史"的功能。于七之乱在《公孙九娘》篇中是作为小说背景出现的，而作为小说家的蒲松龄当然不会仅仅直书其事，他的创作才华体现在浪漫主义的想象与虚构中，小说从史实迈向虚构，从单纯记述事件演化为爱情传奇。

二

《公孙九娘》中描绘的爱情故事有着不同寻常的结尾，与《聊斋志异》中其他爱情故事迥然不同。许多学者都发现了这一点，《公孙九娘》并不是大团圆的结局，而是以男女主角的悲情分手结尾。蒲松龄这样的结尾，显然是有意为之，有一番深刻用意的。蒲松龄为什么构思这样一出悲剧呢？历来评点《聊斋志异》的学者对《公孙九娘》的结尾意见纷纭：

> [但评]忘问志表，生固多疏；而夜往路迷，不可谓非鬼之无灵也。况稷门再至，冀有所遇，此情实可以告卿。即独行于丘墓间，何难再示以埋香之所：乃色作怒而举袖自障，女学士毋乃不恕乎？
>
> [何评]此亦幽婚也。不以葬处相示，彼此都疏，乃独归究于莱阳，此异史氏所以有“冤哉”之叹也。
>
> [梓园评]志表乃第一紧要事，当先问之。此九娘所以恨也，乌得言冤？
>
> [方评]荒冢累累，全凭志表而别，莱阳生不能问，九娘亦不能告，二者均失。言憝言冤，俱未当也。[1]

评点者争论的焦点在于莱阳生未问志表一事，并未点出蒲松龄这样安排的用意。蒲松龄小说末尾的“冤哉”之叹，实际上点明了小说的创作动机，他要为冤死者抒愤，小说的情节设置显然是为这一目的而服务的。

《公孙九娘》开篇的史实性描绘，虽然客观真实，像一则时事新闻报道，但这样的文字不足以引起读者的共鸣，打动读者的心灵。蒲松龄在史实的基础上，展开艺术化虚构，精心布置了一幕爱情悲剧，将男女主角的爱情置于清初的社会背景之下，由个人悲剧反思社会现实，拓展了故事内涵，也提升了故事的悲剧美学价值。《公孙九娘》篇章中富含隐喻色彩与象征色彩，于七之乱从历史实录转向

---

① 〔清〕蒲松龄著，任笃行辑校：《全校会注集评聊斋志异》（修订本），人民文学出版社 2016 年版，第 687 页。

了虚幻传奇，在这一过程中历史叙事转向了文学叙事，叙事话语增添了诗的色彩。

蒲松龄对“于七之乱”的虚构，在虚构性和叙事话语、修辞方式的运用等方面，打破了历史叙事与文学叙事的界限，从这个角度来讲，已经具有了后现代历史叙事学的色彩。后现代史学的代表人物海登·怀特认为：“我将历史作品视为叙事性散文话语形式中的一种言辞结构……它们包含了一种深层的结构性内容，它一般而言是诗学的。”①作为叙事，历史使用了“想象”话语中常见的结构和过程，只不过它讲述的是“真实事件”。

> 每一部历史著作中就至少有两个阐释层面：一个是历史学家从编年史的事件中构成故事层面，另一个是历史学家借助比较基本的叙事技巧，循序渐进地识别他所讲的故事，根据情况可以是喜剧、悲剧、罗曼司、史诗或讽刺。②

“于七之乱”作为清初的一个重要历史事件，蒲松龄以小说这种文学体裁来呈现了一个“故事”，采取了“悲剧”形式来对历史进行阐释。而他的这种阐释是“诗性”的，充满想象和虚构。“于七之乱”的历史叙事可以有多种形式，与形式相对应可以产生多种多样的文本。面对清兵的野蛮和官员的暴戾，蒲松龄显然不可能以喜剧的形式来构思全篇，这也就预设了莱阳生与公孙九娘的悲剧结局。于七农民起义，清廷进兵围剿的同时，对当地百姓实行株连政策，对大批无辜百姓进行疯狂的屠杀。这种血淋淋的屠杀使蒲松龄的心灵震

---

① ［美］海登·怀特著，陈新译：《元史学：十九世纪欧洲的历史想象》，译林出版社2004年版，第1页。

② ［美］海登·怀特著，陈永国、张万娟译：《后现代历史叙事学》，中国社会科学出版社2003年版，第76页。

动,激发了他的孤愤,从某种角度来说,《公孙九娘》是蒲松龄以小说书写当代史的一个成功范例。在这一历史事件的整个阐释过程中,蒲松龄将主观意识和道德情感倾注其中,使《公孙九娘》小说有了动人心魄的艺术魅力。蒲松龄对清朝统治者暴虐的鞭挞,以及对无辜百姓惨死的同情,在小说叙事中以"反讽"的方式来实现。海登·怀特对"反讽"是这样论述的:

> 在具有赋义作用的预构(比喻性)策略基础之上,我假设了四种主要的历史意识模式,即隐喻、提喻、转喻和反讽。这些意识模式中的每一种都为一种与众不同的语言学规则提供了基础,以此来预构历史领域,并且,在此基础之上,能够用特定的历史解释策略来"说明"它。①

"反讽的基本比喻策略是词语误用,用明显荒唐的隐喻激发对所描写事物的性质或对描写本身的不充足性进行进一步的思考。"②

限于清初统治的黑暗,文字狱风行的凶险,蒲松龄在《公孙九娘》篇中大量采用反讽和暗喻的手法来揭示这一场屠杀给人民带来的深重灾难。

小说开头"上官慈悲,捐给棺木"句,辛辣的讽刺不言自明。"慈悲"一词,与"碧血满地,白骨撑天"的屠杀形成了极其鲜明的对比,作者对此事件的观点不言自明。作为刽子手出现的昏庸官员,制造了无数冤案,竟然大发慈悲,捐给棺木,以得乐善好施的美名。小说

① 〔美〕海登·怀特著,陈新译:《元史学:十九世纪欧洲的历史想象》,译林出版社 2004 年版,第 3 页。

② 〔美〕海登·怀特著,陈永国、张万娟译:《后现代历史叙事学》,中国社会科学出版社 2003 年版,第 411 页。

中朱生与莱阳生的对话中，有“我岂暴客耶”一句，“暴客”一词也具反讽意味。朱生是安分守己的书生，而以“暴客”通贼的罪名被杀。除此之外，莱阳生的外甥女、公孙九娘都是娴静的小姐，也是以“暴客”被杀，反衬“暴客”罪名的荒诞。小说中被杀的几个主要人物，无一不是遵纪守法之人。主要人物的命名，也有深刻的用意。小说开头“于七一案，连坐被诛者，栖霞、莱阳两县最多”，而故事的男主人公为莱阳生，女主人公为栖霞公孙氏，以“莱阳”“栖霞”两地名做人名，暗喻屠杀之惨。而后文中鬼村名为“莱霞里”，地名的一再出现，隐指屠杀对当时人民心灵的伤害，小说末尾“千坟累累”“坟兆万接”“鬼火狐鸣”等语词也暗指杀人之多，渲染了恐怖凄凉的气氛。

反讽也体现在情节的安排上。一表现在主要人物的塑造上。朱生是个读书人，莱阳生的甥女也是知书达礼的大家闺秀，没有家长之命，不敢自主允婚。公孙九娘出身仕宦之家，书香门第，诗词俱佳。这几个人物竟以“谋逆叛乱”的罪名被捕，莱阳生的甥女和公孙九娘因亲人离世而香消玉殒，此种冤屈让人扼腕叹息。情节的反讽还表现在以喜事写悲境上。《公孙九娘》中莱阳生与公孙九娘，其甥女与朱生，双双喜结连理，而如此美好幸福的场景则发生在鬼蜮。蒲松龄详细描绘了朱生与莱阳生的婚事，无论是“女甥华妆迎笑”，老夫人“指画青衣，进酒高会”，还是“九娘华烛凝待”，都展现了与人间无异的幸福美满的场景。而此种欢乐，毕竟不同于人世，公孙九娘仍然念念不忘的是自己含冤而死，“追述往事，哽咽不成眠”，所作的两首绝句又将小说拉进了现实。现实中残暴的大屠杀与虚构中的洞房花烛夜形成了强烈的对比，加强了小说的反讽效果。莱阳生“忘问志表”一事也具反讽意味。莱阳生对公孙九娘一往情深，对公孙九娘所托之事“收儿骨归葬墓侧，使百年得所依栖”铭记在心，当公孙九娘罗袜赠别后，莱阳生竟忘问志表，再去探寻，无处可觅。半载之后的相见，九娘若不相识，举袖自障。两个人的误会竟难以消除，这段姻缘也以悲剧告终。莱阳生有口难辩的结局，隐喻了于七案中人们的境遇，无端被捕，无处申诉。蒲松龄假托异史氏的评语中一句“冤乎哉”表达了广受牵连无辜罹难的人民的心声。含冤而死，不能昭雪；无辜受诘，不能申辩，小说展现了清初黑暗社会现实下的人生困境。

小说的悲剧结局，反映了蒲松龄对清兵大屠杀的批判态度与民族立场。婚事虽然为公孙九娘带来了一丝喜悦，但埋在心底的仍然是挥之不去的悲伤。小说中“枕上追述往事，哽咽不成眠”一句写出了九娘的冤屈，“忽启镂金箱里看，血腥犹染旧罗裙”两句诗则揭示了九娘心中永远无法消除的痛苦回忆。正是因为清兵的滥杀无辜，一个美丽鲜活的生命消逝了，正值青春的少女香消玉殒了。公孙九娘正是万千冤死少女的代表，控诉了无情黑暗的社会现实。蒲松龄并未像其他幽婚故事一样，采用大圆圆的结局，让莱阳生与公孙九娘永结百年之好，过上幸福的生活。因为于七之乱给人民带来的心理创伤和痛苦记忆，是久久存在于人们心中的，这种灾难太深重了。幸存的人们失去了亲人，死去的人蒙受着不白之冤，而这一切又与国破家亡、改朝换代联系在一起，是不可洗刷的民族耻辱。个人的悲剧命运与国家、民族的命运联系在了一起，社会的悲剧导致了个人悲剧，加强了小说的悲剧色彩。

蒲松龄以情节的反讽和修辞的暗喻给阅读者一种明显的张力：事件本身是无情残酷的，但表达方式却是自然平淡、充满诗意的。这种张力源于叙述方面的特征：一方面，蒲松龄作为叙述者处于故事之外，超然客观地描述所述事件；另一方面，在文体层次上，作者的主观情感不外露，显露爱憎的语句很少见。以真实历史为素材，叙事话语上则多有诗意的呈现，反讽的成功运用，使《公孙九娘》篇给读者以强烈的心理震撼，达到了催人泪下的艺术效果。

《公孙九娘》类反映清代历史的篇章，蒲松龄大多遵循“实录”的原则来反映时事,而具体的情节设置则充满虚构和想象。同样反映“于七之乱”的《野狗》篇中,作者一句“于七之乱,杀人如麻”将清兵血腥屠杀的场景置于读者眼前。乡民李化龙从山中归,遇大兵宵进。此处的“大兵”指的就是清兵,清兵对胶东各县的乡民,不分青红皂白,一概屠戮。“阙头断臂之尸,起立如林”的情节,也以反讽和暗喻的手法表现了作者内心的愤慨。

> 内一尸断首犹连肩上,口中作语曰:“野狗子来,奈何?”群尸参差而应曰:“奈何!”俄顷,蹶然尽倒,遂寂无声。[1]

“野狗子”当是乡民对清兵的蔑称,而群尸“奈何”的对话表现了乡民面对这场屠杀的无奈,手无寸铁的百姓在残暴的清兵面前,只能是惨死的结局。“兽首人身”的怪物实际上是清兵的物化,“伏啮人首,遍吸其脑”的描写暗喻了清兵的狰狞可怕,乡民李化龙的反击也颇具反讽意味。兽首人身的怪物对群尸遍吸人脑,未遇任何反抗,李化龙握石如碗,击中其嘴,使怪物落荒而逃。表面上狰狞可怕的怪物竟然不堪一击,作者在此处意指只要人民起义反抗,残暴的清兵其实很容易被打败。丁七起义开始,起义军重创清兵,后来因为战略的失误,最终失败。蒲松龄一方面表现了对清兵的痛恨,另一方面赞扬了乡民的反抗斗志。《野狗》篇也是采用虚构手法的历史叙事,反映了战乱下人民的悲惨境遇。袁枚在《子不语》卷二十三“人面豆”中也写到了于七之乱:

> 山东于七之乱,人死者多。平定后,田中黄豆生形如人面,

① 〔清〕蒲松龄著,朱其铠主编:《全本新注聊斋志异》,人民文学出版社1989年版,第77页。

老少男妇，好丑不一；而耳、目、口、鼻俱全，自颈以下皆有血影。土人呼为“人面豆”。[1]

人面豆的产生也是人民对清兵屠杀痛苦记忆的物化，是留在当地人民心中无法愈合的伤痕。《人面豆》虽同属于表现于七之乱的志怪小说，情节与艺术感染力与《公孙九娘》篇相比，却相差甚远。

《聊斋志异》虽多鬼怪之事，但历史时事多寓其中。蒲松龄有自觉的“史官”意识，以小说书写当代历史，表现出独特的叙事话语。蒲松龄以虚构的情节展开历史叙事，对清初发生的战乱，多以志怪的题材呈现，反讽和暗喻的大量采用，增强了小说的意蕴和悲剧力量。历史叙事文本中诗意的想象与夸张等浪漫主义手法，提高了小说的美学价值，给小说《公孙九娘》增添了凄美的格调。灾荒与战乱是清代初期人民经历的苦痛回忆，蒲松龄将社会时事融入小说，使小说具“史学”价值，而文学性的虚构则是另一种书写，探讨这二者的关系对于我们研究《聊斋志异》是大有裨益的。

【作者单位：枣庄学院文学院】

① 〔清〕袁枚：《子不语》，王英志主编《袁枚全集》（第四集），江苏古籍出版社1993年版，第464页。

童趣·新创

——《聊斋志异·小猎犬》赏析

吴 晗

《聊斋志异》作为一部不朽著作,其作品或简洁直白或委婉深曲,寄托了蒲松龄的孤愤与悲恨,正如其在《聊斋自志》中称"集腋为裘,妄续幽冥之录;浮白载笔,仅成孤愤之书:寄托如此,亦足悲矣"①。然在沉重愤懑的内容中,不乏一些轻松而插着想象翅膀的精致童话,给予热情和鲜活的希望,《小猎犬》②正是其中的一篇。其内容简短而描写细腻,讲述了不得志书生被神奇小人国武士搭救的故事。卫周祚借读书院,饱受蝇虫骚扰,被突如其来的小人国军队所救,在军队走后,留下一只小猎犬,以虫为食。一日昼寝,卫周祚辗转时把小猎犬压扁,变成一张纸,然自此没有蚊虫。以五百字的篇幅将生动曲折的情节展现出来,充满趣味。此篇在故事情节安排、艺术表现以及文学思想上,均体现出《聊斋志异》笔力之深厚与独到。同时,作品吸收前代优秀成果,从骚赋、古文中吸取创作经验,并对后世文本产生影响。

---

① 张友鹤:《聊斋志异会校会注会评本》,上海古籍出版社1978年版,第3页。

② 张友鹤:《聊斋志异会校会注会评本》,上海古籍出版社1978年版,第529~531页。

一、故事情节设置巧妙，叙述紧凑

在情节安排上，《小猎犬》设置巧妙，并且叙述紧凑，通过多处转折，使富有故事趣味。具体来看，首先是情节设置的神奇，先是卫中堂为读书迁入寺院，然蚊虫甚多，“徙斋僧院，室中蟹虫、蚊、蚤甚多”，导致晚上无法安睡，“竟夜不成寝”。此时突降小人武士群以及黄衣人入灭虫，“忽一小武士……决杀殆尽”；武士群和战斗的鹰犬都极小，武士“身高两寸许”“骑马大如蜡”“有鹰如蝇”“牵猎犬如巨蚁”，人和物小到和虫蚁类似大小。杀完虫之后，整个小人军队离开，“遗一细犬”。“公急捉之，且驯，置砚匣中”，并且“反覆瞻玩……爱之甚于拱璧”。而结局却出乎意料，“昼寝，犬潜伏身畔……压于腰底……匾而死”，卫中堂特别喜欢小猎犬，却在白天睡觉时，无意中把小猎犬压扁而死。更神奇之处在于小猎犬被压扁，死后呈现出的是纸的样子，“如纸剪成者”。文章戛然而止，小武士群为什么如此小？小猎犬最后到底是真死还是假亡？是人间的术法，抑或是天上神迹？故事中人和物的巧妙，结局的神奇，皆留下悬念。

其次是故事安排的巧妙。从故事情节设置来看，此篇有两处转折：小武士群出现杀虫，是前半部分的小高潮。小猎犬被压成纸，是全文高潮。短短几百字内，跌宕起伏。先是安排因“厌冗扰”而“徙斋僧院，苦室中蟹虫、蚊、蚤甚多”的背景，然后引出文章主要情节，空降小武士群将虫蝇“决杀殆尽”，对于现实中的无力而以虚幻的力量解救。再到武士群离开，留下小猎犬，以虫为食，“匾而死”，“自是壁虫无噍类”。这一情节转折是从虚幻再到现实的转换，小猎犬为卫周祚灭尽虫蝇，完成使命并功成身退，在卫中堂的一次昼寝中离开，他再不受虫蝇干扰。最终，问题解决而回归现实。但明伦评价这一结局，“蟹虫歼尽，而猎犬即死。成功者退，理固如此，物亦宜然”，同样是赞美结局收束巧妙。作者安排了神异的小人国武士群来解救饱受困扰的卫周祚，且通过出乎意料又在情理之中的“公醒转侧,压于腰底”,将故事又转回生活。

再次,是故事排布的紧凑。短短几百字,写出了复杂的故事,除了上述所说故事的神奇和巧妙,还通过副词的排布,催化紧凑的情节,引人入胜。“蛩虫、蚊、蚤甚多,竟夜不成寝。食后,偃息在床”,“甚”“竟”字交代虫之多,卫中堂受苦之深,整夜无法入睡;而后情节节奏缓和,“偃息在床”,冯评称“小结束”。而紧随其后“忽一小武士”中的“忽”,则提示后文新情节的展开;“公方凝注,忽又一人入……又俄顷,步者骑者……顷刻之间,决杀殆尽……既而一黄衣人……斯须散尽”,卫周祚刚要凝视,又突入一群武士,加之骑兵马匹纷纷出现,“方”“忽又”“又俄顷”的使用,使情绪先缓后急,故事情节节奏加速,后达到高峰,小武士群在“顷刻之间”,将虫蚁消灭干净。然后首领降临,鸣金收兵,“既而”“斯须”又是一缓一急,小武士群来去的情节以副词先行,缓急有序地完成。

总之,作者有意设计情节,在情节内容和节奏的安排上,匠心独运,构建了一个神奇而又不脱离现实生活的故事;同时,把握故事节奏,起承转合,缓急得当,合理运用副词来串联情节和布置叙事节奏。

二、描写极富趣味,以小见大,展现精神世界的超脱

除了在叙述中,故事情节巧妙紧凑,在细节塑造上,也有其独到之处。小人国武士群、黄衣人和小猎犬的形象以及灭虫场面的描写都给人留下深刻印象,体现了高超的艺术表现力。首先,通过装饰和动作描画出小人的形象,烘托其武艺高超:

> 忽一小武士,首插雉尾,身高两寸许;骑马大如蜡;臂上青鞲,有鹰如蝇;自外而入,盘旋室中,行且驶。公方凝注,忽又一人入,装亦如前。腰束小弓矢,牵猎犬如巨蚁。又俄顷,步者、骑者,纷纷来以数百辈,鹰亦数百臂,犬亦数百头。有蚊蝇飞

起，纵鹰腾击，尽扑杀之。①

小武士“身高两寸许”，“首插雉尾”“骑马大如蜡”“臂上青鞲”“有鹰如蝇”，通过小武士的装备，勾勒出小巧而能力高超的形象，且这些装备也是细节突出，头上插的是“雉尾”，所骑马大小如“蜡”，此处意为蚂蚱，手臂上套着黑色的臂套，上面站着苍蝇大小的鹰；另外又来了一个小武士，装备和前者相同，又多出了“腰束小弓矢，牵猎犬如巨蚁”，腰上束着弓箭，牵着和巨蚁一般大小的猎犬。从细节处，描写了小武士们的形象，然后又通过外部场面描写，刻画出小武士群的壮观，“步者骑者，纷纷来以数百辈，鹰亦数百臂，犬亦数百头”，武士群和辅助杀敌的动物数百以记。杀虫时，训练有素，“有蚊蝇飞起，纵鹰腾击，尽扑杀之”，一旦有飞虫，驱纵飞鹰击杀，全部杀完。同时，在撤退时，又刻画了武士群将领的形象，此时换了角度加以描绘。黄衣人“着平天冠，如王者，登别榻，系驷苇篾间”，戴着平天冠，坐在苇篾编成的别榻上，由四匹马拉着，穿着华贵，座驾不凡，发号施令，令行禁止，“从骑皆下，献飞献走，纷集盈侧”，“王者登小辇，卫士仓皇，各命鞍马；万蹄攒奔，纷如撒菽，烟飞雾腾，斯须散尽”，小武士群下马拜见，并听从黄衣人的命令，在消灭飞虫后，瞬间撤退。通过写小武士群的听令，从侧面写黄衣人的气势。另外，全文最有趣的是，对小猎犬形象的构建，充满童真色彩。

毛极细茸，项上有小环。饲以饭颗，一嗅辄弃去。跃登床榻，寻衣缝，啮杀虮虱。旋复来伏卧。②

① 张友鹤：《聊斋志异会校会注会评本》，上海古籍出版社1978年版，第529页。

② 张友鹤：《聊斋志异会校会注会评本》，上海古籍出版社1978年版，第530页。

从外貌、动作、功用等多角度描摹小猎犬的可爱形象。小猎犬大如巨蚁，毛细密而蓬松，脖子上戴着小环，不吃人间食物，到处寻找虫蚁虮虱，以之为食，吃完则趴在一边，专门为卫中堂所设的宠物，而后在虫灭尽后离开。一举一动的可爱之处在文字间皆有展露。

其次，通过细节和动作刻画，展现武士们的训练有素与战斗场面的激烈：

> 忽一小武士……自外而入，盘旋室中，行且驶……忽又一人入……又俄顷，步者骑者，纷纷来以数百辈，鹰亦数百臂，犬亦数百头。有蚊蝇飞起，纵鹰腾击，尽扑杀之。猎犬登床缘壁，搜噬虱蚤，凡罅隙之所伏藏，嗅之无不出者，顷刻之间，决杀殆尽。……鹰集犬窜于其身。既而一黄衣人……从骑皆下，献飞献走，纷集盈侧，亦不知作何语。无何，王者登小辇，卫士仓皇，各命鞍马；万蹄攒奔，纷如撒菽，烟飞雾腾，斯须散尽。①

王金范评论此段描写："《羽猎赋》《小言赋》合而一之，奇。"冯镇峦评："金圣叹见之，当浮大白曰：不亦快哉！"但明伦评："鹰如蝇，犬如蚁，马如蜡，以两寸许二武士，控之臂之牵之。而步者、骑者，忽来数百辈，鹰亦数百臂，犬亦数百头。飞起者腾击而扑杀之，伏藏者缘壁而搜噬之。而又有王者登座，将士献禽。假寐而观，真是一场好剧。"②古今阅读者都对这段战争描写给予极高的评价，认为内容

---

① 张友鹤：《聊斋志异会校会注会评本》，上海古籍出版社 1978 年版，第 529 ~ 530 页。

② 张友鹤：《聊斋志异会校会注会评本》，上海古籍出版社 1978 年版，第 529 ~ 530 页。

奇谲,铺张扬厉,有汉大赋的美感,且描写生动,片段富有画面感。具体来说,小武士"入""盘旋""行且驶",动作机敏;合作有序,气势旺盛,"步者骑者,纷纷来以数百辈,鹰亦数百臂,犬亦数百头";攻击利落有效,"纵鹰腾击,尽扑杀之""顷刻之间,决杀殆尽";细致杀虫,不放过一处,"搜噬虱蚤,凡罅隙之所伏藏,嗅之无不出者";撤退时亦井然有序,毫无慌乱,如同一阵烟尘,顷刻散尽,"万蹄攒奔,纷如撒菽,烟飞雾腾,斯须散尽"。从语言上看,骈散结合,多用四六句,兼杂言,气势强盛,同时语言灵活,痛快淋漓地展现出小武士群的战斗盛况。

值得注意的是,此篇描写经过作者深思熟虑地校订,校中言稿本"徙斋僧院"后原有"树荫浓茂,颇无车马喧而(苦室中蜚虫、蚊、蚤甚多)"数字,后用笔划去。这段话是描写寺院环境的清幽,然和正文故事关联不大,因而删去枝节。此可作为辅证,说明作者有意使文字简练精干,立主脑而去枝叶,"小而妙"是作者在反复锤炼文字后达到的写作效果。冯评:"此篇奇在化大为小,以小见妙,可当袁在公广庄子文。"主角设置为一群小武士和小猎犬,小人能有大用,"小"能见构思之巧妙,这样的人物、情节设置有新意,不亚于前代经典作品。后半句话应是"可当袁在公卞庄子文","袁在公"故事查不到,可能也是文字辨认有误,"卞庄子文"指卞庄子刺虎故事,借卞庄子观二虎相斗后杀二虎这一简短的寓言故事,隐含"一箭双雕""坐山观虎斗"等深刻道理。冯镇峦以《小猎犬》篇类比《史记》中的这则故事,是说文虽短,意义却很深刻,小文而有大意。从叙述整体来看,情节设置、结构组织与细节刻画富有意趣,结局出乎意料,留有余味。且作者有意用少而精当的言语,营造了一个童话世界,并能够以小见大。

同时值得注意的是,在此篇中,作者有意识建构困窘诸生被救的故事,是"童心"的体现。"夫童心者,真心也……夫童心者,绝假纯真,最初一念之本心也。……童子者,人之初也;童心者,心之初也。”①晚明思想家李贽提出“童心说”,所谓童心是“一念之本心”,是人最本真的信念和情感表达,是最为纯真的人性反映。在本篇中,作者展现了自己的童心,描写了一个纯真的世界,小武士群、可爱的小猎犬,反映了自己最本真的意愿,以赤子之心,构建了救人于苦难的故事,用最纯真的情感表达,描写美好的世界。

这篇故事寄托了蒲松龄的理想。卫中堂时为诸生,“厌冗扰”,而徙斋僧院,这与蒲松龄的情况相似。他也曾寄居于石隐园,在艰苦的环境中生活。《读书石隐园,两餐仍赴旧斋》中言:“石隐园中树千章……半夜单衾寒欲僵。溽暑年年胜炮烙,池亭空间供鸟雀。”②又有《避暑石隐园,蓬蒿没径,借亭为廪,不可斋矣》,表明自己的窘境。石隐园地处偏僻,与僧院一样,树木浓密,或许也存在蚊虫叮咬的困扰。何注:“此当是先生为蚊蝇所扰怒,将按剑时作也。”何守奇就认为写这个故事时,蒲松龄正饱受蚊蝇所扰,这是蒲松龄真实情况的反映。在这样的状态下,蒲松龄不忘“儿时小品仍编辑”③,用文学和想象,作为与现实困境对抗的力量。更重要的是,蒲松龄命途多舛,多年考试不中,“年年文战垂翅归”④。“新闻总入《夷坚志》,斗酒难消磊块愁”⑤,在现实生活中无法得到满足后,他希望创作《夷坚志》一样的作品,使其得以解脱,而消解内心的愁闷。借助想象的

① 〔明〕李贽:《焚书·续焚书》,岳麓书社1990年版,第97~98页。

② 〔清〕蒲松龄著,赵蔚芝笺注:《聊斋诗集笺注》,山东大学出版社1996年版,第297页。

③ 〔清〕蒲松龄著,赵蔚芝笺注:《聊斋诗集笺注》,山东大学出版社1996年版,第491页。

④ 〔清〕蒲松龄著,赵蔚芝笺注:《聊斋诗集笺注》,山东大学出版社1996年版,第491页。

⑤ 〔清〕蒲松龄著,赵蔚芝笺注:《聊斋诗集笺注》,山东大学出版社1996年版,第58~59页。

力量，构建小人国武士群和猎犬，非虫不吃不灭，为主人公排忧解难，虫尽而死，功成身退。《聊斋志异》是他排解消遣忧愤的武器，以鲜活的童话世界，使精神内涵不断超越，以消解现实的不甘与愤懑。

因此，这篇故事在描写上富有趣味，有意识地构建了小武士群和小猎犬的形象。同时在故事描述中，用最纯粹的内心，描写了童话般的世界，并解构现实生活中的不如意，以鲜活的童趣世界来见证自身精神世界的超脱。

三、《小猎犬》的源与流：从《羽猎赋》到《池北偶谈》

《小猎犬》的情节建构和内容的深刻性，不单是作者的新创，还有对前代文化成果的吸收借鉴。从各家评论来看，他们认为《小猎犬》学习了《羽猎赋》和《小言赋》的特色，创作出奇特的篇章。《羽猎赋》是东汉扬雄所作，描写帝王田猎场景，后有很多同名仿作。《小言赋》传为宋玉所作，是一篇描写小之妙的骚体赋作。这两篇作品内容和《小猎犬》进行比对，确有所关联。《小言赋》中对小的描绘，“载氛埃兮乘剽尘，体轻蚊翼，形微蚤鳞，聿遑浮踊，凌云纵身。经由针孔，出入罗巾，飘妙翩绵，乍见乍泯。”以及小能见大的观念，“能大而不小，能高而不下，非兼通也；能粗而不能细，非妙工也”；“无内之中，微物潜生，比之无象，言之无名。蒙蒙灭景，昧昧遗形。超于大虚之域，出于未兆之庭。纤于毳末之微蔑，陋于茸毛之方生。视之则眇眇，望之则冥冥。离朱为之叹闷，神明不能察其情。二子之言磊磊皆不小，何如此之为精”①。这和蒲松龄此篇“以小见大”的主旨是相关的，而扬雄的名篇《羽猎赋》中描写战斗的场景，和此篇小武士群杀虫以及黄衣人带领撤退的内容相似性更大。《羽猎赋》中描写军队集合的场景，举旗、列阵，骑兵驾马奔腾，气势雄壮，震惊宇内：

① 章樵注，钱熙祚校：《古文苑》上，商务印书馆1937年版，第59~61页。

立历天之旂,曳捎星之旃,霹雳列缺,吐火施鞭;萃傱沇溶,淋离廓落,戏八镇而开关。飞廉云师,吸嚊潚率;鳞罗布列,攒以龙翰……举烽烈火。辔者施技,方驰千驷;狡骑万帅,虓虎之陈,从横胶輵,猋拉雷厉,驞駍駖磕,汹汹旭旭,天动地岋,羡漫半散,萧条数千里外。……车骑云会,登降暗蔼;泰华为旒,熊耳为缀;木仆山还,漫若天外;储与乎大浦,聊浪乎宇内。[1]

这和小武士群列队战虫的描写有相似之处,《小猎犬》中也是重点描写列队,数百人的军队整军以及齐力杀虫的场景是十分相似的。再看《羽猎赋》中对帝王的描写,状写其驾车统领军队,令行禁止,指挥军队捕猎动物,没有一个逃脱,这和《小猎犬》中描写黄衣人驾车出现,统领小武士群军队撤退的内容也是相近的:

于是天清日晏,逢蒙列眦,羿氏控弦;皇车幽輵,光纯天地;望舒弥辔,翼乎徐至于上兰。移围徙阵,浸淫蹴部;曲队坚重,各按行伍;壁垒天旋,神抶电击;逢之则碎,近之则破;鸟不及飞,兽不得过……妄发期中,进退履获;创淫轮夷,丘累陵聚。于是禽殚中衰,相与集于靖冥之馆,以临珍池。灌以岐梁,溢以江河,东瞰目尽,西畅亡涯,随珠和氏,焯烁其陂。玉石嶜崟,眩耀青荧;汉女水潜,怪物暗冥,不可殚形。[2]

单从整体内容上看,《小猎犬》与《小言赋》和《羽猎赋》状写的场景类似。《小猎犬》不仅是对二文加以学习,与韩愈的《画记》更为相

---

① 〔清〕姚鼐纂集,吴孟复、蒋立甫主编:《古文辞类纂评注》,安徽教育出版社2004年版,第2158页。

② 〔清〕姚鼐纂集,吴孟复、蒋立甫主编:《古文辞类纂评注》,安徽教育出版社2004年版,第2157页。

似。冯镇峦的评价中有一则重要材料,即认为此篇“似韩公《画记》文字”。韩愈有《画记》,描写一幅画作,内容为打猎,而《小猎犬》篇的整体描写与之类似,当是由其衍化而来。具体来看这篇文章:

> 杂古今人物小画共一卷:骑而立者五人,骑而被甲载兵立者十人,一人骑执大旗前立,骑而被甲载兵行且下牵者十人,骑且负者二人,骑执器者二人,骑拥田犬者一人,骑而牵者二人,骑而驱者三人,执羁靮立者二人,骑而下倚马臂隼而立者一人,骑而驱涉者二人,徒而驱牧者二人,坐而指使者一人,甲胄手弓矢𫓧钺植者七人,甲胄执帜植者十人,负者七人,偃寝休者二人,甲胄坐睡者一人,方涉者一人,坐而脱足者一人,寒附火者一人,杂执器物役者八人,奉壶矢者一人,舍而具食者十有一人,挹且注者四人,牛牵者二人,驴驱者四人,一人杖而负者,妇人以孺者载而可见者六人,载而上下者三人,孺子戏者九人。凡人之事三十有二,为人大小百二十有三,而没有同者焉。
>
> 马大者九匹;于马之中,又有上者,下者,行者,牵者,涉者,陆者,翘者,顾者,鸣者,寝者,讹者,立者,人立者,龁者,饮者,溲者,陟者,降者,痒磨树者,嘘者,嗅者,喜相戏者,怒相踶啮者,秣者,骑者,骤者,走者,载服物者,载狐兔者。凡马之事二十有七,为马大小八十有三,而莫有同者焉。
>
> 牛大小十一头。橐驼三头。驴如橐驼之数,而加其一焉。隼一。犬羊狐兔麋鹿共三十。旃车三辆。杂兵器弓矢旌旗刀剑矛盾弓服矢房甲胄之属,瓶盂簦笠筐筥锜釜饮食服用之器,壶矢博弈之具,二百五十有一,皆曲极其妙。①

① 郭预衡、郭英德:《唐宋八大家散文总集》(新版校评修订本),河北人民出版社2013年版,第69~70页。

这是韩愈用记流水账的方式描写“杂古今人物小画”的内容，包括“骑而立者”“骑而被甲载兵立者”“骑拥田犬者”“骑而下倚马臂隼而立者”“甲胄手弓矢铁钺植者”等，而这些人物的走位、穿着等形象，和蒲松龄笔下的小武士群有异曲同工之妙。“骑马大如蜡；臂上青鞲，有鹰如蝇……忽又一人入，装亦如前，腰束小弓矢，牵猎犬如巨蚁。又俄顷，步者骑者，纷纷来以数百辈，鹰亦数百臂，犬亦数百头。”不但内容上相似，在谋篇布局上也有相通之处，韩愈的写作方式是一个一个地详细来写，然后写整体状况并加以总结，“皆曲极其妙”；蒲松龄运用了相似的手法，先写一个小武士，再写一人，再写整体的军队模样，描写的角度和方式异曲同工。在前人的基础上，蒲松龄又有所超越。他用极简净的文字对相同内容加以描述，并做区分，和《羽猎赋》《小言赋》相比，他所使用的文字更为简单，且相同的内容，也更为省净和集中地描写了人物和战争场景；而与韩愈《画记》“近似甲乙帐”①相比，他注意到了区分，描写一个小武士、另一个小武士，以及数百人，有意识描写相似而不同的人物形象，构成主次有分、详略得当的文本。

《小猎犬》在吸收了前代作品的表现内容和描写方式后，并有所新创，形成了艺术水平高超的短篇小说，并且因奇谲有趣的描写，被王士禛所夸赞，并被重新加以书写，收录《池北偶谈》中。《池北偶谈》与《聊斋志异》有多篇故事内容相似，常无法判定先后。而此篇《小猎犬》，王士禛直接言明“见蒲秀才松龄《聊斋志异》”，可以断定“小猎犬杀虫”的故事当先由蒲松龄创作出来。再从文本比对来看，《聊斋志异》中的文辞与情节构造，较《池北偶谈》更为精致。

① 〔宋〕苏轼：《东坡志林》卷二，明刻十二卷本。

小猎犬

八座某公未第时，夏日常昼卧，忽见一小人骑而入，人马皆可寸馀，腰弓矢，臂鹰，鹰大如蝇。继至一人，亦如之，牵猎犬，大如巨蚁。二人绕屋盘旋，久之，甲士数千沓至，星旄云罕，缤纷络绎，分左右盂合围，大猎室中，蚊蝇无噍类。其伏匿者，辄缘壁隙抉出之。一朱衣人下辇，坐别榻，众次第献俘获已，遂上辇肃队而出，甲士皆从，如烟雾而散。起视一无所睹，惟一小猎犬彷徨壁间，取置箧中，驯甚，饲之不食，卧则伏枕畔，见蝇蚋，辄啮去之。事见蒲秀才松龄《聊斋志异》。①

《池北偶谈》中所录内容省略了原故事中的主人翁，以及故事源起和小猎犬最后的结局。这是王士禛阅读过蒲松龄的文字后的精简版，在故事完整性和描写的细致方面，均逊色于蒲松龄的笔墨。可将此作为一个参照案例，在《池北偶谈》与《聊斋志异》的比对中，提供一定参考依据。另外，此则故事被王士禛如此点出，可见他对此篇亦有猎奇心喜之意。这篇故事虽简短，但在当时比较受欢迎，王士禛记录于案即可证。除了故事内容的影响以外，还在描写和刻画方面，为后来《萤窗异草》等文言小说的创作提供了借鉴。同时，《小猎犬》内容情节简单却引人入胜，适合群众广泛阅读，被收入各类科普书籍。

以上，《小猎犬》的文字描画有趣而不失童心，在情节设置和形象建构上，安排得当，叙事巧妙，有其创新的一面。并以小见大，反映作者的精神世界。同时，作者有意吸收前代经典骚赋和古文中的

① 〔清〕王士禛著，文益人校点：《池北偶谈》，齐鲁书社 2007 年版，第 514 页。

表现手法,重新创建文言小说的写作模式,影响到后来的文言笔记小说创作。

【作者单位:北京大学中国语言文学系】

《聊斋志异·狐嫁女》“故家之第”及殷天官本事考辨

王　赫

历城人殷天官少时与友人戏赌，独自探入本地一处传闻颇多怪异的废宅（“故家之第”），邂逅狐狸嫁女，并应邀入席。席间窃得金爵一只，翌日示于友人，以证此事。后发现金爵乃世家朱氏之物，遂奉还主人。这篇聊斋故事《狐嫁女》中殷天官的原型即明代大学士殷士儋。殷士儋曾为吏部尚书。《周礼》分设六官，以天官冢宰居首，总御百官，唐武后光宅元年曾一度改吏部为天官，故后世亦称吏部为天官。殷士儋有故居“通乐园”，即今济南趵突泉西之万竹园。此园是否就是小说中故事的发生地呢？

一

殷士儋（1522—1581），字正甫，士林称“棠川先生”，历城（今山东济南）人。明嘉靖二十六年（1547）登进士第，选翰林院庶吉士，授检讨。隆庆二年（1568）春，拜礼部尚书。累官至武英殿大学士，人称“殷阁老”。由于屡遭高拱、张四维等权臣倾轧，殷士儋于隆庆五年（1571）数度上疏辞去官职，回到历城，在泺水之滨的万竹园遗址上筑通乐园，寓意“通泺”及“与民同乐”，每日以经史自娱，并聚众讲学。

元人于钦纂修的《齐乘》卷二所载历下名泉“望水”之下，有周疏曰:"万竹园内。"[①]这是迄今所见有关万竹园的最早记载。乾隆《历城县志》亦载金代"万竹园,登州泉、望水泉在园内"[②]。早在嘉靖三十七年(1558)或此后不久,殷士儋就已与此处结缘。彼时殷士儋的母亲郭氏逝世,返家守制期间,殷士儋取"子在川上曰:逝者如斯夫"之意,在此地建成"川上社",又筑"如斯亭",授徒课艺,学生张中鹄、周继、刘宗禹、郑杰、洪一谟等先后中举。通乐园正是在川上社的基础上建成的,故又名"川上精舍"。致仕后的殷士儋于此批阅著书,讲学论难,"济南诸儒生及门者二百余人,或不远数百里负笈以从"。殷士儋又在自己曾读书的湖南书院设立期会授徒,为众多后学提供生活保障,"一时济上彬彬盛文,雅有汉诸儒风"[③]。其讲义辑为《川上精舍讲章》一卷。

居通乐园十一年,殷士儋于万历十年(1582)六月八日卒,葬于历城党家庄镇凤凰山南麓,谥号文庄。至崇祯年间,通乐园早成废园,而"遗址犹存",且"树木菁葱,湖石屹立,颇辅趵泉之胜",景致犹佳。只是在崇祯五年(1632),因有人伐木修桥,园中这块曾"价重千金"的湖石被挪动,"失其势,遂僵卧蔬畦中矣"。(乾隆《历城县志》按:"此石今移置趵突泉上。")[④]此后世事变迁,通乐园也数易其主,直到清代历城诗人王苹(1659—1720,字秋史,号蓼谷)入住、吟咏并倩人画图题诗,才再度闻名。

据王苹《蓼村集》卷二《王氏南园记》(1692)、《今雨书屋记》

① 〔元〕于钦:《齐乘》,《宋元方志丛刊》(第一册),中华书局 1990 年版,第 538 页。

② 张华松等点校:《历城县志正续合编》(第一册),济南出版社 2007 年版,第 316 页。

③ 〔明〕于慎行:《谷城山馆文集》,《四库全书存目丛书》第 148 册,齐鲁书社 1997 年版,第 82 页。

④ 张华松等点校:《历城县志正续合编》(第一册),济南出版社 2007 年版,第 326 页。

(1693)可推知,明天启、崇祯年间,通乐园先归于姚秀才,姚垦之为菜圃,不久转卖给孀妇王氏。清康熙十六年(1677)秋八月,时年十九岁的王苹随父亲王钺卜居园侧望水泉上,质屋十二楹。康熙三十一年(1692)春,已在园中生活了近三十年的王氏,将园子卖给一邢姓人家。后邢氏屋主及其长子过世,岁暮,王苹应邢氏幼子的请求,增其金将房屋买下,并于次年春天加以修葺,将其中一处破败而无力重建的书房命名为"今雨书屋"。虽然"每岁霖雨,上漏下湿",无人问津,但是"及秋冬之际,落叶满门,泉声在侧,纸窗土锉,一灯荧荧,洛诵之声,每于屋隙达诸林表"①,诗人自得佳趣。因《齐乘》所载《七十二名泉碑》中望水泉列第二十四位,所以王苹称住处为"二十四泉草堂"。康熙三十四年(1695),王苹作《二十四泉草堂图记》回忆道:"园自文庄公后,数易其主,废为菜圃已六七十年,而泉流如故,涛喷珠跃,金霏碧驶,以环周于短垣茅屋之外。余穴牖西壁,以收其胜。泉上老树巨石,离奇映带,水声禽语,幽幽应和。凡与吾耳目谋者,皆如子厚所记《钴鉧》《石渠》之胜焉。"然而由于"园忽为富人所有","平沟塍,斩乔木,埋山石,耕之以为田,而泉亦竭矣"。盖此富人即邢氏。数年间泉水一度渐趋枯竭,王苹慨叹:"何二十年之内,黛蓄膏渟,一旦而龟坼沮洳如此欤?"因"不忍其光景之澌灭",王苹请画师作图,请当世名士赋诗以传之②。

王苹的《二十四泉草堂集》中有不少诗歌抒写园中景致及其幽居心境。《葺屋四首》其四云:"万竹园荒石气青,依然暗水带春星。百年竟落书生手,满郡犹呼阁老亭。斫地乱云飞独树,牵萝新绿上闲庭。一番扫地焚香后,爱学中山自勒铭。"又《客有询济南风景者

---

① 〔清〕王苹:《蓼村集》,《清代诗文集汇编》第207册,上海古籍出版社2010年版,第112页。

② 〔清〕王苹:《蓼村集》,《清代诗文集汇编》第207册,上海古籍出版社2010年版,第112~113页。

示以四绝句》其三:"吾家望水泉边宅,旧是平泉竹万丛。几缺土垣乔木下,半间茅屋菜花中。"《南园》有句曰"乱泉声里谁通屐,黄叶林间自著书",得王士禛赏识,呼之为"王黄叶"。王苹故后,万竹园又未能免遭荒芜的命运。任弘远《趵突泉志》载,雍正八年(1730)夏六月二十八日,"大雨连旬,水忽自南山而下,流入泉中,泉水忽溢丈余,池亭皆坏,漂没左右民居甚多,而王进士苹二十四泉草堂亦付流水"①。任诗《过王秋史先辈废宅(为水漂没)》亦云:"草堂荒廿四,流水咽泉池。"至翁方纲题跋《二十四泉草堂图》,则"斤竹已尽,大石犹存"②。清人对万竹园的萧疏冷落多有咏叹:"阁老亭空冷夕阳,书生故宅又荒凉。几丝疏柳怀张绪,一派流泉咽杜康。秋雨泥深黄叶径,西风梦断白云乡。尚余数卷残书在,道是琅琊赋手藏。"(潘如《过济南王秋史进士故宅》)"荒园日冷游人少,二十四泉空月明。"(方启英《读二十四泉草堂集》)"黄叶已枯三径柳,朱门曾锁五侯烟。"(朱曾传《城西》)民国《续修历城县志》还提及万竹园终未传于王苹后代之手:"王今雨上舍畿,秋史先生裔孙,好学善书,为富贾书记。草堂旧居早售诸人,傍湖为家。"③

今日的万竹园集南北园林风格,其石雕、木雕、砖雕尤为精美,基本保持了清末民初"张家花园"的面貌。光绪三十年(1904),张怀芝在山东组建新军第五镇时,欲在万竹园为袁世凯建生祠,因调任而未果。宣统三年(1911),张辞职闲居济南,开始在万竹园旧址上营建私邸,民国十六年(1927)方告竣工。民国十八年(1929),国民

---

① 〔清〕任弘远撰,刘泽生、乔岳校注:《趵突泉志校注》,济南出版社1991年版,第24页。

② 张华松等点校:《历城县志正续合编》(第三册),济南出版社2007年版,第325、326页。

③ 张华松等点校:《历城县志正续合编》(第五册),济南出版社2007年版,第1263~1264页。

党政府将市党部设置于园内；济南沦陷时期华北棉产改进会济南分会又将此园作为办公场所；解放战争时期，这里又成为国民党军长吴化文的公馆。1951 年，张家后人将花园卖给国家，省卫生厅、省检察院在此办公。到 20 世纪 80 年代，花园被划归市园林局管理并对外开放，又增设李苦禅纪念馆，“万竹园”这一最初的名字也终于恢复。

二

联想到万竹园沧桑兴废的传奇历史及其与殷士儋的深远渊源，人们很容易将《狐嫁女》中的“故家之第”视为万竹园。然而事实并不如此简单。

小说开篇写道：“邑有故家之第，广数十亩，楼宇连亘。常见怪异，以故废无居人；久之，蓬蒿渐满，白昼亦无敢入者。”通过上文的考察已经清楚，万竹园曾广庇寒士，也曾荒废颓败，符合小说中这一废居的基本特征。“故家”一词在《汉语大词典》中有三个义项。其一为“世家大族；世代仕宦之家”。《孟子·公孙丑上》云：“纣之去武丁，未久也。其故家遗俗，流风善政，犹有存者。”焦循正义疏：“故家，勋旧世家。”又《初刻拍案惊奇》卷十一：“我也是故家子弟，好模好样，不想遭这一场，反被那小人逼勒！”其二为“原来的家庭；旧居”。元柯丹邱《荆钗记·晤婿》：“春深离故家，叹衰年倦体，奔走天涯。”其三“犹从前”①。如若将小说中的“邑有故家之第”理解为县里有殷天官家的旧宅院，似也顺理成章。

问题在于，川上社在万竹园旧址建成时，殷士儋早已为官，而小说中遇狐时的殷天官还只是一个年少清贫的读书人：“历城殷天官，少贫，有胆略”，出示金爵时，诸生“共思此物非寒士所有，乃信之”；

---

① 罗竹风主编，中国汉语大词典编辑委员会、汉语大词典编纂处编纂：《汉语大词典》，汉语大词典出版社 1986～1993 年版，第 6889 页。

狐嫁和窃爵情节结束后,小说才交代他"后举进士"。至于狐翁见到假寐的殷天官时,称"此殷尚书",乃是蒲松龄将狐仙能够预知未来的民间信仰融入其中——狐仙崇拜在清代极为盛行,卜疑问难正是官民奉祀狐仙的目的之一,袁枚《子不语》中的《吴子云》讲的就是狐仙为报恩而卜测未来,助人避凶就吉之事。那么殷士儋成进士之前有无可能曾居住于万竹园呢？据李攀龙《明赠征仕郎翰林院检讨殷公配封太孺人郭氏合葬墓志铭》、葛守礼《赠翰林院检讨殷君暨配太孺人郭氏合葬墓志铭》、于慎行《明故光禄大夫少保兼太子太保礼部尚书武英殿大学士赠太保谥文庄棠川殷公行状》及殷士儋《诰命碑阴记》等资料可知:殷士儋先世乃武定州望族,高祖旺为德府审理正,曾祖衡以《礼经》举乡试第五,以永平训导为德庄王教授,进审理正,殷家迁往济南,落籍历城,居城东闵孝里;祖畯,以礼中举,济南治礼之士皆其所出,被奉为"山东大师",可惜会试屡屡不第,最终谒选时卒于京师;父汝麟(字致瑞,号信轩),生而颖慧,然而八岁时父母皆殁,在兄长殷汝鹏的欺压之下,经济上日益困窘,没能完成学业。可见殷士儋少年时,家道实已没落,殷士儋确实"少贫"。父亲去世后,殷士儋教书赚取微薄收入,卖自己写的春联和母亲郭氏剪的花彩筹钱,绝无能力置地筑园。

其实只要细读小说文本,就可以发现蒲松龄并未自觉将万竹园作为故事发生地。"会公与诸生饮,或戏云:'有能寄此一宿者,共醵为筵。'"之后写殷士儋所见废宅夜景,始终未有只字透露此处为自家旧居。既如此,"故家之第"在小说中应当理解为世家大族的宅院。而殷士儋以前的万竹园所有者,史料中也未见记载,那么将万竹园等同于小说中的旧宅,就只是一种附会了。

今所见介绍济南历史故典与地理文化的专著及报刊文章,往往径言万竹园与《狐嫁女》之关系,失于详察。譬如"殷士儋辞归故里后,就居住在万竹园……《聊斋志异》中的殷天官《狐嫁女》,即描写此处”[1],“历城显宦、学者殷士儋由京回济,卜居于此,遂改称‘通乐园’……《聊斋志异》中的《狐嫁女》,即描写此处”[2],“曾客居济南的蒲松龄在《聊斋志异·狐嫁女》中描写过通乐园”[3],“清代蒲松龄还以殷士儋小时候在万竹园的故事创作了《聊斋志异》中的‘狐嫁女’”[4],“《聊斋志异》中的《狐嫁女》,写的就是殷士儋与万竹园的故事。……万竹园因此蒙上了神秘色彩”[5]……也有文章指出:“当然故事是作家的艺术创作,但这段故事却成为关于万竹园的神秘传说。”[6]万竹园数百年来本就遍历繁华与荒凉,此园狐仙出没的故事既在前人处流为口传佳话,后人延续此说,也成为自然而然之事。故而徐北文先生在给万竹园撰写的楹联“听泉临水榭,诗章犹唱王黄叶;浮白读聊斋,仙境原名通乐园”中,就引用了这一传说,“本‘姑妄言之姑妄听之’的观点”[7]。

“故家之第”既非万竹园,究系何处?秦若轼先生《东舍坊街》一文写道:“明代初年,历城县东南角,从黑虎泉、太平街一带向东至霸王桥(又叫八翁桥)间,多是荒郊野坡墓地,荆棘丛生,人烟稀少。靠近城厢,有一所很大的旧宅,广数十亩,楼宇连亘;因常见怪异,以故废无人居,久之,蓬蒿渐满,甚至白天也没有人敢进去。其后,房主

---

① 李世欣:《泉城流韵——济南七十二名泉》,山东人民出版社 2006 年版,第 28 页。

② 任宝祯:《小清河源流初探》,济南出版社 2008 年版,第 78 页。

③ 牛国栋:《济水之南》,山东画报出版社 2013 年版,第 184 页。

④ 张中军:《万竹之园》,《齐鲁晚报·今日济南·华不注》2014 年 3 月 12 日。

⑤ 杨曙明:《万竹园,与狐仙一遇》,《济南时报·历下亭·文学地图》2014 年 3 月 28 日;张卫波:《有“人气”,故居保护才更有价值》,《济南时报·文娱·文化》2014 年 6 月 9 日。

⑥ 朱正昌总主编,田川流卷主编:《齐鲁特色文化丛书·名胜》,山东友谊出版社 2004 年版,第 26 页。

⑦ 徐北文:《海岱小品》,济南出版社 1998 年版,第 108、283 ~ 284 页。

人即舍出房来于此修建了玉皇宫。随着社会的发展,城市居民增多以后,这一带渐成为街衢,就沿称为'舍房街'。"①黑虎泉位于旧城东南城濠崖下,今环城公园东南隅,南护城河东端南岸陡壁下,北与解放阁相对。八翁桥,相传由八位老人修建,故名,后讹为霸王桥,碑记名仙人桥,民国《续修历城县志》记载:"仙人桥:在永固门外二里许。仙人桥,又名灞望桥,在省会东南三里来家桥东。明嘉靖以来,修废无征,《旧志》未载,名亦无所考。实东南诸村共由之途。"②玉皇宫为道教庙宇,始建年代不详,《续修历城县志》称其"在舍房"③。关于舍房街,乾隆《历城县志》记载:"南保一,领街八:……曰舍房街……曰司里街(《旧志》作司街,南为所街。又南半边街东南为舍房)。"④(按,《旧志》指明崇祯《历城县志》)《续修历城县志》又说:"南关南保一:……曰东舍房……"⑤民国二十三年(1934)《济南市政府市区测量报告书》有"东舍坊街"⑥。另,《续修历城县志》"县城隍庙"一条:"嘉庆十五年,创建于南关东舍坊玉皇宫内东偏。"⑦由以上信息,可大致勾勒出这处旧宅的位置。秦先生继续写道:"清文学家蒲松龄……根据当时这所故宅荒园的传说,曾写了《狐嫁女》一则

---

① 秦若轼:《东舍坊街》,见秦一心、宿霞、孙竹兮主编《济南老街史话》(第一册),黄河出版社2007年版,第238页。

② 张华松等点校:《历城县志正续合编》(第三册),济南出版社2007年版,第246~247页。

③ 张华松等点校:《历城县志正续合编》(第四册),济南出版社2007年版,第446页。

④ 张华松等点校:《历城县志正续合编》(第一册),济南出版社2007年版,第51页。

⑤ 张华松等点校:《历城县志正续合编》(第三册),济南出版社2007年版,第16页。

⑥ 济南市历下区地名委员会:《济南市历下区地名志》,济南市历下区地名委员会1994年版,第124页。

⑦ 张华松等点校:《历城县志正续合编》(第三册),济南出版社2007年版,第271页。

奇妙的故事。……《狐嫁女》说的是殷士儋青少年时曾和学友们打赌,夜探这所荒凉而又常见怪异事情的故宅。……济南的玉皇宫也有多处,而东舍坊的这处玉皇宫则更有些名气。不仅因其地有过'狐嫁女'的传说……"秦先生在《围屏街》一文中再度提及《狐嫁女》时又说:"……那处荒园废宅就发生在济南的东舍房街上。"①此外,《历下文史资料》也称:"蒲松龄在《聊斋志异》中,根据当时霸王桥西、到靠近城厢的魁星阁间的楼宇连亘的百亩故宅和荒芜园子的传说,曾写了《狐嫁女》一则奇妙故事。"②魁星阁即清代文昌阁,举人花寿山《重修济南东南城角楼记》云:"济南城东南隅为龙脉入城之所,前人即其上建楼三楹,以应文明。嘉庆初,永平徐苏亭先生令是邑,谓宜建魁星楼于其上,旋以去任不果。道光五年冬,长白钟云亭先生来知府事,河南张自也知县事,邑人魏致和以徐公之言进。……济南文教于是益兴。"③在明代,这处角楼俗称三角楼或九女楼,"东南城势逼狭,乃委折以因其势,上有九峰,俗名三角楼,又名九女楼,结构天然,制自名手"④。解放后兴建的解放阁即以魁星阁为阁基。东南乡荒凉多茔地;经舍房街,出永固门,是"东南诸村共由之途",许多人家由此路出殡,途中又建起玉皇宫,沿途自然是产生异闻的好土壤。类似狐嫁女的故事在这里流传,是很有可能的。但判定蒲松龄笔下的宅第在此,则未见明确依据。

---

① 秦若轼:《东舍坊街》,见秦一心、宿霞、孙竹兮主编《济南老街史话》(第一册),黄河出版社 2007 年版,第 238 ~ 240 页。秦若轼:《围屏街》,见秦一心、宿霞、孙竹兮主编《济南老街史话》(第二册),黄河出版社 2007 年版,第 544 ~ 545 页。

② 中国人民政治协商会议历下区委员会:《历下文史资料之一·史海钩沉》,2008 年,第 150 页。

③ 张华松等点校:《历城县志正续合编》(第三册),济南出版社 2007 年版,第 251 页。

④ 张华松等点校:《历城县志正续合编》(第一册),济南出版社 2007 年版,第 200 页。

三

诚然,聊斋小说取材自历史与传说并进行了艺术加工,虚构色彩甚浓,不能全与史实匹配。《狐嫁女》中说殷天官"后举进士,任于肥丘",朱公称之"明府"(汉魏以来对郡守牧尹的尊称;汉亦以之称县令,唐以后多用以专称县令),然而史载殷士儋进士及第后就入了翰林院,毕生未有外任的经历。蒲松龄在创作《狐嫁女》时,或许联想到了万竹园,或许并未刻意将万竹园的影子投射于故事中,但他选择殷士儋作为主人公却并非偶然。

首先是名声。不仅在朝堂之上位高权重,殷士儋亦因博学多才为人称道。殷氏以礼经传家,闻名齐鲁,无法就学的殷汝麟寄厚望于殷士儋,口授书史,为使殷士儋得到精心栽培,不惜一年五易其师,但求名士。殷士儋跟随郭宁学习时,李攀龙与之初相见,不禁感慨:"此少年生,异日当为大器,吾不及也。"天资颖异的殷士儋,十岁能文论,十四为秀才,十九岁以礼经魁于乡。《历乘》中记载了嘉靖帝对其学识的肯定:"世庙御经筵,问汉霍去病穿域蹋鞠,众莫能对,独公剖解甚悉,上称之曰:'真翰林。'"[①]殷士儋为于慎行座师,于称其学问"综实钩玄",赞其"并苞百氏,囊括群言","志定神闲,才博用寡"[②]。当时的知识分子仰之如泰山北斗。在济授业的闲暇,他常与故老及罢吏家居者扁舟山水间,诗酒往来,与边贡、李攀龙、许邦才等历下诗人齐名。殷李相识既早,李攀龙之子李驹又跟随殷士儋于川上精舍学习,二人关系更友善,"济南自边宗伯廷实以文雅创始,先生与李于鳞氏生而承其后,相与左提右挈,力挽浇漓之习,而求复诸古。虽其中

① 〔明〕刘敕:《历乘》第4册,中国书店1959年版,第21页。

② 〔明〕于慎行:《谷城山馆文集》,《四库全书存目丛书》第148册,齐鲁书社1997年版,第141页。

各有所负,未必相下,而有以相成。"[①]《四库全书总目》则指出:"士儋与李攀龙游。今观其诗文,盖直以乡曲之谊相周旋耳。其投契不在文章也。"[②]王培荀在《乡园忆旧录》中赞赏殷士儋的诗才:"论者谓体齐鲁之雅驯,兼燕赵之悲壮,采吴越之婉丽,是吾乡一巨手。……蒲柳泉《志异》纪公遇狐娶妇事甚奇,公固贵人,为鬼狐所畏,即以诗论,亦足辟易千人。"[③]于慎行将殷士儋的诗文、讲义等辑为《金舆山房稿》十四卷,称其文赋"宏博钜衍,不逐时格"[④],"上缘六籍,下浸两京,沉思入玄,铿音中律,盖能挽末世而复之古者,即降而与文人学士定从于骚雅之坛,犹将执牛耳"[⑤]。

博学渊雅的殷士儋,操行也纯美高洁。殷家世有隐德。殷汝麟能不计前怨,探视生病的兄长,扶柩还乡,为侄儿置办家产;亲自照顾病重的友人翟洪,待之如手足。逝世前,他以书一函授予刚刚登第的殷士儋:"此吾平生所闻见阴德行事也,幸而试吏,毋虐百姓,以负朝廷。"丁母忧,殷士儋遵循礼制,孝声流闻。为裕王讲官,则斋戒存诚,四时无辍,每讲到君德治道,"不惮危言激辞,以动高听",太子"敛容深纳","左右侍从,闻公敷陈,亦无不洒然变色易容者"。为以教化正劣风,殷士儋编写了《鉴惩录》和《读法须知》。他曾疏请布德、缓刑、纳谏、节用,关心民瘼。清正廉洁,敢于直言,又敦厚稳重,

---

① 〔明〕于慎行:《谷城山馆文集》,《四库全书存目丛书》第147册,齐鲁书社1997年版,第402页。

② 〔明〕殷士儋:《金舆山房稿》,《四库全书存目丛书》第115册,齐鲁书社1997年版,第858页。

③ 〔清〕王培荀著,蒲泽校点,严薇青审订:《乡园忆旧录》,齐鲁书社1993年版,第136~137页。

④ 〔明〕于慎行:《谷城山馆文集》,《四库全书存目丛书》第148册,齐鲁书社1997年版,第78页。

⑤ 〔明〕于慎行:《谷城山馆文集》,《四库全书存目丛书》第147册,齐鲁书社1997年版,第402页。

实有大臣器度。教导吉士，他也务实负责，日夜程督，"取古人文博丽者，命之成诵，其评驳文艺，惟责实学，不以空言为质。诸吉士各务强学稽古，以称塞师法，馆中灯火荧荧，或至丙夜"①。葛守礼赞其"天性和易，与人交，毕出情愫；……赴人之急，解人之争，人无不感服者"②。于慎行称其"为人伟干重颐，仪观甚饬，孝友恪慎，宽仁爱人。学必称师，言必及礼。综核事务，靡密精详，即米盐屐履，皆有经略。器度深沉，操持坚确，不为夸诩大言以贾名声，而致在必行"，曾作祭文悲叹："所悲今古，知己实难，惟师与我，义存再三。音犹盈耳，貌不违颜，心之悲矣，摧裂辛酸。"③王苹居万竹园，也常于诗中追慕其风度："相国风流学杜甫，堂堂不让李于麟。自遭新郑归田后，来往论诗洗耳人。"（《济南先正咏十首》其七）"望水泉边宅，棠川石畔人。"（《雪后得清苑郭先辈南洲寄书辄赋四首作答》其二）"少自书郎识华鹊，老从名士感殷边。"（《送客北上》）"凤纸名签高隐士，鸡林客问老尚书。"（《秋日杂诗十首》其五）

还有一个重要因素足以引起蒲松龄的关注，那就是殷士儋身上的神秘色彩。殷汝麟精通历数，曾准确推算出"儿中试必第五，吾数尽当在孟冬"。殷士儋五岁时，殷汝麟即教之以掌上推衍天干地支、月建时遁之术，殷士儋曾为满座宾客屈指演算所生岁时而无误，众皆惊叹。《趵突泉志》载有殷士儋与葛守礼等人求乩之事④。殷士儋的学生周继也对阳宅风水之学颇有研究，他改建应天府学文庙，焦

---

① 〔明〕于慎行：《谷城山馆文集》，《四库全书存目丛书》第148册，齐鲁书社1997年版，第77～78、80页。

② 张华松等点校：《历城县志正续合编》（第二册），济南出版社2007年版，第564页。

③ 〔明〕于慎行：《谷城山馆文集》，《四库全书存目丛书》第148册，齐鲁书社1997年版，第83、141页。

④ 〔清〕任弘远撰，刘泽生、乔岳校注：《趵突泉志校注》，济南出版社1991年版，第36、53～54页。

竑、朱之蕃、顾起元等先后高中①，著有《阳宅指掌》《阳宅真诀》等书。

《狐嫁女》将这样一位传奇人物的潇洒性情摹写得极为精彩好看。“有胆略”是小说表现的主要品质。当某生提出“有能寄此一宿者，共醵为筵”时，“公跃起曰：‘是亦何难！’”诸生送至旧宅门口，“公笑云：‘有鬼狐，当捉证耳。’”摸索探入幽深荒芜的庭院，殷天官非但无所畏惧，反见月色光洁可爱，并无异样，“窃笑传言之讹”，竟尚有心情“席地枕石，卧看牛女”。待众狐散后，“视东方既白，乃从容出”。可见殷天官为人不仅畅快爽朗，豪放有魄力，且能处变泰然，又具文士风度。故狐翁也敬畏他，以之为“贵客”，闻其醒来，则“跪而言曰：‘小人有箕箒女，今夜于归。不意有触贵人，望勿深罪。’”又说：“贵人光临，压除凶煞，幸矣。即烦陪坐，倍益光宠。”新郎到来，则“命先与贵客为礼”。众狐怀疑金爵为殷所窃时，“翁急戒勿语，惟恐公闻”。历史上的殷士儋，在遭到高拱一党弹劾排挤时，丝毫不畏权贵，《明史》记载：“故事，给事中朔望当入阁会揖。士儋面诘楫曰：‘闻君有憾于我，憾自可耳，毋为他人使。’拱曰：‘非体也。’士儋勃然起，诟拱曰：‘若逐陈公，逐赵公，复逐李公，今又为四维逐我，若能常有此座耶？’奋臂欲殴之。居正从旁解，亦谇而对。”②足见其刚直。

而平素的殷士儋，隽才朗识，卓冠人表，胸怀坦荡，守分知止，淡泊自甘。葛守礼曾回忆道：“予往官吏部，与正甫同闾巷，见其门户萧然，日惟读书静坐，绝不预外事，大非纷华中人，心且敬之，意必有所受。”殷士儋有《明农轩乐府》一卷，唐府宗正宙積序云：“音节铿

---

① 张华松等点校：《历城县志正续合编》（第二册），济南出版社 2007 年版，第 839 ~ 840 页。

② 〔清〕张廷玉等撰：《明史》，中华书局 1974 年版，第 5126 页。

锵,若自金石出,而情与景会,语语天成,超诣词场三昧之境,即胜国所传诸大家之制不是过也。乃若鸿冥蝉蜕,胸次超然,自非有道,讵易臻兹?岂独词调之工已耶!"[①]狐翁说"相公倜傥,或不叱怪",邀殷天官陪坐,"公喜,应之",气度确是风流而宏大,何守奇评:"窃爵还爵,并见尚书雅度。"[②]殷氏一族以礼传家,小说中也多以细节表现殷天官谦恭温和的君子风貌,如:"曳之曰:'不知今夕嘉礼,惭无以贺。'""翁曰:'此拙荆。'公揖之。""翁趋迎,公亦立俟。"皆真心待之以礼。

此外,小说还表现了殷天官的慧黠:"假寐睨之。""公稍稍转侧,作嚏咳。""公思此物可以持验同人,阴内袖中。伪醉隐几,颓然而寝。皆曰:'相公醉矣。'""移时,内外俱寂,公始起。"知道金爵真正的主人后,殷戏称:"金杯羽化矣。然世守之珍不可失。仆有一具,颇近似之,当以奉赠。"葛守礼称殷士儋"善谈谑,听者喜而不厌"[③],可见小说与历史的契合度之高。

中国民间不乏狐嫁的传说,日本亦有相关文艺作品和民俗活动,黄遵宪在《日本国志》中记载了以此为题材的影戏:"影戏谓之影绘。……夜深有叱咤声,则狐群排行,徐徐进步,各荷蒲席、衔炬火,担木持竿,俗所谓狐嫁女是也。"[④]画家葛饰北斋绘有《狐の嫁入図》。相传降太阳雨时即有狐狸嫁女,大须贺履《野狐婚娶图》诗云:"日光斜斜雨萧萧,西郊之狐嫁东邻。"程千帆评:"东邦嫁狐之传说,殆与

---

① 张华松等点校:《历城县志正续合编》(第二册),济南出版社 2007 年版,第 564、473 页。

② 〔清〕蒲松龄著,任笃行辑校:《会校会注集评聊斋志异》,齐鲁书社 2000 年版,第 81 页。

③ 张华松等点校:《历城县志正续合编》(第二册),济南出版社 2007 年版,第 564 页。

④ 陈铮:《黄遵宪全集》,中华书局 2005 年版,第 1468 页。

我国鼠嫁女相同,皆民间旧俗之可怀者。”[①]既多生动的民间故事及殷士儋这等人物的流风余韵,或许蒲松龄在济南科考、游玩期间,听闻不少,遂敷衍笔端。

今所见史料、文集中并无蒲松龄与王苹交往的痕迹,也无任何万竹园的奇闻,蒲松龄对万竹园的印象恐怕限于殷士儋的通乐园。“相国名园负郭开,朱阑寂寞锁苍苔。泉声故自花间出,山色依然座上来。多士尚疑悬帐日,苍生空想济川才。谁怜廿载平津客,泪洒东风首重回。”(于慎行《过殷少保金舆山房有感》)《狐嫁女》中殷天官的形象如此贴合殷士儋的真实面貌,或许在某种程度上也意味着“故家之第”不能直接落实为当日的万竹园。

【作者单位:山东大学文学院】

① 程平帆、孙望选评,吴锦等注释:《日本汉诗选评》,江苏古籍出版社1988年版,第374~375页。

蒲松龄《凤阳士人》梦境建构的心理透析

乔孝冬

蒲松龄的《聊斋志异·凤阳士人》自唐传奇翻出,或可无异。聂石樵云:“《凤阳士人》在情节上即综合此三梦(乃言唐人白行简所著《三梦记》)而成,篇末云‘三梦相符’,其演变之痕迹可见。”①《凤阳士人》的梦境建构与《三梦记》《独孤遐叔》《张生》《独孤生归途闹梦》《渭塘奇遇记》等题材一脉相承,均讲述了“彼梦有所往而此遇之”的故事,笔者将此类题材统称为“通梦感契”的故事模式。鲁迅说:“凡小说流传,大率渐广渐变,而推究本始,其实一也。”②明初出现了模拟晋唐小说的创作风潮,“文题意境,并抚唐人”。蒲氏以其对生活的特别体察和高超的叙事本领实现了对前人小说的超越,将“通梦感契”的故事推到了一个新高度。《凤阳士人》不仅记述了“彼梦有所往而此遇之”的梦境故事,更在于沟通了梦境与现实、真实与幻觉。将梦境与实境叠加,构造了一个富于特殊意蕴的艺术境界。蒲氏的梦境建构不同于以往的只期待以“通梦”表现夫妻情意浓至的创作意味,蒲氏托笔梦幻,“出于幻域,顿入人间”,将梦幻与现实紧密结合,幻由人生,在对梦幻境界的建构中,显示了作者深层的男权意识和民族文化性别心理。

---

① 聂石樵:《〈聊斋志异〉本事旁证》,见山东大学蒲松龄研究室编《蒲松龄研究集刊》(第一辑),齐鲁书社 1980 年版,第 310 ~ 311 页。

② 鲁迅:《唐宋传奇集》,齐鲁书社 1997 年版,第 235 页。

一、性别置换与对人性情欲本质的窥探

在以《三梦记》为代表的“通梦感契”的故事里，叙述均以“生”为视角人物，写其如何于归家途中见妻子与少年嬉戏，回家追问，方知是闯入妻子梦境。“在晚唐、北宋、明清时期，主要是把三梦拆开，作楚材晋用式的移植或规模的放大。”①以男性人物“生”为视角推进叙事，在篇末演成夫妻共话梦境揭开谜底，这一特征在《河东记·独孤遐叔》《纂异记·张生》《独孤生归途闹梦》《渭塘奇遇记》等“通梦”故事中很稳定。《三梦记》重写史上最浓重的一笔是《独孤生归途闹梦》，冯梦龙先述生上路归家，次写白氏思夫入梦，写白氏梦中自洛至蜀上路寻访过程中出现了一次视角转换，再述生归途见妻与少年古寺夜饮，最后才是生进家门时，“那白氏心中正自烦恼”。冯梦龙虽然为了以“说—听”为传播方式的说书人的需要改变了唐传奇小说的限制叙事方式，改为一种适应听众的连贯叙述，但对于故事结构并无根本的改变和突破，总体上还是游子视角。

叙事视角发生最根本变化的是蒲松龄的《凤阳士人》，《凤阳士人》以士人妻为视角推进叙事，以连续的梦境构造故事的叙述语境即以士人妻的所见所闻、所思所想为线索，把三个人的梦境完美无瑕地串接起来。以妻子对外出逾期不归的丈夫是否拈花惹草的忧心结构梦境，故事中心是妻子面对丈夫移情别恋最难堪场合下的最难堪的情态，有着深切的现实人生的内容。

东汉王符《潜夫论》卷七《梦列》篇，论述梦的各种成因：“凡梦：有直、有象、有精、有想、有人、有感、有时、有反、有病、有性。”昼有所思，夜梦其事。《世说新语·文学》载乐广之语：卫玠总角时，问乐令梦，乐云：“是想。”卫曰：“形神所不接而梦，岂是想邪？”乐云：“因也。

---

①　黄大宏：《白行简〈三梦记〉的叙事语境及其题材重写史论》，载《清华大学学报》（哲学社会科学版）2008 年第 3 期。

未尝梦乘车入鼠穴，捣齑啖铁杵，皆无想无因故也。”谚曰：“南人不梦陀，北人不梦象。”弗洛伊德说：“梦的元素本身就是梦的隐意的象征。”①按照弗洛伊德理论的解释，当人的本能受到压抑时，便会通过潜意识在人的行为（特别是梦）中表现出来。

《三梦记》梦境中的刘妻并无非分之想和非分之行，只是被裹挟在一群男女中吟诗作乐，在刘幽求看来妻子受到了挑逗、戏侮。针对这种来自妻子的不安分，刘幽求表现出猜忌、嫉妒的心理，为了维护男性的自尊，刘在强烈的心理刺激下一抛巨石，击破妻头，经过干预，梦境最终消失，宣告了不算是悲剧的“亦由夫妇积思而然”的离奇事件。缘是夫妻精契相通，二人通梦，温馨的夫妇生活较之道德和自尊当然要实际得多。“通梦”在现实中是否存在，即梦进入现实，又从现实进入梦，类似于庄子的构想，做梦变成蝴蝶，醒来之后质问自己是否是一只蝴蝶做梦变的。唐人幻设为文、作意好奇，白行简有感于“至精之梦，则梦中之身可见”的说法，将分不清真实与虚幻的梦当作异事记述，捣乱梦与非梦的界限，让梦的边界伸进真实之中。如果用现代心理学解释就是夫妻分离日久，日夜思念，忧心忡忡，外出的丈夫由于性心理积累担心家中妻子能否守住清闺所造成的幻象故事，作为怪异非常之事，自然引起人们的兴趣和关注。从男女性别关系范畴来看，唐人用近于游戏之笔开创梦境中的男女性别关系的二元对峙模式，针对这种来自“第二性”女性的生命的愉悦，男性作家对其展示了懵懂的、朦胧的、现实的思考，而最终对男女对立中这种不稳定的、动摇的、以人性快乐为行事原则的性别关系意义的探索被埋没在夫妻“通梦”的惊奇之中。叙事视角是男性按照“男主外，女主内”自然生活的常态，将男性作为梦境的亲历者，

---

① ［奥］弗洛伊德著，高觉敷译：《精神分析引论》，商务印书馆2004年版，第112页。

从故事两性的性别关系看，男性作者将女性置于两性情感中被思念、被看重的中心地位。

男人和女人从“性”的本质上讲是相互吸引的，男女身体构造不同，男人对于性的需求，容易冲动，亦容易满足。男人脱离家庭约束、孤身在外，更亟待色欲的满足。在男权社会等级专制的时代，男人花心、绯闻、寻花问柳是天经地义、不受谴责的；男人嫖妓娶妾是“才情所寄”“才子举动”；男人“偷”人也是无罪的。而作为女人，“妇者，服也，以礼屈服也”，“服于家事，事人者也”。孟子曰：“以顺为正者，妾妇之道也。”班昭《女诫》宣扬女子“卑弱”，“含辱忍垢，妾妇之道也”。女人要贤惠顺从，在男人外出时更要恪守妇德。此外，还要容忍男人纳妾、私婢和采野花。如果女人唠叨不满，那就是多嘴多舌、犯嫌妒忌，要遭受主流道德话语的斥责。女人发生婚外恋、一夜情则是莫大的罪过。唐传奇里的步非烟因为追求理想的爱情，与赵象偷情被发现后，竟被丈夫活活打死。即使是相对开明、女子地位较高的唐代，女性在婚姻上也是处于屈辱的依附地位，贞节等同于妇女的生命，再嫁、改嫁不仅为社会所轻视，也会使家族蒙羞，更不要说伦理纲常严酷规范，身心受到道德严厉禁锢的明清妇女了。即使没有丈夫的看管，外在的压力和本身所受的教育也使得女性不敢越雷池一步。男人和女人谁更容易在婚姻之外寻求艳遇、放纵出轨，这是不言自明的。叙事视角的转换凝聚着作家蒲松龄独特的生命体验，现实中的生活对应到梦中，喜欢在婚姻之外偷情出轨、背离责任、放纵寻乐的基本是男人。正是对婚姻生活领域里复杂的两性生活的深切体察，蒲松龄从创作动机上就排除了《三梦记》中的女性因为单身在梦中与陌生男人发生艳遇的可能，而将这种梦中艳遇移赐给男性，蒲松龄不惜笔墨铺写士人对美色情欲的涌动，这种依托梦境对男人原欲及原我的抒写，不仅真实地映现了礼教步步强化下明清女性处于屈从、边缘地位的社会生活现实，宣告了男权话语范式下男性的绝对胜利,更表现了作家叙事中的层层生活经验以及对两性关系中的人性情欲的本质认识。

二、“履”的象征内涵与贤妻美妾婚恋范型的期待

王充《论衡·纪妖》:“人之梦也,占者谓之魂行。”古人对梦的认识接近现代观念,认为梦是灵魂活动的产物。《凤阳士人》以梦境的形式来结构或推动情节的发展,故事随入梦而起,又随醒梦而结,受梦幻本身所具有的朦胧性、虚幻性、怪诞性等特有属性的决定,小说体现出虚实相生的浪漫幻设特点,蒲松龄借梦境发挥自由的想象力和创造力,使在现实世界无法实现的满足延伸到梦幻境界中完成,从而在精神上获得虚幻的满足。

在《凤阳士人》中,蒲松龄为梦境情节的发展专门设计了一个道具“履”,先是丽人脱“履”相假,士人妻穿上具有神奇功能的“履”后,果然健步如飞。到达目的地后,丽人向士人妻乞赐还“履”。聚会时“主客笑言,履舄交错”。丽人当着士人妻面勾引士人大唱艳曲“手拿着红绣鞋儿占鬼卦”,红绣鞋儿还是“履”。故事人物纵横交错的情感三角关系,通过“履”纽在一起,“履”在虚实相生的梦境中超越了事物本身,具有丰富的象征意味。

沈德潜《古诗源》载:“行必履正,无怀侥幸。”从《礼记·曲礼》等古典经籍对穿鞋等级和样式特别严肃而认真的规定中,可以看出传统文化中鞋文化具有很高的地位,在有文化教养的家庭中“庭训”内容之一就是穿鞋的规范要求。鞋的称谓很多,有靴、屐、屦、履、舄等。其中以“舄”最为显贵。士人、妻、丽人聚会时,“主客笑言,履舄交错”中的“履舄交错”出自《史记·滑稽列传》,古时宴会男人为了表示敬意脱鞋的礼节,此处不难看出妻、丽人共事一夫,用“舄”象征着士人崇高的家庭地位。鞋文化在中国古代婚庆文化中也占重要地位。中华鞋俗与婚庆有着密切的关系,“鞋”与“和谐”的“谐”、“同偕到老”的“偕”同音,象征着性爱的协调、和谐。唐传奇《霍小玉

传》写霍小玉临终时梦见“脱鞋”,自解:“鞋者,谐也。夫妇再合。脱者,解也。既合而解,亦当永诀。”王涣《惆怅诗》:“薄幸檀郎断芳信,惊嗟犹梦合欢鞋。”旧时婚庆时,人们常用“鞋”祝颂新婚夫妇白头到老,在礼品中放铜镜和鞋,寓为“谐(鞋)同(铜镜)到老”。新婚夫妇入洞房前要共同走过一段麻袋铺地,然后互换鞋子,以示同甘苦共命运。袁枚《缠足谈》“女子行不露足”,鞋和足是女子私密性很强的物品,不应任旁人看。红绣鞋儿色彩以大红、绯红为主,鞋面绣吉祥图案,是洞房中穿的新婚鞋,新婚洞房鞋又名“三寸金莲鞋”,“三寸金莲鞋”是古代新娘进洞房时的睡觉鞋,鞋子里面藏有男女做爱的春宫图,是家长对新婚夫妇进行性教育的隐晦方式。在洞房花烛夜用睡鞋进行婚前教育,是我国性文明教育史中的一种表现形式。中华民俗用鞋子作为性爱的传递信物,红绣鞋儿折射出我国古代非常隐秘、含蓄而文明的男女性爱文化。《凤阳士人》中“女步履艰涩,呼丽人少待,将归着复履。丽人牵坐路侧,自乃捉足,脱履相假。女喜着之,幸不凿枘。复起从行,健步如飞”。“履”作为一种极为暧昧极具暗示意味的情欲、性欲的意象,“女步履艰涩”既是故事情形的实指,又暗示了士人妻在婚姻性爱中的尴尬处境。“脱履相假”“幸不凿枘”暗示了丽人、士人妻共事一夫的艳淫关系。“手拿着红绣鞋儿占鬼卦”与丽人的“美目流情,妖言隐谜”相映成趣,士人与丽人突破禁忌、偷香窃玉的奇遇合理性通过“履”做了巧妙的预伏和暗示。

“履”在《闻奇录·郑昌图》中是符梦证物。故事叙郑昌图梦中失“履”于某石桥,醒来寻找,果然在石桥寻回所丢之“履”。明代瞿佑的《剪灯新话》中《渭塘奇遇记》通过王生视角写青年男女精诚之至,爱慕相思,最终因梦成就姻缘。梦魂相交之物也是红罗鞋:“一天晚上,王生梦见架上的玉箫,求那女子吹奏,女子就为他吹奏了《落梅风》数段,音调嘹亮,响彻云间。这天晚上,王生又梦见那女子在灯下绣红罗鞋,他就为她剔除灯芯余烬,不想灯花误落在红罗鞋上,于是形成油渍。”那女子说:“去年自从郎君离去后,思念殷切,每夜梦中都要与郎君相会,不知什么缘故。”王生说:“我做梦也是如此啊!”女子一一叙说吹箫的曲子、绣鞋的事情,没有一件不吻合。瞿佑《渭塘奇遇记》中将鞋作为梦中男女信物,通过灯花误落在红罗鞋上形成油渍,说明梦的奇异性。蒲松龄是否看过《渭塘奇遇记》,不得而知。但是《凤阳士人》中用鞋子暗示男女的艳情,却与《渭塘奇遇记》一脉相承。因为此“履”是丽人之“履”,丽人之所以为丽人,香艳的鞋子是其外化特征。鞋子和丽人一样,来得蹊跷,属于梦中可望而不可即之人之物,非人间俗物,“履”必须物归原主,随梦境中的丽人一起消失,“履大不适于体,途中颇累赘否?归有代步,乞赐还也”。女称谢付之。此处针脚绵密,既照应故事内容,又通过“履”的得与失,暗示了婚姻生活中士人妻与丽人的性爱纠葛以及士人对艳遇之事的遐想和神往。

在古代社会中,由于儒家“发乎情,止乎礼义”伦理道德框架的约束,人们的情感普遍处于一种被压抑状态,既不敢大胆地去爱,也不能大胆地接受被爱。男人现实生活中所面对的婚姻,有些妻子仅仅是丈夫的附属品,甚至仅仅只是操持家务、传承子嗣的工具。她们见识短浅、经历匮乏、教育欠缺、人格卑微、人性软弱,根本不能满足男子情感上的需要,更不用说心灵相通、倾情相诉了。现实与理想的差距往往能够刺激一个人,既然现实中实现不了,那么梦境中总能够实现。弗洛伊德认为梦的“移置作用都是伴随着一连串的联想发生的。但是,移置作用可以发生于不同的精神领域,而且,第一种移置作用的结果以一个元素代替另一个元素,而第二种移置作用的结果,则是同一个元素以不同的言语形式相互代替”①。弗洛伊德

① 车文博:《弗洛伊德文集》(第一卷),长春出版社 1998 年版,第 520 页。

在《诗人与白日梦》中说："幸福的人从来不去幻想，幻想是从那些愿望未得到满足的人心中生出来的。换言之，未满足的愿望是造成幻想的推动力，每一个独立的幻想，都意味着某个愿望的实现。或意味着对某种令人不满意的现实的改进。"①梦是愿望的达成，做梦、做白日梦本是平常事，文人们在现实生活中可望而不可即的爱情就变成了白日梦，男性作家作品中的女性存在，总是透过欲望的复杂作用表现出来，在男人的潜意识里，总希望艳遇。即使精神境界高级些的，也渴望能有个红颜知己。当士人们在现实生活中无法满足生理、心理、物质，特别是精神深处对女性的依赖、渴望等各个方面的需求时，文人们的内心深处就会不自觉地投射出自己的幻想，达到充分宣泄欲望、舒展情志的目的。

蒲松龄25岁在外坐馆，70岁撤帐回家。"《聊斋志异》中充斥着大量隐晦的性描写，作者不仅不忌讳谈性，而且还带着欣赏的眼光，虽然没有《金瓶梅》的那种具体翔实。在两性结合中，既没有家族意识、身份感觉和财产分配的杯葛，也不需要灵魂的和谐，更不需要爱意的冲撞，只有性的放纵和疯狂。"②性欲是孤独男人渴望得到满足的，《聊斋志异》常常通过花妖狐魅变成的美女，表达作者一厢情愿的性幻想，借助创作实现人生补偿，弥补人生缺憾。《凤阳士人》中的丽人形象是作者根据自己的需要或期望而设计的角色，小说中丽人和士人并无虞诈之行，恣意放荡的偷欢在作者看来纯属自然生成的情事，对这种男女艳遇乃至有床笫之欢的幻梦，蒲氏借助梦境的"鞋"(和谐)的寓意表现了其把玩欣赏的态度。结尾"但不知丽人何许耳"，借士人之口，表达了神往之情。如果说"丽人"是作家美人爱

① ［奥］弗洛伊德著，滕守尧等译：《性爱与文明》，安徽文艺出版社1996年版，第147页。

② 王军明：《〈凤阳士人〉情爱模式的叙事伦理学诠释》，载《蒲松龄研究》2011年第4期。

欲情结的释放，是男性作家创作中潜意识愿望的自然流露，那么并列时空蒙太奇的叙事效果使得《凤阳士人》的"意淫"成为一次并非真实的过程，而是一次幻梦。从文本中可以寻出蒲松龄的潜意识即羡慕以性欲（色欲）为主的男欢女爱，书生可以一夫共二女，或多女，不受任何干扰和束缚，不受任何外来的重压，尽情享受婚姻之外的情爱欢娱。这某种程度上暴露了作者不自觉的暗中希冀和追求。凤阳士人其实正是蒲松龄自己的影子。正如弗洛伊德所说，这类创作"正和梦一样，是下意识里的愿望获得一种假想的满足"①。通过精神分析方法的阐释，在《凤阳士人》中同样也投射着作者的"一夫多妻多妾"情结及其创作中的潜意识愿望，这种幻想，来自蒲松龄作为一个生活在以男子为中心的男权社会的男性作家，时代和环境对他的影响，也寄寓着作者浓重不化的知己情结，这其实是文人中心意识的一种曲折反映，在传统文化男性为中心的文人价值观下，《凤阳士人》正是"一夫多妻多妾"体制下的作家借助梦幻的现实体验版。

三、"三"的众生形态与女性的失语困境

《凤阳士人》源于《三梦记》的第一梦。明胡应麟《少室山房笔丛》卷三六《二酉缀遗》谈及第一梦云："陶氏《说郛》、《太平广记》梦类故事皆类此，此盖实录，余悉祖此假托也。"《三梦记》中的人物刘幽求在历史上确有其人，按照明代胡应麟的说法，白行简讲述的这个离奇的故事盖是实录。有些类似于名人私生活故事，作品注重的是故事之奇，激发作者创作兴味的人们逾传逾奇的故事，追求的是耸人听闻的听众效果。妻子在《三梦记》里面仅是一句"坐中语笑"，在《独孤遐叔》《张生》里也不过是吟唱了几首歌谣，对妻子心理和情

---

① ［奥］弗洛伊德著，廖运范译：《弗洛伊德自传》，东方出版社2005年版，第70页。

感的描写粗糙，鲜少刻画。《凤阳士人》“三梦相符”指夫妻与妻弟三人同梦，与《三梦记》之后二梦无关。人物增出了丽人和三郎，故事架构由《三梦记》的夫妻“二梦相符”变为“三梦相符”（“但不知丽人何许耳”，如果有丽人的话就是“四梦相符”了）。蒲氏如登台作剧，通过士人、丽人和三郎“三”个人物众生形态的矛盾交织，展示了士人妻忽而思妇、忽而俗妇、忽而荡妇、忽而怨妇、忽而寡妇的结想幻境，这种类似“意识流”手法的人物幻象描写，揭示了女性在封建婚姻下失语的深层困境。

蒲松龄多年设帐在外，舌耕是其生活来源，夫妻聚少离多，蒲氏《述刘氏行实》说明其妻是贤妻良母，《凤阳士人》的人物形象也留下了蒲氏夫妻的影子。小说起首说：“凤阳一士人负笈远游。谓其妻曰：‘半年当归。’十余月竟无耗问。妻翘盼綦切，一夜，才就枕，纱月摇影，离思萦怀。”负笈远游的书生一去无归，久无消息。“荡子行不归，空房难独守”“浮云蔽白日，游子不顾返”，士人妻在作家笔下梦境之外的现实生活中，实乃一思妇，思妇是已婚女子，温柔贞顺，已婚者以丈夫为天，伤丈夫远离，空床独守，或悲丈夫琵琶别抱，离思萦怀，苦闷、离愁是思妇情思的外化特征。“从创作角度看，所谓异境实因于此。故《凤阳士人》实为思妇心理的表象，托之梦境而已。”[①]但明伦曰：“翘盼綦切，离思萦怀，梦中遭逢，皆因结想而成幻境，事所必然，无足怪者。特三人同梦，又有白骡证之，斯为异耳。”[②]“纱月摇影，离思萦怀”用时间、环境映衬人物，一“摇”字以动衬静，其境愈静则愈感到孤寂难处。一“萦”字虚写月光照人无眠，实写人物离思之苦，不言情而情至深。士人妻反侧枕畔，翘盼綦切的痴情

---

① 黄大宏：《白行简〈三梦记〉的叙事语境及其题材重写史论》，载《清华大学学报》2008 年第 3 期。

② 〔清〕蒲松龄：《但明伦批评聊斋志异》，齐鲁书社 1994 年版，第 90 页。

正是忧愁生梦的伏笔，愁闷乃梦境之底色。“丽人代行处置，是思妇身为心役的必然，陡兴波澜”。“丽人是思妇之情思与疑虑所化，来得蹊跷，所言又切中心思，故同行而不疑，这是一身二化的技法，思妇满怀绮情丽思，正当如此丽人负载。《聊斋》所记花妖狐鬼，多是人物心理的具象，此处与之笔法一致，梦的幻设与叙事的离间效果也随之产生。两人步行缓急，正是心、身不一的表征。”[①]按照黄大宏先生对梦境的阐释，可进一步导出丽人是士人妻性欲积累导致的自身的幻象，是士人妻潜意识性欲的流露。两性关系及两性生活归根结底是社会生活的内容，“男畅女美，彼此均益”，男女性爱是维持正常婚姻的需要，由于礼教和自身教育的压抑，现实生活中女人讳言自身的性欲需求，而在梦境中，士人妻突破了这种无言无意识的自我设限，幻化为丽人式的“荡妇”尽情释放其潜在的欲望。梦境中丽人不仅以其“色”，更以其“艺”吸引士人，“黄昏卸得残妆罢，窗外西风冷透纱。听蕉声，一阵一阵细雨下。何处与人闲磕牙？望穿秋水，不见还家，潸潸泪似麻。又是想他，又是恨他，手拿着红绣鞋儿占鬼卦”。“句句字字，皆翘盼时所想到者，而出自丽人歌之，虽曰效颦，适成为钩搭其夫之语，真是难堪。”[②]梦境中年轻的“丽人”与现实中年老的“俗妇”在人物本相上形成一种极大的反差或变形，从而形成一种对比、反讽效果，揭示了两性关系残酷而真实的一面：在“重难轻易，喜新厌旧”的男人本性前，如果女人严格遵守女德的要求，被宠坏的男人就一定会与家中的“黄脸婆”鸳鸯和谐，共建夫妻幸福生活吗？

《凤阳士人》两性关系的对峙还表现在小说中士人妻亲睹了丽

---

① 黄大宏：《白行简〈三梦记〉的叙事语境及其题材重写史论》，载《清华大学学报》2008 年第 3 期。

② 张友鹤：《聊斋志异会校会注会评本》，上海古籍出版社 1962 年版，第 188 ~ 189 页。

人与丈夫的媟亵狭行。丽人与丈夫入室亲狎，夫妻形同陌路，士人妻难堪的心理描写堪称经典："女独坐，块然无侣，中心愤恚，颇难自堪。思欲遁归，而夜色微茫，不忆道路。辗转无以自主，因起而觇之。裁近其窗，则断云零雨之声，隐约可闻。又听之，闻良人与己素常猥亵之状，尽情倾吐。女至此，手颤心摇，殆不可遏，念不如出门窜沟壑以死。"断云零雨这四个字富有弹性，作者含蓄地写出了士人与丽人云雨之事许多不便描摹的内容，这种亵象描写给士人妻造成了强烈的刺激效果：妻子面对丈夫移情别恋最难堪场合下的最难堪的情态。但明伦评曰："又是想他，又是恨他，手颤心摇，无可奈何他，不如一死不见他，且自由他。儿女之情态，写来逼真。"[①]丈夫可以当着妻面与丽人调情，面对男人出轨"偷"人，妻也只能"默然，伪为愚者"，不敢采取任何措施去制止丈夫的放荡行为。男权社会对妇女立身处世的要求是"既嫁则以夫为天""以丈夫之是非为是非，以丈夫之意志为圭臬"，为了男人诸如好色、喜新厌旧、贪得无厌等自然天性，女人还得压抑乃至灭绝作为人的种种合理的自然天性，受尽冤屈无处申辩还要忍辱负重、勤俭持家。在朝秦暮楚、二三其德的男人面前，士人妻除了痛苦、麻木、息事宁人外别无办法，作者采用直接白描法写出了婚姻异化下女性懦弱、可怜、无助的困境。故事寻求女性走出这种困境的办法，却陷入了更深的困境。在士人妻"愤然方行"之时，能为她出气的人自然是娘家兄弟。"忽见弟三郎乘马而至，女具以告。三郎大怒，立与姊回"，鲁莽的三郎投巨石砸碎了凤阳士人的脑袋。在唐传奇里都是妻子被丈夫巨石所毙后实现梦境的回归，而《凤阳士人》还写了妻与其兄之间的争执，"女闻之，愕然，大哭，谓弟曰：'我不谋与汝杀郎君，今且若何？'三郎撑目曰：'汝呜呜促我来，甫能消此胸中恶，又护男儿、怨弟兄，我不贯与

---

① 〔清〕蒲松龄：《但明伦批评聊斋志异》，齐鲁书社1994年版，第90页。

婢子供指使！’返身欲去，女牵衣曰：‘汝不携我去，将何之？’三郎挥姊扑地，脱体而去。女顿惊寤，始知其梦。”前人评《聊斋》曰：“文之矫变，至此极矣。”17世纪女权主义者宝玲欠尔曾说：“所有男人写关于女人的书都应加以怀疑，因为男人的身份有如在讼案中，是法官又是诉讼人。”蒲松龄在《邵女》中有如此议论：“女子狡妒，其天性然也。而为妾媵者，又复炫美弄机，以增其怒。呜呼！祸所由来矣。”蒲氏把“妒”说成是女子的天性，站在男权的立场上，指责女人苛求女人不该“炫美弄机”致“祸”。在《江城》里说：“每见天下贤妇十之一，悍妇十之九。”在《马介甫》中说：“娘子军肆其横暴。”在男权社会里丈夫拥有双艳在蒲氏看来纯是风流韵事，三郎对士人妻的“妒”性致“祸”的指责振振有词，话语权又转移到了男性手里。如果梦境回归现实，被押上话语审判台的依然是士人妻，悲剧的发生缘由是其“妒”性未消。在男权话语的规范下，女性服从与不服从，都无路可走，蒲松龄通过士人妻思妇、荡妇、俗妇、怨妇、寡妇的结想幻境，揭示了男权社会形态下女性失语的悲哀和困境。

与《三梦记》相比，《凤阳士人》的结局是让丈夫代替妻子在梦中做了替死鬼，结局的改写似乎意味着妇女地位的提高，而这只是事物层面的表象，在男权意识下，婚姻爱情悲剧的缔造者是男性，而承担者却是女性，女人无论怎样努力都走不出自身的悲剧，这才是真正的悲剧。蒲松龄真实地抒写了“人情以放荡为快，世风以侈靡相高”的男权社会形态下的女性悲剧命运，使得以“梦”为题材创作小说的意识在蒲松龄笔下被重新激活，《凤阳士人》也因此超越了以往“通梦感契”故事的题材类型，成为典范之作。

【作者单位：金陵科技学院人文学院】

凄迷幽邈情难诉

——《聊斋志异·公孙九娘》审美意蕴新说

王海洋

在《聊斋志异》①近500篇小说作品中,《公孙九娘》颇负盛名,是富有特殊艺术魅力的一篇佳作,有学者甚至将其列为总全部《聊斋》之作的"案首"②。它既是描写人鬼幽婚的典型"聊斋"特色的故事,又奇幻怪诞,境界迷离,自始至终皆悲剧气氛浓郁,堪为具有"独一个"叙述特征的爱情神作。可长久以来,众多学人对这篇小说名作的解读分析却难尽人意,比如把小说主题概括为"反对民族压迫、阶级压迫最为突出的篇章"③,对其艺术上的把握分析也仅仅限于凄婉的爱情悲剧之作、描写境界的扑朔迷离等,言之不详,难以到位。笔者于此从个人的思考感悟出发,试从艺术意蕴的角度予以解读,并对相关主题性的说法予以分析辨正。

一

《聊斋志异》最为突出的艺术追求之一即是对艺术意境的营造

---

① 本文所论之《聊斋志异》,版本参考为朱其铠主编的《全本新注聊斋志异》,人民文学出版社1989年版。

② 赵俪生:《读〈聊斋志异〉札记》,见山东大学蒲松龄研究室编《蒲松龄研究集刊》(第二辑),齐鲁书社1981年版,第9～30页。

③ 盛源、北婴:《名家解读〈聊斋志异〉》,山东人民出版社1999年版,第279页。

与铺染,此篇也不例外。

作为一篇情节奇特的《聊斋》幽婚故事,《公孙九娘》一开篇并没有如其他情爱故事一样,直接安排主人公出场,而是展现了一幅凄惨阴森的图画:

> 于七一案,连坐被诛者,栖霞、莱阳两县最多。一日,俘数百人,尽戮于演武场中。碧血满地,白骨撑天。上官慈悲,捐给棺木,济城工肆,材木一空。以故伏刑东鬼,多葬南郊。

这就为小说全篇定下了浓重的凄婉悲悯氛围,其中"碧血满地,白骨撑天"八个字,可谓骇人心目,环境铺垫惊悚之极。自此而后的小说故事从人物、环境直至结局都层层叠叠、复沓吟章,以竭尽渲染为能事,主人公莱阳生随好友朱生赶赴阴间后,终于见到了"闻父被刑,惊恸而绝"的甥女,其场面的凄然也至为显明:

> 见半亩荒庭,列小室二。女甥迎门啜泣,生亦泣。室中灯火荧然。女貌秀洁如生时。凝眸含涕,遍问妗姑。生曰:"具各无恙,但荆人物故矣。"女又呜咽曰:"儿少受舅妗抚育,尚无寸报,不图先葬沟渎,殊为恨恨。旧年,伯伯家大哥迁父去,置儿不一念;数百里外,伶仃如秋燕。舅不以沉魂可弃,又蒙赐金帛,儿已得之矣。"

且看,甥、舅双方相见,既是"迎门啜泣""亦泣",又是"含涕""呜咽""恨恨",虽然甥女并非故事的核心人物,此场面亦非小说情节的核心关键,但凄惨氛围的营造同样触人深刻。

至于男女主人公灼然相见,两情欢好之余,作者也有意摆脱了通常情爱之作的始终喜庆、欢快,着意渲染九娘新婚之夜的伤感,回

味身世遭际的悲惨,她“枕上追述往事,哽咽不成眠”。并且口占两绝:

其一

昔日罗裳化作尘,空将业果恨前身。

十年露冷枫林月,此夜初逢画阁春。

其二

白杨风雨绕孤坟,谁想阳台更作云?

忽启镂金箱里看,血腥犹染旧罗裙。

“罗裳化尘”之恨,“白杨孤坟”之悲,虽历经十年时光之久,画阁阳台之春,也难消业果命运的悲戚,“血腥罗裙”的悲怨之声凄然强烈,令人怆恻不已!从作家所塑造的公孙九娘这一爱情形象来说,同《聊斋志异》中很多的情爱故事一样,美丽良善,富有才华,热烈钟情,然更重要的特征在于她的满腹心酸、含蓄隐忍、凄苦幽怨,欢情之余的血腥凄惨之忆,这就使之卓然有别于《聊斋志异》所有其他情爱女主角,格外醒目地屹立于“聊斋”的形象画廊里。

从以上三方面的意境营造看,整篇小说愁云密布,惨雾弥漫,悲剧气氛极为浓郁!

看似不甚协调的是,小说还竭力渲染了另一种轻快热烈的气氛,表现了令人向往的美好爱情的欢愉可贵,创造了另一种引人着迷的境界。小说描绘冥间的甥女给舅舅牵线做媒,甥女与公孙九娘两女子的轻快语言以及幽默的调谑:

甥笑曰:“且是女学士,诗词俱大高。昨儿稍得指教。”九娘微哂曰:“小婢无端败坏人,教阿舅齿冷也。”甥又笑曰:“舅断弦未续,若个小娘子,颇能快意否?”九娘笑奔出,曰:“婢子颠疯作也!”遂去。

其后莱阳生与九娘婚姻成配同样充满喜庆热烈的气氛,场面不仅欢愉,亦且庄重;其中朱生的恭贺、甥女的热情、老妇人的欢喜等不一而足,而“华烛凝待。邂逅含情,极尽欢昵”寥寥数句的欢情描写,虽用笔颇为减省,却着力宣示了男女主人公情投意合、情深融洽的情爱关系。

《聊斋志异》中的大多数花妖狐鬼故事都展现了迷离荒怪神异幽凄的艺术境界,《公孙九娘》也不例外。故事中莱阳生无论置身冥间还是身处阳世,周身都经常环绕着迷离幽森的恐怖环境,例如,莱阳生辞别九娘后的两次扣墓情景:

> 于是相对汍澜,生亦含涕而别。叩寓归寝,展转申旦。欲觅九娘之墓,则忘问志表。及夜复往,则千坟累累,竟迷村路,叹恨而返。展视罗袜,着风寸断,腐如灰烬,遂治装东旋。
>
> …………
>
> 半载不能自释,复如稷门,冀有所遇。及抵南郊,日势已晚,息驾庭树,趋诣丛葬所。但见坟兆万接,迷目榛荒;鬼火狐鸣,骇人心目。惊悼归舍。
>
> (注:引文中下划线为笔者所加)

尽管《聊斋志异》中颇多类同此境的描绘,但《公孙九娘》却别具一格,它将全作的悲凄氛围、欢愉轻快的情爱场面,连同凄迷恐怖的鬼蜮墓地渺无痕迹地糅合为一体,创造出一种凄婉哀艳、迷离婆娑,又荒怪飘忽、萧瑟惊悚的奇特幻境,具有神异迷人的审美效果,在《聊斋志异》描绘的所有鬼狐异蜮故事中独标高格,令人咀含不已,叹赏难尽!

二

以上所述三方面的意境营造成就了《公孙九娘》这篇小说独特的审美特质,但该作品的魅力并不止于此,小说故事本身实际颇似一个梦幻境地发生的艳遇经历,只不过作者在人物身份、身世来历、故事结局诸层面附之以凄惨、幽怪、迷茫等丰富的艺术色调。从故事类型学的属性看,它又有点类似于传统的古代文言类"仙乡淹留型"故事的变体,如《幽明录》之"刘晨、阮肇入天台",《搜神后记》之"袁相根硕"等,但故事演进的环境却换成了鬼蜮世界,当然其深重浓郁的悲剧色彩是传统故事所缺乏的。同《聊斋志异》中诸多其他爱情之作相比,其结局的无言之悲也很不寻常。像《婴宁》《小谢》《连城》《聂小倩》《连琐》《红玉》等,其故事虽都带有一定的悲感因素,但终局无一例外的是男女主人公幸福结合,团圆而终;《香玉》《葛巾》《西湖主》等虽然以最终亡故、离散为结尾,但并没有那种有情人之间深以为恨的遗憾,属悲伤情境较淡之作。而《公孙九娘》则不然,如其对莱阳生与九娘最后离别场面的描写:

> 行里许,遥见女郎独行丘墓间,神情意致,怪似九娘。挥鞭就视,果九娘。下与语,女竟走,若不相识;再逼近之,色作怒,举袖自障。顿呼"九娘",则烟然灭矣。

这种似人非人、似鬼非鬼的现身场面,最终以九娘的决然隔绝、自灭为最终了局,造成深挚爱情的永诀,让人幽然生发出意犹无尽的失落感喟。于此,表达了人生真挚之爱的深沉迷醉和美好之爱的幽邈难据!结合整篇作品意境的营造,小说全篇便显示出荒怪凄迷、幽怨难释又引人神往的艺术境界!具有梦幻般的神奇魅力!

从文学审美意蕴的类型来看,这类文学经典之作中反复咏叹的对渴慕对象的邈远又难于求获的况味就是钱锺书先生在《管锥编》

中指出的所谓人生“企慕之情境”：

“所谓伊人，在水一方；溯洄从之，道路且长；溯游从之，宛在水中央”；《传》：“‘一方’，难至矣”。按《汉广》：“汉有游女，不可求思。汉之广矣，不可泳思。江之永矣，不可方思”；陈启源《毛诗稽古编·附录》论之曰：“夫悦之必求之，然惟可见而不可求，则慕悦益至。”二诗所赋，皆西洋浪漫主义所谓企慕之情境也。……抑世出世间法，莫不可以“在水一方”寓慕悦之情，示向往之境。……庾信《哀江南赋》叹：“况复舟楫路穷，星汉非乘槎可上；风飚道阻，蓬莱无可到之期！”盖匪徒儿女之私也。释氏言正觉，常喻之于“彼岸”，如《杂阿含经》卷二八之七七一：“邪见者非彼岸，正见是彼岸”……亦犹古希腊神秘家言以“此处”与“彼处”喻形与神、凡与圣，比物此志尔。①

这种对人生真挚情爱的难于满足及美好爱人的幽邈难据的情怀在文学史上渊源有自，并不孤立。早期最经典的例子即钱锺书先生所提到的《诗经》之《秦风·蒹葭》一篇：

蒹葭苍苍，白露为霜。所谓伊人，在水一方。溯洄从之，道阻且长。溯游从之，宛在水中央。

蒹葭萋萋，白露未晞。所谓伊人，在水之湄。溯洄从之，道阻且跻。溯游从之，宛在水中坻。

蒹葭采采，白露未已。所谓伊人，在水之涘。溯洄从之，道阻且右。溯游从之，宛在水中沚。

① 钱锺书：《管锥编》，生活·读书·新知三联书店2007年版，第208页。

可见而不可求，可望而不可即，追寻“伊人”似乎就要成功，但终究还是水月镜花，幽邈难据。

再如《诗经·郑风·野有蔓草》：

野有蔓草，零露漙兮。有美一人，清扬婉兮。邂逅相遇，适我愿兮。

野有蔓草，零露瀼瀼。有美一人，婉如清扬。邂逅相遇，与子偕臧。

《毛诗序》曰：“《野有蔓草》，思遇时也”，评论此作是美好心愿的诗意想象，其中的期盼幻邈又难于求遂的意味十分明显。再如曹植的《洛神赋》，虚构了作者自己在洛水之畔与洛神的邂逅相遇和相互间的思慕爱恋，洛神形象美丽绝伦，人神之恋飘渺迷离，却由于人神道殊而无法结合，抒发了无限的悲伤怅惘之情：

余情悦其淑美兮，心振荡而不怡。无良媒以接欢兮，托微波而通辞。愿诚素之先达兮，解玉佩以要之。嗟佳人之信修兮，羌习礼而明诗。抗琼珶以和予兮，指潜渊而为期。执眷眷之款实兮，惧斯灵之我欺。感交甫之弃言兮，怅犹豫而狐疑。收和颜而静志兮，申礼防以自持。

…………

恨人神之道殊兮，怨盛年之莫当。抗罗袂以掩涕兮，泪流襟之浪浪。悼良会之永绝兮，哀一逝而异乡。

宋代大文豪苏轼的《前赤壁赋》在忧叹人生的短促无常时，也不经意地吟咏“桂棹兮兰桨，击空明兮溯流光。渺渺兮予怀，望美人兮天一方”……凡此种种都是一种对理想爱人渴慕又觉邈远难求的人生况味的体现。

《公孙九娘》无疑也属于这种渴慕所爱却难于求得的情境的展示。只不过相较于诸多传统经典之作的“企慕之情境”,《公孙九娘》有其独到的新异形式。首先,传统此类情境基本皆是主人公与渴慕的对象可望而不能相合,而《公孙九娘》里主人公莱阳生与九娘却先于阴间鬼蜮结合成婚,有了实际的接触遇合,享受了有情人之间“极尽欢昵”的至情至爱,而后于人间坟地再次偶遇,终至形神缥缈企慕难及,永久分离;其次,在传统的“企慕”情境凄婉、迷离、遗恨的基调氛围中,掺入了萧瑟、惊悚、荒怪的“聊斋”风味,显示出了“出于幻域,顿入人间”①的艺术奇效。

概而言之,《公孙九娘》里的莱阳生与九娘是为至情至爱的一对恋人,二人深挚相恋,经历了刻骨铭心的相爱过程,却因莱阳生的失之意外,措成幽怨永久的憾恨,那番渴慕、追寻、求索而不得的人生向往,其深层意涵与千古以来诸多文学佳作的“企慕”咏叹内里相通,凿枘合隼,具有和声氤氲的艺术同调!

三

长久以来,对《公孙九娘》这样一篇脍炙人口的名作的解读总不脱政治历史性的窠臼。该说联系清顺治十八年山东栖霞的于七起义,将小说论为用“皮里阳秋”的艺术手法,揭示了清王朝残酷压迫、屠杀人民的罪恶,表达了作者对清朝统治者的反抗情绪,是彰显“人民性”的代表作。笔者对此不以为然。对于复杂的历史史实的考据已有学者较详细的相关论述②,本文不必涉及,这里只从作品文本的

① 鲁迅:《中国小说史略》,见《鲁迅全集》(第九卷),人民文学出版社1981年版,第209页。

② 李浩:《〈聊斋志异·公孙九娘〉研究的若干思考》,载《石家庄学院学报》2015年第5期。

叙述关合方面稍做辨析。不错，小说叙事确以于七起义为背景，涉及清初政治文化生态，但综观全篇，于七起义只是开头一个非常简约的时代背景，它无疑增加了小说故事的真实感，但所谓表现反抗性云云实在无甚相干。其一，对于七起义，作品本身并未抱以肯定赞扬的态度；其二，小说中公孙九娘母女的死因是“母不堪困苦死，九娘亦自刭”，莱阳生的甥女被“俘至济南，闻父被刑，惊恸而绝”，皆非直接死于官军的镇压杀戮，这就很难说得上是对“滥杀无辜”的控诉。当然此类交代客观上对官府的暴虐残酷有少许揭示，但要硬上纲至小说主题之一，实在有点牵强附会。

至于小说结尾“异史氏曰”一段话“脾鬲间物，不能掬以相示，冤乎哉”的理解。关于此段男女主人公误会的“冤案”，清代的评点家多所解释，梓园指出：“志表乃第一紧要事，当先问之。此九娘所以恨也，乌得言冤？”[①]所说有理。但明伦认为：“夜往路迷，不可谓非鬼之无灵也。况稷门再至，冀有所遇，此情实可以告卿。既独行于丘墓间，何难再示以埋香之所：乃色作怒而举袖自障，女学士毋乃不恕乎？[②]”十分不解。常见的观点皆认为是九娘原本满怀期盼，对莱阳生“迁葬”的举动寄予厚望，终以莱阳生的失误而失望，因而觉得一腔热忱（脾鬲间物），遭莱阳生草草忽视，终至满腹“冤乎”，笔者认为此说不确。原文如下：

> 异史氏曰：“香草沉罗，血满胸臆；东山佩玦，泪渍泥沙：古有孝子忠臣，至死不谅于君父者。公孙九娘岂以负骸骨之托，而怨怼不释于中耶？脾鬲间物，不能掬以相示，冤乎哉！”

---

① 〔清〕蒲松龄著，任笃行辑校：《全校会注集评聊斋志异》，齐鲁书社2000年版，第714页。

② 〔清〕蒲松龄著，任笃行辑校：《全校会注集评聊斋志异》，齐鲁书社2000年版，第714页。

按文本原意，“脾鬲间物，不能掬以相示，冤乎哉”的主人公应该说的是莱阳生，而非公孙九娘。作品中九娘交代自己身处“千里柔魂，蓬游无底”，作为鬼界一员最大的期望就是“收儿骨归葬墓侧，使百年得所依栖”，免做远离故乡亲人的孤魂野鬼，所托不可谓不重；但莱阳生却“忘问志表”，失却九娘墓地所在，以致无法完成九娘的迁葬之托，造成重大失误。九娘因而“怨怼不释”，“岂以”二字说明异史氏所设的困惑；后文“脾鬲间物”等语是评说莱阳生在九娘“怨怼”之下所处的情状；但莱阳生虽则失误，一腔钟情之心忠诚之意却未有丝毫改变，自觉诚心未能为九娘所理解，所以极其“冤乎”，这样的叙述很好地突出了主人公莱阳生那种不被钟爱之人理解的失落、怅惘之情，与作品的追爱“遗恨”主题也非常地吻合。

【作者单位：安徽师范大学文学院】

聊斋叙事及跨界研究

《聊斋志异》中“躯体变形”现象分析

段江丽　苗　润

中国古代小说中有许多“躯体变形”的情节，小说中人物的躯体能任意切割、替换、重组、畸形生长等，发生异于寻常的躯体上的变形。《聊斋志异》作为清初志怪群书中别具一格的奇书，“躯体变形”情节的书写更是不少，且种类多样，手法奇特。学界对《聊斋志异》“变形”主题的关注早已有之，成果颇丰。就研究现状而言，从变形内容方面讲，对变形故事的研究多集中于人、神、动植物和非生物之间外形上的互变①，从身体话语的角度关注人类“躯体”上的变形尚少。从研究对象上讲，对“花妖狐魅”等异类形象的变形给予了非常大的关注②，对“普通人类”超越死亡的身体变形的研究还不多见。身体上的奇异遭遇与特殊状态，易触发特殊的审美体验与观察角

① 如商志翠《论〈聊斋志异〉变形现象》（渤海大学2012年硕士学位论文），岳文立《巫文化视野中的〈聊斋志异〉》（河北师范大学2006年硕士学位论文），石育良、王晓虹《人与动植物构成的艺术世界——〈聊斋志异〉散论之一》（《明清小说研究》1992年第1期），安国梁《论〈聊斋志异〉的变形艺术》（《文艺理论研究》1992年第4期）等文章。

② 如马瑞芳《神鬼狐妖的世界——聊斋人物论》（中华书局2002年版），潘知常《说〈聊斋〉》（上海文化出版社2010年版），汪玢玲《鬼狐风情——〈聊斋志异〉与民俗文化》（黑龙江人民出版社2003年版），王溢嘉《聊斋搜鬼》（国际文化出版公司2007年版）等，文章如王芳《〈聊斋志异〉中花妖世界研究》（首都师范大学2011年硕士学位论文）、刘利侠《蒲松龄女性意识的重新思考》（陕西师范大学2003年硕士学位论文）等。

度，并产生对躯体变形过程中内涵的多种阐释。故本文以《聊斋志异》中人类“躯体变形”的故事为主要研究对象，梳理躯体变形现象，挖掘其蕴含的多层内涵。文章主要包括变形形式与内容、变形原因、文化内涵等三个方面。

一、“躯体变形”类故事概述

躯体变形类故事可分主动式和被动式，在此分类下，按照躯体重安、皮肉变异和外貌变化等变形内容再做说明。躯体重安，指关系到生命安全的部分躯体缺失重安，或部分躯体重组、替换而不死，如《诸城某甲》篇中有断头重续、人死复生的情节。皮肉变异，指在皮肤和肉体上因超自然原因发生的损伤畸变，如《霍生》篇中霍生不留嘴德而嘴部生瘤。外貌变化，指驻颜还春、换形易貌等变形，如《五通》篇中金生得到神女的药方，六十多岁仍青春不老。

值得说明的是，筛选躯体变形类故事的标准有二。其一，发生躯体变形的当事人是人类，花妖狐媚等和她们所化的人类形象都不算在其中。《聊斋志异》中的精怪鬼魅形象多变，善幻化，有的更有通天彻地、起死回生的本领，像断首重续、开膛破腹这类对人类躯体伤害性极大的变形，对她们来说却是轻而易举，精怪鬼魅的躯体变形远不如生命脆弱的人类遭遇躯体变形更具有奇幻性，故非人类的幻术之类不在本文考虑范围之内。其二，发生躯体变形后的当事人，能超越死亡。只有超越死亡的躯体变形，在《聊斋志异》这部志怪奇书中才更有进一步探讨的价值。基于以上标准，在《聊斋志异》中可以筛选出的“躯体变形”材料共有 43 则。按变形形式与变形内容分类，躯体变形类故事收录状态如下表：

变形形式	变形内容	数量	占比
主动式	躯体重安	8 则	约 18.5%
	外貌变化	1 则	约 0.1%
被动式	皮肉变异	20 则	约 47.5%
	躯体重安	9 则	约 22.3%
	外貌变化	5 则	约 11.6%
合计		43 则	100%

(一)主动式躯体变形类故事

1. 躯体重安类

序号	篇名	卷目①	变形内容
1	《陆判》	卷一	换头换心
2	《偷桃》	卷一	肢体重组
3	《快刀》	卷二	断头而语
4	《汤公》	卷二	躯体重塑
5	《丐僧》	卷二	开膛破肚、整理肠腹
6	《采薇翁》	卷六	开膛破肚、断头重续
7	《抽肠》	卷六	开膛破肚、整理肠腹
8	《沅俗》	卷六	断肢重续

躯体重安类的变形对寻常人来说在生活中是难得一见、难以想象的,从变形内容来看,风格血腥暴力,却又带有华丽的色彩。比如卷一《偷桃》讲述了一个非常精彩的躯体重安的幻术表演。

① 本文中的卷目皆参考赵伯陶注评《聊斋志异详注新评》(人民文学出版社 2016 年版)中的卷目划分。

攀上绳索偷仙桃的小孩在天上被发现后遭杀害，头、脚等四肢躯干纷纷从天上落下来，引得观赏的众人惊骇重赏。术人将各个肢体躯干一一收好放进箱子里，待打赏过后，小孩又完整地从箱子里跳出来谢赏，原来只是一场幻术。表演中小孩肢体由头到脚再到四肢体干零星掉落的场景让众人惊诧不已。偷桃中的术人及小孩主动发生变形，将变形当表演活计。四肢散落又重组回活生生的小人儿，亦真亦幻的躯体变形方式让人拍案叫绝。类似的躯体重安在《采薇翁》中也有描写。采薇翁是明末战乱时的一位异人，可断头重续、开膛破腹而不死。其肚腹是一个综合武器库，随时能掏出兵器：“翁乃捋衣露腹，脐大可容鸡子；忍气鼓之，忽脐中塞肤，嗤然突出剑跗；握而抽之，白刃如霜。”接着将领命他拿出弓箭，“又如前状，出雕弓一；略一闭息，则一矢飞堕，其出不穷”①。随后剑没入肚中不见了，一点痕迹也没有。后来军中的士兵憎恶采薇翁，鼓动将领杀掉他：用刀砍头，刀刚抬起，头马上复合，再砍腹部，腹部裂开却无血，露出丛聚的森寒兵器，稍一拨弄，腹中箭矢射出，射中当场无数人。关于采薇翁的想象非常奇特巧妙，身负异术与神秘的来历，让人先敬后畏、先羡后妒，最终还是会被凡人排斥。此外，《陆判》《抽肠》《快刀》《丐僧》等篇中均有主动式躯体重安的变形发生。

2. 外貌变化类

主动式变形除了躯体重安类，还有外貌变化类变形，数量不多，仅《阿英》一篇。阿英每日替嫂子姜氏理妆，只用了三天就使姜氏成为一个美人。更将一个相貌黑丑的婢女改头换面：仅过四七日，药粉沁入肌理，婢女居然就很好看了。这里改变容貌和肌肤的变形，

---

① 〔清〕蒲松龄著，赵伯陶注评：《聊斋志异详注新评》，人民文学出版社2016年版，第2025页。

不是简单的化妆和易容,而是将两个长相普通甚至丑陋的女子在几天之内彻底变得美丽白皙。这对当事人来说,是自愿也是幸运的躯体变形,满足了当事人的渴望。

(二)被动式躯体变形类故事

1. 皮肉变异类

序号	篇名	卷目	变形内容	表现
1	《某公》	卷二	皮肤长毛	畸形
2	《连琐》	卷二	皮肉损伤	正常
3	《夜叉国》	卷二	肤色变白	正常
4	《李伯言》	卷二	皮肉损伤	正常
5	《霍生》	卷二	嘴部生瘤	畸形
6	《续黄粱》	卷三	皮肉损伤	正常
7	《酒虫》	卷四	体内生酒虫	畸形
8	《阎王》	卷四	皮肉损伤	正常
9	《梁彦》	卷四	体外生瘤	正常
10	《骂鸭》	卷四	皮肤长毛	畸形
11	《库将军》	卷四	皮肉损伤	正常
12	《八大王》	卷五	体外生瘤	正常
13	《阎罗薨》	卷五	皮肉损伤	正常
14	《邑人》	卷六	皮肉损伤	正常
15	《沅俗》	卷六	体内结石	畸形
16	《席方平》	卷七	皮肉损伤	正常
17	《齐天大圣》	卷七	皮肉损伤	正常
18	《王大》	卷八	皮肉损伤	正常
19	《王十》	卷八	皮肉损伤	正常
20	《褚遂良》	卷八	消除结石	正常

《聊斋志异》中被动式躯体变形中数量最多的是皮肉变异类变形。其中一类皮肉变异表现的“畸形”很明显，皮肉上的损伤异于寻常，外表往往奇特而可惧，如《骂鸭》里浑身长满鸭毛的变形。某人偷煮了邻居家的鸭子吃，夜里觉得皮肤瘙痒难耐，天亮醒来则见皮肤上长满了鸭毛，触之则痛。这种可怕而奇特的皮肤异变显然不是普通医术能治好的，恢复原样也需要奇术。果然将实情告诉邻居，让邻翁痛骂一顿之后，身上的鸭毛才褪去。虽不及躯体重安类的变形夸张妄诞，但皮肉上的怪异变形也不是普通人能“消受”的，尤其被动式的躯体变形往往对当事人有惩罚的意味。《某公》篇的某公出生后身上也同样长出毛。他曾差点被罚做羊，鬼役取出一白羊皮覆在他身上。待阎王考察后免去惩罚，又见鬼“褫其毛革，革已粘体，不可复动，两鬼捉臂按胸，力脱之，痛苦不可名状，皮片片断裂，不得尽净。既脱，近肩处犹粘羊皮大如掌”[1]。公虽免被罚为羊，但肩部残留的一丛羊毛自他出生起就有，剪了又长。地府中其他被罚做畜生的人同某公一样，在殿中等簿吏叫名字，被罚做猪、马或是犬羊，就等鬼役拿着相应的皮毛往身上披。这里变形的操控者是地府的官役，某公则是其中未成功变形投胎的一个特例。

另一类皮肉变异造成的损伤就像寻常的皮肉创伤一样，由于发生的原因奇异，同样不可忽略。比如梁彦（《梁彦》）腰上的肉瘤，竟是由打喷嚏打出来的东西变化而成。“有物突出落地，状类屋上瓦狗，约指顶大。又嚏，又一枚落；四嚏，凡落四枚。”继而它们马上开始互相吞噬，最后只剩下一个“大于鼦鼠矣，伸舌周匝，自舐其吻”。梁彦踩上它，它却随着梁彦的袜子向上爬，“顷入衿底，爬搔腰胁。

① 〔清〕蒲松龄著，赵伯陶注评：《聊斋志异详注新评》，人民文学出版社2016年版，第341页。

大惧,急解衣掷地。扪之,物已贴伏腰间。推之不动,掐之则痛,竟成赘疣,口眼已合,如伏鼠然"①。经由当事人亲眼所见,与梁彦还有一捉一躲地"互动",梁彦身上的肉瘤看似平常,来历却十分奇特。《王大》中周子明因赌博又贪吝,在阴间遭涂目、剁指,回到阳世后果然眼眶变得一赤一黑,眼色更是深入肌理,中指筋骨已断。看似普通的变形却是由阴间的鬼神造成的。很多躯体变形都是当事人在阴间遭受的,其产生的损伤与疼痛感在回到阳间后依然存在。由于地府有审判和处以刑罚的功能,所以阴间地府是发生各种躯体变形的常见地点。与某公和周子明相同,在阴间地府遭受躯体变形的情节在《阎王》《李伯言》《连琐》等篇中亦有表现。

2. 躯体重安类

序号	篇名	卷目	变形内容
1	《画皮》	卷一	剜心复活
2	《野狗》	卷一	断头而语
3	《诸城某甲》	卷三	断头重续
4	《董公子》	卷五	断头重续
5	《男生子》	卷五	割骨生子
6	《梦狼》	卷五	断头重续
7	《辽阳军》	卷六	断头重续
8	《某甲》	卷八	断头不死
9	《锦瑟》	卷八	断肢重续

被动式躯体重安的变形比起主动式,对当事人的伤害性更大,

① 〔清〕蒲松龄著,赵伯陶注评:《聊斋志异详注新评》,人民文学出版社2016年版,第1229页。

“断头”类的变形居多，变形的危险性到了威胁生命的程度，当事人的重生与复活显得更加曲折困难。董公子(《董公子》)被关公显灵所救，找回了头颅并复活。值夜的书童只见“一伟丈夫赤面修髯，似寿亭侯像，捉一人头入”，又听见床上吱吱咯咯的声音，“如振衣，如摩腹，移时始罢”①，可以推测安上头颅也需要一些时间。同样砍头复生的还有《梦狼》。白甲为官不仁，残害百姓，被强盗所杀，路过的宰官怜惜白父年迈，叫人把白甲的头续上，只是“邪人不宜使正，以肩承颔可也”，故意接歪头部，白甲苏醒后便只能“以肩承颔”“自顾其背”地活着。这里的躯体重安还考虑了错安头部的情况，当事人在躯体变形后一直畸形地活着，“不复齿人数矣”②。

除了断头重续，还有其他形式的躯体变形，如断肢重续、割骨生子等。《锦瑟》中王生为救锦瑟断臂。锦瑟找到断臂给他接上，不过一晚，臂骨已续。锦瑟本是仙姬，王生得以续臂也有仙子眷顾的原因。另有《男生子》中总兵杨辅的娈童在梦中被神人割去两根肋骨化为两个婴儿。

3. 外貌变化类

序号	篇名	卷目	变形内容
1	《成仙》	卷一	换形易貌
2	《白于玉》	卷二	驻颜还春
3	《鲁公女》	卷二	驻颜还春
4	《瑞云》	卷七	换形易貌
5	《五通》	卷七	驻颜还春

① 〔清〕蒲松龄著，赵伯陶注评:《聊斋志异详注新评》，人民文学出版社2016年版，第1463页。

② 〔清〕蒲松龄著，赵伯陶注评:《聊斋志异详注新评》，人民文学出版社2016年版，第1880～1881页。

被动式的外貌变化更多样，一类是当事人驻颜还春，如《鲁公女》。张于旦与鲁公女相约十五年后再聚，便潜心念经修行，终受菩萨眷顾，泡在仙池里，醒来后外貌与体魄皆如少年一样，身益健，目益明，白发白须尽落，皱纹舒展消失，如时光倒流一般。返老还童是普通人可望而不可即的，张于旦的变化，不仅让他从容貌与体魄上由半百老人变成翩翩少年，更从心理上拥有童心。另一类是换形易貌，如《成仙》。周生醒来发现成生将二人的容貌对换，明白是成生以幻术招他去隐居修行。家人也无法认出眼前的人就是主人周生。尤其周生多胡须，此刻"以手自捋，则疏无几茎"[①]。找到成生后，周生返世心切，恍惚之间觉得自己与成生换了位子，疑惑之下自捋颔下，便知道又回到原来了。二人身体容貌互换，让当事人周生自己也怀疑幻术真假，仿佛身体交换是由周生的意念决定的。《聊斋志异》里，外貌的变化被认为是躯体变形当中最容易的。朱尔旦请求陆判为妻子换样貌时曾说，"心肠可易，面目想亦可更"[②]；《五通》的神女也对为容貌担忧的金生说，"且人生寿夭，不在容貌，如徒求驻颜，固亦大易"[③]。可见容貌外表在生命、才能、品质等面前就被看得很轻了。

二、"躯体变形"发生原因

《聊斋志异》中变形的当事人有各自的经历与遭遇，发生躯体变形的原因也不尽相同。分析"躯体变形"现象发生的原因，有助于进一步探索躯体变形现象。按主动式与被动式变形区分，分别归纳两

---

① 〔清〕蒲松龄著，赵伯陶注评：《聊斋志异详注新评》，人民文学出版社2016年版，第159页。

② 〔清〕蒲松龄著，赵伯陶注评：《聊斋志异详注新评》，人民文学出版社2016年版，第232页。

③ 〔清〕蒲松龄著，赵伯陶注评：《聊斋志异详注新评》，人民文学出版社2016年版，第2571页。

种类型在故事中发生的原因。

（一）主动式变形发生原因

1. 改造自身

当事人主动发生躯体变形多出于改造自身的原因。朱尔旦性豪放，只是平素较钝，读书虽然勤苦，却没有名气。陆判识得原因：文思不快，因为心窍被堵塞，并在冥间万千心中为朱尔旦寻得一枚慧心以替换其原本天生的钝心，朱尔旦从此文思大进，过眼不忘。早在南朝宋刘敬叔《异苑》中就记载了同样改变身体状况而促进文思的事。汉大家郑玄曾于梦中被开膛破腹倾倒墨汁继而精洞典籍："后汉郑玄字康成，师马融三载无闻，融鄙而遣还。玄过树阴假寝，梦一老父以刀开腹心，倾墨汁着内，曰：'子可以学矣。'"①《喻世明言》第十八卷《杨八老越国奇逢》又有冯俊梦玉帝遣天神剖腹换去五脏六腑，自此忽然开悟，无书不知，下笔成文的故事。古人认为迟钝鲁笨，无法学习，关键在于心窍不开，因此直接开膛破腹以更换慧心是最理想便捷的方法。开膛的同时能整理肠胃，湔洗腑脏，意味着清洗污秽，祛除肮脏，人的品质与道德会进一步升华通透。朱尔旦整理肠腹、替换心窍，与郑玄倾墨、冯俊换腹都是出于改造自身、求慧进学的目的。除了变慧，还有求美。换心后的朱尔旦觉自己妻子头面不够漂亮，私心想将妻子变得漂亮些。寻常奇术求美，应是像阿英给婢女整妆那般以原本的面目为基底循序渐进，"以浓粉杂药末涂之，如是三日，面色渐黄，四七后，脂泽沁入肌理，居然可观"②。而陆判为给朱夫人易美，直接寻来一颗美人首给她替换，抛弃原本的头面，换头后的朱妻果然如画中人。不论是为求慧还是求美，当事人都改动了原

---

① 〔南朝宋〕刘敬叔撰，范宁校点；〔北齐〕阳松玠撰，程毅中、程有庆辑校：《异苑·谈薮》，中华书局1996年版，第87页。

② 〔清〕蒲松龄著，赵伯陶注评：《聊斋志异详注新评》，人民文学出版社2016年版，第1619页。

本自身躯体的客观条件，改变自然法则，更改变了自己的命运。主动式的躯体变形更强调了当事人变形的自主性与能动性。

2. 幻术异俗

另有些“躯体变形”是因为某些神秘的幻术与异俗而发生。《偷桃》中所写幻术躯体重组的表演，在明代有很多记录，情节大体一致。王同轨《耳谈》卷十三《河洛人幻术》写有从河洛来的夫妇，表演上天取仙桃的“幻术”。其夫缘绳而上，掷下鲜桃，后天上忽落其夫首、足、肢体，片段而下，鲜血淋漓。妇以夫被天狗所食征钱治棺殓，于是合肢体成人形，用苇席盛装。待钱足够，其夫忽起，仍旧负其绳而去。钱希言《狯园》卷二《偷桃小儿》，也写弘正年间生日宴上幻人驱小儿献蟠桃，缘木而上瑶池取之遇天狗，断肢残体与头相继落下。然而幻人能提其首安装回去，毫无痕迹。明代这种戏术杂技的逸闻很难被列为真实无欺的记录，有夸张猎奇之嫌。有专家学者认为蒲松龄是就钱希言的《偷桃小儿》、王同轨的《河朔人幻术》等篇进行再创作的，只是《偷桃》文笔更妙，富于情趣。唐皇甫氏《原化记》中的《嘉兴绳技》更是蒲松龄不取《偷桃小儿》缘木棍升空而取缘绳升天的依据。由此可见这背后不可忽视的文学渊源与民间幻术传统。

《沅俗》则记述了元江县的异人奇闻，据说有的人半夜时手臂能自己飞出偷东西。此篇以云南少数民族聚居地为背景，应是以讹传讹的传闻辗转为作家听闻而得。虽然内容怪异，有夸大不实之嫌，但通过作家的志怪之笔，亦可见躯体变形的怪诞离奇与趣味。这种肢体重装的躯体变形，还考虑到了如果肢体没能复合的情况，这条手臂若被主人发现拴住没能飞回，就废掉不能用了。有类似的变形在之前被视作地域异俗而记载，张华《博物志》中记南方有“落头虫”:“南方有落头虫，其头能飞。其种人常有所祭祀号曰虫落，故因取名焉。以其飞因晚便去，以耳为翼，将晓还，复着体，吴时往往得此人也。”[①]《搜神记》卷十二中也收入类似材料，南方有“落头民”，头能飞：“吴时，将军朱桓得一婢，每夜卧后，头辄飞去，或从狗窦，或从天窗中出入，以耳为翼。将晓复还。……夜中照视，唯有身无头。其体微冷，气息裁属。乃蒙之以被。至晓头还，碍被，不得安，两三度堕地，噫咤甚愁，体气甚急，状若将死。乃去被，头复起，傅颈。有顷和平。”[②]躯体重安也有不能重接的风险，头不能接回时，竟然“噫咤甚愁”，如同真的有意识一般，急迫地想要重回身体。在民间民俗、巫术背景中，躯体变形显出生命的内在张力。

（二）被动式变形发生原因

1. 动乱灾祸

有些被动式的躯体变形是在兵乱、寇乱的环境下发生的，如《辽阳军》《诸城某甲》《野狗》等，变形方式皆为“断头”。头部是身体象征里最重要的符号代码之一，被动的断头象征个体在社会中的破裂。作家以头颅与身躯的分离最直接、最暴力地表现离乱社会中的死亡，透露出了底层人民的悲惨命运与无奈。而以断头重续神奇术死而复生的稀有个体，则寄寓了作家对受害者的怜悯同情，以及生活美满安稳的愿望。《辽阳军》中沂水某人在辽阳城充军，城破时被乱兵杀死，头虽断，却还没死。到了夜间，“ 人执簿来，按点诸鬼。至某，谓其不宜死，使左右续其头而送之。遂共取头按项上，群扶之，风声簌簌，行移时，置之而去。视其地，则故里也”[③]。在兵荒中幸免于难，重归故里与家人团聚，某人的“断头重续”实现了动乱流

① 〔晋〕张华原著，祝鸿杰译注：《博物志全译》，贵州人民出版社 1992 年版，第 76 页。

② 〔晋〕干宝撰，汪绍楹校注：《搜神记》，中华书局 1979 年版，第 151～152 页。

③ 〔清〕蒲松龄著，赵伯陶注评：《聊斋志异详注新评》，人民文学出版社 2016 年版，第 2145 页。

离中百姓的平实期望。又有乡下人李化龙(《野狗》)在于七之乱时为躲避大兵杀害,藏进死人堆中佯装死人。大兵走后尸体竟然都站起来如林立,有的无首,有的断臂,“口中作语曰:‘野狗子来,奈何?’群尸参差而应曰:‘奈何!’俄顷,蹶然尽倒,遂寂无声”①。残尸起立、说话,乃无经之谈。玛丽·道格拉斯视身体原则为一个象征系统。她认为:“身体是一个整体社会的隐喻……身体中的疾病也仅仅是社会失范的一个象征反应。”②这一类的躯体变形也是当时社会离乱支离的隐喻,作家意借“残尸说话”的离奇事控诉朝廷借机镇压无辜、株连众多的残暴,徒呼“奈何”。

2. 为人不端

由于当事人为人不端而遭受躯体变形的故事在被动式躯体变形中占大部分。

序号	篇名	卷目	变形类型	变形内容	发生地点
1	《某公》	卷二	皮肉变异	皮肤长毛	地府
2	《李伯言》	卷二	皮肉变异	皮肉损伤	地府
3	《霍生》	卷二	皮肉变异	嘴部生瘤	梦中
4	《续黄粱》	卷三	皮肉变异	皮肉损伤	地府
5	《阎王》	卷四	皮肉变异	皮肉损伤	地府
6	《骂鸭》	卷四	皮肉变异	皮肤长毛	梦中
7	《厍将军》	卷四	皮肉变异	皮肉损伤	梦中
8	《八大王》	卷五	皮肉变异	体外生瘤	家中
9	《阎罗薨》	卷五	皮肉变异	皮肉损伤	地府

① 〔清〕蒲松龄著,赵伯陶注评:《聊斋志异详注新评》,人民文学出版社2016年版,第124页。

② 王逢振:《2003年度新译西方文论选》,漓江出版社2004年版,第100页。

（续表）

序号	篇名	卷目	变形类型	变形内容	发生地点
10	《邑人》	卷六	皮肉变异	皮肉损伤	梦中
11	《席方平》	卷七	皮肉变异	皮肉损伤	地府
12	《齐天大圣》	卷七	皮肉变异	皮肉损伤	梦中
13	《王大》	卷八	皮肉变异	皮肉损伤	地府
14	《王十》	卷八	皮肉变异	皮肉损伤	地府
15	《画皮》	卷一	躯体重安	剜心复活	家中
16	《梦狼》	卷五	躯体重安	断头重续	途中

依上表可见，遭受躯体变形往往是在梦中或阴间，而产生的损伤与随之而来的疼痛却会延续到阳间，长久不愈。这与主动式躯体变形中当事人几乎没有疼痛感以及不会有后遗症完全相反。此外，变形的发生原因与变形的表现形式也有关系，在这一类故事里皮肉变异类的变形方式占绝大多数。只有采取给人体带来疼痛、危险的直接的变形方式，才能让当事人怀有畏惧感，对为人不端的当事人起到惩戒的作用，因此，被动式躯体变形带给人体的损害比主动式的躯体变形更惨重。上文提到《王大》《李伯言》《阎王》等篇中的躯体变形都是因为当事人怙恶不悛而产生的。除此之外，《库将军》《齐天大圣》等篇亦可证。库将军（《库将军》）不忠不义背叛将领，梦中被冥王以热油浇脚惩罚，醒来后足痛不可忍，脚趾全都掉了，还增添了疟疾。这样身体上的惩罚"诚可以惕天下之人臣而怀二心者矣"①。许盛（《齐天大圣》）对齐天大圣不敬，被大圣用菩萨刀刺腿，夜里腿上生了巨疮，连着脚全都肿了，寝食俱废。他仍坚持不祷告，又生了一个疮，比之前痛苦百倍，用刀割掉腐肉，血溢盈碗。这一类

① 〔清〕蒲松龄著，赵伯陶注评：《聊斋志异详注新评》，人民文学出版社2016年版，第1274页。

躯体变形完全由神力控制,并强调当事人的被迫性。

3. 神鬼馈赠

序号	篇名	卷目	变形内容
1	《褚遂良》	卷八	消除结石
2	《汤公》	卷二	重塑身体
3	《董公子》	卷五	断头重续
4	《男生子》	卷五	割骨生子
5	《锦瑟》	卷八	断肢重续
6	《白于玉》	卷二	驻颜长生
7	《鲁公女》	卷二	驻颜长生
8	《瑞云》	卷七	容貌受损
9	《五通》	卷七	驻颜长生
10	《野狗》	卷一	断头而语

有些人则是因为神鬼的馈赠而发生躯体变形。从变形的结果看,这一类的躯体变形皆对人体有益,如当事人往往能够痊愈复生、恢复容貌、长生不老或获得异能等。《褚遂良》中赵某孤贫,又得腹中结石病,奄奄一息。狐仙主动来到赵某身边愿做其妻子,为赵某治疗使之痊愈。只因赵某前世是唐朝的褚遂良,对狐女家有恩,狐女终于可以在此朝报恩,以仙术回馈赵某。八大王(《八大王》)为报救命之恩,口中吐一仅寸许的小人赠予冯生。“(小人)因以爪掐生臂,痛若肤裂;急以小人按捺其上,释手已入革里,甲痕尚在,而漫漫坟起,类痰核状。”①此物便使冯生能看到隐藏的财宝,让冯生获益

① 〔清〕蒲松龄著,赵伯陶注评:《聊斋志异详注新评》,人民文学出版社2016年版,第1526页。

无数。

三、"躯体变化"故事叙述的多层内涵

躯体变形在小说文本中的内涵与意义是多样的。怪异的躯体变形，展现了身体叙事的另类维度。作家将超现实的叙事方式诉诸个体躯体的遭遇与变形，为我们提供了阐释躯体变化中包含的多种意义的可能。

（一）彰显生命价值

中国古代志怪传奇中不缺乏主动式的躯体变形书写，如《搜神后记》中记桓温"见尼裸身挥刀，破腹出脏，断截身首，支分脔切"[①]，等尼出浴室时，又身形如常。王嘉《拾遗记》里记东方有解形之民，四肢可飞离身体："使头飞于南海，左手飞于东山，右手飞于西泽，自脐以下，两足孤立。至暮，头还肩上，两手遇疾风飘于海外，落玄洲之上，化为五足兽，则一指为一足也。"[②]段成式《酉阳杂俎》怪术部分记写"解体还形"的异术，如梵僧难陀命人砍下自己的头颅，后安好归体。以上材料虽为躯体变形注入了神奇的想象力，却基本是作为奇人异事来记载欣赏的，或者为了展示宗教、巫术等神秘力量。但到了《陆判》这一篇，直接突出了重组身体的愿望。不论是陆判为朱尔旦换心，还是朱尔旦请求给妻子换头面，变形的性质已然改变，是真正意义上的主动选择。朱尔旦请求陆判说："心肠可易，面目想亦可更。山荆，予结发人，下体颇亦不恶，但头面不甚佳丽。尚欲烦君刀斧，如何？"[③]这句话虽然是询问的语气，但明显是在确定能换脸

---

① 〔晋〕干宝、陶潜撰，曹光甫、王根林校点：《搜神记·搜神后记》，上海古籍出版社 2012 年版，第 233 页。

② 〔晋〕王嘉撰，孟庆祥、商微姝译注：《拾遗记译注》，黑龙江人民出版社 1989 年版，第 252 页。

③ 〔晋〕王嘉撰，孟庆祥、商微姝译注：《拾遗记译注》，黑龙江人民出版社 1989 年版，第 232 页。

面的前提下理所当然地说出的。不论是陆判还是朱尔旦，都不将束缚常人的自然法则放在眼里。改造妻子的身体条件，也是改变朱生自身的社会条件。超越自然法则与社会常规，以神力直接改变自身的身体条件与社会条件，完全满足了自己的愿望，从这一点上讲，个体生命的价值达到了某种意义的实现。

主动发生躯体变形意味着抛弃自己的部分身体，尤其头部与躯体的分离，更有决然的勇气。头部往往与人的自由、尊严联系在一起。犯人被公开处以极刑，身首异处，形成对公众的警告与规训，显示政治与权力的运行。这种情况下，主动赴死，更令人佩服。《快刀》中一名强盗主动要求刀最快的那位士兵行刑，只求无二割。刀挥出后，头豁然落地，滚到数步之外，一边打滚嘴里还大声称赞道："好快的刀！"短巧的几句传奇笔法，竟显得一个强盗格外慷慨。落头而语，颇有几分延续"以乳为目，以脐为口""刑天情结"的意味，可见生命内在的张力。

主动式的躯体变形象征与过去的自我决绝断裂。汤公死后身体腐烂，苦苦哀祷下得菩萨帮助，撮土为肉、折柳为骨而重塑身体。之前弥留之际，曾将自己做过的恶与善一一反省："凡自童稚以及琐屑久忘之事，都随心血来，一一潮过。如一善，则心中清净宁帖；一恶，则懊侬烦燥，似油沸鼎中，其难堪之状，口不能肖似之。……直待平生所为，一一潮尽，乃觉热气缕缕然，穿喉入脑，自顶颠出，腾上如炊。逾数十刻许，魂乃离窍，忘躯壳矣。"[①]心灵与思想经过洗礼后，身体也随之变得干净与纯粹，以由灵土灵木重塑的新身躯，代替旧有的腐烂身体。人物在洗去罪恶与丑陋之后重获新生，生命内涵显著质变，生命价值得到升华。

---

① 〔清〕蒲松龄著，赵伯陶注评：《聊斋志异详注新评》，人民文学出版社2016年版，第526页。

(二)轻视实在躯体

在《聊斋志异》躯体变形叙事中,躯体的装卸、替换、重组看起来都十分容易。陆判换心时,"破腔出肠胃,条条整理",换头时更是轻松随意:"以头授朱抱之,自于靴中出白刃如匕首,按夫人项,着力如切腐状,迎刃而解,首落枕畔。急于生怀取美人头合项上,详审端正,而后按捺。"①切头如切豆腐,按捺几番便能接上新头颅,如制作改装陶土人偶一样,四肢躯体皆可随意拼接。只要灵魂还在,无论躯体被怎样随意割换、重塑,人都不会死亡。多数情况下,当事人还能够超越疼痛,如在梦中。

人的生与死,关键在于魂散与否。《搜神记》中记"贾庯无头",贾庯被贼所杀,失头,胸中能腹语"无头也好"。另有史良砍下失婚约女子的头,扔进灶里,女子头感叹"怎么会想到这样"。谢肇淛认为断头犹能语,在于"神识未散耳"②。哪怕是人体要害部位的头部被割断,思想和灵魂也仍能活动。更有古人认为,只要灵魂还在,哪怕灵魂转移到了其他类生物上都不能算逝世。《搜神记》中录有几则人变鼋、鳖的材料,情节大体相似,择取一则:

> 魏黄初中,清河宋士宗母,夏天于浴室里浴,遣家中大小悉出,独在室中良久。家人不解其意,于壁穿中窥之,不见人体,见盆水中有一大鳖。遂开户,大小悉入,了不与人相承。尝先着银钗,犹在头上。相与守之啼泣,无可奈何。意欲求去,永不可留。视之积日,转懈,自捉出户外,其去甚驶,逐之不及,遂便入水。后数日,忽还。巡行宅舍,如平生,了无所言

① 〔清〕蒲松龄著,赵伯陶注评:《聊斋志异详注新评》,人民文学出版社2016年版,第232~233页。

② 〔明〕谢肇淛:《五杂组》,上海书店出版社2001年版,第241页。

而去。时人谓士宗应行丧治服。士宗以母形虽变，而生理尚存，竟不治丧。①

宋士宗认为母亲形体虽变，但“生理”还存在于世间，就不能算死亡，因此不治丧。早至中国古代神话里就有这种变形的思想，盘古开天辟地后嘘为风雨，吹为雷电，开目为昼，闭目为夜，身体化为山林江海、淮渎草木存在于天地宇宙当中；精卫溺于东海后化而为鸟，衔石填海，以完成夙愿。神话人物并没有死亡，而是以变形的方式继续存在，生命以另一种形式得到延续。可见灵魂、“神识”对一个人生死的决定作用。肢体器官、整个躯体甚至万物“形体”的重要性都不如灵魂，可以视之为忽略身体客观性的一种表现。身体只是一副皮囊和躯壳，尤其在躯体变形的梦境中更显得可有可无，灵魂比躯体更实在。《聊斋志异》中亦可见许多抛弃躯体、留自由灵魂在世间的人物。利津县王兰(《王兰》)被鬼吏错抓枉死，又因尸体已经腐烂无法复生，便干脆服下丹药，魂魄长存不散，可以“但凭所之，罔不如意”，正是“苟乐矣，何必生?”②魂魄的形式显然比被躯体束缚的肉胎更长存不腐、自由无忧。同样不愿凭肉身躯体转生的还有成为“水莽鬼”的祝生(《水莽草》)。祝生有着己所不欲勿施于人的仁念，不妄寻觅替死者，宁愿一直以水鬼的形态长留桃花江，驱尽所有寻找代死的水鬼，使无数中水莽草毒的人死而复生。放弃以他人性命为代价得来的轮回机会，抛弃血肉躯体，以鬼魂形式长久地侍奉在年迈母亲身边，对祝生而言是值得的。如王兰、祝生这种随意对待躯体、轻视躯体的人还有很多，可见作家故意忽略身体客观性，更

---

① 〔晋〕干宝撰，汪绍楹校注：《搜神记》，中华书局1979年版，第175～176页。

② 〔清〕蒲松龄著，赵伯陶注评：《聊斋志异详注新评》，人民文学出版社2016年版，第174页。

倾向思考自由灵魂之事。

(三)表现价值判断

作家在这种躯体随意变化的故事叙述中蕴含了自己的价值判断,这一点在被动式躯体变形中尤其明显。变形的施戒者往往是阴间地府的鬼吏鬼役、地方神明等,他们集审判、惩戒功能于一体,更代表了公证与权威。据福柯的身体理论,人的身体是一个工具或媒介,因外部权力的规训而发生变形,身体是被动的、驯服的、令人窒息的。通过刑罚,人的身体被控制在一个强制、剥夺、义务和限制的体系中。[①] 惨烈的身体惩戒与精神阉割是同步的,它形成了对个体身心的双重规训与警告。因此被动式的躯体变形往往给人带来更大的身体上的毁伤和心理上的压力。比如对《邑人》中无赖霸道乡人的处罚。(乡人)被人挂到猪肉架上与猪肉合为一体,遭受“凌迟”之刑:“二人便极力推挤之,忽觉身与肉合,二人亦径去。少间,屠人卖肉,操刀断割,遂觉一刀一痛,彻于骨髓。”[②]通过绝妙的神奇笔法,使人感到精神与身体的双重折磨。酷刑是更严酷的惩罚,作者将人间的酷刑搬到地狱里惩罚罪恶昭著的人。《续黄粱》的主人公在梦中凭高官位以权谋私、鱼肉百姓,死后入地狱遭受上刀山下火海的酷刑:

> 鬼以左手抓发,右手握踝,抛置鼎中。觉块然一身,随油波而上下。皮肉焦灼,痛彻于心;沸油入口,煎烹肺腑。念欲速死,而万计不能得死……觉身在云霄之上,晕然一落,刃交于胸,痛苦不可言状。又移时,身躯重赘,刀孔渐阔,忽焉脱落,四

---

① [法]米歇尔·福柯著,刘北成、杨远婴译:《规训与惩罚》,生活·读书·新知三联书店1999年版,第11页。

② 〔清〕蒲松龄著,赵伯陶注评:《聊斋志异详注新评》,人民文学出版社2016年版,第2178页。

支蠖屈。①

作者在故事中给予不道德的人以躯体上的惩罚和告诫,使读者产生审美的畅快,同时也对节操高尚的人做出褒奖,通常表现为神鬼馈赠。冯生救了八大王,从此手臂上多了一块肉,能看见隐藏深处的珠宝。帝君和菩萨以汤公心地善良纯正为由,给他延寿,并为他重塑腐烂的身体,汤公才得以复生。与《诸城某甲》的某甲和《梦狼》的白甲相比,冯生和汤公的改造十分成功。可见,改造者技术高低和改造效果与被改造者的道德有关,像白甲这样的人畸形地活着,才符合读者期待。作者在"躯体变化"的情节中体现了其价值判断,对罪有应得的人施以身体上扭曲痛苦的惩罚,对值得褒奖的人给予躯体上的回报或馈赠。

另外,作家在躯体变形情节上除了表现价值判断,也融入了格外的理想与情感。陆判换头引发了一场官司,从而竟破获了一起久侦不得的谋杀疑案。美人首所属者吴侍御之女,拒奸被杀。尸体失首,郡守无法断案。陆判让吴女托梦父母,告发真凶:"(朱)不艳于其妻,陆判官取儿头与之易之,是儿身死而头生也。愿勿相仇。"②于是吴与朱结为翁婿,美满解决。如此既满足了朱尔旦换妻子面目的私心,又保证了头面来源的正当性。更重要的是,陆判取头,虽属无心插柳,却巧妙地使一件冤案水落石出,传达了正义公平的理想。瑞云被改变容貌,或丑陋如鬼或艳丽娇美,贺生都爱她怜她始终,坚持娶貌丑时的瑞云为妻。贺生不改初心,毫不在意瑞云已经变化了的外在容貌与身体,躯体变形的"磨难"中可见世间的人情温暖。同

① 〔清〕蒲松龄著,赵伯陶注评:《聊斋志异详注新评》,人民文学出版社2016年版,第879页。

② 〔清〕蒲松龄著,赵伯陶注评:《聊斋志异详注新评》,人民文学出版社2016年版,第233页。

样,《连城》中乔生给爱人连城治病,不惜割心头肉做药引,《孝子》周顺亭给母亲治毒瘤,不假思索地割肉以做人膏,在寻常的损伤里都流露出人情味。平凡人的肉体折磨和血汗,似乎更能彰显人间患难的温情关怀。

(四)蕴含科学想象

作家关于“躯体变形”这类情节的想象,与后代科学如医学中的外科手术甚至整容术都有契合。朱尔旦夫妇在整理肠腹、换头换心时毫无疼痛,没有留下后遗症。朱尔旦“腹间觉少麻木”,第二天见“创缝已合,有线而赤者存焉”,朱妻“觉颈间微麻,面颊甲错”①,只是颈部有一圈红线,上下的肤色差异明显。开膛破腹、更换器官以治疗身体疾病或疏通心窍早已有之。《搜神记》中记载神医俞附和扁鹊都能割皮解肌,洗涤内脏,祛除污秽。《夷坚甲志》卷十九“邢氏补颐”中提到用别人的半边脸补上头面残缺的奇异医术。节选如下:

> 晏肃,字安恭,娶河南邢氏。居京师,邢生疽于颐,久之,颐颔连下腭及齿,脱落如截,自料即死,访诸外医。医曰:“此易耳,与我钱百千,当可治。”问其方,曰:“得一生人颐与此等者,合之则可。”……是夜,以帛包一物至,视之,乃妇人颐一具。肉色阔狭长短,勘之不少差,以药缀而封之。但令灌粥饮,半月发封,疮已愈。后避乱寓会稽,唐信道与之姻家,尝往拜之。邢氏口角间有赤缕如线,隐隐连颐,凡二十余年乃亡。②

---

① 〔清〕蒲松龄著,赵伯陶注评:《聊斋志异详注新评》,人民文学出版社2016年版,第232~233页。

② 〔宋〕洪迈撰,何卓点校:《夷坚志》,中华书局1981年版,第169~170页。

这在当世被认为是触手生春、起死回生般的神奇医术。不难判断作家是因袭素材而加以改制的，但以整颗头面来替换原来的头部以达到“美”的目的，的确突破了想象边界。作家还将手术工作之后的问题交代得十分清楚，换头换心之后的效果不仅完美，还延续至后代。朱尔旦换了慧心之后，文思大进，过目不忘，当年就中了进士，他的儿子后来也中了进士，官至司马，其中一个孙子最后入仕为总宪。这都说明此次外科“手术”取得了成功，且手术的效果延续到了后一代。这种手术也有不成功的例子，如《诸城某甲》中的某甲，十多年没断的头，因为一笑而断，这也是手术失败的一种，这类“手术”还是有潜伏期和后遗症的。

除了躯体重安类变形的想象，关于外貌变化的变形想象同样精彩。容貌的改变也是躯体改变的一种形式。《鲁公女》中的张于旦梦其泡在仙池里，“渐入深处，失足而陷，过涉灭顶。惊寤，异之”。醒后身体轻健，发白再黑，齿落更生，年过半百却仍像十五六岁的少年一样：“由此身益健，目益明。自捋其须，白者尽簌簌落；又久之，黑者益落。面纹亦渐舒。至数月后，颔秃面童，宛如十五六时。兼好游戏事，亦犹童。”[①]其瞬间的变化如电影般极具视觉画面感，变化之后的成果就是现代整容手术的效果都不一定可及。瑞云（《瑞云》）被道士随手点画改变了容貌，先是点墨毁容变得像鬼一样丑陋，后又恢复容貌艳丽一如当年。瑞云先后两次改变容貌、张于旦驻颜体健，这与朱尔旦夫妇换头换心异曲同工：躯体、容貌皆可以随意改变，不论是受损变媸，还是变聪敏美丽，“无人不可转移，但质美者易为力耳”[②]。在《聊斋志异》的世界里，外在的容貌与躯体人人

---

① 〔清〕蒲松龄著，赵伯陶注评：《聊斋志异详注新评》，人民文学出版社2016年版，第466页。

② 〔清〕蒲松龄著，赵伯陶注评：《聊斋志异详注新评》，人民文学出版社2016年版，第1619页。

都可以改变。

四、结语

不同于可任意变幻形态的神鬼妖怪，等闲凡人发生躯体上的任意变化更具有奇幻性，在《聊斋志异》中不乏这种“躯体变形”的故事。将躯体变形类故事按变形部位分类，有躯体重安、皮肉变异和外貌变化等三类。躯体变形的缘由在故事中多种多样，在主动式变形与被动式变形的分类下，分析两种躯体变形发生的原因。主动式躯体变形，由于当事人改造自身或神秘的幻术异俗而发生，强调了当事人变形的自主性，彰显了生命的内在张力。被动式躯体变形，由于动乱灾祸、当事人自身为人不端或神鬼馈赠等而发生，多由不可抗因素控制，并强调当事人的被迫性，寄寓了对受害者的怜悯同情或劝诫之意。“躯体变化”的故事叙述更蕴含着多层内涵：其一，主动发生的躯体变形，超越自然法则与社会常规，改变自身命运，彰显生命内在价值；其二，躯体、容貌皆可以随意改变，作家刻意忽略“实在”的躯体而倾向于“灵”的追求；其三，“躯体变化”中可见作者贬恶褒善的价值判断，同时也寄托了作家期望的世间温暖情义；其四，“躯体变化”中蕴含的神奇想象与现代外科手术、整容术等医学契合；等等。随着现代社会经济的发展，医疗技术、美容技术水平极大提高，个体身体的疾病疼痛、形塑整容等问题正成为值得思考的重要问题，个体的欲望享受与道德操守的相对关系也逐渐改变。有关《聊斋志异》“躯体变形”现象的分析，或许可以对相关问题的思考产生影响。

【作者单位：北京语言大学中华文化研究院】

鬼狐有别:《聊斋志异》情爱叙事模式探异

朱泽宝

一、问题的提出

蒲松龄的《聊斋志异》,纵谈狐鬼花妖、世间奇闻,而又以写鬼写狐为其大宗。有学者统计,“《聊斋志异》中所写的鬼狐故事共258篇,占全书445篇的半数以上,而其中的狐狸故事就有82篇之多,可说是全书的精华和核心部分”①。同时,“《聊斋》鬼故事内容十分丰富,合计共170多篇,占全书三分之一,它继承了前代鬼故事的各种类型,千姿百态”②。《聊斋志异》的鬼狐故事中,爱情故事成就最高,影响最大,所获得的关注也最多。此前的研究中,或多或少都隐含着一个共识,无论是女鬼还是女狐,作为《聊斋志异》爱情故事的女主角,大多都兼备多情、善良、智慧、勇敢等美好品质,在形象上具有某种同质性。相应地,蒲松龄在处理其笔下的爱情题材时,也采取大致趋同的叙事策略。“这些爱欲故事又具有基本相同的情节模式,即以单身男子与异类女性(神、狐、妖、鬼)相遇开始,以男主人公生活的提高结束:他们或者得妻生子,或者科举高中,或者

---

① 汪玢玲:《鬼狐风情——〈聊斋志异〉与民俗文化》,黑龙江人民出版社2003年版,第200页。

② 汪玢玲:《鬼狐风情——〈聊斋志异〉与民俗文化》,黑龙江人民出版社2003年版,第142页。

家道殷实。”[①]而当我们以差异化的眼光来审视《聊斋志异》的叙事策略时,却会发现蒲松龄笔下的人鬼恋与人狐恋,似同实异,呈现出判然不同的叙事路径。

事实上,早在一百多年前,已有人注意到其中的差别。问恨生(生平待考)在其出版的《聊斋发微》中,已经注意到《聊斋志异》在狐鬼故事中寄寓着截然不同的精神内涵。只不过,由于《聊斋发微》创作发表于汉民族主义情绪极端高涨的辛亥革命前后,以“悲种”之说为《聊斋志异》撰述主旨,立论多有偏颇。如其所说,“悲种一例,诸例之首,亦全书之纲”[②]。如此,在这种偏狭的民族情绪映照下,其对于《聊斋志异》叙事的解读,不无偏颇甚至无稽之处。蒲松龄笔下沉浸于爱情世界中的“女狐”与“女鬼”,都被其赋予了鲜明的“民族”身份。概而言之,女鬼是汉族女子的隐喻。“鬼则多指汉女之被掠于彼族者,故书中之鬼,大抵皆羁魂异域为人驱役者多。”[③]同时,由于“狐”与“胡”同音,遂暗指胡人,特指蒲松龄时代的满族人民。那么,女狐就是满族女子的代名词。在深受偏狭的大汉民族主义思潮影响的问恨生看来,《聊斋志异》中就不存在所谓的书生与女狐的爱情故事,蒲松龄让汉族士子与女狐谈恋爱,不过就是在其笔下宣扬民族报复情绪而已。“满人欺汉族实甚,故先生欲反其事以行之,非徒为快心之文,亦天人必至之理,故书中但有狐女嫁人之事,必无人嫁狐夫之事。且或一人据其二,通其三,右有左宜,靡不如愿,女既执箕而荐枕,男或食肉而寝皮,怨毒之于人,亦云甚矣。且书中狐妇,大抵皆克贤克孝,宜室宜家,能富贵其夫,能昌盛其子。观狐妇之所以为报,无不逾乎其人之本望,一若天故生是,以福斯人也者。

① 陈然兴:《快感享用、肉身消耗与实惠补偿——论〈聊斋志异〉中的爱欲书写策略》,载《明清小说研究》2010 年第 1 期。

② 问恨生:《聊斋发微》,中华图书馆 1915 年版,第 13 页。

③ 问恨生:《聊斋发微》,中华图书馆 1915 年版,第 27 ~ 28 页。

而且貌必绝妍，足必纤小，快人快事，信乎其为倍蓰而偿也。”[①]“彼族离人之妇，而亦离其妇。夺人之女，而亦夺其女。报施相等，廓然足以快国人之心。”[②]在如此离谱的解读下，《聊斋志异》中的书生与女狐的爱情色彩已被完全剥离，只剩下赤裸裸的民族仇恨而已。无疑，这样的阐释已完全偏离了蒲松龄的本意。

由于《聊斋志异》中的女鬼与女狐分别被赋予了汉、满的民族属性，在问恨生的阐释话语中，女鬼的地位就远高于女狐。当然，问恨生无暇对《聊斋志异》中涉及鬼狐爱情的全部篇章逐个剖析，而是巧妙地选择了《莲香》这篇人、鬼、狐三角恋爱的故事作为立论的依据。“一鬼一狐，与共居处。以序论，狐先而鬼后；以德论，狐广而鬼狭；以貌论，狐润而鬼癯；以年论，狐长而鬼幼；以施报论，鬼死之而狐生之。由此而言，宜乎狐之正位以居，偕白首矣。乃未几转轮入世，仍事一夫，而尊卑之间，鬼竟嫡而狐乃庶。”[③]就其分析来看，《莲香》篇中的女狐莲香确是处处皆优于女鬼李氏，而故事的结局却是“鬼嫡狐庶”。叙事意图与叙事过程间存在的巨大张力，反而成为问恨生论证蒲松龄“尊鬼贬狐”的“铁证”，不能不令人深思。

那么，在《聊斋志异》的爱情叙事中，鬼尊而狐卑的处境究竟是普遍现象，还是为《莲香》篇所独有？若这一现象普遍存在，其原因是否确如问恨生所说是民族主义情绪在作祟？通过考察《聊斋志异》中人鬼恋与人狐恋故事，发现这两种故事类型在人物设置、故事设定、叙事策略等方面确实都存在着显著的差别，构成了《聊斋志异》叙事的一大特色。

必须指出的是，因本文讨论的范围是《聊斋志异》中的情爱叙

① 问恨生：《聊斋发微》，中华图书馆 1915 年版，第 18 页。
② 问恨生：《聊斋发微》，中华图书馆 1915 年版，第 48 页。
③ 问恨生：《聊斋发微》，中华图书馆 1915 年版，第 18 页。

事,那么,并非《聊斋志异》中所有涉及男人与女鬼、女狐的故事都可纳入本文的研究视野。本文比较《聊斋志异》中人鬼恋、人狐恋时所选取的篇章,大概具备以下两大条件。其一,情爱叙事必须是故事的主旋律,作者须对故事中的男女主人公寄寓着深切的同情或赞赏,以真挚的笔触描画其恋爱过程。虽然在《聊斋志异》的叙事中爱情与性爱常常混杂不清,本文也不拟纯粹以现代的爱情观念来苛责蒲松龄及其《聊斋》中的人物。所以,凡是《聊斋志异》中写人鬼或人狐两性间"情好意合"的故事,皆在讨论之列。相应地,《聊斋志异》中的若干故事,虽然表面上也写男性与鬼狐的相好经历,但因其主旨终究与爱情(权且以蒲松龄的标准为标准)无涉,一概摒弃不论。一、主旨为阐发异类有害等古老命题的,如《画皮》《董生》等;二、借鬼狐为话柄来嘲讽世间俗人的,如《毛狐》《沂水秀才》《嘉平公子》等;三、借女鬼事迹来抒发历史感慨的,如《林四娘》《公孙九娘》等。

其二,爱情故事必须发生在人与鬼狐之间。若故事男女主人公皆为人,如《细侯》《胡四娘》等;或男女皆为鬼,如《水莽草》《晚霞》等;或女主人公为女仙、花妖等,如《翩翩》《黄英》等;因已轶出本文讨论范围,故置之不论。或女主人公身份不明,鬼狐仙妖莫辨,如《房文淑》《阿霞》《金陵女子》《云翠仙》等,亦不加讨论。还有一种情形值得注意,若故事中的男女主人公俱是"人",在故事中曾短暂归阴化为"鬼"不久后又还阳的,本质上还是在歌颂世间男女的爱情,如《连城》等篇,亦不加讨论。此外,因本文讨论的重心在男性与异类女性间的爱情,这也是《聊斋志异》时代的主流爱情观,故为避行文枝蔓牵强,涉及同性之恋的篇章如《封三娘》等也排除于外。

依循以上提到的两项准则,《聊斋志异》中可明确为人鬼恋的篇章有《章阿端》《连琐》《伍秋月》《聂小倩》《鲁公女》《宦娘》《梅女》《湘裙》《小谢》《薛慰娘》《吕无病》《爱奴》等,人狐恋的篇章则有《青凤》《婴宁》《小翠》《青梅》《胡四姐》《辛十四娘》《鸦头》《红玉》

《娇娜》《霍女》《丑狐》《狐妾》《狐谐》《汾州狐》《双灯》《小梅》《张鸿渐》《荷花三娘子》《嫦娥》《武孝廉》《凤仙》《萧七》《长亭》《阿绣》等，人、鬼、狐三角恋的则有《莲香》《巧娘》等。本文即主要以上述篇章为基础来探讨《聊斋志异》在人鬼恋与人狐恋叙事中的差异。

二、“鬼狐有别”现象之概览

1. 慷慨与蕴藉:男主人公形象对比之异

《聊斋志异》中最光彩照人的形象无疑是那些美丽明慧的狐鬼花妖，相应地，那些爱情故事中的男主人公们，形象要矮小得多。学界以往对此类形象的研究，也呈现出两种基本趋向:一是抨击其“胆小怕事、懦弱自私、多愁善感、优柔寡断、无主见和无责任心”[①]等性格缺陷;二是深入挖掘其言谈行止中蕴藏的强烈的男权色彩。

当我们将《聊斋志异》的相关爱情故事分为人鬼恋与人狐恋两种类型，再逐一考察作为男主人公的书生形象，就会发现蒲松龄在下笔之时，已做了很明显的差异化处理。《聊斋志异》在行文时沿袭了史传文学的传统，在每篇故事的开篇对男主人公的性格基本上都有清晰的描述。根据蒲松龄于文章开首寥寥数笔的介绍以及后面的行文，就可明显地看出《聊斋志异》中深陷人鬼恋与人狐恋中的书生具备完全不同的性格特质。即与女鬼谈恋爱的书生和与女狐谈恋爱的书生根本不是同一类型的人物。

大致说来，《聊斋志异》人鬼恋中的书生大多性格强硬，豪迈不羁，无惧无畏，疾恶如仇，敢于同恶势力做最坚决的斗争。如《章阿端》中的卫辉戚生“少年蕴藉，有气敢任”，《伍秋月》中的王鼎“为人慷慨有力，广交游”，《聂小倩》中的宁采臣“性慷爽，廉隅自重”，《鲁公女》中的张于旦“性疏狂不羁”。《小谢》中的陶望三“夙倜傥”。

---

① 黄伟:《评〈聊斋志异〉书生形象的女性化倾向》，载《西北师大学报》(社会科学版)1999年第6期。

可以想见,这样的人物慷慨豪迈,毫无古代戏剧小说中书生们常有的酸腐气,更无丝毫的女性气质,放在任何时代都是伟男子。而如《连琐》中的杨于畏、《梅女》中的封云亭、《湘裙》中的晏仲、《爱奴》中的徐生,虽然作者在文章开篇没有介绍其性格,但其勃勃英气在全文的叙述中依然无法掩抑。如杨于畏奋然救连琐于难。封云亭"知为缢鬼,然以白昼壮胆,不大畏怯"。晏仲在阴间见兄长被群鬼欺辱后,"奋拳直入,当者尽踣。急救兄起,敌已俱奔。追捉一人,捶楚无算,始起"。徐生因为设帐授徒时人身自由受到限制,便愤而怒曰:"受人数金,便当淹禁死耶!教我夜窜何之乎?久以素食为耻,贽固犹在囊耳。"以致"治装欲行"。这些人皆是受不得任何欺辱的刚烈男子,正气凛然而无所畏惧。

更应留意的是,在《聊斋志异》中,男主人公这种慷慨刚毅的性格正是人鬼恋展开的前提。书生们的品行与胆识通常是其获得女鬼垂青的必要条件。这在《聂小倩》与《小谢》两篇故事中表现得最为明显。《聂小倩》中凡是被金钱与美色所迷惑的男子皆被鬼物伤害性命,而宁采臣在这二者面前毫不动心,聂小倩遂托付终身。而陶望三秉性刚直,面对"并皆姝丽"的小谢、秋容亦能"肃然端念,卒不顾",而最终赢得她们的爱情。其他人鬼恋中的男主人公,亦都是正气凛然的男子,称其有女性化倾向,则殊为冤屈。

只是,这种刚强坚毅的男性气质只存在于《聊斋志异》人鬼恋的男子身上。当蒲松龄描写人狐恋中的男子时,已是换了一种笔触。如果说人鬼恋中的男子展现出强劲的阳刚气质,人狐恋中的男子则大体呈现出阴柔的气息。蒲松龄或是称赞其品格敦厚,性情和缓,如《娇娜》中的孔生"为人蕴藉",《青梅》中的张生"性纯孝,制行不苟,又笃于学",《鸦头》中的"诸生王文,东昌人,少诚笃";或对其性格不明下断语,仅赞赏其智力超群,如《婴宁》中谈到"王子服,莒之罗店人,早孤,绝慧,十四入泮。母最爱之,寻常不令游郊野",《凤仙》中介绍刘赤水时说“少颖秀，十五入郡庠”；又或仅写相貌俊朗而对性格不置一语，如《封三娘》中的孟生“布袍不饰，而容仪俊伟”，《红玉》中的冯相如“仪采轩豁”；有的男主人公甚至有严重的生理或智力缺陷，如《小翠》中的王元丰“绝痴，十六岁不能知牝牡”。应该说，蒲松龄在描写人鬼恋时极力彰显的男性的刚猛气质在人狐恋中的男主人公身上普遍已经荡然无存，这种显著的性格对比实际上已经决定了《聊斋志异》中人鬼恋、人狐恋这两类故事截然不同的走向。

2. 孰强孰弱：男女地位对比之异

有学者这样归纳《聊斋志异》的基本爱情模式：“穷困潦倒而具文才灵气的书生邂逅一个甚至几个丽绝人寰的异类女子，两情欢好之后，异类女子不仅让书生享受到‘红袖添香夜读书’的乐趣，还任劳任怨地帮书生操持家务、生儿育女、助书生渡过难关，给他带来财富、功名或是干脆与他共登仙界。这就是《聊斋志异》中最为典型的情爱模式。”①从这样的叙述可见，《聊斋志异》中多数男子的幸福是由女性所赐。的确，在大多数人的印象中，蒲松龄笔下的女性比男子更聪慧能干，甚至在恋爱过程中，女性也处于主动地位。

实际上，通观《聊斋志异》所有的爱情叙事，这一似乎已成定见的看法充其量只是片面的正确。因为，这一规律至少在人鬼恋中并不通行。在《聊斋志异》人鬼恋的叙事中，无论从哪一方面考量，作为人类的男性都处于绝对的强势地位，而作为鬼物的女性则相对来说明显弱势。

以文化素养论，《聊斋志异》人鬼恋的主角大多是书生，他们的满腹经纶在女鬼面前体现出了充分的优越感，成为令女鬼为之倾倒的重要原因。如连琐吟诗“以寄幽恨”，然而“思久不属”，杨于畏

---

① 翁容：《〈聊斋志异〉情爱模式的深层意识》，载《明清小说研究》1996 年第 3 期。

"听其吟毕"后即能"隔壁而续之",如此敏捷的才华令连琐叹服,成为二人欢好的契机。《小谢》中的陶望三教小谢、秋容写字读书,《宦娘》中的温如春则始终以琴艺让宦娘折服。这都是书生在学识上优胜于女鬼的明显例证。

以社会地位而论,人鬼恋中的双方也大多不完全是对等的。虽有的女鬼前世出生于官宦之家,但多限于下层官僚阶层,并不能对书生的社会地位形成明显的优势。反倒有的书生社会阶层明显高于女鬼,如吕无病虽父为"文学士",而父母早逝,已是"类贫家女"的孤女,而孙麒则是曾娶过太守女的大家公子。其他如女鬼爱奴的身份不过是婢女,湘裙是晏仲之妾的妹妹。在封建礼法极其森严的时代,这样的出身无疑是社会地位低下的象征。蒲松龄安排她们与世代业儒的书生相恋,则更能说明问题。

即以人们常津津乐道的狐鬼花妖帮助书生渡过难关而言,这一点在《聊斋志异》人鬼恋中也显得极为特殊。不可否认的是,蒲松龄笔下的人鬼恋叙事中确有女鬼无私相助、不求回报的描写。最明显的莫过于宦娘,其置身暗处,"代作蹇修",促使书生温如春成就良缘,自己却始终不愿现身。表面上看似是一心造福书生的典范,实则其中的原委甚堪玩味。宦娘无私帮助温如春的缘由是"得聆雅奏,倾心向往;又恨以异物不能奉裳衣,阴为君脑合佳偶,以报眷顾之情",并非无缘无故的爱;其在温如春缔结良缘后,还以一种特别的方式向温如春请教琴艺。就其本质来说,这与世上寻常的知恩、报恩无甚区别,不过醉心于音乐的宦娘选择了别出心裁的方式。对于世俗中人的温如春,其因"得聆雅奏",而报之以良缘美眷,正如但明伦所说"酬师恩者不可谓不劳矣"①;而作为倾慕琴艺的"异物",

① 〔清〕蒲松龄著,张友鹤辑校:《聊斋志异会校会注会评本》,上海古籍出版社 2011 年版,第 990 页。

宦娘渴求的不过是艺术修养的提高。观宦娘正式求学琴艺的时机，这其中已有自揣对其有恩，方能拜师学艺的考虑在内。

《聊斋志异》中关于女鬼帮助书生消灾遇吉、心愿得偿的描写还有不少，但都不是单方面的奉献。如章阿端助戚生见到其死去的妻子，伍秋月告诉王鼎成功摆脱鬼役追捕的方法，小谢连同其弟使陶望三免除牢狱之灾，等等。但这些书生并不是纯粹接受女鬼的襄助而无所回报，在蒲松龄的叙事中，他们的关系是对等的，书生们也热诚地以自身的力量挽救女鬼于患难。戚生召唤"行术于冥间"的邻媪来治疗章阿端的鬼病，王鼎与陶望三在情人被鬼界恶吏拘囚之时都奋身而出，凭借其胆识与勇敢，击败恶势力，还可爱善良的女鬼以自由。若纯以功利计，就是在这互帮互助的情形下，书生造福于女鬼之功，也绝不在对方之下。

另外，研究者常常谈到穷困无聊的书生们在女鬼那里获得了爱情的安慰与精神的满足，仿佛是女鬼们舍弃一切满足了书生们身体与精神的需求，却常常忽略了女鬼们同样渴求爱情与依靠的事实。在蒲松龄的笔下，不仅书生需要爱，女鬼更需要爱。如《薛慰娘》中，儒生丰玉桂"贫无生业"，当有老鬼为其介绍薛慰娘时，疑虑慰娘会不安贫贱而中道离去，殊不知慰娘也正"孤而无倚"，老鬼是"不忍听其流落"，才为其做媒。如是看来，二人同是天涯沦落人，爱情对于二人来说都是慰藉贫贱生活的良品。而且，如聂小倩、伍秋月、章阿端等人都是沉埋泉下多年，在饱受多年性压抑的情况下去追求书生。《嘉平公子》中女鬼的宣言就颇能作为例证："顾君欲得美女子，妾亦欲得美丈夫，各遂所愿足矣。人鬼何论焉！"这里虽仅就男女美色而言，但若推而广之，延伸到男女相恋的其他要素，亦当无太大问题。从这个角度而言，书生对女鬼的回报也绝不亚于女鬼的赠予。

更为重要的是，人鬼恋中的女鬼通常都有着强烈的还阳重生的愿望。要实现这一最终追求，书生们通常就是其必须仰仗与依赖的人物。因此,《聊斋志异》人鬼恋故事追求的结局就是性格强悍的男性书生拯救弱势的女鬼于幽冥之中,让她们重温人世的幸福。可以说在这场关系中,双方都获得了爱情,女鬼们还最终重获宝贵的生命。当然,黄泉下的女鬼还阳之路荆棘重重,成功的方式不止一端,但无论采取何种方式,书生都是不可缺少的参与者与推动者。伍秋月、聂小倩、连琐、薛慰娘、爱奴等本已沉埋泉下多年,都是因书生按照其叮嘱妥善地处理遗骸,才得以起死回生,重返阳间。书生对于他们的意义,或如情同再造的恩人,如聂小倩所说"妾堕玄海,求岸不得。郎君义气干云,必能拔生救苦。倘肯囊妾朽骨,归葬安宅,不啻再造";或是注定的拯救者,如王鼎冥冥之中就是与伍秋月结为人间夫妇的人选,要带着她重返阳间。鲁公女因生前杀孽过重而"死无归所",张于旦就"代诵《金刚经》一藏数",使其转世超生。小谢、秋容因书生之力而得以借尸还魂。梅女因是自缢而亡,"舌不得缩,索不得除",封云亭"毁舍易楹",使缢死的梅女容姿浮生,又令转世的梅女仪态如常。如是等等,《聊斋志异》人鬼恋中的男主角始终充当着拯救者的角色,同时凭借自身的才华、胆识与品行赢得了爱情,在使自己的人生获得圆满的同时也在最大程度上造福了对方。

如果说《聊斋志异》中书生与女鬼的关系整体上是男强女弱的话,女狐的家世地位则完全超越书生,她们"宛然世家"(《狐谐》)的财富与用度常令书生们艳羡不已甚至自惭形秽。这方面前人已屡有讨论,兹不赘述。在实际的相处中,人狐恋中的男性则整体上也完全依赖于女狐。身为女主角的女狐们没有重返人间的需要,没有世间凡尘的诸多苦恼,基本上更不存在被恶势力裹挟的风险,面对肉眼凡胎的男性书生,在本领上更有着天然的优势。这就决定了她们在与书生相恋时不仅是热恋时的红颜知己,生活中的贤妻良友,更是苦难人生中的救星。可以说,基本上每个人狐恋中的女狐都有拯书生于危难之中的壮举,有的甚至给予书生以一世幸福。如小翠使王家在险恶的政治旋涡中得以保全，辛十四娘使冯生免除牢狱之灾，红玉在冯家危难关头挺身而出为其抚养幼子、操持家业，舜华让张鸿渐安然度过逃难生涯，阿绣促使刘子固成就良缘，凤仙保证刘赤水金榜题名、家业兴旺，三娘母女还治愈傅廉的"天阉"之疾，皆是例证。面对女狐们的善行义举，书生们普遍秉持着安之受之的立场，根本没有"投我以木桃，报之以琼瑶"的觉悟，当然也没有足够的才华与胆识去回馈对方。可以说，《聊斋志异》中的人狐恋双方始终处在不对等的状态，女性恒强而男性恒弱。

《巧娘》中傅廉、巧娘、三娘间的三角恋实际上就是对《聊斋志异》人、鬼、狐三者关系的生动图解。书生傅廉"甚慧而天阉"，女鬼巧娘"时命蹇落"，女狐华姑、三娘二人俱本领高强。傅廉因狐之力而恢复男性能力，后又顾念旧情，开棺携巧娘还阳，再偕花烛。从故事的叙事脉络来看，女狐助书生得偿所愿，并利及女鬼，书生又使女鬼最终获得尘世幸福。这样的叙事链条实际上在《聊斋志异》大部分的人鬼恋、人狐恋中都有清晰的呈现。

3. 大团圆或长别离：故事结局之异

这里的故事结局包含两个方面：一是书生与异类女子爱情故事的最终走向，二是书生在现实生活中的最终命运。《聊斋志异》中不同类型的爱情故事的这两种结局都呈现出明显的不同。

《聊斋志异》中的爱情故事是全书中最光彩夺目的篇章，"某些聊斋爱情故事具有反封建色彩，但相当多作品却是以男权话语创造出情爱乌托邦"[①]。无可讳言的是，《聊斋志异》中的诸多爱情故事都体现出相当强的男权话语，但是，具体到人鬼恋与人狐恋这两种完全不同的故事类型时，蒲松龄构建"情爱乌托邦"的方式有很大的

① 马瑞芳：《〈聊斋志异〉的男权话语和情爱乌托邦》，载《文史哲》2000 年第 4 期。

差异,这种“情爱乌托邦”的持续时间也天差地别。

概而言之,人鬼恋的故事多以双方团圆而告终,这种“情爱乌托邦”足以延续一生。杨于畏与连琐、宁采臣与聂小倩、陶望三与小谢和秋容、王鼎和伍秋月、张于旦与鲁公女、封云亭与梅女、晏仲与湘裙、丰玉桂与薛慰娘、孙麒与吕无病、徐生与爱奴,都能喜结连理,长相聚首。尽管吕无病与爱奴,后来都在婚姻的路途中遭遇不幸,但若以缔结婚姻作为爱情美满的标志,她们与书生的爱恋也都是可称为圆满的。

反观人狐恋的结局,则以分离居多,女狐多不过出现在书生漫长生命中的片刻光阴里,最终都以女狐自动消失为结局。如小翠与辛十四娘都在二十岁左右的芳华里选择老去而最终“不知所在”,萧七最后“竟无消息”,舜华与张鸿渐“从此别矣”,《双灯》中的女狐最后离开时“渐远不可睹”,房文淑也“终渺矣”,阿绣“三年后,绝不复来”,小梅亦最终“人杳矣”而不可追寻,汾州狐在与刘洞九相守数年后,也忽然离去。纵观众女狐的结局,纷纷一派花落水流、群芳散尽的萧飒之气。

由于蒲松龄在撰述《聊斋志异》时,有意仿效史传体裁,对人物本末大多都有详细的交代。由此,我们也可以考察人鬼恋与人狐恋中的书生在现实生活中的境遇。他们除了都与异类女子有过甜蜜的爱恋外,现实遭遇则迥乎其异。人鬼恋中的男子在与女鬼结合后,人生境遇整体上没有发生太大的变化,其先无甚坎坷,其后亦无太大的转机,基本上都沿着正常的文士该有的轨迹进行,娶妻对其来说不过人生中再正常不过的一环,只是其妻子曾为鬼而已。因此,蒲松龄对其中大部分人在世间的功名利禄之路都无交代,如《章阿端》《连琐》《小谢》《伍秋月》《鲁公女》《湘裙》《爱奴》《吕无病》《薛慰娘》等篇皆是如此。例外的是《聂小倩》和《梅女》。《聂小倩》最后说道:“后数年,宁果登进士。女举一男。纳妾后,又各生一男,皆仕进有声。”不过是为了印证聂小倩对宁采臣命运的预言：“郎君注福籍，有亢宗子三，不以鬼妻而遂夺也。”这也说明宁采臣的人间富贵并不是聂小倩的身份或能力所致。《梅女》的结尾处提到封云亭高中孝廉，也是为了嘲讽当初岳家的冷落，文中也根本没有交代其间有梅女的功劳。

至于人们津津乐道的鬼狐带给书生的人间富贵，通常存在于《聊斋志异》的人狐恋故事中。女狐虽然常常飘然而去，但总会给书生留下世俗观念中最好的礼物，如娇妻美妾、功名富贵。小翠与辛十四娘离开前就为书生准备好了继任妻子，此外，辛十四娘还为冯生留下了无数金钱，使其“顿大充裕”。而冯相如在红玉的协助下，家业重振，并高中举人。“是科遂领乡荐。时年三十六，腴田连阡，夏屋渠渠矣。”胡四姐甚至还为书生的死后生涯做好了打算，“妾当度君为鬼仙，亦无苦也”。

应该说，蒲松龄对这两种不同类型的男女关系的设置与最终结局的安排是紧密相连的。正惟女鬼常常需要书生救助，势必无法主动离开书生的庇护，当然也不能给予书生以人间的功名富贵。而处于强势地位的女狐则不然，她们是爱情的主导者，可以任意选择何时抽身而退，又有足够的能力让书生生活充裕。可见，蒲松龄在《聊斋志异》全书的撰写中，是有某种共识与逻辑存诸心胸、笔下的，并不会为了“孤愤”“劝惩”“游戏”等写作目的而随意布置人物与情节。蒲松龄的鬼狐观念已经形成某种定规，这些定规宛如律绝中的格律要求，即为作者写作中的枷锁，蒲松龄却往往能在这些观念的“枷锁”之下，写出最感人的传奇故事，也足见其小说天赋是如何的惊才绝艳。

有必要指出的是，在蒲松龄的婚恋小说中，同样存在着最终人狐团圆而人鬼分离的现象，如《娇娜》《婴宁》《青凤》《长亭》等皆是书生与女狐最终结合，《宦娘》《章阿端》等皆是书生与女鬼最终分离,似乎与以上总结的规律不合。但是,这样结局的故事在《聊斋志异》全部书生与异类的恋爱故事中是极少数,并不足以动摇整体结论。再者,蒲松龄这样的一流小说家不可能造出一个固定不变的套子来规范自己的全部创作,这无疑是作茧自缚,当然是不可能的。更为重要的是,这些故事的结局之所以显得"例外",是因为蒲松龄在写作时注入了更多的婚恋外的元素,寄托了更多的寓意,导致故事的走向必然与其他同类型故事不合。如《长亭》与其说是爱情故事,倒不如说是对翁婿关系的探讨,惟有女方的身份是"谲诈"之狐,方更能见蒲松龄的感慨与思考;《娇娜》则意在讨论特殊的男女朋友关系,而不是纯粹爱情,孔生虽然同女狐松娘最终喜结连理,但松娘在文中充其量不过是个功能性的人物,作为女主角的女狐娇娜最终还是未能与孔生走到一起;《婴宁》则主要记录天真烂漫的精神消亡过程。《还念》实质上是对中国古典传统中"琴瑟之好"的小说化精彩演绎。"《宦娘》中的爱情婚姻是以音乐为媒介,宦娘由爱温如春有琴艺而爱其人,宦娘为温如春谋得的妻子良工善筝。全篇的构思便是建立在古诗名句'琴瑟友之'(《诗经·周南·关雎》)的意蕴上"①。就文中而言,善琴的温如春与善筝的良工才是旗鼓相当,堪称良配。如此,以二人结成连理为故事结局是当然之选,宦娘不过是学琴的"学徒"与促成二人姻缘的"红娘"而已。如是等等,皆属此类。这也说明,本义阐述的蒲松龄描写人与异类相恋故事的"鬼狐有别"原则并未因此而动摇。

三、"鬼狐有别"的文化内涵之思考

《聊斋志异》在处理人鬼、人狐两种不同类型的婚恋故事时采取的迥然不同的叙事模式,实则是蒲松龄多元的人格形象、心理特征

---

① 袁世硕、徐仲伟:《蒲松龄评传》,南京大学出版社2000年版,第211页。

以及深厚的民间文学传统积淀在小说中呈现出的多重投影。

首先,蒲松龄在《聊斋志异》中的书生身上寄寓着自身的人格形象与思想意趣,那些与异类女子相恋的书生身上或多或少都投射着蒲松龄的影子。而蒲松龄留在历史中的形象并不单一,相反,还拥有着无比丰富的内心世界,这就决定了其笔下的主人公们不可能呈现出千篇一律的形象。据蒲松龄的身后定评、张元撰写的《柳泉蒲先生墓表》载:“先生性朴厚,笃交游,重名义……恂恂然长者,听其言,则讷讷如不出诸口。”宛然一个大雅君子的形象。这应该是蒲松龄留给后世印象的主旋律。数十载默默无闻的塾师生涯、一辈子持之以恒的赶考时光,再加上其本人认可的人物画像,铸成这位恂恂长者的形象。与此同时,蒲松龄的诗文中同样也有着心慕豪侠、自许狂士的心迹剖白。更曾在其词《念奴娇》中宣称“我狂生耳!”据统计,“一部《聊斋诗集》大约有五十处写到‘狂’字”①。中国文人的“狂士”传统与蒲松龄恃才自负的个性浑然地融为一体,使其一次次地以“疏狂”等词来自我定位。无论是“恂恂长者”,还是“狂生”,都是对蒲松龄个性的准确概括,而又都不是其个性的全部。二者如一体两面,构成了一个完整的真实的蒲松龄。正是这样的蒲松龄,将其疏狂的气质赋予了其笔下与女鬼相恋的主人公,而“恂恂”“讷讷”的特指则留给了人狐恋中的书生们。惟有清楚地认识到《聊斋志异》中两类书生人格上的显著差异,才能更为深刻地理解《聊斋志异》为蒲松龄“心幻”之书的实质。

其次,蒲松龄在高昂的人生理想与暗淡的现实困境间,两种截然不同的心理状态的此起彼伏,使得其笔下的书生们面对爱情难题与世事纠纷时呈现出不同的态度。蒲松龄虽屡试不第,但颇为自

---

① 李桂奎:《蒲松龄之狂与其笔下的狂生》,载《山东社会科学》1998 年第 5 期。

负,在诗中屡次抒发抱负,如“湖海豪襟气不除”(《途中》)、“羁旅经年清兴减,消磨未尽只雄心”(《八月新归,觉斯、鲞斯两侄邀饮感赋,得深字》)、“秋恨欲随湖水涨,壮心常凭鹊山高”(《同安邱李文贻泛大明湖》),都是其壮志的写照。其从青年时期起就开始撰写的《聊斋志异》,不可避免地受到其昂扬心气的浸染。书中人鬼恋中的那些书生们激昂壮志、刚肠嫉恶、耿介正直等美好的品质都是蒲松龄的自我写照。正如青年时的蒲松龄以为功名可以立致一般,人鬼恋的书生们在恋爱中也是凭借自己的力量排除前方的阻碍与困难,这才有了王鼎、陶望三、杨于畏、宁采臣等人面对恶鬼的挺身而出,只有这样心雄万夫的大丈夫才能在男女恋爱中处于强势的主导地位。而反观人狐恋中的书生,则完全是困顿之中的蒲松龄的化身,“历尽艰难消壮节”(《辛巳冬,闻历友自湖北归,怀以二律》),“意气生平消半尽”(《稷门客邸》),往日的壮志已尽皆消散,就连在爱情问题上也显得毫无力量与意气。在这时,美丽善良、神通广大的女狐的出现,就成了书生们走出人生困境的灵丹妙药,事实上,也就是蒲松龄在落寞人生中的全部寄托。这就必然导致《聊斋志异》中女狐的力量远强于女鬼,更要高于书生。有必要指出的是,志气高昂与落寞困顿这两种心绪长期以来在蒲松龄心中错落出现,并没有轨迹可循。这也是导致《聊斋志异》中人狐恋与人鬼恋小说交叉出现的原因之一。

再次,人鬼恋与人狐恋是两种完全不同的故事类型,来自迥异的故事母题,都有着极其深厚的传统积淀与故事渊源。《聊斋志异》兼容这两种不同的故事,但也没有抹平二者在叙事模式上的差异,当然蒲松龄也无意于此。这就导致了《聊斋志异》的人鬼恋的结局呈现出迥异的走向。“人鬼恋故事的原型为古代冥婚。”[①]既为冥婚,

① 吴光正:《中国古代小说的原型与母题》,社会科学文献出版社2002年版,第273页。

就意味着男女双方的团圆为故事的最终结局。这类故事发轫于魏晋南北朝时期，日本学者繁原央将当时的冥婚故事分为两大类，分别是"慰灵·解冤型"和"幽婚·立嗣型"①。前者在后世演化为女鬼害人的故事，无疑有着强烈的恐怖或悲剧色彩，《画皮》等聊斋故事即可归入此类。后者则是人鬼恋故事的源头，虽幽明殊途，但也透露出浓厚的人间嫁娶的喜庆氛围，《聊斋志异》中的人鬼婚恋即为此类。当皆大欢喜的团圆型人鬼恋足以满足蒲松龄寄托牢骚、寻求价值补偿的精神需求时，他也就毫无必要改变前代已经形成的故事模式，这也就注定了《聊斋志异》中的人鬼恋大多以团圆收场。与此构成显著区别的是，蒲松龄虽然在《聊斋志异》中塑造出许多婉媚多情的女狐形象，在中国狐文学史上具有独创意义。但作为开创者，其对狐文学情节的构思也势必受到前代传统的深刻影响。而在清代以前的狐文学叙述中，狐狸多以负面形象出现，且人狐姻缘多以分离而告终。以个案而论，唐传奇中最早写人狐情缘的《任氏传》即以女狐任氏惨死而收场。就整体而言，狐精的命运同样不容乐观。有学者统计过《太平广记》中狐精故事中的狐精命运，在唐代以前的12则狐精故事中，有好下场的仅有2则；而唐代72则狐精故事中，有"瑞应"与"自然死亡"者仅各占1%，而有"恶兆"与"被杀""被重罚""被驱赶""自己逃走""被放走"者占到87%②，可见大部分狐精的结局都是极其悲惨的。甚至有人认为由于狐题材小说诞生的魏晋南北朝的战乱环境是"悲剧性的"，"悲剧性的审美表现体现在狐小说中，即小说中的'狐形象'通常都有一

① ［日］繁原央著，白庚胜译：《中国冥婚故事的两种类型》，载《民间文学论坛》1996年第2期。

② 任志强：《狐与胡：唐代狐精故事中的文化他者》，载《民族文学研究》2013年第6期。

个不幸的结局”[①]。这似乎暗示着这一时期的“狐形象”已经奠定了后世写狐的基调。而且,在长期的历史演进过程中,作祟惑人已构成人们对于狐狸的主要认知,人们对于绝大多数狐狸是排斥的。即使在《聊斋志异》中,“在近百篇与狐狸有关的作品中,有30余篇是关于狐作祟的”,其方式还可以分为“性蛊惑、恶作剧、报复行为和善意捉弄”[②]等四类。如此,《聊斋志异》中的狐狸形象呈现出正邪同在的斑驳图景,也充分说明人们对于狐狸的传统认知还影响着蒲松龄的思维。因此,深受传统文学与民间思想浸润的蒲松龄,在为其笔下美丽多情的女狐们谱出一曲曲爱情与人性的颂歌时,也不可能完全突破传统写作模式的影响而创造出崭新的故事模式。事实上,蒲松龄能在小说中赋予女狐以各种美好的品德与个性,已经以全新的文学实验,完成了其在文学史上的使命,再要其赋予人狐恋以团圆的结局,已是过于苛求。

【作者单位:湖南大学文学院】

---

① 玉弩:《中国狐小说发展轨迹》,载《东疆学刊》(哲学社会科学版)1992年第4期。

② 付岩志:《论〈聊斋志异〉中狐作祟现象的形式、特征及文化内涵》,载《明清小说研究》2011年第1期。

冰花雪蕊　结撰维新

——论《聊斋志异》的一种独特结构

成　敏

柳泉先生自称《聊斋志异》是有所“寄托”之书，正如“自鸣天籁，不择好音，有由然矣”①。研究者也一再指出是书“寄托遥深”②，先生乃“有意作文，非徒纪事”③。而要将“意”通过“文”传达出来，则离不开艺术构思。艺术构思是指“作家在所得素材的基础上孕育作品的复杂思维活动，包括选材、提炼主题、表达形式和结构、形象的发展等”④。聊斋构思之巧妙，已为世人所公认。赵起杲称之为“水佩风裳，剪裁入妙；冰花雪蕊，结撰维新”⑤。本文拟通过对该书中一种独特的结构方式的分析，来略窥其构思之妙，以求正于方家，聊为引玉之砖。

---

① 〔清〕蒲松龄：《聊斋自志》，见张友鹤辑校《聊斋志异会校会注会评本》，上海古籍出版社 1986 年版，第 9 页。

② 喻焜：《聊斋志异序》，见张友鹤辑校《聊斋志异会校会注会评本》，上海古籍出版社 1986 年版，第 20 页。

③ 冯镇峦：《读聊斋杂说》，见张友鹤辑校《聊斋志异会校会注会评本》，上海古籍出版社 1986 年版，第 9 页。

④ 雷群明：《论〈聊斋志异〉的构思艺术》，见辜美高、王枝忠主编《国际聊斋论文集》，北京师范学院出版社 1992 年版，第 79 页。

⑤ 赵起杲：《青本刻聊斋志异例言》，见张友鹤辑校《聊斋志异会校会注会评本》，上海古籍出版社 1986 年版。

《聊斋志异》中的优秀之作，在艺术构思方面几乎篇篇各具特色，但是如果仔细分析，我们仍然能从“各具局面，排场不一”的异彩纷呈中觅到某些规律。仔细分析《娇娜》《青凤》《宦娘》《宫梦弼》等小说的结构，我们会发现，虽然它们在结构上有着细微的不同，却大致相同：这些小说都以主人公的名字命篇，但主人公却处于一种奇妙的地位——他们所占的篇幅都不多（我们并不以表面的篇幅长短来决定谁是主人公，但我们必须看到，聊斋中大部分小说都是给予主人公最多的笔墨这一事实），主要人物与次要人物的关系不像《婴宁》《小翠》《辛十四娘》等篇那么主次分明；也不像《阿绣》《莲香》等篇双峰并峙、各尽其美。在这些篇中，次要人物如孔生（《娇娜》）、耿生（《青凤》）等反而占去了绝大多数笔墨，但更奇妙的是我们却决不因此就将他们当成主人公，娇娜、青凤、宦娘等出场并不是最多的人物仍然是我们心中绝对的主人公。我们没有理由认为这是蒲松龄在结构文章时的疏忽或命篇时的随意，先生对于各篇小说的命名大都采用史书人物传记的写法，以主要人物的名字来命篇，并且是经过仔细斟酌的，如《萧七》一篇，他先是名为“徐继长”后来涂掉改为“萧七”，这说明先生对小说中人物的主次与结构之间的关系用心良多，绝非率意而为。那么这种以主人公的名字命篇，却不给予他们以大量笔墨，反令他们成为“形式上的”次要脚色的独特结构方式是怎样形成的？作者为何采取这种方式？这种结构方式带来什么效果？

我们以《娇娜》为例，兼及同类的其他篇章，试就以上问题做一分析。

《娇娜》开篇写孔生，这并不奇特，《聊斋志异》中大部分篇章都以次要人物引出主要人物，如《婴宁》开篇写“王子服，莒之罗店人。早孤”[1]。《阿宝》开篇是“粤西孙子楚，名士也”。但是这些篇章很

[1] 本文所引聊斋原文，均据张友鹤之三会本，校以手稿本（据中华全国图书馆文献缩微复制中心1995年影印本）。

快便引出了主人公婴宁和阿宝,《娇娜》却接着写孔生的落拓,写他与皇甫公子的友谊,写美丽而擅琵琶的香奴,写孔生对香奴的爱慕,至此,行文已近三分之一,娇娜仍然杳无痕迹,任何人都没有提到娇娜,读者也无法得到任何关于娇娜的暗示,甚至会设想孔生和香奴的爱情故事。但小说忽然一转,写孔生生病且病势沉重,此时,皇甫公子才谈到已派人去请娇娜回来为孔生治病,此时文章已进行到一半左右了。作者用一个特写镜头来写娇娜为孔生治病的场景,写娇娜之美丽仅用"娇波流慧,细柳生姿",却仔细写了在她为孔生诊脉、切瘤的过程中,孔生的心理感受:他在"益绝食饮"的重病中,望见娇娜的颜色,便"颦呻顿忘,精神为之一爽","把握之间,觉芳气胜兰";为他割瘤时,尽管"紫血流溢,沾染床席",他却"不惟不觉其苦,且恐速竣割事,偎傍不久"。但娇娜立即又退入后场。作者接着写孔生,写他对娇娜一见钟情,却因为她的年纪太小而不能结合;写孔生与松娘的婚礼及他们几年内的经历,不再提及娇娜。直到小说的结尾,孔生才又见到娇娜,作者又给了娇娜一个特写镜头,写她为孔生之死而痛哭,竭力将孔生救活的场面。我们可以看到,作者一直在写孔生:写他的人品、才情;写他与皇甫父子的交往;写他对香奴的动心;写他对娇娜的一见钟情;写他与松娘的结合;写他为娇娜一家舍生忘死。重点描写娇娜则只有三次:一次是在孔生病危之时,一次是久别重逢之后的会面(这次只写了娇娜的言辞,还不能算是特写),末一次是抢救为她而死的孔生。

但当我们对文本做更进一步的分析时,我们就会看到,在这个表层以孔生为主的故事背后,还隐藏着一个深层结构,文章开头写孔生清华的家世,为人的蕴藉,可见他绝非流俗之辈;而与他交往的皇甫公子是"丰采甚都"的清俊少年;皇甫家的装饰古雅绝俗,处处都为娇娜的出场设置了清雅美妙的背景。然而作者仍然意犹未足,乃置一香奴,写香奴"红妆艳绝",又工琵琶,可谓佳人,孔生为她动心似乎无可厚非，而皇甫公子却说孔生是少见多怪，言外之意即与真正的佳人相比，香奴不过是很平常的人，那么，真正的佳人是谁呢？读者自然会联想到篇名中的娇娜。等娇娜出场时，果然美丽绝伦，作者不仅直接写她的形貌、神情、笑语、动作，更借孔生的反应来写她的美丽，通过对孔生不顾疼痛，唯求能与她多处一刻的心理刻画，有力地渲染了她绝世的美丽。而孔生之所以与松娘结合，是因为窥见松娘“与娇娜相伯仲也”，写松娘也是写娇娜，娇娜的出场，使她未出场前的一切事情都有了意义与光彩，也使她出场之后的一切都笼罩在她的美丽中，甚至她退场之后，一切仍然带着她的余香。结尾写孔生为娇娜一家仗剑驱魔，仍然是在写娇娜，孔生勇敢的击魔行为，是因为他看到被妖魔劫走的人似乎是娇娜。细读全文，我们可以体会到，直接写娇娜的每次出场、写她的两次笑语与一次大哭，是在写娇娜；写皇甫父子的清雅，写香奴的美丽，写孔生的所作所为（包括娶松娘、击妖魔），也都是为了写娇娜，也都是在写娇娜。

可以看出，作者是以孔生的所作所为作为贯穿全文的线索，而娇娜才是真正牵动线索发展的人，她并不频繁出现，她的生活经历也不历历叙来，但她的每一次出场，都给故事带来新的因素，使孔生由死到生，令故事得以顺利发展。她的光彩笼罩着全篇，即使她不在现场，也时时令人感觉得到她的气息。

《青凤》也是如此，虽主要写青凤，但在表层的叙事中却以耿生的“狂”结贯全篇，对青凤着墨不算太多；然而耿生的所作所为，却几乎全因青凤而起，青凤仍然是全篇的中心。《宦娘》也是以温如春作为前场人物，写他高超的琴技、与良工曲折的成亲经过等，而宦娘作为幕后造成这一切结果的人物，仍然是全篇深层结构的中心。《宫梦弼》中的宫梦弼出场更少，以柳和的经历贯穿全文，而事实上，柳和的行为是以“若不自立，负我宫叔”作为动力的，宫梦弼的精神仍然笼罩全篇。

那么,作者为什么要这样写呢?为什么不把主要人物一直置于灯光明亮的前场,而要把他们的大部分时间都安排在暗场呢?

许多研究者已注意到了这种现象,并试图做出解释,赵齐平先生是这样解释青凤为何出场不多的:“问题在于青凤不是这样一种外向性格,蒲松龄也就不能采用委曲详尽的手法或者渲染夸张的笔调去描写青凤。”①从人物的性格来考虑这种结构的成因是一个较好的角度。但是如果把这种结构方式当成一个类别,我们就不得不寻找更多的解释了。娇娜是一个“慧心妙舌”的诙谐、活泼的女子,为何也“出场很晚,对娇娜的描写占的篇幅并不多”②呢?宫梦弼更是一个“词旨清丽”,甚至与孩子一起嬉戏的人,在小说中,为何也只是一闪而过呢?

我们是否可以从蒲松龄的“立意”中得到启示呢?

作者的构思要取决于其立意,“凡纸上之可喜可惊,皆胸中之欲歌欲哭”③。《娇娜》重在写朋友间可以以性命相托的真挚友谊。事实上,作者从一开始便故意“远离”爱情,极力写孔生与皇甫公子的友谊,写二人意气相投,感情融洽无间,孔生病重,公子眠食都废,作者营造了友谊的温馨氛围;写孔生注目香奴,却绝无一言叙及香奴的反应,作者的用意不在爱情,因此决不旁生枝节,而是紧紧围绕主旨;写孔生与松娘结婚,亦只几言带过,而孔生与皇甫一家的友情随之更进了一步,因为孔生美满的婚姻是皇甫公子“夙夜代筹”的结果,他的生命也是娇娜挽救的,但明伦评论说:“得近娇姿,且污纤

① 赵齐平:《浅谈〈青凤〉的性格描写》,见《聊斋志异鉴赏集》,人民文学出版社 1983 年版。

② 刘文忠:《谈〈娇娜〉的人物描写艺术》,见《聊斋志异鉴赏集》,人民文学出版社 1983 年版。

③ 天花藏主人:《天花藏合刻七才子书序》,见黄霖、韩同文选注《中国历代小说论著选》(上),江西人民出版社 1982 年版,第 317 页。

指,徒以齿稚,未遂婚姻,此恩此情,如天如海;况阿松佳偶,伯仲娇娜,夙夜代筹,敢忘所自。则他日之矢共生死,不自他日始矣。”但明伦敏锐地指出:作者事实上一直在写孔生与皇甫一家尤其是与娇娜的友谊。写孔生是为写友谊,写娇娜也是为写友谊,而娇娜是这条友谊之链的真正缔造者,是她把孔生与皇甫一家的友谊提升到了新的高度,促使孔生能急身锐难,而把她放在幕后,写孔生其人、其行、其对友谊的忠贞,更可以看出娇娜为朋友所做的是多么重要。而当写孔生为友谊的付出已达到十分时,作者再回头写娇娜为友谊的付出:又一次挽救了孔生的性命,而且舍弃了狐狸的至宝——可以救命的朱丸。如此写来,朋友之间,尤其是异性朋友之间难得的友情,就被刻画得淋漓尽致了。

《青凤》是写一个狂生与一个娇弱慧美的狐女的爱情,把耿生的“狂”写到十分,青凤的“娇”便显出十二分,他们的爱情便美丽到百分。《宫梦弼》是赞美真正的道义之交。宫梦弼是体现作者思想的人物,但极力写柳和的所作所为更能体现宫梦弼的影响,从而更好地写出宫梦弼对死去的挚友的报答,“道义之交”的可贵便不言而喻了。

如果说蒲松龄对这类小说的主人公着墨不多,是因为这种结构方式能更好地体现他的立意,考虑到他的其他类型的小说,对主人公施以浓墨重彩(如《小翠》等篇),其主旨的表达与人物的刻画也都非常成功,那么这种结构方式有什么独特的效果呢?

刘熙载在《艺概》中说道:“词之妙,莫妙于以不言言之。非不言也,寄言也。”本文所讨论的这类小说,正是深得不言之妙的。

娇娜的出场是在作者蓄势已久、读者期待已久的情形下。正如前文提到的,在写了孔生的蕴藉、皇甫一家从主到仆的清雅之后,在孔生为香奴的美丽倾倒的情况下,娇娜出场了。她的娟丽无双、言辞慧黠,令人不觉有“更上一层楼”的感觉。回头细想,才发觉，早在娇娜出场之前，作者就做了层层的铺垫，在不写之中，已为娇娜的出场蓄足了势；孔生在重病中见到娇娜的反应，更是把娇娜的美写得无以复加；当孔生在电闪雷鸣中，仗剑而立之际，我们不仅为孔生喝彩，更想到了娇娜，想到了这个令孔生舍生忘死的人。在这些不写之写中，娇娜的形象反而更加令人难忘。而这种不写之写，给予了读者无尽的想象空间，使人物形象更为轻灵、丰满，这正如借画倾斜的竹子来画穿林而过的风，更能画出风的精神。

但我们更要看到，这种不写之写，不仅给予人物以巨大的自由度，更是为了大写特写。

在充分的蓄势之后，作者给予娇娜两个特写镜头。在每个镜头里，无论她是哭还是笑，都令人耳目一新。作者细致地描写娇娜具有独特个性色彩的言行，在给孔生治病时，她的笑语，既表现出她深通医术，更表现出她的聪慧和妙解人意，话既蕴藉又诙谐。在她为死去的孔生痛哭时，她的言辞中透露出意气干云的刚烈，“孔郎为我而死，我何生矣！”“自乃撮其颐，以舌度红丸入”的行为又是多么的不同凡俗。在强烈的灯光照耀下，主人公的每一个动作、每一句言辞都得到了无比清晰的展现。这种大写特写，尤其是以不写之写衬托出来的大写特写，令主人公的形象无比鲜明，带给读者的震撼远远超过了长篇叙述。

我们要看到蒲松龄采取这种特殊结构方式的匠心所在，他通过这种方式可以更好地表达自己的立意。事实上这种结构方式的独特效果也是非常好的：这种结构造成了主人公处于形式上的次要地位，因此带来了不写之写的妙处；不写之写虽可以曲尽其妙，但与大写特写结合起来，效果更加奇妙。

《青凤》《宦娘》《宫梦弼》以及其他类似的篇章都可作如是观。

我们要看到这种结构的妙处还在于，一方面它能够把作品的主旨巧妙地掩藏起来,使得“寓意处全无迹相”①,相应的另一方面是它能促使读者思考在这种结构中,主人公为什么会处在这样的一种位置。在思考的过程中,会渐渐发现作者的真正用意,挖掘出作品的内涵,体味到作者在立意和艺术上的良苦用心。正如一位学者在研究《宦娘》时,就是受这种特殊结构的启发,引发了对作者立意(也即文章的主旨)的思考——“(《宦娘》)从表层结构看,它所表现的似乎是青年男女之间的爱情;然而,如若从双层结构空间去探索,我们就可以发现处于作品结构中心地位的却是另外的两个字:‘知音’。”②

由此可见,聊斋之构思确实是既见营构之妙,又得天然之趣,所谓“纵笔所如,无非法者”,而这天然之趣的取得要归功于蒲松龄高超的写作技巧,更要归功于他对生活的深刻认识,“重要的艺术技巧问题是要依赖作者人生观的深度和他包罗生活现象的广度来解决的”③。

当然本文只是就《聊斋》中的这一特殊结构方式略做分析,《聊斋》的结构方式多种多样,即就我们以上所谈到的这些篇章而言,它们的结构在细微之处也还是有不同的。而对于结构方式不同所带来的不同美学效果仍然需要做更进一步的探讨。

【作者单位:北京语言大学人文学院】

---

① 〔清〕邹弢:《三借庐笔谈》,见朱一玄编《聊斋志异资料汇编》,南开大学出版社2012年版,第301页。

② 吴九成:《聊斋美学》,广东高等教育出版社1998年版,第233页。

③ [俄]法捷耶夫著,冰夷译:《谈文学》,作家出版社1956年版,第20页。

诗表心曲:《聊斋志异》诗歌初探

付善明

清代蒲松龄的《聊斋志异》是一部集志怪传奇之大成的杰作。其中诸多篇目中有诗歌插入,成为《聊斋志异》的一大特色,从中可见蒲氏的"诗笔"。前贤和时彦在论述蒲松龄的诗歌和《聊斋志异》的相关篇目时虽部分涉及所插入的诗歌,但未将其作为研究对象进行系统分析,本文即以《聊斋志异》中的诗歌为研究对象,对其加以研究。

一

《聊斋志异》中以描写爱情的篇章最为感人心脾,而这些篇章中的爱情诗也独放异彩、光艳照人。学者们盛赞《聊斋志异》中对花妖狐鬼的描写,也正因这其中的大部分篇章是关于爱情的赞歌,鲁迅所谓"花妖狐魅,多具人情,和易可亲,忘为异类,而又偶见鹘突,知复非人"①者是也。文言大家蒲松龄在有些篇章中插入的诗歌,有男女间示爱诗、代言体示爱诗、唱和诗、生死以之的爱情诗等。

封建社会男权主义的特性,决定了男子在社会中受教育的机会要多于女子,这也就是男子所作诗歌数量和质量要远远超过女子诗歌的原因,在《聊斋志异》中也是如此。广平冯生偶见容色娟好的红帔少女,即心生爱意,至其所居住之古刹向其父辛蒙叟求亲,并索笔

① 鲁迅:《中国小说史略》,人民文学出版社1973年版,第179页。

作诗曰:“千金觅玉杵,殷勤手自将。云英如有意,亲为捣元霜。”诗用裴铏《传奇》裴航娶云英典,而彼裴航为信士,终得仙偶,“超为上仙”①;此冯生则“轻脱”,作诗欲自献镜台未成,终借已故薛尚书之势娶狐女辛十四娘。(《辛十四娘》)晋宁乔年为连城“倦绣图”献诗云:“慵鬟高髻绿婆娑,早向兰窗绣碧荷。刺到鸳鸯魂欲断,暗停针线蹙双蛾。”又有称赞挑绣技艺之诗曰:“绣线挑来似写生,幅中花鸟自天成。当年织锦非长技,幸把回文感圣明。”②连城出“倦绣图”征少年题咏,意在选择佳婿。乔生第一首诗“刺到鸳鸯魂欲断”一句,虽从连城视角叙出,却最能传情;第二首诗大力称赞连城绣工“写生”“天成”之妙。故但明伦评此二诗曰:“首作能传情,次作得体。风流蕴藉,无半字轻佻。连城得诗称赏,矫命赠灯火之资,不可谓非感得其正者。”③(《连城》)乔生与连城间的婚事几经波折,生生死死,终成良匹。《西湖主》篇陈弼教题巾诗和以上两篇中的诗歌相似,也成为男女结合的良媒。《绩女》篇费生《南乡子》一词颇涉淫亵,而全篇意在阐释“示色身、堕情障”六字,故事性不强,绩女也是在“堕情障”后洁身而去。

代言体示爱诗是男女间示爱诗的一个变体,这类诗歌不是爱恋双方当事人所作,而是由第三者站在男女一方的角度所创制,《聊斋志异》中的《宦娘》和《凤阳士人》篇均有此类诗作。《宦娘》篇叙温如春、良工因琴结缘,而良工父葛部郎因温如春式微而拒其婚事,后良工于花园中拾得《惜余春》词一首,重加抄写置于案头;之后被葛公见到,以为是良工所作,焚之;其后葛部郎又于温如春

---

① 张友鹤:《唐宋传奇选》,人民文学出版社 1997 年版,第 216 页。

② 张友鹤:《聊斋志异会校会注会评本》,上海古籍出版社 1986 年版,第 362 页。

③ 张友鹤:《聊斋志异会校会注会评本》,上海古籍出版社 1986 年版,第 363 页。

处发现此词;最终葛部郎夫妇为掩此事而将良工嫁温如春。《惜余春》词曰:

> 因恨成痴,转思作想,日日为情颠倒。海棠带醉,杨柳伤春,同是一般怀抱。甚得新愁旧愁,刬尽还生,便如青草。自别离,只在奈何天里,度将昏晓。今日个蹙损春山,望穿秋水,道弃已拚弃了!芳衾妒梦,玉漏惊魂,要睡何能睡好?漫说长宵似年;侬视一年,比更犹少:过三更已是三年,更有何人不老![1]

此词为女鬼宦娘为报答温如春眷顾之情,撮合温如春和良工所作。词虽出宦娘手,而皆合乎良工口吻,曲折道尽良工自聆听温如春弹琴后的思念之情。但明伦评此词曰:"如抽茧,如剥蕉,曲折缠绵,如泣如诉。《惜余春》词委婉缠绵,回环往复,一字一转,一字一波。"[2]正因其曲写当事人心曲,故良工得此后吟咏数四,甚为爱好,并将其锦笺庄书;温如春得词后于案头细加评论,语涉狎昵;而葛公首见之以为出自良工之手,付之秦火,在温如春家再见之则以为系良工赠温者,终玉成良工、温如春二人婚事。虽然有刘方伯公子遗失女舄、温如春家菊花变为绿菊等事,但起关键作用的实为宦娘代言体《惜余春》词。

真正堪称爱情绝唱、人诗合一佳构的,是《白秋练》篇。袁世硕先生有《吟诗魔力的底蕴——〈白秋练〉抉微》一文,论及诗歌在慕蟾宫和白秋练的爱情中的奇妙作用,并由作者蒲松龄的"吟诗友"顾青

---

① 张友鹤:《聊斋志异会校会注会评本》,上海古籍出版社 1986 年版,第 986~987 页。

② 张友鹤:《聊斋志异会校会注会评本》,上海古籍出版社 1986 年版,第 987 页。

霞考证此文的人物原型①。抛开人物原型不论,单从文本来看,吟诗确实在《白秋练》篇慕蟾宫和白秋练二人间起着魔力般的作用:白秋练之慕蟾宫,是因其“执卷哦诗,音节铿锵”;秋练之相思病,称自己是“为郎憔悴却羞郎”,蟾宫为之吟王建《宫词》“罗衫叶叶绣重重”一诗即霍然而愈;在慕翁将至,秋练以诗歌卜之,得李益《江南曲》诗:“嫁得瞿塘贾,朝朝误妾期。早知潮有信,嫁与弄潮儿。”秋练遂知好事之不谐;后蟾宫被慕翁带归,与秋练音信间阻而病,慕翁复挈蟾宫至楚见秋练,女为其吟《太平春怨》“杨柳千条尽向西”之诗、曼声度《采莲子》“菡萏香连十顷陂”之句,而慕蟾宫病瘳;后二人成其良缘。然因白秋练为湖中白骥,每食必餐少许湖水,后因慕翁南游数月不归,湖水告罄,秋练遂病,而嘱慕蟾宫待其死后勿葬,每天于卯、午、酉三个时辰吟咏杜甫《梦李白》诗,以此死且不朽;待慕翁携湖水至,抱其体入水浸之可活;后果如其所言而苏。在此篇小说中真正称奇的,不是白骥精的每餐必食湖水和其死后用湖水浸之而活,而是白秋练和慕蟾宫的吟诗相识、因诗相知,以吟诗而疗病,咏诗占卜,和最终的以吟咏诗歌而维持生命。这里的诗歌不是书中人物所创,而是借前人诗以述己之怀,诗歌不仅起到了示爱诗表达爱慕之意的作用,更是生死以之、人诗合一的白秋练和慕蟾宫的爱情婚姻赞歌。人物形象因之而丰富、圆满。至于白骥精之说,不过是作者借以抒发自己的怀抱。

《聊斋志异》中的爱情诗类型多样,有些是以男女间的唱和诗出之,以《香玉》最为突出。故事叙胶州黄生舍于崂山下清宫读书,昼遇素衣、红裳女子二人于花间,追不能及,因心生爱慕而题诗树下曰:“无限相思苦,含情对短窗。恐归沙吒利,何处觅无双。”后素衣

---

① 袁世硕:《吟诗魔力的底蕴——〈白秋练〉抉微》,载《蒲松龄研究》2004年第1期。

女香玉(白牡丹花妖)自入黄生宅与其欢好,并和诗曰:“良夜更易尽,朝暾已上窗。愿如梁上燕,栖处自成双。”可惜好景不长,后白牡丹被即墨蓝氏掘移至家,日渐凋零。黄生作悼白牡丹花诗五十首以祭之,并日逐临牡丹花之穴汍澜不已,复遇红衣女子绛雪(耐冬花妖),遂为良友。黄生因思念香玉复和前韵作诗一首,绛雪因和诗曰:“连袂人何处?孤灯照晚窗。空山人一个,对影自成双。”①观前后四首唱和诗,虽为黄生与两花妖间的爱情唱和,以及对逝者的思念,实则为文人间的一种文字游戏,或许是作者蒲松龄长期坐馆、羁旅孤寂时的随兴之作。在《香玉》篇中,黄生得香玉、绛雪二女,一为贤妻一为良友,也可看作蒲氏漫漫长夜的精神安慰,是封建男权社会一夫多妻制在其思想中的体现,是对于夫妻长期两地分居而幻设的白日梦。

蒲松龄在这些爱情篇章中插入的诗歌,或对于小说中人物形象的塑造具有重要作用,或推动故事情节的发展,或成为故事进展的重要线索。而诗歌与文言小说的融合,更为故事本身增添异彩。

二

《聊斋志异》中的第二类诗歌,主要是用诗来书写自己的心路历程。这同时也是此类诗歌的功用,即表白人物心曲。首先是鬼魅所作诗歌,以吟咏生前的凄苦和死后的孤寂,如《林四娘》《连琐》《公孙九娘》篇中女鬼的诗歌。与《红楼梦》第七十八回《老学士闲征姽婳词》叙林四娘为姽婳将军者不同,《聊斋》之林四娘为衡王宫人,遇难而死,死数年后鬼魂与青州观察陈宝钥欢好,夜则念金刚、准提经咒,后冥王因其生前无罪、死后信佛而准其再生,临去前作诗赠宝钥曰:

---

① 张友鹤:《聊斋志异会校会注会评本》,上海古籍出版社 1986 年版,第 1549 ~ 1551 页。

静锁深宫十七年,谁将故国问青天?闲看殿宇封乔木,泣望君王化杜鹃。

海国波涛斜夕照,汉家箫鼓静烽烟。红颜力弱难为厉,惠质心悲只问禅。

日诵菩提千百句,闲看贝叶两三篇。高唱梨园歌代哭,请君独听亦潸然。①

观其文,充斥着对故国的眷恋、对君王的忠诚、自身的无奈和向佛教寻求慰藉的虔诚。一个弱女子在战乱的冲击下做了牺牲品,而眷眷不忘故国和君王,从中可见明清易代之际有志之士的心理寄托。同为女鬼的连琐,十七岁夭逝,独处荒野二十余年,每吟自作之诗"玄夜凄风却倒吹,流萤惹草复沾帏"以寄托幽恨。但明伦评其诗曰:"孤寂如鹜,幽恨如绵。"②可谓知音。作者笔下的女鬼一如怀春之佳人,见阳则思,感阴则悲,无论清郊孤野之境、凄风苦雨之夕,辄思琴瑟之好。公孙九娘因于七案被株连,后自刭死,其对莱阳生所吟"十年露冷枫林月"之诗、"白杨风雨绕孤坟"③之句,亦为其死后孤凄写照。连琐与公孙九娘一获再生一仍孤行丘墓间,一幸一不幸,实因所遇之人是否有心。与女鬼殁后所作诗相似,男鬼死后之诗也是凄冷异常。江宁田子成过洞庭湖时,因舟覆而死。其子姜良耜长成后辗转仕湖南,一夜于旷野茅屋中遇田子成、溺亡表兄杜野侯等三鬼魂对酌,子成吟诗曰:"满江风月冷凄凄,瘦草零花化作泥。

① 张友鹤:《聊斋志异会校会注会评本》,上海古籍出版社 1986 年版,第 288 ~ 289 页。

② 张友鹤:《聊斋志异会校会注会评本》,上海古籍出版社 1986 年版,第 331 页。

③ 张友鹤:《聊斋志异会校会注会评本》,上海古籍出版社 1986 年版,第 481 页。

千里云山飞不到，梦魂夜夜竹桥西。”冯镇峦评其诗曰：“幽冷之作，音调凄楚。”[①]以上男女鬼魂所作诗歌，皆为表其心迹，诗意凄冷，表达了殁后无所凭依的幽绪。

妓女唱词以表心声，是另一类型的诗歌。《彭海秋》篇娟娘所歌《薄幸郎曲》，《褚生》篇李遏云所歌《浣溪沙》词，都能婉转表白她们作为妓者的心曲，在此以前者为例加以论述。娟娘《薄幸郎曲》曰：

> 薄幸郎，牵马洗春沼。人声远，马声杳；江天高，山月小。掉头去不归，庭中生白晓。不怨别离多，但愁欢会少。眠何处？勿作随风絮。便是不封侯，莫向临邛去！[②]

娟娘虽为广陵娼女第一人，但对于迎来送往、追欢逐笑的北里生涯业已厌倦，希望能遇到倾心于己之人，即使不封侯，而如司马相如和卓文君临邛卖酒，也得其所愿；而对于薄幸郎，对于“随风絮”式的生涯，则渴望摆脱。仙客彭海秋为其和彭好古代订三年之约，三年后，好古果削其娼籍，偕归莱州故里。

与以上女鬼、妓女所作和所歌诗歌以表心迹者不同，另有男子作诗自表心声者。《蒋太史》篇叙太史蒋超嗜读佛典，记其前世为僧，数梦至前生所居庵前潭边。后入蜀金沙寺，又至峨眉伏虎寺，示其疾而化，偈中有“老衲无端堕业尘”“功名傀儡场中物，妻子骷髅队里人”[③]之句。

---

① 张友鹤：《聊斋志异会校会注会评本》，上海古籍出版社1986年版，第1628页。

② 张友鹤：《聊斋志异会校会注会评本》，上海古籍出版社1986年版，第705页。

③ 张友鹤：《聊斋志异会校会注会评本》，上海古籍出版社1986年版，第1149页。

抒写心路历程诗或出自小说人物之口,或借他人酒杯浇自己块垒,主要是通过诗歌抒发自己难以言说的情怀。其中部分诗歌在整体故事叙述中起到了预叙的作用,如前引《白秋练》篇"嫁得瞿塘贾"之句、《香玉》篇黄生"恐归沙吒利"之句、《彭海秋》篇娟娘所唱"人声远,马声杳"之句,皆一语成谶,对后文则成为千里伏线。《瑞云》篇瑞云赠贺生诗亦然,诗曰:"何事求浆者,蓝桥叩晓关?有心寻玉杵,端只在人间。"①

另有谶语类诗歌,如《大男》篇卜辞"小者居大,少者为长;求雄得雌,求一得两:为官吉",《伍秋月》篇"女秋月,葬无冢,三十年,嫁王鼎"碑文等,也在小说文本中起到预叙作用,为文造波,与表白心曲而起预叙类诗歌同,在此不赘。

三

嘲讽诗是《聊斋志异》中又一类诗歌,主要是讽刺无真才实学的文人、科举制度的腐败和吏治的贪酷。这种类型的诗歌实为蒲松龄精神寄托之所在,是其"孤愤"著书的一大体现。蒲松龄"初应童子试,即以县、府、道三第一补博士弟子员,文名籍籍诸生间"②,而困顿场屋,终生未博一第,愤激之言,遂寄托于《聊斋》之文以出之。

对无真才实学的文人的嘲讽,是作者批判封建科举制度的一种方式。《叶生》篇瞽僧对余杭生和其师之文的讽刺,《辛十四娘》中冯生对楚银台公子文章的评骘,皆可见蒲氏胸中的郁结之气。《仙人岛》一篇,芳云对王勉"一身剩有须眉在,小饮能令块垒消"诗句所做"孙行者离火云洞……猪八戒过子母河"的评论,对其"潴头鸣格磔"所续"狗腚响弸巴"之句,虽显恶趣,然无不恰切。通篇对于轻薄文

① 张友鹤:《聊斋志异会校会注会评本》,上海古籍出版社 1986 年版,第 1387 页。

② 朱一玄:《聊斋志异资料汇编》,南开大学出版社 2012 年版,第 285 页。

人王勉的讥讽,可谓深矣。《嘉平公子》中的讥讽,更为冷酷。《聊斋志异》多有花妖狐鬼主动来亲就文人,但凡获得这些美妙女子青睐者,大多为才学俊雅之士,其中坐馆先生居多,这应当与作者的生涯攸关。而嘉平公子虽仪容秀美,因赴童子试遇娼门温姬,温姬慕公子风流蕴藉,自入其寓偕其欢好;但当雨夜温姬吟"凄风冷雨满江城"之句而公子不能对,后公子帖又多有鲁鱼亥豕之处,温姬遂集其别字以为诗曰:"何事'可浪'?'花菽生江'。有婿如此,不如为娼!"[①]痛恨自己以貌取人、欲托终身,对于虚有其表的世家公子可谓痛下贬斥。而尤可笑者,是嘉平公子尚不知温姬诗意,传为笑谈。《苗生》篇虎精所化苗生所对"唾壶击缺剑光红"之句,对于互诵场闱文章之人的扑杀,是对待无实学文人所采取的一种极端手段。其他如《狐谐》《狐联》等篇中的对联,从狐的一面可称其才思敏捷,转换一视角则可见在场文士的文思菲薄。

当时科举制度的腐化,虽有"曰校、曰序、曰庠,两字德行阴教化;上士、中士、下士,一堂礼乐鬼门生"[②](《考弊司》)之虚名,实际则需考生割髀肉、行贿赂。在如此弊端百出的科举制度之下,无实学的文人一旦做官即成为老百姓的灾难。《姬生》篇所附文字,叙一窃盗被刺字后,浙中令嫌所刺"窃"字不是官板正字,即刮去候疮平另刺,盗作二绝句曰:

手把菱花仔细看,淋漓鲜血旧痕斑。早知面上重为苦,窃物先防识字官。

少年学道志功名,只为家贫误一生。冀得资财权子母,囊

① 张友鹤:《聊斋志异会校会注会评本》,上海古籍出版社 1986 年版,第 1589 页。

② 张友鹤:《聊斋志异会校会注会评本》,上海古籍出版社 1986 年版,第 822～823 页。

游燕市博恩荣。[1]

此盗的这两首绝句并非如冯镇峦所评以诗人为盗来嘲笑当时的诗人,而是说有才学的文人因家计困难不得已而为盗,却遇到一迂腐"识字官",不以人道为本,而斤斤于一字之正误。此种官为小职则害民,为大僚则寡廉鲜耻,如《三朝元老》篇某中堂享堂落成后被人所题之联:"一二三四五六七,孝弟忠信礼义廉。"[2]可为其一生写照。

蒲松龄在《聊斋志异》中所插入的嘲讽诗歌,是其长期与最底层百姓接触的真诚体验,是其所抒写的下层文人的人生况味。作者以潦倒一生的科举经历和耳闻目睹的民生疾苦,创作出了"惟歌生民病"的杰出篇章,其中的诗歌是抒发心臆的重要手段。

四

《聊斋志异》中所插入的诗歌已论次如上,并简要叙述了其在小说中的作用。至于在小说中插入诗歌的原因,笔者认为主要有两个方面:一是文言小说具有融入诗歌的传统,二是作者蒲松龄本身即为诗人。

小说这一文体成熟较晚,至魏晋方有志怪、志人之书,而当时的文人普遍将其视为补史之作,如晋干宝撰《搜神记》而被誉为"鬼之董狐"者即为明证。现在所见汉人小说作品,多为晋以后人所伪托。小说文体脱胎于史传散文,而汉以前史书多引诗以为证,如《左传》《国语》《战国策》等;先秦散文多韵散结合,如《老子》《荀子》等诸子

---

① 张友鹤:《聊斋志异会校会注会评本》,上海古籍出版社 1986 年版,第 1658 页。

② 张友鹤:《聊斋志异会校会注会评本》,上海古籍出版社 1986 年版,第 1047 页。

散文中即多韵散结合的段落，另如《孟子》中所引《孺子歌》，也见于《楚辞·渔父》，可谓开民谣入散文之先例。受史传、散文影响而产生的小说，作为一种新文体，多继承其传统，文中插入诗歌即为其一。现在所见较早的小说如《穆天子传》中，有西王母为穆天子所唱歌谣："白云在天，山陵自出。道里悠远，山川间之。将子无死，尚能复来。"[①]志人小说如《世说新语》和《殷芸小说》中插有诗歌，志怪书《搜神记》《搜神后记》中也引有诗歌。至唐人传奇，"诗笔"成为其重要追求之一。南宋赵彦卫《云麓漫钞》卷八曰："唐之举人，先藉当世显人，以姓名达之主司，然后以所业投献；逾数日又投，谓之温卷，如《幽怪录》《传奇》等皆是也。盖此等文备众体，可以见史才、诗笔、议论。"[②]唐传奇中的诗笔，或为小说中融入诗歌，或前为小说后为诗歌，或书写诗歌的意境，均被后代文言小说作家所传承。被鲁迅称为"文题意境，并抚唐人"[③]的明瞿祐《剪灯新话》，和其后的仿作《剪灯余话》《觅灯因话》中，也插有大量诗歌，然皆如鲁迅所说文笔冗弱，不能相副。至清人蒲松龄氏《聊斋志异》，可谓传承了文言小说的优良传统，使得小说和所插入的诗歌水乳交融。

从作家角度来讲，作者蒲松龄的文学修养，是《聊斋》中引入诗歌的主要原因。蒲氏除《聊斋志异》闻名于世，尚有诗集、文集、四六集等传世。蒲松龄生于书香门第，"少与邑名士张笃庆、李尧臣结郢中诗社，以文章道义相劘切，号郢社三友"[④]（《淄川县志》），"屡踬场屋，乃决然舍去，一肆力于诗、古文辞，悲愤感慨，自成一家言"[⑤]

① 王根林等校点：《汉魏六朝笔记小说大观》，上海古籍出版社1999年版，第14页。

② 〔宋〕赵彦卫撰，傅根清点校：《云麓漫钞》，中华书局1996年版，第135页。

③ 鲁迅：《中国小说史略》，人民文学出版社1973年版，第178页。

④ 朱一玄：《聊斋志异资料汇编》，南开大学出版社2012年版，第288页。

⑤ 朱一玄：《聊斋志异资料汇编》，南开大学出版社2012年版，第288页。

(《山东通志》)。蒲松龄良好的文学素养,使其在诗歌方面也卓有成就,在行旅登眺、寄远送别、往来酬答之际,农桑耕作之余,往往有诗;暮年作老乐诗十八首,其妻亡后有悼内诗六首,临终前一年的除夕也作一绝句。蒲松龄科考蹉跎一生,却以余力创作出传世之作《聊斋志异》,真可谓举业不幸诗家幸。正如李桂奎所言:"平生诗稗兼擅的蒲松龄长于将诗词脱化入小说,不仅能借屈原、李贺以及陆游等前人诗意叙事,而且还时常使自我诗词与小说在文辞意象上互通。"①蒲氏以其在诗歌方面的深厚素养在《聊斋》部分篇目中稍加点缀,即成为或传情达意、或表白心曲、或讥刺嘲讽的佳构,对于小说本身尤为增色。

【作者单位:天津理工大学汉语言文化学院】

① 李桂奎:《诗稗互渗与〈聊斋志异〉意趣创造》,载《文学评论》2019 年第 3 期。

《聊斋志异》中的晋人形象

张海燕

蒲松龄在《聊斋志异》中运用魔幻笔法塑造了众多可歌可泣的狐鬼花妖形象,歌颂了人间的真善美,也鞭笞了众多的贪官污吏,暴露出众多丑恶现象,委婉曲折地反映了蒲松龄的人间诉求。蒲松龄撰写《聊斋志异》故事发生的地点背景以山东为核心,极为突出地反映了齐鲁文化特色。在山东之外,河北、山西、陕西等省份占据着重要地位,也涉及南方的部分地区,如江浙、广东、四川、湖南等省份。在这里将以《聊斋志异》中以山西作为故事发生背景,或者主人公是山西籍的篇目为主要研究分析对象,一窥当时山西人及山西社会文化在蒲松龄心中的印象,同时分析其叙写意图与故事背景之间的关系。

一、晋人豪富巨家多

在《聊斋志异》中,以晋人为主人公的作品有《青凤》《画皮》《梅女》《青娥》《云翠仙》《司文郎》《仇大娘》等共计十八篇,涉及晋地的有《王兰》《潞令》《西僧》等五篇,总计二十三篇。以晋人为主人公的十八篇作品再细分的话,有六篇以太原人为故事主角,其中五篇主人公为男性,一篇为女性。四篇以晋人为主角,《青娥》《云翠仙》《仇大娘》三篇以女性为题目,而《张老相公》一篇为男性主人公智斗水妖的故事。《役鬼》一篇则是山西杨医善役鬼的故事。《汾州狐》则主讲汾州多情狐女。《老饕》:“邢德,泽州人,绿林之杰也,能挽强弩,发连矢,称一时绝技。而生平落拓,不利营谋,出门辄亏其资。两京大贾往往喜与邢俱,途中恃以无恐。”则是叙写绿林故事。《五羖大夫》中“河津畅体元,字汝玉”是河津人。《义犬》是“潞安某甲”,《长治女子》“陈欢乐,潞之长治人,有女慧美”,这两篇以潞州为故事背景。《司文郎》“平阳王平子,赴试北闱,赁居报国寺”一篇以平阳为主人公的生源背景。《梅女》“封云亭,太行人”姑且算作山西人。《潞令》“宋国英,东平人,以教习授潞城令”则是山东人到山西为官。《王兰》“至山西界,富室有女”,《西僧》“两僧自西域来,一赴五台”,《水灾》“康熙三十四年,平阳地震”,《鸽异》“鸽类甚繁:晋有坤星”,这四篇涉及山西。由此可以看出,清初山西各地在世人至少是蒲松龄心中的地位:太原作为当时社会发展的中心,自古以来,尤其是南北朝唐宋辽金元明以来一直占据着山西省的核心位置,其次就是晋东南的潞州,作为门户,与中原、燕赵、山东经贸的重要通道,也为世人所知,再次就是晋南的河津、平阳、泽州。晋北地区只有五台山作为佛教圣地,吸引着西僧来朝拜,而晋北地区整体上处于被忽视的状态,这也许跟晋北经济发展水平不高有关,因而在文化传播中,名声不大,很少引起人们的注意。

《聊斋志异》中这些以晋人为主人公的故事较多地写到了山西大家富户的情况。在卷一《王兰》中,尽管故事的主人公不是晋人,但也写道:“至山西界,富室有女得暴疾,眩然昏瞑,前后药禳既穷。张造其庐,以术自炫。富翁止此女,常珍惜之,能医者,愿以千金为报。”[①]山西富翁只有一个宝贝女儿,喜爱异常,因而愿意出千金救治病女。千金之酬报,可谓重矣。以此可见山西富户的雄厚财力。如卷一《张老相公》:“张老相公,晋人。适将嫁女,携眷至江南,躬市奁

① 盛伟:《蒲松龄全集》,学林出版社 1998 年版,第 104 页。

妆。”[①]山西富户嫁女要到江南购置嫁妆，可见晋人在当时社会中的富裕程度，也说明晋人的商业活动与江南密切相关。而卷一《青凤》：“太原耿氏，故大家，第宅弘阔。后凌夷，楼舍连亘，半旷废之。因生怪异，堂门辄自开掩，家人恒中夜骇哗。耿患之，移居别墅，留老翁门焉。由此荒落益甚。或闻笑语歌吹声。耿有从子去病，狂放不羁。”[②]耿氏大家，也是豪富之家。在这些故事中，山西作为故事发生的具体场景，多以富户巨室呈现，这也是当时山西社会经济发展繁荣状态的极好呈现。但是也有流寓在外贫而无产者，如《云翠仙》中“梁有才，故晋人，流寓于济，作小负贩，无妻子田产”[③]。而在《嫦娥》中“太原宗子美，从父游学，流寓广陵”[④]。既是游学，就有资费，也应是富裕之家。他们游学到江南，恰恰也说明江南早已是文化发达之区。这在《司文郎》一文中也有所反映。其中代表北方学人的宋生和余杭生之间的竞争和对话如“（余杭）生曰：‘竟不进取，足知高明。山左、右并无一字通者。’宋曰：‘北人固少通者，而不通者未必是小生；南人固多通者，然通者亦未必是足下’”[⑤]。就能说明问题。余杭生的傲慢态度固然受人诟病，但也是真实社会情状的反映。在明末清初之时，山左、山右的学术文章在全国而言还是比较有名气的，如有王士禛、傅山等名家。相对于江南文薮而言则是孤星独耀的存在，总体而言，远不如江南文学发达，这也是事实。余杭生与宋生之间的对话恰恰也是这种文化文学现象的事实呈现。同时，蒲松龄的故事叙写也是对这种文化事实的认可，尽管带着微嘲意味。

---

① 盛伟：《蒲松龄全集》，学林出版社 1998 年版，第 138 页。
② 盛伟：《蒲松龄全集》，学林出版社 1998 年版，第 147 页。
③ 盛伟：《蒲松龄全集》，学林出版社 1998 年版，第 695 页。
④ 盛伟：《蒲松龄全集》，学林出版社 1998 年版，第 375 页。
⑤ 盛伟：《蒲松龄全集》，学林出版社 1998 年版，第 814 页。

总体而言,这些小故事中无论是固守家园,还是晋人远游、嫁女到南方购物、经商到南方等行为,比较能反映出当时晋人的生活状况:重商观念比较普遍,显现出晋商形象,总体而言比较富裕,豪富巨家较多。

二、狐鬼世界少花妖

《聊斋志异》在以晋人为主人公的作品中,写到狐鬼花妖等鬼神怪异的如《青凤》中青凤即是狐女,《汾州狐》写多情狐女,《嫦娥》则是“作一日仙人,而死亦无憾”,叙写仙人之恋。《青娥》写仙人爱情故事。《画皮》写厉鬼化为美女,祸害人间,道士收鬼的故事。《长治女子》写妖道害女,女鬼复仇的故事。《役鬼》则写杨医役鬼的故事。《向杲》则写向杲化虎复仇的故事。《司文郎》则借鬼写科考故事。《张老相公》写张老相公巧妙杀死江南水中鼋怪复仇的故事。可以看出,《聊斋志异》中写山西的鬼故事以狐鬼故事和神仙为主,没有花妖。依此而言,山西之地似乎不产鲜花,山西人也不十分爱花赏花,也就没有生发花妖故事的温床了。就连仙人爱恋的故事中也较少花事叙写。如果再细看的话,在环境描写之中,也少有优美环境的描绘。没有《婴宁》中对幽美的山间景物的描绘,没有婴宁的花枝招展,爱花成癖,更没有婴宁不食人间烟火的纯美。也没有《黄英》一篇中黄英种菊卖菊的儒商精神,而《黄英》一篇的故事发生地是在江南的顺天府,主要故事发生地是在金陵。这也许就是南北之别的一种狐鬼与花妖的地方差异吧!北方多狐鬼,南方多花妖水鬼,南北气候文化之异,在蒲松龄先生的无意叙事间得到反映。当然,也许就是蒲松龄已经意识到这些差异,而故意这样安排,彰显出其渊博学识。

《聊斋志异》在以晋人为主人公的作品中,写到狐鬼等鬼神怪异的似乎男性有好色之病。如卷一中名篇《画皮》主人公“太原王生,早行,遇一女郎,抱襆独奔,甚艰于步。急走趁之,乃二八姝丽。心相爱乐，问：‘何夙夜踽踽而独？’女曰：‘行道之人，不能解愁忧，何劳相问？’生曰：“卿何愁忧？或可效力，不辞也。”王生“乃与寝合”。王生贪色，最终因此而送命。其妻不避羞辱，乞求道士最终救活王生。蒲松龄叙写这则故事意在告诫人们警惕坏人“知人知面不知心”的人间画皮的可怕。蒲松龄化身异史氏对此有所评论：

> 异史氏曰：“愚哉世人！明明妖也，而以为美。迷哉愚人！明明忠也，而以为妄。然爱人之色而渔之，妻亦将食人之唾而甘之矣。天道好还，但愚而迷者不悟耳。可哀也夫！”①

蒲松龄通过评论总结的方式，阐明了编写这个故事的目的，而太原王生只不过是蒲松龄劝诫世人向善戒淫的一张画皮而已。还有《向杲》中向晟狎妓招致祸端。当然，女鬼以色害人是《聊斋志异》中撰写故事的一大笔法，真正用意也很明确，就是劝人为善。正如郭沫若先生为蒲松龄故居题联所说“写鬼写妖高人一等，刺贪刺虐入骨三分”，也是老舍先生曾评价蒲松龄的“鬼狐有性格，笑骂成文章”。

《聊斋志异》在以晋人为主人公的十八篇作品中，叙写人间故事的有：《云翠仙》写遭遇恶友酿成的人间惨剧；《太原狱》写妇姑贞洁淫乱、官员巧妙断案故事；《仇大娘》仇仲前妻女仇大娘在仇家危急之时，施以援手救助窘困之中的福、禄兄弟，展现出一种巾帼侠女风范。在这些故事中，女性成为主人公，能够展现其忍辱负重的伟大精神、她们身上的贞洁节烈观念和她们节义豪侠的英雄气概。相对而言，这些女性形象更具有一种社会普遍属性，基本显现不出山西的独特文化气息。

---

① 盛伟：《蒲松龄全集》，学林出版社 1998 年版，第 116 ~ 118 页。

《聊斋志异》在以晋人为主人公的作品中，卷五《司文郎》一篇涉及科举考试问题，别有意味。“平阳王平子，赴试北闱，赁居报国寺。”王生与宋生相遇相知，而化为小鬼的宋生屡屡不得志于场屋，仍然从事科考，且梦寐以求“梓潼府中缺一司文郎”“万一幸得此秩，当使圣教昌明”①，甚想有所作为。这在卷四《梓潼令》一篇中得到照应：“常进士大忠，太原人，候选在都。前一夜，梦文昌投刺，拔签，得梓潼令，奇之。后丁艰归，服阕候补，又梦如前，默思岂复任梓潼乎？已而果然。”②文虽短，但是全力考取科举之心，其间的心酸甘苦，对蒲松龄而言可谓感同身受，一生屡屡受困场屋，这种美梦式的寄托写作，恰恰是内心的真实呈现。

《聊斋志异》在以晋地为背景的作品中也写到个别的贪官污吏。如《潞令》“宋国英，东平人，以教习授潞城令。贪暴不仁，催科尤酷，毙杖下者狼藉于庭。余乡徐白山适过之，见其横，讽曰：‘为民父母，威焰固至此乎？’宋洋洋作得意之词曰：‘喏！不敢！官虽小，莅任百日，诛五十八人矣。’”最终不得好死。只是蒲松龄这种以“呜呼，幸阴曹兼摄阳政”③来铲除贪官酷吏的方式显得荒诞，但这也正是蒲松龄心有余而力不足的现实无奈，正能借助这种方式宣泄内心的愤懑不平。在《梅女》一篇中异史氏曰：“官卑者愈贪，其常情然乎？三百诬奸，夜气之牿亡尽矣。夺佳偶，入青楼，卒用暴死。吁！可畏哉！”④文后又用一则小故事印证，足见蒲松龄对此深恶痛绝。当然蒲松龄对贪官污吏的揭露与鞭笞用力之深者，并不是这两篇，但是通过晋地故事背景来叙写这类故事，说明山西贪污之风还是很盛行的，尽管官员有的不是山西人，但也有本地人，足以说明这是一种普

---

① 盛伟：《蒲松龄全集》，学林出版社 1998 年版，第 778 ~ 782 页。
② 盛伟：《蒲松龄全集》，学林出版社 1998 年版，第 624 页。
③ 盛伟：《蒲松龄全集》，学林出版社 1998 年版，第 647 页。
④ 盛伟：《蒲松龄全集》，学林出版社 1998 年版，第 607 页。

遍的社会现象。在人类社会发展的长河中，绵延不绝，似乎难以根除。直到今天贪官污吏的可恶可恨，依然难以根除，甚至是甚嚣尘上，这也能显现出蒲松龄对这一问题进行思考，并探索解决方法的历史价值和意义。

三、画皮错穿有真情

《聊斋志异》在以晋人为主人公或者以山西为故事发生背景的作品中，山西的地域名称有的可能只是作为一个代名词而出现。比如说《画皮》，换一个地点，换一个人物，这个故事仍然会存在和发生。蒲松龄叙写故事的主旨很明确，通过其评论即可明了。再如《向杲》："向杲字初旦，太原人，与庶兄晟，友于最敦。"叙写向杲为兄复仇的故事。异史氏曰："壮士志酬，必不生返，此千古所悼恨也。借人之杀以为生，仙人之术何神哉！然天下事之指人发者多矣。使怨者常为人，恨不令暂作虎！"[①]这种故事就是一种普遍存在的常态，不仅山西有兄弟复仇、神仙异术，全国各地都会有这样的故事叙写。还有《汾州狐》中的多情狐女，《义犬》中为人尽忠的狗。这似乎又让人想起了元好问"问世间情为何物，直教生死相许"的钟情双雁、多情诗人和汾河边的凄美故事。再如《长治女子》"陈欢乐，潞之长治人，有女慧美"却为道士诱杀而转世投胎的故事。当然还有《老饕》《嫦娥》《梅女》《青娥》等，应该说这些基本上是一种普遍的大众故事，把故事的主人公或者故事背景改换到其他地方，也不会影响读者阅读故事的趣味。

那么，作者为什么把这些故事安插在晋人、太原人、潞州人、平阳人、河津人等身上，而不是济南人、北京人身上呢？这些故事是否具备山西风味的独特性呢？是否是当时山西历史风俗的一种真实描写呢？

---

① 盛伟：《蒲松龄全集》，学林出版社 1998 年版，第 738 ~ 739 页。

据卷四《水灾》所记载:“康熙三十四年,平阳地震,人民死者十之七八,城郭尽墟,仅存一屋,则孝子家也。茫茫大劫中,惟孝嗣无恙,谁谓天公无皂白耶?”①公元1695年(康熙三十四年),蒲松龄56岁,年谱记载:“平阳地震,民死者十之七八,城郭尽墟。”这是历史真实事件。蒲松龄由于远离事件发生中心,只是遥闻传听,素材有限,只能借此事件简单灌输其天道好还的忠孝思想。“茫茫大劫中,惟孝嗣无恙,谁谓天公无皂白耶?”也正是蒲松龄倡导的人生观。结合蒲松龄年谱可以知道,蒲松龄一生没有去过山西。但是蒲松龄的好友曾经在山西做官,因而可以从好友处获得相关素材,进行创作。当然,蒲松龄这些叙写历史真实事件的文字,自然不够绚烂多姿。但是在展开想象的翅膀之时,就可以无拘无束,任意驰骋,文笔自然引人注目。

由此而言,蒲松龄叙写的山西故事当是异闻和编造,当然有张冠李戴嫁接虚构,是一种综合化艺术创造的文学产物。这些晋人晋事的叙写,是蒲松龄心中的山西故事,也是蒲松龄心中的山西印象,也能反映或者折射出山西地域文化中的一些特色,乃至北方社会生活的一些共相。这些也应是透过表象认识真实的一把钥匙,荒诞不经中也有一些真实的情形。

总之,通过分析这些以晋人为主人公的小说,能够了解当时晋地的一些风土人情、生活习俗。蒲松龄塑造的晋人形象正是他在耳闻臆说、搜采逸闻奇事中构造的晋地生活图景,也是他想象中的晋地印象观念的反映。或者说是当时社会关于山西的共性传说形成的文学产物。

【作者单位:山西师范大学文学院】

① 盛伟:《蒲松龄全集》,学林出版社1998年版,第590页。

《聊斋志异》动物精怪描写中的生态伦理和深层内涵

李明军

《聊斋志异》涉及数百种动物,在描写动物或动物精怪时,强调人与动物的平等和睦,表达崇尚生命的理念,塑造了令人耳目一新的形象。只要心无隔阂,人界妖界本无分别,有这种心态,就可以与动物精怪和谐相处。魏晋南北朝的志怪故事大都写精怪祸害人类,即使精怪与人类结合,也没有好的结局。明代之前的精怪故事一方面强调了动物的兽性难除,另一方面说明了人与动物的对立。《聊斋志异》对动物和动物精怪的描写发生了很大转变,源于明清时期动物生态伦理观的变化,这种变化与明清时期的宗教伦理有关,而宗教伦理体现在放生上。不论是什么动物,人若是投以恩惠,便会得到动物的回报。相反,人对动物的恶意与残忍也会遭到动物的报复。放生观念由来已久。儒家强调仁民爱物,道教主张爱惜生命,佛教的慈悲和众生平等思想,促进了放生活动的开展。晚明放生活动大兴,放生作为佛教修行实践的一种方式与净土有着密切联系。明代中后期到清初有很多小说写到放生和杀生问题。蒲松龄放生思想吸收了儒家仁民爱物和释家大慈大悲的思想。这些放生作品是现实人生体验的投影,是仁心爱人思想的表达。《聊斋志异》中的变形故事表现了万物一体观念和人向自然的复归,一些变形故事有象征寓意。《聊斋志异》对动物和动物精怪的选择性描写,既与明清时期的世俗生活伦理有关,也是作者情怀寄托的体现。动物生态、宗教伦理和文人情怀的抒发结合到了一起。

一、"妖由人兴":《聊斋志异》中动物形象和物人关系的变化

《聊斋志异》对动物和动物精怪的描写,重在写动物与人的关系,表现人与动物的平等和睦,表达崇尚生命的理念。这些描写动物或动物精怪的故事,强调只要心无隔阂,人妖本无分别,与动物和动物精怪可以和谐相处,鬼鸣狐啸、怪异迭现的荒宅空院就会变得富于诗意。《聊斋志异》涉及数百种动物,作为主角的动物和动物精怪就有狐、蛇、鼋、鹑、狼、鸲鹆(八哥)、鼠、虎、鸦、雀、獐、猪婆龙、蜂、鸽、鹦鹉、蝶、鸿、象、青蛙、蠹虫、白鳍豚、乌、促织、鸮鸟等四十余种,或为原形,或成精怪。在描写其形象时,既尊重其自然禀赋,沿袭传统观念,又有了新的变化,塑造了令人耳目一新的动物和动物精怪形象。

以鼠为例,《聊斋志异》中有四篇小说以鼠为主角。其中,《义鼠》写老鼠义重情深,是写老鼠本形。《阿纤》写鼠精的故事,鼠精阿纤相貌姣好、勤劳持家、重情重义。鼠精一家都善良纯朴,极力帮助人类。小说中的老鼠都一改老鼠令人生厌的形象,与人类之间有着和谐的关系。再比如蛇。《蛇人》写弄蛇人驯养的蛇二青被放生后,始终不忘主人,在深山密林中遇到弄蛇人,与弄蛇人亲近,听从弄蛇人不伤害山中行人的教诲。再如青蛙。《青蛙神》写薛生娶青蛙神之女十娘,薛父和薛生一开始嫌青蛙是异类,后来薛生愧悔,改变了态度,与十娘重归于好,青蛙神使薛家子孙繁盛,家业兴旺。甚至凶猛的虎狼也通人性有情义。《赵城虎》中凶猛的老虎误吃了老妪的儿子,主动为老妪养老,"奉养过于其子","人畜相安,各无猜忌"①,老妪去世,虎为其送终。《二班》中,良医殷元礼为二班之母医治好

---

① 张友鹤:《聊斋志异会校会注会评本》,上海古籍出版社 1962 年版,第 592 页。

了嘴边的赘瘤，三年后殷元礼深山遇群狼，两只虎出现，扑杀了群狼，救了殷元礼，后来殷元礼才知道二班即二虎，但明伦评论说："人皆憎虎、畏虎、避虎而不敢见虎，不愿有虎，不自知其有愧此虎。盖虎而人，则力求为人，故皮毛虎，而心肠人；人而虎，则力学为虎，故皮毛人，而心肠虎。虎不皆具有人心之虎，然人咸以其虎也而远之、避之，其受害犹少；人或为具有虎心之人，则人尚以其人也，而近之、亲之，其受害可胜言哉！"①

《聊斋志异》写得最多的是狐，涉及狐精的小说有七十多篇。狐精之家如同人间家庭，家长或主动为女儿选婿，或主动结交才士，有的如人间封建家长迂腐守旧，有的慈祥仁爱一如人间慈父。《狐嫁女》中殷天官进入"常见怪异"的"故家之第"②，狐叟热情相邀，奉为座上宾。狐翁在为女儿举行婚礼，殷天官被邀为傧相。《娇娜》中的狐翁对儿子带回的朋友谦虚有礼，慷慨赠予衣饰，邀请他一起饮乐。《雨钱》中的狐精胡叟仰慕秀才之才学，前往拜见，评论今古。《萧七》中的狐叟与徐生交谈后，认为徐生可以托付，将女儿嫁给他做妾。但明伦评论《狐嫁女》说："妖固由人兴也。……可知狐本不为怪，特鄙琐者自怪之耳。以倜傥之人，狐且尊之敬之，况能养浩然之气者哉！"③这些故事中的动物与人无异，有人一样的情感。动物精怪都希望接近人类。《酒友》中善饮的狐精与车生成为"糟丘之良友"④，有感于车生的仁义相待，为车生"谋酒资"，使家境贫寒的车

① 张友鹤：《聊斋志异会校会注会评本》，上海古籍出版社 1962 年版，第 1595 页。

② 张友鹤：《聊斋志异会校会注会评本》，上海古籍出版社 1962 年版，第 53 页。

③ 张友鹤：《聊斋志异会校会注会评本》，上海古籍出版社 1962 年版，第 56 页。

④ 张友鹤：《聊斋志异会校会注会评本》，上海古籍出版社 1962 年版，第 217 页。

生变得富裕。《胡氏》中的狐精胡生上门自荐当塾师,想与主家结为姻亲之好,主人“恶非其类”,“命家人杖逐之”。[①] 胡生大为恼怒,派大批狐兵前往报仇,主人主动示好,同意了婚事,胡生与主人欢好如前,送来了丰盛的妆奁。《潍水狐》中的狐起居生活和人类一样,与人类礼尚往来。《周三》中的狐精与村民通吊问,与人无异。《胡四相公》写张虚一听说邑中某宅为狐精所居,便怀揣名片前去探访,受到了狐精热情的招待。狐精胡四相公与张生交情日深,后来张生往西川寻弟,寻求资助而不获,胡四相公送给他一箱银子,帮他摆脱了困境。

《聊斋志异》中的狐女如娇娜、婴宁、凤仙、红玉、青梅、小翠等大都美丽而多情。《娇娜》中的娇娜貌美多情,不仅为孔生治病,而且在危难之时不避嫌疑,救了孔生。《青梅》中的狐女青梅劝王家小姐嫁给贫士张生,由于王家人阻挠,没有成功,青梅自己毅然与张生结为夫妇,入门后孝顺翁姑,勤俭持家,王家小姐落难后,青梅救助收留了王家小姐,成全了她与张生的婚姻。即使是丑狐或年长的狐媪也重感情。《王成》中的狐精是个老妪,她帮助百年前与自己有过感情纠葛的男子的孙子王成重振家业,待王家变得富裕后,悄然离去。《武孝廉》中的狐女变为四十余岁的美妇,用药丸救了石某的性命,妇人拿出积攒的钱财让石某去做生意,石某发财后,却嫌弃狐女年纪大,以百金聘王氏之女为继室。故事中的男子始乱终弃,贪婪自私,而狐女值得同情。

上古时候曾有过狐崇拜,但在典籍记载中,狐是邪恶可怕的形象,《山海经·南山经》记载九尾狐“能食人”[②]。魏晋志怪小说中的

---

① 张友鹤:《聊斋志异会校会注会评本》,上海古籍出版社 1962 年版,第 302～303 页。

② 袁珂:《山海经全译》,贵州人民出版社 1991 年版,第 2 页。

狐精多是淫狐、恶狐等负面形象，人类或是敬而远之，或将其捕杀。隋唐五代的狐精故事多沿袭前代故事模式，如《广异记》中的《王黯》《上官翼》写狐精化作美女迷惑人而被杀，《冯阶》写狐精欲与凡男厮守而不可得，《杨伯成》《李元恭》《李氏》《韦明府》等写男狐精想强娶民女。这些狐精故事大都写狐精祸害人类，即使狐精与人类结合，也没有好的结局，如《任氏传》中的任氏有情有义，最后却被犬咬死。其他动物精怪也是如此，如《广古今五行记》中的《薛重》写蛇化为美男魅惑人类女子而被杀。《宣室志》中的《陈岩》写的是猿精，陈岩赴任途中遇一白衣女子，将其收留，女子却不守妇道，而且性格暴戾，喜怒无常，后来发现其为猿所变，将其驱逐。《潇湘录》中的《焦封》写焦封与一猩猩所化女子成婚，后来女子又化为猩猩，追逐同伴而去。《传奇》中的《孙恪》写孙恪与袁氏成婚，但袁氏不满足于平静的世俗生活，最后抛弃丈夫儿子，追随同类遁入山林。至于老虎，凶猛残忍，兽性更为顽强。《集异记》中的《崔韬》写崔韬邂逅虎女，爱其美貌，与之成婚，后崔韬带妻子赴任，途经旧地，妻子披上虎皮，化为虎，将崔韬及其子吃掉。《河东记》中的《申屠澄》写申屠澄为虎女的美貌和聪慧打动，娶其为妻，婚后虎女相夫教子，生活美满，但虎女思念山林，重游故地时披虎皮化虎而去。唐五代人妖婚配小说中写到的其他动物有猪、鼠、狼、獭、螺、鱼、虫等，结局大致相似。

明代之前的精怪故事一方面强调动物兽性难除，另一方面说明了人与动物的对立。这种情况一直延续到明代，比如明代前期的《三遂平妖传》等小说中，狐妖仍是作祟、媚人、害人的恶狐，最后受到了惩治。明代中期的神怪小说《西游记》中，动物精怪大都外貌丑陋，吃人杀人，鱼肉百姓，为害地方。即使是化身美貌女子的动物精怪也血腥残忍，如盘丝洞中七个蜘蛛精变的女子“比玉香尤胜，如花语更真"[①],却吃人无数。琵琶洞中的蝎子精也长得很美,却杀人如麻,捉到唐僧后,用人肉做馍馍给唐僧吃。这些动物精怪,除了神仙菩萨的坐骑被召回外,其他动物精怪大都被杀死。琵琶洞中的蝎子精现出原形,猪八戒上前,一顿钉耙将蝎子捣成一团烂酱。第六十一回中,猪八戒将牛魔王的小妾一耙筑死,剥开衣看,原来是个玉面狸精,摩云洞中的驴、骡、獾、狐、狢、獐、羊、虎、麋鹿等全部被剿戮。第三十一回中,八戒、沙僧把黄袍怪与宝象国公主所生的两个孩子拿到宝象国,"往那白玉阶前摔下,可怜都掼做个肉饼相似,鲜血迸流,骨骸粉碎"[②],这两个孩子虽是人妖结合所生,但终究是人,而且是孩子,唐僧师徒对这两个孩子毫无怜悯之心。在作者看来,人和动物是对立的,妖是恶的象征,人妖不能混迹。第五十七回中,观音菩萨对孙悟空说:"草寇虽是不良,到底是个人身,不该打死,比那妖禽怪兽、鬼魅精魔不同。那个打死,是你的功绩;这人身打死,还是你的不仁。"[③]

《聊斋志异》对动物和动物精怪的描写发生了很大的改变。以狐精故事为例,《聊斋志异》的狐精故事中,人与狐之间追求真诚的情谊,既有友情又有爱情。狐精化作人形,与人平等交往,融入了人类生活,这些人化的狐甚至与人同形同性,人在知道狐精身份的情况下,仍愿意与其结交。《娇娜》中的皇甫公子坦诚承认:"余非人类,狐也。"[④]《灵官》中的狐翁承认:"我两人臭逆,可以实告:我狐也。"[⑤]无论是同性之友,还是异性之情,都强调人狐友情的纯粹性。

---

① 吴承恩:《西游记》,人民文学出版社 1955 年版,第 692 页。

② 吴承恩:《西游记》,人民文学出版社 1955 年版,第 375 页。

③ 吴承恩:《西游记》,人民文学出版社 1955 年版,第 872 页。

④ 张友鹤:《聊斋志异会校会注会评本》,上海古籍出版社 1962 年版,第 63 页。

⑤ 张友鹤:《聊斋志异会校会注会评本》,上海古籍出版社 1962 年版,第 97 页。

有的狐有着侠义情怀,“非特人侠,狐亦侠也”[①]。《红玉》中的红玉出钱为冯生寻得良缘,在冯生家破人亡时,又代冯生抚养其子。后来冯生大仇已报,沉冤得雪,红玉又助冯生重振家业,求得功名。《狐女》写狐女救伊生一家于战乱之中。《毛狐》写毛狐赠给马天荣金子,帮其娶妻。这些狐精都是见义勇为、以德报怨、不图回报,是侠义之狐。

《聊斋志异》中也写了恶狐、淫狐。即使是恶狐、淫狐,《聊斋志异》的描写也与六朝隋唐有很大不同。在一些小说中,作恶祟人的狐往往寄托寓意,如《董生》批评男子好色,《雨钱》《沂水秀才》嘲弄财迷心窍,《潍水狐》讥刺贪官污吏,《武孝廉》《狐惩淫》惩治忘恩负义和滥淫,《盗户》《金陵乙》以偷盗之狐影射无耻之人。《狐入瓶》写石氏之妇为狐所祟,妇人发现淫狐闻人来时则藏匿瓶中,于是将藏身瓶中的狐投入沸水中杀死。《贾儿》写楚翁之妻独居于室,为化身小丈夫的淫狐所祟,变得疯癫,楚家深为所苦。年幼聪慧的楚子摸清狐精的底细,混入狐群,设计杀死了淫狐。《聊斋志异》中还写了其他凶恶的动物精怪。《汪士秀》中的鱼精兴风作浪,将善于蹴鞠的汪父卷入水中,供其娱乐,后来鱼精被汪士秀所伤,仓皇出逃。《申氏》中的恶龟奸淫女子。《海公子》写登州张生在东海古迹岛遇一美人,正与其欢好,海公子出现了,海公子是一条大蛇,将张生缠住,幸好张生带有毒药将蛇杀死。《黎氏》中的黎氏“是好女子,年二十许”,实际上是狼,骗取谢中条信任,成为其继妻,在谢中条有事外出时,将其三个子女吃了。这些凶恶或淫邪的动物精怪不再是令人恐惧的神秘存在。

二、“有惭于禽兽者”:放生报恩描写中的动物伦理与宗教伦理

《聊斋志异》中动物精怪描写的变化,源于明清时期动物生态伦

---

① 张友鹤:《聊斋志异会校会注会评本》,上海古籍出版社 1962 年版,第 282 页。

理观的变化,而动物生态伦理的变化与明清时期的宗教伦理有关,这种宗教伦理突出体现在放生上。不论是什么动物,人若是施以恩惠,便会得到动物的回报。相反,人对动物的恶意与残忍也会遭到动物的报复。中国古代文化重视人与天地万物共生,儒家强调仁民爱物,道教主张爱惜生命,特别是佛教的慈悲和众生平等思想,促进了放生活动的兴盛。《聊斋志异》中关于放生和杀生的故事,体现了蒲松龄的生态伦理思想,其放生观是儒家仁民爱物和释家慈悲思想的融合。蒲松龄立足于生命的终极关怀,表达了对生命的尊重和包容。

《聊斋志异》中关于放生的故事有 20 多篇。在这些故事中,被放生的动物或动物精怪都“蒙恩衔结,至于没齿”,令人“有惭于禽兽者”①。《西湖主》中书生陈弼教经过洞庭湖,救了一只被箭射中的猪婆龙,这只猪婆龙原来是湘君妃子。一年后,陈生又经过洞庭湖,大风覆舟,舟人尽丧,只有陈生幸免。原来是湘君妃子救了陈生,湘君妃子即陈生所放生的猪婆龙。为了报恩,湘君妃子把女儿嫁给了陈生,并授以长生之诀,使其享尽荣华富贵。但明伦旁批云:“一念之仁,再生长生,享用不尽。”②《八大王》中冯生放走了一只额有白点的巨鳖,这只巨鳖是八大王。八大王为报答冯生放生之恩,赠其鳖宝,使冯生具有了超自然神力,冯生凭借这种神力获得金帛财宝,富比王侯,后又娶得公主。《花姑子》中,安幼舆从猎人手中买了一只獐子放生,后来他深夜迷路,留宿花家,花父即安生所放生的獐子,为了报恩,花父将女儿花姑子许配给了安幼舆。后来安幼舆被蛇精所害,花姑子自损道行救了他,除掉了蛇精。《小翠》中的狐精

---

① 张友鹤:《聊斋志异会校会注会评本》,上海古籍出版社 1962 年版,第 641 页。

② 张友鹤:《聊斋志异会校会注会评本》,上海古籍出版社 1962 年版,第 646 页。

遭雷霆之劫，赖王太常庇翼才逃过此劫。为了报答王太常的庇翼之恩，狐精之女小翠嫁给王太常的痴儿子王元丰，小翠不嫌丈夫痴，还处处为王家排忧解难，虽遭误解仍忍辱负重，不仅化解了王家的灾祸，而且治好了丈夫的痴病。

不论是什么动物，人若施以恩惠，便会得到动物数倍回报。《小梅》中，狐媪托王慕贞救与自己有"一夕之好"的男子的儿子。狐媪让女儿小梅给王慕贞做妾，小梅给王慕贞生了一个儿子，并靠预知本领帮王生保住了子嗣。异史氏感慨："感恩而思所报，独何人哉！狐乎！"①《二班》中良医殷元礼为虎妪治好了赘瘤，其二子虎二班后来救了殷元礼，报答了其为母治病之恩。《鸽异》中，邹平张公子对所养鸽子"如保婴儿"，后来鸽子化为少年，与张公子成为知己。没有变形的动物也懂得感激报恩。《义犬》《蛇人》《象》《豢蛇》《鸲鹆》《毛大福》等篇写了人对动物的善意，得到了动物的厚报。《义犬》写商人救了一只犬，后来商人遭人谋害，犬不仅救了他的性命，还抓住了凶手。蒲松龄感叹："呜呼！一犬也，而报恩如是。世无心肝者，其亦愧此犬也夫！"②《毛大福》写被医生毛大福救助的狼助官府抓到了凶手，替毛大福洗刷了冤屈。《象》写大象借助猎人之力量除掉了狻猊，脱牙报答猎人。

相反，人对动物的恶意与残忍也会遭到动物的报复。《遵化署狐》中，邱公答应给狐狸三天时间搬迁，却在第二天就炮轰署楼，致使楼中的狐狸惨死，只有一只狐狸逃走。狐化为老翁，举报邱公克削公粮，且藏金欲行贿赂，使邱公被杀。蒲松龄感叹："狐之祟人，可诛甚矣。然服而舍之，亦以全吾仁。公可云'疾之已甚者'矣。

---

①　张友鹤：《聊斋志异会校会注会评本》，上海古籍出版社 1962 年版，第 1216 页。

②　张友鹤：《聊斋志异会校会注会评本》，上海古籍出版社 1962 年版，第 1255 页。

抑使关西为此,岂百狐所能仇哉!”[①]《九山王》中,曹州李某以硝硫族灭狐族,后来老狐幻化为老翁,怂恿李某造反,自立为九山王,造反失败后,九山王被擒,得到灭族的下场。但明伦评论说:“佛经卵生、胎生、湿生、化生,皆令人无余涅槃而灭度之。可知物虽异类,不当有众生见存于中,即不能到得万物育尽物性境地。两不相妨,奚不可者?……因其残忍之心,而导以悖逆之举,山巢高卧,聚族而歼,孥戮之时,不知亦闻鸣啼嗥动之声否?灭人之族,人亦灭其族。然则灭之者狐也,非狐也。”[②]即使是微不足道的生命也不应被蔑视,更不能被滥杀。《蝎客》中的蝎贩每年都会到临朐收购蝎子,有一天贩子“忽觉心动,毛发森悚”,知道虿鬼将来杀他,客栈主人将蝎贩藏在一个巨瓮里,鬼怪走后,再看瓮里“已化为血水”[③]。

《聊斋志异》中《野狗》《梦狼》《于江》《黎氏》《狼一》《狼二》《狼三》《车夫》等篇中的野狗、狼、虎等捕杀人类,《刘海石》《农人》《周三》《金陵乙》《牛同人》《姬生》《浙东生》等篇中的狐为祸人类,但总体上说,人在自然界中处于主导地位,占绝对优势,所以人对动物要有仁慈之心,不能过分虐杀。在中国古代文化中,放生观念由来已久。古代文化崇尚“天人合一”,重视人与天地万物共生,人与自然的和谐。儒家强调仁民爱物:“万物之生意最可观。”[④]孔子说:“舜之为君也,其政好生而恶杀,其任授贤而替不肖。德若天地而静虚,化若四时而变物,是以四海承风,畅于异类,凤翔麟至,鸟兽驯德,无

① 张友鹤:《聊斋志异会校会注会评本》,上海古籍出版社 1962 年版,第 245 页。

② 张友鹤:《聊斋志异会校会注会评本》,上海古籍出版社 1962 年版,第 243 页。

③ 张友鹤:《聊斋志异会校会注会评本》,上海古籍出版社 1962 年版,第 1602 页。

④ 杜预:《春秋左传集解》,上海人民出版社 1977 年版,第 1517 页。

他也,好生故也。”[①]《孟子》强调“数罟不入洿池”[②]。《吕氏春秋》记载商汤狩猎,收其三面而网开一面。《列子·说符》记载赵简子放生斑鸠。爱物好生是政治清明的评判标准。“仁”的最高境界是“爱人”而至于“爱物”。“仁”的基础是“恻隐之心”,“恻隐之心”体现在爱惜物命上。孟子有“君子远庖厨”之说,颜之推说:“儒家君子,尚离庖厨,见其生不忍其死,闻其声不食其肉……含生之徒,莫不爱命;去杀之事,必勉行之。”[③]明代袁黄在《了凡四训》中说,人之所以为人,是因为有恻隐之心:“故前辈有四不食之戒,谓闻杀不食,见杀不食,自养者不食,专为我杀者不食。学者未能断肉,且当从此戒之。”[④]

道教也主张爱惜生命,反对杀生,“天地之大德曰生”[⑤]。早期道经《老君说一百八十戒》中有十二条涉及戒杀,包含不杀伤一切物命、不得烧野田山林、不得妄伐树木。第十九条告诫不得妄摘草花、不得以毒药投渊池及江海中、不得竭水泽、不得渔猎伤杀众生、不得冬天发掘地蛰藏、不得妄上树探巢破卵、不得杀鸟兽鱼等。相比之下,后世的放生受佛教影响更大。佛教的慈悲和众生平等思想促进了放生活动的开展。佛教放生是慈悲心和众生平等思想在宗教活动中的实践。放生融摄在“六度”中,是从戒杀推演而来的,《金光明经文句》中说:“不杀是止善,放生是行善。”[⑥]不杀被列为佛教诸戒

---

① 王国轩、王秀梅:《孔子家语》,中华书局 2009 年版,第 81 页。

② 杨伯峻:《孟子译注》,中华书局 2008 年版,第 4 页。

③ 王利器:《颜氏家训集解》(增补本),中华书局 1993 年版,第 399 页。

④ 〔明〕袁了凡撰,尚荣、徐敏评注:《了凡四训》,中华书局 2008 年版,第 118 ~ 119 页。

⑤ 韩康伯:《周易》,上海书店出版社 1997 年版,第 48 页。

⑥ 〔隋〕智顗:《金光明经文句》卷 2《释寿量品》,〔日本〕高楠顺次郎《大正藏》第 39 册,大正一切经刊行会 1932 年版,第 55 页上。

之首,放生被视为众善之先,“世间至重者生命,天下最惨者杀伤”①。《金光明最胜王经》《药师经》等佛经中都有关于放生的阐述。《楞伽阿跋多罗宝经》中说:“若食诸血肉,众生悉恐怖,是故修行者,慈心不食肉,食肉无慈悲,永背空解脱,及违圣表相,是故不应食。”②《梵网经》中说:“若佛子!以慈心故行放生业,一切男子是我父,一切女人是我母,我生生无不从之受生。故六道众生皆是我父母,而杀而食者即杀我父母,亦杀我故身。”③《入楞伽经》中说:“我观众生轮回六道,同在生死,共相生育,迭为父母兄弟姊妹,若男若女,中表内外,六亲眷属。”④

大规模的佛教放生活动始于南朝梁武帝,梁武帝曾下诏禁止杀生,又废宗庙供献牺牲之制,设置长生洲供放生。隋朝智𫖮大师倡导大规模的放生,以大片江海为放生池,这一行为得到了南朝陈宣帝的支持。唐代佛教迅猛发展,放生成为一种宗教形式。唐代有很多放生池,放生社团大量出现,放生活动在贵族阶层和民众社会中流行。宋朝江南地区放生活动大盛,经高僧和文人士大夫的推动,放生成为佛诞日的一项重要宗教活动。西湖每年四月八日举行放生会,各地百姓起而仿效。文人士大夫受佛教和新儒学影响,推己及物,关注万物的生命。北宋欧阳修说:“王者仁泽及于草木昆虫,使一物必遂其生,而不为私惠也。”⑤

明代中后期放生活动大为流行,与佛教高僧推动、居士文人参

---

① 莲池大师:《竹窗随笔》,北京图书馆出版社2005年版,第209页。

② 〔南朝宋〕求那跋陀罗译:《楞伽阿跋多罗宝经》,〔日本〕高楠顺次郎《大正藏》第16册,大正一切经刊行会1932年版,第514页中。

③ 〔后秦〕鸠摩罗什译:《梵网经》,〔日本〕高楠顺次郎《大正藏》第24册,大正一切经刊行会1932年版,第1006页中。

④ 〔北魏〕菩提流支译:《入楞伽经》,〔日本〕高楠顺次郎《大正藏》第16册,大正一切经刊行会1932年版,第561页中。

⑤ 李逸安:《欧阳修全集》,中华书局2001年版,第2232页。

与、佛教世俗化以及经济文化的发展等诸多因素有关。晚明四大高僧振兴佛教,居士佛教对佛教发展推波助澜,净土宗和禅宗成为佛教的主流,而云栖袾宏提倡“导禅归净”,憨山德清主张“以禅摄净”,蕅益智旭主张“以净统禅”,促使禅净合流。放生作为佛教修行实践的一种方式与净土有着密切联系。云栖袾宏将放生作为净土弘教的重要组成部分。佛教居士把净土信仰落实为现实功德,推动了佛教信仰的世俗化,放生被认为是助行功德之事。憨山德清说放一生就成一佛。董其昌在《饭僧疏》中认为,净土就是禅,饭僧、放生就是净土。净土宗的广泛传播及佛教的世俗化,使追求世俗利益成为放生的重要出发点,在放生实践中追求功德,强调世俗利益。云栖袾宏倡导生日、结婚、生子、祭祀时不杀生,认为放生可以增福禄、延寿算、免急难、起沉疴、生天堂、证道果,随施获报。憨山德清认为放生可以免三灾九横、疾病冤结,有利于寿命、官禄、子孙等。

唐宋文人多借放生赞颂帝王仁慈、功德,或借戒杀放生表现对民间疾苦的关注和对统治者的讽谏,或把放生与个人命运遭遇相关联。与唐宋时不同,晚明文人放生突出了个体的信仰,淡化了政治色彩。晚明文人茅元仪说:“宋时百姓,至有为天子作感恩道场者,渎礼犯分,亦至于此,则郡守必为主上放生祝寿,更不足异矣。本朝一洗此陋习亦一快也。”[①]儒家的“仁”与佛教的“慈悲”具有融摄性。陈际泰《放生大会序》说:“佛氏之所谓慈,圣人之所谓仁也,无心之仁而将无以为生。”[②]佛教放生行为可以增养慈心,明末清初的归庄在《放生记》中说:“放生之说本释氏,要其好生恶杀,合于上天之心,

---

① 〔明〕茅元仪:《暇老斋杂记》卷三十一,《续修四库全书》第1133册,上海古籍出版社2002年版,第745页。

② 〔明〕陈际泰:《已吾集》卷四,清顺治李来泰刻本。

先王之制也。”[①]赵怀玉认为“不必问途于释氏,即儒家言可知也”[②]。他们认为儒家理论足以支撑、阐释放生的意义。晚明文人放生还强调心性,认为放生还可以生养身心。晚明盛行的放生风气一直延续到清代。清初有很多放生社,由明入清的士人将放生活动与明清易代的刀兵劫联系在一起,如钱澄之在《放生社引》中说:“二十余年刀兵之毒运,庶其有转乎?”[③]

明代中期到清初有很多小说写到放生和杀生。《西游记》中,陈光蕊赴任途中,其母染病,他买了一条金色鲤鱼,要烹与母亲吃,只见鲤鱼闪闪眨眼,陈光蕊感到惊奇,于是把鱼送到洪江里放生。后来他被鲤鱼所化的龙王所救。《西湖二集》第二十三卷《救金鲤海龙王报德》写杨维桢买了一尾金色鲤鱼放生,后来杨维桢被请到水晶宫,受到了东海龙王和西湖龙王的热情招待。为了报答杨维桢,龙女化身竹枝娘陪伴他,龙王将杨维桢的功德上奏天庭。《喻世明言》卷三十四《李公子救蛇获称心》写李元救了一条小蛇,小蛇为龙王之女。为表谢意,龙王将龙女嫁给了李元。在龙女的帮助下,李元高中状元,官运亨通。《醒世恒言》卷五《大树坡义虎送亲》写勤自励从陷阱中救了一只老虎,这只老虎助勤自励与林潮音团聚,成全了恩人的姻缘。《西湖佳话》中的《放生善迹》、《西湖二集》中的《寿禅师两生符宿愿》《月下老错配本属前缘》《假邻女诞生真子》《周城隆辨冤断案》、《新民公案》中的《水蛙为人鸣冤》、《欢喜冤家》中的《朱公子贪淫中毒计》、《十二楼》中的《归正楼》《奉先楼》、《跻春台》中的《双冤报》、《惊人炮》中的《死复生》等都写了放生。有的小说写动物为恩主报仇雪怨。《虞初新志》卷七《义犬记》写一太原客商买下

---

① 〔明〕归庄:《归庄集》,中华书局1962年版,第371页。

② 〔明〕赵怀玉:《赵旬龙先生文集》卷八,明万历刊本。

③ 〔清〕钱澄之:《田间诗文集·文集》卷二十七,清康熙间刊本。

一犬放走，少年见钱财而起歹心，杀了客商，抢走钱财，那只犬跟踪少年，然后到衙门报案，引导破案，凶犯受到了惩罚。《海公案》第五十六回“乌鸦鸣冤”、《于公案奇闻》卷六“白鸽为恩主雪怨”、《廉明公案》中的《黄县主义鸦诉冤》、《龙图公案》中的《龟入废井》等都属于同类故事。

与放生报恩相对的是杀生受恶报。《警世通言》中的《计押番金鳗产祸》写计押番无意中钓到一条金鳗，不顾金鳗的请求，将金鳗吃了。后来金鳗投胎成为计押番之女庆奴，庆奴与多个男人产生感情纠葛，使得计押番家破人亡。《初刻拍案惊奇》卷三十七《屈突仲任酷杀众生》写屈突仲任生性好杀戮，被传唤到地狱，与被他滥杀的畜生对证，牲畜们见到屈突仲任大为愤怒，要将他吞噬，在判官调停下，屈突仲任以血为偿，因他杀生罪业太重，还阳后必须刺血写经书，同时向世间之人宣讲报应之说，坚持数十年，才能最终免除罪孽。清初小说《醒世姻缘传》写了一个两世姻缘、轮回报应的故事。小说前二十二回讲武城县晁源喜欢打猎，杀害生灵无数，他射杀了一只千年狐狸，还剥了皮。晁源死后托生为狄希陈，狄希陈异常顽劣，经常虐待、虐杀动物。千年狐狸托生为其妻薛素姐，狄希陈受到薛素姐种种非人的虐待。小说中还插入了一些善待动物得善报、虐待动物得恶报的情节。第二十九回中，一个叫祁伯常的人平时好吃田鸡，最后得到了报应。小说作者西周生认为，除了虎、狼、蛇、蝎、鼠、蚊、蝇等，其他动物对人类没有危害，不应该残害：“天地间的物，只除了虎狼性恶，恨他吃人；恶蛇毒蝎，尾能螫人；再有老鼠穴墙穿屋，盗物窃粮，咬坏人的衣服书籍；再是蝇蚊能嘬肤败物。这几般毒物，即使在大慈大悲观世音菩萨面前，也要活活敲死，却也没甚罪过。若除此这几种恶物，其余飞禽走兽，鳞介昆虫，无害于人，何故定要把他残害？人看他是异类，天地看来都是一样生机。"[①]这和明代王畿的观点一致:"天有昼夜,地有险易,人有君子小人,物有麒麟、凤凰、虎、狼、蛇、蝎,不如是,无以成并生之功。只如一身清浊并蕴,若洗肠涤胃,尽去浊秽,只留清虚,便非生理。虎、狼、蛇、蝎,天岂尽殄灭他?只处置有道,驱之山林,置之岩穴,使不为害而已。此便是包荒之学。"[②]杨豫孙在《西堂日记》中说:"人畜羊豕,逐豺虎,善恶至明矣。其所谓善恶,抑物之情耶?人之情耶?羊豕以其利于己也而爱之,豺虎以其害于己也而憎之,非天之生物,果有所择也。"[③]西周生认为,教育孩子从小善待动物,可以培养他们善良的心性,预防、抑制恶念恶行:"把这不忍的心扩充开去,由那保禽兽,渐至保妻子,保百姓。若把这忍心扩充开去,杀羊不已,渐至杀牛;杀牛不已,渐至杀人;杀人不已,渐至如晋献公、唐明皇、唐肃宗杀到亲生的儿子。不然,君子因甚却远庖厨?正是要将杀机不触于目,不闻于耳,涵养这方寸不忍的心。所以人家子弟,做父母兄长的务要从小葆养他那不忍的孩心,习久性成,大来自不戕忍,寿命可以延长,福禄可以永久。"[④]如果从小伤害虐待动物,会导致爱心淡薄、情感麻木,人性变得残酷无情,长大后犯罪概率很大。而从小关切爱护动物,则会养成善良、仁慈的品格。

蒲松龄的思想受佛教影响很大。蒲松龄在《聊斋自志》中说:"松悬弧时,先大人梦一病瘠瞿昙,偏袒入室,药膏如钱,圆黏乳际。寤而松生,果符墨志。且也:少羸多病,长命不犹。门庭之凄寂,则冷淡如僧;笔墨之耕耘,则萧条似钵。每搔头自念:勿亦面壁人果是

---

① 〔清〕西周生:《醒世姻缘传》,岳麓书社2014年版,第1页。

② 〔明〕王畿著,李贽评:《卓吾先生批评龙溪王先生语录钞》卷二,明万历刻本。

③ 〔清〕黄宗羲著,沈芝盈点校:《明儒学案》,中华书局1985年版,第626页。

④ 〔清〕西周生:《醒世姻缘传》,岳麓书社2014年版,第1页。

吾前身耶？盖有漏根因，未结人天之果；而随风荡堕，竟成藩溷之花。”①蒲松龄将佛教的慈悲情怀与儒家的恻隐之心融合，形成了悲天悯人的情怀。他在《放生池碑记》中说：“昔齐宣王不忍一牛，子舆许其可王；宋哲宗盥而避蚁，程子以为推之即帝王之要道。非为偶杀一物，遂为不仁，而仁心可由是而充耳。”②蒲松龄所居淄川有放生的民俗，当地青云寺、宝塔寺、龙泉寺、水月寺、游龙寺、大悲庵、玉溪庵等寺庙都有放生池，在规定的日期进行放生，蒲松龄在杂著中谈到了十月初八涅槃日放生的情况。蒲松龄的好友唐梦赉“曾于城西傅家湾两河汇流处作‘放生矶’”③，在他的影响下，两河上下数里无人捕鱼。蒲松龄亲家经常放生，他的至交好友邱璐曾捐资制放生船。蒲松龄在《放鹤召鹤歌有序》中从放生对象角度写被放之鹤的自由。《放生池成喜赋》写放生的重要性。

前人的放生作品对《聊斋志异》中的放生故事有所影响。随佛教东渐传入中国的佛教典籍中有很多放生戒杀的故事，如《六度集经》第三卷中记一理家高价买下一只鳖放生，这只鳖后来从洪水中救出了恩主，理家又在洪涛中救了一狐、一蛇和一“漂人”，狐后来以恩相报，而那个被救的“漂人”却贪心诬告，致使恩主入狱，因蛇解救方才得脱。魏晋南北朝志怪小说中有类似的故事，《搜神记》中“孔愉”条记孔氏买龟放生，后得封侯；“董昭之”条写董氏曾救一蚁上船，后因事牵连入狱，蚁王托梦告其逃生之路，群蚁啮尽锁械，使他从狱中逃出。《搜神后记》写一军人买一白龟放生，后来溺水，为所放生之龟所救。刘敬叔《异苑》中“大客”条写一人为一象拔掉脚中之刺，象以牙相报。唐代张读《宣室志》写李氏家世代不杀生，不养

---

① 张友鹤：《聊斋志异会校会注会评本》，上海古籍出版社 1962 年版，第 2 ~ 3 页。

② 盛伟：《蒲松龄全集》，学林出版社 1998 年版，第 1009 页。

③ 李伯齐、车吉心：《齐鲁闻人》，山东友谊书社 1990 年版，第 517 页。

狸捕鼠,一次李家在厅堂上大宴宾客,忽然堂外群鼠会集,引全体宾客出来围观,厅堂忽然倒塌,原来老鼠是以这种方式引宾客出来以救其性命。《潇湘录》写汾水老姥养一条赤鲤鱼,鲤鱼跃入汾河里,从空中丢下一颗珍珠。五年后,老姥的大儿子得了重病,珠子变成丹药,治愈了其子的病。《聊斋志异》中放生故事的情节模式与这些故事有相似之处。

不过蒲松龄的放生故事与以往的放生故事在本质上有所不同。《聊斋志异》中的放生作品是现实人生体验的投影,是仁心爱人思想的表达。蒲松龄将动物和人比较,与知恩图报的动物相比,人"有惭于禽兽矣"。世间险恶,人心叵测,动物之情更难能可贵。与前人对放生的理解不同,蒲松龄立足于对生命的终极关怀。蒲松龄在《放生池碑记》中说:"昔宋诸暨令依普贤忏法,禁捕江湖鱼,后奉诏还,梦有鱼为人形者数万,号哭曰:'长者去矣!'令作梦鱼文,以属后人。"[①]蒲松龄的放生是对生命的尊重和包容,强调人与动物的亲近,与以往的功利性放生和出于敬畏的放生有所不同。蒲松龄的放生描写中融入了一种无可奈何的感伤,蕴含着作者的身世之感及对生命、生存的深刻体悟,与西方的动物解放理论有相通之处,如澳大利亚哲学家彼得·辛格说:"如果一个存在物能够感受苦乐,那么拒绝关心它的苦乐就没有道德上的合理性。不管一个存在物的本性如何,平等原则都要求我们把它的苦乐看得和其他存在物的苦乐同样重要。"[②]美国哲学家汤姆·雷根说:"我们每个人都是生命的体验主体,每个人都是拥有个人幸福的有意识的存在物。我们需要并喜好某些事情,相信并感觉某些事情,回忆并期盼某些事情。我们的生活的所有这些方面,包括我们的快乐和痛苦、高兴与烦恼、满足与挫

---

① 盛伟:《蒲松龄全集》,学林出版社 1998 年版,第 1010 页。

② [澳]P. 辛格:《所有动物都是平等的》,载《哲学译丛》1994 年第 5 期。

折、我们的延续或最终死亡——所有这些对于我们的生活质量都有着至关重要的影响。由于这一切对于那些与我们有关的动物(例如,我们吞食和捕捉的动物)来说也是真实的,因而,它们必须要被当作生命的体验主体来看待。”①

三、“与物为春”:变形故事中的自然观念与社会寓意

《聊斋志异》中写了大量变形故事。变形故事最早可追溯到《山海经》时代。在六朝和隋唐的志怪小说中,变形的动物精怪或被人识破,变回原形而逃走,或者被人杀死,即使和人类结成婚姻,也极少有美满结局。在这些故事中,动物被视为异类,不可能长久生活在人间。动物向往人的生活,经过修炼变形为人,但终究不能被人类所接纳。但《聊斋志异》中的变形故事有了很大变化,除了动物变形为人的故事,《聊斋志异》中还有一些人变为动物的故事,或者有象征寓意,或者表现了情可打破人物之隔的理想观念,是原始巫术思维、天人合一、万物一体观念以及人生理念的融合。

《聊斋志异》中涉及动物变为人的小说有100多篇,写狐变人的最多,有70多篇,写其他动物变形的有《海公子》《白于玉》《汪士秀》《花姑子》《西湖主》《莲花公主》《绿衣女》《黎氏》《八大王》《阿英》《阿纤》《五通》《冯木匠》《青蛙神》《白秋练》《织成》《竹青》《二班》《苗生》等27篇,动物包括猪婆龙、鱼、獐子、土鳖虫、狮子、老虎、鹦鸟、狸、鸡、狼、虎、蟹、蛇、白鳍豚、虾蟆、秦吉了、鸜鹆、狸、狮子、鹦鸟等,有水中动物,有有翅会飞的动物,有陆地上的动物。

① [美]J. 雷根:《关于动物权利的激进的平等主义观点》,载《哲学译丛》1994年第4期。

《花姑子》中，獐子变的女子花姑子“芳容韶齿，殆类天仙”[①]，为了感谢安幼舆放生其父之恩，为安幼舆治疗病痛，嫁给了安幼舆。《苗生》中“言语粗豪”的苗生无法忍受一群迂腐书生卖弄文笔，“伏地大吼，立化为虎，扑杀诸客，咆哮而去”[②]。在《阿纤》中，鼠精阿纤是个美丽的女子，“窈窕秀弱，风致嫣然”[③]，她不仅貌美，而且非常勤劳。在《阿英》中，甘玉在寺庙里读书，晚上听见窗外有女子说话声，“窥之，见三四女郎席地坐，数婢陈肴酒，皆殊色也”[④]，这些女子是鸟所变。鹦鹉所变的女子阿英“姿致娟娟”[⑤]，嫁给了甘玉的弟弟甘珏。《绿衣女》中的绿衣女是绿蜂所化，绿衣长裙，婉妙无比，“腰细殆不盈掬”[⑥]，她崇拜和仰慕书生于璟，“遂与寝处”。《白秋练》中白鳍豚变的女子白秋练气质风雅，和慕生以诗为媒。《西湖主》中猪婆龙所变西湖主很美，“鬟多敛雾，腰细惊风，玉蕊琼英，未足方喻”[⑦]。

变形故事最早可追溯到《山海经》。《山海经》中有很多人兽合体的变形，如《西山经》《东山经》《海外南经》等提及“人面兽身”“兽首人身”“人面鸟身”“状如雄鸡而人面”“豕身而人面”“羊身人面”等，其中的动物，空中飞翔的鸟有十几条，地上行走的动物蛇、牛、

---

① 张友鹤:《聊斋志异会校会注会评本》，上海古籍出版社 1962 年版，第 635 页。

② 张友鹤:《聊斋志异会校会注会评本》，上海古籍出版社 1962 年版，第 1600 页。

③ 张友鹤:《聊斋志异会校会注会评本》，上海古籍出版社 1962 年版，第 1380 页。

④ 张友鹤:《聊斋志异会校会注会评本》，上海古籍出版社 1962 年版，第 917 页。

⑤ 张友鹤:《聊斋志异会校会注会评本》，上海古籍出版社 1962 年版，第 918 页。

⑥ 张友鹤:《聊斋志异会校会注会评本》，上海古籍出版社 1962 年版，第 678 页。

⑦ 张友鹤:《聊斋志异会校会注会评本》，上海古籍出版社 1962 年版，第 648 页。

虎、马等动物三十多条，海中动物只有两则。秦汉时《淮南子》《神异经》《汉武帝故事》《汉武洞冥记》《抱朴子内篇》等书中都记载了大量的变形故事，魏晋南北朝时的《搜神记》《搜神后记》《述异记》《幽明录》《集灵记》《拾遗记》等志怪小说中变形故事更多。《搜神记》中有很多动物变人的故事，狐、蛇、鼋、羊、狗、猪等动物都可以变成人形。《搜神记》中的狐与《山海经》中的狐有明显的区别，《山海经》中的狐没有幻化为人的本领，只是普通动物。秦汉时的狐受到尊崇，也只是祥瑞动物，而且开始具有妖媚的特点，形象由正面向负面转移。《搜神记》等志怪小说中的狐多变化为人，迷惑人类，成为负面形象。唐人小说中有着大量的变形故事，其中动物变为人的故事篇数最多。狐变为人的故事，如《华山客》中的狐女知恩图报，《郑氏子》《上官翼》《薛迥》《祁县民》《韦氏子》等故事中的狐女妖媚惑人。虎变化为人的故事中，有的虎凶残吃人，如《崔韬》。《虎妇》中一只虎化为男子与一名女子结婚，两年后，男子喝醉后变回原形，女子心里害怕但不敢言语。女子要回娘家，过河时，她对男子说他的背后有虎尾巴，老虎十分惭愧，匆匆逃跑了。除了狐和虎变形的故事，还有猿、蛇、鼠、马等动物变形。这些故事中，或者动物被人识破，变回原形而逃走，或者被人杀死。动物精怪即使变为人，但终究为异类，也不能长久生活在人间，因为这样会破坏人间秩序。人的地位高于动物，动物向往人的生活，经过修炼变形为人，但终究不能被人类所接纳。

与动物变人相比，人变为动物的故事很少。《山海经》中只有四条。《大荒西经》中的鱼妇故事说，风从北方刮来，泉水从地下冒了出来，蛇趁机变成鱼，颛顼也趁机变为鱼，从而死而复生。《北山经》中的精卫填海故事说，炎帝的小女儿在东海游玩时溺水身亡，变成了精卫鸟。《西山经》里钟山之子故事说，钟山山神的儿子鼓和钦同谋杀死了天神葆江，天帝把鼓变为鵕，把钦变成了大鹗。这些变形故事与处罚或死亡有关。志怪小说中人变为动物，有一种情况是有仙术会变化，如《搜神记》卷一《崔文子学仙》中的王子乔可变为白霓和大鸟，《左慈使神通》中的左慈变为羊，跑到羊群里，使曹操无法辨别。另一种情况是人突变为动物，如《搜神记》卷十四《黄母化鼋》《宋母化鼋》《宣母化鼋》等都是写人在洗澡时无缘无故突然变为鼋。唐人小说中人变为动物的故事较少，一种情况是人病中变为动物，《续玄怪录》的《薛伟》写薛伟大病七日，梦到自己化为鱼，被人宰杀，梦醒后回到人间；《杨真》《牛哀》《李审言》等都是在病中变成了虎。另一种情况是人被惩罚变为动物，如《广异记》中的《张纵》写张纵好吃鱼，某日突然病死，过七天又苏醒，自述梦中所遇之事，因吃鱼而被变成鱼，受到惩罚，被捕捞、宰杀。《宣室志》中的《王含》写王含母亲金氏本为胡家女，喜欢打猎，每次捕杀很多动物，七十多岁时得了病，脾气越来越大，最后变为一匹狼。《解颐录》中的《峡口道士》写一个道士得罪了上天，受到惩罚变为虎，在峡口吃人，吃一千人就可以恢复人身，但吃到九百九十九人时被发现了，虎皮被拿走了，道士苦苦哀求索要虎皮。《广异记》中的《费忠》也是讲因为犯错而被变为虎。佛教有不杀生的戒律，杀生的话就会受到惩罚。《广异记》中的《牧牛儿》中人变为虎是因为杀了牛，受到了上天的惩罚。第三种情况是道士或仙人会法术，可以随意变为动物，如《集异记》中的《茅安道》写茅安道变为巨鸢，《河东记》中的《黑叟》写黑叟变为白鹤，《潇湘录》中的《益州老父》写益州老父变为白鹤。唐人小说《张逢》《南阳士人》等都写人化虎吞食官吏的故事，与《聊斋志异》中的《向杲》有相似之处，不过《张逢》《南阳士人》中两个化虎的人与被吃的官吏素不相识，并无冤仇，官吏有何罪过，也没有交代。

人在正常情况下不可能变为动物，只有在病中或受惩罚才会变为动物。无论在西方还是在东方，某些从人类到异类的变化都被视为一种降格或惩罚。人不愿变为异类，即使变为异类，还是觉得自己是人，希望变回人。无论是何种原因，人并不是心甘情愿地变为异类，人总是以自我为中心，认为异类低于自己。明代话本小说集《醉醒石》第六回《高才生傲世失原形　义气友念孤分半俸》写李微恃才傲物，目中无人，未料到科考成绩不理想，只做了一个小小的河南商丘县尉。他整日闷闷不乐，又傲视同僚，轻诋狎侮，无所不至。任满之后，退而家居，心中不平之气日盛，到同年故旧处打秋风，回家途中变成了一只老虎。他遇到同僚李俨，托付后事，嘱咐李俨以后不要从此路经过，因为他胸中事已了却，无复人世之念，本性迷失，到时候恐怕认不得故人了。

《聊斋志异》写人化为动物的篇目有《向杲》《三生》《促织》《骂鸭》《金陵乙》《鸽异》《徽俗》《沅俗》《造畜》《阿宝》《竹青》《四十千》《杜小雷》《考弊司》《杜翁》等。《聊斋志异》中人变化为动物有几种情况，一种是借变形以反抗压迫、反抗专制暴政，现实中自身能力有限，幻化为动物，借助超现实力量，可以达到抗争、报仇等目的。《向杲》写向杲的庶兄向晟被庄公子打死，向杲到官府告状，庄公子贿赂官府，使向杲冤情无处申诉。向杲要刺杀庄，而庄公子又戒备森严，无从下手。后来向杲穿上道士给他的布袍，变成一只老虎，咬掉了庄公子的头，报了仇。向杲所变老虎被人射死，而向杲“恍若梦醒”，复活为人。作者评论说：“壮士志酬，必不生返，此千古所悼恨也。借人之杀以为生，仙人之术亦神哉！然天下事足发指者多矣。使怨者常为人，恨不令暂作虎！”①

《聊斋志异》中还有一些变形故事批判讽刺，有象征寓意。《梦狼》篇中，一个贪官在父亲的梦中化为老虎，其属下皆为狼，这个故事是“苛政猛于虎”的故事化，把贪官酷吏比作虎狼，揭露其凶残丑

---

① 张友鹤:《聊斋志异会校会注会评本》，上海古籍出版社 1962 年版，第833 页。

恶,批判官贪吏虐的黑暗政治。《聊斋志异》中还有一些变形故事是对人性丑恶的批判。《聊斋志异》中《杜小雷》中杜母双盲,杜小雷的妻子忤逆,在饭中杂以蜣螂给杜母吃。一天晚上,杜小雷回到家,其妻子"彷徨榻下","喘息有声",他起床点蜡烛一照,其妻不知所往。"但见一豕,细视,则两足犹人,始知为妻所化"①。杜妻因为不孝,虐待老人,受到了惩罚,变成了猪。《骂鸭》中某甲因为偷窃了别人的鸭子,身上长了鸭毛,只有让失主责骂,才可以恢复原状。《彭海秋》里的丘生为人"隐恶",一次遇仙后,莫名其妙地变成了马,供人驱使。蒲松龄评论说:"马而人,必其为人而马者也;使为马,正恨其不为人耳。"②如果不能"正其位",丧失了人应有的尊严和品格,也就没有了做人的资格,就会变为禽兽。这类故事,都是写人因品德败坏而化为兽,以劝善惩恶、警戒世人为目的。

《聊斋志异》中一些人变形的故事表现了情可打破人与物之隔。《竹青》写鱼容卧在吴王庙中,被引去见吴王,吴王给他一件黑衣,他穿上后,化身为乌,在高空中自由飞翔。化身为乌的鱼容与雌乌竹青相配,梦醒后念念不忘竹青。三年后,竹青找到鱼容,给鱼容一件黑衣,穿上后就能化身为乌,飞到她身边。鱼容和竹青往来不绝,竹青先后生两男一女。鱼容的妻子死后,鱼容随竹青而去。《阿宝》中的孙子楚爱慕出身富家的阿宝,魂牵梦萦,魂魄离身附在鹦鹉身上,飞到阿宝家,接近阿宝,阿宝知道后,深受感动。最后阿宝嫁给了孙子楚,两人真诚相爱,婚姻幸福。灵魂离体附在动物身上,也是人变为异类的一种形式,《阿宝》以这一幻化形式,演绎了一个痴情故事。

---

① 张友鹤:《聊斋志异会校会注会评本》,上海古籍出版社 1962 年版,第 1603 页。

② 张友鹤:《聊斋志异会校会注会评本》,上海古籍出版社 1962 年版,第 709 页。

人和动物的互化，是原始巫术思维和道家万物一体观念的混合。人变为动物，有的情况下是向自然的复归，表现了摆脱一切枷锁限制获得自由的渴望。人的物化，在庄子那里，是忘我的精神境界。《聊斋志异》中的人变动物故事，有的展现了物我合一的状态，有的从反面写人的“物化”，批判人性的异化和丑陋。卡西尔论述原始神话中的变形说：“他们（原始人）的生命观是综合的，不是分析的。生命没有被划分为类和亚类；它被看成是一个不中断的连续整体，容不得任何泾渭分明的区别。各不同领域间的界线并不是不可逾越的栅栏，而是流动不定的。在不同的生命领域之间绝没有特别的差异。没有什么东西具有一种限定不变的静止形态：由于一种突如其来的变形，一切事物都可以转化为一切事物。如果神话世界有什么典型特点和突出特性的话，如果它有什么支配它的法则的话，那就是这种变形的法则。”①

四、“佳丽属之才人”：动物精怪描写中的世俗伦理和情怀寄托

《聊斋志异》中写到的动物和动物精怪有几百种，能够变形的动物也有一百多种，但值得注意的是，被放生和变形为女性形象的动物是有选择性的，比如牛、马、驴、骡、羊、猪、犬、鹅、鸭、鸡、兔、鹿等动物极少被放生，这些动物也极少变形为人，特别是变形为女性形象。《聊斋志异》中放生或变形的一百多种动物中主要是山野动物，作者写得最用心的是这些动物所变的女性形象。这些变幻为人形的女性精怪与自然有着千丝万缕的联系，她们与男子特别是书生有着共同的兴趣爱好，她们爱上了人间书生，甘愿为其奉献一切。这些故事是作者落寞生活中的幻想，是作者情怀的抒发、忧愤的寄托。

---

① ［德］恩斯特·卡西尔著，甘阳译：《人论》，上海译文出版社 2004 年版，第 113 ~ 114 页。

《聊斋志异》中的放生故事和变形故事之所以很少写牛、马、驴、骡、猪、鹅、鸭、鸡、兔、鹿等动物，与这些动物是家畜、家禽，是明清人的主要肉食来源有关。利玛窦在《利玛窦中国札记》中记载说："普通人民最常吃的肉是猪肉，但别的肉也很多。牛肉、羔羊和山羊肉也不少。可以看到母鸡、鸭子和鹅到处成群。"①肉禽类菜肴有羊肉、猪肉、鸡肉、鹅鸭肉、牛肉、马肉、驴肉、狗肉等。鸡肉是明清时期大众化的肉食。田艺蘅《留青日札》卷之二十六《悬鸡》记载，京师有个蒋揽头邀请八人赴家宴，仅鸡首这道菜就杀了一百三十多只鸡。猪肉是明代各个社会阶层常食的肉食。明代宋诩所编《宋氏养生部》"猪"条下收录有三十多种猪肉的烹调方法。以鹅、鸭肉为主料的菜肴也有很多。明人谢肇淛《五杂俎》卷十一《物部三》中记载鹅鸭肉的做法："鹅、鸭之属皆以铁笼罩之，炙之以火，饮以椒浆，毛尽脱落，未死而肉已熟矣。"②这种做法是非常残忍的，与同时代的放生观念形成尖锐的矛盾。明代中等人家筵席有"五割三汤"，就是交替着上五道盛馔和三道汤，第一道是鹅或水晶鹅，禽类必须是整只，吃的时候有厨师当场为客人割开，然后依次上花猪肉、炖烂胯蹄儿、烧鹿肉、锦缠羊等。羊肉是明代人主要的肉食之一。据高濂《遵生八笺》等文献记载，以羊肉为原料烹制的滋补食品有羊肉粥、羊肾粥、炒羊肚儿、羊肉馅包子等。水产类菜肴在南方，特别是东南沿海地区的菜肴中占有重要地位。

特别值得注意的是马和牛。利玛窦注意到，与欧洲人不同，明朝人大量食用马和狗："但是尽管有这么丰盛的肉食供应，马、骡、驴和狗的肉也和别的肉一样受欢迎，这些马属或狗属的肉在各处市场

---

① ［意］利玛窦、［比利时］金尼阁：《利玛窦中国札记》，中华书局 1983 年版，第 12 页。

② 〔明〕谢肇淛：《五杂俎》卷之十一《物部三》，明万历四十四年（1616）如韦馆刻本。

上都有出售。”①利玛窦甚至将明朝称为食马者国度：“根据我的判断，毫无疑问这就是被称为 Hippophagi，即食马者的那个国度，因为即使到今天，这个幅员广阔的帝国还吃马肉，大致很像我们吃牛肉那样。”而牛肉的食用则受到限制，“在有些地区，牛和小羚羊因为某种迷信或农业上的需要而禁屠”②。中国很早就限制杀牛，《礼记》中说：“君无故不杀牛，大夫无故不杀羊，士无故不杀犬、豕。君子远庖厨，凡有血气之类，弗身践也。”③在农业社会中，马、牛很重要。之所以禁杀马牛，一是农耕需借马牛之力，二是盗马牛者可借宰杀马牛销赃灭迹。在明代宰杀马牛等牲畜是重罪，尤其是关系粮食生产的耕牛。陈龙正《救荒策会》卷六记载，如私宰耕牛则“发附近卫所充军”④。《大明会典》中详细记载了宰杀牲畜的相关律令，规定私宰马、牛杖一百，驼、骡、驴杖八十，误杀者不坐，病死不申官开剥者笞四十。清代沿袭前朝律典，设“宰杀马牛”律以惩戒宰杀马牛等牲畜的行为。儒家经典反对杀牛，很多佛道书籍中特别强调杀牛吃肉之戒。明代的《太上感应灵篇诸经劝诫》中有“玄帝戒食牛肉记”，清代的《一心普度合编》中有“戒食牛肉文耕牛歌”，《吕祖心经释义》附有“戒食牛肉文”“戒食牛肉图”等。但边塞地区难以遵守“宰杀马牛”律，以农耕为主的地区对“宰杀马牛”律执行较易，但杀牛吃牛肉仍很普遍，万历中叶顺天府的乡饮酒礼上席食品中就有牛肉：“猪肉八斤……羊肉八斤……牛肉八斤……大鹅一只……鲜鱼一尾……”⑤明代天启元年南京的一份物价单上，猪肉每斤值钱 40 余

---

① ［意］利玛窦、［比利时］金尼阁：《利玛窦中国札记》，中华书局 1983 年版，第 12 页。

② ［意］利玛窦、［比利时］金尼阁：《利玛窦中国札记》，中华书局 1983 年版，第 4、12 页。

③ 陈成国：《礼记校注》，岳麓书社 2004 年版，第 212 页。

④ 〔明〕陈龙正：《救荒策会》卷六，明崇祯十五年洁梁堂刻本。

⑤ 〔明〕沈榜：《宛署杂记》，北京古籍出版社 1982 年版，第 170 页。

文,羊肉每斤值钱40余文,牛肉每斤值钱20余文,驴肉每斤值钱20余文。[①] 说明当时牛肉是公开售卖的。清代袁枚《随园食单》中列的肉食有牛、羊、鸡、鸭、鹅等。

明清时候的人也喜欢吃各种野味,但虎、熊、狼、狐等食肉性动物难以捕捉,而且其肉多腥臊难闻,所以人们较少食用,人们喜欢吃的是食草性动物如鹿、野兔等。明人食谱中的飞禽走兽有野兔、野猪、野鸡、野鹿、蛙、蛇等。明清时候的人比较野味与家味的优劣,李渔在《闲情偶寄》中说:“野味之逊于家味者,以其不能尽肥;家味之逊于野味者,以其不能有香也。”[②]对于食禽与食兽的区别,李渔说:“野禽可以时食,野兽则偶一尝之。野禽如雉、雁、鸠、鸽、黄雀、鹌鹑之属,虽生于野,若畜于家,为可取之如寄也。野兽之可得者惟兔,獐、鹿、熊、虎诸兽岁不数得,是野味之中又分难易。难得者何?以其久住深山,不入人境,槛阱之入,是人往觅兽,非兽来挑人也。禽则不然,知人欲弋而往投之,以觅食也,食得而祸随之矣。是兽之死也,死于人;禽之毙也,毙于己。食野味者,当作如是观。惜禽而更当惜兽,以其取死之道为可原也。”[③]明清时人对过度捕杀野生禽兽以享口欲之福持否定态度,但对牛、羊、马、猪等家畜家禽却没有同情之心,甚至发明出种种残忍的食用方式。王士性在《广志绎》中说明了这种选择性放生的理念:“唐朝每圣诞,敕僧放生池放生,著为令。其放鱼虾而不放鸡犬者,盖内典六道,鸡犬等为定杀业,鱼虾等为不定杀业故也。然海人则自谓:‘此造化食我。’”[④]

---

① 周晖:《金陵琐事剩录》卷四,《明代社会经济史料选编》下册,福建人民出版社2004年版,第96~98页。

② 〔清〕李渔:《闲情偶寄》,《李渔全集》第三册,浙江古籍出版社2010年版,第251页。

③ 〔清〕李渔:《闲情偶寄》,《李渔全集》第三册,浙江古籍出版社2010年版,第252页。

④ 〔明〕王士性撰,吕景琳点校:《广志绎》,中华书局1981年版,第8页。

也正是基于这种选择性放生理念,《聊斋志异》中放生或变形的动物多为山野动物。山野动物保留着自然灵性。聪慧狡黠的小翠、天真可爱的婴宁,都有着赤子之心。空灵的自然环境造就了婴宁的纯真性格:“乱山合沓,空翠爽肌,寂无人行,止有鸟道。遥望谷底,从花乱树中,隐隐有小里落。下山入村,见舍宇无多,皆茅屋,而意甚修雅。北向一家,门前皆丝柳,墙内桃杏尤繁,间以修竹;野鸟格磔其中。”[①]在荒野群山中,婴宁保留了自然的天性,她的纯真性格没有受到世俗礼教的侵染,她身上有着自然清新的气息。

《聊斋志异》写得最用心的是动物所变的女性形象。最初的狐妖惑人故事多写狐妖化身男子引诱人间女子。《聊斋志异》中也有雄性狐精和其他动物精怪惑人的故事,但故事中的雄性精怪无一例外地遭到人的排斥,或者被杀,或者被驱除。在有的小说中,狐幻化的书生想娶人类女子为妻,被人类坚决地拒绝;人却接受了狐女成为家族的成员。变幻为人形的女性精怪大都为美丽的少女,她们的身上流露出自然灵动的气质和活力。狐女娇娜充满痴情,多次救孔生,她与孔生的情谊是纯净的。獐子精花姑子聪慧活泼,幻化为人,依旧通体麝香。《西湖主》中西湖主生活的环境是“小山耸翠,细柳摇青,行人绝少,无可问途”[②]。密林中隐约看到有殿宇,世外桃源一般。公主“鬟多敛雾,腰细惊风,玉蕊琼英,未足方喻”,荡起秋千来“舒皓腕,蹑利屣,轻如飞燕,蹴入云霄”[③]。

异类女子与人类男子有着共同的兴趣爱好。《白秋练》中慕生

---

① 张友鹤:《聊斋志异会校会注会评本》,上海古籍出版社 1962 年版,第 149 页。

② 张友鹤:《聊斋志异会校会注会评本》,上海古籍出版社 1962 年版,第 646 页。

③ 张友鹤:《聊斋志异会校会注会评本》,上海古籍出版社 1962 年版,第 648 页。

雅爱诗词,更喜吟诵,白秋练精于吟咏,偶尔听到慕生的吟诵便对其产生了爱慕之情,因相思一病不起,后来又奇迹般痊愈。两人通过诗歌传情,还以诗歌治疗相思之疾。异类女子们能够赏识男子的才华。《绿衣女》中的绿衣女仰慕于生"高雅谈吐间妙解音律",主动接近于生,为于生歌唱,以女性的柔美、体贴,为于生排解寂寥。《青梅》中异史氏评论说:"天生佳丽,固将以报名贤;而世俗之王公,乃留以赠纨袴。"[①]在现实中不得意的书生得到了异类的敬重,异类女子摆脱世俗成见,不以财富、门第、权势取人,注重才学和人格风度。《封三娘》中的狐女封三娘为好友范十一娘寻觅终身伴侣,范十一娘得知孟安仁家境贫寒,有些迟疑,封三娘说:"娘子何亦堕世情哉!"[②]在封三娘的劝告和帮助下,范十一娘最后嫁给了孟安仁,而孟安仁会试高中,官授翰林。《青梅》中的狐女青梅看中了纯孝而有才学的张生,她向王家小姐王喜推荐张生,但王喜心怀疑虑,因为张生家境贫寒,担心张生"终贫为天下笑",又惟恐"父厌其贫",青梅保证自己有识人之能,终于说服了王喜,但为王父所阻。青梅自己嫁给了张生,后来张生果然科举高中,做了官。而王家败落,王喜沦落,青梅将王喜接来,将夫人之位让给了王喜。

异类女子往往帮书生科场高中,一举成名。《凤仙》中的凤仙劝刘赤水:"君一丈夫,不能为床头人吐气耶?"[③]她告诉刘生"黄金屋自在书中",希望他发奋攻读。她给刘生一方镜子,刘生刻苦攻读,镜中凤仙会露出笑容;当刘生锐志渐退,流连享乐时,镜中凤仙就会

---

① 张友鹤:《聊斋志异会校会注会评本》,上海古籍出版社 1962 年版,第 453 页。

② 张友鹤:《聊斋志异会校会注会评本》,上海古籍出版社 1962 年版,第 613 页。

③ 张友鹤:《聊斋志异会校会注会评本》,上海古籍出版社 1962 年版,第 1181 页。

惨然欲泣。在凤仙的督促下,刘生一举而捷。《青梅》中的狐女青梅嫁入张家后,侍奉翁姑,让张生专心读书,张生最终取得了功名。《红玉》中的狐女红玉资助冯生娶妻,冯家遭逢巨变,她又帮冯生抚育孤儿,为冯生持家,让冯生刻苦攻读,她为冯生打点好应考事宜,冯生一举而中。

这些异类女子忠于爱情,矢死靡他。《青凤》中,青凤与耿生的爱情遭到了狐叔的反对,后来耿生机缘巧合救了青凤,青凤瞒着狐叟与耿生相爱,实现了终成眷属的爱情。《鸦头》写狐女鸦头性子执拗、刚烈,与王文一见钟情,而狐媪贪财无度,使囊中羞涩的王文望而却步。鸦头大胆表白,积极主动,誓死捍卫爱情,宁肯承受"暗无天日,鞭创裂肤,饥火煎心"[①]之痛,也依然矢志不二。《莲香》《娇娜》《青梅》等故事都表达了作者对知己的渴望。《莲香》中的狐女莲香放弃了狐仙身份,为与桑生终生厮守,慷慨赴死,脱胎为人,这就是情之所至,"生者可以死,死可以生"。狐女在情爱中表现出奉献精神。她们即使最后由于各种原因离开了男子,也往往会生下孩子送回来延续香火,如《白于玉》《翩翩》《龙飞相公》《竹青》等故事中的狐女。

蒲松龄笔下的男主人公以得妖女为人生之幸,"若得丽人,狐亦自佳"[②]。有的学者认为《聊斋志异》为"穷而后幻"的产物,作者通过白日梦式的幻想,将现实中的孤独、凄冷、落魄转化为作品中的艳遇、财富和功名。通过"幻"的形式,获得了自我价值的实现。才华不能充分施展的孤愤,借助鬼狐花妖故事来抒发。作者幻想着这些动物化为人形,具有人性人情,这些动物精怪赏识落魄书生的才华,

---

① 张友鹤:《聊斋志异会校会注会评本》,上海古籍出版社 1962 年版,第 604 页。

② 张友鹤:《聊斋志异会校会注会评本》,上海古籍出版社 1962 年版,第 540 页。

主动以身相许，给予书生无私的帮助，为书生甘心付出，不求回报。动物所变的美女不仅帮助书生排解压抑郁闷，还有能力帮助书生实现各种愿望。在寂寥的夜晚，在枯寂的书斋中，困顿不遇的书生期待婴宁这样的女子来排遣忧愁寂寞，需要白秋练这样的女子诗词唱歌，进行文学交流，还希望红玉、阿纤这样的女子持家致富，让自己心无旁骛地读书，求取功名。无论是放生报恩，还是动物变形，都体现了作者的渴望，是作者人生追求的表达，是心灵寄托的外化。动物精怪与书生交往的故事，是作者落寞生活中的幻影。在这些动物精怪身上，动物生态、宗教伦理和文人情怀交汇到了一起。

【作者单位:临沂大学文学院】

文学地理学视野下的《聊斋志异》研究

徐玉如

一、五彩缤纷的《聊斋志异》研究

学术界对《聊斋志异》的研究，热情不减，不但每年有数百篇学术论文发表，而且研究的综述性文章也成为《聊斋志异》研究一道亮丽的风景线。通过几乎每年一篇的综述性文章，读者能够很方便地了解到学术界的研究成果和学术前沿。如马瑞芳教授发表的《1986年的蒲松龄研究综述》，从蒲松龄著作及有关资料的整理、出版，蒲松龄研究专著的出版、论文要点、研究方法、学术阵地诸方面做了详尽的总结。王志民教授1986年发表在《文史哲》杂志上的《近几年蒲松龄和〈聊斋志异〉研究综述》，从探讨范围的扩大、争论问题的深入、研究角度的更新三个方面做了总结和展望。王平教授在2001年第3期《文学遗产》发表的《二十世纪〈聊斋志异〉研究述评》，从三个方面总结了二十世纪以来《聊斋志异》研究取得的成就。一是文献资料的搜集与整理：中华人民共和国成立前后蒲松龄遗著的发现、辨伪、整理和出版；二是蒲松龄家世生平研究：蒲松龄家世、行迹、交游、著述的考证和年谱、传记的编写；三是《聊斋志异》文本研究：蒲松龄人民性、民族性和《聊斋志异》艺术成就与思想内容的探讨。2005年吴兴兰和李汉举发表了《二〇〇一年蒲松龄研究综述》，从《聊斋志异》、心理学和文化学的研究、聊斋俚曲研究、诗文研究等方面总结了蒲松龄研究的成果。这两位作者还接着发表了《2002年蒲松龄研究综述》，李汉举发表了《2003 年蒲松龄研究综述》，李汉举、王秋香、冯维林发表了《2004 年蒲松龄研究综述》，李汉举和吴兴兰发表了《2005 年蒲松龄研究综述》，吴兴兰发表了《2006 年蒲松龄研究综述》。此后，有对一年研究成果进行综述的，如师浩龙的《2016 年蒲松龄研究综述》，有对多年研究成果进行综述的，如郭迎晖 2001 年发表的《近十年〈聊斋志异〉研究综述》、刘彦丽 2008 年发表的《近四年蒲松龄研究综述》，从蒲松龄的思想、《聊斋志异》的创作动机、思想内容、艺术手法等四个方面，对二十世纪九十年代的蒲松龄研究进行了评述。还有杨广敏和张学艳 2009 年发表的《近三十年〈聊斋志异〉评点研究综述》，付岩志在 2012 年第 2 期《山东大学学报》（哲学社会科学版）发表了《20 世纪以来〈聊斋志异〉海外研究综述》，苗怀明和王文君在 2016 年第 3 期《蒲松龄研究》发表的《二十一世纪前十多年间〈聊斋志异〉文献研究的回顾与反思》等。通过这些综述文章和其他发表的论文，可以看到学术界不乏见解新颖和具有较高学术价值的成果，在《聊斋志异》的创作动机、思想内容、艺术特色、作品形象等方面的研究都取得了新的进展。有的硕博士论文也把《聊斋志异》作为研究对象，如王平教授指导的硕士生孟雪在 2009 年就写了《〈聊斋志异〉与山东民俗》。从发展的角度看，以上研究内容、研究方法等仍有继续深入探讨的必要，但“若无新变，不能代雄”，研究必须要创新，才能有新成果。刘勰在《文心雕龙·通变》篇中说：“文律运周，日新其业。变则其久，通则不乏”①，认为只有新变才能使文学不断发展。萧统在《文选序》中指出：“若夫椎轮为大辂之始，大辂宁有椎轮之质？增冰为积水所成，积水曾微增冰之凛。何哉？盖踵其事而增华，变其本而加厉。物既

---

① 周振甫：《文心雕龙译注》，中华书局 1980 年版，第 157 页。

有之，文亦宜然。”[1]增华、加厉之变是文学发展的必然趋势，创新才有活力。《聊斋志异》研究要开拓新的思路，从文学地理学的角度开展深入研究，可谓是条有意义的途径。

二、若无新变，不能代雄——文学地理学视野下的《聊斋志异》研究

文学与地理有着千丝万缕的联系，地理环境影响了文学，文学的发展也离不开地理环境，这是互动共生的关系。据此产生的文学地理学，是一个极有魅力而又有一定难度的研究课题。说它有魅力，是因其历史悠久，“文学地理”这个概念虽然是近代学者梁启超先生在《中国地理大势论》中提出来的，但源头可以追溯到我国第一部诗歌总集《诗经》，春秋时代的学者把《诗经》中的“国风”按照不同的王国和地区来分类，所体现的就是文学地理的理念。说其有难度，是由于众所周知的原因，相当长的一段时间内，一提地理环境就批地理环境决定论，还有传统的文学研究对文学与地理的关系重视不够。好多研究文学的著作，大都有纵向的、时间的维度，重视文学与时代的关系，重视文学创作的时代背景；而很少有横向的、空间的、地理的维度。对于文学现象的考察，如果只有纵向的、时间的、历史的维度，而没有横向的、空间的、地理的维度，只有历时的考察而没有共时的考察，那么这种考察就是一维的、单向的、片面的，这种考察不仅不能全面解释文学领域所发生的诸多现象，而且即便是已经得出的某些结论，也可能引起怀疑、商榷和反思。要完成对一切文学现象的通体观照，还原文学的真实图景，解释文学之所以然，最好借助文学地理学的理论和方法，增加横向的、空间的、地理的研究维度。

文学地理学主要是依据“人地关系”理论，研究各种文学要素的

---

① 〔梁〕萧统编，〔唐〕李善注：《文选》，中华书局1977版，第1页。

地理分布、组合与变迁,描述各种文学现象的地域特点与地域差异,揭示文学与地理环境之间的相互关系,也有研究者正努力把文学地理学建成一门学科。邹建军教授在《文学地理学批评的十个关键词》一文中指出:“任何国家与民族的文学,甚至任何作家与作品,都存在一个地理基础与空间前提的问题,因为任何作家与作品都不可能在真空中产生出来,任何文学类型也不可能在真空中发展起来,任何作家与作品及其文学类型绝对不可能离开特定的时间与空间而存在。”[①]这一观点说明了叙事离不开特定的地理空间。地理因素对人物性格的塑造、人物形象的刻画有着不可替代的作用,我们应从源头开始探寻文学根底,在整体作品中考量“地理基因”的作用。从根源上说,文学的发生离不开特定的自然环境和人文环境。秀美的自然环境和纯朴的风土人情是文学创作的肥沃土壤和地理故乡。一个作家必定要受出生地、成长地的地理环境、气候、物产等影响,受历史、文化古迹、文化传统等文化因素的影响,并将其反映到所写的文本内容和语言特色中。

在这方面,有作者对《聊斋志异》做了探讨。如黄毅和王艳华在2016年第4期《贺州学院学报》发表了《〈聊斋志异〉中的地名来源研究》,将442篇有真实的故事发生地的作品按现在的省级区划统计了一下,统计结果如下:发生地在山东的有223篇,在江苏的有27篇,在山西的有24篇,在河北的有22篇,在北京的有19篇,在河南的有18篇,在陕西的有14篇,在浙江的有12篇,在湖南的有10篇,在江西的有9篇,在湖北的有9篇,在安徽的有8篇,在云南的有7篇,在广东的有6篇,在天津的有5篇,在甘肃的有5篇,在福建的有4篇,在四川的有4篇,在辽宁的有4篇,在广西的有2篇,在重庆的

---

① 邹建军、周亚芬:《文学地理学批评的十个关键词》,载《安徽大学学报》(哲学社会科学版)2010年第2期。

有2篇,在上海的有1篇,在海南的有1篇。此外有3篇发生地在东海,有1篇发生地在南海,有2篇发生地在泛指的大海。作者做的工作很细,甚至还统计了《聊斋志异》故事发生地在山东的223篇作品中,以蒲松龄的家乡淄川为发生地的最多,有42篇;其次是以济南为故事发生地的,有18篇;第三是以长山为故事发生地的,有15篇;第四是以青州为故事发生地的,有13篇;第五是以沂水为故事发生地的,有11篇;第六是以益都为故事发生地的,有9篇;以诸城和章丘为故事发生地的各6篇;以新城、胶州、东昌和沂州为发生地的各5篇;之后还有51个地名,发生地都在3篇及3篇以下,大多数只有1篇,如济宁、莱州、利津、文登等。很可惜,作者没有进一步探讨这些地方对《聊斋志异》如何产生及产生了什么影响,只是停滞在数量的统计上。陈珊珊在2016年第3期《湖南广播电视大学学报》发表了《〈聊斋志异〉的地域特点研究》,文中写到《聊斋志异》共收故事494篇,除去山东的近250篇,其余的遍布全国各个府区、州县。作者也意识到《聊斋志异》故事篇章较多,虽然文中做了两个表格进行了统计,但是没有对每个故事一一进行分析。上述论文接近了文学地理学的研究范畴,但还缺临门一脚:只是做了现象的罗列,没有上升到文学地理学这一理论的高度做深入分析。在这种背景下,系统地开展文学地理学视野下的《聊斋志异》研究,突出作家的地理信息,探讨地理环境是如何影响《聊斋志异》,通过什么途径影响《聊斋志异》,地理环境影响《聊斋志异》的表现何在,所产生的结果是什么,《聊斋志异》又是如何影响地理环境的,地理环境与《聊斋志异》相互作用的结果是什么?在这些方面进行深入探讨,其意义是不言而喻的。

三、理论分析与实证探讨相结合的初步探索

结合文学地理学的理论,本文拟从以下几方面对《聊斋志异》初做分析,以抛砖引玉。

蒲松龄成长的地理空间及对他的影响。淄川历史悠久,文化灿烂,是古东夷部落活动的主要区域,也是齐文化重要的发源地。在淄川境内发现的王母山巨石文化,是新石器时代的遗存,这表明在新石器时代先民们就在淄川地区繁衍生息。淄川在夏、商朝代为青州地域,自西汉建县,历经两千余年。姜子牙立国,“因其俗,简其礼”,“通商工之业,便鱼盐之利”,使齐国由地薄民寡的一个小国一跃而成为经济富庶、人口众多的泱泱大国。齐桓公姜小白在管仲的辅佐下,打着“尊王攘夷”的旗号,“九合诸侯,一匡天下”,成为春秋时代的第一个霸主。从气候上看,这里属于暖温带季风区半湿润气候,自然条件优越,适宜人类居住。地理环境、山川灵性之气与时代风云相激荡,形成了地域人群特有的文化传统、文化心理和文化性格,这对蒲松龄及其创作有着耳濡目染的影响。如他矢志不渝地追求科举,是当地努力读书求学风气的缩影,也是积极人生观的体现,书中科举故事的地理分布也折射出该地区域文化的特点。

人文环境的影响。一方水土养一方人。不可否认,淄川的地理环境、人文环境、风俗人情等影响了作家的气质、性格、情感和审美情趣,社会环境与自然环境相结合,才产生了《聊斋志异》。蒲松龄曾讲过创作的主要来源:“才非干宝,雅爱搜神;情类黄州,喜人谈鬼,闻则命笔,遂以成编。久之,四方同人又以邮筒相寄,因而物以好聚,所积益夥。”可见《聊斋志异》的故事大部分来自民间,经过他多方面搜集、整理、加工,而后形成具有地理与文化双重意义的小说。邹弢在《三借庐笔谈》中说:“相传先生居乡里,落拓无偶,性尤怪僻。为村中童子师,食贫自给,不求于人。作此书时,每临晨,携一大磁罂,中贮苦茗,具淡巴菰一包,置行人大道旁,下陈芦衬,坐于上,烟茗置身畔。见行道者过,必强执与语,搜奇说异,随人所知。渴则饮以茗,或奉以烟。必令畅谈乃已。偶闻一事,归而粉饰之。如是二十余寒暑。此书方告蒇,故笔法超绝。”学术界大都认为此说未足征信，但从一个侧面再现了《聊斋志异》创作的人文环境，既见民风淳朴，又说明其鬼狐故事有群众基础。综观全书，《聊斋志异》故事大体有三个来源：一是自己的经历，二是口头来源，三是书面来源。这在袁世硕先生的《蒲松龄评传》《蒲松龄志》和李锋主编的《聊斋文化概览》等很多著作及论文中都有详尽的论述。家乡的地理记忆是蒲松龄创作灵感的来源，同时还影响着他的气质、思维方式、世界观和价值观的形成。2004 年出版的五卷本《淄博民间故事大全》，其中的鬼狐故事与《聊斋志异》中的相似。李丽丹在《〈耿村民间故事集〉中的一组"聊斋故事"——兼论民间叙事与文人叙事的比较研究》一文中也论证了《耿村民间故事集》中有大量与清代文言短篇小说相似的文本，其中的一组异类婚恋故事更与《聊斋》有深厚的渊源。这些印证了《聊斋志异》的文学地理动因，现在研究的关键是这些民间故事以怎样的方式对作家创作发挥作用及发挥了多大的作用。

自然环境的影响。人类的生存发展离不开良好的自然生态，文学创作受自然条件的影响，这也是文学地理学的基本内涵。正如李白在《春夜宴从弟桃李园序》中所说，"阳春召我以烟景，大块假我以文章"；刘勰在《文心雕龙·物色》云："岁有其物，物有其容；情以物迁，辞以情发"，又云："若乃山林皋壤，实文思之奥府，略语则阙，详说则繁。然则屈平所以能洞监《风》《骚》之情者，抑亦江山之助乎？"[①]刘勰明确意识到了自然环境与文学创作存在着内在的关系。作为创作来说，"山林皋壤"是滋养文学的沃土，景物会引起人的感慨，激发人的联想，形成创作激情，蒲松龄的《山市》可谓明证。

奂山是旧时淄川县八景之一，据清乾隆版《淄川县志·山川》载："奂山，县西十五里，南北亘城之西。南接禹王山，北去为明山，

① 周振甫：《文心雕龙选译》，中华书局 1980 年版，第 180～183 页。

旧有烟火台，今废。有山市，邑人多见之者，城阁楼台，宫室树木，人物之状，类海市云。”蒲松龄的一生中，无论去济南参加乡试，还是去王村授徒，都要经过奂山，奂山秀丽的景色给他留下了深刻的印象。《山市》就是描写奂山“山市”从出现到幻灭的神奇景象，笔法惟妙惟肖：

奂山山市，邑八景之一也，然数年恒不一见。孙公子禹年与同人饮楼上，忽见山头有孤塔耸起，高插青冥，相顾惊疑，念近中无此禅院。无何，见宫殿数十所，碧瓦飞甍，始悟为山市。未几，高垣睥睨，连亘六七里，居然城郭矣。中有楼若者，堂若者，坊若者，历历在目，以亿万计。忽大风起，尘气莽莽然，城市依稀而已。既而风定天清，一切乌有，惟危楼一座，直接霄汉。楼五架，窗扉皆洞开，一行有五点明处，楼外天也。层层指数，楼愈高，则明渐少。数至八层，裁如星点。又其上，则黯然缥缈，不可计其层次矣。而楼上人往来屑屑，或凭或立，不一状。逾时，楼渐低，可见其顶；又渐如常楼；又渐如高舍；倏忽如拳如豆，遂不可见。又闻有早行者，见山上人烟市肆，与世无别，故又名“鬼市”云。

全文只有三百一十多字，但描写细致入微，形象具体，文字极其精炼。这充分说明了文学地理景观作为文学艺术创作的重要源泉和参照物，它可激发作者的灵感，使之创作出生动活泼、丰富多彩的文学作品。不但是小说，在蒲松龄的诗歌中，也有七首因奂山而写，如《奂山道中》：

暮雨寒山路欲穷，河梁渺渺见飞鸿。锦鞭雾湿秋原黑，银汉星流野烧红。骚客由来惜往日，才人何必怨春风。园陵零露皆芳草，冥漠谁知造化工。

《奂山道上书所见》：

吟鞭萧撼过长桥，三尺红尘小驷骄。十里烟村花似锦，一行春色柳如腰。榆钱雨下黄莺老，麦信风来紫燕飘。游客登山真兴寄，海棠插鬓醉吹箫。

尤侗在《百城烟水序》中谈到文学与自然的关系时说："文章借山水而发，山水得文章而传，交相须也。"清人张潮在其《幽梦影》中也有同样的观点："文章是案头之山水，山水是地上之文章。"景观激励了文学创作，文学作品则赋予其以文学色彩。这不是主体对客体的单边的审美移情，而是上升到"我见青山多妩媚，料青山见我应如是"的主客体双边互动、和谐共生的整体化审美境界。奂山给作者提供了创作素材，而文学作品将奂山原始的自然景观变成人文景观，使其靠文学作品得以扬名，由平庸之景变成了名胜之地。正如柳宗元在《邕州柳中丞作马退山茅草亭记》中说："夫美不自美，因人而彰。兰亭也，不遭右军，则清湍修竹，芜没于空山矣。"这正是文因景生，景借文传。

自然环境对文学作品的内容、艺术特点与风格产生了独特的影响，还表现在《聊斋志异》其他篇目中。如叙述与孟芸娘相爱的《王桂庵》，王桂庵思恋至极，进入梦幻：

一夜，梦至江村，过数门，见一家柴扉南向，门内疏竹为篱，意是亭园，径入。有夜合一株，红丝满树。隐念诗中"门前一树马缨花"，此其是矣。过数武，苇笆光洁。又入之，见北舍三楹，双扉阖焉。南有小舍，红蕉蔽窗。

文中的秀丽景色,如疏竹为篱、红丝满树、红蕉蔽窗,这是江淮一带的景色。蒲松龄在江苏宝应县做孙蕙的幕宾,江村风景应与此有关。再如《寒月芙蕖》:

> 亭故背湖水,每六月时,荷花数十顷,一望无际。宴时方凌冬,窗外茫茫,惟有烟绿。一官偶叹曰:"此日佳集,可惜无莲花点缀!"众俱唯唯。少顷,一青衣吏奔白:"荷叶满塘矣!"一座皆惊。推窗眺瞩,果见弥望青葱,间以菡萏。转瞬间,万枝千朵,一齐都开,朔风吹面,荷香沁脑。

尽管怪异,但实际上是大明湖满湖绿叶、荷花数顷的再现。蒲松龄为求功名,多次到济南应试,对大明湖是很熟悉的。

一枝一叶总关情。钟嵘《诗品序》中说:"气之动物,物之感人,故摇荡性情,形诸舞咏。"古今学者对此论述也很深刻,诸如"神与物游""感物吟志""体物写志""睹物兴情""情以物兴""应物斯感"等,《聊斋志异》中的景物描写依然是这些文学规律的反映。

民俗的影响。民俗是社会的窗口,时代的镜子。民俗文化是一地地理环境、社会环境对人们的思想观念和行为规范长期影响与制约的结果。《汉书·地理志》曰:"凡民函五常之性,而其刚柔缓急,音声不同,系水土之风气,故谓之风;好恶取舍,动静亡常,随君上之情欲,故谓之俗。"①《礼记·王制》描述上古四方的风俗说:"东方曰夷,被发纹身,有不火食者矣。南方曰蛮,雕题交趾,有不火食者矣。西方曰戎,被发衣皮,有不粒食者矣。北方曰狄,衣羽毛穴居,有不

---

① 〔汉〕班固撰,〔唐〕颜师古注:《汉书》,中华书局1962年版,第1640页。

粒食者矣。"①这说明民俗是一地地理环境、社会环境相互作用的产物。作为民俗的载体——语言,也有鲜明的地域色彩。综观《聊斋志异》,则汲取了当地有特色的民俗文化,在创作素材、内容、语言等方面,呈现出鲜明的地域特色。探讨这方面的论文也比较多,如孟雪在其硕士论文《〈聊斋志异〉与山东民俗》中,论述得就比较详细。以《跳神》篇为例,从民俗对《聊斋志异》的影响及《聊斋志异》中所写民俗的文献价值等方面做探讨。跳神俗称"跳大神",是一种具有宗教色彩的迷信习俗。主持宗教活动的巫师和巫婆,借助法器跳跃、舞蹈,以念、唱、舞的形式,装神弄鬼,鼓吹能驱除病灾和邪魔,以蛊惑民心,这在淄川当地流传较广。《跳神》篇明显受到了当地民俗的影响。

济俗:民间有病者,闺中以神卜。倩老巫击铁环单面鼓,娑婆作态,名曰"跳神"。而此俗都中尤盛。良家少妇,时自为之。堂中肉于案,酒于盆,甚设几上。烧巨烛,明于昼。妇束短幅裙,屈一足,作"商羊舞"。两人捉臂,左右扶掖之。妇刺刺琐絮,似歌又似祝,字多寡参差,无律带腔。室数鼓乱挝如雷,蓬蓬聒人耳。妇吻辟翕,杂鼓声,不甚辨了。既而首垂目斜睨,立全须人,失扶则仆。旋忽伸颈巨跃,离地尺有咫。室中诸女子,凛凛愕顾曰:"祖宗来吃食矣。"便一嘘,吹灯灭,内外冥黑。人慄息立暗中,无敢交一语,语亦不得闻,鼓声乱也。食顷,闻妇厉声呼翁姑及夫嫂小字,始共爇烛,伛偻问休咎。视樽中、盎中、案中,都空。望颜色,察嗔喜。肃肃罗问之,答若响。中有腹诽者,神已知,便指某姗笑我,大不敬,将褫汝裤。诽者自顾,莹然已裸,辄于门外树头觅得之。

---

① 〔清〕阮元:《十三经注疏》,中华书局1980年版,第1338页。

> 满洲妇女，奉事尤虔。小有疑，必以决。时严妆，骑假虎、假马，执长兵，舞榻上，名“跳虎神”。马、虎势作威怒，尸者声伧伫。或言关、张、玄坛，不一号。赫气惨凛，尤能畏怖人。有丈夫穴窗来窥，辄被长兵破窗刺帽，挑入去。一家妪媳姊若妹，森森蹜蹜，雁行立，无歧念，无懈骨。

有了“跳大神”的民俗，才有了小说《跳神》。蒲松龄将这一风俗完整生动地记录下来，特别是对跳神的刻画，细腻入微，如写跳时“屈一足”，“两人捉臂，左右扶掖之”；写跳神的唱腔“似歌又似祝；字多寡参差，无律带腔”；写跳后“既而首垂目斜睨，立全须人，失扶则仆”。写观者感受“人慄息立暗中，无敢交一语”等，惟妙惟肖。

《跳神》具有较大的文献价值，与流传在临沂一带的“肘鼓子”调相似，印证了柳琴戏产生于沂蒙的说法。过去临沂、郯城、兰陵一带，流行着一种敲着单面九环鼓，专门替有灾难的农民开锁子还愿、安神、驱邪的迷信职业。巫师和巫婆击鼓而歌，这种“鼓”，要先做成一个像团扇样的铁制骨架，再蒙上狗皮（或羊皮、厚纸），把手的末端弯曲成圆圈状，圆圈内套上九个铁环。演唱时，左手持鼓，右手持竹签，边唱、边舞、边不停地扭动持鼓的左臂前肘，右手击鼓，因此被称为“肘（临沂方言称扭动为‘肘’）鼓子”，又叫“周姑子”“姑娘腔”“装姑娘”，实即“跳神”。这与蒲松龄在《跳神》一文中所描述的极为相似。柳琴戏亦称拉魂腔，“肘鼓子调（姑娘腔）”声腔和唱词的特点，在拉魂腔中表现得十分鲜明，许多柳琴戏老艺人，如临沂的冯士选、李忠志、张从龙等都曾经说过，他们的师祖辈艺人中，很多人在演唱拉魂腔的同时，都兼操“肘鼓子”这种职业。蒲松龄的《跳神》，为我们留下了珍贵的带有地域特色的研究柳琴戏的文献资料。带有地域特色的民俗，在蒲松龄的笔下还有多处表现，如结婚民俗、饮食民俗等，他在《煎饼赋》中写道：“圆如银月，大如铜钲，薄似剡溪之纸,色似黄鹤之翎,此煎饼之定制也。”著名的小说《促织》,在某种程度上也是一种民俗的体现。

地域文化是文化自信的基石。“越是地域的,越是民族的;越是民族的,越是世界的。”从文学地理学这一更广阔的视野看《聊斋志异》的发生、发展,立体化地展示《聊斋志异》的风貌,能丰富和深化人们对文学家、文学作品、文学理论和各种文学现象的认识和理解。笔者对文学地理学的研究只是一种尝试,又因孤陋寡闻,但愿本文能抛砖引玉。鲁迅曾说过:“幼稚是会生长,会成熟的,只要不衰老,腐败,就好”,“幼稚对于老成,有如孩子对于老人,决没有什么耻辱;作品也一样,起初幼稚,不算耻辱的”。不当之处,请方家多批评指正。

【作者单位:临沂大学文学院】

《聊斋志异》中的淄川方言特征词

刘艳玲

《聊斋志异》是享誉海内外的文言短篇小说集,向以典雅的文言著称于世。但作为一个一生一直生活在山东农村的清代作家,作者蒲松龄日常所说的是山东方言、淄川方言,这种长期形成的方言语言习惯,在使用文言写作的时候同样是难以尽改的。笔者发现,《聊斋志异》中有些语言成分可以说是山东方言、淄川方言的文言化表述,即作者从雅化的角度出发把一些方言变成了文言;而为了达到语言使用准确和人物语言个性化的效果,蒲松龄在《聊斋志异》中也直接使用了少量的山东方言、淄川方言的语言成分。进一步考察可以发现,《聊斋志异》中不仅有方言的成分,就性质而论,其中的某些方言语词更属于淄川方言的特征词。

方言特征词是近年来汉语方言学研究的热门话题之一。提出这一概念的李如龙教授对方言特征词做了如下界定:

> 方言特征词是一定地域里一定批量的,区内大体一致,区外相对殊异的方言词。方言特征词批量的大小取决于不同的地域及其历史文化条件;根据区内覆盖面是否普遍、区外有否交叉以及区片大小、常用度高低等条件,可把特征词分为基本

特征词和一般特征词。[①]

李如龙认为,不同的方言之间不仅具有不同的语音特征,而且具有不同的词汇特征。表现了方言词汇特征的词就是方言特征词。方言特征词不能理解为最具特殊性的某一个词或少数几个词,它必须是有一定批量的,在本区方言中普遍存在,在外区比较少见的方言词。[②]

自1999年李如龙提出方言特征词的概念以来,有关方言特征词的研究已经取得了一批重要研究成果,官话方言、吴方言、山东方言、山西方言、安徽方言、赣方言、客家方言、闽方言、粤方言等,都有研究者进行了或初步或深入的方言特征词研究,并先后出版了《汉语方言的比较研究》《汉语方言特征词研究》《北部吴语研究》等数部专著[③],出现了《赣方言特征词研究》博士论文[④]。就山东方言特征词的研究而言,李焱的《山东方言特征词初探》[⑤],刘洪蒨、冯铁山的《烟台方言特征词及其文化内涵》[⑥]等论文都受到研究者的关注,被相关的综述类文章予以介绍[⑦]。

方言特征词是有"一定批量"的,而其数量的多少取决于方言划

---

① 李如龙:《论汉语方言特征词》,见李如龙著《汉语方言的比较研究》,商务印书馆2001年版,第112页。

② 李如龙:《论汉语方言特征词》,见李如龙著《汉语方言的比较研究》,商务印书馆2001年版,第107~109页。

③ 李如龙:《汉语方言的比较研究》,商务印书馆2001年版;李如龙:《汉语方言特征词研究》,厦门大学出版社2002年版;钱乃荣:《北部吴语研究》,上海大学出版社2003年版。

④ 曹廷玉:《赣方言特征词研究》,暨南大学2001年博士学位论文。

⑤ 李焱:《山东方言特征词初探》,见李如龙主编《汉语方言特征词研究》,厦门大学出版社2002年版,第62~82页。

⑥ 刘洪蒨、冯铁山:《烟台方言特征词及其文化内涵》,载《现代语文》(语言研究版)2014年第11期。

⑦ 赵枫:《方言特征词研究成果综述》,载《现代语文》(语言研究版)2015年第10期。

区的大小以及该方言区的历史文化、人口变迁等多种因素。李如龙指出,“为一两个县的小片方言区或几个连片的方言区(如吴与闽、客与赣)寻求特征词,大概数量不会太大,如果是历史上确实形成过相对稳定的方言区,共有的特征词就会多些”①。以李焱的《山东方言特征词初探》为例,该文以董绍克、张家芝主编《山东方言词典》②为基础语料,参考了钱曾怡主编的“山东方言志丛书”、李荣主编的《现代汉语方言大词典》③和许宝华、宫田一郎主编的《汉语方言大词典》④,从10000余条山东方言语料中披沙拣金,按照方言的地域特征、词汇特征等进行汰选,最终选定了40个词为山东方言的特征词。当然,经过审慎细致的考察,山东方言特征词的数量还可以进一步丰富,但考虑到筛选考察过程中极高的淘汰率,笔者预计最终选定的山东方言特征词大概在数百个词之内,其总数不会过千。

笔者在对《聊斋志异》所使用的淄川方言进行考察的过程中发现,虽然总的说来书中属于淄川方言的语词不算太多,但其中存在淄川方言特征词则是毋庸置疑的。在对《聊斋志异》中的淄川方言进行全面统计的基础上,笔者以《聊斋志异》中出现的淄川方言为语料,参考孟庆泰、罗福腾编著的《淄川方言志》⑤和上述《山东方言词典》《现代汉语方言大词典》《汉语方言大词典》等方言文献,对语料中的淄川方言语词进行了严格汰选,最终确认了《聊斋志异》中存在的6个淄川方言特征词。

《聊斋志异》中的淄川方言特征词如下:

---

① 李如龙:《论汉语方言特征词》,见李如龙著《汉语方言的比较研究》,商务印书馆2001年版,第111页。

② 董绍克、张家芝:《山东方言词典》,语文出版社1997年版。

③ 李荣:《现代汉语方言大词典》,江苏教育出版社2002年版。

④ 许宝华、宫田一郎:《汉语方言大词典》,中华书局1999年版。

⑤ 孟庆泰、罗福腾:《淄川方言志》,语文出版社1994年版。

1. 稍迁

《聊斋志异·鸟语附则》:“齐俗呼蝉曰‘稍迁’,其绿色者曰‘都了’。邑有父子,俱青、社生,将赴岁试,忽有蝉集襟上。父喜曰:‘稍迁,吉兆也。’一僮视之,曰:‘何物稍迁,都了而已。’父子不悦。已而果皆被黜。”

淄川方言称蝉为“蛸钱”“蛸钱子”。“稍迁”与“蛸钱”音同,为“蛸钱”的同音借字。

在山东方言的不同地域,蝉有各种不同的方言说法。据《山东方言词典》,济南称“蛸雀”,青岛称“蚧留”,济宁、曲阜称“蚧了儿”,临沂、枣庄、平邑、新泰称“蚧了子”,德州称“唧了儿”,又称“老雀”,威海称“马猴”,滨州、桓台称“蛸老钱儿”,寿光称“涝韶”,阳谷、曹县、菏泽、济宁(又称)称“嘟了儿”,莱阳则称“哲留”。

在新泰,蝉又被称为“蛸钱子”,与淄川方言略同,故“蛸钱(稍迁)”“蛸钱子”可确认为在本区方言中普遍存在,在外区比较少见的方言词。在淄川一带的方言中,老派的人称蝉为“蛸钱”“蛸钱子”,新派的人则称“蛸钱(钱音 qiai)”,把“钱”字准儿化了。《聊斋志异·鸟语附则》所说的“齐俗呼蝉曰‘稍迁’”,主要指的是蒲松龄自己的家乡淄川一带。称蝉为“蛸钱”“蛸钱子”的地区,也包括淄川西南的博山、莱芜、新泰等地,其覆盖范围约有数县。

2. 月明

《聊斋志异·劳山道士》:“俄顷,月明辉室,光鉴毫芒。”

《聊斋志异·素秋》:“试毕,恂九邀公子去,曰:‘中秋月明如昼,妹子素秋,具有蔬酒,勿违其意。’”

《聊斋志异·贾奉雉》:“贾解屦登榻,月明穿射矣。”

“月明”为月亮的方言称呼。不仅淄川一地有这样的方言称呼,据《山东方言词典》,青岛、桓台、寿光、青州、高密等地也有这样的方言说法。《聊斋志异》中同样不乏称月亮为“月明”的语例,如《狐嫁女》篇:“西望月明,惟衔山一线耳。”

在淄川方言中,“月明”一词不仅指称月亮,而且可以指称月光。上举的《劳山道士》《素秋》《贾奉雉》三个语例中的“月明”,就都是指月光而言的。

在淄川方言中,以“月明”指称月亮是其方言本义,指称月光则是后来出现的引申义。“月明”指称月光的方言义项仅见于淄川方言,在山东各地的方言中俱未见载记,故可视为淄川方言特征词的基本词之一。

3. 飏

《聊斋志异·瞳人语》:“婢乃下帘,怒顾生曰:‘此芙蓉城七郎子新妇归宁,非同田舍娘子,放教秀才胡觑!’言已,掬辙土飏生。”

飏,淄川方言音 yàng,指扬手撒出细碎物品的动作。“掬辙土飏生”,意思是芙蓉城七郎子新妇的婢女从大道上的车辙里抓起细碎的土尘,朝着轻佻的生员方栋扬撒过去。

从《山东方言词典》《现代汉语大词典》《汉语方言大词典》等方言文献收录的方言词语来看,扬手撒出细碎物品的动作称“飏”,属于较为典型的淄川方言。“飏”在孟庆泰、罗福腾著的《淄川方言志》中未见载录,故《聊斋志异·瞳人语》所记载的这一淄川方言的特征词,可以补《淄川方言志》语词记载之缺失。

4. 拾

《聊斋志异·小翠》:“诸戚闻拾得贫家儿作新妇,共笑姗之。”

“拾”的本义为捡取,如“拾柴禾”“拾粪”。在淄川方言中,“拾”出现了一个特殊的引申义,特指领养。如:“他这个儿是拾来的。”意思是他的这个儿子不是自己亲生的,是通过领养得到的。《小翠》中的小翠,是其母带着她来到王家“自请为妇”的,其母将其送下之后便一去不复还,而小翠也不能说清自己原居何处,所以才有“诸戚闻拾得贫家儿作新妇,共笑姗之”的事情发生。这里的“拾得”,即领养得到的意思。

据《现代汉语方言大词典》，在徐州、洛阳、牟平等地的方言中，“拾”的一个方言义项为生育，或与淄川方言“拾”所具有的“领养”义存在语源关系；但淄川方言所具有的“领养”义在淄川以外的方言中尚未发现。就此意义而言，“拾”可谓淄川方言特征词的基本词之一。

5. 敬

《聊斋志异·王六郎》：“欲言而止者再，乃曰：‘情好如吾两人，言之或勿讶耶？今将别，无妨明告：我实鬼也。素嗜酒。沉醉溺死，数年于此矣。前君之获鱼，独胜于他人者，皆仆之暗驱，以报酹奠耳。明日业满，当有代者，将往投生。相聚只今夕，故不能无感。’许初闻甚骇，然亲狎既久，不复恐怖……明日，敬伺河边，以觇其异。”

《聊斋志异·陆判》：“判启浓髯微笑曰：‘非也。昨蒙高义相订，夜偶暇，敬践达人之约。’”

《聊斋志异·胡四相公》：“闻邑中某氏宅为狐狸所居，敬怀刺往谒，冀一见之。”

“敬”，淄川方言的意思为特意。以上三个语例中的“敬”字，其义皆为特意。

特意的意思，淄川方言另有一种较为通俗的说法叫“得(音 déi)为的”。这一意义在山东方言中的表述各有不同。据《山东方言词典》，青岛、寿光、牟平、临沂、平邑、阳谷、德州称作“特为”，枣庄、临沂(又称)、菏泽、阳谷(又称)、德州(又称)称作“特意”，德州(又称)、济宁称作“特故意儿”“单顾”，曲阜称作“特为儿意儿”“特家”“专意儿”，德州又称“特个意儿”，莱阳称作“单为儿”，曹县称作“单意”，菏泽称作“单门儿”，威海、牟平(又称)称作“当为儿地”，青岛(又称)、滨州、德州(又称)称作“经心”，寿光又称“经为”，滨州又称“经意”。

"敬"与"经"音同,青岛、滨州、德州、寿光等地所说的"经心""经为""经意"等方言词,与作为淄川方言特征词的"敬"或存在语源关系。

6. 引致

《聊斋志异·田七郎》:"武一日诣七郎,值出猎未返。媪出,跨门语曰:'再勿引致吾儿,大不怀好意!'"

在淄川方言中,"引致"为引诱、勾引的意思。《山东方言词典》曾列"引登"一词,释其义为引诱,出处为青州、寿光两地。青州清代为益都县,为淄川邻县,可知"引致"与"引登"意思相同而说法不同。查检方言文献,"引致"一词未见他处使用,可认定为淄川方言特征词的基本词之一。

《聊斋志异》一书用文言写成,故虽使用了少量的淄川方言,但作者对该书的创作有着一种雅致的追求,淄川方言在书中的数量并不算多。虽然如此,蒲松龄在《聊斋志异》的创作中仍然保存了淄川方言的特征词,为后人留下了弥足珍贵的方言史料,这实在是值得后人庆幸的一件事。

【作者单位:淄博师范高等专科学校社会科学研究中心】

《聊斋志异》“庭院空间”叙事的功能与意义

刘 玲

当今叙事研究开始重视空间，不仅关注空间的叙事功能，也特别关注空间的叙事意义。在中国古代小说中，庭院空间往往蕴含着丰富的文化意蕴，承担着一定的叙事功能，《聊斋志异》中的庭院空间在借鉴规仿前人文本的基础上又别出心裁。《聊斋志异》多将故事场景置于庭院空间，不仅在《凤阳士人》《耿十八》《巧娘》《贾奉雉》《三仙》等小说中直接运用了“庭院”一词，而且在更多的小说中屡屡用到“庭中”“门庭”“院宇”“院落”等词，足见庭院空间在《聊斋志异》叙事中的分量。这些庭院空间不仅有其独特的叙事功能，而且有其独到的叙事意义。本文拟从“庭院空间”视角切入《聊斋志异》叙事研究，分叙事功能、阻隔与跨越意蕴、社会文化寓意三个层面展开探讨。

一、用以叙事的“庭院空间”类型

在问题展开之前，我们有必要对“庭院空间”这一概念加以界说。“庭院”可以解释为院落空间，这一概念在中国古代很早就出现了，《玉篇》释曰：“庭者，堂阶前也”，“院者，周垣也”。在早期的相关记载中，也有“园庭”“院宅”等与“庭院”相近的词，是“庭院”不同形态的反映，如《北史·李元忠传》：“园庭罗种果药”，《魏书·薛辩传》：“盛营园宅，宾客声伎，以恣嬉游”。今人指出：“庭院空间是一种具有独特构成特点的建筑空间。"[1]大致来说,所谓"庭院"指的是房屋以及亭、台、楼、榭等建筑物周围所有的附属场地之通称,包括一个建筑的所有附属场地,以及场地中的植被、石景等。作为庭院空间组成部分的墙、窗、门等也属于庭院空间中的具体意象,我们也纳入庭院空间的范畴之中。这种用墙垣围合起来的空间,是由外界进入建筑内部的过渡空间,也是一种内向的空间。这种空间本身含有特殊的空间意义,且具有独特的审美性,因而常常成为文学意境营造的要素。

据笔者统计,《聊斋》中约有 160 ~ 170 篇运用了庭院空间叙事,有的篇目总体提到"庭院",有的篇目则是写到"庭院空间"中的某个具体意象,如"墙""门""窗"是最常见的。另外,《黄英》《香玉》等小说中还出现了庭院中的"树""花草"等植物。在《聊斋》叙事中,"庭院空间"可分为真实的庭院空间和虚拟的庭院空间。真实的庭院空间一般在交代人物出场时就能判断出来,这类庭院空间又可以简单分为三类。一类是家庭庭院空间,也包括一些书生文人或者位卑清苦的士人的庭院空间,这一类庭院空间与平民百姓的庭院空间相似,比较简陋单薄。不同的是,文人士人的庭院空间又凸显出清新淡雅的风格。家庭庭院空间还包括豪门富贵之家的庭院空间,抑或是位高权重的士人阶层的庭院空间。这一类庭院空间往往是重门大户,楼阁连廊,展现出富贵之家的阔绰。在这里,庭院空间虽为过渡空间,亦能展现主人身份的气派,对庭院空间极度华丽的渲染成为体现主人富贵奢华的有力手段。这些家庭庭院空间虽然有不同的表现,但共同之处在于它们都表现了对家庭圆满始终如一的精神信念和伦理追求,是传统"家庭"得以建立的承载和象征。另一类是

---

① 孙晓姣:《庭院空间在建筑中的表现》,载《城市建设理论研究》2012 年第 29 期。

官府驿站中的庭院空间，这一类庭院空间作为特殊的职能场所，伴随着一定的政治象征意义。例如，庭院里的具体意象“阶”“石狮子”等原本是权力的象征，是公正的象征，但蒲松龄笔下的贪官污吏形象和欺善护恶的现象反倒使得这些庭院空间意象充满了讽刺意味。第三类则是如寺院、道院的庭院空间，也包括荒山僻岭中花妖狐怪的庭院空间，如《聂小倩》中佛殿的小院落、《青梅》中的寺院等。这一类庭院空间置于真实世界之中，却往往在真实庭院空间的基础上幻化出狐鬼花妖等虚拟形象，也使《聊斋》的叙事得以“志怪”化。有些寺院空间叙述带有一定的宗教意义，除了“谈狐说怪”之外，在寺院的庭院空间里发生的故事有时会与奇人异士、仙法道术有关。如《劳山道士》：“王效其作为，去墙数尺，奔而入，头触硬壁，蓦然而踣。”①“穿墙术”的前提是保持高尚的品德与纯洁的心灵，在寺院中所能完成的异术，由于主人公回归世俗生活，持有世俗欲念，便不再灵验。

《聊斋》中虚拟的庭院空间包括以下三类，一是幻象中的庭院空间。该类空间多是在废弃的寺庙或者荒山野岭之中的废墟上幻化出来的。如《道士》中，一夜纵情饮乐之后，“四顾，则一庭荒草，两间破屋而已”②。二是梦境中的庭院空间。或是主人公身处梦境，却宛如在人世间一般，如《续黄粱》梦中为官时，“俄见数夫运资于庭”③，是人世间常见的在庭院中的场景；又或是主人公闯入异域之地，所处迥于人世，如《莲花公主》。三是阴间的庭院空间，如《耿十八》

① 〔清〕蒲松龄著，朱其铠主编：《全本新注聊斋志异》，人民文学出版社1989年版，第40页。

② 〔清〕蒲松龄著，朱其铠主编：《全本新注聊斋志异》，人民文学出版社1989年版，第291页。

③ 〔清〕蒲松龄著，朱其铠主编：《全本新注聊斋志异》，人民文学出版社1989年版，第530页。

《公孙九娘》等。这种阴间的庭院空间又时常伴随着一种祥和的氛围，一如人世间的生活环境，这与地狱中阴森可怕的阴间环境形成明显对比，折射出庭院空间本身所具有的家庭属性和人间属性，是一种拟人间化的书写。三类虚拟空间在介入途径上明显不同，而在实际写作中往往是相通的。梦中的与阴间的庭院空间时常是相联系的，通过梦境进入阴间的情况时有出现，如《连琐》中杨于畏帮助女鬼连琐，就是通过梦境进入阴间。

一般而言，《聊斋》中人世间的真实庭院空间与荒山僻岭中幻化出的虚拟庭院空间有所不同。深山之中的院落空间，不是营造得极其奢华，就是极其偏僻简陋。《花姑子》：“喜诣之，则闬闳高壮，似是世家，重门尚未扃也。”[①]在奇人异士操纵下的幻象世界里，庭院显得华丽无比。这一类虚幻的庭院空间，往往以真实世界中豪门贵族的庭院空间为基础进行幻想，只是其所承载的故事形态与真实豪贵的庭院空间大大不同，具有虚幻性和短暂性的特点。而另一类虚拟的庭院空间——阴间的庭院空间，从《阎王》“路旁有广第，殿阁宏丽”[②]来看，阴间庭院亦如人世间，也是按人世来想象阴间。

总体来说，《聊斋》中的“庭院空间”可分为真实的庭院空间和虚拟的庭院空间。真实的庭院空间是指作者结构小说时将人物故事置于真实世界也即人类世界之中的庭院空间，而虚拟的庭院空间是作者在小说中设计出的虚幻场景。《聊斋》叙事从平民百姓到达官贵人，涉及各个阶层；从书生、道士到妇人，涉及不同的身份；从现实世界到鬼怪阴间，涉及不同的空间。两类庭院空间既分别服务于不同的叙事要求，又经常交相辉映，有效地发挥了叙事作用。

---

① 〔清〕蒲松龄著，朱其铠主编：《全本新注聊斋志异》，人民文学出版社1989年版，第638页。

② 〔清〕蒲松龄著，朱其铠主编：《全本新注聊斋志异》，人民文学出版社1989年版，第656页。

二、"庭院空间"的过场性叙事功能

在蒲松龄笔下,不管是鬼怪妖魅,还是神仙异人,都会有同世间之人一样的习性,庭院空间为这些人物的活动提供了场所和环境的衬托。书中出现过的庭院空间本身又是故事发展的有机组成部分,在叙事过程中起到必不可少的作用。

首先,"庭院空间"提供了叙事的场所和叙事的依托。"庭院空间"最明显的叙事功能就是为叙事提供场所,如《妖术》:"久之,闻窗外如牛喘,有物推窗棂,房壁震摇,其势欲倾。"①这里的庭院空间先是交代了故事发生的场景,紧接着提供故事的打斗场景"刀中庭石,石立断",庭院中的具体意象从侧面衬托出打斗场面的激烈。庭院中其他意象的出现同样有其目的,如《褚遂良》"庭有大树一章,便倚其上"②,庭中之树在此篇中同样承担了"道具"式的任务。《叶生》中的庭院空间,提供了人物活动的另一个场所。叶生为报答知遇之恩而忘记自身已死的事实,当他回到自家庭院见到妻子时才陡然惊醒,化为灰烬。显然,作为家庭生存依托的庭院即为叶生生存的本根,使得叶生从虚妄的世界里惊醒,回到了他不情愿回归的真实而残酷的现实,从"魂从知己竟忘死"③的状态回归到真实已死的状态。这里的庭院空间成为叶生由虚妄到现实的转折,为叙事转折提供了一个合理的场所。

另外,庭院空间中的某些意象有助于打开或者逆转叙事状态。如古时常有窥窗而听之癖,透过"窗"可以发现事情的真相,如《画

① 〔清〕蒲松龄著,朱其铠主编:《全本新注聊斋志异》,人民文学出版社1989年版,第70页。

② 〔清〕蒲松龄著,朱其铠主编:《全本新注聊斋志异》,人民文学出版社1989年版,第1608页。

③ 〔清〕蒲松龄著,朱其铠主编:《全本新注聊斋志异》,人民文学出版社1989年版,第85页。

皮》《成仙》《凤阳人士》等。相较于墙而言，窗户的属性决定了它本身就具有“透风”之力，因而秘密往往通过窗户泄露。如《聂小倩》中“起伏北壁石窗下，微窥之。见短墙外一小院落，有妇可四十余”，“俄而近窗来窥，目光睒闪”。[1] 这里，不管是人是鬼，都可以通过窗户打探动静，或是由内向外或是由外向内。与其有相同功能的还有“短垣”，《侠女》《胭脂》等许多篇目便叙述了从短墙上窥看来打探消息的情景。这些庭院空间，或是作为故事的过渡，或是作为推进故事发展的手段，有效地发挥了叙事功能。

其次，“庭院空间”的描写展现了环境特征，突出了想象的艺术魅力。对虚幻庭院空间的描绘展现了作者丰富的想象力。《罗刹海市》中“都以黑石为墙，色如墨，楼阁近百尺”[2]，与人世间一般以白色涂墙形成强烈的对比效果，更加突出了异域空间的“异域”情调，达到了艺术的真实。《聊斋》中，不同的狐鬼花妖，因其身份不同，他们所生存或出场时的庭院空间也是不同的，这样就形成了类型化的叙事场所，同一类型的庭院场所与主人公的身份往往是统一的。在不同类型的庭院空间下作者对角色的特点也做了区分，如人物出场有敲门、敲窗、逾墙、直接走入等不同形式，而不是千篇一律，使得小说叙事富有变化。在对庭院空间的描写中，作者丰富的想象力使得作品本身充满艺术魅力，也使得作品的内在价值得到了进一步充实。在对庭院空间做分类时，提到虚拟的庭院空间往往基于现实生活的经验进行想象，又呈现出与现实庭院相区别的环境特征，这也是作者想象的魅力所在。

再次，庭院空间叙述衬托了人物性格，丰富了故事内容。蒲松

---

① 〔清〕蒲松龄著，朱其铠主编：《全本新注聊斋志异》，人民文学出版社1989年版，第160、161页。

② 〔清〕蒲松龄著，朱其铠主编：《全本新注聊斋志异》，人民文学出版社1989年版，第465页。

龄笔下的庭院空间中常常闪烁着许多文化符号,经常与舒缓的时间节奏相匹配,有助于诗情画意的营造。《婴宁》中写了庭院里各式各样的花、白色石头砌成的甬路、洒落在台阶上的红花、两旁的豆棚花架之类,十分详尽。这是村舍环境的典型表现,同时自然的美好也与婴宁的美好相呼应。在人物塑造上,庭院空间的设置也起到了一定的作用。《保住》篇中“住逾十数重垣,始达姬院”①,这里的庭院空间衬托出主人公武艺高强。此外,庭院空间还暗示人物身份,为之后的故事做铺垫,如《余德》:“去后,尹入其家,空庭洒扫无纤尘,烛泪堆掷青阶下,窗间零帛断线,指印宛然。”②住时华丽无比,走后干净整洁,显然不是一般人。这里作为细节描写,庭院空间暗示了余德非寻常人的身份。《西湖主》中对庭院空间的描写在《聊斋》中算是笔墨较多的,这里摘录一小段:

> 过数折曲栏,又是别一院宇,垂杨数十株,高拂朱檐。山鸟一鸣,则花片乱飞;深巷微风,则榆钱自落。怡目快心,殆非人世。穿过小亭,有秋千一架,上与云齐,而罥索沉沉,杳无人迹。③

这一段将院中的景致与带给人的感受结合起来,十分独特,语言简洁但不失优美,连续的四字短句一气呵成,将庭院中各色景物一一道来,使人仿佛置身其中,为小说增色不少,同时又暗示了主人

① 〔清〕蒲松龄著,朱其铠主编:《全本新注聊斋志异》,人民文学出版社1989年版,第485页。

② 〔清〕蒲松龄著,朱其铠主编:《全本新注聊斋志异》,人民文学出版社1989年版,第453页。

③ 〔清〕蒲松龄著,朱其铠主编:《全本新注聊斋志异》,人民文学出版社1989年版,第646~647页。

公身份高贵，可见作者用心之深。此外，《聊斋》中真实的庭院空间与虚拟的庭院空间相互交错，有时候一篇之中既有虚拟又有真实，甚至会形成明显的对比。在虚与实的交错之中，使得故事充满了玄幻色彩，在讽刺的力度上也大大加强了。

最后，庭院空间在叙事中具有类型性和虚幻性。《聊斋》的叙事中，往往只是笼统地提及庭院空间或相关意象，却不会特别交代其在叙事中的重要性，正因为这样，涉及比较相似的人物、情节时，出现的庭院空间类型或者意象往往也是相似的。这样的庭院空间只是提供一个场景类型，可以适用于很多的故事。最典型的就是《聊斋》中有四十多篇涉及"逾垣""逾墙"这类行为，经常让人见之熟悉，产生此篇似曾相识的错觉，另外"窥窗"行为出现之多，与"逾垣"颇为相似。《聊斋》中的庭院空间有时也是虚拟场景，这种虚幻的庭院空间叙事蕴含了一种特殊的情境和心态，虚幻的繁华落尽之后是现实的荒凉颓败，蕴含了作者对世事人生的思考。另外，《聊斋》中对庭院空间的描写有时候确有可有可无之处，例如异人怪物入屋时，有些篇目具体写其从窗或是从门而入，而有的类似篇目则直接写"忽有丽人入"，并不涉及出场空间，这里的庭院空间并没有实在意义，只是提供一种依托，有一定的随意性。当然，在《聊斋》中也有许多鬼怪从"门"而入，其情景与在室内的掀帘而入的作用是一样的。庭院空间的虚幻性还体现出虚与实之间的真假难辨，看似虚幻又留有现实的痕迹。《莲花公主》中的蜜蜂王国，虽以托梦的形式求救，但梦醒之后并非一切皆虚，宅边的蜜蜂确实受到了蛇的侵扰需要重建家园。虚与实之间，又有着对现实人生的思考，《续黄粱》中曲折离奇的梦境，演绎的却是现实人生的境遇，引发人们对人生的无限思考和对价值的重新衡量。

蒲松龄在现实的庭院空间里融入自己的想象，在故事情节的发展中加入了合理的庭院空间安排，在推动故事走向的同时展现了古人的建筑布局和审美需求，体现了与人物身份相符合的外在配置，使小说更加富有艺术美感，诗意盎然。

三、“庭院空间”叙事中的阻隔与跨越意蕴

从庭院空间的功能特点来看，“庭院”本身是一种阻隔。它阻断外界的打扰与威胁，也在一定程度上阻隔着对外界的认识、与外界的交往；它保护家庭的安全，保护自身的权益，也在更深的程度上象征着人的独立与伦理的维护，是一种向外的功能。当需要冲破这种阻隔时，庭院空间就成了必经的途径。

跨越“庭院空间”首先表现在对婚姻爱情的自由追求上。跨越了庭院空间的阻隔，主人公才能达到聚合。《聊斋》中的故事主人公虽然多以鬼怪花妖为主，但他们与人世间的纠葛却多是对爱情的追求。虽然碍于身份的限制，他们不能以“光明正大”的姿态与另一半结合，但也愿意翻墙入窗寻觅所爱之人，追求不受阻挠的婚姻与爱情，追求自由。他们愿意自己去寻觅，而不是自古以来的“父母之命，媒妁之言”。如《婴宁》中的王子服，为了追求与自己仅有一面之缘的婴宁，独自找到婴宁所在的村子，进入淳朴美丽的院落空间，与一样拥有大自然般美好心灵和个性的婴宁走到了一起。

在中国古代的文学作品中，男女主人公对爱情的追求淋漓尽致地体现在他们大胆豪放的行为举止上。“将仲子兮！无逾我园，无折我树檀。”①跨越阻隔去追求爱情的情节安排在文学作品中一直延续下来，《聊斋》中也实在不乏这样的情节设置。在对婚姻爱情的追求过程中，庭院空间成了男女主人公为爱情努力和付出的证明。《聊斋》中有很多爱情故事以女性主动为主，女性置封建礼教于不顾，“穿庭入户”，大胆追求爱情、追求婚姻，成为《聊斋》中较为常见

---

① 〔宋〕朱熹集传，〔清〕方玉润评：《诗经》，上海古籍出版社 2009 年版，第 82 页。

的爱情桥段。如《菱角》:"俄闻门外哗,出视,则一女子坐庭中,蓬首啜泣。"[①]《嫦娥》:"一夕,逾垣乞火。宗喜挽之,遂相燕好。"[②]另外还有《红玉》《绿衣女》等篇目。女性的出现往往是主动自主的,对于男主人公的帮助也积极而有力。从更深层次上看,这种描写是作者基于自身而发出的情感共鸣,作者渴望拥有自由自主的爱情追求,渴望和谐的婚姻生活,也渴望拥有贤良勇敢的人生伴侣。

其次,跨越"庭院空间"同时也象征着对封建伦理的冲破和逾越。中国古代的封建伦理是以家庭为基础建立起来的,庭院空间作为家庭的象征,自然担负起了维护封建伦理的重要功能。因此,《聊斋》中的"庭院空间"有"阻隔"这一面的同时,也有"破阻隔"的一面,《聊斋》中冲破庭院空间的"阻隔",更深层意义在于对封建伦理的"冲破"。这一点在《聊斋》中最明显的体现就是"逾墙","逾墙"暗含了对传统伦理的反对和逾越,对人性和真情的赞美。中国古代很多文学作品中都有类似的情节安排,王实甫《西厢记》中张生翻墙进入崔莺莺所在的园子,是受封建伦理约束的青年男女的小心翼翼的逾越和挑战;《牡丹亭》中的园子,将春天万物复苏、生机勃勃的气象展现了出来,原本杜丽娘是不被允许涉足的,一次偶然的机会进入园中,杜丽娘青春美好的感情得到召唤和苏醒,于是有了对封建伦理的大胆跨越,这里的庭院空间和《香玉》一篇中一致,花丛的美好与素衣、红衣女子相映衬,都是对自然美好的赞美,对真情的期待与追求。

逾越了庭院的限制,从传统伦理上讲,是一种不光彩的举动,一般都是发生在夜里,而一旦冲破,就包含对封建伦理的挑战、对人性

---

① 〔清〕蒲松龄著,朱其铠主编:《全本新注聊斋志异》,人民文学出版社1989年版,第818页。

② 〔清〕蒲松龄著,朱其铠主编:《全本新注聊斋志异》,人民文学出版社1989年版,第1071页。

的解放这一成分在内。在《聊斋》的众多庭院空间意象中,“墙”与“门”构成了一组有趣的对立。在维护封建伦理的过程中,“门”是这条链条上最严格的那一环,往往进行严密把关和排查;在《聊斋》的诸多故事中,“门”作为出入通道的作用被“墙”所代替,“墙”成为这条链条上较为薄弱的突破口。这一现象在其他文学作品中也有体现。杜甫在《石壕吏》中有“老翁逾墙走,老妇出门看”①。在这里,“墙”成为逃生的通道,而“门”无疑是危险的,巧妙地利用了墙与门的对立,反映出正常生活秩序的颠倒,突出了战争给人们带来的灾难。可见,“门”代表着封建伦理所允许的世俗关系的通道,而“墙”是出于封建礼教对生存与情爱的阻遏,有趣的是,这种“允许”是严苛的,而这种“阻遏”却是易突破的。《聊斋》中的墙与门的对立同样突出了封建伦理束缚下人们极力想要逃生、想要冲破的愿望。《青娥》中的霍桓,为了见到青娥,翻墙凿壁,他为了追求心中所爱,不按照正常程序,想尽办法,努力追求,一次又一次跨越墙壁的阻隔,也一次又一次忽略“门”作为传统伦理通道的权威。又如《小翠》中公子再次见到小翠时,情急从墙上进入,而夫人启钥从门进入,这里的男主人公为了挽回爱情,抛弃了封建伦理约束,而作为传统伦理典型代表的封建家长,则遵循着该有的程序。当然,门与墙的对立并不都是与封建伦理的抗衡,也有辨别和维护传统常态伦理之时,如《阿绣》中门与墙的对立体现了对封建伦理的认可:“凝思移时,信步诣舍后,见荒园寥廓,西有短垣,略可及肩。”②这里的门乃光明正大的入口,墙为偷偷摸摸的途径,暗示人物行为身份的可疑,且故事中点明为荒园,以细节的处理为后来此女并非阿绣埋下了伏

---

①　葛晓音:《杜甫诗选评》,上海古籍出版社2002年版,第81页。

②　〔清〕蒲松龄著,朱其铠主编:《全本新注聊斋志异》,人民文学出版社1989年版,第991页。

笔,这是墙与门对立的又一种表现。另外,关于庭院空间中典型意象的“门”“墙”“窗”,在《聊斋》中还有一条有趣的关联。在《成仙》中,“叩不能应,思欲越墙,觉身飘似叶,一跃已过”,“舔窗以窥,则妻与一厮仆同杯饮”①;同样的情节,《画皮》中“乃逾垝垣,则室门亦闭。蹑迹而窗窥之,见一狞鬼”②。两篇同样的情况是,这里“窗”也出现了,庭院中频繁出现的三种意象在同一篇中同时出现,构成了功能上有趣的替换。这里的墙成了门的代替,而窗又成了墙的代替,成为打探秘密和发现真相的通道。

再次,跨越“庭院空间”展现了男女主人公追求艳遇过程的刺激心理和不畏艰难。《聊斋》中翻墙入户的行为大多涉及男女交往,男主人公通常不惧怕深夜通过庭院空间而出现的鬼怪。如果将这些狐鬼花妖分为两类的话,那么一类是会帮助人类,不会伤害人类的,另一类则是会对人类造成威胁的。善意帮助人类的狐鬼花妖,往往寄寓了主人公甚至是作者对爱情、对人生的理想追求。这些狐鬼花妖给男主人公带来美好爱情的同时,也成为男主人公的得力帮手,如《莲香》中的桑生不惧怕偶至门外的莲香,将其误认为是西邻的妓女,也不惧怕推门而入的李女,最后莲香帮助李女还生,帮助桑生娶妻。莲香是《聊斋》里女性的典型代表,也是善良异类的代表,她的身上寄托着古代人们对于贤良淑德的妻子的标准以及完美理想的希冀。为了追求到这样的艳遇与理想,庭院空间的阻隔已经不再是阻隔,穿过庭院空间达到的聚合,是不畏艰难与追求刺激的表现。这也是人的普遍“猎奇”心理达到最理想的一种状态,四面环合下的庭院空间带给人“征服”的欲望,在“征服”的过程中,翻墙入户这样

① 〔清〕蒲松龄著,朱其铠主编:《全本新注聊斋志异》,人民文学出版社1989年版,第96页。

② 〔清〕蒲松龄著,朱其铠主编:《全本新注聊斋志异》,人民文学出版社1989年版,第124页。

的独特过程又带给他们刺激的心理感受。庭院空间是外界与内里的过渡空间，理想和目标的达成也需要经过此岸到彼岸的一个过程，由此，不论是《聊斋》中的狐鬼花妖，还是普通男子妇人的翻墙入户行为，在现象的背后隐含着普遍的文人心理。

当然，《聊斋》中穿越庭院空间的阻隔去追求艳遇的行为也有另外一种情况。如《霍女》："每夜逾垣过村，从荡妇眠。"[1]这种作为"艳遇"的一种特殊类型，与美好理想呈相反的状态，是一种病态的追求，或是对世俗"欲念"的不加控制。人格修养一直是中国古代传统文化的重要内涵，庭院在维护家庭日常的同时，也起着维护人格的作用，它如同是给人格划定的范围，不能越界。《聊斋》中的"庭院空间"及其意象除了有封建伦理的禁锢意义之外，也有着对人性底线的维护作用，冲破了庭院空间的界限，就是破坏了人格的底线。这样的情节在《聊斋》中屡见不鲜，翻越了道德的束缚，人格亦随之倒塌。《聊斋》中的这一类庭院空间描写，是作为偷盗行为的"必经途径"的，作者给庭院空间的具体意象赋予了很多的隐喻，涉及最多的是"庭院空间"中的典型意象——"墙"。为盗者一般逾墙或者凿墙而入，如《申生》篇中的偷窃行为；《姬生》篇中姬生本来为人正直磊落，但受狐迷惑后，翻墙偷盗，这是对姬生以往人格的一种折损和颠覆。

最后，跨越"庭院空间"在《聊斋》中也象征着人与异类界限的打破。庭院空间的"阻隔"作用体现为一种"界限"，这种"界限"可以在不同的场合中赋予其更加独特的意义。作为一部志怪性质的小说，《聊斋》中出现的很多"庭院空间"意象被赋予了超乎人世意义的功能，即虚幻与现实的"界限"，作为界限的庭院空间在《聊斋》中出

① 〔清〕蒲松龄著，朱其铠主编：《全本新注聊斋志异》，人民文学出版社1989年版，第1092页。

现甚为频繁,例如《三生》《庙鬼》等篇。在《连琐》篇中"杨亦自归,越墙而仆,于是惊寤,听村鸡已乱鸣矣"①,这里"墙"成为梦中与梦醒的界限,充满奇妙之感。

人与异类的界限即为实与虚的界限。在一些《聊斋》故事中,通过庭院中的具体意象,打通了人类与异类——狐、鬼、妖、神——的界限,打通了现实的人类世界与异类世界——幻界、冥界、妖界、梦界与仙界——的界限。这一点体现在《聊斋》中"门"意象的助力叙事功能上,通过"门",不同领域的界限被打破,使得故事充满玄幻色彩。如阴间的鬼隶在执行凡人投胎转世的任务时往往通过"门"这样的途径实现,《席方平》中"席便据门阈,二鬼乘其不备,推入门中"②。在"志怪"小说以及后来的神魔小说中,"门"一般被作为阴阳世界的入口,这是一个历代沿袭借鉴的现象。"门"是家与外界的界限,古人多讲究"门里"与"门外",迷信的说法也多将回到门里视为避祸,而很多带有奇异色彩的仪式多于门外举行,如《胡四姐》中"当书一符粘寝门"③,既阻隔了妖怪邪魅的侵扰,也通过门打开另一个世界;《宦娘》中"出门遂没"④,此句是《宦娘》篇的收尾句,温如春夫妇与宦娘因琴结缘,满足了离魂之乐,宦娘便离去,一般的鬼怪皆以门或者窗为现身与隐身离去的界限,此处亦是。《聊斋》讲述的都是奇人异事,墙、门、窗之类皆为奇人异事提供了更多隐喻的依托,隐含了人事的奇异。

---

① 〔清〕蒲松龄著,朱其铠主编:《全本新注聊斋志异》,人民文学出版社1989年版,第329页。

② 〔清〕蒲松龄著,朱其铠主编:《全本新注聊斋志异》,人民文学出版社1989年版,第1338页。

③ 〔清〕蒲松龄著,朱其铠主编:《全本新注聊斋志异》,人民文学出版社1989年版,第201页。

④ 〔清〕蒲松龄著,朱其铠主编:《全本新注聊斋志异》,人民文学出版社1989年版,第986页。

四、“庭院空间”叙述的社会文化寓意

从中国传统庭院文化的特点来看,《聊斋》中的“庭院空间”体现着人们传统心理中的审美追求,具有丰富的社会底蕴。从庭院空间的形态特点出发,四面闭合、环绕中心的庭院空间本身就是传统建筑与居住意识的一种反映,是一种向内的生存与精神归宿的追求。

首先,“庭院空间”象征着“圆满性”。在中国传统的建筑理念中,庭院本身与“家”有关。“庭院”形成的四面闭合的建筑结构,将一家一户从前后左右围了起来,这种庭院建筑理念既基于基本的安全需求,更是基于家族观念对于“圆满”的追求,含有“团圆”之希冀。

在《聊斋》的真实庭院空间中,无论是平民百姓还是豪门大贵,都将庭院视为不可缺少的建筑布局,越是富裕的家庭,其庭院越是门墙高筑,越是看重家庭圆满,看重人伦之乐。在《聊斋》的虚拟庭院空间中,阴间的庭院空间亦如人世间,《湘裙》篇中已经去世的晏伯一家人仍然以户居的形式存在着,仍然有着同人世间一样的院落空间,这种虚拟的庭院空间寄寓着古代人们对于逝者的美好祝愿,希望逝去的亲人能够在另一个时空环境中好好生活,体现了人们对于“圆满”结局的期待和追求。另外,古代人有将逝者掩埋于庭院园中的习惯,这体现着一种落叶归根的寓意,如《狐妾》一篇就提到狐妾本为前官之女,受狐蛊惑而死之后就埋葬于园中。类似的情节也多见于古人的其他文学作品中,尤其对于年轻早逝的男子女子,最贴近家庭的庭院为逝者提供了归属感,而庭院作为家庭的一部分,也代表了生者对逝者的留恋。

在另一种现象中,“庭院”则成了私有财产的代表物。用庭院围起来的空间属于类似于今天的神圣不可侵犯的私有财产范畴,庭院也可以将自己的与别人的分开,这种情况下,庭院空间象征的是独立性。例如《珊瑚》篇中以庭院为界,兄弟分家;《二商》中“莒人商

姓者,兄富而弟贫,邻垣而居”①。在这种情况下,则是打破了对家庭团圆的追求,产生了利用“庭院空间”将自身隔离独立的情况,是现实人生与圆满希冀“分裂”的社会现象的反映。

其次,“庭院空间”体现着一种自然的回归感与生存的归属感。《聊斋》中的庭院空间除了涉及必要的门墙等要素,还不乏美妙的自然景色和其他意象,使得庭院的建造充满了园林艺术的美感。如《丐仙》:“又至亭中,益暖。异鸟成群,乱哢清咮,仿佛暮春时。”②此篇极尽笔墨描写了美妙的暮春之景,在庭院的小空间中展现了春天的大空间之美妙,庭院成为一个小缩影,成为对大自然的美好赞美。在这里,庭院空间连接了人世生活与大自然,成为家庭生活之中的自然之地,体现了传统建筑布局回归自然的理念,体现了对美好大自然的追求。同时,家庭是人生存的本根,庭院空间的建造更新了人们的生活理念,在追求基本生存的基础上有了更高层次的追求,是更高水平生活的反映。

当然,这种自然的归属感也反映了读书人雅好宁静的心理与审美情趣。《聊斋》中的庭院空间还体现了读书人“两耳不闻窗外事,一心只读圣贤书”的心理安慰,幽静环境能带给读书人内心的宁静,如《聂小倩》中的宁采臣,就是古代读书人的典型代表,他追求科举之路,在赶考途中选择幽静的环境暂时落脚,于是有了在寺院的小院落里发生的故事。“仁者乐山,智者乐水”,自古以来文人雅士就雅好山水,“庭院”往往成为他们闲情逸致的一种表达。辛弃疾有《满江红·暮春》词:“庭院静,空相忆。”③欧阳修有《蝶恋花》词:“庭

① 〔清〕蒲松龄著,朱其铠主编:《全本新注聊斋志异》,人民文学出版社1989年版,第898页。

② 〔清〕蒲松龄著,朱其铠主编:《全本新注聊斋志异》,人民文学出版社1989年版,第1664页。

③ 施议对:《辛弃疾词选评》,上海古籍出版社2002年版,第6页。

院深深深几许，杨柳堆烟，帘幕无重数。”[①]他们或把庭院空间当作情感表达的一种依托，或把庭院空间作为心身愉悦的一种欣赏，在文学作品中营造了美妙的意境。《聊斋》中涉及的一些庭院空间也体现了这一点，如《白秋练》：“有人徘徊窗外，月映甚悉。”[②]夜间，配着月色，窗户提供了一种美妙或是神秘的氛围。又如《伍秋月》：“一夕，明月莹澈，小步庭中。”[③]这样的庭院空间虽然笔墨极少，却很常见，月下庭院尤其能展现出意境之美和文人闲适之态，苏轼的《记承天寺夜游》中也有“庭下如积水空明，水中藻荇交横”，文人墨客的雅致尽显其中，这是月夜下庭院空间的又一功能，为文人雅士提供独特的审美情趣和审美灵感。文人在庭院中月下饮酌的雅兴，表达了其独特的心理感知，在文人看来，庭院是与屋里屋外不同的意境，同样的饮酒闲坐，庭院是最合乎氛围的。

“庭院”在我国园林艺术发展中有着悠久的历史，亭台楼阁、花草树木作为中国传统庭院中的审美意象，在《聊斋》中也具有一定的美学意义。《黄英》篇中的“庭院空间”，就被作为菊花种植的场地。这篇《黄英》以陶渊明喜爱菊花为原型来创作，以菊花来寓意文人情操的高洁，表达了对文人精神气节的赞美。在这里，庭院空间中的具体意象——花草——将文人独特的审美情趣表现了出来，寄予了人性的内在和精神情调，都表达了古人基于庭院空间的完满意义和建立在自足的物质生活之上的精神追求。

同时我们不能忽视的是，作者蒲松龄曾作为教书先生，在毕际有家设帐三十余年，毕家的庭院园林也给蒲松龄以现实的参考和想

---

① 俞平伯：《唐宋词选释》，陕西师范大学出版社2010年版，第156页。

② 〔清〕蒲松龄著，朱其铠主编：《全本新注聊斋志异》，人民文学出版社1989年版，第1462页。

③ 〔清〕蒲松龄著，朱其铠主编：《全本新注聊斋志异》，人民文学出版社1989年版，第666页。

象基础。毕家有石隐园,蒲松龄在毕家时“先后写有 21 题 42 首歌咏石隐园的诗词”①。这些诗词将石隐园中不同时节变换多端的景色描绘了出来,也将蒲松龄自身的真情实感流露笔尖,石隐园可以说是蒲松龄精神得以慰藉和寄托的一个地方,因而,在这些庭院空间描写中,折射出蒲松龄自己的审美情趣和审美心理,这是很容易理解的,上文提到的《西湖主》一篇中就是这种典型园林美的描绘。

最后,“庭院空间”体现着对传统纲常伦理和封建制度的维护。作为庭院空间所体现的传统文化意义的一部分,传统纲常伦理在家庭庭院和公共庭院中都有表现,最典型的当数官府、驿站庭院。“阶”是官府、驿站庭院中的意象之一,含有一定的政治性意义,体现的是权和势,体现着等级秩序的合理性。如《张鸿渐》:“张惧,出伏阶下。”②“阶下”与“阶上”之别实为身份地位之别,也即等级之别。所以封建纲常伦理不仅体现在跪拜行礼等程序要求上,也在庭院空间的构建上有所体现。又如《考弊司》:“至一府署,廨宇不甚弘敞,惟一堂高广,堂下两碣东西立。”③宽敞宏伟的官府庭院,是封建制度的产物之一,亦是封建制度的维护物之一。传统的庭院空间本身就是封建伦理与制度的反映,作者在一些体现反抗意识的人物和故事中,对于封建制度有直接的反对,也有间接的讽刺或批判。越是有权有势的人越重视封建纲常伦理的维护,《天宫》一篇中描写权势之家“星斗光中,但见楼阁无数”④,因而,蒲松龄在此篇“异史氏曰”中

---

① 孙启新:《石隐园是蒲松龄的精神家园——从聊斋诗词探析蒲松龄的心理状况》,载《蒲松龄研究》2014 年第 4 期。

② 〔清〕蒲松龄著,朱其铠主编:《全本新注聊斋志异》,人民文学出版社 1989 年版,第 1224 页。

③ 〔清〕蒲松龄著,朱其铠主编:《全本新注聊斋志异》,人民文学出版社 1989 年版,第 824 页。

④ 〔清〕蒲松龄著,朱其铠主编:《全本新注聊斋志异》,人民文学出版社 1989 年版,第 1276 页。

提到“高阁迷离，香盈绣帐；雏奴蹀躞，履缀明珠：非权奸之淫纵，豪势之骄奢，乌有此哉？”①与官府庭院一样，在这里，庭院空间本身体现的权威与实际情况的不相符合所造成的矛盾就是对这种纲常伦理与制度的讽刺，作者刻意地展现这种差距，为官本应清正廉洁与官僚们的贪赃枉法形成了强烈的讽刺效果，庭院空间将这种贪慕权势与富贵的现象放大了。

除了富有传统的社会寓意，《聊斋》中的“庭院空间”还富有更深层次的文化寓意。由于特定的成书年代，一如中国古代的其他文学作品对于庭院的描绘一样，《聊斋》中的“庭院空间”也是基于中国古代传统建筑的布局讲究，蒲松龄曾经坐馆教书的毕际有家的庭院空间也给作者提供了现成的创作资源。在对庭院空间的描写上，可以大致看出古人建筑的布局理念，例如很多篇目中写到阶前多有柏树；还有根据庭院在建筑中位置的不同，古人的院落有着特定的称谓，常常分为前院、后院，有时还有中院；也有将庭院扩展为园子的，这就产生了庭院空间里常有的一些具体花草树木之意象。基于这些，作者的创作内容就包含了丰富的文化寓意和想象灵感。

第一，“庭院空间”象征着“文化的废墟”。宅院是人类居住和生活的场所，人类得以在此繁衍延续，宅院随着人类生活的痕迹而留下文化的痕迹。而废弃的宅院如同久置不翻的书籍，时间久了就会落满灰尘甚至被腐蚀殆尽。《聊斋》中的狐鬼花妖虽然与人世有着纠缠和联系，但终不会出现在大庭广众之中，久无人居的旧宅废第、荒凉的古寺，或者逝者被埋葬的地方是狐鬼花妖时常出没的场所，这些场所极少有人类打扰，逐渐成为狐鬼花妖的栖息之地。如《聂

① 〔清〕蒲松龄著，朱其铠主编：《全本新注聊斋志异》，人民文学出版社1989年版，第1278页。

小倩》中的寺院与鬼怪;《犬灯》:“睨之,转舍后去。急起,潜尾之,入院中,化为女子。”①在这样的庭院空间中,后院相较于前院更为偏僻,是鬼怪化形的有利地方。有时,她们也借助于荒山僻野或者旧寺破庙进行幻化,使之看起来富丽堂皇,待到人类离去或者自身暴露之后,又会恢复到荒凉破败的原样。这些旧宅废寺本身就是与人类文明相隔的异类空间,荒野之中的狐鬼妖怪,缺乏教化的熏习,恶性往往会肆意地生长,因而,这类故事中出现的鬼怪也多为恶性的,出现的多是一些伤人害人的妖怪。但仍有例外,如《小谢》篇的废弃庭院中,秋容与小谢能以学书执笔为趣,她们还帮助陶生脱罪。由于陶生的到来,本在荒园废宅中生活的她们发生了改变。这里陶生是书生的代表,亦是作为“文化”的象征,对于小谢等产生了“教化”作用,得以发掘出她们身为人类时的善良本性和受教天性。最后的“还魂”亦是对于她们的肯定,回到了现实的人类生活中来,文化与教化随之复生。事实上,文化的废墟也好,虚幻的异类世界也罢,都是蒲松龄孤愤的表现,他是将这种孤愤融入了这样深沉的隐喻、虚幻的寄托之中了。在蒲松龄的个人境遇上,知识分子仕途之路的艰难日积月累地熔铸到个人的性格之中,对于现实境遇的愤懑和对于美好理想的希望付诸这些奇异陆离的狐鬼故事之中,是很容易理解的。

第二,《聊斋》中的“庭院空间”是一种“镜花水月式”的文化心理映衬。如果说真实的庭院空间是对现实生活的反映与反思,那么虚拟的庭院空间就是一种穿透现实之后的心理寄托。因此从真实庭院空间与虚拟庭院空间的空间转换中,折射出“镜花水月”般的心灵迷思,这也是庭院空间所含有的重要意义之一。《聊斋》中处处展

① 〔清〕蒲松龄著,朱其铠主编:《全本新注聊斋志异》,人民文学出版社1989年版,第411页。

现着这种心理映射，无论是将庭院空间视为界限的打破，还是将之视为文化的废墟，都有着作者难掩的落寞在里面。无法打破现实的困境与桎梏，无法掌握命运的落寞在横向与纵向中都弥漫在庭院空间的描写之中。这种镜花水月般的心灵迷思可以分为浮生若梦的警醒和心灵的慰藉两种。

一种是虚无缥缈、浮生若梦的警醒。如《道士》这一篇，破败的旧庙与奢华的殿宇形成了明显的对比，冰冷的石柱与温润的美女形成了明显的对比，虚幻纵好，终归是一场皆空，梦醒之后身处破庙茅坑之中的主人公更是狼狈至极。《聊斋》中的乞丐和道士，往往善于戏弄，将真实与幻象呈现于俗人眼前，让他们分不清身处何境，分不清是幻是真。汲汲于富贵繁华的人或是迷失自我，或是看透俗尘之事，抛下对一切功名利禄的追求，如前面提到的《续黄粱》。另一种是心灵的慰藉。如《狐女》中“天明，逾垣而出。回视卧处，并无亭屋，惟四针插指环内，覆脂合其上”①。一切皆是幻象，不过是狐女善意为之。荒凉之地隐喻人的寥落漂泊，而善意为之的庭院空间则给人暂时栖居的场所，是心灵的抚慰与暂时寄托。这不像是僧人道人刻意营造出的幻象，以奢华的表象与现实的荒凉做对比，衬托出人生如梦、繁华烟云之感，这是作者的另一种态度，是对仕途失意、处境艰难的文人士子的同情与安慰，真与幻的交错给了暂时处在困顿中的浪人以慰藉，充满了作者的自我安慰。真实所不能带给人的心理慰藉，交由虚幻来完成，这是对文学作品本质的回归，提供一种解决方式或者寄寓一种人生理想，这里庭院空间完成了这一功能。《聊斋》中的书生，多是落魄困顿又苦心于仕途，他们充满着对封建科举的不满，又不得不通过科举制度来证明自己，在追求科举的过

① 〔清〕蒲松龄著，朱其铠主编：《全本新注聊斋志异》，人民文学出版社1989年版，第1503页。

程中，这些误入异类庭院空间的遭遇，把满腹经纶的士人置于偏僻荒废的环境之中，是士人理想与现实困境的对比①。这也正是作者自身包括广大士人举子在世俗生活或科举生涯中充满挫败感之后的一种人生幻象，在小说中也寄予了作者对广大儒生学子的切己同情以及美好希冀。

不论是梦境还是幻境，虚拟的庭院空间都显示了人类心理上的潜意识。与现实社会相对隔绝的地理位置，为心灵的启迪提供了条件，无论是梦境阴冥还是荒野废宅，都体现了幻境的“孤寂”，体现了人物的“孤寂”，生存场所的孤寂实际上是作者自身对于“孤寂”的一种体验与理解反映在小说中的表现。蒲松龄在《聊斋》里抒发的“孤愤”，在庭院空间上一定存在着痕迹。这些异界的打破一方面说明他内心的渴盼，一方面又与写豪门富贵的庭院空间形成对比。

蒲松龄的《聊斋志异》以不同的庭院空间类型结撰了近两百篇的故事，在纷繁离奇的故事模式中，“庭院空间”隐含了丰富的社会文化内涵。有作者笔下延续的中国传统文化中“庭院空间”的文化内涵，也有作者赋予的更深层次的文化寓意，同时体现出“庭院空间”叙事中的阻隔与跨越意蕴。作为家庭圆满与生存归属的庭院空间，体现的是庭院空间与生俱来的传统性；而作为界限性的庭院空间，在其维护传统功能之外衍生出“破阻隔”带来的反传统性，这是传统内涵与时代精神碰撞出的结果；同时，庭院空间也是作者特定文化心理的折射，废弃的庭院空间则在时间层面上形成了某些更深层次的文化意义。作者在这些庭院空间书写中既表现了其自身的心理情志，也深刻地关注着现实社会，利用志怪言情的表象传达着

① 参看林奥妮《〈聊斋志异〉中儒生的矛盾心理》，载《濮阳职业技术学院学报》2016 年第 6 期。

作者对于现实人生的关注与思考，体现了民族文化心理的深层沉淀。与此同时，“庭院空间”的文化意义与叙事功能相结合，使得《聊斋志异》呈现出更为奇妙出色的艺术魅力。

【作者单位：山东大学文学院】

聊斋接受传播研究

近三十年俄罗斯的“聊斋学”

高玉海

瓦西里·米哈伊洛维奇·阿列克谢耶夫(1881—1951)在《聊斋志异》的俄文传播史上可谓首屈一指,甚至可以说,真正让《聊斋志异》在俄罗斯读者中产生重大影响的是阿列克谢耶夫的译文。阿列克谢耶夫从1910年开始发表聊斋译文,直到他去世前夕,仍不断地翻译和修改译文,并撰写了不少关于《聊斋志异》的论文。国内较早关注这方面的著作有王丽娜《中国古典小说戏曲名著在国外》[①]、宋柏年《中国古典文学在国外》[②]、马祖毅《汉籍外译史》[③]等,近些年国内外许多学者对阿列克谢耶夫翻译《聊斋志异》的情况进行了梳理和研究,如李明滨、李淑卿的《俄国蒲松龄研究巡礼》[④],李福清的《〈聊斋志异〉外文译本补遗》[⑤]、《〈聊斋志异〉在俄国——阿

---

① 王丽娜:《中国古典小说戏曲名著在国外》,学林出版社1988年版。

② 宋柏年:《中国古典文学在国外》,北京语言学院出版社1994年版。

③ 马祖毅、任荣珍:《汉籍外译史》,湖北教育出版社1997年版。

④ 李明滨、李淑卿:《俄国蒲松龄研究巡礼》,载《蒲松龄研究》2000年第1期。

⑤ 李福清、王丽娜:《〈聊斋志异〉外文译本补遗》,载《文学遗产》1989年第1期。

列克谢耶夫与〈聊斋志异〉的翻译和研究》[①]、《阿列克谢耶夫院士译〈聊斋〉》[②]，李逸津的《20 世纪俄苏〈聊斋志异〉研究回眸》[③]等，尤其青年学者岳巍、李绪兰在这方面做了较为细致的梳理，取得了可喜的成果，如《〈聊斋志异〉在俄罗斯的翻译和阿氏译本的影响》[④]、《试论阿列克谢耶夫对聊斋小说标题的俄译》[⑤]、《六十年来〈聊斋志异〉在俄罗斯的传播》[⑥]、《〈聊斋志异〉在俄译综述》[⑦]、《〈聊斋志异〉俄译版本述略》[⑧]、《俄罗斯聊斋学研究述评》[⑨]等，但上述论文或因论者未必目睹原著文本，或因辗转引用不十分准确的文献，或因论者主观的疏忽遗漏，仍然有不少需要补充和修正之处，本文试对阿列克谢耶夫翻译的《聊斋志异》在苏联解体之后的翻译和研究情况做更为详细的梳理，期望与学界商榷。

一、苏联解体之后阿列克谢耶夫《聊斋》译文的再版

20 世纪 90 年代初苏联解体之后，随着时代的发展变化，俄罗斯

---

① 李福清《〈聊斋志异〉在俄国——阿列克谢耶夫与〈聊斋志异〉的翻译和研究》，见张永政、盛伟主编《聊斋学研究论集》，中国文联出版社 2001 年版。文章亦载《汉学研究通讯》2001 年第 4 期。

② 李福清：《阿列克谢耶夫院士译〈聊斋〉》，见白春仁主编《中俄文化对话》（第一辑），黑龙江人民出版社 2008 年版。

③ 李逸津：《20 世纪俄苏〈聊斋志异〉研究回眸》，载《蒲松龄研究》1999 年第 1 期。

④ 李绪兰、岳巍：《〈聊斋志异〉在俄罗斯的翻译和阿氏译本的影响》，载《蒲松龄研究》2008 年第 3 期。

⑤ 岳巍、李绪兰：《试论阿列克谢耶夫对聊斋小说标题的俄译》，载《蒲松龄研究》2009 年第 2 期。

⑥ 岳巍：《六十年来〈聊斋志异〉在俄罗斯的传播》，载《蒲松龄研究》2010 年第 1 期。

⑦ 岳巍：《〈聊斋志异〉在俄译综述》，载《大家》2010 年第 10 期。

⑧ 岳巍：《〈聊斋志异〉俄译版本述略》，见冯骥才主编《心灵的桥梁——中俄文学交流计划国际学术研讨会论文集》，天津大学出版社 2010 年版。

⑨ 岳巍：《俄罗斯聊斋学研究述评》，载《山东社会科学》2012 年第 1 期。

翻译和研究中国古典文学的作品数量明显减少，出版的大多是老一辈翻译家的作品，其中阿列克谢耶夫翻译的《聊斋志异》也是众多旧译新出中的佼佼者，现举要如下：

1994 年莫斯科教育新闻出版社出版了由汉学家索罗金选编的《聊斋志异》，书名为《蒲松龄：聊斋志异》①，编者从阿列克谢耶夫翻译出版的《狐妖集》选出 5 篇、《神僧集》选出 8 篇、《异闻集》选出 4 篇、《异人集》选出 4 篇，共计 21 篇作品，书前有索罗金撰写的“选编说明”。岳巍在《〈聊斋志异〉俄译版本述略》中没有提及这个版本。

1999 年俄罗斯圣彼得堡出版了一种小开本《聊斋志异》②，该书根据 1973 年出版的《聊斋志异》选编而成，选《狐妖集》中的 9 篇、《神僧集》中的 15 篇、《异闻集》中的 8 篇、《异人集》中的 24 篇，共 56 篇作品。书后附有注释及阿列克谢耶夫生前为《狐妖集》撰写的序言摘编。岳巍在《〈聊斋志异〉俄译版本述略》中没有提及这个版本。

① 俄文书名：《Наваждение за наваждением》。
② 俄文书名：《Рассказы Ляо Чжая о чудесах》。

2000 年圣彼得堡东方学中心出版了一大开本《聊斋志异》，把阿列克谢耶夫生前翻译的四本聊斋小说合为一本[①]，具体包括《狐妖集》29 篇、《神僧集》43 篇、《异闻集》22 篇、《异人集》62 篇，此外还增加了《绿衣女》《药僧》两篇，《瞳人语》作为翻译例文也收录在摘要之后，合计 159 篇作品。如果把《聊斋自志》也算作一篇的话，刚好 160 篇作品。这样，此版本与最初的版本相比则新增加了《绿衣女》《瞳人语》《药僧》三篇。著名汉学家孟列夫和研究宋代笔记小说的阿里莫夫校对了艾德林没有校对的 70 篇，并纠正了一些错误与疏漏之处。该书收录了 1922 年、1923 年、1928 年、1937 年选本的序言及阿列克谢耶夫在 1934 年发表的两篇关于蒲松龄的文章（一篇是《聊斋小说中儒生个性与士大夫意识的悲剧》，另一篇题为《论中国古代文学普及问题》）。书中每篇小说都配有精美的插图，这是从 1886 年《聊斋志异》石印本借用的，附录有编者阿列克谢耶夫女儿班科夫斯卡娅撰写的长篇后记，题为《聊斋的朋友与冤家》，文中用许多档案材料描述了她父亲一生与《聊斋志异》的有关活动及对他的翻译的各种评价。该文章已经被翻译成中文连载于《蒲松龄研究》2003 年第 1 期至 2004 年第 4 期。这个译本对俄罗斯的蒲松龄小说爱好者来说，可以说是最全的、最可靠的、最为权威的本子。

此外，2003 年莫斯科一家叫作“艾克斯莫”的出版社出版了《聊斋：狐妖之术》[②]，该书选《狐妖集》15 篇、《异闻集》10 篇、《异人集》21 篇，共计 46 篇，选编的作品除了《偷桃》《一员官》等故事外，大多数都是与狐狸有关的聊斋故事，而且保留了阿列克谢耶夫生前所写的几篇序文。

---

① 俄文书名：《Странные истории из Кабинета Неудачника（Ляо Чжай чжи и）》。

② 俄文书名：《Искусство лисьих наваждений》。

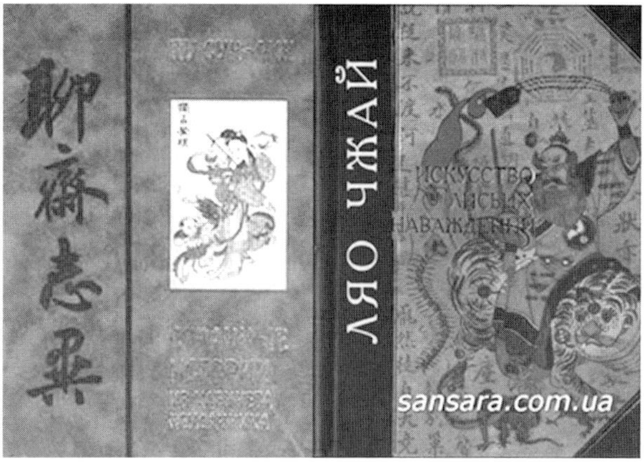

2007 年俄罗斯科学院东方文学出版社又依据阿列克谢耶夫的译本出版了由汉学家李福清任责任编辑的《异闻集・异人集》[1],在保持原来篇目的基础上增加了《绿衣女》《药僧》两篇,计 86 篇。2008 年出版了《狐妖集・神僧集》[2],李福清在这个选本中附录了他发现的阿列克谢耶夫生前未发表的《鸿》《象》《赵城虎》等三篇聊斋译文,计 75 篇。这两个选本都是根据阿列克谢耶夫最初的四个版本编选的,并根据中国学者的研究成果修正了一些误读和疏漏之处,封面采用精美的聊斋故事年画。值得注意的是,李福清编辑的这两种《聊斋志异》不但保留了阿列克谢耶夫生前为《狐妖集》(предисловие переводчика)、《神僧集》(предисловие переводчика)、《异闻集》(предисловие переводчика)、《异人集》(предисловие переводчика)撰写的序言,而且还收录了阿列克谢耶夫在 1922 年《东方》杂志上发表的论文(лисье царство)及《聊斋自志》(Моя история),堪称完美。

---

[1] 俄文书名:《Странные истории. Рассказы о людях необычайных》。

[2] 俄文书名:《Лисьи чары. Монахи-волшебники》。

2018 年，圣彼得堡巴利米拉出版社出版了蒲松龄《异闻集》，列为“东方图书系列”之一种，内容即阿列克谢耶夫 1922 年翻译的《异闻集》全部聊斋小说，共 22 篇。

综上，苏联解体之后阿列克谢耶夫《聊斋志异》俄译本的出版情况可见下表：

苏联解体之后出版的《聊斋志异》一览表

出版时间	书名	篇数	页码	序跋
1994 年	《蒲松龄》	21	240	索罗金序
1999 年	《聊斋志异》	56	396	阿列克谢耶夫跋
2000 年	《聊斋志异》	160	784	班科夫斯卡娅序
2003 年	《聊斋：狐妖之术》	46	432	阿列克谢耶夫前言
2007 年	《异闻集 · 异人集》	86	399	阿列克谢耶夫前言
2008 年	《狐妖集 · 神僧集》	75	319	阿列克谢耶夫前言
2018 年	《异闻集》	22	319	阿列克谢耶夫前言

1993 年：科波泽夫编选《中国色情》，收录了《赵飞燕外传》以及

冯梦龙、李渔、兰陵笑笑生等多篇白话小说的节选，还收录了蒲松龄《聊斋志异》的三篇小说。莫斯科“科瓦德拉特”出版社 1993 年版。

2000 年：李谢维奇等翻译《中国艳情诗歌和小说选》，小说部分收录《聊斋志异》选篇、《金瓶梅》片段、《肉蒲团》片段。莫斯科，2000 年。《Павильон наслаждений. Китайская эротическая поэзия и проза》。

2015 年：阿列克谢耶夫译《聊斋志异选》（汉俄对照版），四卷本，“大中华文库”，外文出版社 2015 年版。

二、苏联解体之后俄罗斯对《聊斋志异》的研究（待补充）

俄罗斯汉学家对《聊斋志异》的研究伴随着对其文本的翻译，最早对《聊斋志异》进行研究的主要是作品翻译者的翻译说明或者前言。这方面的研究文章数量很大，最主要的是阿列克谢耶夫生前出版的四部《聊斋志异选》的俄文译本的前言。

苏联解体之后，2001 年李福清《〈聊斋志异〉在俄国——阿列克谢耶夫与〈聊斋志异〉的翻译和研究》，收入《聊斋学研究论集》，中国文联出版社 2001 年版；又载《汉学研究通讯》2001 年第 4 期。

【作者单位：浙江师范大学】

《详注聊斋志异图咏》在日本的影响与变异

王　拓

《聊斋志异》(简称为《聊斋》)是中国文言短篇小说的扛鼎之作,自刊刻问世后,形成“风行天下,万口传诵”,“几乎家有其书”的气象。一代代画师被其花妖狐媚、光怪陆离的世界所吸引,挥发想象,绘制出精美绝伦的插图,极大丰富了读者的欣赏视野和艺术联想,扩大了《聊斋志异》的阅读群体。其中最经典的当属光绪十二年(1886)出版的《详注聊斋志异图咏》(简称《图咏》),该书由上海同文书局广百宋斋主人刊刻,以青柯亭本为底本,内里共445幅精美插图,印制精良,毫发毕现。此书一出,大受欢迎。鲁迅曾经在给孟十还的信中说道:“欢迎插图是一向如此的,记得十九世纪末,绘图的《聊斋志异》出版,许多人都买来看,非常高兴的。而且有些孩子还因为图画才去看文章,所以我以为插图不但有趣,且亦有益。”①此后,《聊斋》插图本纷纷出版,多以此为范本,如光绪十三年的知不足斋本、光绪十四年的上海鸿宝斋本、1898年藻文书局本、1918年广益书局本等。其他如《聊斋志异图说》、《分类广注绘图〈聊斋志异〉》、晚清潘振镛的《〈聊斋〉白描插图》、《绣像聊斋志异》等版本的插图在创新性、普及度和传播范围上皆不及《图咏》。《图咏》确实“为《聊斋》插图

① 王世家、止庵:《鲁迅著译编年全集》(第十八卷),人民出版社2009年版,第332页。

本之最善者”①。在《聊斋》的海外传播中,也多见对此版本插图的借用和移植。《聊斋》传入日本的时间最早,在日本的译介工作也开展得比其他国家更早更广。目前,拥有《聊斋》译本最多的国家便是日本。随着《聊斋》在日本的广泛传播,其插图成为众多日译本中常见的组成部分和插画师跃跃欲试的题材。日本插画师在模仿探索中国古典鬼怪故事和插图的同时,逐渐摆脱故事原型的限制,更自由地进行创作,创造了具有民族特色的《聊斋》插图。其中比较有代表性的为柴田天马(1872—1962)译本和陈舜臣(1924—2015)译本中的插图。

影响关系的变异性是指国际文学关系和互相影响中,由于不同的文化、心理、历史形态、历史语境等因素,在译介、流传、接受的过程中存在着语言、形象、主题等方面的变异。② 尽管受《图咏》文本的影响,但插图画师创作中存在着“前结构”,即特定的民族文化心理和文化规则,日译本插图势必会出现文本增殖的变异和在意境与风格上的变异。

一、《图咏》对日译本《聊斋》插图的影响

《聊斋》在江户时代(1603—1867)传入日本,日本长崎《商船载来书目》中就记载着在1768年、1800年和1854年,《聊斋》由海船运到日本。日本江户时代文学就受到了《聊斋》的影响。《聊斋》的译介工作开始于明治时代,然而当时的译作仅限于一些单篇作品,直到日本大正(1912—1926)时代以来,《聊斋》的译介工作才进入正轨并出现了《聊斋》日译本的功勋译者——柴田天马。柴田用三十多年的时间完成了《完译聊斋志异》,1951年由东京创元社出版,附有著名画师井上洋介(1921—2016)创作的插图,颇受读者喜爱。在1955年修订

---

① 阿英:《小说三谈》,上海古籍出版社1979年版,第136页。

② 曹顺庆:《南橘北枳——曹顺庆教授讲比较文学变异学》,中央编译出版社2014年版,第12页。

为《定本聊斋志异》，东京修道社出版，由漫画家伊达圭次插图。

此后，《聊斋》的译介势头有增无减，选译本和全译本共达数十种之多。其中比较引人注意的是由增田涉、松枝茂夫、藤田祐贤、大村梅雄合译的全译本被收入1958年平凡社出版的《中国古代文学全集》(21、22册)。此译本和1997年株式会社岩波书店出版的立间详介翻译的《聊斋志异》均直接引用了《图咏》中的插图。1994年由中央公论社出版的由陈舜臣翻译的《聊斋志异考——中国妖怪谈义》(简称为《聊斋志异考》)的插图作者是中国国家画院研究员，日本京都造型艺术大学教授李庚。因此本文选取的较有代表性的日译本是柴田天马的译作《完译聊斋志异》《定本聊斋志异》和陈舜臣的《聊斋志异考》。

虽然《图咏》早于诸日译插图本《聊斋》出版，且插图风格迥异，但仍可看出其对日译本插图的影响，主要体现在人物刻画和情节选择上。《图咏》中的美人形象基本是圆额，瓜子脸，眼睛细长，樱桃口，符合明清文人画中的仕女形象。而男子形象则多带冠，青年面目清秀，长者留须(图1－1)。图1－2在人物形象上较少更改，特别是在五官、发型、举止、服饰上与图1－1如出一辙。而两图中渔夫和仆人的形象在文本中并未出现，显然是画师对文本的发挥，而图1－2明显接受了图1－1的再创造。

图1－1 《汾州狐》插图及局部放大，《详注聊斋志异图咏》下册第24页

图 1－2　《汾州狐》插图及局部放大,《定本聊斋志异》第四册第 282 页

除了对人的形貌的刻画,画师还描摹了行动中的人以反映人物特征。《聊斋志异》的插图人物大多被置于动态中,这时画师往往会选择最能表现人物性格的经典场景来描绘,如为了表现婴宁的天真烂漫、憨痴可爱,中日画师无不选择了“穿花小步,闻树头苏苏有声,仰视,则婴宁在上。见生来,狂笑欲堕”①。这一经典场景。图1－3 线条细腻,人物逼真,构图协调允妥;而图 1－4 画工简约,人物显豁,表现夸张,但依然可以从男女表情、姿态和背景的相似性中看出日本画师对《图咏》中情节选取的借鉴。

图 1－3　《详注聊斋志异图咏》卷一第 27 页

① 〔清〕蒲松龄:《聊斋志异》,齐鲁书社 2006 年版,第 51 页。

图 1－4 《定本聊斋志异》第三册第 101 页

图 1－5 《详注聊斋志异图咏》第一册第 27 页

而在《西湖主》的插图中，图 1－6 对图 1－5 模仿成分较多，在插图结构布景、人物数量、造型方面皆有模仿，而图 1－7 将插图境界缩小，人物比例放大，增强了表现力。三幅插图皆以“舒皓腕，蹑利屣，轻如飞燕，蹴入云霄”[①]的场景表现了西湖公主活泼美好、轻盈潇洒的形象。两则故事插图都截取了男主人公与女主人公邂逅并定情的情节，不仅是画师理解文本基础上的审美再现，更令无数读者心向往之。需要注意的是，这种情况下，画师注重的是对人物外形和性格的描写，而不是对故事情节

① 〔清〕蒲松龄：《聊斋志异》，齐鲁书社 2006 年版，第 197 页。

的推动。

图 1－6 《定本聊斋志异》第一册第 105 页

图 1－7 《聊斋志异考》第 112 页

法国古典主义美学家莱辛在《拉奥孔》中提出了“最富于孕育性的顷刻”①这一概念，因为画只能表现某一顷刻的状态，所以“要避免描绘激情顶点的顷刻”，而去描绘激情发生前的那一顷刻，将人的想象带到即将发生的激情的顶点中。这也是插画师应遵循的法则，《图咏》坚持了莱辛的“最富于孕育性的顷刻”的选择，同时在日译本插图中也得到仿效和借鉴。

《聊斋》名作《画皮》着墨不多，但情节紧凑，跌宕起伏。全文的恐怖气氛层层深入，在厉鬼“径登生床，裂生腹，掬生心而去”②中达到高潮，而画师却选择了高潮之前的情节进行描绘。与图1－8 相比，图 1－9 中的人物变大，凸显了人物表情，背景缩

---

① ［德］莱辛著，朱光潜译：《拉奥孔》，人民文学出版社 1982 年版，第 18 页。

② 〔清〕蒲松龄：《聊斋志异》，齐鲁书社 2006 年版，第 43 页。

小,削减了周围古树奇山对恐怖气氛的渲染。但在情节选择上,两图毫无二致,都定格在王生窥见了"一狞鬼,面翠色,齿巉然如锯。铺人皮于榻上,执彩笔而画之"①的可怖景象,而"窥视"的视角给读者带来了令人紧张的私密感,令图像充满神秘和恐怖气息。同时,因为图像的描述在"窥见"的一瞬间戛然而止,所以留给读者无限畅想和恐惧。

图1-8 《详注聊斋志异图咏》上册第9页

图1-9 《定本聊斋志异》第五册第220页

在《韦公子》的故事中,韦公子放纵好淫,自食便液。作为现世报应,他落得十分凄惨的下场,令读者震撼自警。图1-10、图1-11、图1-12表现的是当韦公子知道玩弄的女子是亲生女儿,为掩盖罪行而毒杀女儿的场景。相比其他两图,图1-12减少了背景人物的数量,放大了施害者和被害者的形象。除此之外,日译本插图在

① 〔清〕蒲松龄:《聊斋志异》,齐鲁书社2006年版,第42页。

画面布局、人物姿态等方面都承袭《图咏》的设计。毒杀女儿情节的选择既包含着过去的罪孽又预示着未来报应的来临，因此画面有了流动性，可以充分激发读者想象力。可见截取故事“最富于孕育性的顷刻”无疑是对画师更高的要求，画师除了熟读文本，还要在图像中引导读者的想象，使得读者意犹未尽。

图 1－10 《详注聊斋志异图咏》下册第 22 页

图 1－11 《定本聊斋志异》第一册第 212 页

图 1－12 《完译聊斋志异》第一卷第 149 页

综上所述，日译本插图在插画的人物形象和情节选择上都一定程度地受到了《图咏》的影响，尤以《定本聊斋志异》承袭痕迹最重。由此可见，《图咏》在日本有着举足轻重的影响力。

二、插图在文本增殖效应上的变异

插图与文本共享一个阅读空间，并且传达了与文本相关的意义，但由于插画师存在着教育层次、社会阶层、民族文化等差异，他们往往带着自己的眼光去解读文本，所以创作的插图与文本意义并非完全等同，从而与文本形成强化、弱化、矛盾、扭曲的关系，由此产生与文本不一致的意义增殖。

(一)插图对文本的强化

意义增殖的一方面在于插图对文本的强化,即对某一细节的强调,这也意味着对其他细节的弱化和屏蔽。由于各插图版本之间在形式内容的选择上各具特色,只有对相同篇章的插图进行分析才能比较不同插图对文本的强化作用。

1. 插图对妖怪情节的强化或弱化

对文本的强化首先表现在日本画师对妖怪情节的偏爱上。日本民族对妖怪文化的热衷在文学、戏剧、绘画、音乐、雕塑、博物、历史等领域多有表现,盖以追求“人智所关,必有不可知之境界”①。被誉为“妖怪博士”的哲学家井上圆了于19世纪90年代正式提出了“妖怪学”,使妖怪研究在日本更加流行。这种偏好从《聊斋》插图对比中也可以看出,《图咏》倾向于弱化对妖怪的直接刻画,偶尔出现的妖怪多隐于背景之中或者面目呈现拟人化,而日译本插图钟爱刻画妖怪打斗的场景,描绘的妖怪也姿态可怖,比例变大,并且被置于画面明显的位置。

对于《画皮》这个阴森可怖的故事,图2-1将主人公的偷窥作为主要描绘内容,旨在营造神秘诡异的氛围。而图中鬼的形象则在山石和窗棂的掩映下只显示了很小的局部,并没有正面表现狞鬼“面翠色,齿巉然如锯”的可怕形象。图2-2选择用彩绘刻画了道士逐击厉鬼的画面,在占图比例和刻画细致度上,画师并没有厚此薄彼,将主人公和妖怪至放置于同样的地位。鬼的形象得以完整展现。插图不仅还原了文本中“卧嗥如猪”的厉鬼和“划然而脱”的人皮,更添加了鬼口中喷涌而出的鲜血以表现鬼被击败的狼狈惨状。

---

① [日]井上圆了著,蔡元培译:《妖怪学》,上海文艺出版社1992年版,第1页。

图 2－1　《详注聊斋志异图咏》上册第 9 页

图 2－2　《完译聊斋志异》第四卷第 1 页

《大人》对妖怪“大人”的形象描述只有“高以丈许”，并没有细致的外观描写，图 2－3 严格遵照文本，其刻画的“大人”外观近乎人形，所着衣物也与人类无异，可见画师对妖怪赋予的想象力有限。在图 2－4 双叶版式中“大人”所占比例接近二分之一，并且背景中

图 2－3　《详注聊斋志异图咏》下册第 72 页

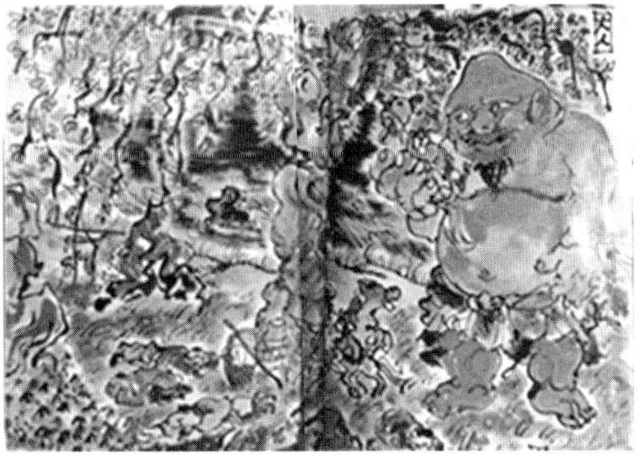

图 2－4　《完译聊斋志异》第二卷第 2 页

的山石、树木、人畜都衬托了“大人”之大。“大人”被刻画成面目畸形、表情狰狞的怪物，上身赤裸，下身仅着日式短裤，形象粗鄙。可见，日译本插图在文本的基础上融入了本民族文化中的妖怪形象。

除此之外，《图咏》只给文本中占重要地位的妖怪以展现的机会，而日译本插图则增添了一些基于画师想象的鬼怪。如《阎罗薨》插图2－5里，地府中屋檐、桌台、窗户等背景设置与人间近似，并不能给读者带来陌生化的体验。烹人的恶鬼近乎人形，其中的牛头鬼吏面目柔和，身着衣袍。图2－6中的地府景象则通过中景展现，阴暗的色调和背景中的滚滚浓烟渲染了地狱场景的阴森恐怖，虽然也沿袭了牛头怪的形象，但不同的是，牛头没有了类人的面目和衣着，显露出牛的妖相。此外画师还发挥想象，在背景中增添了满地痛苦哀求的鬼，形态各异，断头残肢，充分展现了地府中刑罚的残酷，带给读者不寒而栗的惊悚感。

图2－5 《详注聊斋志异图咏》下册第198页

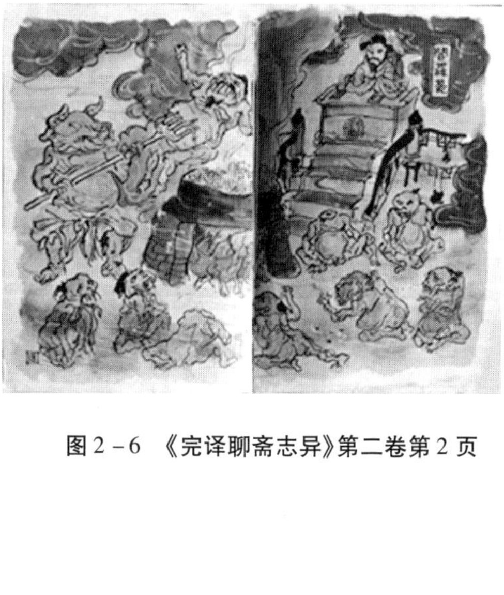

图2－6 《完译聊斋志异》第二卷第2页

2. 插图对男性凝视关系的强化

强化效应的第二方面反映在男性读者通过凝视图像中的女性从而获得的满足感加强。凝视是观者欲望的投射和实现。视觉快感始终与欲望纠结不分，视觉快感不仅表现为画面的优美，同时还蕴藏着看与被看的权力关系，隐藏着男性眼光对女性的审视和窥探。[①] 在父权社会中，女人是男人的凝视对象，这种凝视关系也产生了不平等的权力关系。著名电影理论家劳拉·穆尔维认为，起决定作用的男性眼光把他的幻想投射到照此风格化的女人形体上。女人在她们那传统的裸露癖角色中同时被看和被展示，她们的形貌因编码而具有强烈的视觉和色情感染力，从而能够把她们说成是具有被看性的内涵。[②] 通过凝视，男性获得优越感和满足感，由于凝视现实中的女性机会较少，大量插图中的女性形象正好满足了他们凝视的欲望。《聊斋》中大量的爱情篇章成功地塑造了众多女性形象。作为蒲松龄寂寞塾师生活的幻影，不论是人类还是非人类女性形象，都倾注了男性作者对她们的欲望寄托。

中日画师笔下的《聊斋》女性无不美丽可人，并且大胆主动，甚至自荐枕席，迎合了无数男性红袖添香、共效于飞的理想。虽然以牺牲对女性欲望和全面人性的表达为代价，但也满足了男性的需求和渴望，使其在文本中获得的满足感得到强化。但不同之处在于《图咏》中的女性保持着端庄大方、含蓄多情的形象，而日译本插图则突出了其性感娇媚、大胆挑逗的一面，使画面极富诱惑力。画师钟爱《聊斋》中“双美一夫”共效英皇的故事类型。四个版本的《小

① 陆道夫:《文本/受众/体验——约翰·菲斯克媒介文化研究》，北京邮电大学出版社 2008 年版，第 122 页。

② ［英］劳拉·穆尔维著，殷曼楟译:《视觉快感与叙事电影》，见吴琼编《凝视的快感——电影文本的精神分析》，中国人民大学出版社 2005 年版，第 8 页。

谢》插图主要描绘了狐女小谢及女鬼秋容戏弄陶望三的场景(图2－8和图2－9)与后来陶望三教二女读书的场景(图2－7和图2－10)。图2－7中的女性樱口蚂蚁眼,圆额瓜子脸,身材纤弱,气质温柔,是中国文人画中的典型美人形象。图2－10中的美人则眼角上扬,呈现媚态,嘴唇与胸部突出,十分性感丰满。同时三位主人公的姿态比图2－7更为亲密,再现了书生软香温玉在怀的香艳场景。图2－8中的女子猪首猫背、面部丰满,符合日本民族的审美要求。而图2－9的刻画更为暴露大胆,二女直接以裸体挑逗陶生,漫画式的人物肖像和刻意表现的人体曲线、胸部、腿部、臀部等,直接将女性身体"景观化",使男性读者获得更为直接的满足。图中陶生表情严肃,眼睛却斜向二女方向,生动而意趣十足。四幅插图中二女的形象都处于被看的地位,她们或是雅丽脱俗,或是娇俏撩拨,都只是为了迎合和取悦男性。

图2－7　《详注聊斋志异图咏》中册第72页

图2－8　《完译聊斋志异》第一卷第527页

图2－9 《定本聊斋志异》第三册第226页

图2－10 《聊斋志异考》第175页

即使图中表现的女性之美只是男性画师或者读者认为的美，如果她们的美在凝视中得不到消费，那么也就大打折扣。《瑞云》中名妓瑞云被点墨毁了芳容，从此境遇凄惨，受尽欺凌，后被不改初衷的贺生所救。男女主人公“岂以衰故忘卿”①的知己之恋令无数读者动容。在插图（图2－11和图2－12）中，瑞云被毁容貌，这也是她人生境遇开始跌落的瞬间，由于她的美陨落，在除了意中人之外的视角里，其价值也大打折扣。图2－12更将容貌完全毁坏的瑞云和额头只有一点漆黑的瑞云进行了对比，潜在含义是女性的皮肤是否白皙、容貌是否娇艳决定了其形象在男性眼中的优劣和女性社会地位的高低。

① 〔清〕蒲松龄：《聊斋志异》，齐鲁书社2006年版，第410页。

图2－11　《详注聊斋志异图咏》上册第212页

图2－12　《定本聊斋志异》第三册第256页

《聊斋》女性的“美”在日本画师笔下多是主动撩拔的诱人风情，《图咏》中的女性则多表现为操持家务、繁荣子嗣的贤妻良母形象。《林氏》中，林氏宁以死保贞节，换来丈夫敬爱；又费尽算计，让丈夫纳妾生子。由此，她也被誉为“女中圣贤”。在图2－13中，林氏携妾室所生子女拜见丈夫，对孩子视如己出，一家人其乐融融。图2－14中戚生卧床独眠，其后林氏将安排美妾服侍。其中蕴意为女性应该以繁荣子嗣为大任并大度为丈夫纳妾。否则，她将会被丈夫厌恶，为社会所不容。不论是以身报恩，为丈夫经营、育子的小梅（图2－15），还是“生平于吝者则破之，于邪者则诳之”[①]以身济贫的霍女（图2－16），画师没有突出其重情仁义的侠女风范，而是对她们与丈夫子嗣一起的场景进行刻画，强调只有能诞下子嗣或关爱丈夫所生子女的女性才是值得赞美的。此外，女性劳作的场景（图2－17、图2－18、图2－19）也多有刻画，可见凝视中辛勤劳作，打理家务

① 〔清〕蒲松龄：《聊斋志异》，齐鲁书社2006年版，第326页。

理应是女性的任务。在“美”的基础上，插图中贤妻良母形象的刻画符合当时社会对女性的要求但也弱化了女性的其他特质，旨在最大程度上满足男性隐藏在凝视背后的欲望。

图 2－13　《详注聊斋志异图咏》下册第 256 页

图 2－14　《完译聊斋志异》第一卷第 452 页

图 2－15　《详注聊斋志异图咏》上册第 292 页

图 2－16　《定本聊斋志异》第二册第 206 页

图2－17 《详注聊斋志异图咏》上册第118页

图2－18 《详注聊斋志异图咏》中册第46页

图2－19 《详注聊斋志异图咏》上册第167页

《聊斋》女性不仅对落魄书生青眼有加,还积极救助他们,充当起男性的保护人,这一点在日译本插图中表现得更加直接。在《神女》中,米生穷困潦倒,仕途受阻,得神女相护,终得富贵功名。神女对米生的相助始于第一次相遇时她从发髻上摘下珠花赠给米生,望解他困境。图2－20和图2－21都用图像记录了这一刻,不同的是,图2－21中的神女隐于车帘之后,突出了她赠予珠花的行为。而《毛狐》中女性的救助者形象更加鲜明,狐女为一贫如洗的马天荣带来美色和财富,失望离开时还为他筹划娶妻。图2－22和图2－23展现的都是马天荣在狐女的安排下去见将娶女子的场景。通过对马简陋衣着和鬼祟姿态的刻画,画师凸显了其贫困的家境和浅薄猥琐的为人,更表现了狐女相助的可贵。图2－23融合了狐女撒钱的场景,加深了其救助者形象。而图2－24展现的则直接是马迎娶驼背女子进门的场景,新嫁妇虽然形象不佳,却带来一箱嫁妆,这在一定程度上弥补了马的遗憾,潜在含义是女性如果不能提供美色,那么只能以财富补偿男性。如果两者都没有,那便是男性不能接受的。可见,插图对《聊斋》女性形象的刻画集中表现在她们对落魄男子的青睐和救助上，她们为此献美色，献财宝，献情爱，甚至献子嗣，这无不满足了男性的自尊心和虚荣心。

图 2－20 《详注聊斋志异图咏》中册第 71 页

图 2－21 《聊斋志异考》第 222 页

图 2－22 《详注聊斋志异图咏》上册第 71 页

图 2－23 《定本聊斋志异》第五册第 260 页

图 2－24 《完译聊斋志异》第四卷第 192 页

凝视无处不在，而将被凝视对象格外凸显的就是一些所谓的

“偷窥”场景。读者凝视插图，表面上是自己直接凝视图像中的人物，事实上在凝视偷窥者时，又以偷窥者的眼光再次进行凝视，两种凝视的重叠效果加强了读者的真实感和满足感，隐藏在凝视之后的欲望也得到最大满足。基于保守的中国绘画艺术表达和传统含蓄的审美取向，《图咏》中的偷窥对象多是神秘佳人。例如《小翠》中男主人公元丰骑马经过花园时，忽闻笑语声，便登鞍望向墙内，终于看到了他思念两年的心上人小翠（图 2 －25）。“云月昏蒙，不甚可辨”①的背景烘托了神秘浪漫的气氛，读者的视角也跟着元丰望向园中女子，似真似幻，似忧似喜。同样美好浪漫的偷窥场景在《西湖主》中也有描绘，陈生饥饿窘迫时，忽入奇境，似有女子笑语，便潜伏从花中窥见了西湖公主荡秋千的情景。图 2 －26 中，西湖公主身姿如燕，高飞如云，仙姿毕现，可谓“玉蕊琼英，未足方喻”②。读者凝视的方向虽然和男主人公偷窥的视角不一致，但都交汇在女主人公的仙人之姿上，图中仰视的视角更加强了读者的真实感，令万千读者身临其境，也跟着屏住呼吸，生怕惊扰佳人。在《霍女》中，消失多年的霍女与男主人公的儿子相遇后，赠送财物并鼓励孩子用功读书，但这一切却被仆人窥见（图 2 －27）。文本中，仆人出声使霍女再次消失，而插图则定格在了偷窥的一瞬间，读者也似乎像仆人一样，无意中撞见了这温馨的一幕，发现了霍女看似不羁的行为下那柔软的慈母之心。这种窥破秘密带来的控制感，引发了读者强烈的共鸣。

英国著名人类行为学家苔丝蒙德·莫里斯曾在《裸猿》里提出“窥淫狂疾”的概念，即“从窥探他人的交媾中获得快感，但从逻辑上讲其词义可以扩大，从而包括对于一切性活动作壁上观的兴趣，几乎

---

① 〔清〕蒲松龄：《聊斋志异》，齐鲁书社 2006 年版，第 305 页。

② 〔清〕蒲松龄：《聊斋志异》，齐鲁书社 2006 年版，第 197 页。

图 2 －25　《定本聊斋志异》第二册第 94 页

图 2 －26　《详注聊斋志异图咏》第一册第 27 页

图 2 －27　《详注聊斋志异图咏》第二册第 206 页

整个人类都乐此不疲”①。日本画师深谙这一人性劣根,其所作《聊斋》插图中偷窥场景多与文本中的性事描写相关,满足了读者心底最深层的欲望。如《巩仙》的插图(图 2 －28)中,巩道人让孔秀才和慧哥这一对有情人在他袖内相会,画师展开想象描绘了“绸缪臻至”的交媾场景。文本中并没有涉及道人对袖内场景进行窥视的情节,而画师却在插图中加入了此情形。《荷花三娘子》里男女主角的相识始于宗生撞破了荷花娘子与其他男子的野合,图 2 －29 对这一场景进行了刻画。值得注意的是,两幅图背景简略,着重勾画了近景特写的交媾场景,而将偷窥的人置于远景,方便读者对性行为进行凝视以获得更强烈的禁忌快感。画中的女性都展露了几近完整的面部和躯体,可见,女性仍然是被窥视的主要对象。类似的偷窥场景在浮世绘春画中也多有表现,体现了日本民族对感官刺激的追求。

① ［英］苔丝蒙德·莫里斯著,余宁等译:《裸猿》,学林出版社 1987 年版,第 56 页。

图 2－28 《完译聊斋志异》第一卷第 41 页

图 2－29 《完译聊斋志异》第四卷第 1 页

（二）插图对文本的改写和扭曲

在强化文本的同时，插图还会改写或者扭曲文本。一千个人心中有一千个哈姆雷特，四个《聊斋》插图版本也体现着画师对作品的独特理解。因此，插图意义与文本意义并非完全相同，除了将文本转化为可以感知的图像之外，插图还与文本有着矛盾和扭曲的关系。

中日画师创作中的误读是基于《聊斋》文本的变异现象。误读较多的是《姚安》一文的插图（图 2－30、图 2－31 和图 2－32），画师都误读了姚安杀妻的原因。姚安杀妻再娶后终因误会而再次杀妻。在文本中，对此情节有详细的描述："见一男子貂冠卧床上，忿怒，取刀奔入，力斩之。近视，则女昼眠畏寒，以貂覆面也。"[①]插图都不约而同地省略了绿娥以貂覆面的细节，描述为其正面或是背向姚安，这样一来就使得姚安杀妻的理由不成立，令读者产生疑惑。同样存

① 〔清〕蒲松龄：《聊斋志异》，齐鲁书社 2006 年版，第 336 页。

在误读的还有《僧孽》，张姓在地府游历时见“有一僧扎股穿绳而倒悬之，号痛欲绝”①。而图 2－33 与图 2－34 都展现了僧人被捆绑小腿倒挂的情景，没有体现穿刺大腿的细节，降低了刑罚的严酷性和文本的警戒作用。

图 2－30 《详注聊斋志异图咏》下册第 218 页

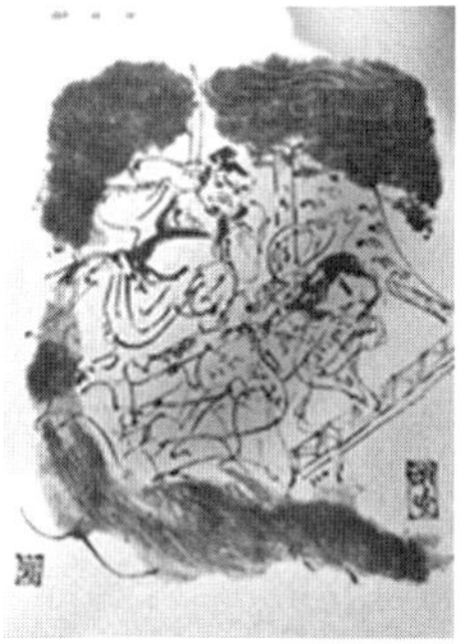

图 2－31 《完译聊斋志异》第一卷第 252 页

图 2－32 《定本聊斋志异》第一册第 417 页

图 2－33 《详注聊斋志异图咏》下册第 170 页

图 2－34 《完译聊斋志异》第四卷第 592 页

图 2－35 《定本聊斋志异》第二册第 297 页

① 〔清〕蒲松龄：《聊斋志异》，齐鲁书社 2006 年版，第 12 页。

由于日本画师在民族、阶层、受教育程度上存在的差异，日译本插图的误读多是对文本细节的改变和删减。图2－35描绘了阳曰旦乘船返乡的场景，图中省去了十娘“解裙作帆”①的细节，将文本中作帆的衣裙换成了十娘的影像，此为一处误读。还有误读的地方在于描绘了阳曰旦划船的行为，与文本中“但听帆漾”矛盾，没有反映出十娘的特殊能力，失去了文本中的神秘魔幻色彩。

由于文本存在多义性，画师对文本的接受有着自己独立的态度和情感。就细节而言，日本画师往往有自己对文本的独特解读，甚至会对文本进行解构和拼贴。从这种意义上说，日译本插图对于文本意义的增殖更直接。如《申氏》中，男主人公躲在墙下准备伏击盗贼，妄图分一杯羹，不想竟阴差阳错打死了侵犯亢府小姐的龟妖，于是得到赏金，改邪归正。图2－36只是还原了申某伏击龟妖的情形，龟妖仍保持人形，没有在图像中铺陈因果，可见画师态度中立。日译本插图（图2－37和图2－38）中龟妖显露原型并且刻画了饱受折磨的亢府小姐的形象：全身赤裸，表情痛苦。拼贴效果最明显的是图2－38，龟妖侮辱小姐在前，被申某打死在后，插图却将两种情形置于同一画面中。读者既可以将其理解为以乌龟为分割线的两种情形，也可以将其解读为一个场景：申某行侠仗义，痛打侮辱女性的妖怪。画师的感情和态度不再中立，其用意有二：一是将申某的形象正义化，突出了其斩妖除魔的行为，却忽略了此行为是申某以劫财为目的的歪打误撞；第二点就是毁灭女性的性幻想，暗示女性的性意向只能投向人类男性。闵福德曾指出，《聊斋》中类似《五通》《申氏》等妖怪强迫女子性交题材的作品其实是反映了封建社会

---

① 〔清〕蒲松龄：《聊斋志异》，齐鲁书社2006年版，第495页。

女性性压抑下的性幻想①。将龟妖完全妖化是告诫女性人类世界之外的所有雄性精怪只是些相貌丑恶,情趣低下,只会性交的异类,与他们结合(产生性幻想)都是有害的。

图 2-36 《详注聊斋志异图咏》上册第 218 页

图 2-37 《完译聊斋志异》第一卷第 431 页

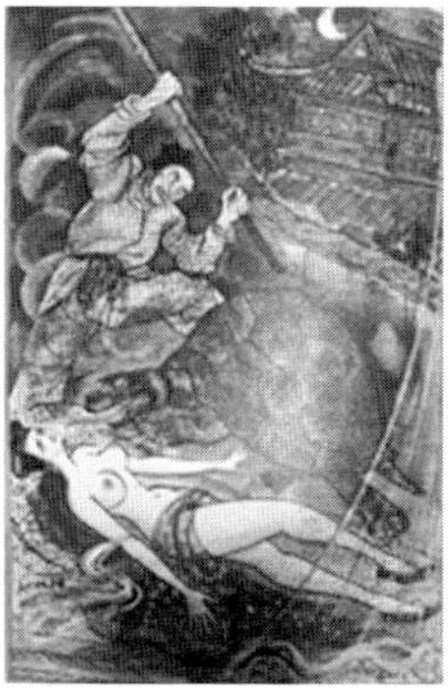

图 2-38 《定本聊斋志异》第一册第 252 页

由于中国画师对本土文化的熟悉和《聊斋》百年来的影响力,《图咏》画师多在插图中增饰内容,对文本进行改写和补充。常见的方法是进行时间和空间的位移,如《鸟语》插图(图 2-39)描绘了两间相邻的房间,分别展示了妻妾争吵和道士与县令谈话的情节。根据文本中的描述,“盖妻妾反唇,令适被喧聒而出也”②,而图像力求以一幅插图讲述整个故事的前因后果,所以将两个情节设置在同一场景中,插图的叙事也因此更自由和丰满。《狐妾》插图(图 2-40)中画师对文本的补充更为明显,展现了贪心的亓生拜见狐妾并为其

---

① Pu Songling (John Minford Trans.): *Strange Tales from a Chinese Studio*, Penguin Group, 2006, p512.

② 〔清〕蒲松龄:《聊斋志异》,齐鲁书社 2006 年版,第 375 页。

笑声所骇的情节。基于古代社会“男女七岁不同席”的封建观念，画师似乎以文本中男女共处一室的情节为不妥，将事情发生的地点进行了位移，由屋内变到了屋外。同时，插图以亓生跪地捂耳的夸张形象代替了文本中“亓闻之，胫股皆软，摇摇然若丧魂魄”①的刻画，这种夸张的改写无疑更加具体生动，是以感受画师用心。

图2－39 《详注聊斋志异图咏》中册第218页

图2－40 《详注聊斋志异图咏》上册第218页

此外，中国画师还会基于自己对文本的认知和想象，对文本做一些细节的补充。根据《跳神》文本描述，跳神是“老巫击铁环单面鼓，婆娑作态”②的民间巫卜风俗，与藏传佛教寺院最隆重的祭典无关。图2－41中，画师在背景中加入菩萨塑像，暗示了跳神活动与佛教信仰的联系。这种误读基础上的补充也是对文本的一种改写，体现了画师的宗教倾向。《霍生》讲述了接生婆暴露他人隐私，霍生以

① 〔清〕蒲松龄：《聊斋志异》，齐鲁书社2006年版，第130页。

② 〔清〕蒲松龄：《聊斋志异》，齐鲁书社2006年版，第79页。

此戏言害死严生妻子，最后遭到惩罚的故事。在图2－42中，画师便给接生婆的形象添加了吐露在外的长舌，直接以图像揭示其搬弄是非的特点，也反映了画师对其嘲讽贬低的态度。再如《金陵乙》，当金陵某乙被和尚作法捉拿时，文本中并没有对周围群众的描写，而图2－43中，观看的人却明显在笑，只有孙家的媳妇因为遭狐患已久而面带怒意。画师这样处理，体现了他的态度：某乙贩卖假酒致富，群众对此积怨已久，所以认为某乙被捉大快人心。画师做这种有益的补充，反映了某乙的罪有应得，使文本意义更为丰富。

图2－41 《详注聊斋志异图咏》下册第204页

图2－42 《详注聊斋志异图咏》上册第191页

图2－43 《详注聊斋志异图咏》下册第146页

三、插图在风格和意境上的变异

除了对文本的增殖作用外，插图的风格也有着自身独特的美学价值，体现在颜色、线条、构图等方面。插图在版面中的效果，是评判插图优劣的关键点。[①] 插图的风格要与作品相协调，才能凸显插

① 孙德珊、吴冠英：《插图设计艺术》，黑龙江美术出版社1995年版，第10页。

图的价值。同时，插图要为文学文本提供可以直接可感的意境，为读者更加理解作品创造情境。那些精心构思的插图，能够直接作用于读者的感官，将读者引领到文学的阅读氛围中。[①] 因此，插图的风格与其所传达的意境产生共鸣，而不同版本的《聊斋》插图在风格与意境上的变异是本节所要研究的重点。

（一）《图咏》的风格与意境

1. 木刻插图的独特魅力

插图的原作并不能直接展现给读者，而是要经过印刷、复刻等流程。因此，插图的制作方式也是影响其风格的因素。中国木刻版画距今已有1200多年的历史，是一门集绘画、刻板、印刷为一体的综合性的绘画艺术。木刻版画的制作分为三个步骤：画师先绘制原图；之后由刻工根据画稿内容，将画稿反向贴在版面上，然后进行雕刻，刻出反向的凸板[②]；最后，将纸张盖在刷上墨汁的雕版上，用长刷反复刷纸背，揭下纸晾干即可。可见，木刻插图的制作不仅需要画师精美的绘图，刻工的雕刻艺术也贡献良多。

作为木刻版画，《图咏》书中插图不仅“荟萃近时名手而成。其中楼阁山水，人物鸟兽，各尽其长。每图俱就篇中最扼要处着笔，嬉笑怒骂，确肖神情”[③]，而且雕版细腻，线条优美，将画中意象表现无余，其鲜明的“木味和刀味”[④]，蕴含了创作者高度的概括力和想象

---

① 乔光辉：《明清小说戏曲插图研究》，东南大学出版社2016年版，第35页。

② 乔光辉：《明清小说戏曲插图研究》，东南大学出版社2016年版，第34页。

③ 〔清〕蒲松龄：《详注聊斋志异图咏》（上册），中国书店1981年版，第1页。

④ “木味和刀味”：刻工以刀代笔，使版面上的木版质地和刀刻痕迹具有类似国画笔墨那样的艺术韵味。参见苏军国《谈刀味和木味在木刻版画创作中的意义》，载《美术大观》2010年第7期。

力,带给读者质朴单纯、清晰明快的美感享受,具有独特的艺术风格。

首先,刻工不仅要将画师的手绘雕刻在木版上,还要再惟妙惟肖地还原到印刷品上,这就需要精湛纯熟的技艺。如《局诈》插画(图3-1),程道士用美人计迷惑李生,以达到骗走古琴的目的。文本中对这个场景的描述是“俄见帘内隐隐有丽妆,顷之,香流户外。又少时,弦声细作;听之不知何曲,但觉荡心媚骨,令人魂魄飞越。曲终便来窥帘,竟二十余绝代之姝也”[①],可知帘后女子形象只在最后窥帘时才得一见。而画家却将帘子设置为镂空型,可以隐约见到帘内佳人抚琴的倩影,构思十分精妙,但也给刻版增加了难度。图中不仅对镂空型帘子刻画十分细致清晰,帘后的人、琴、摆设都细腻精美,其刻工之精雕细琢可见一斑。可见,优秀的刻工“自能意匠经营,勾勒作稿,其精美固无逊于名画家所作也”[②]。木刻插图将最初

图3-1 《局诈三》插图及局部放大,《详注聊斋志异图咏》下册第21页

① 〔清〕蒲松龄:《聊斋志异》,齐鲁书社2006年版,第312页。

② 郑振铎:《〈中国版画史图录〉自序》,见张蔷编《郑振铎美术文集》,人民美术出版社1985年版,第6页。

画师的创作元素与后来重重工艺交融在一起，而其烦琐特殊的制作手段无形中增大了读者和创作者之间的距离，使得读者接受的美感别具一格，更能体味水墨画与木版画的不同风韵和共通精神。

其次，木刻版画通过黑白两色的强烈对比，呈现出特殊的艺术效果。因此，优秀的木刻版画讲究“去白留黑”的绘刻手法，甚至会利用版画的特点对原画进行某种程度的增饰或改动。唐代张彦远在《历代名画记》中提出了“运墨而五色具”[1]的概念，即要求黑白色彩之间有丰富的变化，描绘出事物气韵生动的本相。如图 3 －2《柳生》插图中骏马的毛发和树木枝叶的颜色浓淡错落有致，呈现出黑、白、灰白的疏密变化，带给读者清晰而立体的感官效果。《男妾》插图3 －3 中，近景中的盆栽草木丰满密集，而窗外树木则萧疏简淡，这

图 3 －2 《柳生》插图及局部放大，《详注聊斋志异图咏》中册第 121 页

① 〔唐〕张彦远著，俞剑华注释：《历代名画记》，上海人民美术出版社 1964 年版，第 37 页。

图3－3 《男妾》插图及局部放大,《详注聊斋志异图咏》下册第13页

样的浓疏对比使画面纵深感强,意境幽深。虽然整个画面以阳刻为主,但三个花盆底座采用阴刻,整个近景中花盆内的花草、花盆样式和底座采用不同的雕刻手法,呈现给读者强烈的立体感。此外,图3－2和图3－3中,主人公的头发、帽子、衣领都阳刻出大块黑色,如同给人物上色,使得人物造型更加立体,层次分明。由此而言,木刻版画中的黑白对比无处不在,刻工在原画的基础上巧妙地利用“留黑”手法,对刻画的形体做了特殊处理,增强了插图的艺术表现力和读者的观感效果。

2. 文人画的造境特征

文人画是中国传统绘画的重要流派,在创作上强调个性表达和诗、书、画的结合,其作者多是受过良好教育,具有深厚文化修养的文人士大夫。自明清以来,文人画已是画坛主流。《图咏》插图与文人画有着异曲同工之处:插图不仅造景灵奇,妖狐鬼怪均跃然纸上,景物刻画繁复细腻;图像的造境也别具一格,富有意趣,注重与文本意境的互动。

《图咏》采用单面独幅的版式，画面阔大并且均配咏诗一首，“虽然不能说首首切中故事之肯綮，境界高妙，但其中也多有或直或曲，出语蕴藉，道出聊斋先生之心思者”①。

插图中图像和咏诗互补互生，与文本中的意境共振，延续并强化了读者的阅读体验和审美感受。《山市》插图（图3－4）取自文本中的描写：“风定天清，一切乌有；惟危楼一座，直接霄汉。楼五架，窗扉皆洞开；一行有五点明处，楼外天也。”②插图取景大气，意境深邃，所绘高楼屹立于群山浮云之间，若隐若现，与图中“山市将无海市同，城垣宫阙望玲珑。大风吹后危楼在，笑指烟云缥缈中”③的题诗相互生发，强化了读者如临仙境的虚幻飘渺感。在图3－5中，《口技》咏诗没有直接赞叹口技者高超的技艺，而是再现了表演中的

图3－4 《详注聊斋志异图咏》下册第141页

图3－5 《详注聊斋志异图咏》下册第2页

---

① 袁世硕：《详注聊斋志异图咏》序，山东画报出版社2002年版，第2页。

② 〔清〕蒲松龄：《聊斋志异》，齐鲁书社2006年版，第257页。

③ 〔清〕蒲松龄：《详注聊斋志异图咏》（下册），中国书店1981年版，第141页。

一个片段:“纱窗月上夜迢迢,嘈杂珠喉胜管箫”令读者再次联想起口技表演带来的奇妙情景;“是幻是真且莫辨,但闻娇语亦魂销”①抒发了题诗者的阅读感受,诗中情趣盎然,令读者产生共鸣。可见,文本、插图与咏诗的相互结合生发,延长了读者在《聊斋》诗化意境中的停留,使读者的阅读感受与插图审美效果共振。

咏诗虽由插图引发,但也承担着评点的作用。《双灯》讲述了狐女照拂身世败落的魏生半年后消失不见的故事。图 3 -6 描述了魏生沉溺温柔乡中的和乐场景,图中题诗“双灯相对酒楼居,草草姻缘半载余。羡煞痴郎多艳福,温柔乡味定何如?”②表达了题诗者对能得美人恩的艳羡,但也暗含对世事无常,富贵、情爱转瞬成空的悲凉感慨。在《雨钱》中,秀才请求与他文字相交的狐友为他下雨钱,最终狐友失望离开。图3 -7 描绘了屋内下起雨钱的奇异场景,咏诗者

图 3 -6 《详注聊斋志异图咏》下册第 141 页

图3 -7 《详注聊斋志异图咏》下册第 140 页

① 〔清〕蒲松龄:《详注聊斋志异图咏》(下册),中国书店 1981 年版,第 2 页。

② 〔清〕蒲松龄:《详注聊斋志异图咏》(下册),中国书店 1981 年版,第 146 页。

在画中评论:“文字交情自有真,虚名高雅悔知人。秀才应愧儒冠误,满室金钱不疗贫”①,借此讽刺了秀才的贪心虚伪,也表达了对知己之交的向往。可见,插图中的咏诗不仅是对故事内容的总结,同时也表达了题诗者的见解和评论。它强化了插图本的意义,引人思考,同时在意境烘托上更加含蓄委婉,使得读者反复琢磨品味。

中国文人画讲究主次虚实,布局严整,以期实现揭示事物内在神韵的艺术追求。中国绘画讲究虚则灵,实则堵,所以空白处常常与意境相连。②《图咏》插图的构图手法也脱胎于此,利用留白手法为艺术表现留足了空间,从而营造了余韵未尽的独特意境。图 3 –6 主要情景的刻画只占了全图三分之一的空间,其他空间均由浮云填充。浮云的形象只是几笔勾勒,并不着色,似有似无。屋内情景的精密细致与屋外环境的大胆留白形成了鲜明对比,暗示了如烟往事的美好和现实的无奈感。《杨大洪》插图(图 3 –8)描绘了杨大洪见到三弄笛于柳下的道士,请求道士为他治病的情节。除主体事物外,画中只有依依瘦柳,远山一抹,天空和湖泊虽无一笔墨,但读者仍能感受其形,可谓“无形之形”,给读者留下了广阔的想象空间,营造了海阔天空的清朗意境。

此外,文人画多选择“石”“松”“菊”“芭蕉”等题材以体现文人的气节和雅意。《图咏》插图也多用这些富有文人情趣的元素点缀背景,烘托意境。松自古以来以其四季常青、坚韧不拔的形象备受文人崇敬,《图咏》中多见松的形象。在《封三娘》中,封三娘与范十一娘相互爱悦而结为姊妹,封三娘帮助范十一娘摆脱父母之命,与贫寒多才的孟生结为连理。图 3 –9 表现了封三娘攀墙来见范十一

---

① 〔清〕蒲松龄:《详注聊斋志异图咏》(下册),中国书店 1981 年版,第 140 页。

② 徐一茗:《明清小说插图设计中构图的视觉隐喻研究》,载《明清小说研究》2016 年第 1 期。

娘的场景，以松柏作为背景，体现了画师对两人真挚情谊的认可和歌颂。不同的是，《贾儿》插图（图 3－10）中，松出现在了贾儿偷窥狐妖协商阴谋的场景里，用以反衬妖魔的阴险卑劣，烘托诡异神秘的气氛。芭蕉也蕴含着丰富的意象，除了用以寄托愁思，也可表达对朋友、家国的忠诚。同样是朋友之间无私奉献、肝胆相照的题材，《丁前溪》和《恒娘》的插图（图 3－11 和图 3－12）都缀以芭蕉为背景，使读者很容易根据文本内容联想到“素不生枝节，人皆见赤心”[1]的赤忱友情。《娇娜》插图 3－13 中更是以竹点缀娇娜为孔生治病的场景，映衬娇娜高洁脱俗的形象，也象征着二人纯洁真挚的知己之交。可见，插图画师对文人画中视觉元素的承袭既能清晰准确地映衬人物，烘托意境，又因符合读者的审美情趣而能被理解接受。

图 3－8　《详注聊斋志异图咏》下册第 221 页

图 3－9　《详注聊斋志异图咏》上册第 21 页

图 3－10　《详注聊斋志异图咏》下册第 33 页

① 〔宋〕赵时韶：《芭蕉》，见《诗渊》卷二，书目文献出版社 1984 年版，第 1147 页。

图 3 - 11 《详注聊斋志异图咏》下册第 65 页

图 3 - 12 《详注聊斋志异图咏》下册第 77 页

图 3 - 13 《详注聊斋志异图咏》上册第 5 页

（二）日译本《聊斋》插图的风格与意境

1. 兼容并蓄中的装饰性表现手法

装饰性绘画是以各种装饰性的特殊手法进行创作，达到特定的装饰效果的绘画。它使用大量鲜明、闪亮的色彩并且结合象征和抽象因素，给人强烈的视觉冲击，具有不同于一般绘画的独特艺术魅力。日本善于将不同文化中符合本民族审美需求的艺术形式与本国传统艺术元素相结合，创造出兼容并蓄的艺术风格。日译本《聊斋》插图不仅与民族传统绘画有千丝万缕的关系，也受现代装饰性绘画的影响，在构图、造型和色彩上均体现了装饰性表现手法。

传统绘画以焦点透视为主，近景远景层次分明，而装饰性绘画则倾向于以散点透视呈现模糊的景深关系，常用分割或加框的方式表现画面层次。日译本《聊斋》插图在构图上也多采用散点透视和加框手法。如《黄英》插图 3 - 14，画面的中央是男主人公马子才，围墙内的黄英姐弟向其示意。画师利用围墙和道路将画面分割成三个部分，马子才的形象从墙外一直跨越到墙内属于黄莺姐弟的空间，暗示其虽然身为人类，但清高风雅，为高洁的菊精所喜，融入了黄英姐弟的日常生活。此外,插图还利用散点透视打乱了传统上远小近大的空间关系,在读者平视下较近的马子才比远处的黄英姐弟小,突出了黄英姐弟的形象。这种富有装饰性的空间构图让读者耳目一新,深化了画师营造的独特意境。日译本《聊斋》插图还利用蒙太奇式的自由组合构图法打破了文本中的时间、空间限制。《窦氏》中窦女为了报复负心汉南三复,接连杀死他的两任新婚妻子,终于使南三复遭受牢狱之灾。图 3－15 中被围墙分割出的两个空间分别展现了这两场谋杀,而窦女的形象被放大,贯穿两个空间,暗示了整个事件的发生是因窦女的报复。这种打破时间、空间蒙太奇式的拼接给读者强烈的视觉冲击,烘托出恐怖诡异的气氛。可见,画面中的物像位置变换或拼贴是基于画师的创作目的,通过构图的装饰性传递插画的内涵和意境,并引发读者的审美感受。

图 3－14 《聊斋志异考》第 257 页

图 3－15 《定本聊斋志异》第三卷第 221 页

图 3－16 《完译聊斋志异》第二卷第 551 页

日译本《聊斋》插图的造型受浮世绘绘画艺术的影响,其造型也极富装饰性。其中《完译聊斋志异》插图多承袭日本传统绘画中简化概括物像和重视线条表现力的手法,装饰性特征最为明显。《乐仲》插图 3 – 16 描绘了思母心切的乐仲去朝拜南海时看到的奇妙景象，与文本中“忽见遍海皆莲花，花上璎珞垂珠；琼华见为菩萨，仲视之，朵上皆其母”①的景象不同，插图省略了对朵朵莲花上皆是其母的细节刻画。画师在理解文本的基础上，对画面进行简化处理，极力凸显了海上唯一一朵莲上的母亲，周围缀以荷叶荷花。这种概括避免了还原所有细节的杂乱性，而是最大程度地展现了母亲超出尘世的形象，营造了蔚为大观的海上奇境。此外，此版本中的插图线条简洁有力，与点和面的精巧结合使得物像既细腻丰富，又干净明了。图 3 – 17 中的人物被抽象的线条勾勒成浓浓夜色中的寥寥剪影，同时在环境刻画中大胆结合点、线、面三种造型元素。整体造型虽粗犷抽象，但丝毫不损其诡秘幽静的意境传递。可见，造型的装饰性效果是建立在画师对文本意境准确而深刻的理解之上。

图 3 – 17 《完译聊斋志异》第二卷第 507 页

图 3 – 18 《完译聊斋志异》第二卷第 2 页

不论是《聊斋》日译本中的黑白插图还是彩色插图，都将色彩的

① 〔清〕蒲松龄：《聊斋志异》，齐鲁书社 2006 年版，第 457 页.

装饰性发挥得淋漓尽致。黑白插图倾向于简淡、雅致,深受中国水墨画和本土绘画特色的影响,画师还会将一些他们得意于心的作品附上彩色插图,以增强图像的表现力,更准确细腻地传递《聊斋》意境。他们既因袭浮世绘平涂色块的手法,又受到西方现代主义绘画的影响,打破固有色彩观,使用夸张的主观色彩。如图3－18沿用浮世绘的装饰性色彩处理手法,以平涂式手法为《喷水》中最可怕的一幕着色。画师主观地赋予事物不同于现实的颜色,浮世绘常用的红色、黄色和蓝色被有意识地调淡调暗以装饰图中的夜景,更传神地烘托了阴森晦暗、诡谲恐怖的气氛。《阿绣》插图3－19的主观色彩更加明显,西方现代绘画和日本早期漫画的痕迹明显,画师用色更加大胆,画师利用大片的橘色来渲染夕阳中英雄救美的浪漫景象,极其绚烂浪漫。通过增强色彩对比(橘色和紫色),让色彩变得更加纯粹,极具视觉冲击力。

图3－19 《定本聊斋志异》第五卷第49页

2. 野性幻想下的现世情味

《定本聊斋志异》插图作者伊达圭次曾评价中国《聊斋》插图过于写实,在妖怪刻画和男女之情的描写上较为克制含蓄,这样是不容易为日本民众所接受的。[①] 尽管只是一家之言,但也反映了日本读者对《聊斋》的接受在于挣脱中国文化背景的局限,以日本民族的

---

① [日]伊达圭次:《挿絵の弁》,见《定本聊斋志异》卷一,修道社株式会社1967年版,第4页。

审美需求和接受特征来重绘《聊斋》图卷。因此，日译本《聊斋》插图在一定程度上摒弃了《图咏》中的文人气质和对幽美、和谐意境的追求，而是在野性幻想下对志怪小说怪诞、色情、血腥的情节大肆渲染，这种和式的世俗化符合日本读者的审美需求和猎奇心理，凸显了《聊斋》异域接受下的现世情味，拓展了其意境与内涵。

首先，三个日译本中，《定本聊斋志异》的插图数量(120)遥遥领先，多选择《聊斋》爱情篇章，画面大胆生动；《完译聊斋志异》(95)次之，多描绘世情和志怪类题材，并且没有绘制备受古今中外画师关注的爱情题材(如《婴宁》《黄英》《西湖主》《青凤》《娇娜》《小翠》《晚霞》《聂小倩》《阿宝》《连城》等)的插图，画风简约豪放；《聊斋志异考》仅收录了 12 篇译文，插图仅 11 幅，暂不做讨论。“象生于意，故可寻象以观意”，对于初次接触《聊斋》的日本读者来说，画师的题材选择对文本的阅读起到了鲜明的导向作用。或是香艳动人的爱情小说，或是诡异玄幻的志怪故事，或是富有哲理的民间传奇，插图对这些题材的突出无不迎合了日本读者的喜好和接受特点。此外，日译本插图更重视情节的表现力，突出其戏剧效果。比起《图咏》中远景、中景构图的情景交融，温和典雅的文人画风格，日译本插图偏爱对近景和中景的描绘，多刻画动作激烈、戏剧性强的情节。《鬼妻》的插图(图 3－20)刻画了聂鹏云亡故的妻子从阴间回来与其新妻厮打的场面。画师选择彩绘渲染画中明暗交错的诡异气氛，特意在近景中突出人鬼搏斗的形象，蹲在床上的聂生目瞪口呆，一动不动，动静对比鲜明，强化了文本中紧张激烈的情节。图 3－21 更是将情节的戏剧性表现得淋漓尽致，主要描绘了《五通》中万生杀死骚扰表嫂的五通怪的场景。近景中的人物刻画极具动态，侠士浓眉大眼，身材健硕，手持宝剑，展臂叉腰的动作可见日本传统歌舞伎表演的痕迹；女性面容冶艳，姿态婀娜，将其身姿展露无遗，营造了一丝情色的意味。文本中万生只是看到了表嫂和妖怪并肩坐的场面，女子裸露的形象是画师根据自己的想象添加的细节，加强了画面的戏剧性。英武不凡的侠士，柔弱赤裸的美人，现出原形的妖怪，强烈的戏剧冲突满足了当时日本民众的猎奇心理，吸引其在文化差异的基础上阅读《聊斋》。

图 3－20　《完译聊斋志异》第二卷第 3 页

图 3－21　《定本聊斋志异》第二卷第 265 页

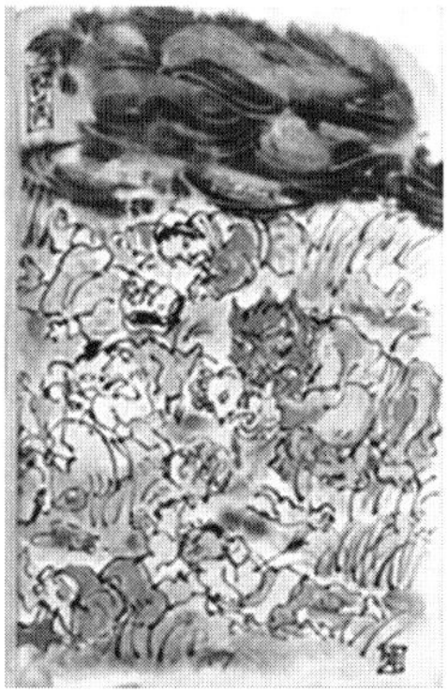

图 3－22　《完译聊斋志异》第一卷第 3 页

其次，日译本插图着重渲染情节中的暴力和情色，延伸了《聊斋》野性、世俗甚至不失粗鄙的一面。日译本插图在情节刻画上不仅浓墨重彩突出妖魔的狰狞形象，而且从来不回避展现其恶与暴力，更偏爱人与妖怪肉搏的暴力题材。《野狗》插图 3－22 描绘了野狗吸人脑髓的场景，兽首人身、尖嘴长牙的野狗被置于图像最突出的位置，他面容狰狞，几乎不着寸缕，嘴角淋漓的人血和周围的尸堆烘托了骇人诡异的氛围。《锦瑟》的插图（图 3－23）突出了王生为救锦瑟，与虎搏斗的情景。图像中老虎狠狠咬住王生的胳膊，鲜血喷涌而出，旁观女性惊恐的表情和裸露的上身给读者强烈的视觉冲击。此外，画师结合自己的想象，大胆地将插图的背景主色调设为红色，烘托了诡异凶险的环境。与《图咏》对暴力情节的避实就虚相比，日本画师不遗余力地刻画暴力题材是基于日本民众对武士题材的兴趣和对感官刺激的追求，在一定程度上增强了日译本《聊斋》的吸引力。

图 3－23 《定本聊斋志异》第四卷第 161 页

图 3－24 《完译聊斋志异》第一卷第 1 页

图 3－25 《定本聊斋志异》第四卷第 49 页

日本文化中艺术往往与情色密不可分，不论浮世绘中春画题材的流行还是日本情爱文学的泛滥，无不展现了日本民众对于性的宽容和崇尚，《聊斋》日译本插图也偏爱情色元素，其雅俗折中的情色刻画真切展现了浮世百态和人间爱欲。《章阿端》中有诸多对男女欢情的描述，如"绸缪益欢""上床偎抱，款若平生之欢""禁女勿去，留与连床，暮以暨晓，惟恐欢尽"①等，寥寥数笔，尽显欢情之浓。不同于程朱理学禁锢下中国画师对情色刻画的回避，日本画师突出了其中的艳情和意趣。图 3－24 中画师不想让欢情的刻画流于裸露直

① 〔清〕蒲松龄：《聊斋志异》，齐鲁书社 2006 年版，第 192 页。

白,便选择了戚生裸身追逐阿端的情节。女子虽然衣着完整,但画师根据想象添加了其回身与裸男嬉笑的细节,增添了几分情色意味,可谓艳而不俗,趣而不妖。《巧娘》中傅生得到狐妖的帮助,治好了生理残疾,本来轻视他的巧娘因此与他尽情欢好。图 3 - 25 对两人之间的情爱刻画大胆直白,不失粗俗。图中巧娘全身赤裸,用手触摸男子下体,感受到了其前后变化,神色也由忧转喜。这种刻画也迎合了日本民族的阳具崇拜情结,强烈刺激读者感官。总之,日译本画师极力将其野性幻想具象化,体现的正是日本民族所追求的现世的浓郁情味。

综上所述,日译本插图虽在一定程度上受到《图咏》的影响,但也进行了大量的变异:其在插图对文本的增殖中更自由地融入了异域想象和本土特色,以装饰性的手法营造了野性幻想下的现世情味。日译本插图的变异不仅是两国画师技艺和匠心的碰撞,更是中日文化接触交流的结果,是《聊斋》海外译介中浓墨重彩的一笔。《聊斋》以其独特的魅力吸引越来越多中外画师为其绘制画卷,本人所做的研究只是沧海一粟,管中窥豹,只望抛砖引玉,在开辟《聊斋》研究新领域、寻找新视角上有所助益。

【作者单位:陕西师范大学文学院】

论《聊斋志异》的娱乐功能

樊庆彦

人类创造文学,是因为文学对人类有积极作用。文学的功能就是探讨文学对社会、对人类精神世界的影响与作用问题。文学是主体审美意识的语符化显现,属于审美的意识形态,有其特殊的、不可替代的功能。文学的功能是多元的,要而言之,是娱乐和教育两大功能。娱乐功能则主要分两个层次,低级的层次是快感,高级的层次是美感,前者是后者的基础,后者是前者的升华。同样教育功能也包含思想、道德、知识等多个方面。而且,越是优秀、成熟的作品,诸种社会功能越是结合得紧密而恰切。而在诸种文体中,因为小说本是供人们茶余饭后休闲消遣的读物,它的基本层面是故事,首先要以故事满足读者的好奇心,因而其娱乐性尤为突出。但小说自有其发展演变的过程,不同时期、不同文体的小说作品呈现出不同的娱乐特点。由此也表明,作为文言小说扛鼎之作的《聊斋志异》[①],具有其独特而鲜明的娱乐功能。

一

蒲松龄在《聊斋自志》中云:"独是子夜荧荧,灯昏欲蕊;萧斋瑟瑟,案冷疑冰。集腋为裘,妄续《幽冥》之录;浮白载笔,仅成孤愤之

---

① 本文所引《聊斋志异》原文及评点文字均据张友鹤辑校《聊斋志异会校会注会评本》,上海古籍出版社 1978 年版,以下不再一一注明。

书:寄托如此,亦足悲矣!嗟乎!惊霜寒雀,抱树无温;吊月秋虫,偎阑自热。”作者自伤半生沦落,贫困交加,处境可怜,如经霜之寒雀,待毙之秋虫,可见《聊斋志异》是一部借谈狐说鬼以抒发忧愤的著作。但遍览全书,却发现其中也不乏予人感官满足的娱乐描写。作者经常运用诙谐幽默的语言艺术,通过夸张、巧合、误会、悬念、对比、比喻等表现手法,编织出新奇有趣的故事情节,塑造出开心解颐的人物形象,从而实现小说的娱乐功能。

小说带给读者的生理快感主要是借助喜剧性的描写所产生的效应激发出来的。“作家艺术家创造喜剧的最基本的目的,无非是要通过不谐调画面的描绘以及不谐调人物的塑造而在观众或听众的心理过程中诱导出乐趣来,即所谓要引人发笑。”[①]蒲松龄就是善于运用喜剧理论中的“乖讹”原理“创造不谐调”的大师,如那种有乖初衷、事与愿违、始料未及、适得其反的“逆转”笔法即是他经常使用的表现手法之一。《劳山道士》中,好逸恶劳的王生一心想求得长生不老的方法,负笈远游到劳山,拜道士为师。师傅让他随众人劳作,上山砍柴。但他只想投机取巧,不劳而获,“不堪其苦,阴有归志”。不过在目睹了师傅的仙术后,王生打消了回家的念头,暂时忍耐了一个月后,求取了穿墙术。回家后却又不顾师傅“归宜洁持,否则不验”的教诲,向妻子炫耀,结果是“头触硬壁,蓦然而踣”,“额上坟起,如巨卵焉”,不仅遭到了妻子的揶揄耻笑,也为人们带来了谈笑之资。又如《胡四娘》一篇,胡四娘因嫁于贫穷的程孝思而遭到家中姐妹的嘲笑挖苦。二娘、春香主仆更是与四娘婢女桂儿赌誓:“程郎如作贵官,当抉我眸子去。”三郎完婚时,众亲戚咸来贺喜,“独四娘不见招于兄嫂”。恰此时程郎高中的捷报忽至,筵中诸客态度陡转,心怀惴惴请来四娘,将其团团围住,阿谀奉承,唯恐不周。“俄见春香

① 阎广林:《喜剧创造论》,上海社会科学院出版社 1992 年版,第 1 页。

奔入，而血沾染。……二娘诃之，始泣曰：‘桂儿逼索眼睛，非解脱，几抉去矣！’二娘大惭，汗粉交下。”蓦然插入的“桂儿索睛”情节，让两种截然相反的情势立刻相接，诚如《红楼梦》第七十四回中王善保家的“说嘴打嘴，现世现报”，真乃大快人心的诛心讽世之笔。

夸张是为了表达强烈的思想感情，运用丰富的想象力，有意识地使用言过其实的词语，对事物的某些方面着意夸大或缩小，做艺术上的渲染，以达到强调或滑稽的效果。在《聊斋》作品中也有许多夸张手法的运用，如《堪舆》一篇，写宋公的两位公子出于孝心为父卜兆，这本来是件好事。但这兄弟二人各立门户，互不相让，其结果是：“两门术士，召致盈百；日日连骑遍郊野，东西分道出入，如两旅。经月余，各得牛眠地，此言封侯，彼云拜相。……并营寿域，锦棚彩幢，两处俱备。灵舆至歧路，兄弟各率其属以争，自晨至于日昃，不能决。宾客尽引去。舁夫凡十易肩，困惫不举，相与委柩路侧。因止不葬，鸠工构庐，以蔽风雨。兄建舍于旁，留役居守，弟亦建舍如兄；兄再建之，弟又建之：三年而成村焉。”轻信占卜，已不可取；负气相争，三年不葬，更是违背事理。建舍成村，终为笑谈。作者撷取不可思议的故事，极度夸张地表现出其超常之情、超常之状，从而超越了单纯的褒贬，成为艺术的审美对象，富有游心娱目的情趣。

巧合就是利用生活中的偶然事件来组合故事情节的一种技巧。巧合的关键是一个“巧”字，“合”是基本要求，要“合”得既在情理之中，又出人意料之外。“合”得新颖别致，方见其“巧”。如《骂鸭》一篇就是通过巧合把长了“三只手”的家伙置于十分狼狈的境地。一人偷了邻居老翁的鸭子，煮了吃掉后，第二天自身遍生鸭毛，痛楚难忍，神人梦示谕偷鸭者：必得失鸭者骂之，鸭毛方掉。恰巧失鸭老翁素有雅量，丢了东西从来不“征于声色”。偷鸭者诡称是“某甲”所偷，诱邻翁骂。翁笑答：“谁有闲气骂恶人。”偷鸭者无法，只好如实招供,请邻翁骂一顿,鸭毛才消失掉。而与巧合相关联的往往是误会,因巧合而产生误会,因误会而产生出人意料的效果。如《鸽异》所附录故事写灵隐寺僧蓄茶数等,视客之贵贱献茶,一日,有贵官至,僧伏谒甚恭,献佳茶,亲自烹进,以求称赏。不料贵官恰是个连品茶雅趣也没有的笨伯,并无赞语。僧急不可待问:"茶何如?"结果贵官执盏一拱曰:"甚热。"偷鸭者身上长毛与失鸭者的宽宏大量,僧献名茶与贵官无茶趣都属于偶然巧合甚至产生误会之事,但恰恰是这种巧合误会形成了一种令人失笑的娱乐效果。

《聊斋志异》中还经常运用对比、比喻的修辞手法进行漫画式的形象摹写,却往往与事件或人物本相形成一种极大的反差或变形,从而产生一种滑稽效果。如《姊妹易嫁》中,"死不从牧牛儿"的长女弄得"废身为尼",而小女最终则荣华富贵,给人心理一种"善恶自有报"的畅快。《嘉平公子》中,贵族公子的俊美外表、翩翩风度却掩盖不住他平庸的实质,胸无点墨,错字连篇,被本倾心于他的温姬讥之为"何事'可浪','花菽生江',有婿如此,不如为娼",何守奇评此诗为"绝妙调侃";但明伦在篇末总评中谓此文"真足令人喷饭"。另《饿鬼》篇中对"学官"形象的刻画:"(年)六十余,补临邑训导。官数年,曾无一道义交。惟袖中出青蚨,则作鸬鹚笑;不则睫毛一寸长,棱棱若不相识。"这位学官热衷仕途,到六十多岁时终于补了一个官职,因此一心想捞取钱财,为失衡的心理做个补偿。作者用水老鸦的笑声来形容学官见钱眼开的丑态,用"睫毛一寸长,棱棱若不相识"刻画他没有钱时六亲不认的形象,生动逼真地表现了现实社会中官僚的本性,寓讽刺于幽默,语言风趣,让人解颐。

但作者如此描写并不仅仅是博人一笑,这种生理快感因作品深刻的思想性同样可以引起精神层面的震撼和思考。蒲箬在《祭父文》中亦说道,《聊斋志异》"大抵皆愤抑无聊,借以抒劝善惩恶之心,非仅为诙谐调笑已也"①。作品"寓庄于谐",将严肃的命题潜藏在笑声背后,赋予其深刻寓意。如《司札吏》《种梨》《劳山道士》《老饕》《雨钱》《沂水秀才》《仙人岛》《嘉平公子》《苗生》等,或讥笑掌权者的狂谬暴虐、草菅人命;或表现小人物的视钱如命、贪财吝啬;或讥刺贵族公子的不学无术、徒有其表;或刻画庸儒的穷酸迂腐、不识时务;或嘲讽知识分子的目空一切、自吹自擂;或展示投机者的不劳而获、想入非非。作品写的虽是奇谲幻诞的虚构故事,但其内容却深深地扎根于现实生活的土壤之中,曲折地反映了蒲松龄生活时代的社会矛盾和卑俗世情。作者将丰富的情感充溢于作品中,饱含了对世道的透彻领悟和对人生的清醒认识,从不同层面表现了封建特权阶级的腐朽堕落与下层人民的悲惨境况,反映出封建末世尖锐复杂的矛盾冲突,从而在客观上揭示了封建社会走向没落的历史趋势。给读者以强烈的心灵震撼,令人在捧腹之余,感慨良多。而且,这些喜剧性的笑料有趣而不低俗,调节了压抑的气氛,使人们在阅读这部短篇文言小说集时,毫无沉闷枯寂之感。

二

娱乐艺术的目的"在于产生确定的、预期的效果,即在某种观众身上唤起某种情感,并在一种虚拟情境的范围之内释放这种情感"②。文学作为一种特殊的审美娱乐活动,其乐趣主要在于通过审美得到自由享受与审美快感。"文学给人的快感,并非从一系列可能使人快意的事物中随意选择出来的一种,而是一种'高级的快感',是从一种高级活动、即无所希求的冥思默想中

① 朱一玄:《聊斋志异资料汇编》,中州古籍出版社 1985 年版,第 338 页。

② [英]罗宾·乔治·科林伍德著,王至元、陈华中译:《艺术原理》,中国社会科学出版社 1985 年版,第 83 页。

取得的快感。”[①]《聊斋志异》的娱乐功能并不单单是予人一种表层的生理快感，而是深层的审美体验，是一种由审美所产生的心理愉悦。

小说书名称之为《志异》，不言而喻，它记述的大都是不同“寻常”的、具有怪异、奇异特点的人和事。具体说来，“异”又分为三种类型：一是花妖、狐魅、仙鬼、精怪以及与它们有关的各种故事；二是“畸人异行”，即具有奇异的性格、行为和经历的人和事；三是现实中奇巧、罕见的自然现象或事件。由此可见，作品描绘的对象大多数是现实生活中并不存在的光怪陆离、极其虚幻的形象。王充《论衡·奇怪》曰：“世好奇怪，古今同情。”这些谈怪说异之事更能唤起人们的“尚奇”心理。“好奇心是人类最原始的能力。”[②]奇伟瑰丽的想象和幻想易于激发人们的“阅读期待”，带给人们身心的审美愉悦。

小说的审美本质就是“摹写”人物形象——塑造“典型性格”。在《聊斋志异》中，蒲松龄着力塑造了众多个性鲜明、具体可感的人物形象，其中有幻想中的花妖狐魅，也有世俗的芸芸众生；有作者崇仰、爱慕的圣贤豪杰、痴男倩女，也有为作者鄙夷、嘲讽的卑俗之辈和社会蟊贼。白居易《与元九书》曰：“感人心者，莫先乎情。”作者高度重视人性的开掘，并能以不同时代、不同民族的读者普遍认同的标准对他们进行感情裁决，真实可信地展示出人性的真善美，嘲讽人性的假丑恶。而“观看者的感情可能会受到所描绘的东西的影响，他会把自己认同于那些角色，放纵他自己的被激发起来的情感，

① ［美］雷·韦勒克、奥·沃伦著，刘象愚等译：《文学理论》，生活·读书·新知三联书店1984年版，第20~21页。

② ［英］爱·摩·福斯特著，苏炳文译：《小说面面观》，花城出版社1984年版，第71页。

并为这种激情的宣泄而感到愉悦”①。女性中如鸦头(《鸦头》)、细侯(《细侯》)等勇于追求美满爱情;翩翩(《翩翩》)、云萝(《云萝公主》)等不慕名利,心怀淡泊;封三娘(《封三娘》)、宦娘(《宦娘》)等助人为乐,成人之美;葛巾(《葛巾》)、阿纤(《阿纤》)等与人为善,自尊自重……而男性中如席方平(《席方平》)魂入地府代父申冤,以表其孝;田七郎(《田七郎》)为报知遇之恩,甘愿献出生命,以彰其义;同父异母兄弟张诚、张讷(《张诚》)手足情深、相互救助,以显其悌;王六郎(《王六郎》)宁愿继续在河中做鬼也不忍让渡河母子代己而死,以见其仁……他们执着地坚持着进步的人生信仰,虽处逆境而不退缩,令人崇敬,成为人们效仿的对象。这种对人性真善美的肯定,易于激起人们追求纯真爱情和美好生活的热情,使读者不由得豁开眼孔,尽情追摄,产生惊喜、陶醉、倾慕之情。反之,从《司文郎》《考弊司》《梦狼》《盗户》《一员官》《夏雪》等篇章中,可以明显感受到作者对统治者贪婪、残暴、荒唐、愚昧等丑恶卑下的人性所给予的无情嘲讽,使人领受到无穷的快意。而就王七(《劳山道士》)、董生(《佟客》)、偷鸭贼(《骂鸭》)、杨万石(《马介甫》)、李超(《武技》)等平庸之辈来说,他们的可爱而又可鄙之处,使得读者从中观照到自己的人性理想、心灵追求以及人类自我塑造的本质力量,从而形成克服自身脆弱和渺小的信心和勇气,同样给人们带来审美快感。

从书中对黑暗腐朽社会现实的深刻揭露,对统治阶级的无情鞭挞,对封建科举制度弊端的大胆批判,对青年男女自由幸福的爱情婚姻生活的由衷歌颂,对自立自强的女性形象的热情赞美来看,作品蕴涵着那种冲破传统精神枷锁、大胆要求个性解放、勇于追求理想生活的民主思想,是对宋明理学“存天理,灭人欲”思想的本能反

① [德]汉斯·罗伯特·耀斯著,顾建光、顾静宇、张乐天译:《审美经验与文学解释学》,上海译文出版社2006年版,第25页。

抗,是作者真实情感的宣泄,迥异于充斥其间却又难以卒读的道德劝诫型作品,合乎读者的审美趣味与接受心理,给人以身心愉悦。它将改变人们的心灵世界,拓展其生活视野,使他们超越现实而对自身存在价值加以反思,不仅解放人的生活经验,而且解放人的内在存在经验和对世界所抱有的价值观念,是一种对自己和世界重新审视和批判的感悟。

《聊斋志异》审美愉悦的产生,也离不开与审美对象、审美载体相适应的表现手法。在蒲松龄的创作中,结撰狐鬼故事成了文学方法、表现形式。《聊斋志异》中的花妖狐魅,其本质特点是社会人,他们涉足人间社会,参与现实的矛盾冲突,因而让人感到和易可亲。但他们又不完全等同于世间的人,在他们作为人的个性特点中又复合着"物"(即他们的本体)的固有气质和传说中的花妖狐魅的神异性特点。《聊斋志异》的情节,其本质是现实中的矛盾冲突的变体,但在现实逻辑中又胶合着幻想的逻辑。而在叙事手法上也是故意延宕情节,设置悬念,以调动读者的好奇与期待。诚如冯镇峦所言:"《聊斋》短篇,文字不似大篇出色,然其叙事简净,用笔明雅,譬诸游山者,才过一山,又问一山,当此之时,不无借径于小桥曲岸,浅水平沙,然而前山未远,魂魄方收,后山又来,耳目又费。虽不大为着意,然政不致遂败人意。又况其一桥,一岸,一水,一沙,并非一望荒屯绝徼之比。晚凉新浴,豆花棚下,摇蕉尾,说曲折,兴复不浅也。"[①]但明伦亦有此感,他评论《葛巾》:"此篇纯用迷离闪烁、夭矫变幻之笔,不唯笔笔转,直句句转,且字字转矣。文忌直,转则曲;文忌弱,转则健……"评《王桂庵》:"文夭矫变化,如生龙活虎,不可捉摸。……愈蓄则文势愈紧,愈伸,愈矫,愈陡,愈纵,愈捷。"这样,小说的人物和情节,既让读者感到是熟悉的、亲切的,又让读者感到是陌生的、新

---

① 朱一玄:《聊斋志异资料汇编》,中州古籍出版社 1985 年版,第 589 页。

鲜的;既让读者觉得是在自己的身边,又让读者觉得可望而不可即,和自己有着相当的距离。这种审美距离和“陌生化”效果,更易唤起读者的好奇心,唤起新鲜感和惊奇感,从而增强审美刺激性,也使读者的情感在经历惊与喜、疑与快、急与慰之间的巨大转换后,极易获得最大的阅读快感。

不仅如此,作者广闻博识,多才多艺,小说杂学旁收,应有尽有,堪称一部中国传统文化的百科全书。即以书中的娱乐活动而言,《偷桃》《种梨》《妖术》《僧术》《仙术》《戏术》《口技》《汪士秀》《蛇人》《蛙曲》《鼠戏》《木雕人》《促织》《棋鬼》《三朝元老》《狐谐》《仙人岛》《鬼令》等篇章中,就涉及幻术、杂技、蹴鞠、马戏、斗戏、棋戏、酒令、对联等多种娱乐描写,不仅成为审美的载体,也成了审美的对象。而且,小说虽然以文言进行叙述,使作品呈现出浓郁的诗意化特征,因而有学者称赞“他的小说也是诗,甚至比不少诗人的诗更有诗的味道”①。但从其对历史典故、诗词歌赋等的综合运用上看,却是“文备众体”。如把诗词骈文插在散文叙事之间,以骈散或韵散交织来渲发才子逸兴,寓无羁的才情于滑稽突梯的运笔中,使得骈体赋和散体叙事之间貌离而神合,不失艺术的完整性。作者同样大量运用口语,运用村翁、老妪、少妇少女、市井商贩的语言,趣语隽语比比皆是。如《翩翩》篇写到翩翩与其女友花城娘子的对话,作者吸取了山东民间戏称妇女生小孩为“老母鸡抱窝”的俗语,让翩翩用“小哥子抱得未”这样的问话来打趣花城娘子,大大增强了故事的生动性和趣味性。整部作品不但洋溢着诗情画意,更让读者充分享受到优秀传统文学艺术带来的乐趣。

“当某一文学作品成功地发挥其作用时,快感和有用性这两个

---

① 杨义:《中国古典小说史论》,中国社会科学出版社 1995 年版,第 399 页。

"基调"不应该简单地共存,而应该交汇在一起……而文学的有用性——严肃性和教育意义——则是令人愉悦的严肃性。"[①]同时我们也可以看出,作品是作者经过匠心独运的安排,恰恰是把悲、喜因素巧妙地糅合在一起,使小说的娱乐功能与其他社会功能能够达到有机的完美统一,实现了不幸与滑稽、嘲笑与眼泪、批判与同情的辩证统一,因而成为古代文言小说的扛鼎之作,这也展示了作者深邃的洞察力和高超的写作技巧。而相比之下,在其之前同类体裁的六朝志怪、唐传奇,以及那些过于侧重某一方面功能的其他文体的后期作品,如卖弄才学的《镜花缘》,频频大斗仙法的《封神演义》,描写花前月下的才子佳人小说,虽也能够呈现出各具特色的娱乐功能,却难以达到前者的美学高度。

三

英国浪漫主义诗人雪莱说:"诗人的职责就在于:把他自己从这些形象和感觉中所得到的愉快和热诚传达于他人。"[②]但接受美学认为,文学不是一种指向客体世界的对象性活动,而是一种主体间性的交往活动。人与人所构成的本文即人的语言在历史传统中形成的种种文化之间是一个互为主体的关系,二者相互解释,相互说明。文学作品的意义不仅来源于作品本身,还有读者的赋予。"对于读者实现本文来说,读者的介入是必不可少的。"[③]在接受美学的创立者姚斯看来,读者作为作品接受的能动力量,在阅读活动中具有重要地位。"因为只有通过读者的传递过程,作品才进入一种连续性

---

① [美]雷·韦勒克、奥·沃伦著,刘象愚等译:《文学理论》,生活·读书·新知三联书店1984年版,第20~21页。

② [英]珀西·比希·雪莱:《伊斯兰的起义》"序言",见伍蠡甫主编《西方文论选》(下册),上海译文出版社1979年版,第47页。

③ [德]W. 伊泽尔著,霍桂桓、李宝彦译:《审美过程研究——阅读活动:审美响应理论》,中国人民大学出版社1988年版,第89页。

变化的经验视野。在阅读过程中,永远不停地发生着从简单接受到批评性的理解,从被动接受到主动接受,从认识的审美标准到超越以往的新的生产的转换。”①他在《审美经验与文学解释学》“导言”中也有这样的解释,认为人通过创作并在自己的创作活动中获得美的享受,同样,艺术观赏的审美享受也使观赏者摆脱了具有控制关系的日常生活,摆脱被日常生活所羁绊的自我,使心灵发生新的变化,达到一种新的自由感。小说属于叙事文学,从叙事的内容来看,任何叙事都是对现实世界的某种意识形态化了的解释。文学话语中蕴含了作者对于社会生活丰富的知觉、情感、想象等心理体验。小说是供人阅读的,作者在作为叙述者讲故事时,心目中必然要有一个潜在的叙述接受者作为讲述对象,作者对于社会生活的情感态度也会引发接受者情感上的激动,从而促进人们的身心愉悦,并在客观上引起一系列的接受效应。

评点是中国古代文学批评的一种特殊样式,它和诗话、词话、曲话等批评形式一样,反映着人们对文学作品的品评、鉴赏及文学理论认识。小说评点,是中国小说理论的主要批评方式,它在抒发感情和分析文章做法的评点风格与评点格式等方面,受到自宋代以来的诗文评点的影响,形式自由,内容精辟,既对作品总体进行美学评论,又做细部的艺术分析,还记录自己的阅读感受,甚至借题发挥,对现实社会发表议论,成为情感表现之载体。自南宋刘辰翁的《世说新语》评点始,小说评点逐渐进入人们的视野,至明清时期古代小说发展达到鼎盛,小说评点也风行于小说领域,形成了小说评点派。评点者们通过对作品的评点诠释了《聊斋志异》的娱乐功能。

---

① [德]汉斯·罗伯特·姚斯:《文学史作为向文学理论的挑战》,见[德]H. R. 姚斯、[美]R. C. 霍拉勃著,周宁、金元浦译《接受美学与接受理论》,辽宁人民出版社 1987 年版,第 24 页。

小说可以适情解闷消忧，是人们欣赏它的第一目的。评点家们在阅读小说时，通常会产生一种快感。如但明伦《西湖主》总评曰："前半幅生香设色，绘景传神，令人悦目赏心……"《司文郎》中瞽僧嘲讽考官有眼无珠，但氏评曰："虐极，快极。"又如《连琐》的结尾叙杨于畏与连琐几经波折终成眷属，而后者每谓杨曰："二十余年如一梦耳。"对此，王士禛评："结尽而不尽，甚妙。"但明伦评："如闻钧天广乐之声，戛然而止。"而冯镇峦则认为："《聊斋》之妙……令读者每至一篇，另长一番精神。"[①]批评家之所以能够获得如此快感，是因为小说具有"奇""趣"之魅力。如《嫦娥》篇中写道："婢暴颠墀下，声如倾堵。众方大哗；近抚之，而妃子已作马嵬薨矣。"但明伦对此旁批曰："趣语天然。"又如《庚娘》中写人物以闺中隐谑"看群鸭儿飞上天耶""馋猧儿欲吃猫子腥耶"作以识认。但氏眉批曰："金山舟中已觌面矣，却用闺中隐语而识之，此忙中生趣法。"亦语涉轻松，聊以解颐也。有时候，评点家们还会以"浮白"的表达方式来对这种快感进行形象的描述或进一步的拓展，如但明伦在《劳山道士》结尾批曰："观至此，当浮一大白。"《念秧》冯镇峦夹批："念秧妙计高天下，赔了男儿又折妻。吾性不饮，读至此浮两大白。"这些评点家们俱是性情中人，他们读小说时带有浓烈的感情色彩，或者说，他们被书中的人物、故事所深深打动。他们为抒发对"多具人情，和易可亲，忘为异类"[②]的花妖狐魅的挚爱之情而浮大白；他们为表达对民间艺人的绝世奇技的赞叹之情而浮大白；更为小说中那精彩的情节、曲折的故事、动人的场面而浮大白；尤其是对小说作者那炉火纯青的写作技巧，出神入化的生花妙笔，则更要浮大白。在批评家们面前，不一定真的摆着金樽美酒，他们也不一定真的就要喝酒。这只是代表

① 朱一玄:《聊斋志异资料汇编》，中州古籍出版社 1985 年版，第 586 页。
② 鲁迅:《中国小说史略》，东方出版中心 1996 年版，第 166 页。

着一种情绪，一种快乐感受的表达方式，这是一种拥有赤子之心的真正的读书人深深地将作品引进自己的心扉而达到忘我境界的真切感受。

娱乐和审美之间存在着关联，娱乐是审美的基础之一，而审美则是娱乐的一种高级形态。文章不仅能使人赏心悦目，更重要的是如颜之推在《颜氏家训·文章》中所说的那样："至于陶冶性灵，从容讽谏，入其滋味，亦乐事也。"同样，小说亦能使人在这娱乐美感作用下陶冶性情，使人的品格气质得到净化。冯镇峦《读聊斋杂说》如是说："《聊斋》一书……识其文章之妙，窥其用意之微，得其性情之正，服其议论之公，此变化气质、淘成心术第一书也。"①小说能怡神悦魄，使人暂时摈弃其焦思繁虑而进入恬适之境。但明伦则在上述观点的基础上更进了一步，同时又显示出其特异之处，《庚娘》中，但氏于庚娘手刃仇人之后批曰："读至此，忽为之喜，忽为之惊，忽为之奋，忽为之惧……怕往下看，又急欲往下看。"让读者喜之，惊之，奋之，惧之，达到感人至深的程度，以至于怕看而又想看，此乃评者与众不同的阅读感受和独具特色的愉悦体验，也是读书之乐的又一境界。

与诗文等文学样式的创作相比，小说家在很大程度上是为接受者进行创作的，因此其传播接受便显得尤为重要。人们对小说的喜爱客观上促进了小说的传播。小说的娱乐功能无疑加快了小说的传播，使得小说的接受者迅速扩大，如《三国演义》《水浒传》《聊斋志异》《红楼梦》等名著几乎是家喻户晓，而续书、仿作亦是层出不穷。不仅给人们带来了娱乐，书中的主旨思想、人物言行也影响着人们的评判标准。冯镇峦《读聊斋杂说》言曰："柳泉《志异》一书，风行天下，万口传诵"，"是书遍天下无人不爱好之"，"海滋山陬，雅

---

① 朱一玄：《聊斋志异资料汇编》，中州古籍出版社1985年版，第583页。

俗共赏”,“通人爱之,俗人亦爱之”。[1] 而“聊斋学”“蒲学”更越来越成为学术界所关注的研究热点。

法国著名文艺理论家丹纳在其《艺术哲学》一书中指出,文学与雕塑、绘画、建筑、音乐等一样同属于艺术范畴,“但艺术是文化的最早而最优秀的成果,艺术的任务在于发现和表达事物的主要特征,艺术的寿命必然和文化一样长久”[2]。古代小说作为古代文学的重要样式之一,理所当然地也是古代文化艺术的一个组成部分,而与古代文化艺术的整体息息相关。但是,古代小说又有其自身的特殊性,因此便与古代文化整体以及古代文化的其他范畴发生种种关系。《聊斋志异》中有多处写到灯谜、酒令、笑话、下棋、蹴鞠、赏戏、作画等娱乐活动,其精细的描绘,不仅可作为珍贵的文献资料,还用来刻画人物、推进情节、调节气氛,为人们带来了阅读享受。而且,《聊斋志异》还被改编成曲艺、戏曲、绘画等多种娱乐艺术形式,双方交流互动,进一步扩大了小说的影响力,也增强了作品的娱乐功能。

四

《聊斋志异》之所以能取得成功,之所以能形成如此别具一格的娱乐功能,既有它对历史传统的继承,也有时代的原因,同时包含着作者的个人因素。

中国历来有着重道德修养、重功利实效的文化传统,提倡人之有所作为,要树立治国平天下的远大人生目标,立德、立功、立言的理想追求,为国家、社会“鞠躬尽瘁,死而后已”,方能永垂青史,流芳百世。如此思想观念和价值标准,致使中国古代社会中大多数人都

---

① 朱一玄:《聊斋志异资料汇编》,中州古籍出版社 1985 年版,第 582、584、588 页。

② 〔法〕H. A. 丹纳:《艺术哲学》,人民文学出版社 1963 年版,第 66 页。

对娱乐持否定态度，认为“娱乐”就是“玩”，就是不正经，费时误事，浪费社会财富，激化社会矛盾，败坏社会风气。《荀子·乐论》即曰：“君子乐得其道，小人乐得其欲。以道制欲，则乐而不乱；以欲忘道，则惑而不乐。”而对体现娱乐的“闲暇”也存在着一定的偏见，有时作为“懒惰”的代名词，有着“小人闲居为不善”的古训。

囿于儒家“以文为用”的正统思想，千百年来，中国儒家文化中那种根深蒂固的“微言大义”式的文学功能阐释，一直把文学作为政治和道德的附庸来作贱，教化、认识功能始终占据主导地位。而在中国古代社会，对于小说最主要的读者群体——终年为衣食住行、养家赡口而劳碌奔波的芸芸众生来说，在他们难得的空闲时间里，需要的是摆脱生活和思想重压的消遣，在奇闻逸事的叙说中获得精神上的满足或慰藉。人们通过对小说的接受，在审美观照中拉开与生活痛苦的距离，以想象的满足来填补现实的不平和自身的缺陷，得到惬意的审美享受，因而作品的娱乐性必不可少。

早在先秦时期诸子散文中，作者本意是借以宣传其政治主张，但为了让人易于接受，普遍运用比喻和形象性的语言，叙事中包含着智慧和哲理，使说理散文具有浓厚的文学色彩，就涌现出了大量的带有娱乐性的寓言故事，如《孟子》中的“揠苗助长”“月攘一鸡”，《韩非子》中的“郑人置履”“守株待兔”，《战国策》中的“鹬蚌相争”“狐假虎威”等。这些寓言片段还常被单独抽出来作为一个独立的笑话类型，魏晋时的《笑林》、隋唐时的《启颜录》《谐噱录》、宋元时的《艾子杂说》《群居解颐》、明代的《雪涛谐史》《古今谭概》、清代的《笑林广记》等笑话体和寓言体小说，均可在先秦诸子的叙事片段中找到源头。而其后在诗、词、散文等高雅文学中也不乏幽默诙谐之笔。如仇兆鳌在《杜少陵集详注》卷四《月夜》诗注中就曾提到有人指出“子美善谑，如‘粉黛忽解包，狼藉画眉阔’，虽妻女亦不恕”。而郑振铎认为韩愈"也写着游戏文章《毛颖传》之类"[①],其他像李白、白居易、柳宗元、苏轼、黄庭坚等人的诗文中也都能找到同类例证。

在中国文学传统观念中,小说、戏曲等通俗文学地位低下。统治阶级虽然出于自身享乐的需要,对二者产生了越来越浓厚的兴趣,但一直视其为鄙野之言,甚至是淫邪之辞,屡次制定政策予以压制,使之成为灌输统治阶级道德教化的工具。这也影响到小说、戏曲作者的创作动机。但是长篇累牍地讲道理、发议论,贯之以政治或道德说教,往往令人难以卒读(闻)。因而小说、戏曲作者在进行创作的时候常常将作品的讽诫性与娱乐性结合起来,寓讽于乐,以吸引人们的阅读兴趣。如唐代流行苍鹘、参军两个脚色表演的戏弄,追求滑稽效果。而吴自牧《梦粱录》卷二十"妓乐"中提到,宋杂剧"大抵全以故事,务在滑稽","一时取圣颜笑",更是以诙谐嘲弄为主。在元明两代的戏曲中,还形成了一种"插科打诨"的传统,无论是悲剧还是正剧,中间都穿插着以滑稽取笑为目的的科诨。如王思任极欣赏《牡丹亭》的悲喜因素:"其款置数人,笑者真笑,笑即有声;啼者真啼,啼即有泪。"[②]我国古代小说也受到了其他文学体裁的影响,同时形成了自己的娱乐传统。文言小说如六朝志怪"有以游心寓目而无尤"[③],志人"为远实用而近娱乐"[④],唐传奇"时亦近于俳谐"[⑤],表现出特有的娱乐功能。同样,白话小说如宋元话本中大量使用"砌话",颇有插科打诨的特色;而在《西游记》《儒林外史》等长篇章回小说中,幽默讽刺手法的运用使得作品的娱乐功能更具深厚

① 郑振铎:《插图本中国文学史》,人民文学出版社 1957 年版,第 379 页。

② 〔明〕王思任:《玉茗堂还魂记序》,见秦学人、侯作卿编著《中国古典编剧理论资料汇辑》,中国戏剧出版社 1984 年版,第 138 页。

③ 〔晋〕干宝:《搜神记序》,见黄霖、韩同文选注《中国历代小说论著选》,江西人民出版社 1982 年版,第 20 页。

④ 鲁迅:《中国小说史略》,东方出版中心 1996 年版,第 43 页。

⑤ 鲁迅:《中国小说史略》,东方出版中心 1996 年版,第 51 页。

的意蕴。

明清时期是古代文学发展的一个高潮时期，而明中叶以后，随着资本主义萌芽的出现、城市商业经济的繁荣、市民阶层的壮大和统治集团的日趋腐朽、思想控制的松动，以及王阳明心学的流行，文学急剧地向着世俗化、个性化、趣味化流动。这一时期，文人多怀有“以文为戏”的创作心态，他们写小说很明确地是为读者提供笑乐。如李渔在其《笠翁文集》卷三《与陈学山少宰》中谈及他垂老时说：“使数十年来无一湖上笠翁，不知为世人减几许谈锋，增多少瞌睡。”这是一种以喜悦、满足为主旨的喜剧精神，一种乐天的喜剧精神。这种喜剧精神虽然能较大程度地发挥创造主体的能动性，极尽能事地取悦自我，娱悦他人。但是，到了封建社会末期，这种“乐天”的精神便堕落成一种自我麻醉的精神胜利法，有些作者感于自己对人生理想的追求无法实现，写小说以自娱，用那子虚乌有的世界来慰藉自己悲哀的心灵。马从善《〈儿女英雄传〉序》说，文康少时家中兴盛，晚年中落，“块处一室，笔墨之外无长物，故著此书以自遣”。因而许多作品缺乏反映现实的深度与力度。

任何作家都生活在特定的时代背景之中，真正的文学来源于社会生活和人生苦难，也来源于作家的心灵和情感。对于《聊斋志异》而言，作者蒲松龄所处的清朝顺康时期，正是封建法治重建并趋于稳固、君主专政高度强化的时期。而正是这样独特的时期，造就了蒲松龄独特的身世。他本生于富足之家，但中道衰落，生活贫困，多年的乡村塾师生活使他加强了与各个阶层人民的接触，扩大了生活的视野。他多年屡试不中，科场失意，体验过人生的悲哀与世道的无情。而长期幕宾的身份使之有机会广泛地接触封建官僚，熟悉官府种种黑暗内幕和政治腐败，也让他更加看透了整个封建社会的本质。蒲松龄这些个人的切身感受，与这个时代阶级的社会的条件结合起来，构成了创作深厚的直接的生活基础。封建末世的社会现实,坎坷的生活经历,使蒲松龄深刻感觉到现实生活中颠倒的、不谐调的、荒唐的喜剧性一面,又同时感受到人的被压抑、扭曲的悲剧性一面。

但蒲松龄本是一天性幽默风趣之人:“作诙谐谑语,然简洁隽永,的是作者本色”①,“蕴藉诙谐,一着纸而解人颐”②。而王充《论衡·对作》曰:“世俗之性,好奇怪之语,说虚妄之文。何则?实事不能快意,而华虚惊耳动心也。是故才能之士,好谈论者增益实事,为美盛之语;用笔墨者造生空文,为虚妄之传。听者以为真然,说而不舍;览者以为实事,传而不绝。”基于这样的传统与现实,因此,促成了蒲松龄“才非干宝,雅爱搜神;情类黄州,喜人谈鬼”③的创作追求,同时也决定了他在创作中必定不乏趣笔。他继承、借鉴了我国古代文学的喜剧传统,发扬了美学传统中幽默诙谐的写作技巧,将它们应用于小说创作,并巧妙地融合在“孤愤”创造之中,使之成为作品的有机组成部分,从而赋予了这部文言小说集大成者异于传统的娱乐功能。作者通过悲喜并用的手法揭示了现实社会中这两种现象的本质——既是冷酷的,又是荒谬可笑的;既是悲剧性的,又是喜剧性的。并深入剖析造成种种荒谬可笑现象的社会根源,透过喜剧性的现象逼视悲剧性的社会本质,从而使《聊斋志异》取得了伟大的思想与艺术成就。

【作者单位:山东大学文学院】

① 朱一玄:《聊斋志异资料汇编》,中州古籍出版社1985年版,第355页。
② 朱一玄:《聊斋志异资料汇编》,中州古籍出版社1985年版,第341页。
③ 朱一玄:《聊斋志异资料汇编》,中州古籍出版社1985年版,第332页。

莫言对《聊斋志异》的评点及意义

刘洪强

当下学者多从莫言接受蒲松龄及其《聊斋志异》着眼，挖掘莫言对蒲松龄及其小说的素材化用、精神吸纳等方面的价值，这无疑是非常有意义的事。然而对莫言作为蒲松龄及其作品的研究者与评点者这一身份的认知，学界却鲜有论及，因而本文将从四个方面对此问题进行论述。

一、莫言对蒲松龄的研究与评价

莫言称蒲松龄是自己写作的祖师爷，并说“蒲松龄不仅是中国著名的文学家，也是在全世界享有盛誉的短篇小说大师”，“能够写出这样的小说的人，该有多么博大的灵魂，该有多么丰富的想象力”。[①] 莫言认为蒲松龄灵魂博大、想象力丰富，这样的评价还是很新颖的。莫言认为蒲松龄的小说创作动机来源于科举的失意：

> 蒲松龄之所以写出这种小说关键在于科场的失意，怀才不遇，对科场的迷恋在小说中能体现出来，有人做了善事，他的儿孙就会中举等。正是因为对科场的迷恋而又失败，造成了他的作品的多义性、复杂性。蒲松龄晚年凄凉的心境产生了凄美的

---

① 莫言：《我的文学经验》，见莫言著《用耳朵阅读》，作家出版社 2012 年版，第 243 页。

> 文字，他写作时完全从自我出发，发泄自己未能中举的个人愤怒和痛苦，但是这种痛苦与未被录取的广大秀才的痛苦一致，自己落魄的情形与广大老百姓一致。于是从自我出发，个人痛苦与时代痛苦合拍了。[1]

应该说，莫言对蒲松龄的评价并未超出古人“发愤著书”的思维范式，但又强调“作品的多义性、复杂性”，而不是把问题简单化，强调“写作时完全从自我出发”。蒲松龄为什么痴迷于写作？莫言说“没有出版社，没有稿费和版税，更没有这样那样的奖项，写作的确是一件寂寞的、甚至是被人耻笑的事情。那时候的写作者的写作动机比较单纯，第一是他的心中积累了太多的东西，需要一个渠道宣泄出来”[2]。莫言认为蒲松龄写作是为了“宣泄”。莫言认为蒲松龄的科举失败使他得以施展才华：

> 如果他当时中了举人，然后到北京会试又中了进士，他的《聊斋志异》很可能写不出来了，中国文学史、世界文学史就缺少了一部伟大的著作。[3]

莫言在《作为老百姓写作》中说：

> 像蒲松龄，一辈子醉心科举，虽然知道科举制度的一切黑暗内幕，但内心深处还是向往这个东西。如果说让他焚烧了他

---

① 莫言:《作家和他的文学创作》,载《文史哲》2003年第2期。

② 莫言:《作为老百姓写作》,见莫言著《用耳朵阅读》,作家出版社2012年版,第68页。

③ 莫言:《我的文学经验》,见莫言著《用耳朵阅读》,作家出版社2012年版,第244页。

> 所有的小说就可以让他中一个进士，我想他会毫不犹豫地点起火来的。到了后来，他绝了科举的念头，怀大才而不遇，于是借小说表现自己的才华，借小说排遣内心的积怨。[①]

莫言提到的蒲松龄晚年绝了科举念头一事与事实稍微不符，但科举失败造就了蒲松龄却是不争的事实。

莫言曾写过两首诗评价蒲松龄及其小说。一首《师从》："装神胜过装洋蒜，弄鬼强似玩深沉。问我师从哪一个，淄川爷爷蒲松龄。"这里强调蒲松龄写作的"真"，不玩"深沉"。另一首《庚寅冬日听聊斋》："少时听人说聊斋，妖风迷雾扑面来。长大方知人即鬼，蒲公深意我能解。"[②]"妖风迷雾扑面来"指出《聊斋志异》题材上的特点，选取的是花妖狐魅，而"长大方知人即鬼"正指出蒲松龄写鬼的本质是写人。莫言在《我的故乡与我的小说》中说：

> 由于我的故乡离蒲松龄的家乡不远，所以在我们那儿口头流传着的许多鬼狐故事，跟《聊斋》中的故事大同小异。我不知道是人们先看了《聊斋》后讲故事，还是先有了这些故事而后有《聊斋》。我宁愿先有了鬼怪妖狐而后有《聊斋》。我想当年蒲松龄在他的家门口大树下摆着茶水请过往行人讲故事时，我的某一位老乡亲曾饮过他的茶水，并为他讲过几个故事[③]。

这里莫言沿袭以往的说法，认为蒲松龄为收集材料而请人喝

---

① 莫言：《作为老百姓写作》，见莫言著《用耳朵阅读》，作家出版社2012年版，第68页。

② 兰传斌：《莫言与蒲松龄和〈聊斋志异〉》，见杨守森、贺立华主编《莫言研究三十年》（下），山东大学出版社2013年版，第326页。

③ 莫言：《我的故乡与我的小说》，载《当代作家评论》1993年第2期。

茶。他在《好谈鬼怪神魔》中称蒲松龄为“老祖父”，并称赞其胜过许多进士：

从我的故乡西行数百里，便是《聊斋志异》作者蒲松龄先生的故乡淄川。都是山东人，出省之后便算同乡。有这样一个怀才不遇的天才同乡真令我感到自豪。在漫长的科举取士的社会中山东考中的进士车载斗量，被钦点了状元的也有十数之多，他们当年的荣耀连蒲松龄也眼热过。时过境迁，人们早已忘了他们，但在当时穷愁潦倒、靠编织鬼魅妖狐故事以寄托心中情感的蒲松龄却流芳至今并且肯定还将流传下去。近年来，有一些评论家在评论我的小说时，总是忘不了提起我这位光荣的乡亲，并从他那里找到了我的小说的源头。这令我不胜荣幸至极①。

莫言肯定了蒲松龄是用“人物”说话的。他在《我的文学经验》中说道：

他把自己所有的思想，所有对社会不公正的批判都首先付诸人物形象。也就是说他始终从人物出发，他始终在写作的时候把人放在第一位。②

他在文中推崇蒲松龄的想象力，“蒲先生具有当今所有作家都望尘莫及的丰富想象力”。在当下众多优秀作家中，莫言的想象力

① 莫言：《好谈鬼怪神魔》，载《作家》1993 年第 8 期。

② 莫言：《我的文学经验》，见莫言著《用耳朵阅读》，作家出版社 2012 年版，第 247 页。

极为惊人，这除了与莫言本身的天赋有关，蒲松龄对他的影响也是至关重要的。

莫言还肯定了蒲松龄深厚的旧学基础，“第二点要从蒲松龄先生身上学习的，就是从古典文献里面汲取创作的营养。蒲先生把中国过去的书，不管是四书五经还是诸子百家，都烂熟于胸中了”①。在莫言看来，作为一名作家，只靠才气是远远不够的，必须要博览群书。

二、莫言对《聊斋志异》的整体评点

兰传斌先生《莫言与蒲松龄和〈聊斋志异〉》说：“《聊斋志异》更像是莫言的枕边书、启蒙书和做童子功的教科书。”②由此可见莫言对《聊斋志异》的熟稔与膜拜。事实上，莫言对《聊斋志异》的众多方面做了深入研究。

《聊斋志异》故事的来源问题。众所周知，《聊斋志异》“用传奇法，而以志怪”③，所以它吸取了六朝志怪与唐传奇的许多成分，此外它还采用了众多民间故事。莫言说：

> 童年时期我就听到了很多和蒲松龄笔下的故事完全一样的故事。我在乡村的时候，小学的时候，甚至更小的时候，就听村子里的老人讲狐狸变美女啊、公鸡变青年啊、大树成精啊等等，这样的故事实际上就是蒲松龄故事的原型。我长大了读蒲松龄的《聊斋志异》发现：“哎，这个故事我小时候听村子里的老人讲过！”我马上就会产生一个疑问——是蒲松龄的小说在前被我们村子里的知识分子看到了流传

---

① 莫言：《我的文学经验》，见莫言著《用耳朵阅读》，作家出版社2012年版，第247页。

② 兰传斌：《莫言与蒲松龄和〈聊斋志异〉》，见杨守森、贺立华主编《莫言研究三十年》（下），山东大学出版社2013年版，第324页。

③ 鲁迅：《中国小说史略》，人民文学出版社1995年版，第209页。

> 下来的呢，还是这个故事在前，后来被蒲松龄记录下来的呢？这个答案也许永远也不会有。我想也许两种情况都存在：一种情况是，很多乡村知识分子读了《聊斋》，然后又通过他们的口还原成乡村故事，继续往下流传，而且（在流传过程中）发生变化；另外一种情况是，蒲松龄当年确实听到了这类故事，然后改写成他的小说。①

应该说，当下《聊斋志异》本事的研究还局限于书本，很少有做田野调查的，而莫言的研究填补了这个空白，以他的亲身体会验证了《聊斋志异》中相当一部分的小说来源于民间故事。莫言认为《聊斋志异》的素材主要来自民间：

> 蒲松龄先生创作的主要资源是来自民间。……他在故乡成长的时候，他后来在外地当教书先生的时候，都是用一双艺术家的眼睛来观察生活，用一双艺术家的耳朵来捕捉生活中所有跟小说有关的声音。他作为一个小说的有心人，把许许多多的流传在我们家乡的奇闻轶事，狐狸的故事、鬼的故事变成了他的小说的素材。②

这是对《聊斋志异》成书素材的研究，着重谈到了民间故事与蒲松龄小说的双向互动，也指明了蒲松龄小说的一种传播方式。莫言认为《聊斋志异》是一部提倡环保的作品，这一观点实发前人所未发。“《聊斋志异》也是一部提倡环保的作品，他提倡爱护生物。在

---

① 莫言、刘琛：《把“高密东北乡”安放在世界文学的版图上——莫言先生文学访谈录》，载《东岳论丛》2012 年第 10 期。

② 莫言：《我的文学经验》，见莫言著《用耳朵阅读》，作家出版社 2012 年版，第 245 页。

几百年前，他用他的方式，让人认识到人类不要妄自尊大，在大自然中，人跟动物是平等的事实。小说里很多狐狸变的美女不但相貌超过人类，连智慧也超过人类。”①从这个新颖的角度入手解读小说，的确会有不同的收获，例如《蛇人》篇。莫言还认为《聊斋志异》是一部提倡妇女解放的作品，他说：“那时妇女地位很低，在家庭中，女人就是生孩子机器和劳作的奴隶，但蒲松龄在小说中塑造了很多自由奔放的女性形象。”②

莫言大力称赞《聊斋志异》成功的细节描写，如他举例《龙》：

> 北直界有堕龙入村，其行重拙，入某绅家。其户仅可容躯，塞而入。家人尽奔。登楼哗噪，铳炮轰然。龙乃出。门外停贮潦水，浅不盈尺。龙入，转侧其中，身尽泥涂，极力腾跃，尺余辄堕。泥蟠三日，蝇集鳞甲。忽大雨，乃霹雳挐空而去。

莫言评价说：“小说的成功离不开细节描写，蒲松龄小说里就有可圈可点的范例。比如他写一条龙从天下掉落在打谷场上，没死，但动弹不了，这时有很多苍蝇飞过来，落在龙的身上，龙就把鳞片张开，很多苍蝇钻到鳞甲下边，龙突然阖上鳞片，把苍蝇都夹死在里面。这个故事发生的可能性极小，蒲先生也肯定没有见过有龙从天上掉下，但他在细节方面描写得准确、传神，让我们仿佛看到龙在打谷场上用鳞甲消灭苍蝇。这个细节很有力量，让一件子虚乌有的事具有了真实感，蒲先生对细节的想象力让人

---

① 莫言：《读书其实是在读自己——从学习蒲松龄谈起》，《中华读书报》2010 年 4 月 14 日。

② 莫言：《读书其实是在读自己——从学习蒲松龄谈起》，《中华读书报》2010 年 4 月 14 日。

叹为观止。”①

《龙》在《聊斋志异》中向来不受重视，何评、虞堂评、但评均未从这个角度评价过。而莫言从“细节”入手进行分析，启发我们要用新的视角去审视此文。为什么这个细节好呢？“因为他写的细节符合常识，是根据每个人的生活经验可以想象到的。他把现实生活中不可能发生的事件，呈现在我们面前，让我们非常相信，让我们从中得到非常形象的阅读效果。”②清代画家邹一桂认为“实者逼肖，则虚者自出”③，这与莫言的体会是一致的。莫言还说：“蒲松龄的小说五光十色，百味杂陈，充分调动了视觉、嗅觉、触觉。”④这一观点也发人深省，还未引起学界足够的重视。

从语言、故事、思想方面进行简略的评价。莫言认为《聊斋志异》：“首先，语言具有独创性，当时官方推崇的文章应该是八股文，他的这种文言文肯定是一种另类，而且在它之前，《红楼梦》《西游记》这种白话文已经出现了，而他在小说中用典雅、优美的文言，是非常独特的。其次，故事具有独创性，写鬼写狐。再次，思想具有独创性，故事中的鬼、狐比人可爱。”⑤要知道，《聊斋志异》出现时，《红楼梦》并没有问世，这里是莫言的一个小疏漏。

---

① 莫言：《读书其实是在读自己——从学习蒲松龄谈起》，《中华读书报》2010 年 4 月 14 日。

② 莫言：《读书其实是在读自己——从学习蒲松龄谈起》，《中华读书报》2010 年 4 月 14 日。

③ 邹一桂：《小山画谱》，见杨天才、赵雍编著《中国山水画思想论要》，河南美术出版社 2016 年版，第 24 页。

④ 莫言：《读书其实是在读自己——从学习蒲松龄谈起》，《中华读书报》2010 年 4 月 14 日。

⑤ 莫言：《作家和他的文学创作》，载《文史哲》2003 年第 2 期。

莫言、王尧《从〈红高粱〉到〈檀香刑〉》:

莫言:民间口头文学,这个对我的影响也蛮大。民间口头文学可以分成两大类,一大类是关于鬼怪的故事。鬼怪的故事往上一接,就与蒲松龄的《聊斋志异》联系起来了。《聊斋志异》里的很多故事在写之前就已经在民间流传了。反过来,《聊斋志异》成书后被很多乡村知识分子看后再回到民间变成口头流传的东西……

王尧:你是否也会写像《聊斋志异》这样的小说?

莫言:我也尝试写过类似的短篇,如果要用《聊斋》的方式写长篇巨著肯定是不行的,但在我的长篇里也涉及鬼神这样的情节……①

莫言在这里提出了一个极有意义的问题:《聊斋志异》里都是短篇小说,为什么不能写成长篇小说呢?这反映出莫言的"小说文体意识",当然这个问题还有可探讨的空间。

三、莫言对《聊斋志异》单篇文章的评点

2012年莫言游览崂山,"还特意兴致勃勃地讲起《聊斋志异》中《香玉》篇中美丽的芍药和牡丹,讲起《劳山道士》篇中心术不正的王七'出糗'的故事,并且在下清宫芍药、牡丹和崂山道士所穿墙壁前留影"②。这里虽然语焉不详,但是通过"美丽的芍药和牡丹"和"心术不正的王七'出糗'"也间接表达了莫言对美的赞赏和对丑的鞭

① 莫言、王尧:《从〈红高粱〉到〈檀香刑〉》,载《当代作家评论》2002年第1期。

② 兰传斌:《莫言与蒲松龄和〈聊斋志异〉》,见杨守森、贺立华主编《莫言研究三十年》(下),山东大学出版社2013年版,第327页。

拙。《狗的冤枉》一篇中说："狗中确有道德败坏的败类，譬如其中一个就违犯造物的原则，公然地与它的女主人交媾，此例见于山东淄川人蒲松龄所著《聊斋志异》。但归根结底还是它的女主人引诱了它……"①这里评价狗道德败坏，女主人引诱了它，即对这篇小说的道德评价。再如评《婴宁》，"这个小妖精爱笑成癖，动不动就笑得低头弯腰，不可自制。她笑得毫无来由，毫不做作。一片清纯，无比天真。音容笑貌，宛若在眼前。她到底笑什么？笑世间可笑之事，笑世间可笑之人"②。莫言还说："近年来我写了一些具有神秘色彩的小说，写了一些在过去的浊世中卓尔不群的高人，一方面是因为眼前生活的庸俗乏味使我感到无话可说，另一方面就是下意识地向老祖父学习"，"我们无法去步马尔克斯的后尘，但向老祖父蒲松龄学点什么却是可以的也是可能的"。③

张旭东、莫言著《我们时代的写作——对话〈酒国〉〈生死疲劳〉》谈到西门闹时，莫言说："他是对报应的一种质疑，像《聊斋》里席方平的故事。"④莫言欣赏《席方平》，他认为"这个故事曾经被选入高中课本，我最早是在我大哥的语文课本中读到了这个故事，所以印象非常深"⑤，"这篇小说给我留下了难以磨灭的印象"⑥。

莫言还说："我读《聊斋》很投入。有一个人物叫阿纤，《聊斋》

① 莫言：《狗的冤枉》，见莫言著《会唱歌的墙》，作家出版社2012年版，第65页。

② 莫言：《笑得潇洒》，见莫言著《会唱歌的墙》，作家出版社2012年版，第206页。

③ 莫言：《好谈鬼怪神魔》，载《作家》1993年第8期。

④ 张旭东、莫言：《我们时代的写作——对话〈酒国〉〈生死疲劳〉》，上海文艺出版社2013年版，第133页。

⑤ 莫言、刘琛：《把"高密东北乡"安放在世界文学的版图上——莫言先生文学访谈录》，载《东岳论丛》2012年第10期。

⑥ 莫言：《读书其实是在读自己——从学习蒲松龄谈起》，《中华读书报》2010年4月14日。

里唯一一篇小说写到高密，我的故乡。写了一个老鼠精，帮了书生很多忙。但是它有一个天性始终不可改变，喜欢储藏粮食”，“所以蒲松龄写这个女的，无论怎么富贵，就是喜欢储藏粮食。碰到了饥馑之年，她储存的粮食全部高价卖出，她成了田连阡陌的大地主。他的小说里有很多这个类型的人物”。[①] “里面写一个老鼠精非常漂亮，善良，善于理财，只是终生有一癖好——囤积粮食。蒲先生这一笔写得非常风趣，也非常有意味，这个细节就让我们最终不能忘记阿纤跟现实中的女人虽然表面没有差别但她是耗子变的事实。”[②]这其实就是我们常说的“人性、动物性、神性”的合一。鲁迅《中国小说史略》说：“使花妖狐魅，多具人情，和易可亲，忘为异类。而又偶见鹘突，知复非人。”[③]可以说是说到点子上了。

“譬如他写《黄英》，一个人死后变成菊花，这个人生前特别爱喝酒，那么这个菊花后来只有浇酒才能开放，而且在开放的时候还散发着一股浓郁的酒香，这样的细节描写就非常符合这个人原来嗜酒这个身份。他还写白秋莲，这个女人是长江的一条白鲢鱼成精了，她跟着秀才到北方之后，每年都要托人从长江运来几桶水，只有喝了这个水才能活下去，没有这个水就要死掉，这也非常符合我们现代的科学真实性，只有家乡的水才可以让她延续生命。”[④]这里莫言是在评价《黄英》与《白秋练》的细节描写。

“最后庞凤凰这个小女孩被人家包成二奶了，她无聊嘛，养了一只猴子，后来和猴子之间发生了和《聊斋》里类似的故事，结果生出

---

① 张旭东、莫言：《我们时代的写作——对话〈酒国〉〈生死疲劳〉》，上海文艺出版社 2013 年版，第 137 页。

② 莫言：《读书其实是在读自己——从学习蒲松龄谈起》，《中华读书报》2010 年 4 月 14 日。

③ 鲁迅：《中国小说史略》，人民文学出版社 1995 年版，第 209 页。

④ 莫言：《我的文学经验》，见莫言著《用耳朵阅读》，作家出版社 2012 年版，第 261 页。

了一个半人半猴的动物来。”（不过莫言说：“后来我没这么写，如果这么写的话，就会被我们的批评家认为是太魔幻了。”）[①]这里谈的是《犬奸》。

“《聊斋志异》里也讲过快刀。有个刽子手是著名的快刀，一刀把人头砍掉，人头在空中高喊：‘痛快！’‘谢了！’”[②]快刀就出自《快刀》，在《檀香刑》中莫言化用过《快刀》的情节。

《罪过》里写“她的脸上蒙着一层凄凉的画皮，透过画皮，我看到了她狰狞的骷髅”[③]。显然指的是《聊斋志异・画皮》。

以上故事虽未正面评价，却间接地表现了莫言对这些小说的赞赏。广义上说，化用也是一种研究与评点。

四、莫言评点《聊斋志异》的意义

莫言对《聊斋志异》的评点事实上是当下知识分子与古代知识分子的一场心灵对话，是当代小说家对古代小说的感悟与升华，在《聊斋志异》评点史有着重要意义。

首先，莫言为当代评点《聊斋志异》第一人。虽然对《聊斋志异》的评点代不乏人，如清代以冯镇峦与但明伦为代表的评点者就有近十家。近现代以来，中国学者无不受《聊斋志异》之浇溉，也有不少学者对《聊斋志异》做了许多评点。但是就影响与价值来说，无过于莫言。虽然莫言的评点并不系统，但多而密集。可以说莫言是新时代《聊斋志异》评点第一人，在《聊斋志异》评点史上具有举足轻重的地位。

---

① 张旭东、莫言：《我们时代的写作——对话〈酒国〉〈生死疲劳〉》，上海文艺出版社 2013 年版，第 143 ~ 144 页。

② 张旭东、莫言：《我们时代的写作——对话〈酒国〉〈生死疲劳〉》，上海文艺出版社 2013 年版，第 144 页。

③ 莫言：《罪过》，见莫言著《白狗秋千架》，作家出版社 2012 年版，第 323 页。

其次,莫言对《聊斋志异》的评点与研究将促进"聊斋学"的发展。莫言作为当代著名作家,也是一名优秀的小说家,在2012年斩获诺贝尔文学奖,在学界的地位之尊不言而喻。他大力赞扬《聊斋志异》,在学术界的影响极为重大。我们说莫言"向长篇小说致敬",但其实他的根底却在于以《聊斋志异》为中心的古典小说。清人对《聊斋志异》的评价或许更有理论上的价值,但莫言以小说家评点小说,在实践上的价值更为突出。

再次,莫言对《聊斋志异》的借鉴与评点为当下文坛走出困境提供了借镜。一方面莫言从《聊斋》中汲取大量养料,这让我们看到了《聊斋》的力量所在。另一方面,莫言的小说在内容与形式上已与《聊斋志异》迥然不同,这也时刻提醒我们,仅仅借鉴是不够的。

【作者单位:山东师范大学文学院】

《聊斋志异》研究热点回顾与展望

——基于2011年至2017年研究数据的分析

曹世瑞

一、2011年至2017年《聊斋志异》研究数据分析

首先对本文所依据的数据进行简单说明。本文所依据的数据库是“中国人民大学复印报刊资料数据库”，该数据库收录国内公开出版的近4000种学术期刊和部分以书代刊的刊物。本文的研究数据未包括学术著作、硕博论文和相关学术研讨会的内容。由于资料的限制，也没有包括域外《聊斋志异》研究成果。

“中国人民大学复印报刊资料数据库”与“中国知网”等同类数据库相比，有两方面优点。首先，“人大复印资料数据库”包括“索引数据库”和“全文转载数据库”，“索引数据库”收录近4000种学术期刊上刊载的论文，反映的是发表学术论文的全貌；而“全文转载数据库”收录被《人大复印资料》全文转载的论文，是优中选优的论文，全文转载的比例在古代文学学科方面大概是4%。被全文转载的文章，能在一定程度上反映学术研究的热点与趋势，这是其他同类数据库所没有的。其次，“人大复印资料数据库”有一套比较科学的分类系统，每篇文章都由编辑在阅读的基础上予以分类，这个人工分类的流程也是其他同类数据库所没有的。人工标引提高了分类的准确性，也使文献信息更方便利用。

根据“中国人民大学复印报刊资料数据库”，共检得2011年至2017年《聊斋志异》与蒲松龄研究论文875篇。

为便于分析，按照论文内容，分为六大类：作者研究；作品研究（单篇研究）；作品研究（综合研究）；版本、续书和改编作品研究；“聊斋学”研究；比较研究。列表如下：

	作者研究	作品研究（单篇）	作品研究（综合）	版本、续书和改编作品研究	“聊斋学”研究	比较研究
篇数	178	216	296	36	71	48
比例	21%	26%	35%	4%	8%	6%

（一）作者研究

“作品反映着作者的心灵世界。无论多么客观的作品，本质上都是一个折光体，都不可避免地折射着作者的心灵之光。因而，谈论一部作品，而不谈论它的作者，不谈论它的作者的心意状态和人格状况，简直就是一件不可思议的事情。”①

对《聊斋志异》的作者蒲松龄的研究包括蒲松龄生平考证、蒲松龄思想研究、聊斋俚曲研究、蒲松龄的其他诗文创作研究等几个方面。2011年至2017年蒲松龄研究共208篇，其中生平考证43篇，蒲松龄思想研究35篇，聊斋俚曲研究60篇，蒲松龄其他诗文创作研究40篇。

类型	生平考证	思想研究	聊斋俚曲	其他诗文创作	总计
篇数	43	35	60	40	178

① 李建军：《任何人都会在它的翅膀下感到温暖——论肖洛霍夫与〈静静的顿河〉》，载《当代文坛》2018年第4期。

（二）作品研究

作品研究可以简单分为单篇研究和综合研究两类。2011 年至 2017 年《聊斋志异》单篇研究 216 篇，综合研究 296 篇，共 512 篇。

单篇研究中关注最多的是《婴宁》，其次是《聂小倩》。另外，研究论文超过 5 篇的还有《画皮》、《黄英》、《娇娜》、《香玉》、《阿宝》和《促织》。

篇名	婴宁	聂小倩	画皮	黄英	娇娜	香玉	阿宝	促织
篇数	26	11	8	8	6	6	5	5

《聊斋志异》由近 500 个短篇构成，哪些被研究得更多，成为经典，固然有作品本身的原因，但也不是完全由作品本身决定的，不同的时代，成为经典的《聊斋》单篇并不完全相同。比如，20 世纪 80 年代的《聊斋》经典就与近几年的《聊斋》经典不同，整个 80 年代《婴宁》研究有 7 篇，《聂小倩》研究只有 1 篇，而《促织》研究有 25 篇。这显然带有时代的印记。《促织》揭露封建社会黑暗统治的主题更契合 80 年代及其以前的学术热点，而女性研究的兴起，使《婴宁》更受研究者的关注。

《聊斋志异》作品研究集中于以下几个问题：

一、人物形象研究。《聊斋志异》塑造了异彩纷呈的女性形象，因此女性形象研究也最为学者所关注。如刘丽玲《〈聊斋志异〉女性形象及其描写模式》①、赵霞《从齐文化视角看〈聊斋志异〉中女性形象》②，

① 刘丽玲：《〈聊斋志异〉女性形象及其描写模式》，载《大连大学学报》2014 年第 4 期。

② 赵霞：《从齐文化视角看〈聊斋志异〉中女性形象》，载《东岳论丛》2015 年第 3 期。

唐弘树《〈聊斋志异〉中女性形象的审美意义探析》等。[①]

书生也是《聊斋志异》中的重要形象。相关研究如金叶钦、韩雷《从叙事学视域看〈聊斋志异〉中的书生形象》[②]，杨茜《〈聊斋志异〉中的书生形象探析》[③]，黄洽《〈聊斋志异〉中士人形象的齐文化特色》[④]等。

狐形象的相关研究，如孟斌斌《〈聊斋志异〉中狐形象的审美流变》[⑤]、彭海燕《〈聊斋志异〉狐女形象的审美意蕴》[⑥]等。

二、故事类型研究。《聊斋志异》中科举主题的故事众多，相关研究如马振方《抨击科举痛快淋漓——〈聊斋志异〉主题一解》[⑦]、孔秋萍《〈聊斋志异〉科举主体分析》[⑧]、张洪良、李锋《从文人心态看〈聊斋志异〉的文化意蕴——以〈聊斋志异〉中科举题材为中心》[⑨]等。

城隍故事近来受到关注，相关研究如武振伟《〈聊斋志异〉城隍

---

① 唐弘树：《〈聊斋志异〉中女性形象的审美意义探析》，载《凯里学院学报》2013 年第 5 期。

② 金叶钦、韩雷：《从叙事学视域看〈聊斋志异〉中的书生形象》，载《温州大学学报》（社会科学版）2016 年第 1 期。

③ 杨茜：《〈聊斋志异〉中的书生形象探析》，载《西部学刊》2017 年第 12 期。

④ 黄洽：《〈聊斋志异〉中士人形象的齐文化特色》，载《蒲松龄研究》2016 年第 3 期。

⑤ 孟斌斌：《〈聊斋志异〉中狐形象的审美流变》，载《文艺评论》2015 年第 12 期。

⑥ 彭海燕：《〈聊斋志异〉狐女形象的审美意蕴》，载《盐城师范学院学报》（人文社会科学版）2015 年第 1 期。

⑦ 马振方：《抨击科举痛快淋漓——〈聊斋志异〉主题一解》，载《北京大学学报》（哲学社会科学版）2018 年第 3 期。

⑧ 孔秋萍：《〈聊斋志异〉科举主体分析》，载《镇江高专学报》2014 年第 2 期。

⑨ 张洪良、李锋：《从文人心态看〈聊斋志异〉的文化意蕴——以〈聊斋志异〉中科举题材为中心》，载《聊城大学学报》（社会科学版）2011 年第 4 期。

故事探析》[1]等。

三、叙事艺术研究、宗教研究、文化研究、民俗研究等。如马茂洋《〈聊斋〉的宗教美研究》[2]、吴九成《〈聊斋〉里的中国民间宗教》[3]、宋希芝《论〈聊斋志异〉与沂蒙民俗的双向互动》[4]、崔磊《信仰民俗视野下的文学创作——以〈聊斋志异〉为例》[5]。

(三)版本研究、续书和改编作品研究

《聊斋志异》是版本体系最为复杂的文言小说之一,主要存在稿本、抄本、刊本、辑佚本、评注本、现代整理本、海外翻译本等不同形式。[6]《聊斋志异》问世后,出现了很多仿作,鲁迅曾说《聊斋志异》"风行逾百年,摹仿赞颂者众"。而中国现当代文学中,也有很多作家受到《聊斋志异》的影响。在影视改编方面,《聊斋志异》魔幻传奇的故事、引人入胜的情节特别适合改编成影视作品,同时短篇的篇幅又给改编者留下了足够的再创作余地,所以以《聊斋志异》为底本改编的影视作品特别多。

2011 年至 2017 年《聊斋志异》版本研究、续书和改编作品研究共 31 篇。

	版本研究	续书与仿作研究	影视改编研究
篇数	10	7	14

① 武振伟:《〈聊斋志异〉城隍故事探析》,载《蒲松龄研究》2016 年第 4 期。

② 马茂洋:《〈聊斋〉的宗教美研究》,载《蒲松龄研究》2011 年第 3 期。

③ 吴九成:《〈聊斋〉里的中国民间宗教》,载《蒲松龄研究》2016 年第 3 期。

④ 宋希芝:《论〈聊斋志异〉与沂蒙民俗的双向互动》,载《兰州学刊》2012 年第 11 期。

⑤ 崔磊:《信仰民俗视野下的文学创作——以〈聊斋志异〉为例》,载《蒲松龄研究》2011 年第 2 期。

⑥ 刘杰、宁稼雨:《论〈聊斋志异〉二十四卷抄本的底本问题》,载《明清小说研究》2014 年第 4 期。

（四）“聊斋学”研究

“聊斋学”研究，即《聊斋志异》研究的研究，包括《聊斋志异》评注、序跋研究、《聊斋志异》研究史、当代《聊斋志异》研究综述，还包括域外《聊斋志异》翻译与研究等内容。如王平《从〈聊斋志异〉清人序跋看其在清代的传播》①，刘莉《从〈聊斋志异〉评点看冯镇峦的小说观》②，付岩志《20 世纪以来〈聊斋志异〉海外研究综述》③，王昕《〈聊斋志异〉研究三百年——以方法论的线索与转向为中心》④，屈小玲《法国高校〈聊斋志异〉研究及其他》⑤，孙大海《何守奇及其〈聊斋志异〉评点——以北大藏本〈批点聊斋志异〉为中心》⑥，逄淑济《冯镇峦评点〈聊斋志异〉研究综述》⑦等。

2011 年至 2017 年，“聊斋学”研究共有论文 68 篇。

（五）比较研究

比较研究即《聊斋志异》与其他中外作品的比较之研究。2011 年至 2017 年，《聊斋志异》比较研究论文共 50 篇。有的着眼于《聊斋志异》对《史记》《左传》等前代作品的借鉴，如赵伯陶的系列研究

---

① 王平：《从〈聊斋志异〉清人序跋看其在清代的传播》，载《蒲松龄研究》2016 年第 3 期。

② 刘莉：《从〈聊斋志异〉评点看冯镇峦的小说观》，载《三峡大学学报》（人文社会科学版）2012 年第 5 期。

③ 付岩志：《20 世纪以来〈聊斋志异〉海外研究综述》，载《山东大学学报》（哲学社会科学版）2012 年第 2 期。

④ 王昕：《〈聊斋志异〉研究三百年——以方法论的线索与转向为中心》，载《文学遗产》2015 年第 6 期。

⑤ 屈小玲：《法国高校〈聊斋志异〉研究及其他》，载《文学遗产》2011 年第 1 期。

⑥ 孙大海：《何守奇及其〈聊斋志异〉评点——以北大藏本〈批点聊斋志异〉为中心》，载《蒲松龄研究》2015 年第 4 期。

⑦ 逄淑济：《冯镇峦评点〈聊斋志异〉研究综述》，载《蒲松龄研究》2011 年第 1 期。

《〈聊斋志异〉与〈尚书〉、〈周易〉》[①]、《〈聊斋志异〉对〈尚书〉〈周易〉的借鉴及书证勘误》[②]、《〈聊斋志异〉借鉴〈太平广记〉三题》[③]，冀运鲁《〈聊斋志异〉与〈左传〉叙事渊源论析》[④]等。有的着眼于《聊斋志异》对《萤窗异草》《子不语》等后来作品的影响，如李丽丹《叙事：〈萤窗异草〉对〈聊斋〉的承袭与发展》[⑤]，白友胜《从"冥府吏治"题材看〈子不语〉对〈聊斋志异〉的继承与发展》[⑥]，有的比较人物形象的异同，比较相似的故事类型，或比较艺术手法的差异。如尚继武《〈聊斋志异〉〈镜花缘〉女性形象异同论》[⑦]，金国正《司法不公的两种文学书写——〈聊斋志异〉与〈阅微草堂笔记〉之比较》[⑧]等。还有《聊斋志异》与外国文学作品的比较，如刘慧慧《〈聊斋志异·青蛙神〉与〈格林童话·青蛙王子〉比较谈》[⑨]，王立、赵伟龙《〈聊斋志异〉研究"炒冷饭"现象的一些思考——新时期以来〈促织〉与〈变形记〉

---

① 赵伯陶：《〈聊斋志异〉与〈尚书〉、〈周易〉》，载《国学学刊》2016 年第 3 期。

② 赵伯陶：《〈聊斋志异〉对〈尚书〉〈周易〉的借鉴及书证勘误》，载《河北学刊》2016 年第 4 期。

③ 赵伯陶：《〈聊斋志异〉借鉴〈太平广记〉三题》，载《聊城大学学报》（社会科学版）2014 年第 6 期。

④ 冀运鲁：《〈聊斋志异〉与〈左传〉叙事渊源论析》，载《中国矿业大学学报》（社会科学版）2013 年第 3 期。

⑤ 李丽丹：《叙事：〈萤窗异草〉对〈聊斋〉的承袭与发展》，载《湖北第二师范学院学报》2011 年第 7 期。

⑥ 白友胜：《从"冥府吏治"题材看〈子不语〉对〈聊斋志异〉的继承与发展》，载《湖北第二师范学院学报》2015 年第 3 期。

⑦ 尚继武：《〈聊斋志异〉〈镜花缘〉女性形象异同论》，载《明清小说研究》2014 年第 4 期。

⑧ 金国正：《司法不公的两种文学书写——〈聊斋志异〉与〈阅微草堂笔记〉之比较》，载《南京师范大学文学院学报》2014 年第 1 期。

⑨ 刘慧慧：《〈聊斋志异·青蛙神〉与〈格林童话·青蛙王子〉比较谈》，载《蒲松龄研究》2011 年第 4 期。

的比较研究》①等。

二、《聊斋志异》研究热点回顾

(一)蒲松龄生平研究有诸多创获

从研究数量上看,蒲松龄生平研究的论文并不多。2011 年至 2017 年共有 40 余篇。然而从人大复印报刊资料的转载情况来看,近年转载的《聊斋志异》与蒲松龄研究论文共 9 篇,其中蒲松龄生平研究论文有 4 篇,占据相当高的比例。

王昕《1703—1704 年:蒲松龄身历的灾荒与他的生活》一文认为,1703 至 1704 年发生在蒲松龄家乡的灾荒,在他的诗文中被完整、充分地记录下来。这种日常状态下的记录方式以下层寒士的视角提供了灾荒叙事的丰富细节和生存理性。同时,这些作品也反映了蒲松龄的生活状况与个人心态。可以帮助我们理解《聊斋志异》艺术世界的构建方式和个性特点。②

黄强《李渔与蒲松龄交往传说的澄清》一文澄清了一个流传甚广的讹误。该文认为,所谓李渔与蒲松龄康熙十年曾有交往,不过是一个颇有吸引力因而流传甚广的传说而已。这一传说源于据说是蒲松龄手书李渔的《南乡子·寄书》一词,但此词最早见于康熙十七年李渔自手编定的词集《耐歌词》,康熙十年间蒲松龄绝对不可能抄录到此词以赠原作者李渔,其与李渔在康熙十七年以后也没有交往的可能性。③

姚蓉《论清代文士的塾师生活与底层写作——以蒲松龄为例》

---

① 王立,赵伟龙:《〈聊斋志异〉研究“炒冷饭”现象的一些思考——新时期以来〈促织〉与〈变形记〉的比较研究》,载《蒲松龄研究》2014 年第 2 期。

② 王昕:《1703—1704 年:蒲松龄身历的灾荒与他的生活》,载《中国文化研究》2013 年第 4 期。

③ 黄强:《李渔与蒲松龄交往传说的澄清》,载《明清小说研究》2014 年第 1 期。

一文探讨了蒲松龄的塾师身份与《聊斋志异》写作的关系。该文认为，以文学家名世的蒲松龄，其终身职业是私塾教师。蒲松龄选择这一职业，既解决了生计问题，又有较充裕的时间准备举业。但蒲松龄屡试不中，只能以塾师终老，一直徘徊在士阶层的底层。可以说科举失败是蒲松龄展开底层写作的一个重要根由，而蒲松龄的创作也真实地反映了清代塾师科举蹉跎、择业艰难、经济窘迫的生存状态。探讨蒲松龄文学的底层写作特色，可以揭示中国传统社会底层文人的职业活动与文学创作的关系。①

（二）聊斋俚曲研究深入发展

聊斋俚曲是蒲松龄用淄川方言和清代流行的时调俗曲创作的说唱文学剧本，共十五种。聊斋俚曲部分题材直接取自《聊斋志异》，而内容大都是描写家庭生活，反映家庭道德，以“劝世”为写作目的。聊斋俚曲最大的特点是通俗，采用的语言不仅是白话，而且方言性极强。聊斋俚曲是演唱的脚本，而非案头之作，至今在蒲松龄的家乡仍有聊斋俚曲的演出②。聊斋俚曲在文学、语言学、音乐学等方面，都有很高的价值，2006 年被列入第一批国家级非物质文化遗产名录。

聊斋俚曲自 20 世纪 80 年代以来，研究数量呈递增状态。

时间	20 世纪 80 年代	20 世纪 90 年代	2000—2010	2011—2017
数量	8	50	90	60

① 姚蓉：《论清代文士的塾师生活与底层写作——以蒲松龄为例》，载《上海大学学报》（社会科学版）2012 年第 2 期。

② 于天池：《〈聊斋俚曲〉的创作及其成就》，载《北京师范大学学报》1984 年第 3 期。

2011年至2017年《聊斋俚曲》研究继续深入发展，所发表论文集中在三个方面。

一是《聊斋俚曲》的语言学研究。《聊斋俚曲》是用山东方言写成的，从语言学的角度研究《聊斋俚曲》是一个重要的方向，在语音、词汇、语法研究等方面都涌现出很多研究成果。如许培新《〈聊斋俚曲〉中的正反疑问句考察》①，许培新《〈聊斋俚曲〉"V+(一)个+VP"结构研究》②，蒲先和《聊斋俚曲中"您"字的音和义》③，吴佩林《〈红楼梦〉中的明清山东方言举证——基于蒲松龄聊斋俚曲作品的对比》④，董淑慧《〈聊斋俚曲集〉词语再考释》⑤，林晓爽《〈聊斋俚曲集〉语言学研究综述》⑥等。

尤为值得注意的是张鸿魁与李汉举关于聊斋俚曲方言属性的讨论。张鸿魁《聊斋俚曲的方言属性》一文认为，"俚曲的语音不是纯一的方音，更不像现代的淄川方音。推测蒲松龄创作俚曲使用的是山东官话"⑦。而李汉举《关于聊斋俚曲的方言属性问题——与张鸿魁先生商榷》一文则认为，"从语言学的角度看，聊斋俚曲方言与现代淄川方言存在着差异，但两者之间是一脉相承的演变发展关系。聊斋俚曲的文体性质和特点也证明其淄川方言属性是不容否

---

① 许培新：《〈聊斋俚曲〉中的正反疑问句考察》，载《求索》2013年第1期。

② 许培新：《〈聊斋俚曲〉"V+(一)个+VP"结构研究》，载《东岳论丛》2013年第4期。

③ 蒲先和：《聊斋俚曲中"您"字的音和义》，载《蒲松龄研究》2014年第1期。

④ 吴佩林：《〈红楼梦〉中的明清山东方言举证——基于蒲松龄聊斋俚曲作品的对比》，载《蒲松龄研究》2013年第4期。

⑤ 董淑慧：《〈聊斋俚曲集〉词语再考释》，载《蒲松龄研究》2015年第2期。

⑥ 林晓爽：《〈聊斋俚曲集〉语言学研究综述》，载《蒲松龄研究》2015年第3期。

⑦ 张鸿魁：《聊斋俚曲的方言属性》，载《语言科学》2005年第4期。

定的"[①]。

二是聊斋俚曲的音乐学与戏曲表演方面的研究。如司书琪《浅谈聊斋俚曲的演唱风格》[②],唐艺、陈玉琛《聊斋俚曲音乐艺术新论》[③]等。李红云《论聊斋俚曲的说唱艺术》[④]一文认为:说唱性是聊斋俚曲的重要艺术特点。聊斋俚曲在文本上的说唱特点,突出表现在它那叙事和代言相结合的表现方法。在讲唱故事的过程时,使用第三人称的叙事体,叙述故事情节的来龙去脉;也使用第一人称的代言体模拟人物的音容笑貌。一人多角,出出进进,有说有唱。如《墙头记》第一回开头,既有第三人称的叙事,也有第一人称的代言;既有说白,也有歌唱。聊斋俚曲的说唱性在音乐上表现也是很突出的,它的十五种俚曲中共用五十个曲牌,这些曲牌虽然多为抒情小曲,但也有许多曲牌是以说唱性见长的。这两方面的说唱特点结合起来,为代言体的讲唱创造了方便条件,为聊斋俚曲的思想表现提供了有力的保障。

三是《聊斋俚曲》与民俗文化的研究。如张洪良《聊斋俚曲的历史渊源与创作动机探析》[⑤],张泰《〈聊斋俚曲集〉饮食文化分析》[⑥],王焕文《从聊斋俚曲看明清时期的淄博婚俗》[⑦],李登桥《聊斋博戏

---

① 李汉举:《关于聊斋俚曲的方言属性问题——与张鸿魁先生商榷》,载《蒲松龄研究》2012 年第 4 期。

② 司书琪:《浅谈聊斋俚曲的演唱风格——以[叠断桥]为例》,载《蒲松龄研究》2017 年第 4 期。

③ 唐艺、陈玉琛:《聊斋俚曲音乐艺术新论》,载《星海音乐学院学报》2016 年第 2 期。

④ 李红云:《论聊斋俚曲的说唱艺术》,载《管子学刊》2014 年第 1 期。

⑤ 张洪良:《聊斋俚曲的历史渊源与创作动机探析》,载《湖北社会科学》2011 年第 10 期。

⑥ 张泰:《〈聊斋俚曲集〉饮食文化分析》,载《蒲松龄研究》2011 年第 4 期。

⑦ 王焕文:《从聊斋俚曲看明清时期的淄博婚俗》,载《蒲松龄研究》2015 年第 1 期。

与明清之际山东博戏习俗探析》①等。

盛伟《蒲松龄写〈聊斋俚曲〉新探》②一文，公布了一则新发现史料——毕木所写之小曲《广疮辞〈嘲友人作〉》，为现今难得流传于民间的早期“俚曲”抄本，其原抄本现存于毕氏后裔。蒲松龄的聊斋俚曲，是用淄川民间小曲写成的俚曲故事。后来，当年流行于民间的小曲大多失传，独蒲松龄所用之小曲流传下来。所以，后人就把聊斋俚曲当作专有名词。新发现的这则小曲正是当年流行于民间的通俗俚曲之一种。且这则小曲的作者正是蒲松龄设馆之西铺毕氏之先祖。这一发现为研究蒲松龄《聊斋俚曲》的创作提供了实证的史料。

（三）《聊斋志异》叙事学研究成果颇丰

叙事学作为学科诞生于20世纪60年代的法国，但是叙事实践以及相关的思想和理论在中国很早就已经产生丰硕的成果。《聊斋志异》是中国的短篇小说之王，也应该成为叙事学研究的富矿。2011年至2017年，从叙事学角度研究聊斋志异的论文有30余篇。对《聊斋志异》的叙事学研究成为建构中国叙事学理论大厦不可缺少的组成部分。

2011年至2017年《聊斋志异》叙事学研究论文主要有：

主标题	副标题	作者	来源	刊期页码
略论《聊斋志异》开篇方式		肖燕知 杨林夕	蒲松龄研究	2018(1)85～96,111
论《聊斋志异》中“异史氏曰”的艺术魅力		李军锋	安康学院学报	2011(1)62～65

① 李登桥：《聊斋博戏与明清之际山东博戏习俗探析》，载《蒲松龄研究》2015年第2期。

② 盛伟：《蒲松龄写〈聊斋俚曲〉新探》，载《蒲松龄研究》2012年第4期。

（续表）

主标题	副标题	作者	来源	刊期页码
《聊斋志异》中的海南:历史记忆与象征叙事		郭皓政	海南大学学报（人文社会科学版）	2014(3)50～55
《聊斋志异》文本中“起承转合”技巧的运用		邓正辉	黄河科技大学学报	2011(4)114～116
《聊斋志异》叙事介入方式及介入时机		尚继武	连云港师范高等专科学校学报	2017(2)13～19
《聊斋志异》的叙事声音转移论析		李大勇 许继青	连云港师范高等专科学校学报	2017(3)16～21
《聊斋志异》故事情境的追叙艺术		尚继武	明清小说研究	2011(1)158～170
试论《聊斋志异》的空间叙事		蹇家才	蒲松龄研究	2012(4)61～68
《聊斋志异》叙事性结尾的艺术		张凤娟	蒲松龄研究	2013(2)55～65
论《聊斋志异》预叙叙事		姜克滨	蒲松龄研究	2014(2)60～69
蒲松龄笔下的文本外叙事符号	《聊斋志异》“梦中人语”论析	焦　浩	蒲松龄研究	2015(3)42～49
《聊斋志异》预叙艺术渊源及叙事功能拓展		尚继武	蒲松龄研究	2016(3)156～165

（续表）

主标题	副标题	作者	来源	刊期页码
论《聊斋志异》的因果观念二重性及其对叙事模式的影响		冀运鲁	齐鲁学刊	2012(3)122～125
幻境意象·灵异叙事·隐喻思维	《聊斋志异》审美意识系统论析	杨明刚	山东社会科学	2015(5)56～61
论《聊斋志异》中的“限知视角”叙事	兼论中国文言小说视角控制技巧的演进	段宗社	陕西师范大学学报（哲学社会科学版）	2016(6)41～47
从《聊斋志异》管窥文学创作中的叙事模式		赵丽	太原师范学院学报（社会科学版）	2011(1)87～89
从叙事学视域看《聊斋志异》中的书生形象		金叶钦 韩雷	温州大学学报（社会科学版）	2016(1)68～73
《聊斋志异》复线结构探析		孙盼盼	文学教育（下）	2012(7)23～25
《聊斋志异》的空间建构与情爱叙事		曾丽容	学术交流	2014(1)157～160
论《聊斋志异》中的圆形叙事		石李峰	榆林学院学报	2011(3)66～69
《聊斋志异》叙事艺术与传统文章学“起承转合”笔法		冀运鲁	中国石油大学学报（社会科学版）	2012(3)94～97

尚继武发表了一系列《聊斋志异》叙事研究的论文。《〈聊斋志异〉预叙艺术渊源及叙事功能拓展》认为:《聊斋志异》有着深远的预叙艺术渊源,使用了卜筮式、梦示式、角色化、直叙式等多种预叙,具有构成叙事悬念、引发后续事件、昭示命运力量、彰显人物性格、反映人情世态、揭示社会变迁等多种叙事功能。《〈聊斋志异〉故事情境的追叙艺术》认为:追叙是《聊斋志异》重要的叙事手段。蒲松龄继承了传统追叙的一般用法,但创新并拓展了追叙的使用情境,使追叙不仅具备了陈述往事、补足信息、实现全知叙事的功能,而且具备了印证事件的逼真性以实现幻奇叙事、远溯起因或铺垫将来、铺设背景以评陟人情世态等功能,从而对文言小说的追叙叙事功能做了总结和创新,提高了文言小说的艺术表现力。《〈聊斋志异〉叙事介入方式及介入时机》认为:"叙事介入是叙事作品存在的作者或叙述者的声音印迹,反映了作者或者叙述者的情感指向、观点立场。《聊斋志异》的叙事介入主要包括隐性介入和显性介入两种方式,这两种方式介入叙事的时机不同,其叙事功能也各有差异。"

段宗社《论〈聊斋志异〉中的"限知视角"叙事——兼论中国文言小说视角控制技巧的演进》一文认为,《聊斋志异》已发展出纯粹的"限知视角"叙事艺术。从对《黄英》《王货郎》等小说的分析可以看出,"限知视角"在《聊斋志异》长篇和短篇的叙事中已经广泛运用,获得了曲折含蓄而洁净明雅的叙事效果。①

冀运鲁《〈聊斋志异〉叙事艺术与传统文章学"起承转合"笔法》一文认为,作为一种成熟的文章样式,传统文章学成为《聊斋志异》效仿的典范。八股文"起承转合"的文法对《聊斋志异》叙事方式产

---

① 段宗社:《论〈聊斋志异〉中的"限知视角"叙事——兼论中国文言小说视角控制技巧的演进》,载《陕西师范大学学报》(哲学社会科学版)2016年第6期。

生了重要影响。《聊斋》中起承转合的间架结构很多，比如《阿宝》《花姑子》《西湖主》《辛十四娘》等篇章都是这种间架结构模式。蒲松龄的传统文章学修养有助于他提高结构叙事的能力，从而创造出波澜起伏而又结构严谨的小说，可以说文章学“起承转合”的结构方式为《聊斋》的叙事结构提供了有益的借鉴。①

（四）《聊斋志异》传播研究新见迭出

《聊斋志异》自诞生起，就以各种方式广泛传播。从早期的传抄、评点，到当代的影视作品改编，还有域外的翻译与传播，《聊斋志异》有着丰富的传播史。

《聊斋志异》传播学研究涉及《聊斋志异》产生之初的传抄、刊印、评点研究，《聊斋志异》在当代的影像重构，《聊斋志异》的海外传播等方面。

王平《从〈聊斋志异〉清人序跋看其在清代的传播》一文认为：《聊斋志异》尚未全部完成之时，已有文人为之作序；其后清代出现的各种抄本、刻本、注评本、图咏本等都有为之作序者。通过分析清人的这些序跋，可以更好地把握《聊斋志异》在清代的传播情况，从而认识到传播环节对一部文学名著所产生的重要作用。

周生杰《徽商刊刻明清小说的心理认同与文化意义——以鲍廷博襄刻青柯亭本〈聊斋志异〉为中心》一文认为，“赵起杲发其端，鲍廷博续其成，《聊斋志异》史上第一个刻本终于全璧。该版本在《聊斋志异》版本史上具有两方面的价值：一方面，保存了小说的基本面貌；另一方面，影响其他版刻。《聊斋志异》成书后，出现较多的抄本，各抄本之间文字歧异较多，给传播和研究《聊斋志异》带来一定的混乱，而青柯亭本刊刻后，所有各种评注本、石印本和铅印本，都

① 冀运鲁：《〈聊斋志异〉叙事艺术与传统文章学“起承转合”笔法》，载《中国石油大学学报》（社会科学版）2012年第3期。

根据此本翻印”①。

王晓丽《经典文化在当代的跨界传播——以〈聊斋志异〉的影像重构为例》一文指出:跨界传播在视觉文化转向的语境日趋重要,这需要兼顾媒介意识和意义诉求。《聊斋志异》以其丰富成熟的叙事手法和社会批判意识不断被改编成电影,其改编凸显了电影语言的魅力,张扬了世俗救赎的乌托邦诉求,也展现了世俗认同的日常生活审美化。现实和未来的电影改编应该在对中国叙事传统保持耐心的前提下,发掘超越世俗的精神力量,以个人化、想象性的方式加以表现。②

李志红《〈聊斋志异〉海外传播及其特点》一文认为,《聊斋志异》的海外传播,可以分两种情况:一是在东方诸国的翻译传播,二是在西方诸国的翻译传播。通过梳理可以发现,《聊斋志异》的海外传播呈以下特点:地理距离上呈近早远晚;翻译规模上呈现由单篇到多篇;内容上倾向于神魔怪及艳情;语言种类多但篇目少、形式单一。基于此,在《聊斋志异》传播策略设想上,应以聊斋中国风为突破口,抓文化元素,推进翻译形式多样化,真正实现《聊斋志异》在海外的广泛传播。③

三、研究趋势展望

(一)《聊斋志异》研究的可视化

可视化是指一种数据的呈现方式,就是把研究数据转换成图形或图像显示出来。可视化在学术研究中已经有广泛的应用,在知网

---

① 周生杰:《徽商刊刻明清小说的心理认同与文化意义——以鲍廷博襄刻青柯亭本〈聊斋志异〉为中心》,载《文学评论丛刊》2013 年第 1 期。

② 王晓丽:《经典文化在当代的跨界传播——以〈聊斋志异〉的影像重构为例》,载《金陵科技学院学报》(社会科学版)2015 年第 1 期。

③ 李志红:《〈聊斋志异〉海外传播及其特点》,载《山东理工大学学报》(社会科学版)2017 年第 2 期。

上检索“可视化”，可以检索到 4 万余篇文献。在地理学、图书情报学、经济学、教育学等学科领域，可视化的研究已经非常普遍，在古代文学领域可视化方法运用得还比较少。浙江大学徐永明《中国古典文学研究的几种可视化途径——以汤显祖研究为例》一文是较早运用可视化方法进行古代文学研究的论文。文章以汤显祖研究为例，介绍了利用 ArcGIS、QGIS、CHGIS、CartoDB、Worldmap 等地理信息系统软件将作家的行迹和活动地点可视化的方法。

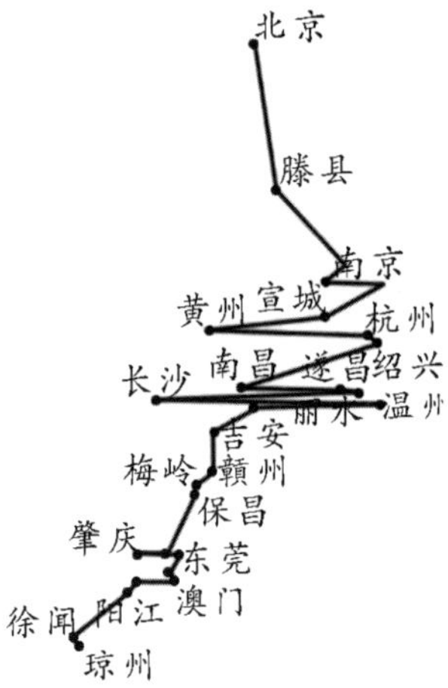

汤显祖行迹和活动地点图①

这种可视化的研究方法也同样适用于《聊斋志异》研究。《聊斋志异》四百余篇小说，绝大多数都有故事的发生地。如果利用地理信息系统软件，将聊斋故事发生地制作成地图，可以为聊斋研究开辟新的途径。

综述文章同样可以利用可视化的方法。以黄海瑛《基于知识图

---

① 徐永明：《中国古典文学研究的几种可视化途径——以汤显祖研究为例》，载《浙江大学学报》（人文社会科学版）2018 年第 2 期。

谱的外国文学研究的可视化分析》一文为例，文章将 2008 年至 2012 年的外国文学研究热点做成了可视化的图表①：

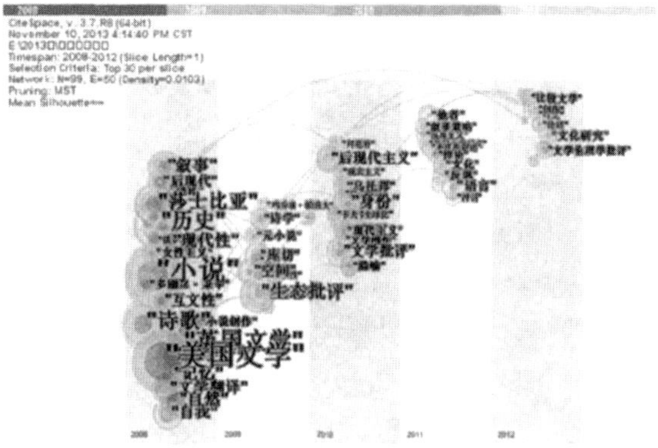

2008～2012 外国文学研究热点变迁图

这种知识图谱同样可用于《聊斋志异》的研究。

“词云”这一可视化方法，也很适合于古代文学研究。“词云”就是利用软件，在文本中自动抓取关键词，并将关键词错杂地排列在一起，关键词的大小由出现的频率决定。下面是我尝试制作的 2011 年至 2017 年《聊斋志异》研究关键词“词云图”。

① 黄海瑛：《基于知识图谱的外国文学研究的可视化分析》，载《信息资源管理学报》2014 年第 1 期。

总之,可视化可以让研究数据一目了然,并且给读者耳目一新的感觉。

(二)《聊斋志异》古今中外的打通研究

首先是古今的打通。《聊斋志异》作为“短篇小说之王”,在现当代文学中也发挥着影响。很多现当代作家喜爱《聊斋志异》,学习《聊斋志异》,从《聊斋志异》中汲取灵感,比如莫言就认为自己的创作受到《聊斋志异》的影响。莫言生长在山东高密的农村,从小听家里的长辈讲《聊斋志异》里的精彩故事,在他的写作中也能找到《聊斋志异》的影子,如《生死疲劳》的故事框架来自《席方平》,《红高粱》里我奶奶的形象也是因为看了《聊斋志异》里追求自由的女性才有的灵感。又比如,当代各种玄幻小说所受到的《聊斋志异》的影响,也是值得研究的。还有数量众多的影视作品改编使《聊斋志异》仍然活跃在当代文化生活中。所以古今打通的研究是很有必要的。

其次是中外打通。《聊斋志异》很早就走出了国门,被翻译成了英语、日语、俄语等多国语言。《聊斋志异》在国外的翻译、传播以及国外的《聊斋志异》研究在近些年也受到了国内学术界的关注。相关研究已经有很多:

标题	作者	来源	刊期页码
《聊斋志异》与日本明治大正文化的浅接触	王晓平	山东社会科学	2011(6)68~74
《聊斋志异》日译本的随俗与导俗	王晓平	山东社会科学	2011(8)51~57
也说《聊斋志异》在西方的最早译介	顾钧	比较文学与世界文学	2012(2)73~77
《聊斋自志》俄英译本对比研究	王晔 阎国栋	俄罗斯文艺	2017(3)122~129

（续表）

标题	作者	来源	刊期页码
《聊斋志异》“走出去”面临的困境与建议	樊丽霞	管子学刊	2013(2)98～100
早期西方汉学家英译《聊斋志异》中的跨文化操纵	李海军 蒋凤美	国际汉学	2016(2)112～118,203
苏联汉学家阿理克的《聊斋志异》俄译本研究	王晔	国际汉学	2017(2)87～94,205
卫三畏对《聊斋志异》的译介	李海军 张艳	江西社会科学	2014(7)113～116
也说《聊斋志异》在西方的最早译介	顾钧	明清小说研究	2012(3)198～202
《聊斋志异》海外诠释及其文化融合功能	付岩志	明清小说研究	2013(2)101～111
阿列克谢耶夫《聊斋志异》俄译版本百年流变	高玉海	明清小说研究	2017(2)170～182
浅论《聊斋志异》在国外的传播与研究——以日本和俄国为例	刘蕾	蒲松龄研究	2011(2)100～109
国内《聊斋志异》英译研究:评述与建议	文军 冯丹丹	蒲松龄研究	2011(3)72～84
新马汉文报刊所载《聊斋志异》相关资源辑补	李奎	蒲松龄研究	2013(3)112～119
《聊斋志异》西译本与中西文化差异	古孟玄	蒲松龄研究	2014(4)57～71
《聊斋志异》在英语世界的百年传播(1842—1949)	朱振武 杨世祥	蒲松龄研究	2015(1)74～89

（续表）

标题	作者	来源	刊期页码
世界尊崇《聊斋志异》	王启元	蒲松龄研究	2015(2)104～113
建国后《聊斋志异》在英语世界的传播及其启示	朱振武 杨世祥	蒲松龄研究	2016(1)69～80
美国汉学家蔡九迪《聊斋志异》研究译文	任增强	蒲松龄研究	2016(1)81～91
美国汉学家蔡九迪眼中的“癖”文化与《聊斋·石清虚》	任增强	蒲松龄研究	2016(3)182～192
20世纪以来《聊斋志异》海外研究综述	付岩志	山东大学学报（哲学社会科学版）	2012(2)146～150
《聊斋志异》海外传播及其特点	李志红	山东理工大学学报（社会科学版）	2017(2)48～55
《聊斋志异》日本翻案的跨文化操控	王晓平	山东社会科学	2011(4)23～29
俄罗斯聊斋学研究述评	岳巍	山东社会科学	2012(1)116～121
跨越时空的心灵沟通——B. M. 阿列克谢耶夫“聊斋学”成功奥秘探论	李逸津	山东社会科学	2012(4)39～43
法国高校《聊斋志异》研究及其他	屈小玲	文学遗产	2011(1)152～159
西方消费文化语境中的闵福德《聊斋》英译	任增强	西部学刊	2015(8)27～30
阿列克谢耶夫俄译《聊斋志异》对中国古代服饰的阐释	李逸津	徐州工程学院学报（社会科学版）	2015(4)83～86

（续表）

标题	作者	来源	刊期页码
着力传达"故事"背后的"深层内容"——《聊斋志异》闵福德译本的一个特点	张洪波 王春强	中国文化研究	2016(1)101～106
英语世界中的"聊斋学"研究述评	李艾岭	中外文化与文论	2013(3) 83～92
英国汉学家梅辉立《聊斋志异》译介刍议	王燕	蒲松龄研究	2011(3)85～95
以"异"为聚焦的《聊斋志异》阐释史：美国汉学家蔡九迪聊斋研究译文(四)	任增强	蒲松龄研究	2017(3)54～72
师承蒲松龄的日本小说	王启元	蒲松龄研究	2017(3)73～84,143
2016年蒲松龄研究综述	师浩龙	蒲松龄研究	2017(4)137～149
创造中国怪异：Rafael Rojas y Roman 首译《聊斋志异》西班牙语译本研究	[哥伦比亚] 罗一凡	蒲松龄研究	2017(4)52～61
《聊斋志异》英译史上的一座里程碑：宋贤德全译本 Strange Tales from Liaozhai 述评	李海军 蒋凤美	中国文化研究	2017(4)126～135

但是，《聊斋志异》在国外的影响，尤其是在国外当代文化生活中的影响，这方面的研究仍不多见。

【作者单位：中国人民大学书报资料中心】

人民文学出版社《聊斋》出版六十年

周绚隆

人民文学出版社(以下简称“人文社”)成立于1951年,是全国首家大型文学专业出版机构。首任社长冯雪峰先生提出了“古今中外,提高为主”的办社方针,并沿着这一思路组建了出版社的基本团队。“古今中外”是从时间与空间两个维度对内容结构进行布局,出版社下设古典文学、现代文学、当代文学和外国文学四大板块,分别拥有文学古籍刊行社、作家出版社、中国戏剧出版社、外国文学出版社等几大副牌。“提高为主”是从出版物品质方面明确了发展方向,强调未来的出版要以经典为主,靠精品立社。六十多年来,人文社始终遵循着雪峰先生提出的八字方针,本着守正出新的原则,在文学出版的各个领域,坚持围绕经典,跟踪学术,与时俱进,打造精品,努力满足不同读者的阅读需求。

成立伊始的人文社,在图书出版方面很快就有了一套全面的规划,其影响一直延续至今。从1958年9月编印的《人民文学出版社五年出版规划草案》可以看出,除了当代文学板块外,现在已成为人文社支柱产品的其他几套常销图书,在这个规划中大都已经有了雏形。其后的几十年间,人文人一直在不断补充和调整这些产品,使之日臻完善,最终成为出版社的核心资源,经过反复开发,服务于一代又一代读者。

在古典文学出版方面,“中国古典文学理论批评丛书”“中国古典文学读本丛书”“中国古典文学基本丛书”都出现在这本《规划草案》中。后来因为出版分工,除了“中国古典文学基本丛书”没有系统出版外,另外两套图书都成了影响至今的著名品牌,只是“中国古典文学理论批评丛书”在出版时,丛书名改成了“中国古典文学理论批评专著选辑”(俗称“黄皮书”)。

人文社挂牌营业的时候,现在的百年老店商务印书馆和中华书局还在接受公私合营改造,当时的出版渠道比较有限。为了尽快满足广大读者对古典文化的阅读需求,人文社于1954到1956年,以文学古籍刊行社的名义快速影印了一批文史名著,解决了市场的急需。于1953年12月出版了《水浒》标点本,拉开了新中国整理古籍的序幕。此事曾引起过中央的高度重视,《人民日报》还在头版做了报道。六十多年来,出版社的发展虽不无波折,但在图书出版方面,坚持以经典为主、走精品道路的方向却从未改变。兹以《聊斋志异》出版为例,试对人文社多年秉持的这种精益求精的理念做一考察。

人文社的《聊斋志异》出版,从20世纪50年代一直持续到现在,先后出版过一部手稿影印本、三个选本、三个全本,在社会上都产生过巨大的影响。如今,考察这些版本产生的背景和出版社的决策过程,应该能让人们更清晰地理解其长期以来坚持的立足经典、跟踪学术、不断打造精品的经营思路。

一

中国古代小说,在历史发展中,分别形成了以书面语和口头语——即文言和白话——为载体的两种表现形式。从形成的时间看,文言小说起步较早,白话小说要晚很多。就两者的关系而言,白话小说在题材内容上虽对文言小说有所借鉴,但从作者队伍、作品趣味和读者对象看,双方其实是各成系统的。文言小说的第一个创作高峰出现在魏晋南北朝时期,以笔记体的志怪小说为主,其时道教兴盛,许多作者出于传教目的,抱着“发明神道之不诬”和“补正史之不足”的态度从事创作，所述多神异之事。唐宋时期，文人们对这种文体做了改造，发展出了唐宋传奇。传奇作品的情节设计更加曲折，故事更加完整，描摹人物更加生动，语言也更加优美，代表着文言小说创作的第二个高峰。其后明清两朝，文言小说的创作传统一直未断，代表人物如瞿佑、邵景詹、王世贞、纪昀等，均有作品传世。但影响最大、成就最高的，还属清朝康熙年间蒲松龄创作的文言短篇小说集《聊斋志异》。

《聊斋志异》出现的时候，我国的白话通俗小说已经非常成熟。中短篇小说如宋元话本和明人拟话本(以“三言”“二拍”为代表)，长篇小说如所谓“四大奇书”(《西游记》《三国演义》《水浒传》《金瓶梅》)，都已广泛流传，影响巨大，新的作品也还在不断问世(如乾隆朝出现的《红楼梦》)。相比之下，文言小说整体上已呈式微之势。《聊斋志异》的出现，不但彻底扭转了这一局面，还一举登上了文言小说创作的最高峰，并引来了大量的拟作和续作。

蒲松龄(1640—1715)，字留仙，号柳泉居士，山东淄川(今淄博市淄川区)人。和大多数读书人一样，他一生用功苦读，虽有凌云之志，却久困场屋，屡试不中，不得不穷困潦倒地度过了一生。封建时代，读书人的出路通常不外乎三条：一是通过科举之路出仕，二是应聘做某个官员的幕僚，三是开馆授徒。蒲松龄19岁时以县、府、道三试第一的成绩进学成秀才。第二年起就开始在每三年一次的乡试中顽强挣扎，却屡战屡败，这种经历造成的精神打击，令他刻骨铭心。与此同时，现实的生存压力，又使他不得不抛家离舍，靠坐馆教书维持生计，在青灯黄卷的寂寞中打发漫长的人生岁月。他的足迹，除了因参加乡试去过省城济南外，基本没离开过家乡。唯一的一次远行，是康熙九年(1670)秋应江苏宝应知县孙蕙之邀，南游做幕，不到一年即辞幕还乡。此后他一边教书，一边仍不懈地参加乡试，总期待能龙门一跃，改变命运。但无奈文章憎命，熬到71岁才考取岁贡生。此时距他走完人生历程只剩下不足四年了。作为一名乡村知识分子,蒲松龄除了应举和教书外,还积极参与过地方事务,对社会风化也一直比较关心。这在他的创作中也有集中的体现。

据业师袁世硕先生考证,蒲松龄"年才及冠便热衷于写狐鬼小说了,后来很长时期,他是既不废举业……又不听友人的劝阻,不断创作他的《聊斋志异》,这两种文墨事业都一直拖到了年逾知天命"(《蒲松龄事迹著述新考·前言》)。从文学创作的一般规律看,作者只有在创作中融入了自己的生命体验,才能使作品产生感人的效果。《聊斋志异》中的优秀篇章,正好能给我们提供这方面的佐证。其中写得最精彩的作品约有四类:一是反映科举弊端及其对士人精神的戕害;二是描写男女爱情;三是批判官吏的腐败和社会的黑暗;四是崇扬民间智慧和美德。

蒲松龄一生饱受科场失败的打击,这些经历给他造成的心理伤害,在刻画士人精神世界和描写科举的许多篇章中都有充分体现,如《叶生》《司文郎》《贾奉雉》《王子安》等篇,就是其中的代表。作者要么讽刺考官无能,要么感叹天命难违,要么让失意者死后得中以求一快,这其中无不饱含着他个人的某些经验和感受。特别是对饱受科举之害的文人的内心刻画,若没有切身的经历,无法达到那么逼真的效果。另外,从年轻时起,蒲松龄为了谋生就不得不常年客居,精神上的寂寞是不难理解的。为了寻求一种心理的慰藉和补偿,他精心塑造了一系列幻化成人的花妖狐鬼,她们聪明善良,美丽多情,能力超凡,对超越世俗功利的人间情爱充满了向往,能冲破礼法的藩篱,主动向正直淳朴的男子示爱。这些其实都从侧面折射出作者的某些精神需求。对于官吏的腐败和社会的黑暗,作为底层文人的蒲松龄当然有着最直接的感受,在强烈的社会责任感和正义感的驱使下,他提笔写下了《促织》《梦狼》《公孙九娘》等揭露性极强的作品。对于民间智慧和美德的欣赏,是《聊斋志异》的趣味性和价值观的集中体现，如《仙人岛》《狐谐》《红玉》《张诚》等。

在中国小说史上，不论从思想性还是艺术性来看，《聊斋志异》和稍后出现的《红楼梦》，分别代表着文言小说和白话小说创作的最高水平，因而也是中国文学史上不可多得的经典。

二

《聊斋志异》写成后，限于作者自身的经济条件和所处的乡村环境，一直没有机会付梓。它虽是用典雅的文言写成的，但不论描摹人物、曲传心理，还是模拟对话，都能做到惟妙惟肖，栩栩如生，凭着文学上的高度成就，很早就在一些文人圈子里产生了影响。最初的传播和阅读当然只是通过传抄。康熙诗坛执牛耳的神韵派诗人王士禛，就曾对它做过评点。《谈龙录》的作者赵执信也收藏过一个抄录本。乾隆年间赵起杲、鲍廷博编刻的第一个刊本（青柯亭本），也是以学者郑方坤在山东做官时得到的抄本做底本的。可以断定，如今存世的许多抄本，可能只是当时众多传抄本中的一部分。这些都足以说明此书在正式刊刻前的传播情况和产生的影响力。青柯亭本出现之后，社会上翻刻很多，流布极广，此后二百年间社会上通行的《聊斋志异》，都是这个系统的翻刻和重印。直到历史进入 20 世纪 50 年代，新成立的人民文学出版社，以自己副牌文学古籍刊行社的名义，影印出版了《聊斋志异》的手稿本后，这一情况才发生了变化。

《聊斋志异》手稿本出版于 1955 年 10 月，一函五册，首印 4100 套。这部手稿早先被闯关东的蒲氏后人带到辽宁铁岭，发现时已只剩半部（原书八册，只存四册）。1951 年春，原辽东省文化处接受了它，并将其上交原东北文化部，后移交给了辽宁省图书馆。它的发现，彻底颠覆了青柯亭本两百多年的统治地位，让人们发现青柯亭本不但篇目不全——删除了三十多篇，而且对一些有碍时忌的文字多有删改，这与当时文网森严有很大关系。因此，重新整理一部篇目完整、文字接近作品原貌的《聊斋志异》,就显得很有必要了。

在影印出版手稿本的同时,人文社就已经计划为这部名著出个普及性选本,好让普通大众能理解和欣赏它。1956 年 12 月,该社以副牌作家出版社的名义,出版了由著名古典小说研究专家张友鹤先生注释的《聊斋志异选》。张友鹤原籍安徽安庆,解放前为著名报人、记者,与其兄张友鸾和张慧剑有报界"三张"之名。他古典文学功底深厚,解放后经张友鸾介绍到人文社任特约编辑,帮助出版社校注古籍,先后完成了《聊斋志异选》《唐宋传奇选》《官场现形记》《二十年目睹之怪现状》《镜花缘》等小说的校注工作。人文社当年有个规定,凡是中国文学作品,第一次出版均用其副牌作家社的名义,等被社会认可后,再改用人民文学出版社的名义推出新版本。《聊斋志异选》出版后,大获好评。所以 1957 年 8 月,人民文学出版社将其纳入正在陆续推出的"中国古典文学读本丛书",随后便一印再印。2002 年 5 月,此书又被收入"大学生必读丛书"再次推出。粗略统计,其总量已超过了 100 万册。

张友鹤《聊斋志异选》总共选录作品 80 篇,27 万多字,虽注释精详,但部头颇大。为了让读者能有更多的选择,1977 年 7 月,人文社又出版了由中山大学整理的《评注聊斋志异选》,该书选录作品 55 篇,共计 19 万多字,注释也较详备,最大的不同是为每篇作品增加了"评说",这样能有助于读者对作品的理解和欣赏,从帮助阅读的角度说,比单纯的注释本要进了一步。

在新中国的《聊斋志异》出版史上,我们不能不提张友鹤先生的另一部整理本,即《聊斋志异》会校会注会评本,俗称"三会本"。该书于 1962 年 7 月由中华书局上海编辑所(上海古籍出版社的前身)出版。张友鹤先生依据当时能收集到的各种版本,试图恢复《聊斋志异》的原貌。他的会校主要以手稿本做底本,手稿本缺失的部分,则以乾隆十六年张希杰铸雪斋抄本为底本。同时,他还创造性地将校勘成果、历代注释、各家评语汇集后随文插入每篇作品中，非常方便读者和研究者参考使用。该书共分十二卷，收录作品494篇，附录6篇。这个本子出版后，顺利取代了青柯亭本的地位，一时成为研究者依据的主要版本。到目前为止，据准确统计，已经累计印刷了21.1万套。

值得一提的是，张友鹤先生整理《聊斋志异》会校会注会评本的最初想法，很可能就是在为人民文学出版社做《聊斋志异选》的过程中产生的。

三

20世纪70年代末，中国社会迎来了一个新的发展时期，大众的文化需求一度猛增，经典名著也出现了供不应求的情况。由于《聊斋志异》是用文言写成的，当代读者在阅读上难免会有困难。为了给想要阅读全本作品的读者提供一个便于理解的版本，人文社于1989年9月出版了由朱其铠先生主编的《全本新注聊斋志异》。该书吸收了当时学术界对《聊斋》版本研究的最新成果，完全依据铸雪斋抄本的"总目"排定卷次和篇目，正文则以手稿本和铸雪斋抄本为据，个别参用山东省图书馆藏抄本和二十四卷抄本补充。此书的最大特点是篇目较全，而且每篇都有新的注释，是第一部提供全文注释的通俗读本。全书为三册平装，正文分十二卷，收录作品也是494篇，附录3篇，总计120万字。1997年5月出版社曾将其收入"世界文学名著文库"（精装本）。2007年又收入平装本"中国古代小说名著插图典藏系列"，这个版本目前一直在加印。它尽管产生于出版竞争日益激烈的年代，但累计印量至今也达到了19.18万套。

与此同时，前面提到的两个选本由于产生的时代较早，在篇目选择上难免会受当时的政治氛围和价值观念的影响，特别是《评注聊斋志异选》的评说文字，颇有时代痕迹。进入21世纪以后，这两个版本在市场上开始受到冷遇。为了给读者提供一个更能代表《聊斋志异》文学特色的选本，人文社又约请参与过《全本新注聊斋志异》校勘注释工作的李伯齐先生，和他的助手徐文军一起，重新做了一本《聊斋志异选》，该书选录作品49篇，总计20万字。为了方便读者对照注释阅读正文，每篇都采用页下注的方式排版。同时为了让读者更好地欣赏这些作品，出版社还从光绪年间刊行的《详注聊斋志异图咏》中，为每篇小说选配了一幅精美的插图，以期收到图文并茂的效果。该书自2006年1月出版以来，已经取代了过去的两个选本，成为人文社的常销图书。

张友鹤先生的"三会本"出版以后，学术界又陆续发现了《聊斋志异》的几部早期抄本。特别是藏于山东博物馆的康熙抄本，在面貌上与手稿本是一致的，明显是从手稿本直接过录的。但这个本子仍然是残缺的，只存了半部(即四册)，庆幸的是里面有两册可补手稿本之缺(即两册与手稿本重合，两册不重合)，这就使人们离该书的原貌又近了一步。另外还有新发现的不知抄主的二十四卷抄本和改题《异史》的六卷本，都是张友鹤先生所没有看到的。它们的出现，使"三会本"的不足日益显现出来。其问题主要表现在两个方面：一是分卷方面，手稿本和康熙抄本完全一致，只分册，不分卷，蒲松龄儿子蒲箬《祭父文》和张元《柳泉蒲先生墓表》都称"《聊斋志异》八卷"，这和据手稿本判断原书为八册的情况是一致的。"三会本"依据铸雪斋抄本将全书分为十二卷，显然不能代表作者的原意；二是铸雪斋抄本与手稿本文字差异最大，这些改动多出自抄录者之手。因此，"三会本"欲借助铸雪斋抄本补足手稿本缺失的半数内容，其实最终反而背离了它的原貌。

所以，长期从事蒲松龄著作编辑整理的齐鲁书社原编审任笃行先生，在20世纪90年代，经过长期搜集整理，参考新发现的各种资料，重新编辑了一部《全校会注集评聊斋志异》，于2000年由齐鲁书社出版。该书不论占有资料的完整性还是校勘的严谨性，都超过了张友鹤先生的“三会本”。但因其规模较大，参校的版本众多，初版本难免有遗珠之憾。在它出版后不久，任笃行先生即着手全面修订，历时八年，方告完成。然而由于种种原因，这个修订版在其生前一直未能面世。后经世硕师推荐，人民文学出版社决定将其纳入出版计划，经过反复编校，于2016年10月推出了新版。该书为四册精装，正文依据蒲箬《祭父文》和张元《柳泉蒲先生墓表》所述分为八卷，收录作品493篇，附录4篇，总计130万字。

此书从初版到修订完成，前后花费了近二十年时间，充分吸收了半个多世纪来《聊斋》版本研究的最新成果。修订版首印3000套，甫一面世，很快售罄，随后又连续加印了两次，累计超过了1万套。

随着读者趣味的多元化，我们越来越认识到，作为文学出版的国家队，人文社必须要有长远的思路和规划。对于经典作品的优秀版本，既要保持全品种拥有，也要保持层次的丰富性。毫无疑问，《全校会注集评聊斋志异》是一个堪称权威的学术版本，它的出现，使学术界对《聊斋志异》的原貌有了更准确的认识。另外，这些年来，《聊斋志异》研究也有了不少新发展。特别是对作品本事的考证、文本的分析、语词的训释等，都取得了可观的成果。现在回过头来再看20世纪80年代末成书的《全本新注聊斋志异》，虽然仍有流传的价值，但也不无可改进处。

于是，人文社又约请近年来埋头于《聊斋志异》研究，并且取得了不俗成绩的《文艺研究》原编审赵伯陶先生，做了一部《聊斋志异详注新评》。该书吸收了《全校会注集评聊斋志异》的校勘成果，将精力重点放在注释和简评上，取得了一些新的突破，对于读者准确理解原文大有裨益。

《聊斋志异》系用文言写成，作者饱读诗书，常巧妙地化用前代的语词典故而不露痕迹，如不仔细辨别，就很难理解作品蕴含的深意。本书作者充分利用近年来快速发展的古籍数字化最新成果，通过逐字检索等手段，在注释中对前代事典和语词背景，尽可能地做了溯源，对今人理解作品有非常积极的意义。如《马介甫》"异史氏曰：'设为汾阳之婿，立致尊荣，媚卿卿良有故。'"对于"汾阳之婿"，历来注家均认为是唐代名臣郭子仪之婿。本书据《新唐书》卷一三七《郭子仪传》认为，"汾阳之婿""当是指郭子仪之子郭暧为唐代宗长女升平公主驸马一事"。并且指出，"蒲松龄反用郭暧夫妇事说明怕老婆或有其理，意味深长"。另外，对于一些已出的注本和相关辞书中的注解错误，作者也提出了很多纠正意见，并且一一列举书证，讲明缘由。例如《促织》中"成氏子以蠹贫"中的"蠹"字，历代注者包括当今的语文教材，基本都解释成了蛀虫，认为具体应指吏胥。但本书依据《左传·襄公二十二年》"不可使也，而傲使人，国之蠹也"，将其解释为"祸国害民的人或事"，即皇宫岁征蟋蟀的弊政。这是十分准确，也是言之有据的。可以说，本书集历代《聊斋》注释之大成，并有了新的突破。对于自己的这番努力，作者在《前言》里是这样解释的："蒲松龄常年涵泳于文献典籍中，操觚为文，用词遣句皆惨淡经营，多有出典，注释小说不厌其详，或多列书证，或详明其典故之来龙去脉，方有可能使读者阅读在简单接受的基础上向复杂接受迈进，尽可能领悟作者的用心良苦。"

此书的另一特色是给每篇作品附了一则"简评"，这些文字有的融合了学界的研究成果，有的则能独出新意，发人深省。用作者的话说，这些文字"是作为注释之补充或延伸而设置的，概不复述小说故事情节，有话则长，无料则短，顺其自然，不拘一格。或明其本事，略做比勘；或连类而及，阐幽发微；或辨析人事，以史为证；或夷考风俗，稍加引申；或发明本义，总结技巧；或探究事理，科学商榷；或摭拾众说，钩沉索隐；或就事论事，瞻前顾后"。总体看来，这些简评对读者理解作品都有启发意义。

该书为四册平装，250 万字，于 2016 年 4 月出版，与修订后的《全校会注集评聊斋志异》几乎同时面市。上市后读者反映良好，至今已印刷四次，总量达到了 1.3 万套。

在《聊斋志异》的出版方面，人文社如今已成一方重镇，目前共有三种全集和一种选集同时在售。在专业和普及的道路上，我们都始终跟踪着学术研究的步伐，吸收最新的成果，用心服务于读者。由于我们产品类型丰富，定位准确，版本特色明显，基本能满足各类读者的需求。

【作者单位：人民文学出版社】

《聊斋志异》诗文传统研究综述

于红慧

蒲松龄的思想精神与古代诗文传统血肉相连、息息相通。书籍是传统文化的主要载体,蒲松龄格外重视读书,曾称"天地间第一人品还是读书"①。从诗文传统的视角观照《聊斋志异》(以下简称为《聊斋》)这部文言志怪小说集,可以探讨蒲松龄的精神与传统文化之间千丝万缕的联系,贴近并加深对于蒲松龄其人其书的认识。

而且,随着古籍数字化的进程与各类地方志在互联网上的开放,历代典籍的检索条件日益便利。有关《聊斋》小说语词和使事用典的文献有了新的开发与积累,例如《聊斋》对诗词等古代典籍文献的多层次"借鉴",《聊斋》与《诗经》《左传》等诗文的关系,为从诗文传统角度重新审视《聊斋》提供了新的契机。这方面的研究已经起步,并取得了较为丰富的成果。

对以《聊斋》为代表的文言志怪小说与传统诗文关系的探讨和研究,大致可从以下五个方面进行梳理和把握:《聊斋》中的诗歌和诗化艺术特征研究,《聊斋》的诗性特征研究,《聊斋》与聊斋诗词的互文性研究,从《聊斋》看蒲松龄对传统诗文的借鉴、改造与超越,蒲松龄与传统诗人。需要说明的一点是,本文所谓的诗歌,并非狭义地指"诗"这一种文体,而是指广义的各种诗词韵文,所依据的是李

---

① 马振方:《聊斋遗文七种》,北京大学出版社1998年版,第1页。

鹏飞《以韵入散：诗歌与小说的交融互动》一文的主要观点，即“古代小说对诗歌的吸收包括对诗、词、曲、戏曲唱词、民间小调、民间说唱文艺等各种韵文以及包含韵文的文学形式的吸收”①。因此，对《聊斋》与传统诗文关系的考察包含了这些相关的文体。

一、《聊斋》中的诗歌和诗化艺术特征研究

有关《聊斋》中诗歌的研究一般有两类：一类是以《聊斋》为中心，分析其中的诗歌及其诗化艺术特征；一类是以文言小说为中心考察文体兼容性现象，同时提及《聊斋》的诗化特征。

第一类研究的代表作有连波的《〈聊斋志异〉中的诗词》[《河南师大学报》(社会科学版)1982 年第 1 期]、林骅的《〈聊斋志异〉中的诗笔与诗意》(《蒲松龄研究》1995 年第 1 期)、李灵年和韩石的《论〈聊斋志异〉的诗美及其与晚明文艺启蒙思潮的关系》(《蒲松龄研究》1995 年第 1 期)、王景凤和冯维林的《〈聊斋志异〉中的“诗笔”》[《济南大学学报》(社会科学版)2012 年第 6 期]。研究者们通常从小说的文体特征和艺术手法两个方面展开：一是从形式上、内容上分析诗词韵语在《聊斋》中的比重与构成，二是从诗歌艺术手法的运用上、诗歌意境的创造上分析其成就。这些成果丰富了对《聊斋》文体兼容性的认识，深入探索了诗歌韵文与小说的交融互动关系，对于小说如何吸收融化诗歌展开了探讨。不足之处是，对作家的个人意识和独特性关注不够，仅在文体兼容层面徘徊，没有深入到作家个人的精神气质和自我表达等文学的内在研究中。

需要说明的一点是这里普遍采用的“诗笔”概念。诗笔，即诗与笔，本指诗歌与散文，或指文学才华；后也可代指诗歌。陈寅恪提出

---

①　李鹏飞：《以韵入散：诗歌与小说的交融互动》，见刘勇强、潘建国、李鹏飞著《古代小说研究十大问题》，北京大学出版社 2017 年版，第 201 页。

"诗笔即谓诗之笔法，指韵文而言"[①]。学界普遍采用这一说法。

第二类研究的代表作有崔际银的《诗与唐人小说》（天津古籍出版社 2004 年版）、邱昌员的《诗与唐代文言小说研究》（中国社会科学出版社 2008 版）、曹耸的《论唐传奇中的"诗笔"及其影响》（南京师范大学 2009 年硕士学位论文）。这些研究成果均认为，《聊斋》是一部富有诗化艺术特征的小说，融合了传统文言小说与诗歌的艺术精神，将文言小说的创作推向了顶峰。此外，值得关注的是侯桂运的《中国文言小说诗化特征史叙论》，他从小说史的角度，从"'少而且精，恰到好处'的诗歌""散文中的诗性思维""作者的'孤愤'之情"[②]三个层面论述了《聊斋》的诗化特征。他的研究较前者有所深化，尤其是他提到《聊斋》具有强烈的主观抒情特点，这一特点在本质上与诗歌是相同的。这些成果从文学史的角度观照《聊斋》中的诗笔与诗化艺术特征，更为客观。

刘勇强《古代小说的文体兼容性》从宏观的理论高度探讨了古代小说的文体兼容现象，他认为小说对别一文体如诗词、骈文、韵语的羼入，属于直接兼容；而小说在艺术层面追求诗美的境界，对诗歌意境的发掘与表现，则属于深度兼容。本文采用他的理论观点，可将《聊斋》对诗歌的兼容分为直接与深度两个层次。

袁世硕主编的《蒲松龄志》提出《聊斋》的诗化并不表现在诗句的频频亮相上，而表现为对诗艺的融会贯通，因此蒲松龄尽管能诗，却很少在小说中写出整首诗词，仍能让读者感受到浓郁的诗意，体现了他诗入小说的匠心。此书将《聊斋》的诗化艺术倾向概括为五个方面："诗一般的意境""不可凑泊的诗趣""诗贵含蓄的叙事""富

---

① 陈寅恪：《元白诗笺证稿》，生活·读书·新知三联书店 2001 年版，第 5 页。

② 侯桂运：《中国文言小说诗化特征史叙论》，中国社会科学出版社 2015 年版，第 274～285 页。

有诗情画意的写景状物”“诗一般凝练形象的语言”①。这是属于小说对诗歌深度兼容层面的研究。

二、《聊斋》的诗性特征研究

《聊斋》代表了清代文言小说的最高成就,其诗性特征在志怪小说中较为明显。所谓诗性,就是叙事不够客观,带有强烈的主观抒情性,作者只以自己的情绪来控制文本,与客观、公平的叙事相对立。这是《聊斋》与六朝志怪、唐代文言小说、宋代传奇小说以及《阅微草堂笔记》《子不语》等清代志怪小说相比,本质上的区别。蒲松龄的主观世界是如何呈现在小说文本中的,具有持续、深入的研究价值。

对这方面的研究有开创之功的是袁世硕的《〈聊斋〉志怪艺术新质论略》,通过分析《聊斋》与六朝志怪书和唐人传奇的根本差异,间接地阐明《聊斋》的独特性就在于它所蕴含的诗性特质,即“作者借谈鬼说狐表现自我”②。许多篇章写的是作者自己的生活境况和经验,反映的是作者自己的心境、心迹,即抒情言志的内质。论文提出一些有待解决的问题,他认为《聊斋》写得含蓄蕴藉、耐人咀嚼、留有余味是因为蒲松龄将中国诗歌艺术素质带进了小说创作中,开创了小说的一种新素质、新风格。但他没有展开深入论述,只在篇末捎带提及,意味着这是一个留待后辈学人解决的问题。

对《聊斋》的诗性特征研究做得比较好的有张华娟的《〈聊斋志异〉的诗化倾向》(《蒲松龄研究》1997 年第 3 期),提出主体情感是《聊斋》诗化的审美基础,孤愤之情和希望之情是作者的两种强烈的主体情感,投射到小说创作中去,从而使小说具有浓郁的自我抒情性。她注意到,《聊斋》的“诗性”是作家的主观激情与观照艺术世界

---

① 袁世硕:《蒲松龄志》,山东人民出版社 2009 年版,第 142 ~ 149 页。

② 袁世硕:《〈聊斋〉志怪艺术新质论略》,载《文史哲》1989 年第 6 期。

的方式,所论颇有见地。

骆冬青的《论〈聊斋志异〉的诗性叙事》(《明清小说研究》2007年第4期)从因诗生事、以诗运事、诗史互证三个角度分析了《聊斋》的叙事特点。冀运鲁的《〈聊斋志异〉叙事艺术之渊源研究》(上海大学2010年博士学位论文)有专章讨论了《〈聊斋志异〉的诗性叙事》,从《聊斋》的诗性思维与叙述策略、叙事与诗词羼入两个方面展开。上述论文对于小说"诗性"的理解仍是从小说与诗歌的相互关系入手,将诗歌作为小说叙事结构的一个组成部分来分析其作用与价值,尚未深入到诗性的实质层面。

把有关《聊斋》的诗性问题研究推向深层次的是王昕的《〈聊斋志异〉:诗性的温情与偏狭》,论文突出解决了两个关键问题:如何理解小说的"诗性",它与"诗笔"有何区别;如何展开对小说"诗性"特质的研究。作者认为,诗的基本特质是主观想象与抒情,小说的诗性是小说叙事所带有的强烈的主观性与抒情性。《聊斋》的诗性具有两面性,"一方面是对人物温情脉脉的眷顾与怜惜……另一方面则因这种无节制的温情泛滥成了某种偏狭的情绪,产生了同样不加抑制的冷酷粗暴"①。文章较好地解决了提出的问题,深化了对小说诗性的理解,扩充了诗性研究的面向,跳脱了以往研究者将诗笔视同诗性的窠臼,把更多的《聊斋》篇目纳入了小说诗性特质可以观照的视域。

以上研究的共同点是,不仅把《聊斋》视作叙事性文本,还把它视为具有诗歌艺术内质的抒情性文本。研究者普遍认为,由于作家个人内在的重要性超过了对外部世界的客观摹写,小说呈现出强烈的主观性倾向。《聊斋》更多的是一部阐述作者心灵的小说,抒情言

---

① 王昕:《〈聊斋志异〉:诗性的温情与偏狭》,载《文学评论》2016年第1期。

志、表达自我是它的诗性本质。

三、《聊斋》与聊斋诗、词的互文研究

蒲松龄一生对诗、文、词、俚曲、杂著等雅俗文体多有涉猎，终身吟咏不辍，二十岁时与好友张笃庆、李希梅结郢中社，作寄兴生涯，现存诗1000余首，词118阕。虽然他的诗词不如《聊斋》流传广泛，但随着蒲松龄研究的不断深入，诗词研究也积累了丰硕成果。本文仅就《聊斋》与蒲松龄诗、词关系的研究做大致梳理。

赵俪生《论蒲松龄的诗及其与〈聊斋志异〉的关系》（《蒲松龄研究集刊》第三辑，齐鲁书社1982年版）把诗稗互文的相关研究推进了一步。他认为蒲松龄把一些诗词变成了聊斋故事的有机组成部分，他的南游诗为《聊斋》的部分篇章储备了素材，诗中对江南景色的描写融入了《聊斋》创作中。他对顾青霞的爱慕也经常流露于小说中。南游诗中形成了他模仿李贺式的峭削凄艳的风格，那些颇具神才鬼韵的诗词与《聊斋》花妖狐魅的世界遥相呼应；还有不少诗篇直接反映了《聊斋》创作中的苦恼和欣慰。他的文章较为全面地概括了蒲松龄诗稗互通的情况，但具体阐述比较少，不够深细。

袁世硕《蒲松龄诗词简说》①从整体上介绍了蒲松龄诗词的情况，着重解读了书写灾荒的诗，通过诗词展示了作者孤介峭直的性情，认为他的诗词皆缘事而发，直抒感受和体验，风格质朴平实；还探讨了诗词对理解《聊斋志异》之深蕴和创作历程的裨益。但是他认为蒲松龄诗、词中所吟咏之事，敷衍为《聊斋》中情节的情况比较少，仅有数例。

王伟伟《聊斋词与〈聊斋志异〉》（《蒲松龄研究》2008年第1期）

---

① 袁世硕：《蒲松龄诗词简说》，见袁世硕著《蒲松龄事迹著述新考》，齐鲁书社1988年版，第283页。

认为《聊斋》的创作思想和艺术风格对聊斋词有着很深的影响,立意上常常以倏忽跳脱的奇特感令人超乎想象,语言戏谑诙谐趋于俚俗,呈现出诡峭的美学风格。对二者加以比较可使我们更加全面地了解蒲松龄的思想和创作。

毕洪亮《〈石清虚〉的创作与西铺毕氏石隐园》(《蒲松龄研究》2009 年第 3 期)引录蒲松龄诸多有关西铺毕氏石隐园奇石的诗作,提出他痴迷于石的情结在《石清虚》中得以寄托,诗与小说借鉴了米芾爱石、拜石的典故。赵伯陶在此基础上,经过考证进一步提出,《石清虚》还借鉴了《左传・桓公十年》中"匹夫无罪,怀璧其罪"的典故。他们的论文不断深化了对《石清虚》一篇对诗文借鉴、改造的考察。

李灵年《稀树居丛札——读〈聊斋〉(四)》(《蒲松龄研究》2010 年第 3 期)对《聊斋偶存稿》中的《廷尉门》一首诗做了阐释,考证此是康熙十年至十四年的诗,这首诗与《聊斋・红玉》的核心情节基本相同,推测诗文均是就实事而发,此文就蒲松龄的诗文互融互通做了考证。

尚继武《蒲松龄词作中科场失意自我归因论析》(《蒲松龄研究》2015 年第 2 期)从词作入手,归纳了蒲松龄对自己科考屡败的认识:狂拙的性格与世俗不合,"磊落嵚崎谁拔汝";考官昏聩不明,"天孙老矣,颠倒了天下几多杰士";命中注定遭际坎坷,"尘中福业,前世或亏"。词作表现出他不愿将全部精力用在制艺上,但对功名又不忍放弃的矛盾心态,这些在《聊斋》三十余篇科举题材的小说中也时有流露。

于天池《论蒲松龄的词》①提出路大荒整理聊斋词为 97 首,袁世硕整理出 118 首,《聊斋・宦娘》引用了《聊斋词集》中的作品,他的

① 于天池《论蒲松龄的词》作为 2018 年"'聊斋学'高层论坛暨'中国聊斋学会'筹备会议"的主题发言,文字部分尚未发表。

词情感细腻，披露自我内心，不乏艳词、媚句；在以词入稗、词稗互通的基础上，《聊斋》将聊斋词的浪漫升华为对美的追求。

蒲松龄小说与诗、词之间相互影响和借鉴的研究，开展得还不够充分，可能确实是因为他的诗、词中所吟咏之事敷衍为《聊斋》中情节的情况比较少，致使从这个角度展开的研究也较少。

四、《聊斋》对传统诗文的借鉴和改造

这类研究以单篇考证或评析类文章为主，主要从两个方面展开：一是基于具体篇目，从作者的立意、构思角度考证故事对传统诗文典故的借鉴与改造；二是从措词用语层面，考证《聊斋》对诗歌语言的化用。

第一个方面，从整体来看，《聊斋》具有诗一般的意境，有些篇章虽然没有或甚少诗句出现，但整个故事借助传统诗歌意象建构而成，或是以诗作为结撰故事的重要关目，赋予故事以诗意。

袁世硕《“琴瑟友之”的变奏曲——〈宦娘〉解析》（《蒲松龄研究》2004 年第 1 期）认为作者取用《诗经·周南·关雎》中“窈窕淑女，琴瑟友之”这一传统的隐喻意象来建构这篇小说，温如春和葛良工结为“琴瑟之好”是正用，而主旨是写宦娘不能获得“琴瑟友之”那种善良悲苦的心灵。正反两用，相互对映，构成了一部“琴瑟友之”的变奏曲。前人多从本事视角发掘《聊斋·宦娘》一篇对话本《金明池吴清逢爱爱》题材的借鉴和发扬，而这篇论文从诗歌传统的角度做出了有新意的深度解析。

赵伯陶《聊斋志异详注新评》在《黄英》一篇的简评里提出，蒲松龄构思这篇小说，是以陶渊明为影像塑造了陶三郎的“醉陶”风貌，黄英的“聊为我家彭泽解嘲”一语则隐喻了作者自我理想境界的设计。前人不乏从借菊花说事、为市井人张目、小说中的商业萌芽思想等角度解析作品，而此篇简评关注的是作者怎样借陶渊明的爱菊、嗜酒、守贫等品质塑造人物和为小说立意，富有新意。

袁世硕《吟诗魔力的底蕴——〈白秋练〉抉微》(《蒲松龄研究》2004年第1期)通过考证作者的诗、词,提出蒲松龄曾经有过一位女性的吟诗友顾青霞;这篇故事里发挥作用的是吟诗而不单是诗,吟诗是此篇精神意蕴所在。这篇由蒲松龄与吟诗动听的顾青霞交往的一段隐情生发出的虚幻故事,寄寓着对吟诗友顾青霞的思念。已往的评论者谓此篇是通篇以诗作串联或者说诗在篇中发挥以诗传情、以诗治病等多方面的作用,看来说得都不十分中肯。

已往的研究者还注意到《聊斋》诸多篇章不同程度地带有空灵飞动、不可凑泊的诗趣,富有诗的"镜花水月"之韵致。这些篇章固然有现实的内蕴在,但因为采用了奇幻怪异的表达方式,就变得不好捉摸。

袁世硕《续幽冥之录,诉弥天之冤——〈公孙九娘〉发微》(《蒲松龄研究》2005年第3期)把诗歌含蓄蕴藉的特质与小说关联,重点关注结尾的安排是诗歌所崇尚的结而不尽、富有余味余韵的艺术特质,从而使故事的思想内涵和悲怆情结变得更加沉重。他的评论恰如其分。《聊斋·西湖主》的结尾也是类似笔法,多受关注,这些都与作者对全篇的立意和构思相关。

盛志梅《由〈西洲曲〉引发的两篇聊斋故事》经过考证提出《荷花三娘子》《王桂庵》均深受南朝民歌代表作《西洲曲》的影响,"采莲南塘秋,莲花过人头"的采莲人是荷花三娘了的原型,而王桂庵的"梦"则是由"南风知我意,吹梦到西洲"化出来的,两则故事从人物形象到整体意境都充溢着"西洲"神韵。

赵伯陶提出《聊斋·胭脂》中的人物名字也借鉴了典故,关涉到故事的立意与主旨。女主人公"胭脂"借用了郭茂倩《乐府诗集》卷八四《杂歌谣辞二·匈奴歌》"失我焉支山,今我妇女无颜色"的典故,以"恐失胭脂"双关美女与燕支山。男主人公"鄂秋隼"出自《孙子兵法·势》,"并托秋隼"双关了鄂生名与凶猛贪残的鹰隼。赵伯陶对此篇的考证富有新意，深化了研究者对蒲松龄创作用心的理解。

第二个方面，《聊斋》以文言写成，且经作者反复修改，措词用语极其讲究。作者通过直接借鉴、加字借鉴、减字借鉴、改字借鉴等诸多方法，对古代典籍文献特别是诗词的用语、句式、结构乃至修辞方法，都有全方位的借鉴与改造。

马瑞芳的《聊斋志异创作论》以"酿得蜜成花不见"称誉蒲松龄熔铸古人典故语词的本领之高，从"古语直引""濯去旧见，化为己言""滥觞于古籍的行文"[①]等三个方面论析了蒲松龄是如何汲取古籍营养、化用为自己的语言的。

近年来，随着古籍数字化的发展，历代典籍的相关检索条件日益方便。赵伯陶利用新方法，将《聊斋》小说语词和使事用典的研究又推进了一大步。他的《〈聊斋志异〉用语的"借鉴"研究》[②]将《聊斋》巧妙化用古代典籍文献词语归纳为三种方式，即词语借鉴、句式借鉴和意境借鉴。他认为意境借鉴是小说对诗词等文体的深度兼容，体现了作者更上一层楼的语言艺术与创作功力。

此外，赵伯陶的《〈聊斋志异〉与〈诗经〉》[③]拓展了学界对《聊斋》与古代典籍关系研究的视野。从一般性借鉴、化用取意、调侃性运用、从校勘释义认识《诗经》书证的作用等四个方面总结了《聊斋》对《诗经》语词的借鉴。他还注意到了小说中人物语言的用典情况，如《翩翩》中"薛姑子好梦""今日西南风""花娘子瓦窑"对《诗经・小

---

① 马瑞芳：《聊斋志异创作论》，山东大学出版社 1990 年版，第 482～490 页。

② 赵伯陶：《〈聊斋志异〉用语的"借鉴"研究》，见赵伯陶著《〈聊斋志异〉新证》，文化艺术出版社 2017 年版，第 161～175 页。

③ 赵伯陶：《〈聊斋志异〉与〈诗经〉》，见赵伯陶著《〈聊斋志异〉新证》，文化艺术出版社 2017 年版，第 237～253 页。

雅·斯干》、唐李商隐《无题二首》、清褚人获《坚瓠三集·弄瓦诗》中的典故都有所化用。

五、蒲松龄与传统诗人

蒲松龄与传统诗人关系的研究历来集中于聊斋诗的研究，事实上，《聊斋》的创作也显然受到了传统诗人和诗歌的影响，较为突出的是屈原和李贺、李商隐一脉的楚骚诗歌，这方面的研究已取得一些成果。

日本学者八木章好的《蒲松龄与李贺》一文试图明确蒲松龄所受李贺的影响，探索二者在性情、思想、文学上的共同点。文章有两处颇具新意，一是提出李贺与蒲松龄所创立的异色文学世界及其对待文学的姿态，从根本上是相通的："双方都是多以描写阴暗而冷酷的幽冥世界为题材的作品。在其作品中，又都隐藏着华丽的美，或散发着妖艳的芬芳，构筑着他们独特的文学世界。而且，两者都是对本身所创立的梦幻与奇异的世界，表现出极其异常的执着与热情。"[①]其根源就是，蒲松龄改变了志怪"述而不作"的传统，即使内容极尽荒诞无稽，原则上仍是一种按照事实原样进行客观记录的野史。文章第二处新意是把蒲松龄纳入屈、李的楚骚谱系，提出《聊斋》以屈原为师、以楚辞为宗，都以敏锐的感受力和旺盛的想象力描写色彩丰富的梦幻世界。文章在末尾提出《聊斋》与李贺诗存在某种关联，但这仅是作者的推测，尚未展开论证，为后人留下了可填补的空间。

研究者论《聊斋》或聊斋诗多提及屈原、李贺，八木章好的观点得到普遍认可。赵蔚芝在《聊斋诗集笺注》（山东大学出版社 1996 年版）前言部分提到蒲松龄拟作的诗歌有摹仿李贺的诗，如《秋闺拟

---

① [日]八木章好著，陶振纲译：《蒲松龄与李贺》，载《蒲松龄研究》1996 年第 3 期。

李长吉》《马嵬坡拟李长吉》等。刘卫华《聊斋诗对唐代诗歌的接受研究》(山东大学2008年硕士学位论文)用专章探讨了蒲松龄早期诗歌中的李贺遗风,如求新出奇等相似点。总体上,学界对聊斋诗对李贺的接受已有深度关注,但对《聊斋志异》与李贺诗作的关联仍尚少探究。

在这方面做过有益探索的是于天池,他的《恐怖的诗化和诗化的恐怖——论〈聊斋志异〉的恐怖审美情趣》①提出《聊斋》在表现鬼怪、体现恐怖情趣时,含有较多中国本土巫文化的因素,承接了屈原《九歌》原始巫文化的特色、李贺歌诗虚荒诞幻的想象,如《巧娘》《连琐》《公孙九娘》《席方平》等篇恐怖场景的描写,让人不得不联想起屈原《山鬼》《少司命》《湘夫人》《国殇》的韵意,以及李贺《苏小小》《金铜仙人辞汉歌》的风情,而人在恐怖环境中的从容、对人的尊严和伟岸精神的抒情讴歌,以及唯情浪漫的咏叹是二者精神的衔接之处。作者将《聊斋》对楚骚传统的继承研究推进了一步,但他较为关注那些充满恐怖情趣的篇目,还有诸多表现可亲的、有人情味的人与鬼怪关系类篇目也与楚骚传统有关,他没有展开充分论述,为后人留下了继续探索的空间。

王昕的《论〈聊斋志异〉对"志怪"的改造》填补了之前研究留下的部分空白,八木章好注意到蒲松龄不能把他的创作抑制在单纯记录的框子以内,但没有展开论述。王昕的论文提出蒲松龄对志怪小说的改造从根本上看,是增强了对文本的控制,即《聊斋》在对待文本的立场上同以往志怪有着很大的不同,作者在单层次记录者与怪异故事之间,增加了一个抒情的人格主体。作者用志怪来搜罗素材,对着虚构的世界来倾诉自己的怨怼和不满,他之所以能够那么

① 于天池:《恐怖的诗化和诗化的恐怖——论〈聊斋志异〉的恐怖审美情趣》,载《蒲松龄研究》2003年第2期。

自然、专断地控制文本,源于他构想的世界是自由想象的巫术世界,其精神为"骚之苗裔",与屈原、李贺同属一个巫系文学系谱。论文提到《聊斋》中很多小说立意从诗文典故而来,不同于记录怪异的志怪,但是限于篇幅没有展开论述,给学界留下了可填补的空间。

此外,李桂奎的《诗稗"互文"与〈聊斋志异〉文本意蕴创造》一文提出屈原开创的"思美人"传统,即把理想与意中人或自恋的"我"喻为美人、使之可望而不可即,也为《聊斋》所借鉴,表现为对现实礼法的超越、对"邂逅"而生的露水姻缘的嘉许,形成了《公孙九娘》《青梅》等篇目的"邂逅"主旋律。论者虽关注到蒲松龄将诗词中的美人香草传统引入小说创作,但分析得还不够深入,对美人香草传统本身也缺少深度阐释,没有提炼它与小说的更多关联。

除了屈原、李贺、李商隐,《聊斋》创作也受到了魏晋诗文的影响,代表作有李剑锋的《蒲松龄与魏晋风流》[①],从四个方面展开论述:蒲松龄对魏晋诗文中意趣语词的脱胎化用,借魏晋名士姓名谐音或典故事物为小说人物命名,借取魏晋人物的风神气质塑造人物形象,对桃源故事模式的化用。基于魏晋文学研究的深厚功底,此文将《聊斋》艺术世界是怎样与魏晋风流紧密联系的这一问题,阐述到了实处。但是,相关研究成果仍然不够丰富,还有值得继续开拓的空间。

展望未来的相关研究,随着对蒲松龄生平事迹的考证日趋丰满、成熟,以及《蒲松龄年谱汇考》等资料的整理完成,我们可以尽最大可能地还原蒲松龄的生平与气质,尽可能地回到清初顺治、康熙两朝的历史语境。然而,《聊斋》又是一部个人特点显著、意在表达自我和呈现出强烈主观倾向性的小说。因此,从蒲松龄个人独特的感知和表述方式,从他个人的感受和经验出发,深入到他的个人精

---

① 李剑锋:《蒲松龄与魏晋风流》,载《文史哲》2003 年第 5 期。

神气质与个性表达方式层面，深入把握《聊斋》所独有的贵在“抒情言志”、意在“吟咏性情”的诗歌艺术内质，是十分有价值的可以继续深入开展的研究方向。

【作者单位：北京语言大学中华文化研究院】

聊斋诗词曲赋及其他相关研究

聊斋诗词中的淄西毕氏

孙启新 邵祺昌

蒲松龄自康熙十八年(1679)至四十八年(1709),在淄川西铺村毕际有家坐馆授徒,时间长达30年。这期间,他与淄川西部毕氏族人建立了良好的人际关系,与其中部分志同道合的文人雅士诗词倡和,友情深厚。翻检《聊斋诗集》《聊斋词集》,蒲松龄为12位淄西毕氏族人写过诗词,这些人中既有他的馆东,也有他的弟子,还有他的知心好友。查阅《淄西毕氏世谱》,这些人都有较为详细的简历、传记。依据乾隆《淄川县志》、《淄西毕氏世谱》有关资料,对与蒲松龄有过交往的12位淄西毕氏族人考证如下,敬请各位专家学者批评指正。

一、毕际有

毕际有,字载积,号存吾,淄川毕氏九世,生于明天启三年(1623),卒于康熙三十二年(1693)。毕际有祖父是毕木,父亲是明末户部尚书毕自严,长兄毕际壮英年早逝,三弟毕际孚没有入仕。毕际有于清顺治二年(1645)考中拔贡,顺治十三年(1656)任山西稷山知县,两年后晋升江南通州知州,康熙二年(1663)被免职。《聊斋诗集》与之有关的诗计4题15首。

乾隆《淄川县志·人物志·续循良》记载:"毕际有,字载绩(积)。顺治乙酉拔贡,初仕晋之稷山。稷临汾水,累于空粮,入其境即请豁除，复著为令。置二簿，籍四民所业。朔望诣县，朱出墨入，无恒业者置之法，而邑旋大治。任二载，擢江南通州牧。州设重镇，以柳将军仝春统其众，牧、镇同日抵任。牧与镇约，参谒固有定仪，将军答拜亦须如礼，将军唯唯。及谒次，将军南向，牧列坐。牧徐出一语，将军坐（座）稍移而西；再语，再移；语终，将军故贤者，不觉其膝之前矣。自是终其任无参商，兵民亦和偕（谐）如友朋。通有沙洲出鲥鱼，额贡九十九尾，前明弊政也。政虽已革，而贡价犹在。抵任后，即具详申除，民困以苏。居二载，以诖误归。归时，维扬名流，如林茂之、杜于皇、陈其年、龚半千、孙无言、孙豹人等，送至江干，握手不忍别。绘《江干系马图》，且争为诗歌，以吟叹其事，至今江南北传为佳话。所著有《存吾草》《淄乘征》行世。而纂修郡、邑两志，其援据之功尤多云。”①

《淄西毕氏世谱》记载：“际有，字载积，官生，后以拔贡生仕至江南通州知州。配王氏，赠宜人；王氏，封宜人，享年九十六岁。三子：盛镃、盛钜、盛后（出嗣，殇）。”其小传云：“公生于天启癸亥，值皇长子诞生，时少保公方督饷天津，应荫一子，遂受荫为官生。崇祯戊寅复入邑庠，顺治乙酉拔贡，丁亥复试留监，辛卯考职，丙申授山西稷山知县。清吏胥，严保甲，缓征徭。往来文移，不托司记，不数月而廉洁勤慎之名噪甚。值他邑有疑狱，批示稷令者，立雪其冤以报。上官奇之，揭其事于平阳三十六属，以为式。辛丑升江南通州知州。时海氛未靖，设总镇，柳将军仝春同日履任。将军意自贵倨。既见公，闻公数言，将军不觉倾倒，握手恨相得晚。自是订昆弟之好，兵民得以相安。豁免鲥鱼折价，民困大苏。癸卯以通州所千总解运漕粮，积年挂欠，变产赔补，追不及额，罢归。作《归田

---

① 〔清〕张鸣铎修，张廷寀、王佳宾纂：《［乾隆］淄川县志》，陈涟远、白相房主编《淄川县志汇编》，淄博市新闻出版局 2010 年版，第 654 页。

诗》四律,中有句云:'境从历过心方淡,人到归来味始真。'和者盈册。甲辰旋里,不以失官为恨,而以得孝亲为喜。公遂绝意仕进,依依膝下,朝夕不离。当李太孺人之丧殡有日,疡发于股如盂,迫不克胜事。及期前三日,梦汉寿亭侯曰:'勿虑,会且平矣。'已而果然。人谓勿药有喜,非神助得乎?遇族党故旧,加意轸恤。见有国课未完者,戒之曰:'尔独不见苏州钱粮一案耶。急公方能谋生;不急公谋生,未当也。'又虑宗族情谊不浃,而联合涣散,莫如族谱。少保公刻于前,公继刻于壬子,重刻于庚午,微言褒刺,以示将来。他如捐市税,修琳宫,难以缕记。享年七十一岁。修府县志,著有《存吾草》《淄乘征》《泉史》等书。同邑唐太史豹岩公为撰墓志铭。"①

康熙十八年,40岁的蒲松龄应同邑毕家聘请,设馆城西西铺庄,与另一位塾师王宪侯同教毕际有的几个孙子。② 蒲松龄一到毕家,就写了3首七言律诗《次韵毕刺史归田》,赞赏毕际有辞官居家后闲适自在的退隐生活。诗题中的"刺史",也称太守,相当于明清时的知府。清朝知州分两种:一是直隶州知州,地位略低于知府;一是散州知州,地位高于知县。毕际有任职的通州为散州,属扬州府所辖,蒲松龄在此尊称他为刺史。诗其一云:"烟霞深处伴渔樵,鸥鹭依依认旧僚。碎击玉壶风雨夜,醉横铁槊月明宵。栽花南国人无恙,载酒东山兴未遥。犹有柴桑松菊在,薜萝何必计金貂。"③诗首联中的"伴渔樵"、友"鸥鹭",是说毕际有罢官回家,过着隐居生活。诗颔联以王敦"唾壶击缺"、曹操"横槊赋诗"两个典故,表明毕氏虽然罢官归乡,但壮心不已,仍希望入仕为官、为国尽力。诗第五句以潘岳比

① 毕抚远:《淄西毕氏世谱(十世重修世谱)》,1922年,第21页。

② 袁世硕:《蒲松龄志》,山东人民出版社2003年版,第30~31页。

③ 〔清〕蒲松龄著,赵蔚芝笺注:《聊斋诗集笺注》,中国出版社2006年版,第150页。

毕际有，说毕氏在江南多有惠政。诗第六句以谢安比毕际有，说毕氏罢官后有隐居之乐。诗第七句以陶渊明比毕际有，说毕氏谢绝达官贵人来访。诗第八句用屈原《楚辞》中的诗句说明退隐并不次于庙堂高官。诗其二尾联“落落情怀谁得似？开觞遥酬古逸民”，说毕际有具有豁达开朗的情怀，与隐士为友，彼此心灵相通。诗其三尾联“武陵天地非尘境，不必巢由更买山”，以尧时隐士巢父、许由比毕际有，劝说毕氏不必买山隐居，石隐园便是桃花源。后两首诗同第一首诗一样，都盛赞毕际有回乡隐居。

毕际有居家期间，喜欢购书读书，社交活动频繁，缙绅名流来访、当地官员拜会，蒲松龄大多参与，同时捉刀代笔，为毕际有撰写了很多应酬文字。[①] 除此之外，蒲松龄还代毕际有处理了不少家务事。康熙三十年(1691)九月，蒲松龄到济南的东流水为毕际有物色菊花佳种。东流水，在济南城内抚院西北、鹊华桥南，这里有一户人家的菊花十分有名。蒲松龄按照毕际有的吩咐，带着毕家的菊花良种，来到这里与其交换。觅得佳种后，蒲松龄为了表达对菊种主人的谢意，特意写了2首七言律诗，诗的题目是《辛未九月至济南，游东流水，即为毕刺史物色菊种》。蒲松龄在诗的小引中赞扬了菊种主人的高贵品格和居住地的优雅环境：“扉临隘巷，每多长者之车；槛枭垂杨，时系达官之马。只因爱菊陶令，羡绿野之风流；遂使看竹子猷，通黄花之声气。”[②]在第二首诗中，蒲松龄借用王戎不卖李种、陶渊明不吝菊花的典故，感谢菊种主人慷慨出让佳种。诗云：“小榭池塘物色嘉，楼台秋树接烟霞。胜传东国无双地，路出西城第一叉。曾有安丰私玉李，不闻靖节吝黄花。携来佳种容相易，金谷重寻太

---

① 袁世硕：《蒲松龄事迹著述新考》，齐鲁书社1988年版，第154～157页。

② 〔清〕蒲松龄著，赵蔚芝笺注：《聊斋诗集笺注》，中国出版社2006年版，第250页。

尉家。”①

毕家为蒲松龄提供了一个读书著书的良好环境。馆东毕际有待他宽厚,除聘金之外还有其他一些资助,如纸墨灯火等,这对家境贫寒的蒲松龄来说,是笔不小的补助。再者,毕家府第宽敞,又有园林之胜,并且藏书丰富,用蒲松龄的话说是“书充栋,凭君剪”。蒲松龄平日住在作为家馆的绰然堂里,冬日有炉火御寒,夏日移居石隐园的效樊堂或者霞绮轩,更是一般读书人难得的清幽处所。康熙二十七年(1688)毕家的效樊堂建成后,蒲松龄曾写有2首七言律诗《毕刺史效樊堂落成》,以示祝贺,有“几榻悠然花未老,朝朝乘兴杖藜来”的诗句,表明十分喜爱效樊堂的优雅环境。康熙三十年(1691),蒲松龄又写了2首七言律诗《读书效樊堂》,再次赞美效樊堂的清幽环境。诗其一云:“效樊堂下青草芳,效樊堂上日影长。果震清泉荐甘冷,花飞红雨散寒香。桔槔声醒邯郸梦,竹树风摇枕簟凉。夜色迢迢更漏静,一帘月影上匡床。”②石隐园对于蒲松龄来说,实在是静心读书、专心写作的最理想的一处场所。在这样一种环境中,蒲松龄续作《聊斋志异》的热情十分高涨,又写出了很多篇章,并且不乏名篇。《聊斋志异》中的《鸲鹆》《五羖大夫》,末尾分别署名“毕载积先生记”③“毕载积先生志”④,可能是毕际有读了《聊斋志异》中已经完成的篇章,一时兴起,便写出了这两个故事,蒲松龄加以润色后,纳入《聊斋志异》中,为了尊重馆东的草创之功,便于篇末

---

① 〔清〕蒲松龄著,赵蔚芝笺注:《聊斋诗集笺注》,中国出版社2006年版,第250页。

② 〔清〕蒲松龄著,赵蔚芝笺注:《聊斋诗集笺注》,中国出版社2006年版,第247页。

③ 〔清〕蒲松龄著,盛伟校注:《聊斋志异校注》,山西人民出版社2000年版,第480页。

④ 〔清〕蒲松龄著,盛伟校注:《聊斋志异校注》,山西人民出版社2000年版,第515页。

注明出处。此外,《杨千总》一篇,写“毕民部公即家起备兵洮岷时”“千总杨化麟”之事[①],文章中所说的“毕民部公”,即馆东毕际有之父毕自严,可见也是毕际有提供的素材。

康熙三十二年(1693)春,毕际有与世长辞。蒲松龄连写8首七言律诗《哭毕刺史》,沉重悼念毕际有,还写了《征挽毕载积先生诗序启》。蒲松龄的挽诗和征挽诗启,都写得情真意切,绝非应酬之作。蒲松龄写作的8首诗大体为一种格局,从痛悼“十年同食友”之谢世到“回首生平思不禁”,往复歌哭,将毕际有“尚书公子五狼(指南通州)君”的高贵身世,“老后生涯棋局里,闲来情绪菊花中”的淡泊胸怀,“物必求工真似癖,书如欲买不论金”的藏书嗜好,一一写了出来。诗其二云:“君卧病时我亦病,我来君已弃尘寰。人逢死别情怀苦,数定前生饮啄悭。一榻琴书余画阁,万年魂魄恋青山。西州门外回肠绝,恨不将心似石顽。”[②]诗尾联说,作者恨不得此心化作石头,无知无觉,以减少怀念毕氏的痛楚之情。表明蒲松龄因毕际有病逝而心肠寸断,悲痛欲绝。诗其三云:“今生把手愿终违,零落山丘对晚晖。海内更谁容我放?泉台无路望人归。雍门一哭宾朋散,羊仲重来杖履非。在世早知有今日,墓田松树已成围。”[③]诗前两联表露了蒲松龄痛丧知己,今后再也无所依傍的悲哀。诗其六云:“商今略古日科头,一旦骑鲸赴玉楼。临别清谈还竟夕,谁知永诀已千秋!孙多业足光先德,子孝犹堪解母愁。名寿如君复何憾?伤心最苦在离忧。”[④]

---

① 〔清〕蒲松龄著,盛伟校注:《聊斋志异校注》,山西人民出版社2000年版,第532页。

② 〔清〕蒲松龄著,赵蔚芝笺注:《聊斋诗集笺注》,中国出版社2006年版,第263页。

③ 〔清〕蒲松龄著,赵蔚芝笺注:《聊斋诗集笺注》,中国出版社2006年版,第263页。

④ 〔清〕蒲松龄著,赵蔚芝笺注:《聊斋诗集笺注》,中国出版社2005年版,第264页。

诗前两联表明因为毕际有去世，作者再也没有竟夕长谈的知心朋友了。这些诗句，充满真情实感，没有半点雕饰，如泣如诉地表露了蒲松龄痛失良友的悲哀情怀。由此可见他们主宾之间相处非常融洽，确实如同一家人。

二、毕盛钜

毕盛钜，字韦仲，拔贡生，淄川毕氏十世，是毕际有的次子。《聊斋诗集》与之有关的诗计5题9首，《聊斋词集》与之有关的词3阕。

乾隆《淄川县志·人物志·重续孝友》记载："毕盛钜，字韦仲，一字耳豫，号豫园，际有子。性英敏，于书无所不读。事父母以孝闻。父殁，事母孺慕益笃。以拔贡选授黄县教谕，因母老辞不就，怡怡色养，人无间言。尝因母老攻方书，遂精脉理，求诊视者接踵。按症授方，多奏奇效。卒年七十有四。著有《石隐园唱和诗》。"①乾隆《淄川县志·选举志·贡生》记载："毕盛钜，字韦仲。同丙寅府学拔贡。际有子。任黄县教谕，举乡饮大宾。"②毕盛钜出贡的时间为康熙二十五年(1686)。

《淄西毕氏世谱》记载："盛钜，字韦仲，拔贡生。选黄县教谕，辞职，养亲不仕。配韩氏，敕封孺人。八子：世洎、世演、世渡、世浣、世溦、世涵、世淹、世汸。"其小传云："公天性聪慧，读书善解，通晓诸家，精于翰墨，真博物君子也。且又一物不遗，克扩先业，居家勤俭，与人和蔼而乐施予焉。镌少保公传，立于先祠壁上，以示后人。著有《石隐园倡和集》。享年七十四岁。邑人李尧臣为撰墓志。"③

---

① 〔清〕张鸣铎修，张廷寀、王佳宾纂：《[乾隆]淄川县志》，陈涟远、白相房主编《淄川县志汇编》，淄博市新闻出版局2010年版，第621～622页。

② 〔清〕张鸣铎修，张廷寀、王佳宾纂：《[乾隆]淄川县志》，陈涟远、白相房主编《淄川县志汇编》，淄博市新闻出版局2010年版，第559页。

③ 毕抚远：《淄西毕氏世谱(十世重修世谱)》，1922年，第34页。

毕盛钜因家境富有，有些官宦子弟的懒散习性，但其为人温和厚道。他随意读些杂书，不图专攻，终生没有大的成就。[①] 蒲松龄初来毕家时填词《少年游·戏赠韦仲》，以戏谑口吻予以规劝。词曰："深沉庭院画楼光，净几爇沉香。萱椿犹健，年华未老，玉树已成行。 茂陵不惹白头怨，心地更清凉。终朝三醉，闲调双鸲，大是酒禽荒。"[②]这阕词生动地刻画了这位少馆东的生活性情：家境富裕，吃穿不愁；父母健在，家政不用操心；年龄不大，儿郎满堂；没有纳妾，与妻子颇为恩爱。不足之处就是荒于酒，"终朝三醉"；荒于禽，"闲调双鸲"（俗名八哥）。此词虽云"戏赠"，实则劝谏。由此看出，蒲松龄与毕盛钜之间的友情，是建立在"劝善规过，以友辅仁"的基础上的。

康熙二十四年（1685）秋天，毕盛钜邀请蒲松龄欣赏桂花，蒲松龄因患足病不能前往，填词《庆清朝慢·毕韦仲有赏桂之约，病足不能赴，吟以志慨》，以志其情。词曰："磊落生平，颠狂意致，那堪一病缠绵。可怜回旋室里，坐榻成穿。跛踦三餐后，只寻常横股短床边。仆近况，真如杨柳，一日三眠。 蒙良友，开胜宴，无翎翅、飞不去到花前。遥忆黄英散馥，绿叶含烟。闻道蟾宫摘赠，嫦娥粉指印娟娟。原自分，三生薄命，与若无缘。"[③]蒲松龄由于病足不能外出，只能"回旋室里"，非坐即睡。即便离座吃饭，也不得不一只脚跳着走，所谓"跛畸三餐"。在室内行动尚且如此困难，自然不能外出赏桂。蒲松龄遥忆往年赏桂情景，想象今年花开灿烂、香气散馥的美景，再联想到自己科场蹉跎、无缘折桂，发出了命舛

---

① 袁世硕：《蒲松龄事迹著述新考》，齐鲁书社 1988 年版，第 157 页。

② 〔清〕蒲松龄著，赵蔚芝笺注：《聊斋词集笺注》，黄河出版社 1999 年版，第 78 页。

③ 〔清〕蒲松龄著，赵蔚芝笺注：《聊斋词集笺注》，黄河出版社 1999 年版，第 200 页。

运蹇的感慨。

康熙二十五年冬天，张笃庆、毕盛钜前往济南考取府拔贡，蒲松龄可能与之同赴济南应选，但未能如愿。之后，毕盛钜要先行返回家乡，蒲松龄填词《水调歌头·送毕韦仲东旋》，送别毕氏。词曰："泥滑不窥户，尽日一匡床。乱绪萦回不断，得失费平章。可笑人生斯世，些个浮名值甚，不禁九回肠。苦恨何时了，矫首问穹苍。　檐前雨，窗外雪，已难当。那堪晨夕良友，客里送还乡。听罢《阳关三叠》，老却英雄双鬓，白发与愁长。数载情能淡，有泪不沾裳。"①词的上阕故作达观，自我解嘲，"些个浮名值甚"，但是其怨恨之情仍不能自抑，"苦恨何时了"，"不禁九回肠"。词的下阕写送别毕氏，在抒发友情中，依然感叹个人的蹉跎身世：在风雪之晨，在客乡济南送别自己的亲朋好友，别有一番滋味在心头。听罢送别曲，纵然是英雄铁石心肠，也不禁忧愁与白发同长、泪水洒满衣襟。

康熙三十六年（1697）岁暮，蒲松龄在毕家已经居住了19年。年近花甲的蒲松龄，临近佳节格外思念家乡和亲人，不免有所感慨，但与毕家人朝夕相处，亲如一家，真是欲去难舍，于是写了5首七言律诗《赠毕子韦仲》，表达这种矛盾心情。诗其一云："廿载金兰道义熏，青灯好月我同君。寒炉拨火尘生案，懒性摊书乱似云。暂到苦贫家易弃，久交垂老意难分。年年援止情无限，只恐别时不忍云。"②诗后两联大意是：由于家贫到毕家坐馆，已与毕家建立深厚友情，本来想说年老应该回家休养，可毕家盛情难却，自己欲言又止。诗其三云："宵宵灯火共黄昏，十八年来类弟昆。博士乘车依鄠杜，冯谖弹铗老平原。疏狂剩有葵心在，肺腑曾无芥蒂存。高馆时逢卯酒

① 〔清〕蒲松龄著，赵蔚芝笺注：《聊斋词集笺注》，黄河出版社1999年版，第269页。

② 〔清〕蒲松龄著，赵蔚芝笺注：《聊斋诗集笺注》，中国出版社2006年版，第304页。

醉，错将弟子作儿孙。”[1]诗的大意是：十八年来蒲松龄与毕盛钜情同手足，相互倾慕，没有半点隔阂。醉酒后竟将弟子当成自家孩子，为此设想依靠毕家弟子养老。蒲松龄的5首诗，宛如老友围炉夜话、娓娓道来，发自肺腑、情真意切。这大概是因为蒲松龄与毕盛钜两人身份相仿、年龄相近，有共同语言、共同志趣，所以颇像一对至亲兄弟，“曾无芥蒂存”，而且“垂老意难分”。如果说蒲松龄对老馆东毕际有更多的是对长辈的尊重，那么对少馆东毕盛钜更多的是平等的兄弟之情。

康熙五十一年（1712），蒲松龄已经离开西铺三年，但与毕盛钜的感情有增无减。这年蒲松龄有感于自己年老体弱、行动不便，寄送毕盛钜一首七言古诗《老叹，简毕韦仲》，报告自己的近况。诗云：“四百四十五甲子，光阴忽如风过耳。遥忆年少见衰翁，自道此生永不尔。谁知白发增益增，百骸疲惰官不灵。健忘已足征老困，病骨可以卜阴晴。两齿浮危飘欲坠，残缺恶劳腹鸣饿。左车苦难转右车，一脔下咽仍为个。耳聋可勿听，眼昏可勿看；独有齿职同茹纳，不能因病停两餐。此况可与知者道，老友相怜无相笑。”[2]诗中写道，自己白发又增，身体疲惫，五官不灵，记忆衰退，特别是牙齿浮危，进食困难。最后以少儿的戏谑口吻对毕盛钜说，我把这些情况告诉你，你可以表示同情，但不能笑话我呀。此情此景，宛如两个天真烂漫的顽童席地而坐，相互打趣。

康熙五十三年（1714）七月，毕盛钜母亲王老夫人逝世，蒲松龄不顾年老力衰，亲往西铺吊唁，并且遵照毕盛钜嘱托，为王太君撰写墓志铭。蒲松龄在篇首写道：“余与毕世兄韦仲，同食三十年。甲午

---

① 〔清〕蒲松龄著，赵蔚芝笺注：《聊斋诗集笺注》，中国出版社2006年版，第304页。

② 〔清〕蒲松龄著，赵蔚芝笺注：《聊斋诗集笺注》，中国出版社2006年版，第474～475页。

王夫人故，余往执绋。韦仲以余客门下久，习知家事，以墓志相属。呜乎！余安忍志夫人哉！”[①]一句“同食三十年”表明了蒲毕两人亲如兄弟的深厚友情。在回家的路上，蒲松龄路过奂山，写了七言绝句《奂山小憩》，诗云：“五年不践奂山道，乍到山头路欲迷。下马解装藉芳草，白云不断雁行低。”[②]诗中写道，自己已经五年没有过往奂山，在此差点迷失路径。躺在草地上，仰望白云，再次想起和毕家的亲密情谊。

此外，蒲松龄还写有16首五言绝句《和毕盛钜石隐园杂咏》，估计收进了毕盛钜的《石隐园倡和集》中。还代写七言律诗《代毕韦仲呈高大尹》。

三、毕盛钧

《聊斋诗集笺注》载有《古镜行，赠毕衡伯》，赵蔚芝先生注释：“毕衡伯，西铺毕氏族人，生平不详。”[③]《淄西毕氏世谱》记载：“盛钧，字衡伯，邑庠生。配王氏，三子：世涓、世汥、世涝。”其小传云：“公生而聪敏，工诗能文，不事占毕，试辄高等。父殁，卜期丧殡，独云：‘俗忌莫拘，圹成即葬。倘若不利，我自当之。’足征其识见之卓矣。享年七十八岁。”[④]据此可知，毕衡伯，名盛钧，淄川毕氏十世，毕际有三弟际孚的长子。

康熙二十二年(1683)，毕盛钧赠送蒲松龄一面古镜，蒲松龄为此写作《古镜行，赠毕衡伯》，表达对毕盛钧赠送宝物的感激之情以及对古镜什袭珍藏的态度。诗云：“古镜，古镜，不知甚代何年。故

---

① 盛伟：《蒲松龄全集》，学林出版社1998年版，第1306页。

② 〔清〕蒲松龄著，赵蔚芝笺注：《聊斋诗集笺注》，中国出版社2006年版，第497页。

③ 〔清〕蒲松龄著，赵蔚芝笺注：《聊斋诗集笺注》，中国出版社2006年版，第178页。

④ 毕抚远：《淄西毕氏世谱(十世重修世谱)》，1922年，第34页。

人发箧相赠,其大如拳。背上罗纹细细,朱绿班班。四周有物盘踞,非螭非虎。但辨榆荚小篆,明明五铢钱。四座迷迷,欲解不能得解,抱问博物茂先。言是唐朝大钮,当出陵冢,得之地下黄泉。置几上,睫毛疏疏可指。年生两茎白发,拔去公然茂齿。我将怀之湖海山岳,及尔共悲喜。待颔髭摘尽,留付与膝下孙子。乱曰:'黄金买丝,绣作荷囊。玉椟深藏之,深藏之,勿疏其防。君子少,小人常多,波斯贾,其奸不可量!失镜去,故人心怆。'"①此诗叙述,蒲松龄依据自己的文物知识,由铜镜的大小、背纹、锈斑、饰图等考证,认为这是一面汉镜。他把这番道理说给在场的朋友听,没有得到认可,就去请教像晋代张华那样博学广识的文物专家,专家说这是一面唐镜,应该出自唐朝帝王将相的陵墓。对此,蒲松龄表示:自己要"黄金买丝,绣作荷囊。玉椟深藏之,深藏之,勿疏其防",表明他对这面古镜的珍视程度。蒲松龄在诗中还写道:"我将怀之湖海山岳,及尔共悲喜。待颔髭摘尽,留付与膝下孙子。"大意是说,待我科举成功,将怀揣古镜宦游湖海山岳,与古镜同悲同喜。等到年老须秃致仕回家,就把古镜留给后代子孙,让他们什袭珍藏。

蒲松龄是这样说的,也是这样做的。蒲松龄逝世后,子孙们遵照他的遗愿,将古镜深埋地下,为他陪葬,永远相伴。现在收藏在蒲松龄纪念馆中的铜镜,据般阳古镜收藏研究专家魏传来先生考证,就是三百多年前毕盛钧赠送蒲松龄的那面古镜,其制作年代为东汉末年。②

四、毕盛钥

毕盛钥,字莱仲,淄川毕氏十世,毕际孚的四子,叔伯兄弟排行

① 〔清〕蒲松龄著,赵蔚芝笺注:《聊斋诗集笺注》,中国出版社 2006 年版,第 178 页。

② 魏传来:《蒲松龄墓出土铜镜考》,载《蒲松龄研究》1996 年第 3 期。

第七。《淄西毕氏世谱》记载:“盛钥,字莱仲,邑庠生。配韩氏,一子:世冲。”其小传云:“公风度诙谐,言语侃快,兄弟闻。御侮急难,果毅有为。精于痘诊,全人甚多。往往自愤怀才莫展,拍案呼吁,以抒其抑郁之气,盖天性然也。享年六十三岁。”①

毕盛钥与蒲松龄的交往和友情,从现有的资料来看,似乎并不密切,也不太和谐。《聊斋诗集》中与之有关的诗有 3 题 4 首。

蒲松龄与毕盛钥似有师生之谊。山东大学教授邹宗良先生考证:“蒲松龄设馆的馆东不仅是毕际有、毕盛钜父子,而且还有毕际有的胞弟毕际孚”,“他曾经教过毕际孚的诸子读书”。② 据此,蒲松龄与毕盛钥应为师生关系。《聊斋诗集笺注》中系于康熙二十七年的 2 首七言律诗《三月十九日同邱行素乔梓、毕莱仲兄弟登豹山看桃花》,从诗题来看,说的是阳春三月,蒲松龄同邱希潜(字行素)父子、毕盛钥兄弟等人登豹山赏桃花的事情。诗题中的“毕莱仲兄弟”,显然是指以毕盛钥为代表的毕氏兄弟们,至于参加这次活动的毕氏兄弟有几人,分别是谁,从诗中难以完全得知。诗其二云:“开樽琥珀漾金光,良友欢逢意兴长。山石如林青绕座,桃花无缝锦成行。谈倾雅剧飞觞缓,风起微尘坠粉忙。可喜芳辰仍载酒,英英年少半门墙。”③诗第八句中的“门墙”,是指从师受业之所,也指受业门徒。《论语·子张》:“夫子之墙数仞,不得其门而入。”此句诗的意思是,气度不凡的年轻人有一半是蒲松龄的学生。从目前掌握的材料看,邱希潜的儿子与蒲松龄没有师生关系,那么,另一半年轻人就应该是毕氏兄弟了,这当然包括毕盛钥兄弟若干人,还包括毕盛钜的儿子们。但邹先生依据《淄西毕氏世谱》和《毕氏南村家谱》相关

① 毕抚远:《淄西毕氏世谱(十世重修世谱)》,1922 年,第 34 页。

② 邹宗良:《蒲松龄研究丛稿》,山东大学出版社 2011 年版,第 30 页。

③ 〔清〕蒲松龄著,赵蔚芝笺注:《聊斋诗集笺注》,中国出版社 2006 年版,第 209 页。

资料,又认为毕盛钥不应该是蒲松龄的弟子:“毕际孚诸子中,盛钰之上有盛钧(字衡伯)、盛镐(字京仲)、盛铨(字秉仲)、盛钥(字莱仲)四人,除毕盛镐为附监外,皆为邑庠生。……《聊斋诗集》卷二有《古镜行,赠毕衡伯》《三月十九日同邱行素乔梓、毕莱仲兄弟登豹山看桃花》,卷四有《重阳毕莱仲邀集石隐园》诸诗,俱以字称盛钧、盛钥诸人,当是蒲松龄来西铺执教时,毕盛钰诸兄弟都已经进学了”,“按年龄排,盛钰之下有盛鉴、盛鉽、盛鋕、盛锃、盛钿五人,他们皆当为蒲松龄所教的弟子”。[①] 因此,蒲毕二人应是亦师亦友的关系,毕盛钥不一定是蒲松龄的正式弟子。

蒲松龄曾经规劝过毕盛钥。乾隆《淄川县志·赋役志·续灾祥》记载:“康熙四十三年,谷贵钱贱,民饥。六月初八日得雨,禾苗茂盛。七月蚜蚄生,遍地如蚁,继之以蝗,岁歉。”[②]康熙四十三年(1704)重阳节前,毕盛钥在石隐园设宴,邀请蒲松龄、邱希潜等人参加。蒲松龄为此写了七言古诗《重阳毕莱仲邀集石隐园》,讥讽毕盛钥的富家子弟做派,规劝他不要浪费钱财。诗云:“宴会遥订重阳前,深感高义凌云天。名园主人除胜地,岸帻蹑屐来群仙。荒年酒贵沽不易,一瓻三百青铜钱。一醉真堪饱十口,况复列鼎烹肥鲜。今年虫蝗害禾稼,君独与我同迍邅。帝天谴怒方未已,过享恐注为尤愆。丘子久别各憔悴,握手谀噱开愁颜。诸公琴声罢雅奏,雏僮度曲能清妍。老夫倾觞为大叫,顿忘晨灶无炊烟。”[③]诗的大意是,毕盛钥整修石隐园,邀请名士贤人于重阳节前宴饮。此年连遇灾荒,

---

① 〔清〕邹宗良:《蒲松龄研究丛稿》,山东大学出版社 2011 年版,第 31 页。

② 〔清〕张鸣铎修,张廷寀、王佳宾纂:《[乾隆]淄川县志》,陈涟远、白相房主编《淄川县志汇编》,淄博市新闻出版局 2010 年版,第 479 页。

③ 〔清〕蒲松龄著,赵蔚芝笺注:《聊斋诗集笺注》,中国出版社 2006 年版,第 373 ~ 374 页。

一坛酒就要三百铜钱，足够一家人吃喝一天，况且还没有把菜肴计算在内。天降旱灾虫灾，各家生活都不富裕，毕盛钥等人还这样浪费钱财，估计要被上天记录在案。蒲松龄听着悦耳的琴声和歌声，心中酸楚，无法言表，只能大杯饮酒，以求速醉，惟有这样才能忘掉明天早饭没有着落的窘迫状况。蒲松龄于这首诗中，在称赞毕盛钥盛情款待众位好友的同时，非常明确地批评毕盛钥不该在灾荒之年大肆操办宴席，浪费钱财。

蒲松龄与毕盛钥关系并不融洽。康熙四十六年（1707）重阳节前，蒲松龄邀请毕盛钥来石隐园中的柳亭欢度重阳佳节，毕盛钥爽约不至，蒲松龄于是写作七言古诗《重阳载酒柳亭作》。诗题中的“柳亭”，便是康熙四十三年重阳节前毕盛钥与友人游乐的地方，在石隐园内石舫与舣塘之间。此诗首先描写柳亭的自然景色，接着描述友人欢聚宴饮的盛况，这里面当然没有毕盛钥，因为他根本不接受蒲松龄的邀请，自己带领一队人马到别处宴饮。蒲松龄诗后自注说得明明白白：“莱仲兄以曩年游此，曾遭叠荒，遂以为不祥，另合游队而去。伫望不至，因醉放歌，书呈寄□之。”①自注表面上是蒲松龄站在毕盛钥的角度，以其口吻解释不能参加酒宴的原因，实际上还是责怪毕盛钥无故不参加自己组织的酒宴，对他委婉地提出批评。从这首诗可以看出，蒲松龄与毕盛钥的关系并不融洽，还可能存在某种误会。蒲松龄宴请毕盛钥，毕盛钥却以石隐园不是吉祥地为由拒绝参加筵席，这个理由明眼人一看就不成立。

五、毕盛钰

毕盛钰，字振叔，岁贡生，莘县训导。他是淄川毕氏十世，毕际

---

① 〔清〕蒲松龄著，赵蔚芝笺注：《聊斋诗集笺注》，中国出版社 2006 年版，第 417 页。

孚的五子，叔伯兄弟排行第八，蒲松龄称他毕八兄。蒲松龄与毕盛钰是亦师亦友的关系，是典型的忘年好友。《聊斋诗集》与之有关的诗有6题6首，《聊斋词集》与之有关的词有1阕。

乾隆《淄川县志·选举志·续贡生》记载："毕盛钰，壬寅。任莘县训导。"《淄西毕氏世谱》记载："盛钰，字振叔，岁贡生，授莘县训导。配张氏，敕封孺人；庶孙氏。二子：世浚、世沭。"其小传云："公生而颖异，好学多文。弱冠游庠，连三第一。乡试十有六次，竟不一第。康熙已卯副榜，雍正癸卯恩贡。年七十有三，选莘县训导，未履任而卒。命亦穷哉！"①毕盛钰出贡的时间，《县志》与《世谱》所载不一致，相差一年，似以世谱为准。《毕氏南村家谱》毕盛钰小传云："盛钰，字振叔。康熙乙(己)卯副榜，雍正癸卯岁贡。后十一年选莘县训导，正卧疾。次年乙卯，屡催赴任，而二竖入膏肓，遂不得食天仓一粟。享年七十三岁。"②

据以上资料得知，毕盛钰生于康熙二年(1663)，以三连第一的优异成绩考中秀才，之后连续十六次参加乡试未能中举，康熙三十八年(1699)中乡试副榜，雍正元年(1723)考取恩贡生，十二年(1734)选授莘县训导，十三年(1735)未及履任便去世了。

康熙四十九年(1710)，蒲松龄在家居住时写作五言古诗《答毕振叔》，追述两人长达三十年的友情，感叹毕振钰怀才不遇，感谢他为自己归乡饯行，从诗中可以看出蒲毕二人交往的一些基本情况。诗云："君方弱冠时，我如僧挂锡。謦欬时相闻，余明分邻壁。握手倾肺肠，挑灯亘遥昔。谬备师事行，实同袜线拆。大才自不群，所向久无敌。仅乃中副车，狂老为愤激。论交三十载，辄与数晨夕。不觉年荒髦，忽如驹过隙。垂翅已倦飞，思归卧蓬藋。感君送别情，潭

① 毕抚远：《淄西毕氏世谱(十世重修世谱)》，1922年，第35页。

② 邹宗良：《蒲松龄研究丛稿》，山东大学出版社2011年版，第27页。

水深千尺。”[1]诗中“君方弱冠时，我如僧挂锡”“论交三十载，辄与数晨夕”，是说蒲松龄到西铺毕际有家坐馆时，毕盛钰正是弱冠之年（时年十七岁），到蒲松龄离开毕家时，两人朝夕相处，已经结下了三十年的友情。从《家谱》可知，毕盛钰比蒲松龄小 23 岁。另据《世谱》得知，蒲松龄到毕家坐馆时，毕盛钰已经以“连三第一”的优异成绩进学，正是风华正茂之时，因此蒲松龄称赞他“大才自不群，所向久无敌”。从“謦欬时相闻，余明分邻壁”两句诗得知，毕盛钰的居住地大概与蒲松龄设帐的绰然堂不远，二人朝夕相见，情投意合，真正是“握手倾肺肠”。从“谬备师事行，实同袜线拆”两句诗得知，毕盛钰为了求得功名，经常到绰然堂向蒲松龄虚心请教，与其研讨时艺。蒲松龄于此处谦称自己学问不深不精，难以为师。“仅乃中副车，狂老为愤激”是指康熙三十八年毕盛钰考中乡试副榜之事，蒲松龄认为毕氏出类拔萃，早就应该中举人、成进士，现在只中了副榜，真是屈才，这是上天对毕盛钰最大的不公。

蒲松龄与毕盛钰的诗词酬唱始于康熙二十五年。《聊斋诗集笺注》中系于康熙二十五年的《病足经秋不愈，毕振叔时亦抱恙初起，赋以寄之》《拙诗蒙毕振叔见和，依韵答之》两诗，据蒲松龄纪念馆原副馆长杨海儒先生考证，在路大荒先生整理的《聊斋诗集》中这两首诗系年有误，应为乙丑年所作，即康熙二十四年。[2]《蒲松龄全集·聊斋诗集》仍将这两首诗系于康熙二十五年。这一年，蒲松龄足部患病，自春至秋不愈，行动不便，与他人见面的机会较少，感慨自然颇多。在听到毕盛钰病愈的消息后，蒲松龄写作七言律诗《病足经秋不愈，毕振叔时亦抱恙初起，赋以寄之》，对毕盛钰进行慰问。诗

---

① 〔清〕蒲松龄著，赵蔚芝笺注：《聊斋诗集笺注》，中国出版社 2006 年版，第 452 页。

② 杨海儒：《蒲松龄生平著述考辨》，中国书籍出版社 1994 年版，第 208 页。

云:“一庭竹树搅西风,冷入荻帘短烛红。沈约何时非病里,少陵常是在愁中。年年弃垒如秋燕,策策惊心见早鸿。自分穷愁惟我甚,何期憔悴与君同。”①诗中蒲松龄以沈约自比,说自己病得瘦弱不堪,追问何时才能身体康健;以杜甫自比,说自己穷困潦倒,追问何时才能命运亨通。还自比秋燕,说自己年年都要离开巢穴外出(即到毕家);落叶声中听到南飞鸿雁的叫声,心情格外悲伤。诗最后两句感慨,自己已经很不幸了,哪里想到还有人(毕盛钰)和自己同样憔悴。毕盛钰收到蒲松龄的诗后,写了和诗予以答复,这首诗现在已经失传。蒲松龄见到毕盛钰的和诗后,意犹未尽,又写作《拙诗蒙毕振叔见和,依韵答之》。该诗反映了作者不满于现实而超然物外、不肯同流合污的思想,同时对那些不学无术的无耻文人进行了嘲讽。诗云:“瑟瑟秋窗动晚风,玉壶击缺剑光红。飘零踪迹寒山外,落拓襟怀暮雨中。国士由来如健鹘,弋人空自羡飞鸿。与君共看吴州锦,花样年年更不同。”②诗第二句连用“唾壶击缺”“气冲斗牛”两个典故,反映自己虽然壮志未酬,却依然志在千里。诗颈联说,蒲松龄与毕盛钰品行和才学高于世上庸人,必然会遭到庸人嫉妒、恶人暗算,因此要处处小心谨慎,不要过分张扬。诗尾联讽刺那些江郎才尽的俗人变着花样炫耀自己。由此看出,蒲松龄感觉自己与毕盛钰“行高于人,众必非之”,发出了“高处不胜寒”的感叹。这也说明,二人惺惺相惜、心心相印。

毕盛钰为了方便学习、应试,在省城济南购置住房,一度居住于此。蒲松龄到济南应试或者办理他事,有时借住在毕盛钰的寓所。康熙二十六年(1687)山东乡试,蒲松龄在场中文思如涌,得意疾书,

---

① 〔清〕蒲松龄著,赵蔚芝笺注:《聊斋诗集笺注》,中国出版社 2006 年版,第 185 页。

② 〔清〕蒲松龄著,赵蔚芝笺注:《聊斋诗集笺注》,中国出版社 2006 年版,第 186 页。

不料誊抄时误隔一幅，违犯考规，被黜出场，其懊恼可想而知。毕盛钰耐心劝慰，蒲松龄心情渐渐好转，为此填词《大圣乐·闱中越幅被黜，蒙毕八兄关情慰藉，感而有作》。词曰："得意疾书，回头大错，此况何如。觉千瓢、冷汗沾衣，一缕魂飞出舍，痛痒全无。痴坐经时总是梦，念当局、从来不讳输。所堪恨者，莺花渐去，灯火仍辜。 嗒然垂首归去，何以见、江东父老乎？问前身何孽，人已彻骨，天尚含糊。闷里倾樽，愁中对月，欲击碎王家玉唾壶。无聊处，感关情良友，为我欷歔。"①此词描写了作者被黜时失魂落魄的形态和出场后痛心疾首的懊丧心情。据赵尉芝先生推测，毕盛钰可能也参加了此次乡试，二人同居济南毕氏寓所，因此毕盛钰能对蒲松龄被黜给予安慰。该词的后三句"无聊处，感关情良友，为我欷歔"，表达了蒲松龄对毕盛钰慰藉自己的感激之情。康熙二十八年(1689)秋天，蒲松龄再次来到济南，住在毕盛钰寓所。济南城区"四面荷花三面柳，一城山色半城湖"，蒲松龄为毕氏寓所的清幽环境所感染，挥毫写下了七言律诗《稷下毕振叔斋中》。诗云："小院垂杨傍碧湍，行人浑作画图看。迎秋坠粉莲房老，掠水风来草阁寒。石隐何妨仍近市，鱼肥更不解投竿。儿童久住能相识，门外赊菱供客餐。"②在蒲松龄的笔下，垂柳依傍房舍，院外碧水环绕，莲蓬成熟飘香，鱼儿往来嬉戏，一阵清风吹过，凉意沁人心脾，真是一幅风景秀丽的山水画。此情此景，蒲松龄感叹，这正是"大隐朝市"的绝妙去处。从诗中可以看出，蒲松龄可能经常住在此处，这也难怪他发出如此感慨："儿童久住能相识，门外赊菱供客餐。"

此外，蒲松龄还代毕盛钰写诗赠答他人。卫既齐(字伯严，山西

---

① 〔清〕蒲松龄著，赵蔚芝笺注：《聊斋词集笺注》，黄河出版社 1999 年版，第 278 页。

② 〔清〕蒲松龄著，赵蔚芝笺注：《聊斋诗集笺注》，中国出版社 2006 年版，第 232 页。

猗氏人)任山东布政使时,建筑历山书院,毕盛钰曾肄业于此。学习期间,毕盛钰的才华受到卫既齐的赏识,毕盛钰为了感谢卫氏栽培,请求蒲松龄为他代写七言律诗《送卫方伯,代振叔》,为卫方伯歌功颂德。蒲松龄还为毕盛钰代写《赠邹平张友人(王生),代毕振叔》,赞扬王生少年英俊,勉励他建功立业,为家乡争光。

蒲松龄与毕盛钰亦师亦友,二人在学业上相互切磋,在生活上相互关心。这种友情,比蒲松龄与毕世洎等八位正式弟子的感情还要深、还要厚。为此,蒲松龄在《答毕振叔》诗中发出这样的感慨:"感君送别情,潭水深千尺。"他们之间的友情确实是"深千尺"呀!

六、毕盛统

从目前现有的资料来看,西铺毕氏家族中与蒲松龄感情深厚的还有一位,当属毕盛统,但二人诗词酬唱并不频繁,见之于《聊斋诗集》蒲松龄致毕盛统的诗只有2题5首。

毕盛统,字子帅,淄川毕氏十世,其祖父是明末南京户部主事毕自寅(毕自严六弟),父亲是毕际彦。《淄西毕氏世谱》记载:"盛统,字子帅,邑庠增生。配王氏。五子:世洵(无子)、世泳、世洽、世溱(无子)、世沆(无子)。"[①]蒲松龄写给毕盛统的3首七言绝句《留别毕子帅》,在路本《聊斋诗集》中系于康熙十九年(1680),是蒲松龄到西铺设馆的第二年。赵蔚芝先生在注释中写道:"毕子帅,名盛统,字子帅,是毕际有叔弟毕际彦的长子,增生。蒲氏到毕家坐馆前,即与之有深交。"[②]《留别毕子帅》诗其一云:"咫尺相从已二年,常常送我到桥边。今朝又复来相送,才到桥头一黯然。"[③]诗写得浅显易懂,

① 毕抚远:《淄西毕氏世谱(十世重修世谱)》,1922年,第35页。

② 〔清〕蒲松龄著,赵蔚芝笺注:《聊斋诗集笺注》,中国出版社2006年版,第159页。

③ 〔清〕蒲松龄著,赵蔚芝笺注:《聊斋诗集笺注》,中国出版社2006年版,第159页。

大意是说，二人住得很近，交往已经两年。每次分别，毕盛统常常送别蒲松龄到桥头。今天毕盛统又送他到桥头，想到即将分别，蒲松龄心情低落。诗中的“咫尺相从”，是说二人相距很近。毕盛统住在万家庄，在西铺的北边，这里也是毕氏家族的聚居地。诗中的“桥”，是万家庄与西铺之间万安溪（村人称小沟子）上的一座小桥。白泥河发源于白云山南麓，经万家庄东南流汇入范阳河，万安溪绕万家庄西、南，向东与白泥河汇流。诗其二云：“相违五日便相思，每到相逢未忍离。遥忆他年君念我，南来独到小桥时。”①大意是说，只相隔了五天，就彼此思念；每次相见时不忍离别。遥想当年毕盛统思念蒲松龄时，从北边独自一人来到桥头。诗其三云：“君昔送我在桥北，我昔送君在桥南。桥上依然南北路，千条杨柳尽鬖鬖。”②大意是说，当年蒲松龄去万家庄看望毕盛统，毕氏一直把蒲氏送到桥北；毕盛统去西铺看望蒲松龄，蒲氏一直把毕氏送到桥南。现在这座桥依然连接南庄和北庄（毕氏族人习惯把西铺称作南庄，把万家庄称作北庄），万安溪两岸柳条下垂，随风摇摆。诗中蒲松龄借用唐人折柳送别的典故，用杨柳轻扬来表达两人的依依惜别之情。

《蒲松龄年谱》记载：“康熙四十一年壬午（1702），先生六十三岁。三月，病初愈，首途赴济。”③这年三月，蒲松龄生病，十七日毕盛统前往西铺看望他，两人一直谈到日薄西山还不忍离别。临分手时毕盛统告诉蒲松龄，到五月四日二人就能再次见面，那时继续高谈阔论。可就在当月的二十九日毕盛统就离开了人世，而五月四日正是他下葬的日子。毕盛统去世后，蒲松龄万分悲痛，连写2首五言律

① 〔清〕蒲松龄著，赵蔚芝笺注：《聊斋诗集笺注》，中国出版社2006年版，第159页。

② 〔清〕蒲松龄著，赵蔚芝笺注：《聊斋诗集笺注》，中国出版社2006年版，第159页。

③ 路大荒：《蒲松龄年谱》，齐鲁书社1986年版，第49页。

诗怀念这位挚友，诗题《久不晤子帅，三月十七日相过，流连日暮，分手曰：别矣，五月四日可再晤耳。至念九日，讣音忽至；而窀穸之期，适是所订再晤之辰。悲哉奇矣》。诗题中的“窀穸”是墓穴的意思，“窀穸之期”指殡葬之期。诗其一云：“胸中无宿物，胜志老犹坚。夙订金兰好，论交四十年。久要成语谶，一别判人天。谁意齿差少，先余已着鞭。”[①]大意是说，蒲松龄与毕盛统康熙初年相识，友情已有四十余年。旧日要约成为谶语，现在已然生死分别。有谁想到，年轻的先于年老的离世。诗中“金兰”，指牢固而融洽的友情，形容友情深厚、相交契合。语本《易经·系辞》：“二人同心，其利断金；同心之言，其臭如兰。”诗中“论交四十年”，当指二人的友情始于蒲松龄、毕盛统进学之后。他们同为县学生员，每年都有见面机会，特别是蒲松龄到西铺坐馆之后，两人见面的次数就更多了，友情也更加深厚。赵蔚芝先生所言蒲松龄“与之有深交”，其言甚当。诗其二云：“半月未捐宾，已来别故人。壮心宁觉老，伟抱耻言贫。岂意要欢日，即为执绋辰。如期走相送，临穴一沾巾。”[②]大意是说，半月之前毕盛统已来西铺，与好友蒲松龄告别。谁知道两人约定的欢聚日，竟是下葬时。蒲松龄如期到达毕家，毕盛统已然驾鹤西去，无缘再晤，只能在毕氏墓地洒泪祭奠。

蒲松龄在这两首诗中，既为毕盛统先逝感到悲恸，又为毕盛统别语成谶感到惊奇。蒲松龄的诗从“悲哉”“奇矣”这两个方面，淋漓尽致地表达了对好友毕盛统的哀悼之情、怀念之意，感人肺腑，催人泪下。

七、毕世持

毕世持，字公权，淄川毕氏十一世。毕世持曾祖父是明末都察

---

① 〔清〕蒲松龄著，赵蔚芝笺注：《聊斋诗集笺注》，中国出版社 2006 年版，第 328 页。

② 〔清〕蒲松龄著，赵蔚芝笺注：《聊斋诗集笺注》，中国出版社 2006 年版，第 328 页。

院佥都御史、辽东巡抚毕自肃(毕自严八弟),祖父毕盛竑,父亲毕盛育。王士禛在《文学毕君子万解元公权家传》中说毕世持"丁卯正月,君父殁,哀毁卧病。稍间,至夏六月,疾复作,下血数升,竟卒。……卒年三十九"①。赵执信在《怀旧集》中说毕世持"由是愤郁遂卒,年不满四十"②。据此推算,毕世持生于顺治六年(1649)。毕世持九岁时就会写文章,人称"神童";十一岁时参加童子试就考中秀才,有神童之誉;康熙十七年(1678)应山东乡试,高中解元;康熙二十六年六月因病去世。

乾隆《淄川县志·人物志·续文学》记载:"毕世持,字公权。幼号圣童,九岁属文,抉关洛之奥,塾师避席。十一岁就童子试,压其侪偶。厥后试,辄冠军。君身长玉立,眉目如画。读书不事章句,水边林下,行吟萧散;意有所会,欣然神释;云情霞思,迥绝町畦。康熙戊午,以第一人领山东解额。其文传颂海内,不胫而驰。自齐鲁、吴越、秦晋、闽楚、岭峤之士,翕然宗之,所至聚观如市。四十年来,文章之盛,倾动四方如君者,未之有也。君好交游,笃气谊,日与四方名士缟纻赠答。公车入京师,公卿竞倒屣延之,恐不得以当君,君殊不屑也。而且器度弘远,汪汪如千顷波。至于晰义利、临事会,如斩乱丝,盘错无以难也。毕氏聚族长白之阳,至君十一世,里中徭役,门长率分任之。君佐乃祖讷庵公综理曲折,族姓皆服其公。再从叔文学某卒,其子贫不能延师,君私廪其费,数年无倦色。同年某,在京师困逆旅不能归,君倾囊,资其仆马,而身自称贷以还。事大父母、父母,纯孝无间言。母病不知人,君跪榻下,十余昼夜不归寝。亲戚族属遇之,皆有恩纪。砥砺名行,以敦伦善俗为

① 〔清〕王士禛:《王士禛全集》,齐鲁书社2007年版,第1602~1603页。

② 〔清〕赵执信著,赵蔚芝、刘聿鑫笺注:《赵执信诗集笺注》,黄河出版社2002年版,第1757页。

己任。乡先生称之曰:‘毕君真孝廉矣!’卒年三十有九。新城王士禛撰。”①

《淄西毕氏世谱》记载:“世持,字公权,康熙戊午山东解元。配翟氏,四子:海玥、海瑔、海珧、海瑄。”其小传云:“新城王司寇阮亭为之传,其略曰:君长身玉立,望之若神仙中人。读书不事章句,意有所会,迥绝町畦。康熙戊午,以第一人领山东解额,其文传颂海内,翕然宗之。四十年来文章之盛,倾动四方如君者,未之有也。事大父母、父母,纯孝无间言,亲友族属遇之,皆有恩纪。砥砺名行,以敦伦善俗为己任。乡先生皆称之曰:‘若毕君者,真孝廉矣!’自己未至乙丑,三偕计吏,连蹇不第,而同学故人多得隽去。君幽忧侘傺,丁卯病卒,年才三十有九。长辔未聘,芳兰早凋,未见其止,悲夫!高司寇念东先生亦有传,另镌专本。”②

蒲松龄在到西铺毕家坐馆之前,作为秀才,肯定与毕世持一同参加过岁考、科考,至少共同参加过康熙十七年的乡试,毕世持又“其文传颂海内”,二人自然相识。蒲松龄进入毕家后,由于毕世持已中举,忙于进京参加会试,社交活动颇多,居家时间较少,两人交往不会很多。但是,蒲松龄对其文才十分钦佩,对其怀才不遇深表同情。康熙十七年,毕世持在山东乡试中考中解元,社会影响极大。就连自视甚高的赵执信也说:“淄川毕世持公权,少有俊才。康熙戊午乡书,山左之文冠天下,公权为举首,余次之,齐名相善。后三上春宫不见取。其文清深幽异,俗流浅识莫能窥也。”③但就是这样一位才俊之士,连续三次参加会试都“铩羽东归”,而其他人先后成进

① 〔清〕张鸣铎修,张廷寀、王佳宾纂:《[乾隆]淄川县志》,陈涟远、白相房主编《淄川县志汇编》,淄博市新闻出版局2010年版,第676~677页。

② 毕抚远:《淄西毕氏世谱(十世重修世谱)》,1922年,第57页。

③ 〔清〕赵执信著,赵蔚芝、刘聿鑫笺注:《赵执信诗集笺注》,黄河出版社2002年版,第1757页。

士,有的人如赵执信进入翰林院。在此种情况下,毕世持抑郁寡欢,以至于得病。王士禛说他:“君咄咄不乐,往往书空独语,幽忧侘傺,不可告人。而君自此病矣。”[①]赵执信也说:“由是愤郁遂卒。”同样屡试不中的蒲松龄对毕世持的坎坷遭遇感同身受,在毕世持去世后,专门写了8首七言律诗表达自己的哀悼之情。诗其一云:“才人声望压何刘,遽去修文白玉楼。文字论交如一日,溪山回首竟千秋。魂能填海终遗恨,土到成花亦含愁。未至东皋先涕泪,于今不敢过西州。”[②]诗中蒲松龄以李贺比毕世持,说毕世持的“才人声望”压倒同时代的知名文士。毕世持短命而亡,是上天看中他的才华,让他前去写作文章。诗其二云:“谪仙已自压尘寰,江上骑鲸去不还。眼看丘原埋白骨,人余魂魄恋青山。风流顿逐寒灰尽,名寿由来造物悭。他日应闻湖海客,相逢犹在五城间。”[③]诗中以李白比毕世持,说才华出众的毕世持辞别人世,人世间不会再有如此风流人物。怨恨上天对毕氏吝啬,盛名与高寿不肯同时给予他。诗其五云:“生将玉树委荆榛,海内谁能步后尘?百绪俱劳肩重荷,小成宁足结终身?死原宇宙难堪事,君自国家可惜人。薤露一歌山色黯,燕齐名士尽沾巾。”[④]诗中说,毕世持乡试中解元只是“小成”,才堪大用,海内名士都为毕氏尚未大展才华便遽然离世而悲伤落泪。诗其八云:“仙人跨鹤白云乡,剑履虽遥姓字芳。沦落只应悲老大,穷通元不系存亡。枯蓬密掩麒麟冢,湿土长埋翰墨香。君已成名我尚贱,未知生

① 〔清〕王士禛:《王士禛全集》,齐鲁书社2007年版,第1602页。

② 〔清〕蒲松龄著,赵蔚芝笺注:《聊斋诗集笺注》,中国出版社2006年版,第203页。

③ 〔清〕蒲松龄著,赵蔚芝笺注:《聊斋诗集笺注》,中国出版社2006年版,第203页。

④ 〔清〕蒲松龄著,赵蔚芝笺注:《聊斋诗集笺注》,中国出版社2006年版,第203页。

死更谁强!"①诗中说,毕世持虽然没能官居高位,却羽化成仙,在世间留得芳名,为人钦慕。活着的蒲松龄沦落社会底层,离世的毕世持声名显赫,作者感叹自己反倒不如去世的毕世持。

毕世持不常作诗,偶尔作一首,就放到书箱里,秘不示人,因此世人很少见到他的诗篇。毕世持去世后,可能受其儿子的嘱托,蒲松龄为他校对诗稿,汇集成册,定名《困佣家草》,收其诗作 30 题 34 首,同时为《困佣家草》作跋。② 跋云:"公权天分绝人,而其生平多病善思。每忆亡书,或字句不得,辄辗转终夜达旦,困顿至不可起。同人论其为文如独茧抽丝,亦可以想见其为人矣。生平口不言诗,偶一作,亦稿而投之箱簏,不甚示人,故人亦罕见之。今人琴去矣!搜得其吉光片羽,读之锵然,悲凉尖颖,直将前无古人也者。使假之数年,逸以翰苑,王、李之帜何足拔,钟、谭之坛何足登哉! 才人之生,适值般阳文劫,宁非天耶! 诗中喜用愁恨鬼死,亦长爪不年之谶也。呜呼!"③蒲松龄评价毕世持天分绝人,多病善思。文思如同蚕茧抽丝,连绵不断,诗词气势汹涌澎湃,不可阻挡。其诗读来铿锵有力,悲壮凄凉,新颖奇特,真正是前无古人的好诗。毕世持的《困佣家草》从未刊刻,故流传不广。乾隆《淄川县志·艺文志·重续诗》收录他的七绝《清明日独上长白有怀》,诗云:"清明无伴却登高,惭愧东风到杏桃。我爱此山欲埋骨,不知何日取为陶。"④诗中"我爱此山欲埋骨"句,可印证蒲松龄跋语"诗中喜用愁恨鬼死,亦长爪不年之谶也"。"长爪不年"指唐朝诗人李贺夭亡之事。

---

① 〔清〕蒲松龄著,赵蔚芝笺注:《聊斋诗集笺注》,中国出版社 2006 年版,第 203 页。

② 陈汝洁:《蒲松龄所辑毕世持诗集〈困佣家草〉》,载《蒲松龄研究》2012 年第 2 期。

③ 盛伟:《蒲松龄全集》,学林出版社 1998 年版,第 1116 ~ 1117 页。

④ 〔清〕张鸣铎修,张廷寀、王佳宾纂:《[乾隆]淄川县志》,陈涟远、白相房主编《淄川县志汇编》,淄博市新闻出版局 2010 年版,第 896 页。

此外,毕世持还是《马介甫》的作者之一。蒲松龄在小说结尾处写道:“此事余不知其究竟,后数行,乃毕公权撰成之。”①表明这篇小说是蒲松龄与毕世持共同写作的。毕赵两家联姻,赵执信的次子赵懿娶毕世持的小女为妻,蒲松龄代主持家务的毕海璟写了一封婚书,名《代毕器先复颜山太史赵伸符启》,文中追叙了毕世持生前与赵执信的友谊。

天妒英才,自古才子命薄。毕世持“三上春官不见取”,精神受到极大刺激,王士禛在《文学毕君子万解元公权家传》中说毕世持“咄咄不乐,往往书空独语,幽忧侘傺,不可告人”,看来是因为没有中进士,受到强烈刺激,精神有些失常。赵执信说毕世持愤郁而死,可与王氏所说相参证。不仅如此,毕世持去世前,康熙二十五年除夕其长子毕海玥病死,二十六年三月其父毕盛育以哭孙而猝死,而在毕世持去世半个月后,其祖父毕际竑也因经受不住这场巨变身亡,半年之内四代人相继去世,实在是人间罕见的惨祸。这应该就是蒲松龄发出“名寿由来造物悭”感慨的原因吧。

八、毕世洎、毕世浣

毕世洎,字公远,淄川毕氏十一世,毕盛钜的长子。《淄西毕氏世谱》记载:“世洎,字公远,邑庠生,雍正甲辰首贡。配王氏,三子:海枢、海机、海梁(出嗣)。”②查遍《淄川县志》,没有毕世洎出贡的记载。

毕世浣,字公衣,淄川毕氏十一世,毕盛钜的四子。乾隆《淄川县志·选举志·续例贡》记载:“毕世浣,附监。”③《淄西毕氏世谱》

---

① 〔清〕蒲松龄著,盛伟校注:《聊斋志异校注》,山西人民出版社 2000 年版,第 1152 页。

② 毕抚远:《淄西毕氏世谱(十世重修世谱)》,1922 年,第 53 页。

③ 〔清〕张鸣铎修,张廷寀、王佳宾纂:《[乾隆]淄川县志》,陈涟远、白相房主编《淄川县志汇编》,淄博市新闻出版局 2010 年版,第 588 页。

记载:"世浣,字公衣,附监生。配张氏,二子:海枫、海褉。"①

蒲松龄在毕家坐馆,主要教授毕世洎兄弟八人,当然还有其他弟子。这30年间,主要是同这八个弟子打交道,先后为他们开蒙,教读"四书""五经",教作八股文和律诗,科试之年还要陪同去济南应试,以便博得一第,有个好前程。遗憾的是,这八个弟子也都像蒲松龄一样,未能顺利通过乡试这一关,最佳者也只是拔贡入监,或选州同知官衔,其他人最高功名只是秀才。个中原因估计是,这些富家子弟从小生活优裕,养成娇惰习性,既受不得读书作文之苦,又不能术有专攻,以致最终没有大的作为。②

蒲松龄为其八个弟子专门写作的诗词很少。查阅《蒲松龄全集·聊斋诗集》,涉及毕世洎的有4首七言律诗《又代门人毕世洎》,系于康熙三十四年(1695),诗题中的"毕世洎"误作"毕世泊"。③ 查阅《聊斋诗集笺注》,涉及毕世洎的2首七言律诗《又代门人毕世洎》("乌衣年少""翩翩公子"),张本编入康熙三十四年(1695),排在《贺沈惠庵》《又代箬儿作》之后,题为《又七律四首》,此2首诗为其中的第一、四首。《又七律四首》中的第二、三首("珂里白眉""许史金貂"),加另外一首,路本题为《奉赠沈惠庵》,编入康熙三十六年。④ 从张本编排及此诗内容看,这2首诗是蒲松龄代替毕世洎写给沈惠庵的贺诗,祝贺沈氏进学。此外,还有2首七言绝句《门人毕子与沈惠庵昆仲泛舟大明湖,聚雨沾衣,践泞而归,戏成二绝》。这两首诗,张本也编入康熙三十六年。赵蔚芝先生

① 毕抚远:《淄西毕氏世谱(十世重修世谱)》,1922年,第53页。

② 袁世硕:《蒲松龄事迹著述新考》,齐鲁书社1988年版,第161~162页。

③ 盛伟:《蒲松龄全集》,学林出版社1998年版,第1765页。

④ 〔清〕蒲松龄著,赵蔚芝笺注:《聊斋诗集笺注》,中国出版社2006年版,第270页。

对“毕子”注释道:“毕子,毕盛钜八子皆从蒲氏学,最长者为世洎,路本误为‘世泊’。蒲氏有《又代门人毕世洎》诗,为贺沈惠庵中秀才而作。此处毕子疑即毕世洎。”①诗其一云:“斗酒初斟锦缆开,翻盆急雨北风催。归来情状知何似,燕子冲帘铩羽来。”②此诗调侃毕世洎、沈惠庵等人游湖不成、冒雨归来的狼狈样子。诗其二云:“登舟一望远模糊,绝似南宫泼墨图。仓卒尽随风雨散,于今遗恨满西湖。”③此诗惋惜毕世洎、沈惠庵等人未能欣赏到大明湖骤雨急晴的美好景色。

涉及毕世浣的有6首五言绝句,题为《伤门人浣》。康熙四十三年,毕世浣病逝,蒲松龄十分悲痛,连作6首哀诗,祭奠这位夭亡弟子。诗其一云:“怪尔常晏起,朝犹课尔程。如何尔时别,遂已诀今生。”④诗其二云:“数载同衡宇,科头聚晓晖。书声犹在耳,慧质竟安归?”⑤诗其三云:“交久情难已,年衰感易生。涕含犹未堕,五内已摧崩。”⑥诗其四云:“疑尔无长寿,幸余年已残。谁知埋玉树,犹及眼中看。”⑦诗其五云:“白发哭年少,生人乐趣无。方期君葬我,兰蕙竟先枯。”⑧

---

① 〔清〕蒲松龄著,赵蔚芝笺注:《聊斋诗集笺注》,中国出版社2006年版,第578页。

② 〔清〕蒲松龄著,赵蔚芝笺注:《聊斋诗集笺注》,中国出版社2006年版,第577~578页。

③ 〔清〕蒲松龄著,赵蔚芝笺注:《聊斋诗集笺注》,中国出版社2006年版,第578页。

④ 〔清〕蒲松龄著,赵蔚芝笺注:《聊斋诗集笺注》,中国出版社2006年版,第390页。

⑤ 〔清〕蒲松龄著,赵蔚芝笺注:《聊斋诗集笺注》,中国出版社2006年版,第390页。

⑥ 〔清〕蒲松龄著,赵蔚芝笺注:《聊斋诗集笺注》,中国出版社2006年版,第390页。

⑦ 〔清〕蒲松龄著,赵蔚芝笺注:《聊斋诗集笺注》,中国出版社2006年版,第390页。

⑧ 〔清〕蒲松龄著,赵蔚芝笺注:《聊斋诗集笺注》,中国出版社2006年版,第390页。

诗其六云："文写初成册，丹黄尚未施。忽然一开卷，沉痛切心脾。"① 这6首诗语言质朴无华，感情沉痛感人。蒲松龄在诗中把毕世浣比作"玉树""兰蕙"，对其寄予厚望，不料白发人送黑发人，感觉人生了无乐趣，不禁悲从心起，五内崩裂。蒲松龄在诗中通过回忆毕世浣体弱多病、早睡晚起，暗示作者一直担忧毕世浣的健康；通过回忆检查早课、批改作业，抒发作者与其弟子亲如父子的师生感情。

九、毕盛膂

毕盛膂，字子经，淄川毕氏十世，其祖父毕自肃，父亲毕际竡。乾隆《淄川县志·选举志·例贡》有其小传："毕盛膂，际竡子，附监。考定州同知，乡饮大宾。"②《淄西毕氏世谱》记载："毕盛膂，字子经。附监生，候选州同知，乡饮大宾。配王氏、刘氏，立侄之子海椽为嗣孙。"③

3首七言绝句《伤毕子荆自经》在《聊斋诗集笺注》中系于康熙五十年（1711），此时蒲松龄已经离开西铺近2年。赵蔚芝先生为此诗笺注："这三首七言绝句，为哀伤毕子荆自杀而作。毕子荆自杀原因由于破产，破产原因似乎由于涉讼败诉为贪官所乘"，"毕子荆，作者在西铺友人，生平未详"。④ 查阅《淄西毕氏世谱》，毕盛膂无子，立侄之子海椽为嗣孙。据此推断，毕盛膂破产自杀，可能与立嗣有关；当然也有可能是其他原因，如家务矛盾、与他人的财产纠纷等。经官审理，被贪暴官吏乘机勒索，以致破产，毕盛膂不堪凌辱，上吊

---

① 〔清〕蒲松龄著，赵蔚芝笺注：《聊斋诗集笺注》，中国出版社2006年版，第390页。

② 〔清〕张鸣铎修，张廷寀、王佳宾纂：《［乾隆］淄川县志》，陈涟远、白相房主编《淄川县志汇编》，淄博市新闻出版局2010年版，第585页。

③ 毕抚远：《淄西毕氏世谱（十世重修世谱）》，1922年，第36页。

④ 〔清〕蒲松龄著，赵蔚芝笺注：《聊斋诗集笺注》，中国出版社2006年版，第462页。

而亡。《伤毕子荆自经》诗题中的“子荆”似为“子经”,应为蒲松龄笔误。

诗其一云:“产破如何命亦拚,罪因怀璧畏严官。鱼弘三月人民尽,背即着床瞑亦难。”[①]诗中的“鱼弘”是南朝时梁国官员,历任南谯、盱眙、竟陵太守。他追求穷奢极欲的生活,祸害一方,致使民不聊生。《梁书·夏侯亶传》记载:鱼弘“常语人曰:‘我为郡,所谓四尽:水中鱼鳖尽,山中獐鹿尽,田中米谷尽,村里民庶尽。’”这首诗的大意是,毕盛膂广有财富被贪暴官吏算计,就算家产败光也不能舍弃性命。青黄不接之时遇到“四尽”贪官,无论是谁都会死不瞑目。诗其二云:“雾暗荒城白日昏,九原何处吊冤魂?鬼雄若复能为厉,披发还应坏寝门。”[②]诗后两句大意是,设想毕盛膂的冤魂化为厉鬼,前往贪官府衙复仇。诗其三云:“满城巾帼鬼无灵,雪涕含冤枉自经。恨血千年空化碧,不如腐草尚为萤。”[③]诗中“恨血化碧”典出“苌弘化碧”,《搜神记》载:“周灵王时,苌弘见杀,蜀人因藏其血,三年,乃化而为碧。”诗后两句大意是,蒲松龄感叹毕氏与其愤而自杀,不如赧颜苟活,以图后报。蒲松龄的这3首诗,通过描述毕盛膂生前的不幸遭遇,对命运悲苦的逝者深表同情,对残暴不仁的官吏大加鞭挞。

十、毕世漪

毕世漪,字公涟,淄川毕氏十一世。其祖父毕际泰系毕自严仲兄毕自耘的次子,父亲毕盛岫。乾隆《淄川县志·选举志·续例贡》

---

① 〔清〕蒲松龄著,赵蔚芝笺注:《聊斋诗集笺注》,中国出版社2006年版,第462页。

② 〔清〕蒲松龄著,赵蔚芝笺注:《聊斋诗集笺注》,中国出版社2006年版,第462页。

③ 〔清〕蒲松龄著,赵蔚芝笺注:《聊斋诗集笺注》,中国出版社2006年版,第462页。

记载:“毕世漪。”[①]《淄西毕氏世谱》记载:“毕世漪,字公涟。监生,候选州同知。配王氏,二子:海超、海荣。”[②]

《虫后仅余荞菽,而久旱又将枯矣。时雨忽零,奈数里外未之沾及。闻毕公漪对客雪涕,感而作此》诗题中的“毕公漪”应为毕世漪。古人尊称有身份的士绅时,在其姓氏后加“公”,为避免与同姓他人相混,再缀以其名。毕世漪,尊称毕公,再缀以其名“漪”(“世”是行辈字派),尊称毕公漪。这种尊称方式,现在已经不再流行,但在古时却很时行。如乾隆《淄川县志·建置志·城池》记载:“后(康熙)二十一年大雨,又复崩损城墙三十余丈。阖邑公议,募化捐修,兴役于知县汪公龙,竣事于知县张公嵋。”[③]文中的“汪公龙”指汪如龙,“张公嵋”指张嵋。

这两首五言绝句在《聊斋诗集笺注》中系于康熙四十三年。《蒲松龄年谱》记载:“康熙四十三年甲申(1704),先生六十五岁。是年,淄川谷贵民饥。六月初八得雨,苗茂盛;七月蚜虸生,遍地如蚁,继之以蝗,岁歉。先生有《康熙四十三年纪实前篇》《秋灾纪略后篇》与《上布政司救荒急赈书》。五月归自郡,见流民载道,问之,皆淄人也。乃赋古体诗一首纪之。……有《祭蜚虫文》,未著撰年月,亦疑系是年所作。”[④]在《聊斋诗集笺注》中,此诗前有《纪灾》,在记叙旱灾的同时,特别反映虫灾的严重程度;再有《微雨》,感叹小雨既微且晚,不仅无济于秋禾,连豆类也难挽救;紧接其后,就是这篇诗文。

---

① 〔清〕张鸣铎修,张廷寀、王佳宾纂:《[乾隆]淄川县志》,陈涟远、白相房主编《淄川县志汇编》,淄博市新闻出版局2010年版,第589页。

② 毕抚远:《淄西毕氏世谱(十世重修世谱)》,1922年,第52页。

③ 〔清〕张鸣铎修,张廷寀、王佳宾纂:《[乾隆]淄川县志》,陈涟远、白相房主编《淄川县志汇编》,淄博市新闻出版局2010年版,第347页。

④ 路大荒:《蒲松龄年谱》,齐鲁书社1986年版,第51页。

诗其一云："莫将涕向人，惟我可与共。当期入深山，相持为一恸。"[①]大意是，面对天灾，毕世漪在众人面前痛哭流涕，蒲松龄为此感同身受，但他认为男儿有泪不轻弹，可在无人之处放声恸哭。诗其二云："不敢问青天，何从咎时数？只恨有田庐，不在雨乡住。"[②]大意是，天灾人祸，上天注定。上天既然不敢问，时数从何怨起？只能自认运背，因为田地不在多雨之乡。这两首诗，第一首对毕世漪道出同病相怜之言语，第二首怨恨自家田地不在雨乡，这都是蒲松龄面对天灾无可奈何而抒发的悲愤之声。

十一、毕光祖

康熙四十七年（1708）初冬，蒲松龄写成七言古诗《毕子光小阁落成索题，戏为长歌》，赵蔚芝先生注释："毕子光，作者在西铺友人，生平未详"，"少白，毕子光的号"，"山南隈，山指长白山，在西铺之北"，"北村路，西铺村北的路"。[③] 此外，《聊斋文集》还收录了蒲松龄撰写的《代毕子光复高司寇念东先生启》。

蒲松龄在毕家坐馆30年，交结的朋友多为毕氏家族"际、盛、世"字辈中有功名的人，如毕际有、毕盛钰、毕世持等人，查遍《淄西毕氏世谱》，没有"毕子光，号少白"这个人，但有毕光祖的资料。《淄西毕氏世谱》记载："光祖，字重光，配韩氏，二子：藩、苠。"[④]世谱中的毕光祖，既非官宦又无功名，蒲松龄为其小阁落成题诗，还代他给高珩写复信，看来关系非同寻常。

---

① 〔清〕蒲松龄著，赵蔚芝笺注：《聊斋诗集笺注》，中国出版社2006年版，第372页。

② 〔清〕蒲松龄著，赵蔚芝笺注：《聊斋诗集笺注》，中国出版社2006年版，第372页。

③ 〔清〕蒲松龄著，赵蔚芝笺注：《聊斋诗集笺注》，中国出版社2006年版，第438页。

④ 毕抚远：《淄西毕氏世谱（十世重修世谱）》，1922年，第27页。

毕光祖祖父名威，淄西毕氏八世。《淄西毕氏世谱》记载："威，号东庵，礼部冠带儒士，享年七十三岁。配潘氏，二子：元亨、元泰（出嗣）。"其小传云："公敦伦慕义，暗合古道，常不言而躬行。事两尊人各享耄寿，尽志尽礼。兄东楼公老而无嗣，且善病，公命次子嗣之，嘘奥备至。孀嫂同爨，孤女妆奁悉出。其腆性倜傥，好施予。宗族亲戚，往往称贷弗偿，公不问也。里甲践更之役，先期区画（划），经费务居其先，宗人赖焉。他如岁饥施粥施棺，树德更多。堂弟少保公为立传。"①毕光祖父亲名元泰，淄西毕氏九世。《淄西毕氏世谱》记载："元泰，字际明，援例授鸿胪寺序班。配胡氏、赵氏，二子：万宲（早卒）、光祖。"②毕元泰是毕威次子，过继给伯父毕翠。毕光祖是元泰的次子，淄西毕氏十世，是蒲松龄少东家毕盛钜的族兄弟。尽管毕光祖无官无名，但其祖父毕威、父亲毕元泰毕竟都是基层官吏，也算是官宦之后，社会地位不低。这是其一。其二，蒲松龄《代毕子光复高司寇念东先生启》中有"矧令器昂霄不远，雅堪委雁币于齐姜；若小女操杼未工，敢云奉衣裳于公子"③之句，据此可知，毕光祖和高珩是儿女亲家。《淄川高氏家谱》记载，高珩长子之騊"配毕氏"，其毕氏即毕光祖的女儿，因此蒲松龄与其交往，应该还有高珩的因素。其三，从毕光祖建成阁楼这件大事来看，毕家广有财产、生活富裕，在当地有很强大的经济实力。综上所述，蒲松龄这2篇诗文中的"毕子光"，当为蒲松龄对毕光祖的尊称，如同尊称毕世漪为毕公漪。此类例子还有康熙四十三年蒲松龄写就的七言绝句《邱子行素师弟邀游东流水》，诗题中的"邱子行素"，指作者的好友邱希潜（字行素）。

---

① 毕抚远：《淄西毕氏世谱（十世重修世谱）》，1922年，第10页。
② 毕抚远：《淄西毕氏世谱（十世重修世谱）》，1922年，第17页。
③ 盛伟：《蒲松龄全集》，学林出版社1998年版，第1270页。

《毕子光小阁落成索题，戏为长歌》云："少白主人营高斋，卜筑正当山南隈。夏初我至方庀材，鞭石凿木飞尘埃。屐齿久疏北村路，蓓蕾欲绽九英梅。晚荞初荐新酿熟，邀我餐饭倾尊罍。突兀眼前境界异，屋颠架舍仍高台。喜扶危梯上益上，凭轩弥望心颜开。绿云竹树生足下，俯视夏屋皆陪儓。多君构造如海市，倏忽散聚纷疑猜。僬侥旋横身九亩，赤颔幻变为髹髿。北眺苍莽天欲尽，旷杳尤足壑襟怀。惜值冰霜正酸苦，安能久坐当风霾？最宜中秋对凉月，尤宜重阳插菊浇新醅。明年九日作鸡黍，我约叔夜携琴来。"①此诗描写毕氏小阁所处位置及其建筑过程，叙述作者登上小阁的所见所感，最后与主人约定来年再次登阁。尽管赵蔚芝先生对此诗做了大量的注释工作，但因为对西铺村周边环境不熟悉，此诗仍有几处注释值得商榷。其一，毕子光是作者的"西铺友人，生平不详"。其实毕光祖是万家庄毕氏族人，不在西铺居住。唯其如此，蒲松龄"夏初"前往万家庄拜会毕光祖，见其准备建筑材料，初冬时节（"惜值冰霜正酸苦"）受邀参观"小阁"，几月不见，阁楼已然建成，于是才惊呼"突兀眼前境界异，屋颠架舍仍高台"。其二，"少白"是毕子光的号。因诗中有"少白主人营高斋"之句，赵先生误以为"少白"即毕子光的号，而在《淄西毕氏世谱》中又查不到"毕子光，号少白"这个人，只得说毕子光生平不详。其实不然，此"少白"是万家庄西北的一座山，属于长白山系，当地人呼之茶叶山或叉拉山（谐音）。因为长白山为泰山副岳，茶叶山又为长白山系的一座小山，故名少白山，也就是小长白山的意思。毕光祖的阁楼坐落在少白山南麓，故蒲松龄称呼毕光祖为"少白主人"。其三，"北村路"是西铺村北的路。淄西毕氏先在西铺村发迹，后来购买万家庄万安的府第并迁居于此，再后来又

① 〔清〕蒲松龄著，赵蔚芝笺注：《聊斋诗集笺注》，中国出版社2006年版，第437～438页。

到冲山北麓冶头村东另辟他业,即现在的西阿村,因此毕氏族人习惯如此称呼这三处村庄:西铺在南即为南庄,万家在北即为北庄,西阿在东即为东庄。诗中的“北村路”具体指西铺村通往北村(万家庄)的道路,而不是泛指西铺村北的道路。康熙四十七年,蒲松龄六十九岁,行动不太方便,平时较少去北村,所以才有“屐齿久疏北村路”的感慨。

【作者单位:中共淄博市纪委、淄博市周村区第二中学】

聊斋俚曲《琴瑟乐》研究综述

张乃良

聊斋俚曲是聊斋先生全部创作的重要组成部分，作为通俗文学，极富历史文化和民俗文化价值。聊斋俚曲的研究一直是蒲松龄研究的热点，如蒲先明整理、邹宗良校注出版了《聊斋俚曲集》，陈玉琛先生用力最勤，先后出版了《聊斋俚曲》《明清俗曲研究》《聊斋俚曲曲牌唱腔100首》等，新近由蒲松龄纪念馆编校出版的《聊斋俚曲集》是聊斋俚曲的最新版本。除此之外，还有许多学者以单篇论文的形式，多从方言民俗的角度对聊斋俚曲进行校勘诠释研究，使得俚曲研究蔚为大观。在所有聊斋俚曲中，《琴瑟乐》是别具特色的一篇，其中洋溢着的生命激情与青春风光是聊斋先生生命活力和旺盛创作力的彰显，是他的创作激情之源。研究这套俚曲，可以探讨聊斋先生创造构建幽冥世界的心理结构和创作动机。从书写语言形式的角度而言，这套曲也是他跳出文言固有文法桎梏，以方言俗语肆意挥洒自由书写的典范之作，展纸一读，顿觉云霞满目，即有观止之叹。文中有情窦初开的旖旎，有两情相悦的战栗，却无淫亵的铺陈与低俗的展现，不禁叫人拍案称奇。如果要从文学史上找出可以比列的作品，大约宋话本《快嘴李翠莲》之爽利活泼、白行简的《天地阴阳交欢大乐赋》之欢快畅美差可比拟。但是针对这样一篇作品，学界在研究中对相关问题还没有形成共识，诸如作者、创作时代等主要问题还存在争议。笔者囿于所见，对相关研究成果进行梳理勾勒,加以简略综述,以期对研究者有所裨益。需要说明的是,由于成文时间仓促,资料搜罗失于完备,或有论著未及纳入,故而谬误定然难免,祈求方家指正。

一、关于《琴瑟乐》的作者

《琴瑟乐》曲名见于雍正三年(1725)聊斋后人为聊斋先生所立碑阴,依理此曲的作者当然是聊斋先生,学界对此认同者为多。也有一些学者则坚持作者另有其人。

较早论述《琴瑟乐》的是日本学者藤田祐贤,他1967年发表于日本《艺文研究》(1984年《蒲松龄研究集刊》第四辑发表)上的《聊斋俗曲考》认为《琴瑟乐》"无疑是蒲氏作品"。1981年,汪玢玲在《东北师大学报》上发表论文《论聊斋俚曲》,其中她赞扬了蒲松龄的人民立场,认为他采用白话写了大量的俚曲,这对于三百年前封建社会里的一般作家来说,实在是难能可贵的。而且她还提到"路大荒先生整理的《蒲松龄集》中所收的十四种,实际是十三种,把《富贵神仙》和《磨难曲》算作两篇,而缺《琴瑟乐》一种。按《琴瑟乐》一曲至今国人未见,但在日本却有抄本保存"①。1989年,刘宣在《蒲松龄研究》上整理发表了《琴瑟乐》全文。认为《琴瑟乐曲》描绘了一幅生动的农村婚俗画,的确是蒲松龄创作中一件独具匠心、别开生面的作品。② 1991年,杨海儒在《文学遗产》上发表论文《聊斋俚曲及其研究》,他认同张元所撰蒲松龄碑阴内容,认为蒲松龄创作的"通俗俚曲十四种",其中包括《琴瑟乐》。③ 1993年,盛伟在《蒲松龄研究》上发表论文《〈金瓶梅〉对蒲松龄创作的影响》,他认同《琴瑟

---

① 汪玢玲:《论聊斋俚曲》,载《东北师大学报》(哲学社会科学版)1981年第2期。

② 刘宣:《琴瑟乐》,载《蒲松龄研究》1989年第1期。

③ 杨海儒:《聊斋俚曲及其研究》,载《文学遗产》1991年第3期。

乐》是蒲松龄的作品。认为《琴瑟乐》和其他几篇作品受到了《金瓶梅》的影响,“《琴瑟乐》曲的创作,所受《金瓶梅》的影响,是明明白白的写在那里”,如受到金瓶梅第四回、第六回、第七回、第八回的描写的影响。[①] 1993 年,巩武威在《蒲松龄研究》上发表论文《〈琴瑟乐〉辨》,他也提到“路大荒先生在编辑《蒲松龄集》时,就单单没收俚曲十四种之一的《琴瑟乐》,并在编订后记中注明:‘只有《琴瑟乐》一种没见到’”。但他充分肯定了蒲松龄创作过《琴瑟乐》,“蒲松龄写过《琴瑟乐》这支俚曲是毫无疑问的”[②]。1997 年,盛伟在《蒲松龄研究》上发表论文《蒲氏碑阴俚曲十四种顺序考》,他认为“《琴瑟乐》与《俊夜叉》写成于同一时间范围内,它完全合乎蒲氏一生思想的发展过程与蒲氏整个聊斋俚曲创作的规律”[③]。2002 年,巩武威在《当代戏剧》上发表论文《秦腔与蒲松龄“聊斋俚曲”》,他提到蒲松龄的演唱作品均以手抄本形式传世,其中有篇《琴瑟乐》的俚曲通篇运用秦腔演唱,非常别致,令今日研究者们高度关注。“陕西调”在蒲松龄的其他俚曲作品中偶有出现,次数不多。而此篇是一曲到底,所以手抄本中名叫《闺艳秦声》的是正确的,叫《闺艳琴声》当与《琴瑟乐》的琴相混淆,是抄中之误。[④] 2005 年,吴兴兰、李汉举在《蒲松龄研究》上发表了《二〇〇一年蒲松龄研究综述》,他们认为根据蒲松龄碑阴的记载和经过专家的考证,对《琴瑟乐》的作者是蒲松龄,人们已无争议。[⑤] 2009 年,程志兵在《山东理工大学学报》上

---

① 盛伟:《〈金瓶梅〉对蒲松龄创作的影响》,载《蒲松龄研究》1993 年第 2 期。

② 巩武威:《〈琴瑟乐〉辨》,载《蒲松龄研究》1993 年第 1 期。

③ 盛伟:《蒲氏碑阴俚曲十四种顺序考》,载《蒲松龄研究》1997 年第 4 期。

④ 巩武威:《秦腔与蒲松龄“聊斋俚曲”》,载《当代戏剧》2002 年第 5 期。

⑤ 吴兴兰、李汉举:《二〇〇一年蒲松龄研究综述》,载《蒲松龄研究》2005 年第 3 期。

发表了《〈聊斋俚曲集〉与〈醒世姻缘传〉人称代词的差异——兼谈两书的作者问题》，在文中他明确提到目前学术界已经公认《聊斋俚曲集》和《醒世姻缘传》均是用山东方言写成的文学著作，前者的作者身份很清楚，是清代的文学家蒲松龄。①

但是也有学者认为《琴瑟乐》不是蒲松龄所作。

郭长海的《〈琴瑟乐〉作者与源流考证》一文，对此则提出了异议。郭长海认为《琴瑟乐》的作者不是蒲松龄，蒲松龄只是个抄录者，抄了当时流行的《闺艳秦声》的"曲白本"，并"题名为《琴瑟乐》"。他提到《琴瑟乐》乃是流传于陕西地区的民歌，大约在明末清初就已流传到北京，后来又流传到山东地区，经一位名叫阿蒙的人的增补，取名为《闺艳秦声》。这个稿本很快在山东地区流传开，内容更加丰富生动，自然得到酷爱家乡民间文艺的蒲松龄的喜欢，他便也抄得了一个曲白本，出于对家乡民间文艺的爱好，以及为积累创作素材，题名为《琴瑟乐》。而儿孙不知，以为这一切都是蒲老先生的作品，这才出现了碑文上的内容。至少《琴瑟乐》是"古高阳西山樵子著"的出现对蒲松龄的作者地位提出了挑战。《大公报》刊载的《闺艳秦声》的《后序》中五次提到阿蒙，并指出此《闺艳秦声》是阿蒙所作，又是对蒲松龄作者地位的动摇。②

2004 年，黄霖先生在《文学遗产》上发表论文《〈闺艳秦声〉与"易性文学"——兼辨〈琴瑟乐〉非蒲松龄所作》，他认为所谓蒲松龄的《琴瑟乐》，实从《闺艳秦声》改头换面而来。《闺艳秦声》最初发表于 1923 年的《大公报》，其完本见于 1936 年排印的《未刻珍本丛传》。原作者不是蒲松龄。对于蒲松龄碑阴所题《琴瑟乐》，黄先生

① 程志兵：《〈聊斋俚曲集〉与〈醒世姻缘传〉人称代词的差异——兼谈两书的作者问题》，载《山东理工大学学报》（社会科学版）2009 年第 3 期。

② 郭长海：《〈琴瑟乐〉作者与源流考证》，载《长春师范学院学报》2001 年第 1 期。

只承认聊斋先生或许写过题目是《琴瑟乐》的俚曲，但是当今蒲学界流行的《琴瑟乐》却不是蒲松龄所作。目前所见的所谓蒲松龄的《琴瑟乐》，乃是改纂西山樵子《闺艳秦声》而成的伪品。①

二、关于《琴瑟乐》的创作时间

郭长海的《〈琴瑟乐〉作者与源流考证》认为《闺艳秦声》是《琴瑟乐》后起名，是对陕西调《两头忙》的增补。明代末年，陕西地区流行着一种曲调为《两头忙》，起句为“艳阳天”的民歌；李自成领导的农民起义将这首民歌传到了北京，被命名为《艳情·两头忙》且收录于民歌集永魁斋本《时尚南北雅调万花小曲》（梓行于“岁在甲子冬月”）中，并于康熙二十三年（1684）出版；康熙三十四年，经阿蒙之手增补并命名为《闺艳秦声》。1923 年发表于《大公报》上的《闺艳秦声·自序》有“乙亥夏……偶忆儿时所记有《艳情·两头忙》一册”，可知《闺艳秦声》作于“乙亥夏”，即康熙三十四年。刘宣在整理发表《琴瑟乐》的按语中认为此《曲》当创作于康熙三十三年甲戌年，蒲氏五十五岁以前的中年时期。盛伟先生则推测《琴瑟乐》写于康熙十三年前后。

黄霖在《〈闺艳琴声〉与“易性文学”——兼辨〈琴瑟乐〉非蒲松龄所作》中认为此曲的创作年代，并非是“康熙乙亥年”。《闺艳秦声自序》云：

> 客夏，阴雨匝旬，径绝屐齿，日抱膝败壁中，郁闷欲死，偶忆儿时所记，有艳情《两头忙》一册，遣意摘词，颇有可观，微嫌其调不谐时，句多杂凑，儿女情事，未能描写尽致，遂捉笔补成，变古意作新兹，用以破除烦愁，消磨永日。计旧词止廿余阕，补者

---

① 黄霖：《〈闺艳秦声〉与“易性文学”——兼辨〈琴瑟乐〉非蒲松龄所作》，载《文学遗产》2004 年第 1 期。

十之五,插白则皆新增者。

这段话,交代了他创作此曲的动机及过程。“客夏”,乃是去年夏天。然《大公报》在排印时可能是工人不解其意,或一时疏忽,将“客”字误排成了“亥”。“亥”字又恰是干支中的一字,于是就给人以一个充分想象的余地,认为前面必定漏了一字。结合蒲松龄生平,极容易加一个“乙”字为“乙亥”。黄先生根据郑振铎先生的相关论述,断定此曲创作于乾隆后期甚至是嘉庆年间。

三、关于《琴瑟乐》的版本传播问题

1989 年盛伟先生在《蒲松龄研究》上发表的论文《〈琴瑟乐〉国内藏本与日本藏本校释》中说:自己所用的校释本,共三个:(一)蒲松龄纪念馆藏本,名为《琴瑟乐》(《聊斋俚曲》丛抄本);(二)淄博民间流传的抄本,名为《志异外书·闺艳琴声》(又名《琴瑟乐》)“淄川蒲松龄著作”“博山田庆顺藏”;(三)日本庆应大学藏本,名为《琴瑟乐》,题“蒲松龄遗作”(下)钤篆刻印“天山阁藏”,左下角题“在淄川城内文化街天山阁家藏,依命平井院长,王丰之手抄”,下钤篆刻印“丰之”。日本庆应大学藏《琴瑟乐》,简称“庆大本”;蒲松龄纪念馆藏《琴瑟乐》,简称“蒲馆本”;山东淄博市博山田庆顺藏抄本《闺艳琴声》(又名《琴瑟乐》),简称“田氏本”。三种抄本中错讹甚多,故盛先生以日本庆应大学藏本为底本,参照其他两种,进行了校释辨正。[①] 1999 年,马振方先生在《北京大学学报》上发表论文《庆应大学藏本聊斋俚曲〈琴瑟乐〉文本考议》,认为《琴瑟乐》现有三种抄本:博山田庆顺藏本、蒲松龄纪念馆藏本和日本庆应大学图书馆藏本。田氏本题作《闺艳琴声》,经盛伟先生校点,收载于《聊斋佚文辑

---

① 盛伟:《〈琴瑟乐〉国内藏本与日本藏本校释》,载《蒲松龄研究》1989 年第 1 期。

注》和《蒲松龄研究》总第二十六期。蒲馆本未梓，据盛伟《〈琴瑟乐〉国内藏本与日本藏本校释》（载《蒲松龄研究》总第二期），它与田氏本大体相同，只有个别文字差异。庆大本也早在十多年前就由藤田祐贤先生携来中国，经刘宣先生整理与上述盛文同期发表。与前两种相较，此本不仅附有高珩跋文和李希梅跋诗，曲作文本也有较大差异，除某些异文，还多出一些诗文、小曲。其中除篇首数作，均抄自《金瓶梅词话》。马先生还对此曲中多出的诗文、小曲进行了考释。[①] 黄霖先生认为“20 世纪 80 年代所出多种校本，多从此三本出”。巩武威先生在《聊斋俚曲〈琴瑟乐〉两辨》一文中提出还有一个坊间刻本：1994 年吉林文史出版社正式出版了五十二万余字的《中国艳歌大观》，从 483 页至 496 页全文登载了《闺艳琴声》，在俚曲前编者按语中指出：“蒲松龄所撰《闺艳琴声》向无刊本。最近收入《聊斋佚文辑注》一书（齐鲁书社版）。书中原有三处缺文，还有为该书编者删去的三处，这次都用坊刻本作了校对和复原。另，把《闺艳琴声》本所没有的分段小标题依坊刻本标出，以示清楚。”这里提到的坊刻本是《中国艳歌大观》编者所见到的“清代初期，坊间还流传着另外一种刻本，名《闺艳秦声》，署名‘古高阳西山樵子著，齐长城外饼伧氏批’，其《自序》中说，是根据《闺艳·两头忙》改写的。”并注明：此作者、批者真实姓名待考。经对勘，知两者为同一种书（指《闺艳琴声》）。而坊刻本《闺艳秦声》一书除《自序》外，还有《后记》一篇，另有千余字的评语附于书后，书中还有五处批语，收入时均未录。综上所述，实际目前有关蒲松龄《琴瑟乐》共四种资料，即三种抄本一种坊刻本。[②]

① 马振方：《庆应大学藏本聊斋俚曲〈琴瑟乐〉文本考议》，载《北京大学学报》（哲学社会科学版）1999 年第 1 期。

② 巩武威：《聊斋俚曲〈琴瑟乐〉两辨》，载《蒲松龄研究》1997 年第 2 期。

关于聊斋俚曲《琴瑟乐》的研究著作和论文当有不少，也有对此曲的精当考论，只是笔者搜罗未广，挂一漏万，或有贻笑之处，咎在笔者。

（本文在写作过程中，得到了我的学生石元真、屈敏、刘媛、王箐箐的协助，特此说明并致谢。）

【作者单位：宝鸡文理学院文学与新闻传播学院】

论平民意识与清代聊斋戏改编的市井趣味

冀运鲁

作为孪生兄弟,古代戏曲艺术与古代小说一直有着“剪不断,理还乱”的关系,两者有多方面的联系,在发展过程中互相影响、借鉴。它们不仅在取材方面有共同之处,而且古代小说还是戏曲改编的主要源头之一。于定一在《小说丛话》中说:“小说与戏曲有直接之关系。小说者,虚拟者也;戏曲者,实行者也。中国小说之范围,大都不出语怪、诲淫、诲盗之三项外,故所演戏曲,亦不出此三项。”①

《聊斋》自康熙年间问世以后,因其叙事细腻,描摹栩栩如生,很快就风行天下,万口传颂。作为中国文言小说的巅峰之作,《聊斋志异》得到了前所未有的关注,《聊斋志异》改编的戏曲最早在康熙年间就已出现,乾隆、嘉庆年间《聊斋》改编的传奇、杂剧逐渐增多。到清末,道光以后“聊斋戏”蔚然大兴,一时形成聊斋戏热。郭英德先生曾说:“道光以后,聊斋戏蔚然大兴,一时形成聊斋戏热。”②民国以来,不仅《聊斋》改编的剧目更加繁多,而且涉及的剧种也更多了,一些说唱艺术也对《聊斋》进行了改编演述。新中国成立以来的《聊斋》改编种类涉及各个剧种,分布地域也更为广阔。据统计,《聊斋》中有 100 余篇聊斋故事被改编成了戏曲,改编的剧种不下 40 种,剧

---

① 黄霖、韩同文:《中国历代小说论著选》(修订本)下,江西人民出版社 2000 年版,第 66 页。

② 郭英德:《明清传奇史》,江苏古籍出版社 1999 年版,第 604 页。

目也多达300余出①。

聊斋戏有狭义和广义之分。狭义聊斋戏指的是以传统戏曲形式对《聊斋志异》故事进行改写的戏剧形态，包括传奇、杂剧及各类地方戏曲。广义的聊斋戏则不仅包括传统的剧种和各种地方戏，还包括评书、鼓词、子弟书、弹词等说唱艺术，甚至还可以包括影视等活动影戏。按照这一界定，上面所提到的四十多个剧种属于狭义的聊斋戏，而评书等说唱艺术则属于广义的聊斋戏。本文主要以狭义的聊斋戏为讨论对象。

清代的聊斋戏曲形态相对简单，可以粗略分为传奇、杂剧两个类别。传奇包括《鹦鹉媒》《点金丹》《洞庭缘》《脊令原》《梅喜缘》《胭脂舄》《胭脂狱》等，杂剧则有《绛绡记》《负薪记》《错姻缘》《神山引》《丹青副》《天风引》《飞虹啸》等。当然，到了晚清时期，还出现了京剧、川剧等形式的聊斋戏。新中国成立以来，聊斋戏的改编涉及京剧、评剧、河北梆子、北京曲剧、昆曲、吉剧、吕剧、柳琴戏、五音戏、茂腔、柳腔、柳子戏、平调、豫剧、河南曲剧、秦腔、郿鄠、赣剧、越剧、瓯剧、婺剧、高甲戏、闽剧、莆仙戏、川剧、花灯戏、滇剧、华剧、粤剧、黄梅戏、汉剧、同州梆子、闽西汉剧、川剧、花鼓戏、福建布袋戏、东北皮影戏、山东八角鼓、河南鼓子曲等传统剧种，另外还有评书、鼓词、子弟书、弹词、快书等说唱艺术形式。

聊斋戏的研究取得了一定成绩，20世纪80年代以前主要是聊斋戏资料搜集、甄别、整理阶段。20世纪80年代以来，在上一阶段资料整理的基础上，聊斋戏研究进入分阶段、分剧种的类别研究阶段。就剧种研究而言，以京剧、川剧、俚曲受关注的程度最高，话本、鼓词、子弟书等说唱艺术形式的聊斋戏研究也得到了前所未有的重视。当具体研究到了一定程度，研究者就把视野投向对聊斋戏的理

① 贵杨：《清代聊斋戏研究》，湖北大学2004年硕士学位论文。

论建构:有的学者试图对聊斋戏的总体特征进行总结,有的学者则试图概括聊斋戏改编的规律,还有的希望通过梳理聊斋戏学术史脉络来分析聊斋戏的学科建构意义。前人的研究取得了可喜成绩,不过由于前辈们关注的重点或为资料整理,或为题材的沿袭化用研究,或重于影响研究,目前对聊斋戏改编的叙事意识研究还有待推进。研究平民意识下剧作家对《聊斋》的重新编码有非常重要的意义。《聊斋》的许多故事来源于民间口头传说,那么这些故事在从口传叙事到书面(小说)叙事,再从书面叙事改编为舞台叙事的过程中,其叙事模式、叙事视角、叙事重心、叙事背后的意识形态等内容都会发生变化,因而我们不能拿对待《聊斋》小说的态度去看"聊斋戏",而是应该深入探究不同叙事形式背后的变化及其原因。而这又与"聊斋戏"的传播、接受密切相关。

这种研究不仅对《聊斋》本身有着重要意义,而且对研究古代小说、戏曲之间的互动关系有重要意义。一方面,《聊斋》的巨大声望有助于扩大"聊斋戏"的影响力;另一方面,各种剧种的"聊斋戏"的改编与传播,使得《聊斋》的影响面大幅扩大,使得一些不能阅读文言小说的普通观众也能了解小说的内容。因而,可以说,"聊斋戏"的改编对《聊斋》在下层民众中的传播是具有非常重要的意义的。在这样的背景下,对《聊斋》的戏曲改编状况进行研究,一方面可以使我们认识到小说与戏曲之间的继承关系以及《聊斋》在下层民众中的传播情形,同时也能够凭借《聊斋》戏曲呈现出的思想艺术特色,了解戏曲发展的规律和特点。

一、《聊斋》的戏剧性因素与戏曲改编的可能性

《聊斋志异》之所以被人们一而再再而三地改编成戏曲,搬上舞台演出,究其根本是因为《聊斋》本身就包含着丰富的戏剧性因素,换句话说,《聊斋》本身的戏剧性或戏曲意趣乃是后世戏曲改编的前提。正如董乃斌先生所说:"小说是叙事的艺术,凡小说便免不了叙

事,至少中国传统文学里的小说是如此。但真正成熟的小说,除叙事之外,往往还有一个特点,就是那叙事具有戏剧性。叙事,可以是作者的平面述介;而具有戏剧性的叙事,则要达到能够立体敷演的程度,二者对'事'的处理方式是有所不同的。前者可以成为后者的基础,而后者则是前者的发展和提高。"①

戏剧性情节和手法不仅仅存在于戏曲中,成熟的小说也需要戏剧性情节和手法,而且戏剧性还是小说文体独立的标志之一。戏剧性叙事不同于一般叙事,它要有激烈的矛盾冲突,能够立体敷演。许多《聊斋》故事被改编为戏曲,这说明《聊斋》故事本身具有很强的戏剧性。比如蒲松龄巧妙地运用了巧合、误会、制造悲喜剧情节等戏剧性手法叙述故事,让小说充满了戏剧性。俗语说无巧不成书,《聊斋》善于利用巧合来制造波澜,促进情节发展。巧合情节的安排可以增强故事的曲折性和吸引力。如《张诚》中张讷寻弟于金陵巧遇的情节;《王成》中懒惰的王成捡到的一股金钗恰好是其祖父之情人狐精丢失的;《细侯》中细侯丢掉的荔枝壳正好落在满生肩头从而生发出一段情事;《巧娘》中的傅生给人捎信恰好撞入古墓,邂逅巧娘;《阿宝》中应试之题目居然恰好就是众书生戏弄孙子楚的七个题目。又如《聊斋》的"奇"就蕴含着戏剧性因素。清代戏剧家李笠翁说戏剧之所以在明清时期被称为传奇,就是因为事件奇特是戏剧的一大特色:"古人呼剧本为'传奇'者,因其事甚奇特,未经人见而传之,是以得名,可见非奇不传。"②蒲松龄之孙蒲立德在《〈聊斋志异〉跋》中提到蒲松龄崇尚奇异:"撰古文辞,亦往往标新领异,不剿袭先

---

① 董乃斌:《戏剧性:观照唐代小说诗歌与戏曲关系的一个视角》,载《文艺研究》2001 年第 1 期。

② 〔清〕李渔著,单锦珩校点:《闲情偶寄》,浙江古籍出版社 1985 年版,第 9 页。

民。"[①]《聊斋》乃是志怪与传奇的结合,所叙述的故事大都是奇异之事,这与戏剧追求情节奇异有异曲同工之妙。所谓"奇"包括两个方面的内容,一是说所记述的故事内容奇异,清代戏曲家孔尚任在《〈桃花扇〉小识》中也说:"传奇者,传其事之奇焉者也,事不奇则不传。"[②]《聊斋》以"志异"命名,自然少不了奇异的故事。比如《促织》中成名之子化为促织的咄咄怪事,《陆判》中换头的奇闻,《韦公子》中骇人听闻的乱伦事件。"奇"的另一个方面是指情节之奇特,这种"奇"最突出的表现就是善于利用巧合来构思故事,推动情节发展。在这一方面,《聊斋》和戏剧也具有契合点,广泛应用巧合叙事,增强了叙事的力度。

二、平民意识与清代聊斋戏的重新编码

《聊斋志异》问世后,受到当时很多文人的推崇,在士人文化圈中的影响很大,《聊斋志异》主要是"抒写襟怀",借"花""鬼""狐""妖"之酒杯来浇自己心中不平的块垒。作者心目中的读者是"学士大夫",所以用的是文言文。对那些未读过书的市井俗人、农夫村妇而言,他们是没法直接阅读"阳春白雪"般的《聊斋志异》的,他们更喜欢通俗易懂的东西。

众所周知,"改编难,改编经典名著更难"。《聊斋志异》不少篇目情节曲折离奇,具有戏曲改编的一些潜质,但也有些短篇,情节简单,叙述平淡无奇,缺少细致深入的描摹,改编起来颇有难度。怎样添加、删减才能既忠实于原著同时又将故事铺叙敷演得曲折动人,不落入"临摹"的境地呢?我国的戏曲种类多达三百余种,如何选择合适的剧种进行改编?这些问题的解决将影响聊斋戏改编的成败

---

① 朱一玄:《聊斋志异资料汇编》,中州古籍出版社 1985 年版,第 579 页。

② 〔清〕孔尚任撰,吴书荫校点:《桃花扇》,辽宁教育出版社 2001 年版,第 4 页。

得失。经过缜密的思考和精致的选择,聊斋戏的改编者为《聊斋》提供了很好的改编方式和演述形态。

蒲松龄的聊斋俚曲所呈现的改编旨趣成为后世聊斋戏改编者们的共识。士人阶层与下层民众不同的审美趣味对聊斋戏的改编有着深刻的影响,从小说素材的选择,到戏曲主题的确定,再到情节的设置、语言的运用无不受此影响。不少聊斋戏尤其是清代的聊斋戏大都是由文人改编而成,尽管如此,由于这些作品面向的观众多为普通民众,因而出于戏曲表演的需要以及为观众审美水平所限,戏曲改编者必须用深入浅出的形式和语言把这些道理讲出来给观众听或读者看。

聊斋戏的改编者们非常注重普通民众的欣赏水平和审美口味,为适合乡村表演,他们不惜牺牲文采性,而强化其通俗性。在这种平民意识的影响下,《聊斋》戏曲改编也呈现出平民化特色,主要表现为四个方面。

1. 乡村戏曲表演与内容的生活化

清代聊斋戏很大程度上承袭了《聊斋志异》的格局,在内容和主题阐发上也接近于小说原著。但是这些改编之作也有积极意义,它们关注的主题和描写对象不再是才子佳人、帝王将相,而是转向市井生活,描写普通人的喜怒哀乐,从而使戏曲的题材得以拓展。

我国古代戏曲十分注重题材选择的生活化,李渔在《闲情偶寄》中提出:“凡作传奇,只当求于耳目之前,不当索诸闻见之外。”余治在《庶几堂今乐》的《例言》中也强调说:“惟《阳春白雪》赏雅不能赏俗,兹刻原为劝喻愚蒙起见,皆系皮簧俗调,习之既易,听者亦入耳便明。词白粗鄙,明知不足以登大雅,识者当能谅之。”

尽管《聊斋》叙述的多为鬼狐妖魅等虚幻之事,但是聊斋戏却不同于三国戏、水浒戏等关注军国大事、英雄奇闻等重大题材,聊斋戏关注的焦点是日常生活素材。如果仔细分析聊斋戏,“我们会发现,戏曲家在选择改编的时候，并没有选择《聊斋志异》中数量众多的花妖狐魅类作品，而是大多选择那些与现实生活息息相关的作品，也许在这一类作品中，作家更容易将自己的感悟融注在里面。……要求戏曲家必须描写那些为大家所熟悉、所关心的人和事"①。从清代的聊斋戏到今天的聊斋戏，绝大多数剧目所涉及的内容都是普通百姓的日常生活，叙述的是他们所关心的问题，写的是他们所熟悉的事情，其中以写男女相恋的爱情题材居多。由此可见，聊斋戏曲改编过程中，剧作家更注重其现实意蕴。

《聊斋志异》倾注了蒲松龄毕生的心血，但是由于受到文言形式的限制，普通民众接受起来难度较大。蒲松龄晚年认识到这一点，所以希望借助俚曲这种通俗易懂而又为劳动人民喜闻乐见的形式来宣扬他的"救世婆心"。蒲翁晚年创作的聊斋俚曲，把焦点集中于普通百姓的日常生活。比如《姑妇曲》改编自《珊瑚》，叙述的是婆媳关系，并塑造了一个孝顺知礼、任劳任怨，堪称好媳妇榜样的珊瑚形象："好一个俊媳妇风流不过，穿上件粗布衣就似蝉娥，又孝顺又知礼，一点儿不错。不说她为人好，方且是活路多：爬灰扫地，洗碗刷锅，大裁小铰，扫碾打罗，喂鸡喂狗，喂鸭喂鹅。冬里餵猪五口，夏里养蚕十箔。黑夜纺棉织布，白日刺绣绫罗。五更梳头净面，早早伺候婆婆。"又如《翻魇殃》是对兄弟孝悌等日常伦理的探讨，《禳妒咒》则叙述了一个奇悍无比的悍妇虐待公婆、丈夫，后被静业和尚点化变悍为贤的故事。由此可见，聊斋俚曲关注的是下层百姓的生活琐事，反映的是普通民众的喜怒哀乐和思想情感。

尽管题材内容是日常生活琐事，但是如能以小见大，那么就能化平淡为神奇，从这些日常生活题材中妙笔生花。内容生活化的处理，使得聊斋戏更接近民众，贴近生活。可以说，聊斋戏是文人传统

① 刘思毅：《清代"聊斋戏"研究》，华东师范大学2006年硕士学位论文。

与民间叙事传统结合的一个十分成功的范例。

2. 叙事重心的世俗化、平民化

在叙事内容方面,聊斋派小说家们如蒲松龄般“雅爱搜神”“喜人谈鬼”,因而他们的作品常常是对生活中变异之谈、奇文逸事的简单记录,其叙事内容非常接近于六朝“搜奇记逸”的笔记之作。聊斋戏则不同,它们写的多是日常生活琐事,聊斋戏叙事的重心与仿聊斋派小说有较大差距。聊斋派小说关注的是神鬼之事,叙述怪异故事是它们的拿手好戏,但是聊斋戏的作者们更关注人间世俗之事。即便写到鬼神,其描写重心已不像小说那样重在鬼神,其背后蕴藏的世俗之情才是焦点所在。譬如《鹦鹉媒》虽涉及鬼神之事,其叙述的重点却不在鬼神之神异,而是通过死而复生和神灵相助的情节来表现世俗化的爱情。

这种世俗化、平民化的倾向于与蒲松龄的身份和经历有密切关联,更与他的创作动机有关。作为一个有着“致君尧舜上,再使风俗淳”宏大抱负的儒家知识分子,蒲松龄的创作有着更崇高的动机。这从聊斋俚曲劝善惩恶、注重教化的叙述中就可窥见一斑。其写作动机可以用其子蒲箬所说的“参破村庸之迷,而大醒市媪之梦”来概括。蒲箬在《柳泉公行述》中对聊斋俚曲的创作缘起做过说明:

> 如《志异》八卷,渔搜闻见,抒写襟怀,积数年而成,总以为学士大夫之针砭,而犹恨不如晨钟暮鼓,可参破村庸之迷,而大醒市媪之梦也;又演为通俗杂曲,使街衢里巷之中,见者歌,而闻者亦泣,其救世婆心,直将使男之雅者、俗者,女之悍者、妒者,尽举而匋于一编之中。呜呼!意良苦矣![1]

---

① 朱一玄:《聊斋志异资料汇编》,中州古籍出版社 1985 年版,第 341 ~ 342 页。

蒲松龄是一个有着宏大抱负的封建知识分子,他“少负异才,以气节自矜,落落不偶,卒困于经生以终。平生奇气,无所宣泄,悉寄之于书”①。他热切盼望通过科举仕进以实现他的政治理想和人生理想,但事与愿违,蒲松龄赖以仕进的科举制度弊端累累,并不是以才学取士,致使蒲松龄连考不中,直到七十多岁才被按例授予岁贡生,这种遭遇使得蒲松龄饱尝了世事的艰辛,从而也对社会现实有了比较清醒的认识,但是鉴于当时文网严密,为了避免不必要的麻烦而又能宣泄自己的孤愤之情,他把自己的遭遇和社会的不公积郁而成的孤愤之情在幻化的花妖狐魅故事中尽情地宣泄。

如果说《聊斋志异》是孤愤之作,那么聊斋俚曲则主要是劝惩教化之作。蒲松龄的儿子蒲箬说蒲松龄有一颗救世婆心,“总以为学士大夫之针砭”②,故而《聊斋》“虽事涉荒幻,而断制谨严,要归于警发薄俗,而扶树道教”③。其实不仅《聊斋》如此,聊斋俚曲亦不忘劝惩教化。尽管力图劝惩,但蒲松龄不像道学先生那样喋喋不休地说教,而是寓教于乐,通过生动形象的故事,让人在潜移默化中受到感染和教育。聊斋俚曲在叙事过程中,叙述者很少像白话小说那样中断叙述直接发表评判,而是把自己的见解倾向隐藏于情节中自然而然地流露出来,正如恩格斯 1888 年在《致玛·哈克奈斯》的信中所说:“作者的见解愈隐蔽,对艺术作品来说就愈好。”④尽管聊斋俚曲“随事寓劝赏,因端严谴诛”“行行警昏俗,字

---

① 〔清〕余集:《聊斋志异序》,见朱一玄编《聊斋志异资料汇编》,中州古籍出版社 1985 年版,第 581 页。

② 〔清〕蒲箬:《清故显考岁进士候选儒学训导柳泉公行述》,见朱一玄编《聊斋志异资料汇编》,中州古籍出版社 1985 年版,第 341 页。

③ 〔清〕张元:《柳泉蒲先生墓表》,见朱一玄编《聊斋志异资料汇编》,中州古籍出版社 1985 年版,第 344 页。

④ 《马克思恩格斯选集》,人民出版社 1972 年版,第 462 页。

字醒狂夫”①，但因手法高超、全无痕迹，所以百读不厌。

聊斋俚曲关注的是下层百姓的生活琐事，反映的是普通民众的喜怒哀乐和思想情感。聊斋俚曲大多创作于蒲松龄晚年，晚年的蒲松龄具有更浓郁的忧君忧民情结，他把劝惩作为创作的出发点，以教化万民为己任。尽管满腹经纶，却又一生“命乖运蹇，穷困潦倒”。但蒲松龄并没有忘记士大夫教化万民的责任。蒲松龄这种忧国忧民、仗义执言的性格正是《聊斋》及其俚曲创作的源头活水。

到了晚年，蒲松龄已经看透世情，孤愤之情也渐趋平和，他所关注的焦点也由个人的科举追求和怀才不遇转向平民大众之喜怒哀乐。他的作品关注更多的是普通百姓的日常生活，也正因如此，他还专门编撰了《农桑经》《日用俗字》《药祟书》等实用性杂著，供普通百姓使用。

这点不仅蒲松龄意识到了，后世的聊斋戏改编者也注意到了。通过文人的努力，《聊斋志异》被改编成戏曲，一部分戏曲被搬上舞台演出，使聊斋故事走向了那些识字不多甚至不识字的下层群众，扩大了《聊斋》的传播范围。改编成的聊斋戏在当时的影响，我们可以从“聊斋戏”的序跋和题词中看出来。谭廷献在《玉狮堂传奇五种·梅喜缘》总序中说道：“玉狮堂前五种曲（《仙缘记》《蜀锦袍》《燕子楼》《海虬记》《梅喜缘》），旗亭传唱，一片城孤，酒所旧闻，双泪《河满》。”清人祝谦之在为《错姻缘》题词时写道：“梨园他日争相演，花样翻来分外新。”虽不乏溢美之词，但从中可以看出人们对“聊斋戏”是非常喜欢的。

3. 语言的通俗化、口语化

聊斋戏的改编者们在戏曲改编时非常注意选择通俗化和口语

---

① 〔清〕王承祖：《聊斋志异题辞》，见朱一玄编《聊斋志异资料汇编》，中州古籍出版社1985年版，第594页。

化的语言来叙事。如果说《聊斋》既有典雅工丽的文言,同时也注意吸收民间方言口语,做到了雅俗共赏,那么"聊斋戏"尤其是那些下层文人创作的聊斋戏则大量运用了民间口语、俗语、民谣、谚语、顺口溜等,显示出他们对民间叙事话语系统及其风格的吸收和借鉴。"选择一种语言就意味着选择一种文化价值。正是语言包含着文化的深层奥秘,体现着文化的基本精神。"①《聊斋》选择文言作为载体,表明了对文人叙事传统的继承;"聊斋戏"则包含着大量民间叙事语言,民间叙事话语系统一般具有很强的口头性,词汇丰富活泼、通俗随意,讲究语言的形象、鲜活和变化。聊斋俚曲中不管是叙述语言还是人物语言都具有很强的口头色彩,而且极其鲜活、形象。比如"小鬼头""小妮子""腐秀才""赔钱货""醋葫芦娘子""个儿郎""老皮骨""老畜产""风狂儿"等人物称呼的口头色彩就很浓。"聊斋戏"也大量使用口语、俗语、谚语等民间语言,既可以使得叙事生动、形象,又可以点石成金,深化题旨。据统计,蒲松龄运用了近300条民间俗语,让俚曲充满地方特色和口语化特征。

不妨通过《聊斋·珊瑚》原文和改编戏《姑妇曲》的对比来探讨这一问题。与原作相比,《姑妇曲》通俗到令文人不敢想,诸如"扯蛋""腚垂子""狗脸""老驴"等文人听到就会脸红的粗鄙字眼比比皆是,文人气一扫而光,却非常接近生活。聊斋戏还大量运用歇后语、熟语等民间语言,比如聊斋俚曲就如此。据吴庆峰、张金霞《〈聊斋俚曲集〉歇后语汇释》统计,聊斋俚曲共用歇后语96条,出现次数为109次。

4. 插科打诨式的喜剧化风格反映出的市井趣味

聊斋戏的改编者们改编的目的不是自娱自乐,而是看到戏曲对

---

① 王一川:《近五十年文学语言研究札记》,载《文学评论》1999年第4期。

于普通民众的巨大影响，通过通俗戏曲的形式实现救世婆心，因而这些剧作必须通俗易懂，而且必须反映出平民意识和市井趣味。“由于观众的身份及文化程度的不同，戏曲欣赏的艺术格调不同，对戏曲有趣的要求与理解也有所不同。文人剧作引经据典，或多述历史故事，幽默诙谐之处，满腹才学的文人雅士会觉得颇有雅趣，但识字或读书甚少的普通民众会因听不懂历史典故而不能通晓其意，也就感觉不到有趣。戏曲演出时剧中人物的插科打诨，或表现社会下层小人物的幽默诙谐言行，普通民众观看时也会觉得有趣，这可称为俗趣。”这种观点明代的王骥德就曾说过：“作剧戏，亦须令老妪解得，方入众耳，此即本色之说也。”又说：“世有不可解之诗，而不可令有不可解之曲。”①聊斋戏的剧作家们常常使用插科打诨式的戏剧化手法来达到这一目的。

插科打诨式的语言可以让作品诙谐幽默，从而带来喜剧化效果。李渔认为若“科诨不佳，非特俗人怕看，即雅人韵士，亦有瞌睡之时”。聊斋戏常常以丑角的插科打诨来贯联映带，使全篇充满了浓郁的喜剧色彩。比如《禳妒咒》叙述高藩怕老婆的故事：

> 丑云：列位休笑，天下那一个不是怕老婆的呢？你说先父是怎么死了来？敝庄南里有个八家店。这八家子被老婆降极了，大家约了一道怕老婆会。都不敢做会头。有一个人就提着先父的名字说：“北庄里王喘气，听说他极大胆，何不去请他做会头？”都说：“极好，极好！”大家一齐到门，把先父请去，说了来意。先父当年还是条汉子，慨然做了会头。这一日吃着那血酒，说下若一个有难，大家一齐上前。谁想那众娘子们，已是都

---

① 王永宽：《清代戏曲的雅俗并存与互补》，载《东南大学学报》（哲学社会科学版）2008 年第 3 期。

知道了，都各人拿了棒槌，来合和了家母一齐跑去。这里大家正吃着血酒，看见女兵到了慌极，都爬墙蹰了；独有先父坐在上席，稳然不动。

内云：好哇！还是令尊是条汉子！

丑哭云：好么！到了近前看了看，那王喘气已是不喘气了！

这段叙述塑造了一个丑角王喘气，为了让故事跌宕起伏，叙述者首先通过欲扬先抑、欲擒故纵之法制造波澜。一开始，丑角叙述自己把一起生活的“戴着鬏髻穿着裙”的妻子视为祸根，回家时“雄赳赳”，不高兴时便“瓜得”一巴掌打过去。叙述者先把丑角王喘气塑造得极为大胆，颇有男子气概，但这只是一种假象。后面他就现出了原形：“瓜得”一巴掌不是打在老婆身上，而是老婆打在他脸上；他雄赳赳赶回家不是要讨伐老婆，而是扑通一声跪倒在老婆面前。王喘气本打算向众人显示自己大胆，却在老婆赶来时，被老婆吓得不喘气，这样出乎意料的结局让人不由得开怀大笑。

经典之所以能风行天下，除了其自身高超的水平之外，还取决于在民众中的传播、接受程度，《聊斋》本身的艺术成就虽高，但是要成为妇孺皆知的大众化经典还需要借助于戏曲等艺术形式在广大民众中传播。从这一层面来看，聊斋戏的改编意义就不一般了。更值得注意的是，聊斋戏的平民意识与清代戏曲的大众化趋势尤其是花部的兴盛有很大关系，清代的杂剧与传奇存在大众化趋势，“传统的杂剧与传奇在清代戏曲的演变过程中，大众化的本质并没有完全丧失，而且在一定程度上有进一步发展的趋势”。

【作者单位：淮北师范大学文学院】

聊斋俚曲《墙头记》的现代改编

徐雪辉

黑格尔说："历史的东西虽然存在，却是在过去存在的，如果它们和现代生活已经没有什么关联，它们就不是属于我们的，尽管我们对它们很熟悉；我们对于过去事物之所以发生兴趣，并不只是因为它们有一度存在过"①，而是因为这种历史存在与当今生活的关联。也就是说，过去事物必须和我们现代的生活密切关联，它才是属于我们的，它才更有意义。基于此，我们通过对聊斋俚曲《墙头记》的现代改编研究，重新审视古代作品现代改编的意义与价值。

一

历史上，山东一向有"书山曲海"之美称，明代李开先在《市井艳词序》中，记述济南章丘一带小曲流行情况："正德初尚［山坡羊］，嘉靖初尚［锁南枝］……二词哗于市井，虽儿女子初学言者，亦知歌之。"清代民间文艺承明代之余绪，日益兴盛发达。代表"民间性情"的说唱表演艺术种类丰富、活泼多姿，市井艳词广泛普及于民间并蔚然成风，并且受到文人雅士推许激赏。清初俗曲小唱与民间说书并行发展，演变出许多新的艺术形态，如"鼓词"、"梨花大鼓"（山东大鼓）、渔鼓、坠子、落子快书、琴书等。在淄川、博山、周村一带，有

① ［德］黑格尔著，朱光潜译：《美学》（第一卷），商务印书馆 1979 年版，第 346 页。

一种被称作“俚曲”或“小曲”的曲艺，其用曲形式或以单曲反复演唱，或多种曲牌联缀演唱。演出形式“一人自弹三弦演唱。参与人员多时，可加竹笛、扬琴、琵琶、四胡等乐器，分角色演唱”。甚至可以“分角化装彩唱”①。生活在这种环境中的蒲松龄，喜爱民间艺术，熟悉民间小曲，他不但欣赏，而且参与创作俚曲十四种②，称“聊斋俚曲”。

关于“聊斋俚曲”的文体性质，专家们看法不一：关德栋在《聊斋俚曲选》的《前言》中说：“这些作品，都是采用了民间曲调，并用口语由叙事或移作代言的杂牌子曲和杂调戏曲。”③有“叙事”体有“代言”体，关先生的说法是对多种俚曲而言的，具体到每种俚曲还是有所区别的，“叙事”体的“杂牌子曲”一般为通俗说唱形式，而“移作代言”的“杂调戏曲”就接近戏曲表演了。于天池把聊斋俚曲分为说唱与戏剧两类：“俚曲在体制上并不统一，大部分是叙事的说唱文学，小部分是代言的戏剧。”④直接将“代言”作为其认定戏剧的标准。周贻白认为“聊斋俚曲”开拓了清代戏剧的另一境界，有些篇目近于戏剧：“其所撰俚曲却颇接近于戏剧的体制。比方《禳妒咒》一种……除略有表述外，其一切排场及唱白科介，都和戏剧的写法差不多，不过在字面上把‘白’写作‘云’或‘说’。至于人物上下，场次

① 郭学东：《山东曲艺研究》，中国开明文教音像出版社2002年版，第192页。

② 一说十五种，据张元《柳泉蒲先生墓表》碑阴列俚曲十四种：《墙头记》《姑妇曲》《慈悲曲》《翻魇殃》《寒森曲》《琴瑟乐》《蓬莱宴》《俊夜叉》《穷汉词》《丑俊巴》《快曲》《禳妒咒》《富贵神仙》《增补幸云曲》。其中《富贵神仙》后变《磨难曲》，有人认为应作两种看待。

③ 关德栋：《聊斋俚曲选》，齐鲁书社1980年版，第1页。

④ 于天池：《蒲松龄与〈聊斋志异〉》，北京师范大学出版社1993年版，第239页。

调度，则完全为戏剧的规模。”①周先生依据“排场”与“唱念科白”，认为有些俚曲接近戏剧体制。马瑞芳认为“聊斋俚曲”为戏剧与说唱二体：《禳妒咒》是完善的戏剧体裁，《墙头记》《磨难曲》也初具戏剧形式。其余各篇都有异于戏剧之处，是谓‘鼓词’。② 于天池、周贻白、马瑞芳都用了“戏剧”这一宽泛概念，其含义实指“戏曲”。以关德栋、于天池为代表的一派认为，那些“代言”类故事就是戏曲；以周贻白、马瑞芳代表的一派，则谨慎地认为它们近于戏剧，初具戏剧形式。另外，藤田祐贤认为俚曲“其实是‘地方戏’性的戏剧及讲唱文艺”③。李昌集认为聊斋俚曲“以小曲敷演故事，乃是民间的一种‘说唱’或是‘土戏’”④。以上各家说法，都是就《聊斋俚曲》多个篇目而言，观点有差异，各有道理。

具体到俚曲《墙头记》，它属于哪种文体？现代做了怎样的改编？

“聊斋俚曲”中的《墙头记》，以说唱为主、兼具代言表演，介于说唱曲艺与戏曲之间，我们不妨借鉴曾永义老师的说法，称之为“乡土小戏”。乡土小戏，是不同于完整戏曲的一种艺术形式，曾先生这样论述：“装扮歌舞皆‘土服土装而踏谣’……其本事不过是极简单的乡土琐事，基本上选用即兴式表演，以传达乡土情怀；往往出以滑稽笑闹。”⑤俚曲《墙头记》虽不是即兴表演，但通篇体制为一段解说的

① 周贻白：《中国戏曲发展史纲要》，上海古籍出版社 1979 年版，第 369 页。

② 马瑞芳：《蒲松龄俚曲的思想成就和语言特色》，见山东大学蒲松龄研究室编《蒲松龄研究集刊》（第一辑），齐鲁书社 1980 年版，第 198 ~ 212 页。

③ ［日］藤田祐贤：《聊斋俗曲考》，见山东大学蒲松龄研究室编《蒲松龄研究集刊》（第四辑），齐鲁书社 1984 年版，第 288 页。

④ 李昌集：《中国古代散曲史》，华东师范大学出版社 1991 年版，第 446 页。

⑤ 曾永义：《戏曲小戏的质性》，见《戏曲学》（一），三民书局 2016 年版，第 2 页。

散文和一段歌唱的曲调轮流相间；以回目标注，全本四回，每回散文与歌曲轮流次数不等；运用曲牌体，曲调只有【耍孩儿】一个。其散文讲说部分，交代人物，叙述故事；唱曲则配合故事，抒情感慨。它当众表演，有说有唱，有穿关、“上下场”指示及“代言”表演等。从文本特征上看，既不是简单地说唱曲艺，又不具备完整戏曲的所有特征。

首先，以“回”标目。用“回”标目最早是在宋元话本说唱艺术中使用，孙楷第在《中国通俗小说书目》的“分类说明”中指出“回目”源于说唱：“然书标回数，固是后来刻书人所为，而自昔说唱，中间即有休歇（间歇处伎艺人谓之务头）。讲史固非多次莫办，小说亦不能限于一场，如宋明旧本虽只是一篇，施之说唱，则非一时所能尽也。”[①]陈美林等在《章回小说史》中也认为“回”源于说唱：“宋元说话为章回小说这一文体的最主要的源头，是孕育章回体的直接土壤。章回小说之用以命名其文体类型的关键词语‘章回’，即源于说话的分回讲说，这也说明了章回体与说话艺术的特殊关系。”[②]可见，“回目”本源自说唱艺术，后来引入话本小说、章回小说等通俗类小说，用于戏曲则极为少见。因此，俚曲《墙头记》以“回”标目，体现了说唱艺术的重要特征。

其次，有说唱文学的叙述方式，说书人的影子时时存在。请看第一回的几段：

老婆出来说自家李氏，张大的妻是也。这里正忙，他叫的甚么？张大说还没停当么？李氏说也就好了。指望你买的那

① 孙楷第：《中国通俗小说书目》，作家出版社1957年版，第3页。

② 陈美林、冯保善、李忠明：《章回小说史》，浙江古籍出版社1998年版，第36页。

东西么?

三斤肉一只鸡,就是您家那好东西,好厨子做煞也不济。咱达常在江湖上走,赴了多少大酒席,您家何曾见天日?不说那鸱头抶腚,看您达那些势势。

张大说诮什么!俺达好不好,谁着他合你令堂并骨哩么?李氏说呸!放屁!俺庄里多少好汉子,那里找着您达并骨。张大笑说出上您拣的那好的并去。他老爷待好来了,你去伺候罢。

我这话实不通,俺达我也相不中,等一个好达再相敬。咱那东西虽不济,他也知道咱家穷,全凭你把心来用。快去把衣裳找找,梳梳头好见尊公。

“老婆出来说”“张大说”“李氏说”等都是说书的介绍性语言,后面的内容,应该是说书人模仿相应人物口吻,绘声绘色地说或唱。全本体例如此,不一一列举。

第三,也有代言表演,有上下场、说白等舞台提示语。如,第一出开头“张老拄杖破衣上”,“拄杖破衣”,是其装扮,一人装扮成一位贫穷、受苦的老年人,上场念四句定场诗,然后自报家门。“俺且去一边等着,下”提示张老下场,“李老上,白”提示李老上场,初具代言体戏剧表演特征。

第四,虽然有代言表演,但通篇来看,时有说书人“跳进跳出”穿插其中。请看这一段:

李老上,白:一日能动转,百里作生涯;寻常几个月,不到女儿家。女婿张大郎,久不相见,不免望他一望。来此已到门前,待俺竟进。

“李老上”提示有演员扮演李老上场,“白”演员代言李老说话,接下来的四句便相当于出场的定场诗,然后场上活动,交代来到女儿家门前就要进门。这一段明显有演员在场上表演,说书人隐身。

李氏说张大呀,咱爹来了！慌忙按帽迎进,作揖磕头,让了坐阿爹好么？李老都答应好。娘好么？又答好。李氏也问爹好,娘好,哥哥、嫂嫂都好么？李老都答应好。张大说你去罢,看老王弄不好。李氏去了。张大才叙话……

这一段用叙述体,而没有采用对话体,明显是说书人出面,叙述交代李老来到,女儿女婿殷勤接待,嘘寒相见。接下来小瓦瓯送上酒,翁婿喝酒拉家常,李氏殷勤照应劝饭、请茶,送走李老,张大夫妻转脸又把张老嫌弃。可见说书人时隐时现、“跳进跳出”的特点。

以上四点,显示出俚曲《墙头记》介于曲艺与戏曲之间的文体特点,其表演过程中可能会采用勾脸“彩唱”的形式,与戏曲极为接近,也极容易发展为地方戏曲。

二

中华人民共和国成立后,为了契合时代要求,俚曲《墙头记》被改编。体制上从“乡土小戏”被改编为特色鲜明的戏曲地方戏,1961年五音戏上演改编本《墙头记》(又名《二子争父》),后又有山东省鲁剧研究院艺术室集体讨论,孙秋潮执笔完成改编本《墙头记》,这个剧本被山东梆子、吕剧、枣梆、大弦子等多个剧种移植演出;影响越来越大,以至于京剧、秦腔、评剧、吕剧、豫剧、曲剧等也纷纷移植演出,影响波及全国,改编取得成功。

为了适应新时代要求,改编本在故事主题上做了相应的调整;为了适应戏曲体制的要求,改编本在艺术上,包括布局结构、语言、音乐等方面都做了戏剧化改造。

俚曲《墙头记》题材取于乡土故事，能传达乡土情怀，故事反映的社会现象，与每个人的生活息息相关，广受关注，传演经久不衰。俚曲《墙头记》是关于“孝”的故事，张老汉八十多岁，老伴去世，有两个儿子：“大怪”“二怪”，两个儿子都已成家，分掉张老汉的家产，两家轮流养老，每家半月，初一、十六轮班。十一月初一，大怪送父亲去二怪家，二怪闭门不开，大怪便将父亲撮到墙头上，被路过的王银匠看到，王银匠设计：假说张老汉前几年经常到他那里去化银子，如今来要化银钱。大怪、二怪听说父亲有钱，态度发生一百八十度转变，争相奉养、讨好父亲，直到父亲去世，办理完丧事。后来，知道父亲没钱，王银匠欺骗了他们。大怪、二怪状告王银匠欺骗，官府“先打了汉子，后拶了老婆”，惩治不孝。大怪让儿子小瓦瓿帮他擦擦血，儿子嫌脏，并说是向父亲学的。结尾处，作者写道：“望上看有双亲，往下看有儿孙，我不好后代越发甚。”以“将心比心”“有样学样”的传统社会共识，来劝诫不孝的人，以免将来自己也落得同样下场。

改编本《墙头记》，尊重原著题材，基本故事情节未变：大乖妻李氏开场，一方面为迎接娘家爹准备了丰盛的菜肴，一方面嫌弃公公无用。张木匠见两个儿子不孝，提出要回自己的地单过，遭到大乖夫妇训斥。二乖也不是好货，轮到他家养老就故意闭门不开，大乖将张老撮上墙头。王银匠路过，救下张老并暗摆计笼牢，使大乖、二乖争着养老。二子果然中计，争着讨好老父亲，伺机套弄父亲的财宝所在。张老靠谎言过了三年好日子，临终说了两句话：“观看那堵墙”“想起王银匠”。张老死后，大乖、二乖寻王银匠，王银匠让他们刨墙找银子，墙倒把大乖、二乖夫妇四人压在墙下。改编本人物的名字稍有变化，如把原讽刺意味浓重的“大怪”“二怪”，改为“大乖”“二乖”，突出张木匠“四十多岁抱娃娃，冬里枣，夏里瓜，秋里葡萄，春麻花”，娇生惯养出的两个儿子，不肯养老，正应了民间“棒槌头上出孝子”的谚语，一味地溺爱，教不出好孩子。结尾以“四人被压在墙下”，惩罚不孝贪婪之子。

艺术上，改编本运用系列戏剧化手法，增强了戏剧效果。

（一）布局结构的改编

俚曲本共四回：第一回“老鳏冻馁”，第二回“计赚双枭”，第三回“安饱惊梦”，第四回“痴儿失望”。形式上以“回”标目，结构上起因—冲突—高潮—结局，故事围绕张老汉年老被儿子嫌弃的遭遇展开，采用的是小说式的讲故事模式。

改编本分场，共九场戏，戏剧冲突尖锐。

开场设计戏剧性强。第一场李氏开场，她自报家门，“我，张门李氏，外号‘将够本儿’，许配张大乖为妻。自从过得门来倒也福气，先死了小姑，后死了婆婆。……老公公八十多了还不死”，小姑、婆婆的死成了她的福气，老公公爬不动了，就骂他还不死，一个典型的自私刻薄的恶妇，如此一个儿媳妇，老公公的日子可想而知。与俚曲本比较，把李氏提到开场，并成为整个故事的主要人物，其他人、事依此呈现。大乖对李氏“是听说听道”；二乖学习大哥大嫂，斤斤计较，变着法地不肯养老；两个儿子在不孝这个问题上，各显其能，张木匠只是事件展开的道具，退居次要地位。李氏带戏上场，自报家门后，就是一个小波澜，她娘家爹“发财还乡”，来看闺女，两个爹放在一起，对比中展现李氏的自私个性。开场戏情节的延续性，在爹爹养老问题上，牵出老二，交代张木匠有两个儿子，老大不孝，读书知礼的老二怎么样呢？老二说“长兄在前，弟在后”“后浪跟着前浪游”，也不是什么好东西，两个儿子都不孝，后面就有戏了。所以，这个开场的改编，具备了三个条件：主要人物率先登场，主要人物带戏上场，开场情节延续，正是一部好戏的开始。

结局改编与时俱新，戏剧效果强。张木匠入殓后，大乖、二乖找王银匠问要父亲的财产，王银匠无奈只好“听凭天断”。张木匠临终说：“抬头观见那堵墙”“难忘好友王银匠”，王银匠让大乖、二乖夫妻去刨墙,最后墙倒,四人被压在墙下。不孝的事情,在每个朝代都有发生,古代对于“忤逆”“不孝”的事情,官府可以杖责,新中国提倡子女尽孝赡养,主要采用舆论监督,取消了杖责惩罚。现时演出,如果硬搬原作的结局,恐怕不能起到警示效果,不能引起共鸣。改编本则巧妙地改为天谴,以“往后当爹的就不用再上墙头啦”,一语双关,讽刺意味浓厚,写出了大乖、二乖的应有报应。

整体布局场次分明,九场戏九个情节段落:迎爹,要地,外送,闭门,叫门,撮墙,定计,争孝,压墙。结构主次分明,人物形象突出,故事连贯完整,戏剧冲突集中。

(二)戏剧表现手法的运用

1. 语言变俚俗为通俗

俚曲《墙头记》使用了大量方言土语,比较俚俗。如:

我那两个儿子便说:“你如今老了,封粮纳漕都得操心,耕种锄刨也费事,不如把地分给俺,你情(不用操心而坐享)八石粮食罢。”

他说我年太高,不宜量(不适合)把心操。

头一年还算强(好)。

我急自(本来)要不出粮食来。

一堆(一起,一块儿)吃饭。

他有达(父亲)妈人两个,我有俺达一个人。

你看偺爹吃了多大点子(没多少),若是您达,从来没见东西,不知待馇(xuān,塞进去,情绪强烈)多少哩。

您达达无正经,捞着(逮着)饼饭尽着撑(吃,侮辱性语言),给他碗腥汤就舍了命。

跺跺脚叫声天,这样苦对谁言?冷冻冻(冰凌)搀上这泪珠咽。

才捱(勉强咽下)了一碗,战战(打哆嗦)起来,说噤了心(心凉难受)了,不吃罢。

(第一回)

咱就不要开门,推(假装)不在家。

我这个行子(货色,家伙)真是呆,多亏了娘子你还乖(乖觉,精明),指望不的我张二怪。

张大说是乜(niè,那么,反问)冷么?你忒也虚喝(夸张,不符合事实)。

了吊儿(门环)乱瓜打(门环叩击声),拾石头把门砸,全不听的人说话。

上下一堆(一身)破铺衬(破布),西北风好难禁,牙巴骨(牙床嘴巴)打的浑身困。

我把这墙上撮(向上推过去)过你去罢。

张大轮打(摔摔打打没好气地)着说好恨人!使(累)的我喘吁吁的,他倒嗬嗤(抽泣)起来。啕杀(费劲,心烦)我了!

卖扁食(水饺)的王二。

(第二回)

张二说咱去罢,多拘远(距离,指很近没多少距离)哩。

你看我扎挂(打扮)的你一崭新。

老人家衣服要会做,棉的极厚要弶皮(jiàng,贴身),揹(衣服接缝处)里宽快些才如意。

我待着爹爹眠,盖盖被把灯端,溺鳖儿(夜壶)拿来我可散。

我定然剥来撕(扔掉)了。

这原是为你,你还向(偏袒)他。你宜量(懂得,知道)甚么好。

夜来(昨天)时做饭忙,到晚来趁(借)灯光,才把棉裤裁停当。

张二说老头子这般欢喜，等我套弄(引诱别人说出事情)他套弄。

(第三回)

清晨肉晌午鸡，每日像贼吃食，丝毫何曾得他济(得子女孝敬供养)?

张大说俺也不潮(傻)。

(第四回)

语言上大量使用方言土语，这种语言风格独特，是当地百姓熟悉的日常生活用语，特别能反映当地百姓的风情，在方言区内，这种语言通俗易懂，贴近生活，适应普通民众的欣赏习惯；顺口可歌，富于节奏感，为大众所喜闻乐见；生动形象，幽默风趣，充盈着生活气息；地域特色明显，曲折精妙，别开生面，易于心领神会。这种来自生活的语言，特别有感染力与亲和力，特别能引起兴趣与共鸣。蒲箬在《柳泉公行述》中表达了蒲松龄创作俚曲的良苦用心：

如《志异》八卷，渔搜闻见，抒写襟怀，积数年而成，总以为学士大夫之针砭；而犹恨不如晨钟暮鼓，可参破村庸之迷，而大醒市媪之梦也，又演为通俗杂曲，使街衢里巷之中，见者歌，而闻者亦泣，其救世婆心，直将使男之雅者、俗者，女之悍者、妒者，尽举而匋于一编之中。①

蒲松龄有浓烈的救世情怀，其作品揭露批判也好、讽刺寄寓也罢，都是为了劝善并建立文明世风。《聊斋志异》虽可为“学士大夫

① 〔清〕蒲箬：《清故显考岁进士候选儒学训导柳泉公行述》，见〔清〕蒲松龄著，路大荒整理《蒲松龄集》，上海古籍出版社1986年版，第1818页。

之针砭”,却无助于破“村庸之迷”,醒“市媪之梦”。而这种源于民间的俚曲,从语言上拉近了与百姓的关系,特别易于在平民百姓中传播,实现了蒲松龄立意为俗、面向大众的理想。

虽然如此,对于非方言区域来说,若非注释,即使是读本,也很难理解,因此,俚曲的语言又深刻影响了它的向外传播。

改编本《墙头记》,变俚俗为通俗,比如“达”通改称“爹”、“扁食”改为“馄饨”等,去掉了那些难懂的方言,换成通俗易懂南北通行的熟语。如此,一旦上演,便广泛传播,加大了传播力度,事实上,改编的《墙头记》曾被多个剧种移植,梆子、吕剧、豫剧、秦腔、二人转等纷纷上演,流布地几乎遍及全国,后来又拍成戏曲电影,影响很大。

2. 音乐变土腔土调为板腔演唱

俚曲本《墙头记》,以民间俗曲[耍孩儿]为主曲,中间夹说白,一曲反复使用演唱。其唱词为六六七、七七六、七七、八句式,可增字。如:

> 一家人闹呵呵,端菜碗找家伙,席完已是日头错。他急自极好害饥困,何况等了半日多,此时不知怎么饿。你把那残汤剩饭,拾上些给他如何?(第一回)

此曲基本合谱,第四、第六两句分别增加一个字。[耍孩儿]是当时的时兴调儿,俚曲《俊夜叉》开头写道:“这个曲儿,是用时兴的‘耍孩儿’调儿编成,能开君子的笑口,也能发俗人的志气。”①在《增补幸云曲》中又说:“[耍孩儿]异样新鲜。”俚曲中的[耍孩儿]为民间小曲,用方言演唱,与南曲中的[耍孩儿]不同,演

---

① 〔清〕蒲松龄:《俊夜叉》,见盛伟编《蒲松龄全集》,学林出版社 1998 年版,第 2726 页。

唱时喉音较重，语速较缓，一板三眼。根据侯玉爽演唱的《旷野逢仙》中的[耍孩儿]曲分析，八句腔的落音分别是“5、1、1、1、1、5、1、1”。①

至于[耍孩儿]的来源，车锡伦老师认为有两种可能：一是由宋代市井中叫卖“摩喝乐”（一种小儿形玩具）的“叫卖声”发展而来；另一种可能是来自宋代瓦子中的歌唱技艺“唱耍令”“唱耍曲儿”。②总之，[耍孩儿]是源于市井民间的一种腔调，很受欢迎。沈德符《万历野获编》卷25“时尚小令”条列有[锁南枝][傍妆台][山坡羊][泥捏人][鞋打卦][耍孩儿][驻云飞][闹五更][寄生草][罗江怨][银纽丝][打枣竿][挂枝儿]等曲子。③ [耍孩儿]等“时尚小令”，在明清时期十分盛行。

有研究者认为，“[耍孩儿]本身就具有明显的板腔体变奏特点。”④改编本《墙头记》音乐改用板腔体演唱。如：

张木匠（唱） 老来难来老来难，
老来无能讨人嫌。
想当初，我待儿子如珍宝，
到如今，儿子待我猪犬一般。
两个儿子不养老，
一对媳妇更不贤。
我吃不饱来穿不暖，

① 郭学东：《山东曲艺研究·音乐篇》，中国开明文教音像出版社2002年版，第153页。

② 车锡伦：《聊斋俚曲曲牌的来源（之一）》，载《蒲松龄研究》2002年第2期。

③ 〔明〕沈德符：《万历野获编》，中华书局1959年版，第647页。

④ 郑刚、郑晓莹：《聊斋俚曲曲牌[耍孩儿]音乐分析》，载《齐鲁艺苑》2017年第1期。

一家半月乱倒换。
早晨等到天将晌，
饿得我头昏眼花心似油煎。

（第二场）

此段七字韵，用了京剧十三辙里的“言前辙”，下划线的字为合辙字，韵母有 an ian uan。

门吊儿，乱呱哒，
叫不开门来用石头砸。
明明恁夫妻在家里，
不声不响恁装的什么傻，
砸不开门来我把恁骂，
我骂恁全家都死绝啦！

此段用“发花辙”，韵母为 a。其他唱段也都依辙行韵，用板腔体演唱。

3. 心理活动改为直接呈现

俚曲本中有两大段以梦的形式呈现的心理活动。一处是第三回“安饱惊梦”中，张老汉的两个儿了突然转变态度，争相孝顺老爹，张老汉心里不踏实，做了一梦：

见张大进来，便问来做甚么？张大说我那袍子，就许你常穿么？

…………

张二把老头推倒，剥着（衣服）去了，张老倚着大啕叫冻杀我了，冻杀我了！

这个梦在俚曲里是说书人叙述的，张老那种不安、惊恐的心理，通过说书人的口可以绘声绘色地渲染出来。

改编本则改为了舞台表演，将张老的担心直接呈现于舞台。第九场张木匠在儿子儿媳四个人的争拉中昏厥过去，儿子儿媳立马变脸：

大乖　快抬，快抬走！抬走吧！抬走吧……

李氏　请抬，请抬！棺材、寿衣、发丧都是恁的！

…………

赵氏　俺就是不发丧！

李氏　就叫恁发丧！

赵氏　就是不发丧！

刚才还在争爹，什么“爹是咱大伙的爹”“尽孝不能你一个人尽了”，转眼老爹闭了眼，眼见到手的银子泡汤，两家立刻翻脸，连老爹的丧事都不管。这里，将原作中的心理活动，直接外化为舞台形象。将两个儿子儿媳龌龊的心理，通过舞台形象活活脱脱地表现出来。

另一处是第四回“痴儿失望”里的梦，张老死后，为了让他的两个儿子好好发送，王银匠不得不再谎称张老“浮财也还多，当日文书一大箩”。张大、张二开始盘算：

近来白黑常打算，我要盖个合套房，捐上一个监生好游荡。你识字买个秀才，隔住板好上公堂。

然后就被“叫爷”“叫奶奶”，可以“雇上人打伞还抬轿”。又进一步幻想：

叫老爷是尊称，添上个大字更中听，何年曾奉朝廷命。新中的进士称了老，撇下个爷字与监生，他说哪咱就往前蹭。待几年州同越大，把阁老挨做了孤穷。

这是一个白日梦，也是一大段心理活动，表现张大、张二夫妇殷勤发丧，就是想早早办完丧事，好去收账，然后买官升迁当老爷，说书人用说的方式表现，绘声绘色。改编的戏曲中，删掉此情节，处理欠妥。

俚曲本中，两梦对举并存，一真一幻，心理刻画细腻：张老靠谎话度日，心里惶惶不安，日有所思夜有所梦，梦中被狰狞的儿子剥去袍子，依然挨冻；为了安葬张老，王银匠再次用计，两个儿子幻想安葬父亲后自己就可以得到大笔银子，就可以买官称老爷。知子莫若父，父亲忐忑不安；鬼迷心窍儿子心怀鬼胎算计父亲。父子之间不是血浓于水的亲情，只剩下金钱至上的交易。笔触细腻，入木三分。改编本少了一梦，削弱了作品的讽刺力度。

曲艺是戏曲的母体，长期传演中很容易转换成某种地方戏，如山东花鼓就发展出两夹弦、四平调、一勾勾、山东柳琴等地方剧种。介于讲唱曲艺与戏曲之间的俚曲《墙头记》，本身带有戏剧色彩，比较容易转为戏曲。改编本《墙头记》经过戏曲化改编，故事叙述更具有当代意义；通过调整结构布局、改换现代通俗语言、转换板腔体音乐、心理活动外化等一系列戏曲手法，使其更适应舞台表演，从而吸引了广大群众，扩大了受众范围，进一步扩大影响、广泛传播。

【作者单位：曲阜师范大学】

论蒲松龄俚曲创作的地域特色

盛志梅

一、蒲松龄俚曲创作概况

自明代以来，以民歌曲调为基础的弋阳腔、海盐腔、昆山腔等新腔迭出，明代中叶后以这些声腔为依托的大量新兴剧种也相继出现，并迅速在民间发展流行起来。与此同时，民间流行的道情、宝卷、民间小戏之类的俗文学演唱活动，也大量地采用了当时流行的曲牌、唱腔。广大农村百姓对其甚为喜爱，沈德符在谈“时尚小令”时写道：“比年以来，又有《打枣竿》《挂枝儿》二曲，其腔调约略相似。则不问南北，不问男女，不问老幼良贱，人人习之，亦人人喜听之，以至刊布成帙，举世传诵，沁入心腑。其谱不知从何来，真可骇叹！”①至蒲松龄生活的清初，民间文艺的这种表现形式还仍旧流行，总结起来，有如下几个特点：

一是民歌小调曲牌流行更新很快，新的唱腔曲牌很快就被传播开来了。恰如蒲松龄在他的《幸云曲》【耍孩儿】中所说：“世事儿若循环，如今人不似前，新曲一年一遭换。银纽丝儿才丢下，后来兴起打枣杆，锁南枝半插罗江怨，又兴起正德嫖院，耍孩儿异样的新鲜。”②

---

① 〔明〕沈德符：《万历野获编》，中华书局1959年出版，第647页。

② 盛伟：《蒲松龄全集》，学林出版社1998年版，第3155页。

二是各种俗文艺在民间遍地开花，昆腔、京腔、梆子腔、宝卷以及把戏、傀儡、快书、道情等百样俱全。

三是以各种民间说唱为基础的民间小戏备受欢迎。对此，从蒲松龄在《请禁巫风呈》中的描述可以看得很清楚："二十年来，习俗披靡，村村巫戏。商农废业，竭赀而为会场；丁户欠粮，典衣而作戏价。沸心聒耳，王武子之所乐闻；乱吷齐喧，介葛卢之所能喻。乃妇女喜其易解，粉白黛绿者成群……"①

俗曲与巫戏的盛行，为蒲松龄创作俚曲提供了充足的素材来源，也为其作品的广泛传播提供了可遇不可求的时代舞台。同时，蒲松龄不是一个读死书的迂腐书生，他不仅博览群书，涉猎广泛，古文传奇、诗词歌赋无所不能，而且早在青年时期就对民间流行的小曲有很浓厚的兴趣。恰如其在《琴瑟乐》中的自白："编成小令闲玩耍，都净是些胡话。即且解愁怀，好歹凭他吧。闷来歌一阕，我且快活一霎。"②

由于熟谙俗曲的曲牌、唱腔以及农村生活，加之丰厚的文学素养以及浓厚的兴趣，青年时期的蒲松龄便开始了俗曲的创作，而且从此一发不可收拾，从馆谷舌耕的余暇，一直到颐养天年的日子里，可以说他一生都不曾放弃对俗曲俚词的爱好和写作。蒲氏一生所写俚曲，据关德栋所转录日本平井雅尾的《聊斋小曲》书目，共八十多种，现存十五种。其中十四种收入《蒲松龄集》，一种收入《聊斋佚文辑注》。据考证，这些作品，除《夜雨思夫曲》（写于二十七岁）、《新婚宴会曲》（写于二十八岁）、《尼姑思俗曲》（写于三十四岁）、《露水珠儿曲》（写于三十五岁）、《俊夜叉》（写于三十七岁）、《琴瑟乐》（是三十五岁前后之作）外，大部分写于作者晚年，像《翻魇殃》

---

① 盛伟：《蒲松龄全集》，学林出版社 1998 年版，第 1250 页。
② 盛伟：《蒲松龄全集》，学林出版社 1998 年版，第 2690 页。

《富贵神仙》《磨难曲》《姑妇曲》《慈悲曲》《禳妒咒》《寒森曲》等都是。

至于写俚曲的目的，蒲松龄在他的《慈悲曲》【西江月】里说得很实在，也很殷切："别书劝人孝弟，俱是义正词严，良药苦口吃着难，说来徒取人厌；惟有这本孝贤，唱着解闷闲玩，情真词切韵缠绵，恶煞的人也伤情动念。若是看了说好，大家助毛攒毡，拿着当是《感应篇》，刻来广把人劝；一来积了阴德，二来……"①利用百姓喜闻乐见的形式进行教化，是作者强烈的社会责任心的体现。除此之外，聊以自我解嘲、苦中作乐也是蒲松龄创作俚曲的重要目的之一。他在《琴瑟乐》【对玉环带清江引】中说："信口胡诌，不俗也不雅。写情描景，不真也不假。……清闲即是仙，莫怨身贫贱。……打油歌儿将消遣，就里情无限。留着待知音，不爱俗人看，须知道识货的，他另是一双眼。"②

二、侧重家庭伦理的俚曲内容

聊斋俚曲中有很大一部分是根据《聊斋志异》改编的。最早把《聊斋志异》改编为通俗说唱的是蒲松龄自己。在雍正三年(1725)张元撰写的《柳泉蒲先生墓表》碑阴开列的名目中，计有戏三出，俚曲十四种，其中有七种俚曲显然是由《聊斋志异》改编而来的，如主要讲述贤惠媳妇恶婆婆以及后者故事的《珊瑚》，被改编成《姑妇曲》；讲述妒妇欺压公婆、丈夫，夫妻孽缘，最终因佛教化解的《江城》，被改编成《禳妒咒》；讲述同父异母兄弟情深的《张诚》，被改编成《慈悲曲》；等等。同时，还有褒扬孝子、义女，舍身为父报仇的《寒森曲》(取材于《商三官》《席方平》)等。在这些掺杂了大量封建伦理说教的俚曲中，蒲松龄表达了殷切的教化愿望，希望自己的作品

---

① 盛伟:《蒲松龄全集》，学林出版社 1998 年版，第 2506 页。
② 盛伟:《蒲松龄全集》，学林出版社 1998 年版，第 2690 页。

能够“如晨钟暮鼓,可参破村农之迷,而大醒市媪之梦也;又演为通俗杂曲,使街衢里巷之中,见者歌,而闻者亦泣”①。其救世婆心,不可谓不苦也!事实也恰如蒲松龄所愿,“子孙传唱银纽丝”,经三百年而未灭。直到抗日战争前,淄川还有艺人在演唱聊斋俚曲。解放后,经过文艺工作者的挖掘整理记录,不少俚曲曲牌保留了下来,使我们今天仍能听到蒲松龄当年填制聊斋俚曲的部分声腔。

俚曲所反映的内容,大体可以分为以现实生活为题材和以神话传说为题材两大类。其中前者主要是根据《聊斋志异》改编为主。如根据《张鸿渐》改编的一稿《富贵神仙》和二稿《磨难曲》,就是写秀才们为民请命,被官府追捕四处逃窜,最后被“三山大王”解救的过程。主要笔墨集中在张鸿渐的“磨难”上。其中还用了大量的篇幅描写“百姓逃亡”“官府比较”以及农民起义。对“原非爱山头,官刑逼迫不自由”的三山大王进行了正面歌颂:“多亏了三山大王,给俺百姓除灾殃”,“有冤枉的不去告官,到去告他,他就能兴利除害”。如此热情地称颂一个“山大王”,在其他同时代人的作品中是不多见的。

同样反映现实生活的还有蒲松龄从农村家庭实际情况出发,以百姓日常生活为素材,用淄川方言、时兴小调编成的小曲,内容非常现实,很有针对性,且有利于人伦风教。如:批评婆婆摆封建架子,虐待媳妇以至于害人害己的《姑妇曲》;揭示后娘虐待前房子女的严重后果,宣扬异母兄弟友爱的《慈悲曲》;揭示良好邻里关系重要性的《翻魇殃》,以戏谑笔调描写男人怕老婆、批评泼妇的《禳妒咒》等。这些曲子虽然旨在敦风厚教,强调家庭纲常伦理关系的重要,但因为剧情贴近百姓生活,语言纯用方言口语,模拟百姓日常语言语气

① 〔清〕蒲箬:《清故显考岁进士候选儒学训导柳泉公行述》,见朱一玄编《聊斋志异资料汇编》,南开大学出版社2012年版,第283页。

惟妙惟肖，倒也生动活泼，并没有丝毫的头巾气。

蒲松龄利用当时社会上流行的民歌小调改编或创作的小型戏剧，可以三五人演一台小戏，也可以是一个人的清唱。内容不外农村常见的婆媳、兄弟、邻里关系、养老问题等，用淄博土语表演，形式灵活，俏皮生动，是一种地域特色浓厚的俗文学。如风靡齐鲁大地，盛演不衰的吕剧《墙头记》，就是根据蒲松龄的聊斋俚曲改编的。该剧主要反映农村养老问题，共分四回：老鳏冻馁，计赚双枭，安饱惊梦，痴儿失望。张老汉的两个儿子不愿意养老，大冬天的早上，老大将父亲撮上了老二的墙头，老二躲着不接，张老汉看看冻死。恰巧被王银匠碰见。王就假说张老汉曾欠下他许多化银钱，今日前来讨债，哄得两个儿子、媳妇以为父亲很有钱，他们为了拿到银子而争相养老。这个故事讲的是农村里常见的养老问题，同时也连带出一个子女教育的问题。两个儿子之所以如此不通人性，是因为张老汉早年的过分溺爱："五十多抱娃挂，冬里枣夏里瓜，费了钱还怕他吃不下。惹的恼了掘坟顶，还抱当街对人夸，说他巧嘴极会骂。惯搭的不通人性，到如今待说甚么。"①尤其回味无穷的是这个小戏的末尾，当张大受了官府的板子，作者安排了这样一个情节：

> （张大说）小瓦瓿子，给我擦擦腿上这血。（瓦瓿子说）俺不，怪脏的。（张大说）小杂羔子气煞我！我到家可打你！（瓦瓿子说）俺爷爷长疮霎，叫你给他看看，你就嫌脏，正眼不理么，怎么这个就待打人？（张大哼哼着说）我做下样子了。我对你说，休学我了，我这就不是样子么！
>
> 望上看有双亲，往下看有儿孙，我不好后代越发甚。指望

① 盛伟：《蒲松龄全集》，学林出版社 1998 年版，第 2455～2456 页。

他到家服事我，谁想他事事要学人……①

对于科举的揭露，是俚曲内容的又一个方面。蒲松龄的俚曲塑造了很多被生活所迫，无计为生，却放不下科举梦的“酸秀才”“童生祖”。对于老秀才的讽刺，可以说是一种无奈的自我解嘲。恰如他在《禳妒咒》的打油诗中所说：“从那来了个春风鼓，童考考到六十五。没钱奉上大宗师，熬成天下童生祖！”②对于这些读书人的人生尴尬，蒲松龄深知其中滋味，因此写起来文笔就格外地泼辣、酸涩。这方面的代表性作品有《闹馆》《学究自嘲》《闱窘》等。这些作品都可以看作是作者自我解嘲的小品，如《闹馆》中一段写穷秀才为能找到一个书馆，甘愿为东家当牛做马的低三下四的可怜境况：

念书人法圣贤自尊自重，□□□都说俺拿腔弄款。今去鲁明去齐无有主顾，生今世反古道我独不然。回头来尊贤东不必讲话，从今后成一家那分两院？放了学饭不熟我把栏垫，到晚来我与你去把水担，家里忙看孩子带着烧火，牲口忙无了面我把磨研，扫天井抱柴伙捎带拾粪，来了客摸桌子我把菜端。③

“诉诉穷人肚里愁”也是蒲松龄在俚曲中常表现的主题，他对“墙又塌，屋又倒，大风刮了屋上草。又少裤，又少袄，孩子哭，老婆吵”“少油没盐，少柴无米，少裆无系，少吃无烧”④的穷汉生活深表同情。《穷汉词》是一个直诉穷困农民生活的短篇，文中哭诉道：“俺

① 盛伟：《蒲松龄全集》，学林出版社1998年版，第2473页。
② 盛伟：《蒲松龄全集》，学林出版社1998年版，第2779页。
③ 关德栋：《聊斋俚曲选》，齐鲁书社1980年版，第99页。
④ 盛伟：《蒲松龄全集》，学林出版社1998年版，第2738、2739页。

也曾血汗暴流,扭筋拔力","把叉了一年来,弄的是净打光的"。[1]不需要多么忧愤的抒情,也无须多么激愤的议论,深切的关怀和同情尽在其中。

三、浓郁的地域语言特色

对聊斋俚曲的妙处,蒲松龄长子蒲箬在《祭父文》中曾说:"间摘其中之果报不爽者演为通俗之曲,无不脍炙人口,可歌而□□。"[2]俚曲的艺术特色总结起来主要有如下几点:

其一,"直而不白""谐而不谑"的酸辣幽默。

山东人刚直、坚强,耻于示弱,抗打压能力极强。即便是在生活的重压之下,也往往以幽默的方式将压力释放,加之俚语村言往往能将世俗人情描摹得惟妙惟肖,作者恰是看到了这一点,在他的作品中,常常对人物不加褒贬,而是利用人物自身的语言行动来展示人物性格,利用方言土语酸辣的幽默劲将人物塑造得玲珑生色。如《穷汉词》:

> (财神)爷爷!爷爷!你是个甚么意思?我亟待扬誉扬誉你,怎么再不肯和我见面?
>
> 掂量着你沉沉的,端详着你俊俊的,捞着你着亲亲的,捞不着你窘窘的,望着你影儿殷殷的,想杀我了晕晕的,盼杀我了昏昏的……穷杀我了可是真真的。[3]

形象贴切的双音叠词的运用,活画出穷汉的穷极无奈,他对于

---

① 盛伟:《蒲松龄全集》,学林出版社1998年版,第2738页。

② 〔清〕蒲箬:《祭父文》,见朱一玄编《聊斋志异资料汇编》,南开大学出版社2012年版,第280页。

③ 盛伟:《蒲松龄全集》,学林出版社1998年版,第2737页。

财神爷激切的埋怨实质就是对不公平的社会的控诉。读完这些文字,不需作者怎样的修饰,为穷所困的穷汉形象就跃然纸上。同时在看似白描的人物塑造中,我们体味到了一丝淡淡的苦涩,在其诙谐的语言背后,我们明显感到沉重的生存压力,这也许就是“灰色幽默”的冷峻效果吧。

其二,率直、简单的白描手法。

聊斋俚曲多善白描,尤其在写到人物的心理活动时。如《闹窨》写一位多次参加科举考试的老秀才的心理活动,语言活泼、诙谐幽默。其中用了【新水令】【收江南】【园林好】等多支曲子,每支曲子讲一种心理活动,老秀才在闱中搜肠索肚写不出文章,思绪万千,心潮起伏,又是求神,又是念咒,又是埋怨家人对其期望过高,总之种种洋相都出尽了。另外在篇末又附了一篇《南吕调九转货郎儿》,是用【货郎儿】曲调,从【一转】到【九转】,将宗师按临考察时,老秀才惶恐不安地打听消息、晕头转向地复习、慌慌张张地进场、挖空心思地作文以及狼狈仓皇地出场等考试的全过程纯用白描手法勾画了出来,可谓墨笔酣畅,淋漓尽致。

如【四转】写老秀才准备复习时的顾头不顾尾:

> 粜新谷行囊趋办,先找出少年时熟文半卷,又搜得难题目百千篇,装成担,似江西书贩,携来寓店。头不抬,身不起,嘛嘛的从新念。旧的当看,新的宜掀,好工夫急切何能遍?救命的菩萨又换不转天!饶俺几天,将一部久别的四书再一展。①

又如【八转】写因为过于紧张而忘词时的狼狈:

① 盛伟:《蒲松龄全集》,学林出版社 1998 年版,第 2407 页。

思久全无承破，只得趁闲，墨儿频磨。想不起甚题文那句儿相合，怎奈何也呵，有一首较可较可，转思量全不在心窝。漫把头颅摸，甚腾那也呵，经半日脱稿才哦，那捷笔邻兄已收拾朱络，瞒肩头说我过我过。那短命太阳疾似流梭，渐向西方错。撩高的恁偻啰也呵！人长呵也呵！恰便似活挑着肝肠在滚油锅。①

其三，浓重的乡音土语、俚俗方言的运用。

聊斋俚曲中用了很多当地方言中才有的成语、称谓、名词。如称狼为“犸虎”；播弄是非为“篡作的”，当地的农活打扫猪舍称“垫栏”、故意拿捏称“拿腔弄款”，等等。这些词语只有用当地的方言土语的音调、语气说出来，才能真正体现其内涵意蕴，具有典型的地域特色。

聊斋俚曲的重要特点就是词句中大量使用民间口语，通俗自然，幽默风趣，“老妪可解”。还用了大量的歇后语、成语、方言，读来亲切感人，如身临其境，亲历其事，亲面其人。如《慈悲曲》中赵大姑与李氏的一段骂架，足可以代表聊斋俚曲的语言风格：

李氏说：你这些屁，是听的谁放的？必然是小讷子那小忘八羔篡作的！叫他来，合我质证质证。

赵大姑说：卖布的净了店——你没嗄裂拉一裂拉。该小讷子那腿事么？南庄北院的说的少哩么？就是犸虎咬着老羊——就吃下他下半截，他也是不做声的。②

---

① 盛伟：《蒲松龄全集》，学林出版社 1998 年版，第 2408 页。

② 盛伟：《蒲松龄全集》，学林出版社 1998 年版，第 2521～2522 页。

“奇”之关注与“事”之翻演

——论《聊斋志异鼓词》对《聊斋志异》的改编

刘富伟

作为隶属民间文化传统的一门综合性艺术,曲艺(说唱艺术)以其浓郁的地方风格和地道的中国气派,一向被认为是最具民族性和民间性的“国粹”艺术,而为广大民众所津津乐道、百听不厌。它不仅在民众的日常生活中扮演着不可或缺的重要角色,而且对平民大众精神之塑造、人格之培养、知识之促成均发挥过不可替代的作用——这在旧社会和中华人民共和国成立初期表现得尤为突出。不能不说的是,曲艺(说唱艺术)也和中国古典文学,特别是小说、戏曲结下了不解之缘。这种影响是双向度的,两者彼此扶持、相互促进:一方面说唱艺术对一些经典名著、名剧的最终形成功不可没;另一方面,许多曲种的曲目(书目)也直接取材、移植于古代小说、戏曲,不少曲目(书目)由此还成为书场上久演不衰的保留节目、曲坛“大蔓儿”(曲艺术语,即著名演员)的拿手绝活,这无疑为古代小说的传播和改编开辟了一条新通道。《聊斋志异》也正是经过各种曲艺门类的二度创作,方由“文人士夫”阶层的案头之作走进了书场曲坛、街坊闾巷。

必须提及的一点是,《聊斋志异》青柯亭刻本(1766)面世前后,正迎头赶上清代曲艺发展的快车道,而且这种繁盛局面从乾隆、嘉庆年间一直延续到晚清、民国时期,这一机遇使《聊斋》和曲艺不期而然地握手拥抱,两相欣欢。《聊斋志异》和稍后问世的《红楼梦》一样,作为一种新兴势力迅速在曲坛打开了局面、站稳了脚跟,并一发而不可收,成为许多曲种的主打品牌。

在说唱艺术对《聊斋志异》的改编中,鼓词尤为引人注目。鼓词主要是流行于北方的一种曲艺形式,因以鼓板击节伴奏而得名。它和宋代的"鼓子词"及元明时期的"词话"均有很深的渊源。但其名称出现较晚,至明末清初贾凫西的《木皮散人鼓词》,方正式使用"鼓词"这一名称。入清之后,鼓词的发展可谓突飞猛进,蒸蒸日上。鼓词的传统表演形式,主要为一个人以书鼓和简板伴奏(后加入三弦伴奏),用韵散相间的说唱方式,采用当地流行的方言或方音来叙述故事。在音乐结构上,它属于按板行腔的板腔体;在节奏上,则以单一反复的音乐形式为主。

据笔者所见,鼓词里的《聊斋志异》曲目共有43个,大部分是民国初年的作品,其中《聊斋志异鼓词》(以下简称《鼓词》)一书就辑录了40篇,全部出自求石斋一人之手;其余三篇为《黄九郎》、《恒娘》和《胭脂》,均是清末民初曲坛流行的场上曲。《鼓词》一书由上海校经山房书局印行(本文所引《鼓词》文字皆依据此本),扉页题"蒲留仙原本",有托名"治逸民"者撰于民国十三年(1924)季夏的序言,从中可知《鼓词》编写者为求石斋。全书共六卷四十回,具体回目依次是:《考城隍》《瞳人语》《画壁》《狐嫁女》《娇娜》(以上为第一卷);《天宫》《马介甫》《晚霞》《莲花公主》《翩翩》(以上为第二卷);《小二》《续黄粱》《白于玉》《瑞云》《姮娥》(笔者按:正文实际上为《恒娘》)《凤阳士人》《梦娘》(笔者按:应为《梦狼》)(以上为第三卷);《姊妹易嫁》《赌符》《田七郎》《妖术》《王桂庵》《公孙夏》《织成》(以上为第四卷);《罗刹海市》《侠女》《公孙九娘》《画皮》《颜氏》《九山王》《青梅》(以上为第五卷);《绿衣女》《伍秋月》《荷花三娘子》《房文淑》《薛慰娘》《王六郎》《桓侯》《胭脂》《诗谳》（以上为第六卷）。此书每回演一"志目"，每回结尾往往用"这一回《罗刹海市》方唱毕，下一回《绿衣女子》说开文"一类的串连词来承前启后，形成一部若即若离、似断似续的长篇大书。其实上、下回之间并没有必然的联系，每回皆能独立成篇，称它是短篇曲目的合集，显然更为合适。下面我们就从题材选择、故事重构、语体转换三个方面，来具体探讨一下《鼓词》是如何改编《聊斋志异》的。

一、"奇"之关注：《鼓词》的题材选择

关于鼓词的内容，郑振铎先生曾云："鼓儿词以叙述金戈铁马之故事为主体，故特注重于战争的描写，殆是北地人士们的偏嗜之所在。"①除了北方民众的审美趣味之外，这种题材取向也许还与鼓词自身的艺术特征有着密切的关系。鼓词音调多激昂慷慨，鼓板伴奏亦高亢有力，因而特别适合表演英雄豪杰南征北战的故事，像《大明兴隆传》《杨家将》《呼家将》等长篇故事都是鼓场上最受欢迎的节目。郑先生还提到那些表演短篇故事《珍珠塔》《蝴蝶杯》一类的小型鼓儿词，"写的也只是悲欢离合之事"，"不过远不及《呼家将》等大锣大鼓，大打大摔的容易引人注意"②。从郑先生对鼓词内容的概括来看，无论是金戈铁马的战事，还是离合悲欢的情事，都说明鼓词在题材的选取上是关注、热衷于"奇"的——人物的传奇人生、故事的传奇经历。只不过长篇鼓词侧重于英雄好汉的命运之"奇"，短篇鼓词则偏重于才子佳人的风月之"奇"。可见，鼓词更注重以引人入胜的故事情节来吸引听众，而不像子弟书等曲艺形式主要是用感人

---

① 郑振铎：《三十年来中国文学新资料发现记》，见《郑振铎全集》（第五卷），花山文艺出版社1998年版，第503页。

② 郑振铎：《三十年来中国文学新资料发现记》，见《郑振铎全集》（第五卷），花山文艺出版社1998年版，第503页。

肺腑的情感力量来打动听众。鼓词嗜“奇”爱“奇”的题材取向也必然会影响到《聊斋志异鼓词》对《聊斋》故事的择取。

在第一回《考城隍》题下，求石斋曾对蒲松龄创作《聊斋志异》的情形和著书心态进行了较为详尽的解读，可以视作全文总序与开篇纲领，从中亦约略透露出其改编的关注点所在：

本书所叙并不是英雄豪杰，也不是才子佳人，是一本异志（笔者按：应为志异）说怪的小说。原来是一位蒲松龄先生所著。那位先生是一个有名的才子，但他为什么要写这部书呢？不在经史上发挥些出来而费精劳神用在一部小说上，不务其本而务其末。要知此中也有数段原因。松龄先生一来是怀才不遇，二来是有气节之士。当时满人初入中原，蒲先生本是明室遗民：

那时满候（笔者按：应为候满）人入关坐龙廷，可怜他大明江山一旦倾，蒲先生亡国遗民心堪痛，终有些反抗思想不离心。心中存异族君王非我族，只奈我无力驱除扫妖氛。可羞的汉人无节朝中立，文的是颂扬尧舜无虚日，武的更汗马功劳立功勋。蒲先生因与一般读书士，常常便做出希奇文字来。蒲松龄外号又叫留仙称，因为是连考几次都不中，从此后无意进取乐田庄。家住在通京大道官塘路，终日里来来去去官和商；他拿了一片席子铺地坐，还有那一壶香茗润喉肠，身上穿方袖大袍像傻子，手拿了一枝烟管六尺长，镇日的坐地不言并不语，好比那痴汉等妻一般狂。倘然遇着熟识人儿来走过，他就把衣襟拉住道衷肠，但求他谈谈说说古怪事，一边说一边牢记在胸膛，到晚间就把闻听做成稿，就是那《聊斋》一部妙文章。这部书传到如今三百载，方凭我改作鼓词唱其详。

求石斋说蒲松龄“家住在通京大道官塘路……就是那《聊斋》一部妙文章”云云，实是当时流传甚广的一种说法。邹弢的《三借庐笔谈》曾记载：“（蒲松龄）作此书（指《聊斋志异》）时，每临晨，携一大磁罂，中贮苦茗，具淡巴菰一包，置行人大道旁，下陈芦衬，坐于上，烟茗置身畔。见行道者过，必强执与语，搜奇说异，随人所知，渴则饮以茗，或奉以烟，必令畅谈乃已。偶闻一事，归而粉饰之。如是二十余寒暑，此书方告蒇，故笔法超绝。”[①]不过这种说法和蒲松龄的生活经历、经济状况等都不甚符合，故被鲁迅斥为“委巷之谈”。

求石斋又说蒲松龄为具有民族气节、反抗思想的明室遗民，更是对蒲翁的“过度阐释”和无限拔高。且不说明朝亡国时蒲松龄方才五岁，连遗民的资格都很难算上，但看他前赴后继地奔竞科场与文集中为清朝廷歌功颂德的拟表，亦可知蒲松龄即使心存反清情绪的话——《聊斋》中确有几篇作品是对异族统治语含讥讽的，也是很有限度的。晚清时期，在“小说界革命”的鼓吹下，一些具有新思想的革命家往往把蒲松龄引为同道，将其包装成“排外家”，以便为他们政治上的排满意图鸣锣开道。“谴责小说”大家吴趼人曾云：“近日忽有人创说蒲留仙实一大排外家，专讲民族主义者，谓《聊斋》一书所记之狐，均指清人而言，以‘狐’‘胡’同音也。故所载淫乱之事出于狐，祸祟之事出于狐，无非其寓言之云。”[②]其实，这一说法根本是站不住脚的，《聊斋》虽然也叙述了狐精祸祟之事，但毕竟不占主流，与之相对照的是，蒲松龄还塑造了更多的佳狐美狐形象。如果按照上述逻辑进行类推的话，那又该做何解释呢？可以说，求石斋所极口揄扬的“蒲先生亡国遗民心堪痛，终有些反抗思想不离心。

---

① 邹弢：《三借庐笔谈》卷六，见朱一玄编《聊斋志异资料汇编》，南开大学出版社2012年版，第301页。

② 趼（吴趼人）：《小说丛话》，见朱一玄编《聊斋志异资料汇编》，南开大学出版社2012年版，第514页。

心中存异族君王非我族，只奈我无力驱除扫妖氛”，显然是对“蒲留仙实一大排外家，专讲民族主义者”这一流行观点的引申与发挥。

不过，求石斋对《聊斋志异》题材的定位倒十分恰切，认为它是“一本志异说怪的小说”，并不是演述英雄豪杰、才子佳人那样传统鼓词所关注的内容。因此，求石斋也把筛选的眼光盯准了《聊斋》中的“希奇文字”“古怪事”，一再宣扬他所改编的“志目”之“奇”。在每回的结束语中，他几乎都要预告下篇鼓词是“奇事”“奇书”或内容“更奇”，这无疑也蕴含着本回“志目”也是“奇文”的言外之意。比如第一回《考城隍》结束语云：“此一回《城隍》事已唱毕，下回书《瞳人语》事更奇闻”；第二回《瞳人语》结束语亦云：“可见得福善祸淫天不爽，下一回禅堂《画壁》更奇哉”；第十七回《梦狼》结束语云：“此段《梦狼》情节已唱毕，下一回另有奇书再开场”；第二十一回《妖术》结束语亦云：“这一段《妖术》情形已唱毕，停片刻自有奇书下回云”；第二十九回《颜氏》结束语云：“这一回夫受妻荣真是天下少有，尚有奇事下回再提”；第三十七回《王六郎》结束语亦云：“老汉满载而归感土地，下回尚有奇事讲分明”，等等。可以说，《鼓词》所选择的题材范围是相当广泛的，不似子弟书那样集中于爱情层面，但求石斋以“奇”为逻辑基点把四十回文字贯穿起来，也可见出其独特的选编视角。

不仅如此，求石斋有时还在改写中加入一些带有传奇性质的“掌故野闻”，更是为文本增添了一层神秘色彩。如《聊斋志异》中的《侠女》篇文是奇文，人是“奇人”（顾母对侠女的评价）。“艳如桃李，冷如霜雪”，是写侠女性格之奇；“以匕首望空抛掷”，使白狐身首异处，是写侠女剑术之奇；不肯接受顾生明媒正娶的求婚，却又私下跟他幽会，替他课家生子、延续香火，是写侠女行为之奇；为报父仇，隐忍民间，一击成功，飘然远去，亦可想见其惊心动魄之奇。可以说，侠女身世的扑朔迷离、行为的不可思议，使得全文具有了一种“奇”不胜收的特殊美感。王渔洋评云：“神龙见首不见尾，此侠女其犹龙乎!"正指出了侠女的变幻无端与高深莫测。《鼓词》又在《聊斋》原文"奇"的基础上叠床架屋,它把吕留良被杀、雍正被刺和侠女故事勾连、糅合在一起,从而使改写本奇上加奇,奇中出奇,蒙上了一层云谲波诡的玄异色彩。

《鼓词·侠女》开篇即云:"话说前清雍正皇帝暴虐无道,滥用刑罚,动不动就使血滴子杀人,把一般官员唬得战战兢兢。古语道:伴君如伴虎,翻转回皮就吃人。年羹尧平定西川功劳盖世,后来雍正皇帝一旦赐死。当时一般有侠气者,皆不平。有一位吕留良先生的女儿精于拳术,又有飞剑杀人。因他父亲被无道昏君满门抄斩,他炼成功了剑术,夤夜入宫刺死魔王,父仇得报,瞑目而亡。这件千古疑案传至如今,因碍朝廷的面子却查考不出来。咱且表明原因,且说南京有一位顾秀才…………"从中可以看出改编者对雍正的暴虐无道、滥杀无辜是心怀憎恨的,对吕女的报仇雪恨、为民除害也是击节称赏的。在结尾,改编者又揭开侠女身世的谜底,直接将她指实为吕留良之女:"侠女道此是仇人的首级,略开看须发蓬血肉糊,不免得见之令人生颤栗,遂乂道夜深切莫令母惊。说话间嗤的一声道去也,顷刻已无影无踪杳无形。此一回侠女暗指留良女,那仇人是否雍正难以明。"叙述者在这里对侠女刺杀的仇人是否为雍正帝,既没有肯定,也没有否定,这种模棱两可、若即若离的态度反而更能激发起读者的无限遐想。求石斋如此改动,是想取得一箭双雕的效果:一方面可以借此证明蒲松龄确实是"终有些反抗思想不离心""心中存异族君王非我族"的民族意识;另一方面亦极大地满足了读者好奇厌常的"猎奇"心态,使他们在改写本中读到了原文中所没有的、更为刺激的内容。这同时也显示出求石斋对奇文奇事的钟爱和偏嗜。

实事求是地说,认为《侠女》系影射雍正被刺一事,并非求石斋的新发现。在此之前的《阙名笔记》中即有记载:"清世宗之崩也,实为人所刺,盖其严治吕留良、陆生柟(笔者按:应为陆生楠)、查嗣庭之狱，既已大干吾民族之义愤。于是甘凤池之流，始相率而起，从事于暗杀。清廷遂竭力搜捕，而终不能去之。当时吕晚村孙女某，剑术之精，尤冠侪辈。相传雍正即为吕女所杀。《聊斋志异·侠女》一则，盖影射此事也。”[①]《鼓词·侠女》与上述记载在精神要旨上是一脉相通的，它只是把侠女的身份由吕留良的孙女改为女儿，以便和《聊斋》原文中的为父报仇统一起来。同时可以看出此类野史传闻在当时是颇有市场的，求石斋将其吸收到文本中来，也是为了增加《鼓词》的号召力、提升作品的知名度，从而达到促销营利的目的。这里需要指出的是，雍正之死确为清宫一大谜案，是否为吕留良的孙女（女儿）吕四娘所刺杀，我们姑且不论。但要说《聊斋·侠女》篇系影射刺杀雍正之事，的确是风马牛不相及，即使是蒲松龄再具有民族气节、反抗思想，他也不可能预见到自己死后发生的事情。蒲松龄去世是在康熙五十四年（1715），那时候胤禛（即雍正）还没有登基称帝——雍正即位在1722年，他在蒲翁死后二十年方才驾崩。这也告诫我们，小说毕竟是小说，历史毕竟是历史，以“索隐”派的方法从小说中寻求或演绎所谓的微言大义，一不小心就会露出马脚的。

这里我们不妨将另一种曲艺子弟书与鼓词做一下对比。同样是对《侠女》的改编，子弟书《侠女传》选择的则是另一路向。文本对侠女之为人、性情曾有一个全面的概括：“想佳人侍老母帷房何等顺，对崔郎（笔者按：即原作的顾生）花下恁般柔。从权处《内则》《女经》全搁起，又偏到龙潭虎穴去闲游。”作者在改写时，对斩狐、复仇等传奇色彩较为浓厚的情节匆匆带过，却用三分之二的篇幅叙写了侠女如何伺候染病的崔母，“胜似亲女伏伺在床头”；如何与崔生春风二度，“碧桃花下雨密云稠”以及如何为崔家产下后代。可见，

---

① 蒋瑞藻编，江竹虚标校：《小说考证》附续编拾遗，上海古籍出版社1984年版，第223页。

子弟书《侠女传》突出的主要是侠女之“情”——对崔母的孝敬之情、对崔生的怜悯之情、对崔家的延续烟火之情。从这个例子可以看出，子弟书和《鼓词》是分别遵循着各自对“情”的抒写和“奇”的关注的曲体传统，来改编聊斋故事的，它们的改写也各自强化和发展了《聊斋志异》题材的不同内涵。

值得注意的是，《鼓词》在改编聊斋题材时，不仅关注作品“奇”之内涵，也十分注重文本的警世意义与劝诫价值。与原著相比，《鼓词》的教化主旨更为突出，劝诫意味更为浓烈。我们还注意到，求石斋往往把“奇”与“劝”相提并论，成为他选取题材的两大核心关键词。如第十七回《梦狼》结尾云：“这叫做善恶到头终有报，书经说为善降祥恶遭殃。此段《梦狼》情节已唱毕，下一回另有奇书再开场。”第二十八回《画皮》云：“这一段《画皮》惊奇已唱毕，劝诸君切莫近色取祸身。”第三十回《九山王》云：“秀才方悟老翁就是狐精，原来是报烧死他家的冤仇。可见善恶到头终有报，下回再寻奇文开讲。”劝诫意识、教化观念不仅仅是在《鼓词》创作中得到彰显，在其他曲艺形式中也十分盛行。之所以会形成这种现象，是因为曲艺家们自觉地把说唱艺术视为一种“高台教化”。这种认知和定位使他们在创作、改编各类作品时，总要把文本的主旨归结或“提升”到这一“高度”，若不如此，似不能心安理得。

二、“事”之翻演：《鼓词》的故事重构

杨荫深先生在论述鼓词的体例时说：“鼓词的体例与弹词一样，也以韵散文合组的，大抵议论叙事则用散文，记景写情则用韵文。又因为是叙事体，所以没有代书中人的说白，只有说书人自己的表白。”[①]杨先生把鼓词归结为“叙事体”，诚为不刊之论。赵景深先生

① 杨荫深：《中国俗文学概论》，转引自陈汝衡著《说书史话》，人民文学出版社 1987 年版，第 224 页。

在谈到鼓词与大鼓的文体区别时，把大鼓归为叙事诗，然后说道："鼓词极长，近于平话，因为不是代言，不是戏剧，所以它是韵文小说，可以归入佛曲、变文、诸宫调、弹词一类去讲。"①赵先生称鼓词是"韵文小说"，着眼点仍在于它的叙事性。叙事体（鼓词）和叙事诗（大鼓、子弟书）虽仅有一字之差，但在文体意义上却相距甚远。如果说大鼓及子弟书是以情感的充盈与心灵的吟唱见长的话，那么鼓词则更注重情节的曲折离奇和故事的引人入胜。

这种与生俱来的曲种特性，也表现在对《聊斋志异》的改写与重构上。子弟书与自身的抒情意味较强相匹配，着重发挥的是《聊斋》作为"诗化"小说的一面，故呈现出浓郁的"诗化"风格；鼓词则不然，跟本身传奇色彩更为显豁相一致，它突出强调的是原著作为"事化"小说的另一面，故表现出较强的故事性。换言之，子弟书在改写《聊斋》时侧重抒情，而轻于叙事；鼓词则恰恰相反，它把改写的重心放在故事的叙述上，却对原文的抒情因素很少关注乃至忽略不计。我们不妨把子弟书演绎《聊斋》的方式称为"诗化"的重构，与之相应，鼓词则可称为"事化"的重构。下面即以《天宫》为例，来分析一下《鼓词》是如何对《聊斋》原著进行故事重构的。

《聊斋·天宫》讲述的是这样一个故事：仪容修美的京都郭生，在喝了一个老妪送来的美酒后，大醉睡去，冥然罔觉。醒后已和一个自称为仙的女子睡在洞府之中，发生了肌肤之亲。因洞府漆黑不知昏晓，郭生幽闷异常，在和"仙女"缠绵数日后，屡生归心。此时"仙女"方让他遨游天宫，郭生见天宫奢华无比，"仙女"貌若天人，乃乐不思蜀，在洞府的温柔乡中流连忘返。缱绻数月后，"仙女"声言："今将粪除天宫，不能复相容矣"，遂赠给郭生黄金一斤、宝珠百颗，

---

① 参见赵景深《怎样写通俗文艺》，见《曲艺丛谈》，中国曲艺出版社 1982 年版，第 261 页。

并酌酒饯别。于是，郭生又在昏醉中被送回书斋。故事发展至此，读者大都认为《天宫》像《聊斋志异》中的其他爱情作品一样，叙述的仍是人、仙之间一场浪漫而奇异的艳遇。小说接着写郭生起初害怕遭到天仙的谴责，不敢明言，后来才渐渐道出此事。某达官知道后笑曰：“此贾后之故智也”，并告诫他要严守秘密，否则会有灭族之祸。再和文中丫鬟所言“即非天上，亦异人间。若必知其确耗，恐觅死无地矣”相互参证，读者方恍然大悟，所谓的天宫洞府确实是“别有洞天”，所谓的“仙女”亦是冒牌货。结尾通过巫师之口揭开最终悬念，小说描写的天宫丑闻正是发生在权倾朝野的严世蕃家。通读全文之后，我们不能不佩服作者蒲松龄用笔之迷离闪烁、夭矫变幻，故事情节之委曲新奇、不蔓不枝，悬念设置之出乎意外、不落窠臼。同时小说的结尾，可谓全文的画龙点睛之笔，使批判“权奸之淫纵，豪势之骄奢”的主题昭然若揭，极大地升华了作品的主旨，足以见出作者立意之高远。

《鼓词》对《聊斋・天宫》故事的重构与改写主要表现在两个方面：

一是调整了故事的结构。《聊斋》原文在结尾方点出天宫的主人是严世蕃，而求石斋则早早就把“底牌”统统亮出。叙述者在曲目伊始即表白：“却说提起天宫一段故事，这天宫并不在九霄之上，云汉之中，出在大明嘉靖年间，是人造的一座花园。园地在北京城内，只因造得幽深广大，内中层楼高阁，曲室画廊，却不走大门出入，另有一条秘密的路境（应为路径），要从地下钻进去。这地方约有一里多长，故意造成许多弯曲，使外人莫名其妙。……实在说起来，名为天宫，实同地狱。闲话少说，究竟这天宫是谁所造的，听我唱来。”接着唱道：“若提起，这座天宫在何地，究竟是，何人起造在何年？原来这，天宫造在京师内，造的人，却是严嵩老权奸。”《鼓词》这种开门见山的介绍方式，我们并不陌生，上面提到的《侠女》的开篇也是如此。

求石斋之所以把《聊斋》原作的收煞作为鼓词的开场，主要应是考虑到读者的接受便利，一开始就表明故事的创作缘由、交代清楚背景信息，可以使读者对故事的大致内容能有一个初步的了解和较为准确的推断，而不至于被迷离闪烁的笔法恍晕了头脑。但是这样一来，《聊斋》原作中天宫“仙女”及天宫主人所具有的神秘性、文本假幻证实的悬疑性，也就荡然无存了。从文学价值上加以评判的话，可以说这种“打开窗户说亮话”的做法，既失去了前文本引人入迷的特有魅力，实际上也违背了“文似看山不喜平”的创作规律，大部分读者在一览无余后亦会感到索然无味。依笔者之见，“这扇窗户”还是不完全打开为好。

二是扩充了故事的容量。《聊斋》原文结尾写道：“有巫尝出入贵家，言其楼阁形状，绝似严东楼家。郭闻之，大惧，携家亡去；未几，严伏诛，始归。”蒲松龄只是以皮里阳秋的笔法把天宫之事和严世蕃挂上钩，并未对严氏的威势暴行做正面渲染，但同样使人体味到其权势之强、罪恶之烈。而求石斋则借题发挥，对严嵩父子的所作所为大书特书，篇幅要占到全文的近二分之一。先是写严氏父子政治上的斑斑劣迹，二人如何沆瀣一气，祸国殃民，如何屠害忠良，贪赃枉法，而终被海瑞参倒，遗臭万年。接着又回顾了严嵩的发迹历程，先因精于相面而讨得江西藩王(即后来的嘉靖帝)的欢心，又因善撰青词而得到皇上的赏识，因而得以窃弄威柄，为所欲为。接着写严氏父子生活上的荒淫无耻，如何在家和女乐淫荡作乐，那些女乐却又无法得到性生活的满足，因此她们“从中发出一条秘密的路径，由地道出入”，差遣亲信到街坊上寻访美男，以供分班取乐。这才引出故事本身，转到讥刺严氏父子帷薄不修的正题上来。此后的情节才基本上演述的是《聊斋》本事。

这样的借题发挥、随意蔓延，在《鼓词》中不止《天宫》一处。其他像《晚霞》以屈原投江来引出下文，其中又牵涉到“近年有个潘烈士投海”;《画壁》开头从永乐帝与姚广孝大兴释教娓娓道来,其间又提及“八大胡同笙歌沸”等,皆在有意无意中流露出求石斋追奇逐异的本性。值得注意的是,它们大都出现在开篇位置,类似于诗歌中的“起兴”与话本中的“入话”,也有可能是吸收了评书惯用的“书外书”技法。需要指出的是,这样的技法并不是不能运用,如果运用得当,还可能起到出乎意外的艺术效用。关键是要和文本内容具有内在的或紧密的联系,才不令人觉得云山雾罩,不知所云。显然,这需要创作者(表演者)具有相当高超的艺术功力,才能放得出去,拽得回来,从而达到“行于所当行,止于不可不止”的境界。以此来衡量的话,《鼓词·天宫》的开篇讲述就不能令人满意,主要缺陷在于引线拉得太长,弯子绕得过多,这样既偏离了情节主线、削弱了主旨表达,又使得全篇的布局显得极不匀称,给人以虎头蛇尾之感。比起《聊斋》原作线索明晰、不蔓不枝及凤头、猪肚、豹尾的结构均衡,《鼓词》自是相形见绌、大为逊色。

我们也要看到,《鼓词》将严氏父子的荒淫奢靡、帷薄不修放置在较为广阔的政治背景上加以凸显,在一定程度上拓展并深化了《聊斋》原文的讽喻主题;同时,求石斋用大量的篇幅描写严氏父子的罪恶为正文做铺垫,也使得其批判主旨比《聊斋》原文更为显豁。从《聊斋·天宫》那篇写得“五色迷目”的“异史氏曰”可以看出,蒲松龄并没有把天宫丑闻的责任统统推到“仙女”身上,他认为豪门中的姬妾偷情私约固然不足为训,但是造成这种现象的真正祸首,并不是那些“空床难独守”的女子,而是严世蕃一流肆逞淫欲者、“广田自荒”者。能透过丑闻的表象,直指问题的实质并敢于揭露出来,蒲松龄表现出了艺术家应有的胆识和勇气,正像何守奇对作者的评价:“亦可谓赵子龙一身是胆矣。”求石斋不但对“异史氏曰”的观点进行了通俗化的阐释,而且也有与时俱进的新思想渗透其间:“为只为,大户人家姬妾众,终不免,自买田地别人收。这回书,劝人一心须知足，算好是，一夫一妻乐无愁。”如果说前两句所体现的价值观念和前文本还如出一辙的话，那么“一夫一妻乐无愁”的良好祝愿就要比原作更进一步，它已经明确具有了否定妾媵制度、倡导夫妻平等的自觉意识。这亦是时代使然，《鼓词》毕竟产生于民国年间，一夫一妻制此时已深入人心，而生活在三百年前的蒲松龄不具备这样的认识，也在情理之中。

三、“俗”之追求：《鼓词》的语体转换

相较于子弟书、单弦牌子曲等说唱艺术，鼓词的语体风格真正体现了通俗文艺“俗”之本色。这显然与它生长自乡村民间，深受乡野之风的熏染密切相关。赵景深曾明确指出：“大鼓是一种野生的艺术，它是素朴而富于生命力的民间文学，一向受正统文人的鄙视。”①与大鼓有着近亲血缘关系的鼓词又何尝不是民间的、野生的艺术呢？恰如郑振铎先生所说：“鼓词多半是粗制土生的东西，正和变文里的《伍子胥》相同。”②“粗制土生”的原生态环境也催生了鼓词语言的“原生”特质：刚健、爽朗、清新、明快。那种出自天然的淳朴、不加修饰的粗糙，倒也显示出别具一格的乡土情调。尤其是错杂其间的方言土语、演唱时的俚调俗腔，颇能带给受众乡音袅袅、撩人心弦的异样感动。

具体到《聊斋志异鼓词》而言，上述情形却发生了一定的变化，这主要是因为其创作主体已不再是纯粹的乡村艺人。从《鼓词》改编的过程和效果来看，求石斋虽然比较熟悉鼓词的格局体例，但又不像是一个具有演出实践经验的鼓曲艺人。比如曲艺的开头最忌

① 赵景深：《大鼓研究》，见《曲艺丛谈》，中国曲艺出版社1982年版，第127页。

② 郑振铎：《三十年来中国文学新资料发现记》，见《郑振锋全集》（第五卷），花山文艺出版社1998年版，第504页。

讳皮厚、脖子长,听众在场下干着急,《鼓词》却往往在开篇节外生枝、随意敷演;又比如鼓曲的十言韵句多用三三四的节奏(术语叫“攒十字”),《鼓词》的唱句则是以三四三为主;再比如鼓曲皆用北方十三道大辙叶韵,而《鼓词》的韵脚则带有浓重的南方方音。这些因素都决定了它并不适于在场上搬演。与此同时,求石斋能改编聊斋故事四十篇,说明他受过一定的教育,但文化水平并不是很高,知识储备也十分有限。仅从《天宫》这一“志目”来看,就出现了多处常识性错误。此篇介绍严世蕃“名叫东楼世蕃号”,这是将严世蕃的名、号混淆、颠倒;接着讲到那些忠臣被“充军直到宁古塔”,而宁古塔至清初才成为著名的流放地;又说嘉靖登基前在江西做藩王,实际地点是在湖北安陆;还提到严嵩倒台是因为海瑞上本参奏,其实是御史邹应龙弹劾的严嵩等。诸如此类,不胜枚举。虽说鼓词不是历史,允许虚构,但上述细节基本上与情节的发展并无很大关联,这只能说明作者的文化修养的确有所欠缺。可以说,求石斋虽模拟鼓词的外在形式创作了《聊斋志异鼓词》,却又无法运用于舞台实践。他既非下海演出的职业艺人,也不是文化修养较高的文人。我们不妨把这一类人称为“准艺人(或准文人)”;同时亦仿照鲁迅先生“拟话本”的概念,将《聊斋志异鼓词》命名为“拟鼓词”。

《聊斋志异鼓词》在体例形式上依然恪守着鼓词的传统规范,每回前边都有一首诗词,如[西江月]、七律之类,作为引子;接着是说唱相间的书词,唱词是整齐划一的十字句,说词则无严格限定,每句可长可短;说白与唱句在内容上紧密联系,如同血肉一样不能分离。这部“拟鼓词”虽为“准艺人”所作,但在语言风格上仍可归于通俗一路。这既是受制于鼓词语体传统的结果,亦是由作者的改编宗旨所决定的。“治逸民”在《聊斋志异鼓词·序》中曾说:“留仙先生积学不偶,暮年著《聊斋志异》一书,寓意宏深。其笔墨之精审研练,殊非浅近少年所能领略,故读者每苦艰深。近有求石斋编为鼓词,以期家喻户晓，盖以香山作诗之意，必得老妪解颐而后快矣！其旨浅，人或笑之，而实不知其用心足为深厚也。”相传白居易作诗要让“老妪能解”方才罢休，求石斋即以此作为效法的楷模，力求对“寓意宏深”的《聊斋志异》进行通俗化的演绎。为了使《聊斋》能在平民阶层获得广泛传播、取得良好效果，于是采取了民众所喜闻乐见的鼓词形式。

我们知道，无论何种曲艺门类对《聊斋志异》进行改编，遇到的首要问题都是语言转换，这是绕不过去的一个重要关卡，《鼓词》亦概莫能外。创作者必须把《聊斋》精审研练之笔墨转译为直白浅露之文辞，必须将《聊斋》高雅艰深之文言转化成通俗易懂之话语，这样方能实现“以期家喻户晓”的改编意图。不过，虽然走的都是通俗化的路子，《聊斋志异鼓词》和传统民间鼓词的语言亦体现出“俗”中之异。“拟鼓词”的语言不失规矩板正，却失去了其原生语态的活脱跳跃；它虽比民间俗语更觉文从字顺，却消解了传统鼓词脱口而出的自然本色。将《鼓词·恒娘》与曲坛流行的鼓曲《恒娘》相互参看，自可了然于心。求石斋毕竟是一位“准艺人”，他所创作的《鼓词》系案头之作而不是场上之曲，其语言也摆脱不了不文不白、不洋不土的尴尬处境。

这里我们不妨以《晚霞》为例，略窥一二。《聊斋·晚霞》中描绘阿端和晚霞幽会一节，洋溢着一片诗情画意，为全篇最为出彩之处。其间“叶大如席，花大如盖，落瓣堆梗下盈尺”的优美景色，令人心身俱醉，浮想联翩，冯镇峦就此评曰：“欲写幽欢，先布一妙境，视桑间野合，濮上于飞者，有仙凡之别。”而“一美人拨莲花而入”的细节，点缀出人和花的交相辉映，颇具“荷叶罗裙一色裁，芙蓉向脸两边开”的神韵；“匀铺莲瓣而藉之”的举动亦具深意，它以莲花“出淤泥而不染，濯清涟而不妖”的坚贞高尚，衬托出二人情感的纯洁美好。这种“诗意地栖居”、浪漫的恋情，足以传达出传统文人的风雅情怀与人文意趣，使小说散发出浓郁的书卷气息。同时也体现了《聊斋志异》

的语体风格：隽永含蓄，婉曲蕴藉，文采斐然且富于文心雅韵。

且看《鼓词》对这段描写是如何进行语言转换的：

> 说罢后，挽住阿端往外走，几曲折，来到一方荷花丛。果见那，晚霞珊珊（笔者按：疑为姗姗）前来到，二个人，执手悲欢诉曲衷。遂把那，荷叶代床叙佳会，度过了，巫山云雨订约盟。从此后，夕阳之时必在此，双想思，二人病多齐脱身。

这段改编文字有两点值得我们格外关注。

一是叙述节奏。与《聊斋》原文叙述的从容不迫、张弛有度相比，《鼓词》显然无法做到措置裕如。这段文字的叙述节奏比原文明显提速，甚至是跳跃式地向前推进，有些让人喘不过气来，给人匆匆忙忙、草草了事的感觉。这样既造成了《鼓词》的叙述语言节奏与人物内在情感节奏的不相调和，也造成了其叙述语言节奏的僵化凝固，不能像《聊斋》原文那样跌宕流转、灵活自如。这也从一个侧面说明《鼓词》首先关注的依然是《聊斋》题材的“奇”之内涵，因而只是一味注重情节推进的过程，对《聊斋》原文的重要关节点非但没有延宕开来进行精雕细琢、浓笔渲染，反而把原文光彩夺目的场景、有血有肉的细节统统过滤掉，仅仅剩下一个故事的空骨架。这样一来，人物的面目便变得黯然无光，情感的抒发更无从谈起。

二是语言运用。与《聊斋》原文语言的秾挚绵丽、华美典雅相比，《鼓词》显然缺乏鲜明独特的风格。这段文字只是平平淡淡地笼统叙说，死死板板地就事论事。它如同纸剪花朵一般僵而不活，全无灵气；又如同脱水干菜一样淡而无味，终乏生机。按曲艺行话讲，这段文字就是失于太“瘟”太“闷”，实际上这也是整部作品的通病。正如学界评论《鼓词》的语言时所说：“曲词结构单调平庸，语言俗而无味,并且不够流畅”[①],这一评价是恰如其分的。老舍先生曾告诫通俗文艺的创作者说:“我们不要叫文字老爬在纸上,也须叫文字的声响传到空中。”[②]《鼓词》恰恰犯了“文字老爬在纸上”的弊病,到底是“准艺人”的拟作,只能仿造传统鼓词之表面形态,却无法获得其本质神髓。

归结起来说,作为一部“拟鼓词”,《鼓词》的语言既不如《聊斋志异》的文采横溢、灵思飞扬,雅而有致;亦不像乡村鼓词那样现成自然、痛快淋漓,俗而有味。不管是对《聊斋》原著,还是对传统民间鼓词而言,它非但没有达到推陈出新的效果,反倒给人照猫画虎的印象,这是一个值得深刻总结的经验教训。

综上所述,《聊斋志异鼓词》对《聊斋志异》的改写主要表现在三个方面:一是在题材选择上,关注“奇”之内涵;二是在故事重构上,注重“事”之翻演;三是在语体风格上,追求“俗”之表达。通过这一系列的改造与置换,《聊斋志异鼓词》与《聊斋志异》无论在外在形式上、还是在内在形式上,都发生了显著改变,从而呈现出迥然相异的艺术面貌。同时需要强调的是,《聊斋志异鼓词》是在恪守鼓词的体例规范的基础上,将《聊斋志异》的传奇文类置换为鼓词这一艺术体式的。

很多人都知道北京人民广播电台《空中曲苑》节目的开头有这样的话:“生书熟戏,听不腻的曲艺”,曲艺确实让人们如醉如痴,百听不腻。从上面的论述可以看出,《聊斋志异》无愧于曲艺创作的丰富源泉,曲艺则是《聊斋》艺术生命的延续。正是通过无数艺人“你也说聊斋,我也说聊斋”的代代创演,通过讲唱文学“另成一体”的极

---

① 关德栋、李万鹏:《聊斋志异说唱集》前言,上海古籍出版社 1983 年版,第 23 页。

② 老舍:《民间文艺的语言》,见《老舍曲艺文选》,中国曲艺出版社 1982 年版,第 77 页。

大势力和魔力,《聊斋志异》才真正普及于社会的各个阶层、各个角落,而家喻户晓、妇孺皆知。其中,曲艺艺人作为说唱表演的主体以及改编《聊斋》的主体实在是功莫大焉。

这里需要指出的是,无论是艺术技巧还是文字表达,作为“拟鼓词”的《聊斋志异鼓词》都无法和聊斋子弟书、聊斋牌子曲中的绝大多数作品相提并论,尽管有时其改编的立意主旨还要高出同题改作。这也为后来的曲艺在改编古代作品时如何做到内容和形式的完美统一提供了借鉴。因此,作为“准艺人”的求石斋对《聊斋志异》的改编可以说算不上成功,但对《聊斋》的推广和传播仍然做出了自己的贡献,其间的得失教训也会对后来者有一定的启示意义。

【作者单位:曲阜师范大学】

论聊斋俚曲的当代传播

尹丽丽

聊斋俚曲是蒲松龄借鉴当时的时调，用联曲体方式创作出来的说唱故事。“《聊斋俚曲集》和《聊斋志异》同是我国古典文艺园地里的奇葩，《俚曲集》的艺术手腕较之《聊斋志异》也无多逊色。……它们在语言的丰富和色彩上也多有可取之处，俚曲在蒲氏的作品中，无疑地还是应该给予较高的评价的。”①它经历了三百多年的传唱，2005 年入选山东省级非物质文化遗产名录，2006 年入选国家级非物质文化遗产名录。聊斋俚曲正是依靠一代代说唱艺人的传承和传播，才显示出非凡的生命力。

一

俚曲最早见于敦煌石室的唐人写本，《敦煌零拾》卷五有俚曲《叹五更》《十二时》等民歌。宋代王楙《野客丛书》卷第十八有“五更转”条：“今教坊以五更演为五曲，为街市唱。乃知有自。”②这说明当时市井之中已存在五更形式的小曲，王楙还认为这种俚巷歌谣五更的形式来源于南朝陈伏的《从军五更转》。元代燕南芝庵在《唱论》中认为“成文章曰‘乐府’，有尾声名‘套数’，时行小令唤‘叶

① 〔清〕蒲松龄著，路大荒整理：《蒲松龄集》，中华书局 1962 年版，前言第 14 页。

② 〔宋〕王楙撰，王文锦点校：《野客丛书》，中华书局 1987 年版，第 208 页。

儿’。套数当有乐府气味，乐府不可似套数。街市小令，唱尖歌倩意”①。明代沈德符《万历野获编》卷二十五《词曲》中的“时尚小令”就有当时流行的[锁南枝][山坡羊][闹五更][银纽丝]等。王骥德在《曲律》中也列举了[粉红莲][银纽丝][打枣竿]之[山歌][采茶]等小曲曲牌。刘廷玑认为“小曲者，别于昆、弋大曲也，在南则始于[挂枝儿]，……一变为[劈破玉]，再变为[陈垂调]，再变为[黄鹂调]。始而字少句短，今则累数百字矣。在北则始于[边关调]，盖因明时远戍西边之人所唱，其辞雄迈，其调悲壮，本[凉州][伊州]之意。……再变为[呀呀优]。‘呀呀优’者，[夜夜游]也，或亦声之余韵。呀呀约如[倒扳桨][靛花开][跌落金钱]，不一其类”②。

明中后期俚曲作为一种文学样式得到文人的关注和传播。它有两种保存形式：一种是专门曲集唱本，如明代《挂枝儿》《山歌》，清代《时尚南北雅调万花小曲》《霓裳续谱》《白雪遗音》等；一种是戏曲散出选本收录小曲，如《词林一枝》《八能奏锦》《玉谷新簧》《摘锦奇音》《词林摘艳》等。《词林一枝》内封有新刻京板青阳时调的字样，收录了[罗江怨][清江引][哭皇天歌]等33首，《摘锦奇音》收录[罗江怨][哭皇天歌][时尚劈破玉歌]等159首，《大明春》收录[挂枝儿][闹五更][倒挂枝儿][时尚劈破玉歌]等60首。民国时期书坊和书局印制不少俚曲唱本，如赵景深校订《时调大王》《时调新曲》、双黛馆主《时调小曲大观》等。黄霖认为“清末民初的这些作品，就是生活在社会底层的平民百姓，用他们的眼光来观察世界，用他们的感受来歌唱生活，真实、丰富、生动地反映了一个正在新旧交替的社会，无疑是我们今天认识那个时代的一份十分宝贵的资料。

① 〔元〕燕南芝庵：《唱论》，《中国古典戏曲论著集成》（第一集），中国戏剧出版社1959年版，第160页。

② 〔清〕刘廷玑撰，张守谦点校：《在园杂志》，中华书局2005年版，第94～95页。

至于它的文学价值，也有待于我们去认真总结。可惜的是，近一个世纪来，人们罕见有关心于此者，我希望在不久的将来，能有人认认真真、脚踏实地地来开发这一宝藏”①。

聊斋俚曲虽为时调，但有些作品篇幅较长，已有了明显的戏剧成分。“聊斋俚曲作为一种介乎说唱艺术与戏剧艺术之间的独特艺术形式，包含音乐艺术、体裁结构、语言艺术、思想和社会历史内涵等方面的内容，可以说内容庞杂，内涵丰富。”②目前为止很难见到聊斋俚曲古单行本，其抄本亦多不标注姓名，现存最早刊本为1919年上海鸿宝斋代印线装石印本《磨难曲》。1936年世界书局出版的路大荒、赵苕狂编《聊斋全集》就选录了聊斋俚曲。2018年齐鲁书社的《聊斋俚曲集》选录了《墙头记》《姑妇曲》《慈悲曲》《翻魇殃》等15部作品，增加了《草木传》《逃学传》《学究自嘲》《除日祭穷神文》《穷神答文》等篇目。有些故事来源于《聊斋志异》，有些则是重新创作的作品。

聊斋俚曲的内容涵盖劝善惩恶、家庭生活、婚姻爱情故事和市井百态、地方风俗等方面，其中《墙头记》《姑妇曲》《慈悲曲》《翻魇殃》等是写百姓父子、婆媳、继母和继子、兄弟、邻里关系的。《墙头记》是写两个儿子长大成人后，不赡养老人的故事，其开篇[耍孩儿]“一个母一个公，不怕雨不避风，为儿为女死活挣。给他治下宅子地，还愁后来过的穷。挣钱来自家何曾用？到老来无人奉养，就合那牛马相同”③。《琴瑟乐》《丑俊巴》《禳妒咒》《蓬莱宴》则是反映民间或者仙界的婚姻爱情生活。《增补幸云曲》是写正德皇帝嫖妓的故事。《除日祭穷神文》和《穷神答文》，是写节日民俗的。

---

① 黄霖：《时调中的清末民初世界》，见《文史新澜》，浙江古籍出版社2003年版，第310～311页。

② 王秀亮：《淄川民间艺术》，齐鲁书社2009年版，第2页。

③ 〔清〕蒲松龄：《聊斋俚曲集》，齐鲁书社2018年版，第1页。

《俊夜叉》《寒森曲》是劝善惩恶的。《寒森曲》开篇诗曰："善人衰败恶人兴，倒倒颠颠甚不平；忽遇正神清世界，始知天道最分明。"①《俊夜叉》是帮助赌徒戒赌的故事，开场一首［西江月］力陈赌博之弊："不成人赌博子第一，望赢钱真是胡诌，大瞪着两眼跳深沟，好似疔疮痒痒难受。起初时小小解闷，赌热了火上浇油；田产不尽不肯休，净腚光才是个了手。"②《逃学传》《学究自嘲》则是对当时学习和学究生活的描绘，其开篇［西江月］"四民士农工商，独学究堪嗟，凭三寸不烂舌，但讲诗云子曰，举动一步三摇，满口之乎者也。谁说万般下品，这高些不过五斗腰折"③。写尽了学究一年十二月的清苦生活，结论是"墨染一身黑，风吹胡子黄；但有一线路，不作孩子王"④。

聊斋俚曲的结构丰富，修辞多样，语言具有韵散结合、通俗易懂的特性。在结构上多是套曲，是联曲体的形式。当时的俚曲多是只曲体或重头曲体，单只曲指一支曲子唱一遍，如冯梦龙《挂枝儿》就有97%以上为只曲体，清代则重头曲体比较多见，一个曲牌唱几遍，如《孟姜女叹四季》《闹五更》《自家十杯酒》等。聊斋俚曲作品中部分曲牌内有重头曲，如《富贵神仙》第五回闻唱思家中［玉娥郎］从正月开始唱，包括二月、四月、七月和十月共五段。［银纽丝］则是从一更唱到五更，［金纽丝］则是唱春、夏、秋、冬四段，［叠断桥］是唱春日、夏日、秋夜、冬夜，第九回"再会重逃"中［楚江秋］为一更唱到五更，第十回"娇子秋捷"中［虾蟆歌］是唱春天、夏日、秋梦和冬月四段。

聊斋俚曲通篇是联曲体。有用曲牌较少的作品，如《墙头记》

① 〔清〕蒲松龄：《聊斋俚曲集》，齐鲁书社2018年版，第187页。
② 〔清〕蒲松龄：《聊斋俚曲集》，齐鲁书社2018年版，第289页。
③ 〔清〕蒲松龄：《聊斋俚曲集》，齐鲁书社2018年版，第922页。
④ 〔清〕蒲松龄：《聊斋俚曲集》，齐鲁书社2018年版，第926页。

《寒森曲》《穷汉词》《增补幸云曲》运用的曲牌较少,但已不是只曲体或重头曲体。《墙头记》用的是[耍孩儿][劈破玉],《寒森曲》用的是[西江月][耍孩儿],《穷汉词》用的是[西江月][清江引],《增补幸云曲》用的是[西江月][耍孩儿]。其余作品篇幅长,用的曲牌比较多,同调数曲重头联章,但并不是严格的套曲。《姑妇曲》第一回[西江月][劈破玉][倒扳桨][跌落金钱][银纽丝][呀呀油][叠断桥][房四娘][耍孩儿][对玉环带清江引];第二回[劈破玉][倒扳桨][跌落金钱][银纽丝][呀呀油][罗江怨][叠断桥][房四娘][耍孩儿][对玉环带清江引],比第一回少了开头的[西江月],中间多了[罗江怨];第三回[劈破玉][倒扳桨][跌落金钱][银纽丝][呀呀油][罗江怨][叠断桥][房四娘][耍孩儿][对玉环带清江引],第三回曲牌和第二回相同。

《慈悲曲》第一回[一剪梅][耍孩儿][呀呀油][倒扳桨][银纽丝][怀乡韵][跌落金钱][罗江怨][叠断桥][劈破玉][清江引];第二回[耍孩儿][呀呀油][倒扳桨][银纽丝][怀乡韵][跌落金钱][罗江怨][叠断桥][劈破玉][清江引];第三回[耍孩儿][呀呀油][倒扳桨][银纽丝][怀乡韵][跌落金钱][罗江怨][叠断桥][劈破玉][清江引];第四回[耍孩儿][呀呀油][倒扳桨][银纽丝][怀乡韵][跌落金钱][罗江怨][叠断桥][劈破玉][清江引];第五回[耍孩儿][呀呀油][倒扳桨][银纽丝][怀乡韵][跌落金钱][罗江怨][叠断桥][劈破玉][清江引];第六回[耍孩儿][呀呀油][倒扳桨][银纽丝][怀乡韵][跌落金钱][罗江怨][叠断桥][劈破玉][清江引][西江月]。除了第一回开篇的[一剪梅],第六回结束的[西江月]外,其余回目的联曲体曲牌排列相同。聊斋俚曲篇幅多数较长,运用50多种曲调。这种联曲体的运用使演唱故事不显得单调乏味。

在语言上韵散结合,运用了淄川的很多土语与白话,通俗易懂。

路大荒在《蒲松龄集》的附录中罗列了290条“土语注解”，说明俚曲是唱给当地百姓听的。《磨难曲》第一回“百姓逃亡”，众流民上云：“孩子饿的吱哟吱哟，老婆待中心焦，还为钱粮大板敲；宁死他乡不受大板敲！老天呀老天，怎么给真个年景，还给真么个官儿！”[①]聊斋俚曲引入了很多民间耳熟能详的人物，《寒森曲》中的鬼神和阎王爷，《蓬莱宴》中的西王母、嫦娥和吕祖，《丑俊巴》中的猪八戒，《快曲》中的孔明、赵云、刘备、关羽、曹操、张飞等三国人物。《墙头记》《禳妒咒》《磨难曲》《草木传》等曲目已具有戏剧的体例，有角色分配和人物的科介动作，用俗曲的形式写小戏。《草木传》中角色有生、老生、副净、丑、副旦、小旦、正旦、武生、小生、末、外、老旦等多种，同时又标注了科介和唱白。

二

聊斋俚曲的现代传播已不限于淄博地区，它借助多种传播媒介，具有传播范围大、接受人数广、内容多样等特点。它在明清时只是淄川地区的说唱艺术，以手稿或者抄本存世，通过艺人的表演和传承来呈现。20世纪30年代学者们陆续编辑聊斋稿本，发掘和梳理其曲本。21世纪聊斋俚曲传承得到了国家和政府的鼓励和支持，学术研究也取得了前所未有的成果，剧本、曲牌和演唱也被整理挖掘，传承人的表演技艺通过录音录像得到了很好的保护，出现了多种传播形式。

1. 文字传播

聊斋俚曲的曲本是陆续发现的，对它的学术研究一直在持续。1936年世界书局出版的蒲柳泉著，路大荒、赵苕狂编辑的《聊斋全集》中收录了有序言的俚曲集。近些年来出版的聊斋俚曲集中有曲本整理、文学语言研究和音乐表演等内容。

---

① 〔清〕蒲松龄：《聊斋俚曲集》，齐鲁书社2018年版，第538页。

聊斋俚曲的学术论著有关于聊斋俚曲曲本的编辑和梳理的研究,蒲氏后人蒲先明处收藏有一些抄本,而很多版本的俚曲集只是选录。路大荒《蒲松龄集》中聊斋俚曲部分是14部,缺少《琴瑟乐》。后日本藤田祐贤捐赠日本庆应义塾大学《琴瑟乐》藏本复印本。关德栋的《聊斋俚曲选》选录的俚曲只有《穷汉词》《学究自嘲》《千古快》《墙头记》《闹馆》,附录《除日祭穷神文》《穷神答文》。盛伟的《聊斋佚文辑注》选录的俚曲只有《闺艳琴声》(又名《琴瑟乐》)。山东省文艺创作研究室《山东剧本创作选集》中册收录聊斋俚曲《婆婆悔》。

目前收集聊斋俚曲较为全面的有邹宗良校注《聊斋俚曲集》,收录了15部俚曲,有《墙头记》《姑妇曲》《慈悲曲》《翻魇殃》《寒森曲》《琴瑟乐》《蓬莱宴》《俊夜叉》《穷汉词》《丑俊巴》《快曲》《禳妒咒》《富贵神仙》《磨难曲》《增补幸云曲》等。2018年齐鲁书社出版的《聊斋俚曲集》,收录了《墙头记》《姑妇曲》《慈悲曲》《翻魇殃》《寒森曲》《俊夜叉》《蓬莱宴》《琴瑟乐》《穷汉词》《丑俊巴》《快曲》《禳妒咒》《富贵神仙》《磨难曲》《增补幸云曲》等15部作品,还增加了《督丈词》《草木传》《逃学传》《学究自嘲》《除日祭穷神文》《穷神答文》等。

聊斋俚曲学术研究成果亦丰硕。有高校文学史的专著或讲义,如中国社科院文学研究所编《中国文学史》;有古典文学或曲艺辞典的词条解释,如上海艺术研究所编《中国戏曲曲艺词典》、段宝林等主编《民间文学词典》、王文宝等编《中国俗文学辞典》、钱仲联等编《中国文学大辞典》、齐森华等主编《中国曲学大辞典》、么书仪等主编《戏剧通典》、邓绍基主编《中国古代戏曲文学辞典》。还有语言、文学或非遗方面的研究,如杨海儒《蒲松龄生平著述考辨》中有《聊斋俚曲及其研究》,且附《聊斋俚曲文献资料目录索引》,汪玢玲《蒲松龄与民间文学》,路大荒《蒲松龄年谱》,雷群明《蒲松龄与聊斋志异》,谭兴戎《聊斋论稿》,袁世硕、徐仲伟《蒲松龄评传》,钱曾怡主编《山东方言研究》,张惠英《汉语方言代词研究》,汪玢玲《鬼狐风情——〈聊斋志异〉与民俗文化》,郑秀琴《论〈聊斋志异〉在清代的改编——以戏曲为中心》,盛志梅《中国说唱文学之发展流变》,翟燕《明清山东方言助词研究》,车振华《清代说唱文学创作研究》,冯骥才《中国非物质文化遗产百科全书·传承人卷》,邵吉志《从〈志异〉到“俚曲”——蒲松龄新解》,等等。

还有俚曲音乐和演唱的研究。很多俚曲曲牌已被翻译成现代五线谱。王迪等编《中国古代歌曲七十首》中选录聊斋俚曲三首:[玉娥郎]蒲文琪演唱,牟仁均、王川昆记谱;[耍孩儿]蒲瑞英演唱,牟仁均记谱;[叠断桥]蒲文琪演唱,王川昆记谱。林光旋《中国古典诗词歌曲集》也收录了聊斋俚曲[玉娥郎][叠断桥][耍孩儿]的现代谱,赵寒阳《二胡演奏中国古典诗词歌曲100首》、李雪季《中国音乐圣典》、张桂林《传统音乐》和孟凡玉等《中国歌乐》等著作也都收录了聊斋俚曲唱词和乐谱的片段。刘秀荣、刘婷婷《聊斋俚曲论纲》则从其渊源、唱腔音乐和艺术特色等方面全面梳理了聊斋俚曲。

研究聊斋俚曲的学术论文则更多,截至2017年,“中国知网”有关聊斋俚曲的文献有33条,期刊论文有289篇,博硕士论文有84篇,会议论文1篇,报纸报道120余篇,年鉴收录51条,百科5条等。很多聊斋俚曲期刊论文来自《蒲松龄研究》,该刊创刊32周年,出版了100多期,有专门的聊斋俚曲研究板块,收录了知名专家学者的文章。“知网”收录聊斋俚曲博士论文13篇,硕士论文71篇,以山东地区的大学居多,也有其他省份的高校。包括山东大学27篇,青岛大学7篇,山东师范大学5篇,中国人民大学3篇,华中师范大学3篇,吉林大学3篇,浙江师范大学2篇,曲阜师范大学2篇,北京师范大学2篇,河北大学2篇,辽宁大学2篇和四川大学2篇等。这说明聊斋俚曲的高校研究以山东为依托，辐射北至东三省，南至香港、台湾等地。

2. 舞台传播

聊斋俚曲是综合的表演艺术，它的生命不仅在于挖掘原来的曲本，还在于舞台表演和现代呈现，以及人们对它的了解和接受程度。“观众看戏是一个信息接收过程。信息输出者(剧作家，演员)所面临的，是由许多具有独立审美意识的接受者(观众)组成的接受者群。这些接受者不只是被动地接受信息，他们在接受过程中，还发挥自己的理解、想象能力，参与并共同完成艺术形象的创作……接受过程是一个双向行进的过程，接受者接受信息，反过来又给输出者以信息反馈，输出者得到这些信息反馈以后，便可据以对自己的戏曲创作或戏曲表演进行必要的自我调节。”①故此舞台表演是聊斋俚曲最直接的展现和接受方式。

最初的聊斋俚曲是在民间传唱，尤其是在蒲氏后裔中口传心授，为家族传承模式。国家级传承人蒲章俊是蒲松龄的第十一代，他的技艺来自曾祖蒲仁润、祖父蒲英范及其父蒲文尧，代代口传心授。这种传承模式传播范围较小，有地域的局限性。后来蒲章俊到蒲松龄纪念馆工作，他向博物馆讲解员免费传授俚曲的唱法，同时和讲解员一起为来自世界各地的参观者表演聊斋俚曲。他在聊斋城中设立聊斋俚曲茶座，免费教唱和表演聊斋俚曲。蒲章俊打破俚曲传承的门户观念，正式收徒 4 人，有些弟子不是蒲氏家族成员，通过收徒传艺实现非物质文化遗产的活态传承。其弟子之一的邹锜也成为国家级聊斋俚曲传承人，成立自己的工作室，参与很多聊斋俚曲的演出和传播工作。

---

① 赵山林：《中国戏曲观众学》，华东师范大学出版社 1990 年版，第 209 页。

政府对聊斋俚曲也采取抢救和扶持的态度，开展多次普查调研，举办宣传推广活动。北京音乐研究所、《中国戏曲志·山东卷》编辑委员会等专家学者多次来蒲家庄进行俚曲调查。21 世纪文化部出台《地方戏曲剧种保护与扶持计划实施方案》，国务院办公厅又印发了《关于支持戏曲传承发展的若干政策》，提出扶持地方曲艺发展。《淄博市非物质文化遗产条例》中重点细化了传承人的管理，对传承人进行录音、视频采集等工作。山东省、淄博市多次举办文艺大奖赛、地方戏大赛，鼓励传统民间音乐的发展和传承。聊斋城每年十一举办聊斋俚曲大奖赛、演唱会。山东省实施的《山东省非物质文化遗产条例》规定每年农历腊月二十三到次年二月初二为“非物质文化遗产月”，仅 2017 年举办的非遗活动就超过 800 场，观众人数达到 1700 万，聊斋俚曲参加了多场推广展示活动，利用传统节日开展聊斋俚曲展演活动，让民族传统文化遗产更好地融入现代生活。

淄博市多次举办聊斋俚曲的舞台演出，如文广新局、文学艺术界联合会主办“文化和自然遗产日”聊斋俚曲演唱会，专业院团的演员在淄博剧院表演了[玉娥郎][劈破玉][罗江怨][呀呀油][耍孩儿][桂枝香]等 17 个节目。目前山东省成立了两个聊斋俚曲表演团体：淄川区聊斋俚曲艺术团和淄博市聊斋俚曲艺术团，前者成立较早，有 50 多人，后者成立较晚，有 20 多人。这些剧团挖掘传统的聊斋俚曲，目前能演出[玉娥郎][银纽丝][跌落金钱][叠断桥][房四娘][呀呀油][哭皇天][耍孩儿][罗江怨][采茶儿][憨头郎][金纽丝]等聊斋俚曲。2014 年聊斋俚曲戏成为新剧种，剧团还排演聊斋俚曲戏《渔翁与城隍》《姊妹易嫁》《钟妹庆寿》《求骂》《王六郎》《拉坟》《祯姑》《旷野逢仙》《婆婆悔》等，新创现代题材《带着奶奶做新娘》《环保卫士》《丫头大主任》《逛新城》等剧目。聊斋俚曲剧团义务进社区、学校和企业公益巡演百场，受众达到几十万人。艺术团骨干为山东师范大学音乐学院、山东理工大学、山东艺术学院、淄博师专等高校师生表演聊斋俚曲和开展相关讲座，在山东省实验小学、淄博四中、淄川区实验小学和淄博师专附小等学校进行演出和课外教唱的活动。

3. 新媒体传播

21 世纪，聊斋俚曲借助报刊、影视、网络和手机等媒介成功地传播它的声音、图像和文字资料等信息。“从载体与媒体的角度看，戏曲经历了剧场时代、唱片时代、胶片时代、广播电视时代，进入了包括音像制品在内的‘多媒体’电子时代。”①以往的传播只限于文本和舞台，具有短暂和不可复制、传播受到地域限制等局限。新媒体传播突破了这些局限，使聊斋俚曲不再受时空、地域的限制，大众接触它的途径和手段也日益丰富。截至 2017 年，“百度搜索引擎”有聊斋俚曲网页 236000 个，资讯 3730 篇，视频 160 条，“百度文库”相关文章 5523 篇。

2000 年至 2017 年，“中国知网”聊斋俚曲的报道以山东地区为主，也有北京、香港等地的报道，如《淄博日报》有 19 篇、《鲁中晨报》17 篇、《大众日报》13 篇、《淄博晚报》11 篇、《中国文化报》10 篇、《中国旅游报》3 篇等，其报刊信息传播已不再局限于山东地区，2014 年香港《文汇报》用整版篇幅，推出了多篇系列文章，全面报道淄博市聊斋俚曲的保护和传承情况，如《盛世聊斋寂寞曲》《教书匠三十年心血作俚曲》《蒲松龄：落魄的“短篇小说”之王》等，还随文配发了聊斋俚曲演出、手抄线装本聊斋俚曲、聊斋俚曲艺术团副团长杨道坤和传承人蒲章俊等多幅图片，对聊斋俚曲进行了一次全面的宣传和推介。

电视广播也成为推广传播聊斋俚曲不可忽视的形式。“电视戏

---

① 周华斌：《戏曲与载体》，载《现代传播》2000 年第 2 期。

曲，也称戏曲电视，是中国传统戏曲艺术与现代化电视技术相结合而产生的新兴文艺品种。它指运用电视的技术手段，突破戏曲舞台的时空局限，适当运用实景与电视视听语言来表现戏曲艺术、反映戏曲文化现象的一种电视文艺形式。”[①]中央电视台、山东电视台、淄博电视台、淄川电视台都采访和制作过有关聊斋俚曲、传承现状和传承人的专题片。2006 年中央电视台拍摄了聊斋俚曲的电视专题片，先后在中央电视台二、四、七频道播出，蒲氏后人还应邀到中央电视台现场录制俚曲。2007 年张店电视台首开聊斋俚曲演唱会，利用电视媒体传播聊斋俚曲。2010 年山东卫视举办“谁不说俺家乡好”山东地方文艺电视大赛，淄博市代表队演唱了聊斋俚曲。2014 年邹锜应中央电视台邀请在张店录制聊斋俚曲，在中央电视台第九频道多次播出。

20 世纪 50 年代聊斋俚曲仅有十几个曲牌能被演唱，随着研究和传承的深入开展，无论是聊斋俚曲曲牌，还是聊斋俚曲戏的剧目都有所扩充。非遗传承中心开始使用现代新媒体技术和手段对其进行采录和保存。山东非物质文化遗产研究中心专门设立数字与传媒研究所、影像纪录研究所，收集录制聊斋俚曲的音像资料。很多聊斋俚曲表演都有同步的录音和录像，已完成了对多名传承人表演音像资料的采集工作。山东文化音像出版社还出版了邹锜“聊斋俚曲”演唱专辑 CD 和 VCD 等音像制品。2017 年山东省艺术研究院正式启动了聊斋俚曲保护计划，先期已经在淄川通过实地调研和座谈会的形式，详细了解了聊斋俚曲的历史渊源、艺术特色、传播情况以及剧团现在的创作演出情况，搜集和整理了大量的文字、音像资料。

网络引导更多的网友了解和关注聊斋俚曲的发展和传承现状，

---

① 杨燕:《电视戏曲栏目得失谈》，载《现代传播》1999 年第 6 期。

山东文明网、人民网、中国青年网、鲁中网、中国非物质文化遗产网、中国新闻网、华夏经纬网等网站多次报道聊斋俚曲。山东文明网还开展了“戏说山东·品味聊斋俚曲”网络传播活动，组织网络传播志愿者走进聊斋城感受聊斋文化，聊斋俚曲国家级传承人蒲章俊现场演绎[银纽丝][姑妇曲]等经典聊斋俚曲，志愿者们一边欣赏原汁原味的戏曲表演，一边通过网络进行直播，与网友展开互动，在网上掀起聊斋俚曲热。微信中关于聊斋俚曲有近百篇文章，全面、立体地展示了现代聊斋俚曲的研究和传播情况。

结　论

现代聊斋俚曲以多种方式实现活态传承。非遗传承中心利用先进技术保存老艺术家的技艺，传承人通过收徒或者学校教育将这种古老的民间艺术传承下去，青年演员通过在舞台上表演俚曲，让普通人有接触和欣赏俚曲艺术的机会。聊斋俚曲的传播出现了前所未有的盛况，正是这种积极探索，真正提高了聊斋俚曲民族文化的影响力。

【作者单位：徐州工程学院人文学院】

图书在版编目（CIP）数据

聊斋学研究初集 / 李桂奎，樊庆彦主编. -- 济南：齐鲁书社，2019.12
ISBN 978-7-5333-4232-6

Ⅰ. ①聊… Ⅱ. ①李… ②樊… Ⅲ. ①《聊斋志异》-小说研究-文集 Ⅳ. ①I207.419-53

中国版本图书馆 CIP 数据核字（2019）第 285365 号

聊斋学研究初集

LIAOZHAIXUE YANJIU CHUJI

李桂奎 樊庆彦 主编

主管单位	山东出版传媒股份有限公司
出版发行	齐鲁书社
社　　址	济南市英雄山路 189 号
邮　　编	250002
网　　址	www.qlss.com.cn
电子邮箱	qilupress@126.com
营销中心	（0531）82098521　82098519
印　　刷	山东临沂新华印刷物流集团有限责任公司
开　　本	880mm × 1230mm　1/32
印　　张	25
插　　页	2
字　　数	673 千
版　　次	2019 年 12 月第 1 版
印　　次	2019 年 12 月第 1 次印刷
印　　数	1-1000
标准书号	ISBN 978-7-5333-4232-6
定　　价	**128.00 元**